为王

侯怡文◎著

中国工人出版社

目录

第一篇

第二篇

第三篇

第四篇

第五篇

第一篇

春　天

东蒙古高原上一直流传着这样一个说法：事情总是在春天发生，在冬天结束。

我出生那年，正是春天。海棠花散发着优雅而香润的光泽。我的母亲，那个苍白而美丽的女人，正躺在铺满红绸的床上喘息着，当她听到接生婆说是个小主子时，本来稍微平息一点的喘息声忽然变得急促起来，接着就是一阵阵撕心裂肺的叫喊，仿佛要将疼痛植入世上所有人的心头。

我的啼哭一声声在屋子里荡漾，很快就冲破窗子，冲进满院花开的光泽里，传遍春天的每一个角落。当我哭累了，停下来时，我母亲的叫喊声就又响了起来，接生婆紧张得哆哆嗦嗦地说："这是怎么了？"

下人飞快地将福晋生了一个男孩的消息告诉了正跪在祖宗牌位前的苏德王爷。他的眼泪就下来了："祖宗啊！长生天啊！"

苏德王爷急急忙忙赶到屋子里，让接生婆打开襁褓包裹，小心仔细地看过后，说："慈悲的佛菩萨啊！"

这时，床上那个女人已经疲倦地闭上了眼睛，在柔软的床上安静地等待着感激和赞许的声音。

到了这一年的冬天，我的母亲，那个柔弱的女人已经把躺在柔软的床上当成一种习惯。王爷轻轻地走进她的屋内，坐在床边，握着她的手，一边抚摩，一边问道："养安堂的大夫已经打过了招呼，要不让他再过来看看，寺里的门巴喇嘛说是沾染了些邪气。"

那女人叹一声气："我知道自己，没事，只是身子有点儿虚，到了春天，就会好的。"说完她微微闭上眼，身体向里倾斜，显出疲倦的样子。这时，是王爷该走出屋子的时候了，然后，指使丫头会问福晋还有什么吩咐，等到福晋摆过手后，也便退了出去。

一种习惯一旦养成，遂成自然，每日轮回、周而复始。从海棠花开时，从我的第一声啼哭时，从她开始在那里安静地等待着感激和赞许的声音时，这个苍白而美丽的女人就把日子挡在了屋外。她为自己的生活设置了一堵围墙，当她走出房门，站在身边的人群中听着笑话时，她从来不笑，她不理睬任何人的目光，只有见到老福晋，她才会微微低头，行过礼后，就风也似的飘回屋内了。

日子一天天过去，阳光那样明媚，也不知道海棠花儿开了多少次了，我已经能够在春天的王府里随意奔跑。我的父亲，喀喇沁部的扎萨克王爷，他会每天夜里到母亲的房里抱抱我，然后会安静地回屋睡下。满院都是他的鼾声。然而又一个春天，或许是明媚的阳光和沁鼻的花香让他发现自己依然充满挥散不去的力量，需要排遣，于是一个漂亮的女人坐着轿子进了这座府邸。

许多年以后我依然记得，那是一个阳光灿烂的日子。王府里到处都是红色，乐师们站在朱红的府门外使劲鼓着腮，眼睛都快掉到地上了。轿子穿过爆竹响处的烟雾，火药味呛得人喘不过气来，王爷脸上闪烁着光彩，拿过下人手中托盘里的红杖，轻轻地挑开轿帘，一个浑身上下充满香气的女人就落在院子中央了。

我的母亲——福晋尖叫了一声，倒在了床上。

这时，我站在窗前正咧着嘴笑，我大声说："我要坐轿！"没有人回应我，根本没有。我用更大的声音又喊了一遍，依然无人回应。透过窗子，我看到侍女阿秀正张大嘴站在人群里，痴痴地像个傻子。我知道不会有人听见我的声音了，于是向屋外跑去。这时我听见从床上传来一个声音说："不要去，没有人会看见你！"

我当然不信。平日我只要站在院子里，这里所有的人都会看到我，都会对着我笑，有人会过来把我高高举起，这时我会毫不犹豫地在那人脸上来上一脚，那人明明疼了，却还在笑，我也就笑了。当然，有的人是不能抱我的，只能跑过来站在我身边，弯下腰说："少爷，要玩什么？"

假如我忽然不高兴了，就说："你把我的小鸟吓跑了。"

"少爷啊，没有什么小鸟啊。"

"怎么没有，刚刚就在你身后那棵树上，赶快爬上树去给我找。"

那人真就爬上树去了，树上什么都没有，除了数不清的树叶。我在树下又说："你挡着我，我看不见阳光了。"于是，那人就忽然在阳光里消失了。

然而今天，依然满是阳光，可是真的没有人能看见我。或许他们的眼睛都被阳光刺得无法睁开了，可我分明看见一双双眼睛睁得比平时都大，都是那该死的轿子。

我不愿意坐轿子了。

夜里，从挂着红灯笼的房里传来了女人的呻吟声和父亲的阵阵喘息声。我说："阿妈啊，阿爸这是怎么了，他像马一样在叫唤。"母亲听着，又是一声尖叫，倒在了床上。

早上起来，一切还都是原来的样子，我看到母亲正坐在梳妆台前梳头，我说地上好多头发啊，母亲的手就停了下来，然后是低微的哭泣声，我不明白，就跑到了院里。

母亲照例在自己的房里用餐，这已是多年的习惯。侍女阿秀曾悄悄对我说："是因为少爷的原因，老福晋才允许了的。"母亲吃得很慢，几次都将筷子磕在了盘沿上，我就说："阿妈啊，盘子要碎了，直喊疼呢！"

她放下筷子，怔怔地看着我，"我的儿啊，咱们的好日子怕是要到头了啊。"

"怕是您的吧！"阿秀在角落里嘟囔着。

"你说什么？"

"她说怕菜凉了啊！"我接过来说，然后我直直地瞅着阿秀。

现在，我经常替这个丫头说话，得到的好处则是她偷偷带我到外面的街上去玩。去看外面各式各样的东西，去和附近那些普通人家的孩子们玩耍。每当我有机会遇见那些被母亲称为脏鬼的小孩儿时，我总给他们带点精致的点心、糖果，还有其他的他们从未听说过的东西。他们会围着我，等我把点心和糖果发给他们，看他们囫囵吞咽的样子，我真高兴。很快，我们结成了伙伴，当然是我说了算，因为我有糖果。我让他们做什么，只需一句话，他们就会像马蜂一样叫嚷着冲上去。有时我们来到街上，在人来人往的闹市里穿行、奔跑、嬉戏。我们会让胆大的孩子拿走歇脚的瞎子的拐棍、偷偷往乞丐身前的碗里放进沙土，爬到谁家的院墙上偷树上的果实，甚至跑到河边的十三敖包旁将哪个牧民的毡房扒开。我们乐此不疲。我利用所有的机会从宅门里蹓出来，回去的时候弄得满身尘土，阿秀则悄悄把我领到侧房内，让我脱掉衣服，把我擦洗干净，换上干净的衣服，我又变回那个府门里光鲜高贵的小少爷了。

然而，终于有被他们发现的时候。那天我们正在街边和老乞丐纠缠着，阿秀则到杂货街上闲逛。母亲的轿子刚好经过，我的声音太大了，或许传到了母亲的耳朵里，反正轿子停了下来。母亲向外张望着，当我们的目光相对时，我嘻嘻地笑。母亲奔下轿子，用手捂住嘴，怔立在我面前，紧接着又是一声尖叫："天啊，这是我儿子吗？"然后把我紧紧搂在怀里。回家的路上，轿夫一路快跑，她一直把我搂紧，生怕丢了似的。

我说："阿妈，你把我弄疼了。"

"我可怜的孩子啊，你怎么跑到这儿来了啊。"她却搂得更紧了。

我真的疼痛了，心里却感到了从未有过的柔和。许多年以后，我依然能够清晰地记得母亲怔立在那儿的样子，以及她那尖叫声，那一声刺耳的尖叫深深地刺进了我的心底，永远在那儿荡漾。

母亲那经常的尖叫声，我早已习惯，她每一声尖叫以及应声倒在床上都成了我的笑料。时间久了，我甚至产生了一种觉得好玩的期望，想象着那个苍白瘦弱的女人何时该尖叫了，该倒在床上了，该风一样地从外面飘进屋内了。接下来若事情真的发生，我和丫头阿秀则会在一旁会心地偷笑，终于等来了这种窃喜。

阿秀这回笑不出来了。我坐着轿子回来后，阿秀才慌张地回到府门里，她吓坏了，以为我丢了，看到我对她笑了，她就哭了起来，把我搂在怀里。但很快，她就跪在了我母亲的脚下，我第一次看到福晋那凶狠的样子，好像要吃了这个可怜的丫头，让我也害怕起来。

"为什么少爷会到街上同那些野孩子在一起？"母亲问她，"你死去了哪里？"

她还没回答，我就说道："我在院里玩，我的一只小鸟飞出去了，我一路追着就到了街上了，结果小鸟被街边那个老乞丐给逮住了，那几个孩子正帮我讨要呢，正好你来了，就知道你会来找我的，对了，我听见阿秀在叫我了，可我在抓我的小鸟啊。"

"是啊，我刚好去趟茅房，回来就不见了少爷，我急忙出去找，嗓子都喊哑了。"阿秀抽泣着说道。

"阿妈啊，我累了，我想睡觉。"我又说。

母亲气喘吁吁："死丫头，你仔细着，照看不好少爷，看我不扒你的皮。"

气愤容易使人兴奋，母亲的脸却更苍白。她用手拍打着胸口，微闭上眼睛，疲劳立刻就挂在她脸上了。我和阿秀对视了一眼，接下来母亲应该尖叫着倒在床上，我俩静静地等待着。果然，片刻之后，母亲扶着额头，疲惫地坐到床沿，说："给少爷换洗，去睡一会儿吧。"然后她倒在了床上，但这次却没有尖叫。

没有尖叫声，或许她真的累了。

我和阿秀悄悄地来到屋外，她的眼睛红肿着，我知道有一只是因为我，另一只是因为她自己。

一个人有两只眼睛，长在脸的两侧，永远看不到对方，但却一同流泪，永远一起感受悲喜。我从未听说一双好眼睛能一只流泪，一只不流。反正阿秀的眼睛不会。

有一只为我就够了。

还是很小的时候，苏德王爷从逃荒的山东难民那里收留了阿秀，她的父母在她细鹅一样的脖子上留下了一把银锁，就去了更遥远的地方。所以阿秀的身份不是家奴，那时的她就像从荒草丛中钻出的小雏鸡，面黄肌瘦、慌乱害怕。几年以后，她已经成长为一个鲜亮的少女了，我经常从她身上闻到一股脂粉气，我说："和阿妈身上一个味道。"

她就赶紧捂住我的嘴："可不要乱说啊。"

"那你给我唱歌吧！"

她就唱起来：

春风来啊河水开
鸟儿衔着花云彩
小妞妞啊来洗衣
衣裳漂在溪水里。

阿秀的歌声是那样柔美。她唱歌时，总看着天上的流云，云彩飘啊飘，不知道去哪里了，剩下一大片蓝天。我说："云彩没了，你还在看什么啊？"

她没有回答我，接着唱起来：

妞妞夜里想妈妈
妈妈住在姥姥家
姥姥家在溪水边
那里有个好少年
啊 好少年
年纪和妞妞正一般 啊 正一般。

看她那忧伤的样子，我说："你是要哭了吗？"

她的眼泪真的就流下来了，我用手帮她轻轻地擦拭，她把我搂在怀里，眼泪就落到了我身上柔滑的绸缎上。

招魂法事

从大兴安岭东南麓到燕山北麓的夹角地带，形成一个完美的扇形地带，这里西连阴山朔漠，东接辽海平原，地形复杂多样，山地、高原、丘陵、盆地、平原俱全。既有崇山峻岭，又有河谷山川；既有浩瀚的坨沼沙地，又有广袤无限的森林；既有四野茫茫的草原，又有肥沃的良田。其中有一条狭长的河谷，就是我的家乡。从河谷向四周延伸到很远很远的地方，一直都是我们的土地，父亲说是大清朝的皇帝分封给我们的领地。

对于我们的领地，我并没有一个很明确的概念，甚至连一个轮廓都没有。后来，我从我的教书先生那里得到了一些关于我们这里的描述：远古以来，先商、山戎、东胡、匈奴、鲜卑、契丹、女真、蒙古等诸民族在此大地上繁衍生息。此地气候干旱少雨、多风沙，日照长、温差大、光照强，春暖快、夏热短、秋凉早、冬寒长，形成了这里人细腻粗犷、坚毅多变、义气狡猾、野蛮温柔的习性。从遥远的时候起，成吉思汗儿时伴当，四勇士之一兀良哈者沥蔑家族受成吉思汗赐封，世居此地。大清朝对蒙古王公贵族封官赐爵，推广喇嘛教，广建寺庙，实行和亲。朝廷对漠南蒙古大部实行盟旗制，三年一会盟。各扎萨克旗独立执政，直接对朝廷负责，各辖领地。

我开始隐约知道，我们的领地很大很大，像天上无法想象边际的蓝。看着做王爷的父亲威仪忙碌的样子，我觉得他做的每一件事都是很费一番脑筋的。

祖母告诉我，祖父和父亲都是蒙古族的勇士。说这话时，祖母的眼神里洋溢着一个妻子和母亲的骄傲。

然后，祖母让我规矩地坐在她面前，给我讲关于她勇敢的丈夫和英雄的儿子的故事：

许多年以前的一个早上，喀喇沁部的王爷刚刚做完诵经早课后，就接到了咸丰皇帝从遥远的京城发来的诏谕。朝廷从卓索图、哲理木、昭乌达三盟调蒙古军精锐，由僧格林沁统率围剿太平军，要喀喇沁旗扎萨克郡王立即起兵，会合于僧格林沁麾下。王爷知道太平军闹得很凶，已经在南方定都立国了。京城的眼线传回消息说皇帝有让蒙古出兵的想法，正在筹划中，但没想到诏谕来得如此快，如此急，并且让他没想到的是让僧格林沁将军统率，这是蒙古人的光荣。

几天以后，部族的人马集结完毕，整装待发。年轻的苏德少爷早就站到了队伍里，他要向雄鹰一样飞翔。

蒙古勇士们听说入关剿灭太平匪患，有仗打了，都把马刀磨得快得能斩断光阴，把力气都攒得能搬起大山。活佛、诵经喇嘛、占卜萨满巫师、说唱歌手、琴师、酿酒师、工匠、铁匠、皮匠、驼工等都聚集到队伍后，王爷接过福晋端过来的上马酒，敬过天地，说道："勇士们，太平妖孽祸乱天下，大清皇帝让我们入关除妖，为什么让我们去？因为我们是成吉思汗的子孙，我们是为战斗而生的，雄鹰要在长空击云，战士要在战场挥刀，战死沙场是草原勇士的光荣，斩杀妖孽是一个英雄的颂歌，喝下烈酒，不要回头，让我们出征吧。"

将士们将碗中的烈酒一饮而尽，苏鲁锭在风中飘舞着，勇士们挥舞着马刀，队伍在嗷嗷的叫嚷声中出发了，就像去赴一场盛大的节日聚会。战士们激动得在马上唱起歌来，歌声飞到老阿妈的耳朵里，老人家站在高岗上久久眺望。队伍边尘土里的姑娘哭了，她怕再也见不到心上人。年轻人就从马上跳下来，搂住他的姑娘，滚到草丛里去了。马上的士兵就调笑起来，说再回到草原时会有许多孩子叫我们阿爸呢。队伍逶迤的烟尘拖着歌声长长地荡去，从早上一直拖到夕阳里。

苏鲁锭飘舞在哪里，战士们就拥向哪里。一路上，风餐露宿。按照规定的行军路线，几处兵会合一处，僧格林沁将军看着强悍如牛的蒙古将士，和其他几位王爷对着长生天发誓，"为了蒙古人的荣誉，真心结盟、共同退敌"。

兵驻京城外，僧格林沁将军带着几位王爷入朝见驾。皇帝在乾清宫亲自颁发关防，将"纳库尼素光"刀授予僧格林沁。受大清朝皇帝命，僧格林沁统领健锐营、外火器营、两翼前锋营、八旗护军营、巡扑五营及察哈尔各官兵，并哲里木、卓索图、昭乌达蒙古诸王劲旅出京。随即开赴战场。

兀良哈部的苏德少爷总是冲在队伍的最前面，像雄鹰一样扑向猎物。僧格林沁将军喜欢这个勇敢的年轻人，就将他留在了自己身边做贴身侍卫。我的祖父看着自己的儿子如此勇敢，对他说雄鹰的头顶上永远没有天的尽头。

太平军没见过那些骑着快马、挥舞弯刀，嘴里嗷嗷直叫、身上满是膻气的家伙。他们打仗似乎没有什么战术、队列、阵形，一声令下，战鼓雷动，黄旗一挥，那些骑兵四散着就像箭一样冲了过来。还没想好怎么应对，太平军战士的脑袋就离开了身体，滚到地上去了。苏德少爷杀得兴起，带着几个勇士一路砍杀，竟杀到太平军的中军大营里，一刀就切下了那个正在指挥的将军的头颅。“哗”的一下，如江水决堤，太平军就乱了。进入深秋，捷报不断传向京城，又从京城传到草原。

大军凯旋，咸丰帝在勤政殿设筵宴犒赏僧格林沁及诸将领，并下旨僧格林沁俸银加倍。封喀喇沁部王爷任卓索图盟盟长。晚上，喀喇沁部王爷来到僧格林沁的跟前，说：“鸿雁飞过了湖泊，战马停在了槽前，匪患剿灭了，我们闻到了马奶酒的清香，勇士们该回草原了。”

僧格林沁将几位王爷的想法上奏皇帝后，皇帝咂摸着这群虎狼之师，于是大加赏赐，赐师回乡。

就这样，祖父带着勇士们回到了家乡。父亲则成了闻名草原的英雄。

父亲的故事让我向往，我希望有一天会成为父亲一样的英雄。可是，到此，祖母关于她的丈夫和儿子的故事并没有结束。可能天下所有的母亲都是这样，说到自己的儿子的好处来，都会滔滔不绝，可是我已经有些困了。

祖母继续讲着她的故事！

回到蒙古后的第一个十年里，祖父死了，苏德少爷成为喀喇沁部的王爷。成为王以后，父亲就开始一直同自己的梦境纠缠在一起，许多个夜晚，都难以安眠。闭上眼睛，脑海里满是弯刀和快枪，甚至还有一个长满胡子的孩童不断地扯他的长辫。那孩子力气大得惊人，使劲地将他朝屋门外拉扯，然后是许许多多满身血迹的蒙古勇士对着他哀号哭泣。寺里的活佛派门巴喇嘛开了药送过来，服过后，效果有了，却只有一半，那就是只能让王爷白天睡觉，夜晚依旧噩梦不断。新王爷生气了：“难道寺里的门巴只会让我白天睡觉吗？”

终于又是一个浑浑噩噩的夜晚过去了，天刚亮，福晋就派人去福荟寺请来年轻的三世宫嘎活佛。活佛来到王府时，苏德王爷已经睡下。看到王爷一脸的灰色，缩蜷在宽大的床里面，没有了一点儿英武之气，活佛吓了一跳：“我们的王爷像是蜷缩在槽下的骏马，他的梦境难过而郁闷。”

到中午时，苏德王爷终于醒了，对一直等待在旁边的活佛说：“刚才我骑着战马奔腾而去，走出河谷，翻过了高山，甚至走出草原，到了关内，一个声音一直在前方召唤着我，然后是许多声音，在一片水塘边，到处都弥漫着浓雾，看不清四周，隐约听到到处是厮杀声、哀号声，却看不到一个人，我正踌躇时，从周围伸出无数双手，向我抓来，我想走却不能挪动脚步。那些手抓到我身上，让我的心凉透了。”

活佛根据王爷的描述，进行了占卜，他说：“王爷啊，这些年，天地间瘴气太重，混混沌沌，战事中死去的鬼魂们去不到清静之地，那些战死在关内的蒙古勇士迷茫徘徊，无所依托，找不到归乡之路啊！”

王爷点点头，叹声道：“父亲没有把他们全带回来，死在关内的战士是我们蒙古人的英雄，要让他们回到草原。”

“王爷，神灵在梦里给您启示呢，不能让蒙古勇士的灵魂在关内游荡了！”

“那该怎样办？我的活佛。”

苏德王爷欠起身，急切地看着活佛，如同黑夜里四处乱撞的人看到了一丝光亮。

王爷认真虔诚的神情，让宫嘎活佛内心忽然骄傲起来，作为神灵的代言人，他缓慢地尽量让自己的身体站直，眼神向着窗外的空旷处，提高了声音说：“王爷，灵魂的事就让我们喇嘛来做吧。”

很快，福荟寺准备作一场前所未有的大法事的消息就在河谷里传开了，寺里的喇嘛们要招领超度战死关内的亡灵。人们都议论着，尤其是那些家里有人战死在关内的人家更是泪流满面、感激万分，赶紧给寺里送来了供奉布施，嘴里说着：“大慈悲的佛菩萨啊，把我孩子的灵魂带回草原吧，他在外面太久了啊，他整天找回家的路，他的鞋子早就该补了。”紧接着福荟寺就把法事的用度开支送到了王府里，疲惫的苏德王爷看都没看，就交给了管家，管家可是个精明的家伙，说：“连年战事，王府里也没有那么多银子啊，这么大的事，关乎我部旗每个人啊，就让大家都有机会表现虔诚吧，神灵可是在天上看着我们呢！”就这样，喀喇沁部所有的贵族、塔布囊、台吉，甚至旗丁、家丁等也都到寺庙里捐献了银子、粮食、奶酪等。

隆重的法事在嫩青五月的一个晴朗明净的早上终于开始了，牛吼般的法号直抵最远处的山顶，吹醒了一切生灵，让河谷浩浩荡荡。福荟寺大殿前举行盛大的仪式，苏德王爷和善坤福晋首先供养了诸佛菩萨，祭祀了成吉思汗及先祖，焚了第一炷香，宫嘎活佛则咏诵起第一声经文，紧接着诵经声从喇嘛们口中喷涌而出。庙堂内喇嘛们念动驱鬼经，经文向锡伯河水一样奔流。烟雾缭绕中，大片的民众跪拜在大地上，就连天上的飞鸟也都飞落大地，匍匐敬畏神灵。94 名喇嘛跳起了查玛，

59 人戴上面具盔甲，人神兽魔鬼纷纷出场，蟒袍在阳光里闪耀，斧叉刀剑裹着经文在大地上飞舞，铙钹喇叭大小鼓协同吹奏，气氛神秘，四支大法号声如牛吼，森严可怖，远震数里，将地上的鬼魔驱逐到了山间沟底、树丛阴暗之地，再也不敢出来。在寺庙外面的广场上则是由 500 人组成的安代舞群，萨满巫师手里挥舞着经幡符咒，为众生驱邪除疾，让疾病寒邪远离人们的身体；寺里的乐师喇嘛们奏起了经箱乐曲，乐声曼妙缭绕、幽雅古香、沁入心灵，普度万物众生，带给人间吉祥。

宫嘎活佛给法事设立名称叫作“招英魂祭”。法事计划是从青五月开始，延续到绿七月圆满。第一个七天在福荟寺里进行，第二个七天祭祀在王府前锡伯河河谷的十三敖包，然后法事队伍从福荟寺出发，过木兰围场、承德、抵古北口，在古北口设坛招魂，喇嘛们念《秘咒雅仙大僧经》和《伊罗经》，以超度亡魂，最后带领蒙古勇士的魂魄返回河谷，回到福荟寺，于寺庙后山上建一座安魂塔，让死去勇士的灵魂终回故乡，安息于此。

到日落黄昏时，第一天的法事终于结束了。望着天边的夕阳，那金色的光芒融进喇嘛们的红色僧袍中，交相辉映，闪烁出神灵的色彩 。苏德王爷怔怔地看着眼前的一切，眼前出现了神灵光耀的幻景，他看到一尊佛菩萨端坐在寺院的大殿前，光芒笼罩，众喇嘛簇拥在他的周围，直到身后的福晋推了他一下，他才看清原来那是宫嘎活佛。这让我们的王爷很吃惊，虽然王爷对年轻的活佛一直都很尊敬，但自己才是这片土地上的主宰，寺庙里的土地、银子、供奉都是王府的赐予，也就是苏德王爷的赐予。因此，很多时候，他都把三世宫嘎活佛当作自己和神灵的传语者，王府对部众的宗教说教者。但这个幻景却让苏德王爷改变了他对活佛的认识，或许他不知道，这对于兀良哈家族的未来会有多大的影响。

喀喇沁部场面宏大的招英魂法事活动传遍了整个东蒙古草原，其他部族中那些在关内战事中有人战死的人家都说喀喇沁部众好福气，喀喇沁王如何护佑部众，让战死关内的蒙古勇士魂归故里，甚至邻近的敖汉部旗边境上的一些小部族率众投奔喀喇沁部，带来了百姓和羊群。这样一来，敖汉旗的巴图王爷可坐不住了，鼓噪起来，竟状告到了大清皇帝那里。皇帝为抚慰东蒙古草原众王，首先表扬了喀喇沁部，并准其他部众尽可作招魂法事，让苏德王爷将来投的敖汉部众人员尽遣回本部。苏德王爷接到谕旨后，叫来了管家、诸章京、活佛等商议。管家第一个说话：“王爷啊，有人来投，是因为您爱民护众，是我们的草场茂盛和土地肥沃，是我们的泉水甘甜，要是将来投的部族都遣送回去，今后还会有人来拜投在王府的台阶下吗？”

众人听管家这样说，就都附和着。

众人觉得既然是管家第一个说话，那一定是王爷的意思，哪个主子不愿意拥有更多的土地和部众呢?

宫嘎活佛也说是佛的恩赐。

这时苏德王爷打了个哈欠:“我累了，你们看着办吧。”

于是管家派人给巴图王爷送去了银子和一封信，银子是补作敖汉王爷的损失，信里则写道:“喀喇沁部不会将来饮水的饥渴的羔羊赶走，不会拒绝折翅的鸿雁找一个歇脚疗伤的地方，要想不让自己羊群里的羊走散，最好是看护好，多喂些草料。”

绿七月中旬，浩荡的法事队伍从古北口归来，苏德王爷在王府前十三敖包处举行了盛大的迎接礼仪，风尘仆仆的队伍带回了遥远的气息，久别故乡的蒙古勇士的魂魄在招魂法器里不断地撞击着，越是临近家门，撞击声就越大，叮当作响，都争着想要回家看望白发的老阿妈和心上的姑娘。队伍停下来，宫嘎活佛念了一段安魂经，才让那些魂魄安静下来，人们在十三敖包上面放满了石子，或随手拾到的所有的圣洁的东西，向神灵祈祷。苏德王爷接过活佛手里的招魂法器，沉甸甸的法器装满魂魄，让王爷拿着有些费劲，当王爷对英魂行抚慰语时，所有的喇嘛和天上的神灵都忙碌起来，天上的神灵镇守四方，不让魔鬼趁机盗取勇士的魂魄，地上的喇嘛则念经超度亡灵，让他们归于安息。果然，当苏德王爷将法器放在敖包前的一瞬间，轰隆隆一声震天响起，几个黑影从角落里窜出来，直奔法器。只见金刚战神挥舞巨斧向黑影劈去，紧接着天空里闪过一连串霹雳。几声惨叫过后，几道火焰尾随黑影向天空飞奔而去，直到在天边滑落。宫嘎活佛这才将招魂法器用经幡遮盖上，镇静地说:“这些天，这些魔鬼一直跟随我们，专等安抚法器时动手盗魂。好了，王爷，魔鬼被赶走了。”最后，喇嘛们去寺庙外焚烧了“白棱”(白面塑的鬼脸)，法会结束。

那天夜里，苏德王爷第一次睡得安稳香甜。

祖母的故事终于结束了，跨越了很长的时间，可是许多年的岁月演绎在祖母的嘴里只是那么一丁点儿的工夫。我还不明白，年轮在一个经历过许多世事的老人的记忆里是多么地短暂拥挤。我呢，已经香甜地睡着了。

据祖母的另一次故事说，在作完这场法事以后的许多年里，我们的河谷都太平富足，没有祸乱。再后来，又一个十年过去以后，我就出生了，三世宫嘎活佛也为我作了一场祈福法事。善通寺里的住持根敦堪布喇嘛，也就是我的叔叔，成了我的教父。

寻 金

那些年，灾祸不断，饿殍遍地，穷苦百姓从关内流浪到蒙古高原，到草原寻活路。这样我们的草场就少了，耕田就多了。

那些年，时局动荡、内乱纷争，不知从哪个地方跑出来许多罗刹一样的长毛鬼，他们从遥远的大海上纷纷拥来，觊觎东方净土。祖母说，大海离我们的领地还有很远很远的距离。

那些年，天地间整日昏昏沉沉、雾霭弥漫，到处是瘟疫和饥荒。我们的领地上每天都可以看到大批关内来的流民向北方移动，倒下、爬起来，再倒下。祖母说，佛菩萨也保佑不了这么多的人，我们领地上的生灵就够佛菩萨忙活的了。

寺里的喇嘛说："整个大地都受到了诅咒，无期无尽，无边无际。"

无论怎样，东蒙古草原上的天还是那样湛蓝，那样明净，河谷流淌的水依然甘甜，山地的空气依然清新，人们放牧、种植、狩猎、采金，生活在人神共存的日出日落里。

也是那些年，东蒙古地区在各蒙旗王爷的授意下，金银矿山开采业十分盛行，扎萨克衙门按利抽成。在我们的领地上，开矿采金是贵族积累财富和山地百姓寻活路最好的办法。

许多年来，金爷侯的足迹踏遍了东蒙古地区的每一处山地，他站在山脚下的开阔地上，向山上长久地张望着，不停地吸着嘴里的烟袋，然后拿在手里，烟袋锅朝前，烟嘴朝后放平，眼睛微眯，水平地盯着前方山腰金脉线上插着的红绸杆，然后沿着山腰的金脉线向山脊走去，站到山脊上，回过头来，再向下张望许久，又退回到山腰处，指着脚下对身边的人说，"插上标"，于是一口金槽就定好了，在众人的簇拥下，金爷侯风光地下山喝酒去了。

金爷侯是汉民，是向北移动的关内流民中留下来的，他是河谷里最有名望的相金人。贵族老爷们赏的金银全让金爷侯救济了穷人或是挥霍散去，他说：“看金人不能有一丝金，否则，就不灵验了，看到的全是虚脉。”这样，许多年来，金爷侯依然孑然一身，身无分文，却过得优哉游哉。于是，每有大矿脉出现，必请金爷侯定槽，但若前夜要了女人，则金爷侯要封口三天，以避虚妄。

金矿槽口开槽时，必备肥猪、肥羊、肥鸡以供奉太上老君爷，这是我们这里多年来谙习的汉地的习俗。然后矿主、矿工、佐领、章京无论大小、尊卑使劲吃喝一顿，叫作“开牙祭嘴”。自此开槽采金，不许胡言、不能妄语、不欺不骗，否则，老君爷会收回金银，不赏分文。

矿主问金爷侯：“这些汉地传来的烦琐讲究真的有用吗？”

老人嘿嘿笑道：“人们要得到的是黄金，我们遵守规矩，黄金就来了，有谁愿意用得不到黄金的代价去试一下吗？”

佐领的问题显得多余而愚蠢。

是的，天下的事很多都说不清楚，不知从何时起，人们就那样想了，那样做了，世世代代，约定俗成，有人问为什么？人们回答：“从老一辈就这样。”

或许，做事情有更合理、更直接的方法，但那又有什么区别呢？每天日出日落，快乐悲伤，日子都那样挪移，免去那些烦琐，用最直接的方法把事情很快做完了，剩下的时间用来干什么呢？这是一件很费脑筋的事，千万不要去思考，会妄生出许多是非，给并不快乐的生活徒增悲伤。所以，很难说清直接得到的结果和曲折婉转得到的结果哪个更让人满意幸福一些。

连年的征战，苏德王爷深谙必须要拥有自己能够支配的强大力量。这种力量不是大清皇帝给的，也不是佛菩萨赐予的，力量的源泉是金银，是用金银换来的。有了金银后，才能召集更多的人手，训练更好的战马士兵，配备更好的快枪和火炮；才能让自己的家族更加强大，才能有更肥沃的草场和耕地，才能在草原上悠闲地狩猎，才能让寺里的喇嘛们安心为扎萨克衙门念经祈祷，才能让大清朝皇帝的耳边经常听到有人说苏德王爷如何安分守己、靖安守边的话。

第一次看见金爷侯的时候，眼前的老人让我很失望，一副形容猥琐的样子，完全不是管家嘴里说的那样。我满以为一个同黄金距离最近的人即使不是散发着金子般的光彩，至少也会同王爷的福晋一样浑身上下挂满金饰。

那天管家正用一只手抚摩着另一只手指上的金镏子，我困惑地瞅着管家，我的年纪还不允许我理解金子与穷苦并非就是因果的深意。

这时候，父亲在他的椅子上说："请坐吧。"

这片土地上，王爷只有找寺里的大喇嘛时，才用"请"字。对于一个下等人来说，来自权势的尊重只会带来不安与惶恐，因为那种尊重实际上只是强加给他的重负而已。

金爷侯只是一个穷苦的相金人，受用不起，不安让他并没有坐在椅子上，而是将身子低得更低了。

坐在厅堂上的父亲，在我眼里只是一个夜里像马一样喘息的再普通不过的人。

但现在，他是苏德王爷，他就不再普通了。

是的，一个人无论怎样普通，只要他能够坐在王府厅堂的王座上，那他就是这片土地的主宰者了。他就会因此变得与众不同起来，他身上的一切就无不透着王者风范，甚至他打个喷嚏，在贱民眼里也会带着威严气魄喷涌而出。你甚至可以看到神灵也要仰视他。这不，金爷侯的余光扫到了坐在偏座上的福荟寺里的宫嘎活佛身上，活佛正注视着中间的王爷，一脸的肃穆。

金爷侯虽然是个汉民，却也是个虔诚的佛教信徒。他赶紧收回目光，很怕触碰到忽然朝他这边投过目光来的活佛，同活佛的目光对视，是对佛的不敬。

这时，厅堂的王座上一个浑厚的声音传了过来，准确地送到金爷侯的耳朵里。

"昨夜梦里，神灵托梦告诉我，天帝念我部族爱护百姓、有德于万物，故赐予我部一笔金银财富，可我们总要找个带路人吧，你是最好的寻金人，不贪不嗔，所以，我想让你来打开宝藏之门，你看如何啊？"

金爷侯诚惶诚恐地说："王爷信得过我，我定当尽全力。"

父亲朗声笑道："打开宝藏的钥匙可不好找啊，你有什么要求尽管提。"

"王爷只要允许我在您的土地上随便走动，哪里都能探寻，我就能找到最好的矿脉，把金钥匙递到您的手里。"金爷侯颇为自信。

管家不知何时已经来到了金爷侯的身边，"老人家，王爷交给你的重任可不是开玩笑的，找不到金银之门可是要掉脑袋的，而且这件事只有佛菩萨知道"。管家说这话时是那样随意。

于是这个晴朗的早上，为了拥有更强大的力量，苏德王爷轻松地定下了寻找金矿的计划。然后，他就去参禅了。

寻找黄金的事情在管家和金爷侯的商议下很快组成了一个隐秘的寻金队伍，管家给金爷侯配备 30 人作为助手，有厨子、金匠、铁匠、皮匠、毡匠、酿酒师、脚夫、开槽工、诵经喇嘛等，外加 20 人的快枪卫队。出发前的几个夜晚，管家给金爷侯送去了两个漂亮的姑娘，一个丰满，一个白嫩。

金爷侯心里明白，如此的规模，王爷是一定要找到蕴藏的大金脉；如此的隐秘，是绝不能让别人知道矿脉的所在；快枪卫队既是保护，也是监视；送来的姑娘，就是告诉他以后都不要碰女人了。从那时起，他已然踏上了一条艰难的寻金之路，但他却不知道自己踏上的将是一条不归之路。

那天早上，宫嘎活佛亲自为寻金队伍祈福诵经，金爷侯喝过王爷亲自斟满的送行酒后，装扮成商旅的队伍朝着北方的领地出发了。

寻金可不是一件容易的事情，让我们听一下寻金的故事吧：

几个月以后，探矿寻金队依然一无所获，勘探到的矿脉不是含金品位太低，就是虚矿脉；这些日子，金爷侯的酒喝得越来越多了，管家的脸色也越来越沉了。进入秋天以后，就连骑马的管家都穿破了几双靴子，寻金队伍已经走遍了我们的整个中部领地，他们不得不转变方向，向东边继续寻找。

这天夜里，金爷侯像往常一样，醉倒在帐包里的火盆旁，管家在帐外来回踱着脚步，虽然心里烦躁，但聪明的管家还是掀开帐帘，来到醉倒的金爷侯身前，替他把羊毛毯盖在身上，柔和地说："老人家，不要喝太多的酒，会伤了身体，金子可不是那么容易找到的。"金爷侯没有理会，但管家知道这个老人即使睡着了也能听见他说话。

金爷侯只是在似睡非睡的梦里醉着。管家出毡包时，一股清风涌入，就轻轻地托起金爷侯的身体，向外面的夜空中飘去。金爷侯感觉自己就像躺在柔软的棉花上，抬头看着满天繁星闪烁在苍穹，前面由一只小鹿引路，那样轻柔，就这样飘啊飘。翻过了几座山峰后，徐徐落在一处山间的泉水旁，四周都是高崖围拢，从一处崖间流下一股细细的水瀑，汇入一处星光闪耀的水潭中。一个白发老者告诉他："你要找的东西就在这里。当你找到时，你就会失去。"

早上醒来，金爷侯和管家坐在毡包外喝奶茶，金爷侯望着不远处的山峦，这时节正是满山的金色、红色，层次分明，让人迷醉，让人浮想。喝完奶茶，老人家拿出了腰间的烟袋，装上烟叶，点燃，深深地吸一口，很享受地缭绕在烟雾里。他的眼神依然在山峦上，管家就说："你不会是想进这座山吧，这可是兀良哈家族的禁山。"

老人没有吱声，依稀想着昨夜，不知是梦境，还是真实；但凭他的直觉，应该进入眼前这座莽莽苍苍的大山，它似曾相识，它神秘莫测，或许是命运让他来到这里。

管家皱皱眉头:“这座山可是王府的禁地，以前的先王就规定不准任何人进山。”

金爷侯用烟袋敲敲靴底，说:“管家大人，您的靴子穿破了几双了？您可不愿意每天夜里都在我的毡包外乱转吧。看看山上的颜色吧，再过一段时间，再结实的靴子也没用了。再说，王爷可是同意我任何地方都可以探寻。”

“王爷是答应了，可你也不能当真啊。”管家说。有些事情，即使主子同意了，做奴才的也绝不能做。但管家心里清楚，山上红黄季节过后，可就是白色季节了，到时大雪封山、满眼银白，很难看到任何地上的脉线，金矿就更难找了。那个时候，怎么回去见主子？

“那好，要是找不到金子，王爷怪罪下来，我就说金子就在这座山里，我一个老穷鬼没什么，可您尊贵的管家大人就不一样了啊。”金爷侯不紧不慢地说。

“好吧，老家伙，随你。要是找不到金子，我非宰了你！”管家一跺脚，下定了进山的决心。

队伍出发了，到太阳过头顶时，终于来到了东边的鸡冠山山脚下。探子早已叫来了附近守山的山户在那里等候，管家脱了靴子，坐在一块大石上，疲倦地挥挥手，让身边的护卫过来揉肩。

守山的山户们从来没有见过这么大的人物，表情就紧张起来，话语就结巴起来，膝盖就软了起来，跪在地上不敢抬头，在那里局促着。这让我们的管家兴奋且受用，他甚至每次都会耐心地等待这种时候的出现。每当这时，他身上的疲倦就会瞬间消失，脾气会变得极度地好，呼吸会极度地顺畅。甚至从早上一直到太阳落山，他才会说:“都起来吧，不用害怕，慢点说。对了，我口渴了，还是让我喝一口你们醇香的奶茶吧。”

寻金的日子里，管家享受到了一个尊贵的主子应该享受到的一切，有些时候，他甚至会忘了此行的目的。当金爷侯出现在他的视线时，他才会忽然想起，他会立即大声说:“你们难道都忘了我们的使命了吗？别忘了，你碗里的奶酒，嘴里的羊肉，脚下的靴子，可都是王爷赐予的。”这更像是在提醒他自己。

最老的山户终于能完整地开口了，因为许多年前他曾经见过一个前来视察的章京，那可是这些山民见过的最大人物。“这座山因其主峰高挺，紫气缭绕，人神敬畏，像一只雄鸡屹立，叫作鸡冠山。并且，此山南麓有皇家公主陵寝，我等在山东麓，未曾见过。此外，据传，山内有圣物镇守，许多年以前，被扎萨克衙门定为禁山，不准任何人踏入，我们世代在此守山，每年只有在春秋祭祀时才进神山两次。

老爷，前面入山口也有敖包祭祀，我们从未有半点懈怠。”

管家叫来了队伍里的秘书官：“智慧的人，可知道原委？”

“这座山和敖汉旗接壤，是王府的禁山。山上丛林茂密，野兽出没，山顶祥云缭绕，传说中，有圣物护山。因为山中有宝，并大清和硕端静公主陵寝在鸡冠山南麓，故被喀喇沁部族先王列为禁山。”

管家瞅了瞅金爷侯，老人正向着山间遥望，没有看他的意思。于是管家让随行喇嘛在敖包前进行了诵经祭祀，布撒了幡符，众人对敖包进行了祈祷，祭了山川、树神后，将玛尼堆堆高了许多，向山里进发了。

一路上队伍斩杀了一只豹子，两群饿狼。几天以后，沿着山上点点滴滴、虚虚实实的矿脉线，终于来到鸡冠山主峰下。爬上一处高岩，向周边望去，守山老人说前方下面就是叫作滴水湖的山涧。这里四周被高崖围拢，立陡壁悬，飞鸟难过，中间却形成一块平坦之地，中心一处明净的水潭，远远看着，阳光投射，闪耀光芒，但若要下到山涧则需经过一大片乱石窖，这是唯一的路径。守山人说：“老爷，传说圣物就在此处，所以小人们从未敢越足。”

管家背后忽然升起一股凉意，不自觉地向金爷侯看去。

金爷侯正在四处观望，只见粗大的金脉从四周延伸过来，在这里聚拢，向涧底划去，恰似万剑直指水潭，平添无穷的灵秀。如此景观，从未见过，心里称奇，这个见多识广的老者不禁摇头赞叹，真是天地间的鬼斧神工。“菩萨啊，我老头子好福分啊，我寻了一辈子金脉，有幸能见如此景象！”

“我们下去。”金爷侯语气坚定。

众人小心翼翼地沿着垭口向潭底进发。此时，我们的管家早已落到了队伍的后面。刚刚接近乱石窖，阵阵凉气就侵袭过来。巨大的乱石胡乱地堆砌在一起，互相挤压着，自亘古以来就这样固执地将身体赤裸裸地展示在天地间，显示着生命的力量与执着。巨石与巨石的缝隙间形成无数个深不见底的洞穴，冷气就从那里升腾起来。巨石湿滑的表面长满青苔，让人难以立足，谁要是不小心掉下去，可能就再也爬不上来了。一个兵丁果然就踩在了青苔上，脚下一滑，身体向侧后倒去，不自觉地伸出双手抓向身边的另一个人，那人猝不及防，身体趔趄一下，下意识地立即跳向另一块巨石，谁知道这巨大的石头被他一踩，竟然倾斜翻转起来，瞬间那人就消逝在巨石的下面。可能许多年来，这是这里唯一的一块翻转的石块，代价是一个人的生命毫无征兆地消逝在黑暗中。那个人做了鬼或许都没弄明白究竟是怎么回事。这时向后倾斜的那人刚好倒在那里向下滑落，金爷侯就像一头豹子一样扑过去，抓住那人挣扎的双手，并顺势趴伏，将身体牢牢地粘贴在巨石上。附近的碎石哗哗地往下掉，撞击震颤着乱石上的每个人的心灵。金爷侯也不明白何以自己刚才竟然能够飞跃出去，一定是菩萨神灵护佑。

好不容易来到潭底，这里杂草丛生，藤树横陈。蹒跚到开阔处，众人眼前一亮，远远看见潭水两旁忽然多出两块巨石来。巨石闪耀着光芒，金爷侯心下奇怪，就问早已战战兢兢的管家："老爷啊，刚才在上面隐约看到潭水边上也有巨石吗？"

"啊啊，没有，有吧。"管家自己也不知道在说些什么。

到了近前，众人一下就惊住了。原来是两条巨蟒一左一右盘卧在水潭两边，一条金黄，一条乌黑，闪烁着灼人的光芒。身体盘踞犹如两块巨石，脖子伸向空中，探出血红的芯子，眼睛像四只灯笼，怒视着来人，发出咝咝的声响。众人哗的一下，四散逃去。哪里来得及，那两条长虫身子只一前倾，隔空就生生将近前的两人吸起来，在半空中动弹不得；一仰身，就将空中的两人甩在地上，瞬间脑浆崩裂。

管家早已啊的一声倒在了地上。这时四周的乱石里忽然出现了无数条身形略小的蟒蛇，将四散逃跑的人又围逼回来，人群哀号战栗着。还是金爷侯老到，他知道眼前的巨蟒绝非俗物，定是此间的护法神，想逃走是不可能的。于是，定神跪下，几个喇嘛也赶紧跪下诵经祈祷，祈求护法神灵宽恕擅入圣潭之罪。

不多时，一只鹿从潭水后面的山洞里走出来，身后跟着一个白袍老者。

老人对金爷侯说道："我们已经见过面了，我是这里的山神。所谓水生金，金养水，只因此山亿万年间，经日月精华，经风沁水润，孕育有金银宝藏。许多年以前，兀良哈家族先祖经神灵点化，恐引祸乱，不为私利采掘，将这里列为禁山，今既为兀良哈家族后人要开采，你们能够找到这里，也是一段缘到了，我不为难你们。但万事利弊两分，金银带来富贵权势，也会带来苦难灾祸，伤及生灵。告诉你们的主子，'思忖定夺，好自为之'。此山金银若被采掘，也就破了风脉，无须守护，我也就走了。"老人说完，衣袖一挥，那两条巨蟒瞬间化为两条小蛇，钻入老人衣袖中，飘忽而去，地上的蟒蛇也尽皆消失。

人老了，总会把自己的生命交付给什么，或许是故乡的山水，或许是一棵陪伴自己多年的老树，或许是相伴多年的恋人，甚至是一些对往常岁月的遐想。当金爷侯站在滴水湖的潭水边，向四周瞭望时，他第一次感觉到自己需要找一个地方休息了，坐下来，然后躺下去。是的，那夜里的亦真亦幻的境遇，那轻轻飘浮的身体，那前所未有的轻柔，那骇人的巨蟒，那守山的山神，冥冥中，似乎是一种注定。许多年以来，他总认为自己会找到一处超乎想象的大矿脉，到老，终于实现。让他强烈地感觉到自己寻了一辈子金子，走了一辈子的寻金之路，似乎他的一生都在为来到这里积攒，为发现这里铺垫。老人干枯的身体第一次感到如此轻松，如此充盈。

于是，金爷侯对管家说："老爷，回去告诉你尊贵的王爷吧，我不走了，我要留在这里。"

当管家将山神、巨蟒、乱石、水潭一一讲述给父亲时，我们的王爷唏嘘不已。他激动地跪在王府的家庙里，感谢先祖，"是我的先祖者勒蔑护佑部众，给我们积攒下的财富啊。"

那时，我正站在父亲身旁，他示意让我也跪下来，我惶恐地照做了，我跪在地上一直想着管家的话，就像老祖母给我讲的神话传说一样，毫无边际。

直到后来，我也不知道这段往事是否真实，或者那只是我们捏造的一个传说，为我们得到的财富增添神秘，让那些百姓和我们周边的邻居认为是神灵赐予我们的。但在那个人人心灵中都有一块属于神灵的明净之地的年代，人们的头脑是空灵的，思维是纯粹的，没有人会去探究真实与否，甚至没有人怀疑神灵是否存在。人们只是相信因缘，喇嘛们会说："有缘者，自有神；无缘者，永难见。"

"王爷，如此神秘境遇，此山金银恐怕不能取啊！神灵的话还是要听的。"宫嘎活佛不无担忧地进言。

"活佛啊，先祖留下的财宝，我不取，就是对不住先祖。至于山神所言，不要让我担忧，那是你应该做的事情，神灵的事，你去处理好了。"父亲想都没想地说。

于是，在宫嘎活佛的主持下，我们在鸡冠山修了一座山神庙，为山神塑像，以拜祭山神老者，感谢神灵多年来守护圣山，并在滴水湖潭水边修建敖包祭祀祈福。

苏德王爷满足了金爷侯的愿望，在潭水边为老人盖了房屋，让老人居住在那里，继续指导金矿开采。王爷说："就让他永远住在那里吧，他老了，该颐养天年了，不要再让他四处走动了。"

管家当然明白王爷的话，金爷侯能为我们的部族探到金脉，也就能为其他贵族老爷探到金脉。于是就给老人派去了几名随从支使，吩咐他们："仔细伺候老人，金爷侯年龄大了，不能走太远的路，就不要出山了。"

现实就是这样，当你和梦想缘到时，也就该缘尽了。金爷侯终于明白守山神灵说的话："找到时，你就会失去。"

下战书

天上没有不流动的云彩，地上没有不随风飘去的草籽。不知是哪阵风，哪片云，或是哪一只多事的飞鸟，翻越了鸡冠山的重重山峦，将我们在山内开采黄金的消息传到了敖汉部巴图王爷的耳朵。

敖汉的巴图王爷很快就派人给苏德王爷捎来了口信："我的亲戚喝上甘醇的奶酒，会给我留上一碗；我的朋友吃着喷香的牛肉，会给我撕下一条；金子太多了，当心撑破你的库房，还是留给我一些吧。可不要冷落了你的亲戚。"

没有人知道我们从鸡冠山里采掘到了多少金银。山神庙的油灯夜夜长明，采金工将尘封的大山走出了一条平坦小径，选矿厂前面的山坡上被废弃矿石铺成了一条青白色的瀑布，远远地望去，从山顶一直延伸到山下的密林里。

管家说："看来，我们河谷里的水流得太急了，牧场上的草长得太茂盛了，耕地里的庄稼长得太好了，高山上的花开得太艳了，库房的金银堆得太满了。"

"是的，我们让别人夜里睡不安稳了。"苏德王爷眯着眼，若有所思，"从现在起，增加人手，人不歇矿不停，加快开采进度。另外，所有采金工统一上工下工，同吃同住，谁也不许走出深山半步，私逃者，杀！还要多加卫队护山，有任何靠近者，杀！"王爷说得斩钉截铁，语气里投射出王者控制别人生死的权威。

每到秋天，苏德王爷都会进行领地巡游。他愿意在这个收获的季节里四处转转，让属地上的子民们不要忘了，在秋天明净的天地里，不只有神灵，还有一个比神灵更重要的人，那就是他们的主子。所有的牛羊、粮食、财富都是主子赐予的，而神灵只是起到了护佑的作用。如果主子不高兴，他会收回一切，到时连神灵都没用。

秋天又来了，苏德王爷开始了他例行的秋季领地巡视。这次，父亲要我同行。他说：“我的儿子应该将脚步踏在我们的领地上了。”

一路走去，每到一个地方，那些佐领、头人诚惶诚恐地跪伏在尘土飞扬的马队旁的样子，让我第一次感受到了作为主子的好处。坐在高大的马背上，看着地上的人被马蹄扬起的尘土呛得不停地咳嗽，那种感觉妙不可言。管家看出了我的心思，凑到我跟前说：“有一天，少爷也会同王爷一样威风的。”

我忽然有一点害怕，这个人能够看出我在想什么，我知道父亲为何让他来做管家了。

我们来到了东边的老哈河草场上，住了下来，照例是一夜的歌舞酒肉。

早上，天刚蒙蒙亮，父亲就起来了，刚练完一趟拳脚，宫嘎活佛就走到王爷身前，倾身道：“我们有客人要来了。”

父亲点点头：“不知道什么时候来？”

“从西边金色的光芒里走出来。”宫嘎活佛望着远方的地平线，若有所思。

苏德王爷唰的一下拔出挂在树桩上的佩刀，将刀锋竖起说道：“雄鹰就该在天上，苍狼就该在草原，该来的总会来。”然后，他对身边的管家说，“去准备吧，别让我们的客人小看了我们。”

太阳西斜时，梅林都楞仓带着马队在西边草场高坡上“一”字排开，等待远方的来客。清一色的战马、弯刀、毛瑟长枪，让勇士们看上去英俊威猛。不久，远处的草原出现了几个黑点，落日的西沉将黑点越拖越大，终于从夕阳的光芒里走近，是由十几骑组成的马队。

眼尖的老兵丁说：“我看，好像是木图老爷。”

都楞仓驱马从坡上奔下，来到近前，哂笑道：“我们的王爷说远方的客人会从落日中走来，让我在这里等候，请喝一碗香甜的奶酒，将劳顿留在身后吧。”

马队正是敖汉部巴图王爷的胞弟木图贝勒和梅林嘎拉桑扎布组成的使团。

木图和嘎拉桑扎布吃了一惊，经过周密计划，他们从东边绕过我们的领地，从边界来到西边，从西边出现，以此展示巴图王爷的无所不能和神灵是站在他们这边的。然而，如此地费尽周折竟然让苏德王爷知道了，竟然还派了一队人马在这里迎候示威。但木图沉着冷静，丝毫没有表露，两人相视一笑，镇静地从马上下来，接过都楞仓递上的奶酒，木图道：“感谢尊贵主人的奶酒，感谢英勇的梅林都楞仓的相迎。”

都楞仓和嘎拉桑扎布两位梅林是旧相识了，他们曾一起剿过边境的匪患。虽然各为其主，但勇士亦惺惺相惜，两人互相问候，紧紧地拥抱在一起。此刻，只有勇士间的拥抱是真诚的。

苏德王爷已经坐在草场行营毡房前的靠椅上喝了半壶奶茶了，细微的汗珠从他宽大的脑门渗出，滚烫的奶茶让他的脸庞更加红润。太阳还没有完全落下，此刻落日余晖正好照在王爷身上，他正悠闲地翻看着一本汉字体的诗集，显得英武而含蓄。

身旁的管家说："王爷，他们来了。"

苏德王爷没有抬头，一副汉人学究老先生的样子，轻轻摇头，微微颔首，自言自语道："有朋自远方来，不亦乐乎！"

马队来到行营前，木图贝勒一行人下马行过礼后，献上了哥哥巴图王爷让他带来的礼物——一把德国造的勃朗宁手抢和上好的烟土。苏德王爷拿过手枪，掂了掂："好枪！"就随手扔给了身边的梅林，"还是给我的勇士打豺狼用吧"。然后哈哈大笑道："我东边的朋友从西边来，费尽周折，可别做了迷途的羔羊。"

木图贝勒也不含糊，望着即将沉入草丛的夕阳，道："我的骏马快如闪电，不愿停蹄，让我把温暖的光辉带到这片草原。"

管家看看左右，说："麻雀想要跃过苍鹰，蝗虫想要飞到天上，木图老爷一路劳顿，莫不是累糊涂了，啊！"

众人一阵哄笑。

苏德王爷也大笑，说："巴图王爷想得可真周到啊。木图老弟，没想到我的勇士们在你东边草场上相迎吧？"

在苏德王爷面前，木图贝勒再沉着也难免慌乱，他心里很清楚，在他面前的是东蒙古的真正王者。他揶揄道："难道苏德王爷这样待客，就让我们站在毡包外吗？"

这时管家做了一个请的手势，道："帐里的奶茶已经沏好了，别让我们的客人说我们怠慢啊。"

进帐后分宾主落座，喝过一碗奶茶后，父亲问候了巴图王爷："我的老朋友一向可好？"

木图放下茶碗，挺了挺胸说："托佛祖保佑，我的王爷哥哥像雄鹰一样迅捷，像蛮牛一样壮硕。"

苏德王爷道："好啊，我可不想我的朋友像一只老羊，上不了马背，岂不少了一个让我动脑筋的人，那我会很难过的。"随后哈哈大笑，继而又说道："木图老弟，费了这么大心思，总该不会仅是为了到我这里来喝杯奶茶吧？说吧，巴图王爷派你来，有何贵干？”

木图放下手里的茶碗，说：“既然苏德王爷问，我也就明说吧。鸡冠山发现金矿的消息已经传遍整个东部草原了。鸡冠山位于苏德王爷和巴图王爷所辖地界中间，理应有一半属于我们，况且我们两个家族是亲戚啊。巴图王爷让我跟尊贵的苏德王爷说我们亲如兄弟，汉人说兄弟如手足，弟弟碗里的奶茶总得分一点给哥哥喝吧？所以，巴图王爷应该有一半的鸡冠山金矿开采权。”

苏德王爷听后又是一阵大笑，说道：“木图老弟，我就喜欢你这种直性子。鸡冠山是不是发现什么金矿我还不知道。”

“管家，你知道吗？”

管家眼珠一转，回答说：“回王爷，听那里的佐领报告，前阵子金农是发现了一条新金线脉，可是和先前那些线脉差不多，含金量少，品位低，没什么开采价值，还是那些金农零散开采，用于糊口。”

“原来如此，木图老弟，你都听到了，都是一些民间的谣传，回去告诉巴图王爷，不要听信这些无稽之谈，鸡冠山的金农祖祖辈辈就在那儿采金，也没见哪个发财，都是些小矿脉，糊口而已。”

木图听后，正色道：“清澈的河水不总流在一处，雄鹰相残最高兴的是肥美的野兔。苏德王爷，这么说是不肯让我们家族参与金矿的开采了，可不要因此伤了两家的和气，手足相残，最后伤到的是自己。”

苏德王爷沉下脸来，说道：“远方的客人来了，我们有最甘甜的奶酒；不怀好意的豺狼来了，我们有最锋利的刀枪。我可不想我的勇士的刀锋砍到你木图老弟的人，不要再说了。我看，木图老弟此番来不是为了什么金矿，而是看上了我的土地吧？这里每一寸土地都是成吉思汗赐给我的先祖者勒篾的封地，每一片草场都是兀良哈部族的生息之所，无论是草甸还是高山都是大清皇帝给我部的治辖之地。”

“管家，晚宴准备好了吗？木图老弟一定是饿昏了，开始说胡话了。”

木图见父亲如此说，也就不好再多说什么，只能暗暗地自己心里发狠。

晚宴开始了，气氛很沉闷，只有我吃得香甜可口。管家不时地看我一眼，他是怕我丢了兀良哈部族的脸面。

父亲的手下轮流向木图敬酒，很快他就表现出醉态了。他将一个进来斟酒的姑娘搂到了怀里，姑娘手里的酒洒了他一身，这下，管家不再注意我了。

还有都楞仓和嘎拉桑扎布喝得极为痛快，父亲没有让人打扰他们。看得出，两位勇士相互敬佩。据说上次痛饮还是几年前一起剿匪时，忆起当年的匪患，两人依旧豪情万丈，从草原到丛林，从深山到湖畔，敖汉部和喀喇沁部两支队伍在两个梅林的带领下，翻山越水，让土匪无处藏身，最后两支队伍合兵一处，在鸡冠山南麓的草场边上，全歼匪徒，匪首白虎仅带领十几个喽啰逃走，有人说白虎伤势过重死掉了，有人说逃往漠北蒙古了，有人说他去了汉地，反正再没有露面，匪患也就除了。两位勇士忆及往日，边说边喝，酩酊大醉。

夜晚，管家安排了草场上漂亮的姑娘给木图和嘎拉桑扎布侍寝。木图将一肚子怨气都撒在了那个可怜的姑娘身上，像熊一样咆哮了一个晚上。早上，姑娘哭着跑出了毡房，连木图给的赏钱都没有要。这更让木图心里窝火，姑娘不要赏钱就是让他受到了侮辱。

太阳升起后，露水落了，苏德王爷饶有兴趣地亲自带着木图和嘎拉桑扎布一行骑马到草场上遛马，欣赏老哈河畔的秋日风光。驻马来到水边，苏德王爷对木图说："我每天早上都骑马转一转，看看风景、呼吸空气。我喜欢这片草场，喜欢这里的树林、河水、丘陵。在这里，我能暂时忘了一切，何时让巴图王爷也来住上些日子。"苏德王爷望着远处的丘陵，有些动情。

"是的，这里很美，这是王爷您的草场，您喜欢可以常住啊！"木图回答。

"不，老弟，现在天气好，深秋后天气转凉，到了冬天，你知道，这里就只剩冰雪了。我只在夏秋季来这里。"

然后，父亲指着河岸的另一边说："那边就是敖汉部的领地了，你们何必绕个大圈子呢？"

我跟在他们身后不远的地方，我不想离得太近，看着他们在晨光里说笑着，我感受不到任何敌意。

回到行营后，可能是有意要展示一下威风，父亲对梅林都楞仓说："让远方的客人看看我们勇士的雄姿吧。"

都楞仓指挥卫队演练了马术、刀劈和枪法，最后是马队攻击阵形，显得精湛勇猛。

"怎么样，木图老弟？"苏德王爷傲慢地说。

木图也不含糊，从侍卫手里拿过马刀，骑上马，扬刀来回几个疾驰，地上几个演练阻碍人马木桩被齐刷刷削去一半，勒马下鞍，面不改色。

"好！"苏德王爷也不禁叫起好来，"不愧是蒙古人的好汉。"

接着两位梅林比了枪法，虽然两人私交甚好，但各为其主，看得出，他们都很认真。

第一轮跑马射击枪法，侍卫摆好定靶木桩，上放茶碗，三十米间距，共十靶。都楞仓为主，先打。按照规则，射击者先纵马疾驰百米，待马起速后，变匀速，只见都楞仓提抢侧身平举，啪的一声，第一靶茶碗应声飞出。接着第二靶、第三靶……十枪过后，侍卫点验，打中了九个定靶，众人一片欢呼。接着嘎拉桑扎布打中了八个定靶，此轮都楞仓胜。

第二轮空抛射击。射击者与一名眼疾手快且手力大的侍卫骑马并行，两马间距二十米，两人先纵马疾驰百米后，由侍卫在马上将缚铜钱抛靶抛向环内侧空中，只见嘎拉桑扎布举枪便射，缚铜钱靶瞬间斜向飞出，当下中靶。此射击为最难，且打中铜钱者为最，若非苦练，很难中靶。十枪过后，九枪中靶，击中铜钱七枚，而都楞仓则八枪中靶，击中铜钱六枚，此番嘎拉桑扎布胜。两轮下来，两人战成平手，不分伯仲。苏德王爷虽有些许遗憾，但内心还是为两位真正的蒙古英雄高兴，亲自给两人斟酒，各赏快枪一把。木图则长出了口气，总算没有输给苏德王爷。

木图一行住了几日，管家招待得无比周到。其间木图又同苏德王爷谈起了金矿合作开采之事，都被拒绝。看来，父亲是绝不会让任何人从眼前拿走分毫金子的。

客人该走了，木图扔下了一把刀和一只羔羊，对苏德王爷说："感谢王爷的盛情款待，但再好的美酒也不能忘记家乡，我们就要回到我们的草原了，我的哥哥巴图王爷让我同王爷谈的事，看来是没有指望了，地上的两样东西，请王爷选择吧。"

都楞仓一听此话，噌地从腰间拔出快刀，怒视木图，见此情景，嘎拉桑扎布毫不示弱，也是快刀出鞘，双方顿时剑拔弩张。

"慢着，梅林，我们可不能这样对待老朋友，让草原上的人们笑话。"苏德王爷不紧不慢道。

然后，父亲转身对身旁的我大声说："既然有人敢把刀和羔羊扔到我们的土地上，我的儿子，你看应该留下哪一样东西啊？"

我还很小，但我从书中看到的东西派上了用场，我说："山川、河流、森林、草场都是祖宗留下的，牛羊、谷物、矿产都是上天赐予的，这是我们的家园，怎能让外人分走，既然有人挑衅，蒙古勇士当然只有一个选择，握刀策马、迎头拼杀。"

父亲大笑道："好，那就让我们的勇士准备好快刀吧！木图老弟，回去告诉巴图兄弟，朋友相聚，美酒相迎，豺狼来犯，刀枪无情。"

巴图冷冷道："既然如此，话不多说，王爷总不会让我们这样就走吧？不要侮辱我们，动手吧。"

“好吧。巴图兄弟，你也是蒙古人中的一条好汉，我会成全你，让你带着光荣回去。”苏德王爷一脸平静。

嘎拉桑扎布对木图说：“主子，让我来吧，我是敖汉部的带兵梅林。”

“不，我自己来。”木图凛然道，“请不要侮辱我，让奴才们站远点。”

“好吧，我不会侮辱高贵的博尔济吉特氏蒙古家族，就让我的儿子代替我动手吧。”父亲向我摆了摆手。

听到父亲的话，我吓坏了，本能地躲到了管家的身后，却被管家推到了前面。管家说：“这是少爷必须做的，不应该有任何胆怯，否则会让敌人瞧不起的。”我看着父亲，希望他改变主意，可是他的眼光却看着别处。这时，木图笑了，他说：“小侄子，你要是害怕，可别尿在裤裆里面。”他在侮辱我，确切地说他是在侮辱一个尊贵的兀良哈部族少爷，还没有人敢侮辱我。

我身上的胆怯忽然消失了。

下人们在木图面前摆好了一个平整的木桩，管家在上面撒了一碗烈酒，又斟满后递到木图手里，木图做完敬天敬地仪式后，一饮而尽，然后将小拇指放了上去。

“木图叔叔要是怕痛，就请咬上一把刀吧。”我大声说，其实是给自己壮胆。

“哈哈哈”木图一阵大笑，“敌人的刀是不会让我感觉到疼痛的！孩子不用怕，快一点，别给你的家族丢脸。”

我拿起刀，看着阳光在刀锋上闪烁，周围的人寂静得一点儿声音都没有。我知道，此刻，如果我退缩，那今后漫长的岁月里，所有的人都会瞧不起我，甚至连手腕抖动一下都会被他们嘲笑，我也就再也不是喀喇沁部族的少爷了。许多年以后，当我问起自己时，那一刻会很快地冲到记忆的闸门前，影像成永不褪色的景象，也是在那一刻，我懂得了很多。

刀锋落下，木图的小拇指在地上鲜活地蹦跳着，看了木图一眼，不情愿地跳到草丛中去了。

可能是我用力太大，刀刃深深刻进木桩里。我没有继续使劲拔下刀子，而是松开刀柄，转身离开。我应该做的，已经做完了，剩下的事情让别人去做吧。果然，下人费了很大劲才把刀从木桩上拔出。

医师赶紧将准备好的金疮药给木图涂上，包好，木图面不改色。苏德王爷上前亲自给木图斟了一碗酒，木图接过，又是一饮而尽，显得豪气冲天。

医师已将木图的断指包上红绸，木图拿在手里，掂了掂，放进卫士拿过的木匣里。然后对苏德王爷说：“感谢王爷的快刀和烈酒，我还有一个请求，请将少爷断我手指的快刀送给我，我要留着它，有一天我要用它也剁掉兀良哈家族一个人的手指，让这把快刀尝到它主人的疼痛。”

父亲看着我没有说话。我从侍卫手中拿过刚才那把刀，递给木图。我告诉他：“木图叔叔配得上这把刀，我等着你。”

后来，都楞仓告诉我，当他看到我将刀子递给木图时，他认定我将来会是一个王，至少会是一个英雄。

我问他为什么？他说：“一个人敢把刀子交到敌人的手中，心里就会装着比刀刃更宽阔的东西。”

他这句话倒是说对了，从我手起刀落到木图的手指在草丛里蹦跳着那一刻起，我就再也不喜欢刀子了。从此以后，我身上从不配刀。

我不知道自己做得对不对，父亲还是没有说话。

管家将我们送给巴图王爷的礼品和路上所需食物给客人准备好后，木图感谢了苏德王爷的款待，然后说：“请王爷赶快操练你的勇士吧，过些日子会有信使来到王爷的毡房。”

“放心吧，我会招待好巴图家族派来的信使的。”苏德王爷平静地说。

两位梅林紧紧地拥抱了一下，他们知道，下次见面将是兵戎相见，横刀立马。

喝过上马酒后，木图一行人向着东边的草场驰去。

那一天，让我成长了很多。

黄金之战

当我还在惦记着被我砍掉的手指时，它的主人已经回到了敖汉部。木图没有将苏德王爷送给哥哥的礼物拿出来，而是先打开了装有自己小拇指的木匣。手指还在木匣里不安分地跳动，看得巴图王爷一阵恶心，然后他就像一头愤怒的公牛一样咆哮起来："苏德这个家伙欺人太甚，以为我敖汉部没人了，我以长生天的名义发誓必报此仇。这些年，喀喇沁部也太嚣张了，再这样下去，东蒙古就成了他一个人的牧场了。木图，集合队伍，马上发兵。"

巴图遂将木匣移到了哥哥的眼皮底下，问他："以什么名义？"

"我敖汉部不会出师无名，就叫作断指之仇。"

其实，一直以来，我们东蒙古的各部之间就争斗不断。谁也不愿意看到自己的邻居强大起来，谁也不愿意别人土地上的草场比自己的茂盛，谁也不愿意自己领地上的子民比别人的少；只有养育更多的牛羊，耕种更多的土地，才会带来更多的财富和百姓。现在，我给巴图王爷带来了机会，借此断指之仇敖汉部可以削弱邻居的实力，还会得到做梦都想要得到的金子。

巴图王爷的战书很快就送到了苏德王爷的手上，赫然写着欲报断指之仇，将不日开战，要是苏德王爷害怕了，就在边界上建一座毡房，将美酒和金银摆满等着敖汉部族，要是巴图王爷心情好了，就会像大人对待孩童一样宽恕喀喇沁部的无知与鲁莽。

苏德王爷看完战书后，说道："我的邻居的脑袋被马踢了，是得让他清醒清醒了。"然后，父亲一面让带兵梅林都楞仓做好准备，一面秘密派人到叶柏寿筹运一批快枪和几门火炮等新式武器。他心里很清楚，主动发起攻击的对手可不是容易对付的。

战斗在我们两个部族边界的草场上拉开了序幕。这是蒙古贵族之间特有的战争，在两军中间的敖包旁事先搭起了一座偌大的毡房，苏德王爷和巴图王爷各自领着两个随从坐进毡房内，两位王爷互相问好，就像久未谋面的朋友一样，绝口不提战争的事情。他们从早上开始一直喝酒，直到月亮升起来后，两个人都醉卧在地毯上睡去，鼾声传遍了双方行营。将士们知道这第一天的战斗算是结束了，便各自回营休息。原来，第一场，比的是酒量与沉稳。谁先倒下，谁就输了第一场，谁先站起来脸红脖子粗，谁就不是沉稳从容的雄鹰，而是惊慌失措的野兔。两位王爷都醉了，算是平手。

第二天，双方的歌手和琴师来到阵前，放开歌喉，拨弄琴弦，赞美太阳、月亮，赞美成吉思汗，赞美天上的云朵，赞美家乡，歌唱爱情，歌唱美丽的草原、美丽的姑娘。马头琴如泣如诉，那曼妙的旋律缭绕在天地间，时而快乐，快乐如百鸟集聚，士兵舞蹈；时而忧伤，忧伤似飘云落雨，荡气回肠。

第三天，比试角力。双方各派出最出色的搏克摔跤手。在广阔的草地上展示自然之美，阳刚之气。

第四天，该是护法神灵们比试法力的时候了。

双方的萨满巫师们来到阵前，施法念咒，各自的护法神灵在空中用手提着自己的脑袋，张开大嘴向对方阵地喷洒咒语。那些咒法有的像暴雨，刺击对方的身体；有的像冰雹，砸向人们头顶；有的像炸雷，轰然巨响；有的像闪电，劈杀冲撞。咒语念动，刹那之间，电闪雷鸣，狂风暴雨，昏天黑地。两个部落的护法神灵又从乌云间、空旷中、草丛里缠斗在一起，敖汉部落派出了神牛猛豹战神，喀喇沁部派出了飞鹰煞虎战神应战，就连双方各自领地上的云彩也撕扯纠缠在一起。法力角逐一直进行了一整天，双方各有损伤。

第五天，该是活佛显法。

即使寺庙里供奉的是同一个佛祖，喇嘛们的向佛心路也永远各自不同。东蒙古草原上的寺庙大多信奉格鲁派黄教，宗喀巴大师成为各寺庙的必供奉之佛。每个人都希望佛祖站在自己这一边，自己能结有更多的佛缘，能更多地代表佛的意愿，成为让人信服的佛的代言人，而佛法的展示是让肉眼凡胎的人们信服的最好方法。

敖汉部的大树喇嘛端坐在空中，头顶着一片祥云，手指大地，幻化出一片花海，奇香无比。敖汉部的士兵们齐声呐喊。我们这边的宫嘎活佛却坐在草地上一言不发，就在众人以为宫嘎活佛法力不够，不肯应战时，只见他用手一指，大树喇嘛头顶上的祥云忽然变成乌云，落下了瓢泼大雨，向大树喇嘛淋去。大树喇嘛从空中跌落下来，可就在落地的一瞬间，他又轻轻飘浮在地面之上，人们惊奇地看到，大树喇嘛身上的袈裟竟然滴水未沾。随后大树喇嘛用手拖住头顶的雨水，朝着宫嘎活佛的方向一挥，那雨水便化作箭雨向宫嘎活佛袭去，然而就在箭雨快要刺中他时，他一挥僧袍，箭雨忽然化为片片花瓣，围绕着他的身体纷纷飘落。

人们看呆了，等待着精彩继续时，两位喇嘛却站起身，双手合十，谦卑地向对方躬身行礼。

“尊敬的上师，让你见笑了，佛法不是用来炫耀的，妄念蒙蔽了我的心。”宫嘎活佛说。

“尊敬的上师，我闻到了奇异的花香，看到了自己的缺失，我的禅修不够。”大树喇嘛谦卑地对答。

法力的比试以两个喇嘛的谦让而结束。

就这样，几天下来，士兵们的情绪仿佛已经被调动到高高的云端了。每个人都被这紧张刺激的场面弄得兴奋而躁动，歌手柔情优美的歌声让人流泪，琴师马头琴忧伤辽远的音曲沁心碎玉，搏克勇士壮硕阳刚的力量让士兵们头脑发热，护法神灵的勇猛鏖战让人恐惧窒息，喇嘛们佛法的幻化显现让人称奇敬畏。然而，苏德、巴图两位王爷却悠闲地各自在阵中喝酒品茶，仿佛这宏大场面和他们一点关系都没有，他们只是在观赏舞台上的一场歌舞戏剧。

第六天早上，两位活佛各自对自己的王爷说：“已经给本方将士加持了法力护身，并将使人软弱胆怯的咒符在夜间悄悄撒向了对方的行营。可以开战了。”第二天拂晓，我们接到了敌人军前信使传递来的消息：“让我们的将士们展示蒙古人的勇猛吧。”

于是，在战鼓声的激荡中，法号的震吼中，双方开战了。经历了几天的激动与迷幻，在勇敢躁动和狂热激情的鼓舞下，双方将士嗷嗷叫嚷着冲向对方，有人甚至在飞奔的马背上舞动起来，歌唱起来，就像雄鹰展开翅膀扑向大地上的猎物，双方拼杀在一起。一时间，枪声大作，子弹横飞，刀光剑影，血肉横流。我们几天前刚刚运到的快枪快炮展现了强大的力量，机枪扫过，巴图王爷冲在前面的马队挣扎着倒下；炮声响起，巴图王爷的阵中就炸开了朵朵鲜花。敌方士兵们晕头转向，身体飞到云朵里，魂魄早就散了。

几天下来，巴图王爷的部队后退了几十里，伤亡很大。大树喇嘛说：“对方的武器从未见过，无法施咒，加持在士兵身上的法力对这些力量强大的新式家伙不管用。”巴图王爷不耐烦地说：“看来佛法也有到不了的地方啊。”

“不，佛法无边，是我的修持不够。”虔诚的喇嘛坚持捍卫自己的神灵。

“是我们的武器不够好，毛瑟枪怎么也快不过火舌一样的机枪。”木图愤愤地说。木图的头脑很清醒，可是接下来他就钻进了我们设下的圈套里。

红了眼的木图急于报断指之仇，摸着残缺的手指恨恨地喘着粗气。然后对他的王爷哥哥说：“大哥，让我带上些人手，夜里悄悄摸进他们的营盘，杀了那个苏德。”

“糊涂！要是杀了一个蒙古王爷，朝廷会饶了你吗？到那时，我们的土地就会被瓜分了。再说，偷鸡摸狗的事可不是我一个蒙古王爷干的。”哥哥训斥了弟弟。

苏德王爷坐在毡包里悠闲地喝着奶茶，面色红润得映红了整个毡包，从外面看去就像一个巨大的红灯笼。管家知道王爷为白天的胜利高兴，凑上前去说道：“附近的一个佐领有一个漂亮的女儿一直仰慕王爷的英姿，佐领想要送来一见，就请王爷给那个佐领一次机会吧。”

管家说这话时，我正好坐在父亲身边，父亲看了我一眼，没有回答管家，却对身边的梅林都楞仓说：“夜里的事情都准备好了吗？”

“请王爷放心，都安排好了。”

“活佛那边呢？”

“喇嘛们都准备好了，已经请了几路神灵在天上守护。”

苏德王爷伸了一个懒腰，看着管家说：“你收了那个佐领多少银子？”管家的脸就灰了下来，像死人一样。

“都退下去吧，管家照顾好少爷。”父亲接着说。

这时我看见管家的脸又红润了起来，有了生气。

夜里，已气糊涂的木图果然带着人前来袭营，怕被人发现，抄远路游过老哈河河湾，悄悄来到侧营前，见守备昏昏欲睡，没有动静，就摸进了营盘。忽然一只野鸟叫了起来，然后是无数树枝上、草丛间惊起的野鸟，惶恐地在黑夜里逃窜哀鸣，紧接着燃起无数火把，四周全是我们的人马，木图的夜袭队伍活脱脱地暴露在火光之中。枪声响起，一会儿工夫，木图就被都楞仓逼得没有退路了。这时苏德王爷传过话来，让都楞仓开一个口子，放木图回去。

都楞仓满心不高兴，说：“好不容易逮着这个狂傲的家伙，怎么能便宜他，放跑了呢？”可主子的命令不能违抗。

木图见左侧的火把退去，枪声稀少，带着剩下的人跑了。

狼狈地回到行营，巴图王爷早就等在那里，一见木图浑身泥水的样子，气得胡子竖了起来，“丢人啊！要不是人家留情，你早就没命了。”

木图想想刚才的遭遇，大喊道：“宁可战死，也不受其辱。”拔出刀来就要自尽，被众人拦下。

巴图道：“雨水不会总落在一处土地上，草场有枯有茂，胜败常有，岂可逞匹夫之勇。”

巴图王爷很清楚，战争不能再继续下去了。喀喇沁部的人马装配上快枪小炮后，就像猛虎插上了翅膀，鹰爪长出了利刃，再打下去也是徒伤性命，增添耻辱。战争的事情，佛法是解决不了的。便派人在界河边搭起了一座毡房，请苏德王爷前来喝酒。

苏德王爷没有来，巴图王爷在那个沉闷的毡包里空等了一天。

父亲在接到巴图王爷请喝酒的帖子的那天清晨，对我说：“我的儿子，我们去打猎吧。”

大家便骑上马，向大树林那边出发了。围猎是我们最喜欢的一件事情，尤其是在这个时候，我们尽情享受着胜利带来的喜悦，士兵们快乐地在林间和草场上穿梭，射杀猎物，倒下去的猎物就像巴图王爷的士兵。傍晚归来，苏德王爷在边境草场上看到了管家说的那个佐领的女儿，就说，“这个地方的风景真好，我要住上几天”。

几天下来，巴图王爷就像一匹受伤的骆驼，沉默地瘫倒在羞辱里，脖子涨得就像怀孕的母羊的肚皮。我们的信使回复说：“苏德王爷围猎去了，不知道何时回军营，要是巴图王爷等不及了，就先回去吧。”

巴图王爷咬着牙：“不忙，让我尊贵的亲戚多打些狍鹿消消火吧。”

也是这几天，敖汉部的大树喇嘛几乎一言不发，置于冥思里面。不是自己的佛法修为不如对方，而是这个世界变化得太快了，就连无所不能的佛菩萨也跟不上时间变化的脚步了。听木图说那些新式武器是遥远的长毛洋人发明的，那里一定是佛菩萨没去过的地方。大树喇嘛曾经见过几个到东蒙古考察的洋人，在交谈中，听说他们信奉一个叫作上帝的神灵。据说在遥远的大地的另一边，那些洋人说大地是圆的。这让大树喇嘛困惑了很长时间，如果大地是圆的，怎么住在大地的另一边呢？那里的人不会掉下去吗？洋人坚定地说：“不会。我们脚下的土地有一种引力。”那样子不容置疑，大树喇嘛为此还参观了洋人们随身携带的地球仪，圆形的球体让这个喇嘛更加无法理解。

最后，他认为："一定是他们的那个叫作上帝的神灵法力深厚无边，护佑人们不会掉到深渊里去。"几天冥想之后，大树喇嘛得出的结论为："佛菩萨也需要不断学习。"

而我们这边的宫嘎活佛正相反。

这几天宫嘎活佛的脚步更加勤快了，活佛说："胜利是佛菩萨保佑来的，木图袭营那夜的百灵鸟的鸣叫报警，都是他事先安排好的，一切佛菩萨都看在眼里，托在手掌上，佛法护佑一切。"

有管不住舌头的人却议论，"任何时候，鸟儿受到惊扰都会叫的"。活佛微微笑了，没有同他辩论，苏德王爷却吩咐都楞仓去把那个人的舌头割下来。

那个舌头被都楞仓割来了，还在地上蹦跳着为自己申辩："我说的都是实话，凭什么割掉我。"

这回轮到我们的活佛显现佛法了，他从地上捡起不甘心的舌头，让那个可怜的卫士张开嘴，然后将舌头塞了进去，用手捂住这张嘴开始念诵经文，不一会儿，嘴里的鲜血不再流了，然后那张嘴又能够说话了，这下那个卫士扑通一声跪在地上，对着神奇的活佛磕头谢恩。

听到这些，我有点害怕。隐约间我似乎明白，一个穿粗布衣衫的人，也就是一个下等人，最好不要和佛的代言人对着干，佛是悲悯的，但信奉佛的穿着绸缎的权贵可不是，他们会在给予你恩惠之前，先将痛苦放在你的身体里。因为一句话丢了舌头，划不来。所以，在以后的日子里，我渐渐发现那些能够把自己的身腰弯下的人都会活得长久一些，舒服一些。

当苏德王爷问宫嘎活佛是否一起去围猎散心时，我们的活佛双手合十，说道："佛祖保佑，不可杀生。我还要为那些战死的士兵超度亡灵。"看看，我们的活佛是多么悲悯的喇嘛啊。

苏德王爷终于回到了行营里，休息了一天之后，才拿着马鞭来到了河边巴图王爷搭好的毡房。宫嘎活佛坚持要和王爷一起去，他说："不能让那边用上什么邪恶的东西。"此时他俨然已经无所不能了。

父亲说："如果敌人使用邪恶的东西，那你现在就应该占卜出来。"

这下活佛不说话了。这个时候，巴图王爷不会再使用任何诡计，那样只会让他更丢脸。父亲却让我跟着他。我不想去，就说："我头痛！"

管家却说："少爷刚才还和都楞仓去骑马了。"父亲是想让他的儿子知道一个胜利者在谈判时应该是什么样子。

王爷又看了我一眼，我不得不去了。

巴图王爷瘦弱了许多，倒不是因为吃不下东西，而是侮辱侵蚀着他的身体，就像无数条虫子，一点点蚕食他骄傲的灵魂。这对于一个高贵的王爷来说，无疑比杀掉他还要痛苦，但巴图王爷还是哈哈大笑着迎接父亲。两位王爷喝着奶茶，气氛融洽自然，倒是身边的人很紧张。细汗出来以后，苏德王爷说道："我的亲戚，真沉得住气，不愧是黄金家族的子孙！可是，这场仗你输了！"

巴图微闭双眼，说道："我没有输，是我的武器输了。"

"那还不是一样！"

"下次就不一样了！"

"老弟，还是先说这次吧。"苏德王爷加大了声音。

最后双方谈判商定：敖汉部完全退出鸡冠山黄金的开采，敖汉部赔偿喀喇沁部一万两银子、十万亩草场、两座山林。

临别时，巴图王爷对父亲说："感谢你手下留情，放了木图回来。"

"告诉木图，他是个英雄。"父亲说，"还有，两座山林喀喇沁部就不要了，留着给你的百姓取暖盖房吧。"

回来后，管家嘟囔着："赔给的山林又送还给人家，王爷这是怎么了？"

苏德王爷却笑了："失败了，就要服输，巴图必须赔偿；胜利了，我说了算。赔给我们的，是我的了，再还给他，是我的赏赐。"我胜利的父亲说这话时眼睛是看着我的。我有些激动，忽然想起巴图王爷那可怜的狼狈相，就说："草场也还给敖汉部吧。"这下，四周的人都惊讶地向我这边看了过来。父亲不笑了。

绸 缎

我以为自己说错了。可是几天以后，父亲竟然真的派人给巴图王爷送去了口信，我们退回了已经到手的十万亩草场。这下管家真的沉不住气了，像一条乱窜的狗，他叫来了随军的门巴喇嘛。苏德王爷看着站在管家身后的门巴喇嘛，对管家说："你以为我病了，还是脑子出了问题吗？"

"没有，我只是不想主子做出错误的决定。"管家直接表达出他的想法。

父亲挥挥手，意思是让门巴喇嘛出去。门巴喇嘛看着管家不知如何是好，最后还是管家说："王爷让你下去，还不赶快走。"

在许多人眼里，管家有时甚至比他的主子还有分量。

苏德王爷并没有告诉管家退还草场的原因，这让管家始终认为王爷做了一个错误的决定，但是专门治病的门巴喇嘛都来过了，管家也就没有胆量再表现出任何质疑，只能将疑虑不安摁在肚子里面。主子做出一个决定，奴才即使认为是错误的，如果主子坚持，也一定就是正确的。

管家将疑问抛给了我，他悄悄问我为什么要说将草场还给敌人的话？要知道胜利的一方理应得到更多的战利品，要知道十万亩草场，放在脑子里也要想上很长时间才能够看到边际。

我的回答为："巴图王爷看上去很可怜。"

对于我的回答，管家将失望之情毫无顾忌地放在脸上，因为这并不能构成任何理由。他反问我："少爷，你看世上有兴高采烈、开怀大笑的失败者吗？所有失败者都是一副可怜相，就像快要被宰杀的羔羊。"管家夸张的样子好像是我犯了一个天大的错误。

作为回报，敖汉部很快派人给我们送来了整车的毛皮和整车的绸缎。他们这样做，还有更深的意思，那就是向我们表明失败。因为一个胜利者什么都不要，会让失败者不安，我们的士兵还在每天不停地操练，我们的行营没有任何起拔的迹象。

管家点数绸缎时，轻柔地抚摩着柔软光滑的绸缎，看样子，他的心情不像前些日子那样糟糕了。父亲说："每人一卷绸缎。"这是父亲的赏赐，当然仅限于父亲身边的人，也就是平常穿着绸缎的那些人。那些阵前厮杀的士兵是不会得到绸缎的，我们会给他们银子，因为绸缎似乎对于那些整天打打杀杀的人没有任何用处，对于干粗重活计的下等人就更不必说了。在我们这里，绸缎不但是穿着用度的材料，还是身份的象征。

我说得没错。

如果你想要知道一个人的身份，很简单，拿来一块绸缎，放在他手里，让他握紧，向外一抽，如果水一样流下来了，那他一定是一个上等人；如果听见哧哧的声音，那一定是那只手上的老茧留下了几丝细线，他一定是个下等人。

天啊，人的贵贱就这样被区分开了。

天啊，太简单了，简单得近似残酷。

我很小的时候，管家就拿着一块绸缎告诉我："不要和手里不能流下绸缎的人打交道，更不能成为朋友。"我记下了这句话，丝毫没有怀疑。因为我觉得管家无所不能，好像世上所有的事情都洞察明晰。从此，我的心里总有一块绸缎，看人时，我开始将绸缎放在醒目的位置，试着用绸缎衡量人的世界。于是，我发现从王府正门出入的人都是穿着绸缎的，所有人都举止得当。而那些穿粗布衣衫的人只能走后门，那些人放下米面、肉菜、杂物，就躬身站在那里，伸着手，等着从管家手里落下的铜钱。

铜钱散落到捧着的手里后，好像沾染了尘埃，变得不干净了，管家会从长衫里拿出手帕擦一下手，然后用手轻轻地掸一下身上光滑的绸缎，好像要抖落些什么，然后很柔和地用略带些劳累的懒懒的声音说："去吧，去吧。"

短衣人点着头，感激着又从后门出去了。

我想，这一定是绸缎带来的好处，不是吗？

你见过一个穿着粗布短衣的人有管家这样的举止吗？那不是随便一个人就能有的，只有身上经常穿着绸缎，才能做得出来，才能做得如此细致精妙、如此得体漂亮。

没错，要是穿粗布短衣的人有这样的举止，他自己都会觉得好笑。

关于绸缎，一直以来，有一个问题一直困惑着我，我不知道这种柔滑的东西是怎样来的，穿在身上像流动的水云，没有任何分量，那样轻柔。我在阳光下托着腮想啊想啊，鸟儿从眼前飞过去了，我没有看见，我的头都疼了，也没弄明白。最后，还是管家告诉我：“这些光滑的东西是从关内运来的，从关内南边更南的地方生产，是一种小虫子从身体里一丝一丝吐出来的。经过千万道工序，才穿戴在我们身上。”

后来，管家又一次告诉我：“在很久以前，人们会用马匹、骆驼将我们身上穿的这种东西驮到遥远的地方。那些人会穿越山川、河流、草原、戈壁、沙漠，好多人一去就再也回不来了，而回来的就再也不用做任何事了。这些绸缎比金子还要贵重。”管家说话时看着远处的样子，我知道，他是认真说的。

我当然不太明白，但对于金子我现在印象深刻。从最初我的母亲——王爷的福晋出门前，都要从几个盒子里拿出各种金子打制的饰品，一一放手里端详着，自言自语：“这枚戒指光色不亮，需要抛光了。这条项链样式有些旧了。”——到现在我们进行的黄金之战。

福晋似乎很享受端详把玩那些饰物的光景，每次都会花上很长时间。

我还看到阿秀在福晋身后使劲瞪着眼睛。母亲穿戴整齐以后，还要对着镜子说：“我有些老了啊！”每次出门，不戴上这些首饰，不费上一番工夫，她是绝不会走出大门的。所以，只要她想要带上我，我就会说肚子痛，然后就是大哭。

有一次她的一只金手镯不见了，她尖叫一声，倒在了梳妆台前。所以，我记住了金子。

如今，敖汉部给我们送来了绸缎，我知道，这是同金子一样贵重的东西。后来，我到了明辨事情的年纪时，曾经有机会在鸡冠山里我们的金矿上，亲眼看到金爷侯提炼金子。金沙化为金水，灿烂地在熔炉上的金槽里流动，就同绸缎一样耀眼夺目。

我正是天真游戏的年纪，可是即便小小年纪，毫无疑问，穿在身上的绸缎给我带来的好处也显而易见。

在我们这里，即使是奴才也是代代相传的，除非扎萨克主子给予他们自由身。王府的后院里，有众多杂役，除了少数人是服徭役或受罚当差外，其他人的身份统统都是奴才，其中有几个和我一般大小的孩子，是我的伴当，更是我的小崽子，我会将多余的力气用在他们身上，而他们从不能将力气用到我的身上。有时候，我会悄悄带上几个小崽子溜到街上玩耍，在街上时，老乞丐有时会骂那几个家伙，但从不骂我：“他妈的，你们几个狗崽子，滚一边去，别搅了我的收成，瞧这位小少爷，多斯文。”

“你怎么知道他是个少爷？”其中一个孩子不服气地问。

“狗子，看看人家穿什么，再看看你自己身上。”

大家互相看了一眼——我们的衣服不一样。

“那我们俩换过来穿。”

于是，我们换了衣服，我有些不舒服，短衣有点紧，那个家伙可就不同了，刚走几步，脸色就变了，“哎呀，怎么好像什么都没穿啊？哎呀，不好，要滑下来了，要滑下来了。”

衣服还好好地在他身上，没有掉下来。

老乞丐嘿嘿地笑了：“狗子，人有贵贱，穷鬼的崽子就是穷鬼崽子，你无福消受的。”

于是，那件衣服又回到我的身上了，回到我身上的不仅是绸缎，还有那几个被称为狗崽子的家伙对我加倍的尊重，他们叫我少爷。

我愿意同叫我少爷的几个小奴才混迹在一起，更多的时候，我们不分彼此，这时候，我就忘了绸缎的事情了。我的身上经常弄满泥水。于是，即使我穿着绸缎，也没有让绸缎的光彩将我的童年隔离成孤独。

母亲看出我的变化，她似乎又想起了曾经被遗忘的什么东西，将目光更多地放在了我的身上。早上起来她会看着我吃完早饭，告诉我今天要随先生认真读书，今天穿什么衣服，要做些什么，然后母亲会记起上一次的教训，吩咐阿秀一定要照看好少爷，“仔细你的眼睛”。

话虽如此，福晋对阿秀这个使唤丫头还是很好的。这样的宅院里，人多事杂，谁都得有个眼睛耳朵，看到听到需要知道的事情，身边的人自然是贴心的，尤其是从那顶轿子走下的那个女人进到王府以后，苏德王爷从那个女人屋内传出的喘息声深深刺痛福晋的心，作为女人，应该有的嫉妒、憎恨就适时地显现出来了。

到了夜晚，只要王爷走进那个女人的屋里，福晋就会用力捂住耳朵，蒙住被子，她大声喊道：“阿秀，把窗子关上，把窗帘拉严实。”

“窗子关着啊，窗帘早拉严了。”

“怎么这么吵？”

“一点儿声音也没有啊！”阿秀嘀咕着。

是的，我和阿秀都没有听到任何声音，但母亲却听得清清楚楚。

或许是那喘息声太熟悉了，只要想听到就能轻易地流进来，流到福晋的心底去，徘徊跌宕。

时间真快，我记得在我们进行黄金之战这个秋天之前的春天时，从那顶轿子走下的那个女人进到王府已经有几个年头了。

起初父亲让我叫她二阿妈，我恨那顶轿子，但喜欢她柔和的样子，于是我叫了一声，她立刻把我搂在怀里，暖意还没有从绸缎的丝缝间传到我身上，这时，母亲叫我："儿子，过来，到阿妈这里来。"

我风一样跑了过去，听见身后那女人叫了一声"姐姐"，还没听仔细，就随着一阵风，被母亲拽进房间里去了。

从此以后，我就再也没有叫过那女人"二阿妈"，想想夜里母亲用力捂住耳朵，蒙住被子，大声喊叫的样子，我就张不开嘴了。但我并不恨她，我找不到一个恨她的理由，我只恨那顶轿子。

我说："阿妈啊，她叫你姐姐呢。"

"呸，狐狸精！"母亲痛苦地捂住胸口，一挥手，一只漂亮的花瓶就粉身碎骨了。

大人们真有意思，生气了、愤怒了、失意了、难过了，总要找一些东西来，或者扔掉、或者摔碎、或者撕烂，嘴里谩骂着、心里诅咒着。结果呢，是自己更加生气了、愤怒了、失意了、难过了，体态尽失了，而被诅咒的人还在屋子里兴奋地喘息着、呻吟着。

我还记得王府的月亮同边境的月亮一样，圆圆地升上来了，夜晚那样明净，月光倾泻在王府的院子里，地上铺满了柔软的绸缎，弥漫进屋内。我走进月光里，看着月亮发呆，想着大人们的事。而母亲正在屋里用针扎着一个小布人，嘴里叨咕着，屋里没有点灯，但我看到她的脸扭曲到了一处，好像要把所有的怨恨都通过针尖倾泻出去，可是不知哪儿吹来一阵风，涌进屋内，将飘荡在屋子中央的怨恨吹得七零八落。

我说："阿妈，月亮好圆啊。"

我听到了屋内母亲低低的哭泣声。

王爷从那女人房里走了出来，疲劳地擦拭着脸上的汗水，仿佛刚刚骑马到很远的地方驰骋了一圈，他问我在院子里干什么，我大声说："我——在——撒——尿。"

母亲屋里的灯就亮了，父亲领着我走进屋内，福晋已经侧身躺在床上，王爷照例坐在床沿，用手抚弄着他夫人的额头，细声说："你好点了吗？"

"有那个狐狸精作祟，我不会好了。"

"你是大福晋，要有个样子，我对你永远是不会变的。"王爷的话柔声细语，那样动听。

苏德王爷现在有两位夫人，我的母亲，还有就是那个女人，所有的人都叫她们大福晋、侧福晋。这府邸里的规矩是万万不能乱的，谁都清楚自己的身份和别人的身份。谁都知道自己的位置和别人的位置。我呢，却一直固执地只说福晋一人，当然是指我的母亲，对于侧福晋，我还是有些恨意，至少是不愿接受的，长久以来我除了叫过她一声"二阿妈"以外，我都叫她什么呢？我忘记了。

也是长久以来，王爷的两个福晋之间的争斗一直都在进行。但确切说，是大福晋对二福晋发出的斗争，二福晋是一个小户人家的女子，嫁入豪门，在娘家读过些书，对大福晋尊敬和善。然而，大福晋从这个女子走下那顶轿子开始，就尖叫着倒在床上，从此就变成了屋里的怨妇，白天她对侧福晋还算和善，相安无事，但到了夜晚，如果王爷走到侧福晋房里，喘息声就会如约而至地传到大福晋的耳朵里。

就这样，日子一天天过去了。就这样，无声无息的争斗一直在王府里延续。天上的云，有白色的、灰色的、黑色的，甚至还有红色的，可是，没有人知道即将从天边飘过来的那一片是哪一种颜色的，刚刚还是蓝蓝的碧空，不知道哪一阵风，一片灰色的云彩就飘过来了，罩在头顶上，挥散不去，让人压抑。

两位福晋在这样的云朵下过了很多年。

春天来了，在院里的花朵上跳跃，到了万物都孕育生命的季节。

王爷几年的喘息，也没有改变侧福晋的肚子形状，在这个春天依然没有任何回应。

其实，每到春天，王府里的人都是紧张而兴奋的，都认为会有一些事情发生。然而，一切都还是原来的样子，平平淡淡地就过去了。大福晋希望王爷不要再走进侧福晋的屋子，许多个夜里，王爷来到后院后，却很自然地就走进去了；侧福晋希望自己的肚子鼓起来，却依然没有任何征兆；苏德王爷希望整个王府里长幼有序、和和气气；管家希望得到更多的绸缎；我呢？我希望什么啊？我还是个孩子，不知道什么叫作希望，但同样期许飞鸟儿能忽然落到我张开的手上，那几个同我一般大小的孩子能带给我更多的快乐，还有，就是我不愿意看到母亲再尖叫着倒在床上了，我不愿意。

日子真快，这一年的春天已经过去了，就连秋天也已经转过身去，我的愿望在边境上正成为现实。母亲在整个春天都没有尖叫着倒在床上，她一直紧张的神经松弛了下来，开始有兴趣到府门外的街道上走走，去和那些宅门里的贵族夫人们说笑。然而，王爷的侧福晋却更加紧张，走出屋子的次数少了，往日里她荡漾在院子里的笑声没了，夜里低低的哭泣声改由她的屋子里面传出来。

我心里也跟着难过起来，走进她的屋里，对她说："你哭了吗？你难过了吗？你不用哭，我们是穿绸缎的人。"

看我，固执地认为穿上绸缎就不会有人欺负，就不会有任何烦忧了。她把我搂在怀里，轻声说："孩子啊，我要有你这样一个儿子就好了。"像母亲一样，她把额头贴在我的脸上，温润的泪水从我的脸上滑落。这次，绸缎很好地将温暖传到了我的身上，弄得我心里很柔和，有些不知所措，好像母亲搂着我一样。

我的耳边响起了歌声：

寂静的夜啊，我看远天的月亮
看那闪烁的星光
看小河淌水
让我想起你的模样
你的模样啊
在我的心上
……

远处传来了低沉的雷声，要下雨了，或许某个地方的雨水已经落了下来，落在这晚秋的季节里，滋润某一处心灵。边境的夜晚有些冷了。

到京城去

苏德王爷决定从边境撤回我们的人马，留下都楞仓驻扎留守。所有的快枪和几门火炮都留在边境，以防敖汉部再次侵扰。都楞仓看着眼前这些重武器，满心欢喜地说："就是现在让我带兵打到敖汉巴图王爷的扎萨克衙门，也不费吹灰之力。"

苏德王爷却很冷静："要是有越过边界的家伙，狠狠地打回去，要是没有，你只可驻守，决不能越过界河到那边去骚扰牧民，要是有人来投奔，就地安置，不必遣送回去，切记。"

这场黄金引发的战争，胜利者是苏德王爷，收获最多的却是宫嘎活佛。佛法的显现，就像一场甘露，沁润到每一个见证者的内心，征服了士兵和边境百姓的灵魂。战事结束后这些日子，成了宫嘎活佛最忙碌的时候，每天都有大批的民众前来拜谒活佛，进献布施。我们悲悯的活佛一一为来者摸顶赐福，去灾解疑。父亲说："就让我们的活佛把佛菩萨的福祉播撒在边界的每一寸土地上吧。"

"王爷，河岸的那一边，我佛还没有眷顾到。"宫嘎活佛说。

苏德王爷站在高处，迎风望着老哈河的那一边，深秋的苍茫笼罩着大地，满眼的黄褐色秋草，显得荒凉寂寥，天上的云朵向更远的天际飘荡，一只飞鹰掠过，只留下背影。父亲说："苍鹰的翅膀没有边界，佛法却有各自的归属。"

活佛就不作声了。

队伍出发时活佛收到的布施装满了几大车。管家嫉妒地说："活佛发财了，光羊皮就够铺满整个寺庙了。"

宫嘎活佛大方地说："这是供奉给佛的，我没有任何财富。"

"看看，多么会说话的喇嘛啊！"管家撇着嘴嘲讽起来。

"你要是想要，就去寺院当一名喇嘛吧。"苏德王爷给了管家的马屁股一鞭子，管家的声音就跑到前面的队伍里去了。

我们沿着深秋的草场，穿过树林、山峦，一路返回河谷。队伍蜿蜒缓慢，走走停停，并不像来时那样匆忙紧张，天上的鸿雁阵阵鸣叫，飞过头顶，离开家乡到南方去了。父亲勒马回望，久久停驻。

到了夜晚，月亮出来了，明净纯洁地挂在天上。父亲叫来琴师，马头琴将婉转的曲调荡漾到很遥远的地方，父亲唱起了一首关于爱情的古老歌谣，和着月光很容易就把人们灌醉了。篝火暗下去的时候，父亲挥挥手，琴师和舞蹈的人都退去了。现在，到了该吟诗的时候。

父亲吟诵了这样一首诗，题为《秋日饯别》，我至今记得：

饯亭月色吐清辉，手扶丝桐不忍挥。
边塞秋容愁客别，故园春色待君归。
凭将订语同心记，莫把来期着意违。
此去明知相会早，阳关唱处总依依。

父亲吟诗的时候，文书班达总是拿着纸笔，站在离他的主子不远不近，下风的地方。这时候周围总是静悄悄的，唯有天上的月亮和吹过耳边的风声。

等到苏德王爷的眼睛从远处缓慢地移动回来以后，周围的人才会发出赞叹的声音。王爷就问文书班达都记下了吗？然后对管家说：“还是由你亲自送给乌兰姑娘吧。”

这个乌兰姑娘就是边境草场上那个佐领的女儿，我想父亲是喜欢上她了。

管家说：“既然王爷惦记乌兰姑娘，那我就将她带回河谷。”

“不，她如同一只百灵鸟，属于草场。”

我隐隐有一丝感动，看到一个善良多情的蒙古汉子，而不是一个残暴的王爷。

但我不知道，许多年以后，我和父亲遇到了同样的问题，父亲的激情似乎很快就过去了，而我却始终无法摆脱。

我的王爷父亲兴致来时会作上一首诗，这个蒙古王爷精通蒙语、汉语、藏语、满语四种文字。汉文尤深，汉学功底比起汉地的文人们一点儿也不差。读书吟诗成了他生活的一部分，而且他也是这样教育我的。看看我的几位教师就可以知道。

管家返回边境去送诗文时，队伍停下来住了几天，父亲说想要停下来看看边境深秋的月亮。其实管家走时，王爷还给了他另一个任务：探听一下边境的消息，看看敖汉部巴图有没有什么动静，顺便吩咐都楞仓，每天在边境上放几阵枪炮，若有来投民众，切记，就地安置，绝不能迁移内境。

从边境回来后不久，敖汉王爷就派人送来了银子和地契。看着上等的经棚银锭，我的王爷父亲反倒高兴不起来。他对管家说："巴图的银子送得太快了，事情还没有结束。"

接着父亲一面让管家将地契送还给了来使，一面派人给边境上的都楞仓发出消息，要他小心提防界河东边的邻居。

管家这次真的沉不住气了，问他的主子："送上门的猎物退还回去，难道主子害怕了吗？"

父亲说："事情没这么简单，这或许是一个圈套。"

不久，一向和喀喇沁旗交好的西北方向的克什克腾旗王爷派人送来了消息：敖汉部联合翁牛特旗等部落准备向朝廷参奏喀喇沁部，说是"喀喇沁部武力侵扰敖汉部旗土地草场，掠夺边民牲畜，并虎视其他旗部，建起的府邸别人看到后以为到了京城，实有独霸一方之虎狼之心"。

许多年来，肥沃的牧场给我们养育了无数的牛羊，苍茫茂密的森林有众多的木材和野物，出关汉民开垦的土地给我们纳送了无数的钱粮，金矿的开采带来的数不清的金银，使我们部族的势力越来越大，将位于锡伯河畔的王府修缮得如同微缩的皇宫一般。王府按照亲王规格建造，整个建筑宏伟壮观，布局精巧，构图严谨，形成一个庞大的建筑体系。我们的王府前后共五进院落，主体建筑大堂、二堂、信门、大厅和承庆楼，都一律按照紫禁城样式，贯穿于南北中轴线上；东西两侧是跨院，皆左右对称；跨院里建有若干小四合院，一重重四合院布局完整有序。西侧为政治活动、宗教祭祀场所，建有寺院、祠堂、客厅、书斋、练武场；东侧为生活住宅区，有王爷和福晋的卧室、仓库、膳房……这等府邸在蒙古王公内无出其右，让许多蒙旗王公羡慕不已，"苏德王爷，贵府建得气派啊，真是有福气啊"。

苏德王爷知道诸王公中难免有好事嫉妒者，参本朝廷，如此时局，难免有偏地独立之嫌，于是上奏朝廷，曰："塞北寒地，承蒙皇帝厚爱施恩，累经几世修缮，成偏安小府，恳求皇帝不嫌，若于木兰围场围猎时移驾休息，作行宫之用。"

大清皇帝诏书谕，说："喀喇沁部苏德王爷爱民护众，战功卓著，守土有方，满蒙汉回各民和睦相处，地方安定，建王府为朕作狩猎行宫之用心忠昭可鉴，特赐银一万两。"

看完皇帝的诏令，苏德王爷心里安稳了许多。

同时，我们在京城的耳目让健脚带回消息，敖汉部的巴图王爷已经到京城了。

苏德王爷赏了克什克腾旗的信使，对大福晋说：“有人比我们先到了，看来，我们也得动身了。”

母亲说：“快过年了，该进京城了。”

我的母亲——王爷的福晋是朝廷一个亲王的胞妹。于是，我的王爷父亲领和硕额驸称号，命“御前行走”，又领兵备扎萨克，兼任盟长头衔。按照朝廷规矩，每年腊月都要进京值班，这是难得的联络达官和王公贵族的机会。王爷又对福晋说了一遍：“该进京了，你随我一同去吧，回娘家探视一下，在京城过年。”

母亲欣然同意。

这些年，我的福晋母亲已经更愿意在阳光下走动了。我想这要感谢春天，许多个春天里，草场绿了，河水涨了，百灵鸟叫了，侧福晋的肚子像从前一样都没有孕育什么。寺里的喇嘛说：“春风没有吹进过她的屋子。”王爷就下令将侧福晋住所所有的窗子都打开，还在她的房前种植了几株迎春花，但毫无用处，那些窗下的迎春花从未开放过，从未有鸟儿在枝头鸣唱，在她屋前嗅不到任何青草的气息。

我们这里的蒙古人有一个习俗，春天来了，春风吹了，要是在这青草季节嗅不到青草的味道，灵魂就会枯萎，生命就会枯竭。你看看，天地间的生灵哪一种不在这满含青草气息的春风里孕育膨胀呢？

侧福晋搂抱着我唱歌的那个春天过后，她的面容就立刻憔悴起来，而我的母亲则愈加丰盈，迎来丰沛的青草季节，迎来一年又一年的温润时光。

到了京城以后，我和母亲住进了亲王府，母亲同娘家人叙旧谈情，父亲则领着我到处走动拜会。现在，苏德王爷已经经常把我带在身边参加一些活动，会见一些人物，来往一些场面了。他会向别人介绍喀喇沁部的小少爷。

我们进京之前，我的亲王舅舅已经将喀喇沁部和敖汉部争斗战争的事情呈报给了皇上，只是呈报的内容对我们有利。

到了值班的时候，皇上召见了苏德王爷，询问了盟内百姓生活、草场放牧、土地收成等，最后问了同敖汉部战争之事。苏德王爷说：“敖汉部掠夺边界的牲畜和草场土地，为保我民，还击实为无奈，但未越边界一步，还请皇上明鉴。”

皇上说：“你们两家都是我大清朝的脊梁，手心手背都是肉，现在蛮夷外患虎视眈眈，为了东蒙古草原的福祉，你们都罢手吧。听说敖汉部赔给了你十万亩草场和一万两银子，草场你就还回去吧，银子留下，朝廷替你补给敖汉部。至于起因，我听说是因为金矿的开采，你就不要私自开采金矿了，免得别人说闲话。”

苏德王爷谢了恩后，心下思忖：皇上不愿深究此事，不想厚此薄彼，愿做个和事佬。现在时局混乱，蛮夷窥视，朝廷可不想东蒙古草原乱起来，敖汉旗告我一状，最终结果是两家都别想占到便宜。蒙古王公贵族不过是朝廷手里的一颗颗棋子，皇上永远会根据整个棋局取舍，哪颗子留，哪颗子弃，在蒙古王公之间，更多的是保持一种平衡，将权力、土地、财富、官爵，甚至宠信都分得均匀一些，这样草原才会平安无事，大清朝才会稳如磐石。

我的舅舅告诉苏德王爷：“你让皇上担心了。”

“那我该怎么办？”

“我也不知道，去听戏吧。”我的舅舅也显得很无奈。

苏德王爷真就去听戏了，还拉上了我。

坐在戏院里二楼侧厅的苏德王爷看上去特别扎眼，穿在身上的蒙古袍明白地告诉别人主人来自草原，举手投足一看就是蒙古贵族。我坐在父亲身边，觉得很不自在。王爷将所有的精神都投入观赏中去了，只见台上一员武将后背插满旗，穿着皂靴，手搭一杆花枪，跟着锣鼓点来回旋转。接着台上出来几个人在武将花枪挑动中上下翻飞，左右腾挪，出枪、挑枪、点枪、投枪、刺枪、劈枪，被刺的人总是能够躲开，却紧贴身体，恰到好处。哗的一阵整齐的喝彩，整个戏院就沸腾了。我固然觉得好玩刺激，却看得糊涂，明明是假的，竟有那么多人喝彩。

一会儿又出来一个衣着华丽的女子，在那儿咿咿呀呀地唱。我想她一定是月亮上走下来的仙子，竟弄得整个戏楼悄无声息，所有嘈杂声就像被柔和的月光吸走了一样。我看见苏德王爷怔怔地看着，像个傻子。就用力推他：“父亲啊，你这是怎么了？”王爷没有看我：“美啊，真美啊！”他自言自语，忘了身边的一切。我想起父亲在草场上听琴吟诗的那个夜晚。

我还是个孩子，想不了那么多的事情。

我烦躁起来，就看包厢下面的人。离我们有一段距离，这表明我们的身份是普通百姓是不能靠近的。穿着绸缎的人坐在楼下前排，穿粗布衣衫的人都站在角落里，几个来回走动的人沏茶倒水送点心，那是下人，不用多看的，都一个模样。我已经学会看一个人先看衣服，然后评判那人的身份。

又是轰的一阵喝彩声，台上那个女子退下去了，父亲的叫好声一定是最大的，一嗓子出去，吓得我一哆嗦。一声“赏”，管家的银票就递上去了，轰的一阵喝彩，左近旁边的人就都矮了下去。但我看见管家给戏班伙计银票时两个人的手来回扯了很久，好在王爷没看到，他正看舞台上一个花脸。

就这样，苏德王爷几乎每天都去戏院听戏，并且坚持带上我，我实在不愿意时就说肚子疼。

终于到了父亲值班的日子。那段时间，父亲在皇宫里，我终于不用看戏了，整天和母亲守在一起。

出正月时，苏德王爷的值班已经结束，但他还没有回蒙古的意思。舅父告诉父亲，皇上听说苏德王爷每天都去戏院，嗜尚歌舞，沉迷于京剧，好像很满意。

父亲长长地出了一口气，说："我想办个戏班。"

舅父想了想，"好啊！"

"我想让朝廷上下都知道。"

亲王就笑了，王爷也笑了。

一个王公贵族要办一个戏班这不是一件难事，我们有的是银子，但如果同不思正业、玩物丧志联系在一起，事情就复杂起来，尤其是一个蒙古王公。大福晋听说后，脸色难看起来。

大福晋脸色难看的时候，苏德王爷就会小心嘘寒问暖。原因很简单，大福晋是朝廷亲王的胞妹，身份是大清朝的和硕格格，大福晋见王爷，叫作召见，规矩不能破。格格高兴了，王爷就得陪着高兴，就像风吹过河面的时候，河水就一定会有涟漪。福晋使起性子来，王爷也得仔细着，尽管王爷身边从不缺女人。

福晋说："养一帮伶人在府里唱打，哪还有个规矩，哪还有个样子，堂堂蒙古王爷，成何体统。"

福晋的哥哥解释道："胞妹，你有所不知，苏德有他的苦衷，别有深意。"

我的母亲是一个大大的戏迷，王爷看戏，还是因她而起。这些年来，京城越来越多的王公贵族们喜欢上被称为京剧的这个东西了。人们奔赴戏院，争当票友，捧角招伶，甚至如痴如醉。京城里的那些名角名旦，权贵们如数家珍。哪个大宅门里办个红白之事，必唱堂会，以示富贵显赫，品位脱俗。

管家说："这些个假把戏，比喇嘛还要受宠。"

"假把戏？一招一式，一字一腔，没有几年、几十年的工夫，哪个上得了台，哪个出得了彩。"王爷认真起来。

"以后，你还要留意一些京剧上的事情。"父亲对管家说。

"王爷放心，奴才会留心的。"管家赶紧答应，表示他无比的忠诚。

苏德王爷真的要办戏班了，这当然需要一个懂行的人打理。

几天以后，苏德王爷找到了他的朋友——福瑞绸缎庄的李掌柜。

父亲同李掌柜说明要在蒙古办一个京剧戏班，托付绸缎商帮忙物色一帮伶人，购置京剧服装道具，再聘请一些京剧教习琴师，进行初步训练，然后从蒙古旗民中选善于角色者定位梨园子弟，学习表演京剧。

绸缎商笑了：“王爷喜好京剧，但若于蒙古王府办练专门戏班，怕是不妥吧，恐有嘻业之嫌啊。”

“老弟，你有所不知，我有苦衷啊。”王爷叹息起来。

绸缎商的确精明，没有去问苏德王爷为何叹息。他让父亲放心，他会将父亲托付的事情办好。

我们要回到蒙古去了，绸缎商专门准备了刚从江南运来的上好绸缎，送给太福晋和福晋。

老友离别，相隔千里，不知何时再见。我的王爷父亲似乎很难舍，酒喝得多，不免到了深夜。我第一次看到他对朋友如此真切。

第二天，父亲真的离开了京城，我却被留在了绸缎商的宅院里，父亲让我住上一段时间。

我不知道父亲为何让我住到绸缎商家中，这个地方令我完全陌生，这座宅院让我很不适应。在这里，我看不到无边无际的蓝，感受不到毫无束缚的风吹。这座宅院除了绸缎商之外，没有人同我交谈，下人们只是在我面前点头而已。绸缎商告诉他的儿子——那个叫作景成的少爷，陪着我——草原来的尊贵的客人。他的儿子答应着，瞥了我一眼，然后就转身走开了。看样子他不喜欢我。我不认识他，所以我根本不在乎。在我所受到的王府的教育里，我只需要按照苏德王爷的吩咐住在这里就可以了，时间不会太长。

可是，一个显赫的蒙古贵族少爷在这座宅院里不可能不被关注。几天以后，李掌柜就将他的儿子景成生生地拽到我面前，严厉地对他的儿子说：“你要时刻照顾好阿勒坦少爷，除非他让你离开，否则你要一刻不离地陪着。”同时还给我身后安置了一个伙计跟班。

李掌柜到他的绸缎庄去忙生意了。他的儿子便对我说如果没有什么事情，就让身后的伙计柱子陪着我，他要出去。我想起他不屑的眼神，摇摇头，没有同意。于是，这个家伙便不怀好意地对我说：“阿勒坦少爷，我带你到我家的一个地方去玩吧。”

这是后院的一处屋子，房门紧闭、毫无生气，附近一个人也没有。推开屋门，一股香火气息夹杂着阴森扑面而来，使人头痛。景成让我独自进屋，他说里面很好玩，然后他在外面指挥柱子将屋门关上。光亮被挡在了外面，我的后背是那扇紧闭的门。那间屋子给我的印象永远是昏黄灰暗，肃穆压抑，似乎是一块禁地。等到我的眼神适应了昏暗时，隐约看见里面摆放着许多的牌位和画像。昏暗里没有任何声息，我有些害怕，在黑暗里面小心地挪移着脚步，这时我的前面隐约出现了一尊佛菩萨的塑像，我的心立刻就安静下来了。

过了一会儿，屋门打开了，太阳的光线照进来，景成将我拽了出去。他问我里面好玩吗？我说这里同我们王府里的家庙很相似，我们的家庙比这里要大很多，没什么意思。

显然，我的回答让他很失望。他没有说什么，一脸的不高兴。我终于明白，他是想要用鬼神来吓唬我，这样我就不会再缠着他。可是，我偏偏对他来了兴趣。我就说："我要你一刻不离地跟在我身边。"

毕竟，我们的父亲是朋友，现在，我是他们家的客人。

住在绸缎商家中的那段时间里，我逐渐同景成成为好友。景成长我几岁，到了接近长大的年纪，所以他处处努力显示出一个大人的样子，而我对世事还处在懵懂之中。景成对于我这个小他几岁的朋友也毫无戒心，会将藏在心里的话统统说给我听。于是，我们无话不谈，我跟他说草原上的事情，说天上的飞鹰、地上的羊群，说骑马奔驰、弯弓射猎；他同我说绸缎庄，说女孩子。我开始知道了绸缎商家的一些事情。

景成告诉我，从他父亲和我父亲的谈话里，他隐约知道苏德王爷刚刚和另一个蒙古王爷进行了一场战争，苏德王爷说是一场黄金之战。

关于与敖汉部旗的战争，我当然清楚，简单地说与了景成，这引起了他对草原的无限向往。我记得最清楚的，还是巴图的手指在草丛里生动地跳跃，这些我没有说给我的新朋友听。然后，我们会一起谈论关于绸缎的事情，对于绸缎的认识，景成比我还要知道很多，深刻很多，很明显，绸缎带给他的好处比带给我的似乎要多很多。

景成告诉我，许多年前，一个他叫作曾祖父的人弃官从商，经营绸缎，开了家绸缎庄。老天保佑，生意兴隆，渐渐成了京城的名店。许多达官贵人就经常出入他家的宅院，许多府上的夫人、小姐都到绸缎庄上订量绸缎布料。兴盛一直延续下来，到了他父亲手里，笼罩在这座宅院上的五彩云霞已经多得快要掉下来了。精明的绸缎商李掌柜极尽所能地施展着他的才能，努力经营着他的绸缎帝国，银子多得经常流到街上。以至于宅门外拐角处常聚集着几个乞丐等待着，铜钱会从出入宅门的绸缎商、绸缎商夫人的轿子里扔出去，一番争抢厮打过后，地上的尘土会呛得轿子颠簸几下，在一串串感激声中，在人群的欢呼声中带着风光体面穿行而过。

可是，景成说他很羡慕我，能在草原上无拘无束地成长。而他——绸缎商少爷却只能像池中的鱼儿一样规规矩矩，一切都得按照绸缎庄宅院的需要。他说，他从绸缎商的身影里，依稀看到了自己的未来，看到绸缎带给自己的命运：不断扩大的生意、坚实无比的宅院、堆积更多的银子、无休止的绸缎，还有许多，他不想再看了，竟有些难过起来，绸缎给了自己好处，却困住了他的生命，让它那么规矩地在一条河流里流淌，永远只有一条河道。

我隐约觉得他是个不安分的家伙。我只知道绸缎给我们带来了许多好处。我回答他，你在绸缎的河流里，有很多好处。

那时，我还不知道，如果一个人生命里所得到的和失去的预先都被设定好了，并且就那么明明白白地展现在眼前，那是很可悲的事情。生命的河流哪里平缓、哪里弯曲、哪里深浅、哪里涟漪、哪里湍急，都知道得清清楚楚，意义何在？

等到我懂得时，已是许多年以后了。而许多年以后，我也遇到了同样的问题。

或许，事情不应该是这样。

从春天走进高原

恰巧，绸缎商病了，绸缎商夫人给苏德王爷捎去了消息，细说了家里的情况。春花开放时，父亲派人把我接回了草原。

我终于可以离开京城回到草原了。我同我的朋友景成道别，我邀请他到草原去玩。我告诉他那里的天很蓝、地很大、云很低，出门就能够闻到青草的味道。景成用我们蒙古人的方式拥抱了我，然后就走开了。

我们乔装成商贩一路向北而行。官道旁河面的冰消融了，迎春花儿开了，马兰花儿开了，地上的草嫩黄了，树林里的鸟鸣轻快了，春天一样一样地展示着风采。但出了古北口以后，关内外的节气差异开始明显不同。走出燕山山脉余脉，东蒙古高原的春天却依然躲闪羞涩，犹豫不决，一点一点地从还带着一丝寒意的原野里走出来。或许是我在京城的那座宅院里待得太久的缘故，我开始计算这一点点走出来的春天的日子。

然而，在这春天里，最精打细算的计划怎样度过每一个日子的人当属传教士南布神父了。自从梵蒂冈天主教会指定中国蒙古地区为比利时“圣母圣心会”的传教区域后，南布神父就匆忙地踏上了东蒙古的土地。作为基督的忠实信徒，他将一颗虔诚的心融进了这日渐饱满温润的春天里。他对助手雷诺神父说：“我们要让东蒙古赤峰地区每一缕空气中都满含耶稣基督的福音。就像春风一样，捕获那些固执的成吉思汗的子孙，教化那些出关四处流浪的汉民的毫无条理的信仰，是我们义不容辞的职责。让我们吹拂融化那些蒙古人的冰冻的灵魂吧。”看着南布神父那凝重而又充满信心的眼神，年轻的雷诺神父有些羞愧，他还是一个刚刚从神学院毕业的学生，更多的是带着对神秘的东蒙古高原的好奇之心而非对基督的信仰之情踏上这片土地的。

春天的太阳在春风的吹拂下，很快就落下去了。南布神父如醉如痴地看着不远处的如火夕阳，他还是第一次看见如此壮观瑰丽的夕阳晚景。空旷辽阔的大地就像块了无止境的地毯平铺开去，天地相连，上面只有一个巨大的火球在那里燃烧，红霞绚烂，灼人眼球。

“主啊，如此瑰丽宏大的景色，就是上帝给我们的福音啊，我要让主的光辉永远照耀在这片土地上。”南布神父流下了踏上这片土地的第一滴泪水，然而当这激动的泪水在风中滑落时，瞬间就被脚下的土地吸纳了，消失得无影无踪。他不会知道，这将为他今后一生的努力作出了怎样的诠释。

雇工驼夫很纳闷地嘟囔着，“这个洋人，有什么可激动的，天都快黑了，还不赶快找个地方歇脚，肚子早就咕咕叫了。”

南布神父没有穿着僧侣的服装踏上征途，而是雇用了一个驼队以一个欧洲组织地理文化考察者的身份进入锡伯河河谷的。他认为，这样会让自己神圣的事业更容易迈出第一步。

当天边还有一丝光辉时，南布神父一行人来到了一个映出火光的蒙古包前。这个时候，我们一行人正好在这座蒙古包内喝着香甜的奶茶。

好客的主人苏雅拉图将他们请进了蒙古包，南布神父对这家毡包的牧民并没有隐瞒自己的身份。他随意地瞥了一眼火炉旁的我们，就将眼神定格在了主人身上。因为像我们这样的商贩太普通了，草原上到处都有我们的足迹。所以，他让蒙古翻译大声告诉苏雅拉图走进毡包的是洋人传教士，是来传播一位叫作上帝的佛菩萨的福音的，就像我们庙里的喇嘛一样。

虽然苏雅拉图对两个洋神父怪异的长相有些害怕，但他还是热情地斟满了滚烫的奶茶递了过去。一碗热腾腾的奶茶喝下后，雷诺神父摘下帽子，解开了衬衫上头的纽扣，露出一头金发和满胸脯的胸毛，并对着主人家的孩子微笑。这时，本来就害怕的孩子终于被吓哭了，“阿爸啊，怪物来了”。

苏雅拉图的老婆抱起孩子走到一边去，那孩子却更使劲地哭闹起来。

南布神父从包里拿出一个精巧的小西洋钟表，拧紧发条，悦耳的声音立刻就从里面传出来，哭声瞬间消失了。孩子怔怔地盯着闹钟，岂止是孩子，苏雅拉图夫妇的眼神更是完全怔在那里，南布神父第一次用精巧的小物件在他未来的信徒面前证明了上帝的法力。

苏雅拉图问：“洋先生，这是什么？”

“时间，就是你们所说的日子。”南布神父骄傲地说。

“时间，能发出这么动听的声音，时间这个东西太神奇啦。”

我不屑地看了一眼骄傲的神父，小声说这些个钟表，京城的贵族达官府里都有摆设。

神父看了我一眼，并没理睬我。手下示意我不要多事。

第二天一早，南布神父一行人启程时，苏雅拉图提出要交换洋神父的时间法器，代价是用什么都可以。他交换的理由是这个东西能够让他的孩子停止哭泣。

南布神父想了想，很显然，眼前这个蒙古人还不明白发出声音的自鸣钟对于时间的意义。他希望苏雅拉图明白这个小钟表可以用来控制时间，于是说道：“尊敬的牧羊人，感谢你的毡房容纳耶稣基督的使者，我什么都不要，送给你。但有一个条件，那就是你要将这个可以控制时间的法器拿给每一个你能够遇见的人看，告诉他是一个洋人神父送给你的就行，有了它，日子就掌握在你的手中了。”

几个驼夫立即羡慕起来，虽然这东西他们已经见过几次，每天早上，它都会发出美妙的声音，但卑微的他们却从未动过拥有的念头，没想到一个蒙古包里的牧人却如此轻易地就得到了。

雷诺神父教会了苏雅拉图如何使用拿到手的时间钟表。苏雅拉图模仿了一次，就赶紧藏了起来，他说：“佛菩萨啊，这可是我这个穷命人从未见过的宝物，现在它真的是我的了？”

“是的，归你了，你有了能够控制日子的法器，幸运的人都能听到它美妙的声音，就连你们的大喇嘛也做不到的。但你必须要履行你的诺言，否则，声音会消失，它的魔力就会流逝，就像天上的太阳，会滚落到草丛里去的。”

苏雅拉图使劲地点头：“我们蒙古人答应的事情，是永远会遵从的。”从此，每一个遇见苏雅拉图的人都见过他手里的能够控制日子的时间法器，并且都幸运地听到了那美妙的声音。这时间法器的声音很快传遍了整个河谷，就连宫嘎活佛也听说了南边的牧民苏雅拉图得到了一个叫作时间的法宝，不用人拉，就能发出美妙的声音，比马头琴的声音还好听呢。

这已经不是南布神父第一次来到东蒙古了。许多个春天以前，年轻的南布神父正同雷诺神父一般年纪的时候，他和另一个年轻的神父怀着对上帝坚定的信仰，悄悄地踏上了东蒙古这片土地。他们以考察的名义，私下传教。气盛的他，想要不借助任何力量就将基督的福音传播到草原。但是，当他们进入东蒙古，还没有习惯当地蒙古人的食物的时候，就被进京朝觐路过的苏德王爷给擒获了，苏德王爷本来想要杀了这两个私自传教的洋人，但悲悯的随行喇嘛说那天是一个不宜动刀、不宜见血的日子，笃信喇嘛教的王爷就将这两个传教士押解到了京城，交由理藩院处置。

几年以后，大清朝的时局早就变了，欧洲诸强通过战争拥有了对中国内陆传教的权利，此时已是而立之年的南布神父又一次踏上了东蒙古的土地。这些年他并没有因为被驱逐而消沉，相反，困难更坚定了这个执着的信徒的传教决心，他精心研究了蒙古文化，包括蒙古人的信仰、风俗、饮食、习性等，还在京城专门聘请了蒙古语言教师，学习了一口流利的蒙古语。他解释道："看看吧，炮火没能让愚昧无知却又骄傲自大的中国人屈服，只有把这些人打倒在地时，他们才肯让我们把基督的福音向更广阔的地方传播。但是，想要俘获他们的心灵，必须先学习他们的文化，而这正是我们的工作。"于是，他坚持向"圣母圣心会"教会提出申请，要到东蒙古传教。他说："主啊，还有谁比我更了解那片荒蛮之地吗？我已经准备好了，我的心此刻已经飞到了那片高原。"

就这样，带着主基督的福音，南布神父又一次来到他口中的这片荒蛮之地，来到成吉思汗的子孙们放牧狩猎、策马奔驰的东蒙古草原。

此时的南布神父早已不是当年那个毛头小伙了，他对雷诺神父说："对付成吉思汗的子孙，尤其是那些骄傲自大的蒙古贵族，我们还是得动动脑子的。"

这次出行，他做了充足的准备，带了许多精巧新奇的玩意，许多送给蒙古贵族的礼物，甚至决定送给寺庙里那些老喇嘛的花镜，都事先准备好了。他还专门聘请了蒙语翻译，虽然能说一口流利的蒙语，但他决定先不说一句蒙古语："先学会做一个聆听者吧。"

这次出行的目的地，他早已经想好，就是当年驱逐他出境的王爷喀喇沁部族的土地。他对雷诺神父说："中国人有一句话，'在哪里跌倒，就要在哪里爬起来'。我们就到我曾经到过的那片河谷吧，那里有我的老相识。"

听说我们也去往喀喇沁部，南布神父执意与我们同行。我从未接触过洋喇嘛，觉得他送钟表的举动还算大方，就同意了。一路上，我都没有告诉他我的身份，他也没有问。

过承德向北方，翻过了茅荆坝山梁后，就下到了河谷地带，再往前一天的路程，南布神父终于来到了喀喇沁王府的门前。在扎萨克衙门的大街上，我们同洋喇嘛作别，我们的理由是要去河谷做生意。南布神父送给了我一个挂坠十字的项链，他说这个东西会给我带来好运。我没有拒绝他的好意。而南布神父也在街边消失了，住进了锡伯河边的牧人家里。他以一个考察者的身份出现在被他视为主的未来的信徒的面前，就如同几天以前在牧民苏雅拉图家一样。他用同样的方式轻易赢得了毡房主人的信任，只是这次没有使用上帝的法器，而用了最直接的东西，最能打动人的银子。接下来，上等的砖茶、布料、熏香等纷纷起了作用。半年的时间很快就过去了，他逐渐熟悉了王府周边方圆二百里以内的情况，地理风貌、植被物产、季节天气、草场耕地，有多少人口、多少民族、多少喇嘛庙，甚至周边几座主要喇嘛庙里有多少喇嘛都了如指掌，他对雷诺神父说："中国人说，知己知彼百战百胜。"

当他熟悉了当地的一切后，沐浴更衣，正式做了一次隆重的祈祷："主啊！保佑您的信徒吧，赐给我敲开蒙古贵族大门的力量，就让您的福音从现在开始传播吧。"

第二天一早，南布神父早早地来到了喀喇沁扎萨克王府的门前，正式叩响了象征着喀喇沁旗部的权力顶峰的大门。

南布神父以一个梵蒂冈天主教会指派的使者身份和苏德王爷进行了会面。他骄傲地对苏德王爷说："尊敬的王爷，我受'圣母圣心会'委托，经大清朝理藩院同意，到喀喇沁地区传教，地方上的事情，还请王爷多多照应。"

父亲打心眼里讨厌这些洋人。在京城时见得多了，正是这些浑身长毛的家伙，弄得国家支离破碎、内忧外患，在他眼里，他们个个都是强盗。

苏德王爷不动声色地说："早上做课时，看到一只猫头鹰叼着一只死耗子，我就知道今天晦气，果然来了你们这两个家伙。"

"大胆，见到扎萨克王爷，还不下跪。"管家大声说。

"尊敬的王爷，我是外方传教士，不需要下跪。我的腿站酸了，请给我一把椅子。"南布神父冷静地应对。

"什么传教士，我看就是两个骗子，拉出去砍了。"苏德王爷一挥手，左右衙役上来就要绑人。雷诺神父毕竟年轻，先沉不住气了，急忙喊道："我们有大清朝理藩院的公文。"

等衙役松开后，南布神父抖抖长袍，不急不慢地拿出了朝廷的公文。

面对理藩院公文，苏德王爷也没有办法。几天以后，南布神父已经以一个神父的身份自由自由地行走在我们的领地上了。苏德王爷嘲讽着对南布神父说："你难道不知道我们蒙古人都信奉萨满和喇嘛教吗？我在京城时曾经去过你们的教堂，只有可怜的一个神灵，还被捆绑在了十字架上。我劝你还是回到你的家乡去吧，回到你的父母身边，那才是你应该待的地方。"

“尊敬的王爷，我们的神灵以自己的受难，换取众生的福音，他永远和我们同在。”

“你这个浑身长毛的家伙，你会后悔的。”父亲厉声说。

南布神父装作听不懂父亲在说些什么。

王爷不屑地看着南布神父，指指身边的宫嘎活佛，“他才是我们这里神灵的使者，今后你的灵魂遇到困顿，可以找他。当然，你们供奉的神灵也可以，我们的活佛是悲悯的。你说呢，活佛”。

“对于洋人喇嘛的宗教我不了解，你们信奉的神灵我没有听说过，对于远方来的朋友，我会送上真挚的祝福，遇到困难时，尽管来找我，佛祖护佑一切。”

宫嘎活佛的谦卑与威严让南布神父无言以对，他知道眼前这个慈祥的喇嘛将是自己在这片土地上最难对付的人，苏德王爷倒在其次，因为至上的权势会让一个人处于高高在上的位置，位置越高，人就越孤单，就会有更多的弱点显现出来，就越容易让别人看到缺点。

多年的经历学习，已经让南布神父学会了中国人的隐忍深藏。他知道，中国人是善于在一个人的脸上琢磨的民族，他们会通过表情读到内心深处，眼前的王爷和喇嘛都谙于此道。南布神父沉稳地笑了笑：“上帝的仁慈会感化一切愚钝，这正是我的使命。”

经过一番考察后，南布神父决定将传教点设在距离王府两百里地远的锡伯河下游地段，因为那里距离几处喇嘛庙较远，如此当地住民的灵魂距离喇嘛教的神灵也就更远一些。南布神父知道，越是穷苦荒凉的地方，就越容易收获基督的信徒，更方便铺展上帝的福音。

南布神父找到苏德王爷：“尊敬的王爷，我将要选择在锡伯河下游河谷地带驼山湾建立传教点，请王爷应允。”

苏德王爷问过管家，管家的回答为：“那里连一片像样的草场都没有，鸟儿飞得再累，都不会在那里歇脚。”

苏德王爷就大方地说：“去吧，那里的土地你随便用，只是那些穷人的灵魂经常和魔鬼纠缠在一起，你可要小心啊。”

宫嘎活佛听说后，找到王爷表达了自己的担忧：“我看，那个洋喇嘛可没那么简单啊，看他的眼睛和魔鬼的是一样的颜色，找一个那么荒凉的地方，怕是别有用心啊。”

“活佛，你多心了，你总得让别的神灵有口饭吃吧！你一定不会让洋喇嘛把寺庙建在你的经殿门口吧！洋人的事，还是缓和一些好，回去祈福念经吧。”父亲说。

当两位教父来到河谷下游时，雷诺神父对南布神父说：“这里也太荒凉了，看看对面那座小山包，连一朵花都不会开放。”

“不，正是因为如此荒凉，我们才更应该带来福音，拯救那些苦难的灵魂。”对于扎萨克衙门的第一次胜利，让南布神父变得更加狂热执着。站在驼山弯荒凉的土地上，他甚至愿意为信仰付出自己的生命。

当晚，南布神父写下了来到东蒙古草原的第一篇日记：

主啊，请赐福于众生。

早春的时候，我来到这里，是带着些许困惑的，因为这里的一切对于我都已陌生。但当我在那个黄昏看到世上最壮美的夕阳时，我坚信，上帝就站在我头顶，正注视着我。这里的荒凉与贫穷同我许多年以前来的时候几乎没有什么变化，那些成吉思汗的子孙们依旧生活在愚钝之中，一点点略带神秘的小玩意儿，也会让他们欣喜若狂，动动脑子，用一种承诺来作为交换，会让他们不顾一切地去实践。这一点，恐怕这世上没有哪个民族能够做到，甚至是一种愚蠢，但这正是蒙古民族的高贵品质。我开始熟悉这里的一切，脚下的这片土地还没有被开化，人们放牧、狩猎、种植、歌唱、喝酒、尚武、祈祷，一切都是那样自然，似乎千百年来早已构筑成一种田园牧歌式的生活。然而，贫困却是明显的事实，权力掌握在贵族和僧侣手中，以部族王爷和寺庙的喇嘛为代表，他们骄傲自大、目中无人、自以为是，就像井中之蛙，看到的只是这片河谷和高原，或许他们根本不知道大海另一边的世界已经进入了工业时代。所以，这一切都让我坚信，我的来到就是为了拯救这里一切生灵的灵魂的，我的使命就是带领他们走上基督之路，带给他们智慧与光明。

现在，我觉得我就是一个刚学会走路的孩子，蹒跚前行，引领我的是指引我们走出迷途的主。我前面的道路充满蜿蜒逶迤，并且布满荆棘，但我毫无畏惧，世界在我脚下，在我所探寻的未来，我相信，我的命运就在这片未经开垦的高原上。一切都那么自然与神奇，我愿意为我的信仰付出我的生命。

南布神父落脚的河谷地带叫作驼山湾，锡伯河水流经很远的地方，才会从我们的扎萨克衙门前来到这里，但地势就像骆驼背，蜿蜒曲折，并不开阔。锡伯河的水流经过这里，就像遇见魔鬼一样，急急忙忙地逃走了，甚至都不愿意留下一丝涟漪。这里就像被诅咒了，一样的山峰土壤，山上却光秃秃的，少有森林植被，少有动物出没，就连鸟儿，人们见到的似乎也只有麻雀和乌鸦，很难听到百灵的啾鸣。

放牧狩猎的蒙古人要是没有茂密的森林和丰美的草场，守着的只是一座秃山和荒芜的土地，就像飞鹰被剪去了翅膀。地势狭窄，山秃林少，不能大规模放牧不能狩猎，就不会有好日子过。

那些恼怒的原住民整天怨恨着："天啊，这里究竟是怎么回事，为什么如此荒凉啊！羊圈里好不容易多产了几只羊羔，却因为上山吃不到青草而饿死了，明天只有啃食石头了。"

但他们不知道，在未来的几十年里，他们的生活将不可避免地同两个长相怪异的神父联系在一起。

朋　友

最近几年，我开始越来越多地参与到扎萨克衙门的事情上，确切地说是父亲的事情。很多事情苏德王爷都让我参与其中，进京觐见皇帝，外出巡视领地，参加蒙旗之间的会盟，召开旗内的重要会议，甚至到寺庙里参禅做课，都让我跟在他身边。有时则让管家陪同我代表他去处理一些事情。有管家在身边，我渐渐地感受到了主子的身份所带来的快乐，这个无形的东西比绸缎有更大的魔力。那些贵族簇拥在我身边，看着我的脸色，听候我的调遣，虽然有时我发出的命令是错误的，甚至是荒谬的，但我看到的永远都是一副副恭敬的嘴脸。即使做错了事情，我也并不担心他们中会有人到我父亲那里去告发，或者说我的坏话。因为我知道若干年后我很有可能将是这片大地的主宰。当然，他们比我还要清楚，所以我极尽所能地享受着我们的头衔给一个扎萨克少爷带来的一切好处。

那天早上，父亲让我到寺庙里去一趟，占卜一下出门的吉日时令，顺便问一下天气。通常这种事情王爷都会将宫嘎活佛请到王府来，王爷一边喝茶，一边和喇嘛谈论出行和天气的事情，热茶变成汗珠时，事情也已经定下来了。接下来，父亲会同活佛谈论佛禅。

我们这里无论谁，无论什么事情，对于神灵都充满敬畏。需要和神灵打交道时都用“请”字，百姓请萨满巫师，萨满巫师迎请神灵，信徒们请喇嘛作法事，喇嘛迎请诸佛菩萨。扎萨克衙门也用“请”字，表示了对喇嘛的尊敬。对喇嘛的尊敬就是对佛的尊敬。当我们把喇嘛们放置在一个很高很高的地方的时候，普通的百姓就得仰着头才能看见。而我们是这片土地上的主人，喇嘛们当然要听从于我们，那理所当然我们站的地方比喇嘛还要高出许多。这样，百姓们看我们时就更要踮起脚、抬高脑袋了。所以，我们愿意对喇嘛们用一个“请”字，愿意这个地方的所有人都信奉喇嘛教，无论是蒙古人、满族人还是汉族人，甚至是大地上的一切生灵。

人真是很聪明，教化人们相信一些和神灵有关联的事物。人们相信神灵的时候，就将自己的灵魂交付出去了，委托给神灵保管。神灵是飘逸潇洒的，经常在天以上的地方，地上的人很难看到他们的身形。于是，神灵的代言人就开始行走在大地上了，神灵们恩准这些代言人在大地上行使他们的权力，而他们也通常只和自己的代言人交往，再由代言人将口信法旨传播出去。所以，我经常听见宫嘎活佛说："佛说怎样怎样，佛的意思是要如何如何！"大萨满阿宝说："神说当下要做什么事情，该做什么事情。"我不懂，确实弄不清到底是佛说的，神灵说的，还是宫嘎活佛、阿宝萨满说的。

有一次，大萨满巫师阿宝在作法迎请长生天时，穿戴在身上的盔甲松动了。舞蹈时，盔甲就会在身上起伏，丝带上下飞舞，看上去就像一只在风里挣扎的蜜蜂，使劲地抖动着翅膀，样子很滑稽。我说："萨满快脱下来吧，盔甲都快要掉在地上了，快被风吹散了。"这时阿宝忽然就倒在了地上，不动了，然后就被其他巫师抬走了。最后，萨满们得出的结论是有人惊扰了正在附体的神灵，致使巫师阿宝的身体突然闭合，神灵的一半已经进入了他的身体，另一半还在外面徘徊。所以，后来又进行了几次类似的祭祀和作法，才将神灵的另一半身体从阿宝身上弄出来。以至于那段时间，大萨满阿宝总是人神混合、神志不清。我遭到了父亲的训斥，因为我是王府的少爷，才免于刑责。

但即使身为一个高贵的少爷，我也要受罚。萨满说否则神灵是不会放过我的。于是，我被绑在了长生天的牌位前面，一个萨满在我面前点燃了一束艾草，呛人的烟雾弄得我睁不开眼睛，然后就是我不停地咳嗽，满眼流泪。我很生气，给了在我面前拿着艾草来回晃动的那个萨满一脚，那个家伙被我踹翻在地上，主持作法的萨满却说这下好了，少爷肚子里的瘴气都出来了，刚才是少爷肚子里的魔鬼在挣扎呢！然后另一个萨满拿着刀子在我的嘴巴前面不断地晃动，嘴里念动着咒语，这时我觉得自己好像在梦里面一样，身体飘浮着，找不到落脚的地方，然后，我隐约感觉到拿刀的萨满将事先挂在我嘴边的假舌头割断了，这样才算是惩罚结束。

管家告诉我："若是换了一个百姓家的孩子如此冒犯神灵，一定真的会被割掉舌头的。"

从此，我就再也不愿意看到萨满阿宝了。看到他，会让我想起舌头，他的身上总让我觉得有一股阴翳，这让我害怕。

萨满教是我们祖先留下来的信仰，在我们的民族里流传了许多许多年。大萨满说从成吉思汗以前的时候起，我们民族就有了自己的神灵，叫作长生天，他一直护佑着我们民族繁衍生息，守护着我们脚下的土地。

后来，我们的信仰里面又增加了一个宗教，叫作喇嘛教，来自遥远的藏地。祖母说那是神圣的雪域佛国，又听母亲说京城的皇帝也相信，还在离我们不远的承德修建了宏大的寺庙，迎请西藏来的活佛居住讲经。母亲说："西藏来的大活佛法力修行要比宫嘎活佛高出许多许多，如果西藏来的大活佛是蓝天，那么宫嘎活佛就像一小片云彩。"我曾经拿着这个比喻去问宫嘎活佛，他羞愧地回答："比这还要不足。"他虔诚的样子，让我相信了。

在我们这里每座寺庙的钦措大殿上，几乎都供奉着宗喀巴大师。整个东蒙古都信奉喇嘛教中的黄教，属于格鲁教派。喇嘛们用身上袈裟的颜色区分自己灵魂的归属。

我脚步轻快地走在去往福荟寺的路上，河谷里面的空气是如此的清新，路旁草丛里不时惊起的鸟雀和爬虫，让我欢快不已。我们一会儿跑进草丛里捉鸟，一会儿又跑回到路面上。

我是主子，走路时是不用看脚下的，因为前面一直有几双脚步在为我走路，我的脚步迈下去，就一定会平稳地落在柔软地面上。但一个人将自己的眼皮抬得太高，走路不看脚下，忘了自己是在走路时，就容易变得迷糊起来，头脑就会发热，就容易摔倒。这不，我正抬着眼皮看天上的飞鹰，想着宗教的事情，眼神随着飞鹰展翅，飞进太阳里，一束阳光刺进我的眼睛，我就忽然看不到东西了，瞬间迷糊了一下，脚下一滑，摔倒在地上，黏糊糊的什么东西弄得我满手都是，我睁开眼睛一看，一手臭烘烘的牛粪。

"他妈的！"我大骂那几个小厮，"我手上、脚上沾到牛粪了。"

我大声嚷着，生怕别人不知道。几个小厮吓坏了，赶忙过来扶我起来。

"我怎么会摔倒，你们说，怎么会？"我气急败坏起来。

"少爷一直看天上，都走偏了啊，正前面路面又宽又干净啊。"

我四下一看，果然，他们向南，我却向东了。

"过来，都过来。"我喊道。

那几个家伙围拢过来后，我将手一一在他们脸上一抹，牛粪就从我手上离开了。看着每张脸上的图案，我笑了起来。

少爷笑了，他们也就笑了，不用说，一顿皮鞭是免了。

这时，一个声音从我身后传了过来："少爷早啊！"

我吃惊地一回头，什么人敢离我这么近。

宫嘎活佛正站在我身后，弓着身子。

我怔了一下，不耐烦地说："活佛啊，你不在寺里，怎么跑到这儿来了啊。"我想活佛一定看到了我刚才摔倒的一幕，这下我真的生气了，赏了几个小厮每人一个结实的耳光。我的心里舒服了一点儿，牛粪却又回到了手上。

到河边洗净手脚上的牛粪后，我没好气地对活佛说："父亲派我过来问你一些事情，到寺里再说吧。"

向福荟寺方向走去时，我悄悄闻了一下自己的手，还有一点余留的臭味。恼羞让我的脑子又热了，王府的少爷，未来的主子，却在一个明净的早上弄了满手牛粪，太失体统了。忽然，我有一股想要把所有看到这一幕的人都杀掉的念头。我边想边看着身后沉静的活佛，他好像什么事情都没有发生过，我渐渐打消了这种可怕的冲动的念头。

"一个贵族永远都应该是高贵骄傲的，一个主子就应该有主子的派头。"这是我的福晋母亲告诉我的。在我们这里，我们这些蒙古贵族的派头永远都是十足的，无论走到哪里，无论干些什么，处处都显示出贵族的高贵与骄傲。我们同样也吃喝拉撒，也脱衣睡觉，但一样的事情在不同人群的身上却是永远意义不同的。在上好的熏香缭绕中，我坐在便桶上，下人们说："少爷拉的屎还带着香气呢！"

高贵这东西不是谁都能学得来的，汉地来的教师丁先生说是需要一个家族几代人的积攒与传承。可能是吧，你一定看见过许多有钱的商客，他们同样穿着绸缎，举止优雅，但看到银子的时候，他们的眼睛就会投射出乞丐一样的光芒来。这时，他们就和乞丐没什么两样了。现在我想，贵族的定义可能和绸缎关联不大，或许是吧，我还是个孩子的时候，就固执地认为绸缎就是高贵与否的标志，现在想想，那时想法多么简单啊。但我并不知道，现在的牛粪事件同样带给了我虚荣的恼怒与羞愧，而许多年后，回过头来，我同样认为，现在的我是多么简单幼稚。

拐过河汊的树林后，我一直迷迷糊糊的眼睛一下睁大了，我看到一个高壮的小喇嘛正在和两头狼戏耍。这下，我可吓坏了，心里不自在的恼羞一下全跑光了，就连手上的牛粪的余味也消失得无影无踪。那是我同哈斯第一次见面。

我们的民族虽然崇拜狼，图腾狼，但那是意念里的事，是在和狼的画像、雕塑、镌刻、传说打交道。我们这个地方的狼群很多，但当人和狼在现实里相遇时，双方永远都是以敌人的身份出现的。大多数时候，它们看到人类，就会快速地跑开，消失在荒野里。我们打猎的时候，也是从不围捕苍狼的，如若遇到，会给它们留个缺口。除非哪个牧民的羊群遭了狼灾，人们才会杀死它们。

狼在我们蒙古人的记忆里，既是神灵，需要敬畏，又是残暴的化身，但无论怎样，当两头威猛的狼站在面前的时候，我的腿还是变软了，即使在狼和我之间还站着智慧的宫嘎活佛。

活佛身边的小喇嘛告诉我："两头狼是活佛新收的护法。"

护法我知道，但那是神灵上的事，是看不见的，有谁知道真假？但这两头狼却是真的，还有那个大胆的年轻喇嘛。

我惊颤地同活佛进到了寺庙，这下我的兴趣全投在了这两只狼身上，父亲交代的事，我给忘了。

好奇心驱使我来到寺庙后院，走近这两只狼，在那个喇嘛的鼓励下，我试着小心地抚摩了那两个家伙，它们没有任何表情，眼神很深，不像狗一样摇尾。

我问喇嘛："你不害怕吗？不怕它们伤了你吗？"

"我不怕，要怕也是它们怕我。"

执事告诉我说："他叫哈斯，一身好力气，好胆量，赤手搏杀了两只恶狼。"

"天啊！一个人能空手杀死两只饿狼！"

我喜欢上这个话语不多、英俊勇敢的喇嘛了。我没有刻意去记他的名字，却注意到了他手里的棒子，就说："我以后就叫你持棒喇嘛。"

太阳快到头顶了，我才想起父亲吩咐我的事情，活佛微笑着对我说："尊敬的少爷，王爷要问的事情已经写好了，放在信匣里。"

"可是我还没有问你啊。"我惊讶地说。

"请少爷放心吧，天气会追随着王爷的好心情来。"

"你还能预知未来啊，我的活佛。"

"不，我不知道，我只是做出判断。"

回来的路上我一直纳闷，活佛怎会知道父亲要问的事情呢？这个喇嘛真是法力深厚啊。这样想着，我就忘了牛粪的事情了。

小厮包印问我："少爷您在想些什么啊？自己和自己说话。"

"活佛竟然会知道我要问的事情。"

"少爷啊，您在后院时，活佛问我了啊，您忘了早上出门时您说王爷吩咐到寺庙问卜天气和吉日吗？"

包印的话提醒了我，我记起来了，早上临出门时，几个小厮问我去哪里，我告诉他们了。这是几个诚实勇敢的家伙，是我身边的人，有什么话，我都说与他们听，当然，也有一些我是不会说的，对谁都不会，就像去福荟寺时我想要杀人的念头。

这下，我释然了，对着头顶的太阳哈哈笑起来，宫嘎喇嘛这个家伙啊。这使我明白，活佛是智慧的，但不是无所不能的。我尊敬一个悲悯智慧的喇嘛，但将来我是一个主宰一切的主子，我永远在最上面。

这个看似简单的想法对于我的未来或许有很大的用处。

这下，我又记起了许多事情，又闻了一下手，已经没有任何牛粪的气味了，几个小厮见我这样，又吵闹起来。这一天我记得最深的，还有那两只狼和那个持棒喇嘛。

从此以后，我总是找到一些机会走进福荟寺里，我的目的当然是那两只狼。宫嘎活佛知道我的目的后，我再来时也就不陪我了，确切地说，是我不用他陪同，有受人尊敬的活佛跟在身边，总是不方便的。我叫上寺里的持棒喇嘛，他带着那两只狼，我们到荒野里，到河边去玩耍，我们谈论骑术、比试枪棒、骑在马上向很远的地方驰去。其他几个小厮在我身后的尘土里追赶着，我喜欢风掠过耳边的感觉，就像在云里飞翔一样。那两只狼跟在身后，好像保护我的样子，我看见它们的眼神柔和起来。

我和这个哈斯很快成了好朋友，我把他带进王府里一起学习枪棒。哈斯比我大上几岁，我对他说，在遥远的京城，我还有个朋友，他不会枪棒，但我们很要好，我希望哈斯和他也能成为好朋友。

要知道，一个蒙古扎萨克少爷是很难找到朋友的，有的只是下人和身边的人，但我愿意有自己的朋友，那种不把我当作扎萨克王府少爷的朋友。

戏　楼

京城的绸缎商李老板来了。他骑在高大的马背上，身后跟着一支浩荡的驼队，弄得满河谷烟尘。迎候的众人已在王府前等待多时，苏德王爷和老朋友紧紧拥抱，眼睛却看着老朋友的身后，或许那些才是他最想看到的。我呢，则搜寻杂乱的烟尘中有没有我的朋友——那个京城绸缎商少爷。

“我的老朋友，一路辛苦。”

“尊贵的王爷，您想要的一样不少。”

“一路辛苦，没遇到什么麻烦？”细心的王爷问道。

“路过古北口时，守军盘查，多亏了罗布桑将军及时到场，才算无碍。我和罗将军也算是老朋友了，他京城府里的绸缎，都是我供着，我只说到东蒙贩些绸缎，这点面子，他还是给的。”李老板说得轻巧，苏德王爷却惊出一身冷汗，要是私运军火武器被守关军士知道，盘查下来，一个蒙古王爷，容易有叛乱的嫌疑，可定重罪。

“我的朋友啊，有你在，我放心，罗布桑将军也是老朋友了，你回去时，一定要打点的。”

接下来，管家一一点数着车辆，驼队开始走侧门进入王府的后院，当一辆大马车来到近前时，绸缎商示意车夫停下，有点神秘地对王爷说：“王爷，您猜猜，这里面是什么？”

王爷看看左右，说笑道：“你给我出难题了，我猜不出，啊，还是你告诉我吧。”

绸缎商对着车里喊道：“还不下车拜见王爷！”

车帘掀起，陆续走下几个中年人和几个俊俏的青年男女来，齐刷刷地跪在地上参拜，王爷纳闷道：“老兄，这是哪一出啊？”

"王爷不是要弄个戏班吗？班主、师傅、演员、琴师我给您找来了几个，家伙什和伙计都在后面的车里呢。"

苏德王爷的脸上顿时神采飞扬："哎呀，知我者，文宣兄也。"

管家提醒着："王爷，还是请李老板先饮了下马酒，到府内歇息吧。"

"我倒忘了，快拿酒来。"王爷亲自将斟满的酒碗递到绸缎商手里，自己也端起满满一碗，说道："感谢文宣，千里之苦，晚上你我兄弟要一醉方休。"

我很少听到王爷父亲和别人这样说话，平时他称呼兄弟的都是那些旗主王爷、贝勒和京城达官。我知道，那都是官话，是连一个傻子都听得出的客套话，做戏而已。而此时与绸缎商却是如此亲切与真诚。说这话时，父亲将碗里的酒一饮而尽，脸上满是豪爽之情。我想，父亲这句兄弟之语应该是真的。

我不明白，精明的父亲怎么会同千里之外的绸缎商成为朋友，让同样精明的绸缎商甘冒风险运抵我们需要的武器。

后来，我终于明白，要想和一个人成为朋友，就不要使用任何方法，这也使我的身边总有几个愿意为我付出一切，甚至去死的人。

晚宴的排场极尽奢华。管家仔细安排着一切，哪个桌上需要添肉了，哪个贵族的酒碗空了，管家指使着下人有条不紊地添菜斟酒。很快，我就吃饱了，可是我是王府的少爷，我只能继续坐在那里陪着。实在无聊，很快不断在我眼前晃来晃去的管家引起了我的兴趣。我观察着管家，发现他整晚上都没有吃一块肉，喝一口酒，他活跃地穿插在贵族们中间，非常显眼，却好像没有一个人看得到他，就连悲悯的宫嘎活佛坐在角落里都没有看他一眼。我可怜起这个家伙来，忽然想，要是有一天我当上这座府邸的主人时，我一定还会继续用他，于是我让身边的小厮花代把管家喊来。

"少爷，有何吩咐？"管家提一下长袍，头上的辫发有些散乱，就像个普通的下人。

我看到管家一脸的汗水，大声说："哪天我当了主人，还让你当管家。"

管家脸上流淌的汗水忽然停下来，他有些恐慌地向苏德王爷那边看去，回过头，小声对我说："少爷喝多了。"说完，把我的酒碗倒满了酒，匆忙转身离开了。我笑了，又可怜起他来。做管家真的很不容易。

我说这话时，我的叔叔正坐在我的身边，这个堪布喇嘛看着管家，又看着我，很久，才将眼神转到别的地方去。

几天后，苏德王爷在议事厅上宣布，决定建一座戏楼，就在王府的内院。

这一决定很快招致了贵族们的非议，认为苏德王爷身为大清朝亲王，享有“和硕额驸”称号，任卓索图盟盟长、领兵备扎萨克，又敕封为“御前行走”。如此的身份，建戏楼用于娱乐，欣赏歌舞、戏剧，难免声色犬马、荒废政绩；况且还会遭到其他部族蒙古王公贵族的耻笑。

我的叔叔很快就将这个消息告诉了他的母亲。

老福晋为此抹泪哭泣、茶饭难下，斥责儿子糊涂，沾染了京城的靡浮之气，身为草原之王、蒙古王公，应秉承祖先策马尚武之风，多思文治武功才是。

父亲跪在他母亲的身前，请求老母亲的原谅，说建此戏楼，实有难言之隐，希望阿妈知晓儿子的一片苦心。祖母见父亲一意孤行，不听劝阻，索性搬到家庙居住，落得清静，每日里只吃斋念佛，祈求佛祖保佑。

对于我们蒙古民族来说，歌舞，是生命中很重要的一部分，早已经融入了身体。春风来了，我们唱响百灵之歌；青草绿了，我们跳起踏青之舞；秋河的水涨了，女人们在水边汲水洗衣，就会欢笑赛歌；月亮升起来了，就一定会有悠扬的马头琴倾诉爱情；男人们狩猎回来，会和女人们在草丛里用歌声伴着缠绵；勇士们战场凯旋，姑娘们早已经为自己的心上人在路边起舞；祭祀敖包了，广场上经常变成歌舞的海洋，哎呀，太多了！太多了！

我的父亲，苏德王爷就是一个喜好歌舞戏剧的人。在王府内，我们有专门的乐队、琴师、说唱艺人，经常会有歌舞戏剧表演。贵族们簇拥在王爷周围，喝酒品茶，观赏演出，丝竹弄音、歌舞怡情常到深夜。

但我的父亲还有一个喜好，就是好弄诗词书画，每有佳句写出，就引得贵族们相传咏诵。这些，在我们这个尚武游牧的民族里，就显出高雅起来。尤其在我们的河谷里，那是百姓们想都不会想的事情，他们的地位决定了他们的生命里没有这种高雅的存在。

秋天很深时，戏楼一天天高起来，观看戏楼时，我的头也越扬越高。透过云层，我看到蓝天以外，那里是神灵居住的地方。我忽然想起了我的祖母，那个每天都希望自己死后能够升天的老太婆。她现在还没有死，但她一直在为她的死做着铺垫。一直以来，她都要搬到寺庙里居住，她说那里距离神灵，也就是天堂近一些，如果神灵召唤，她就会听得更清楚。她很怕错过了神灵们为她安排的通往上界的车辆，以至于谁要是说话声音大一些或是站在她面前挡住了她的视线，她就一定会愤怒起来。她说有一次她看见一辆由青色飞马拉着的黄金镶嵌的车辆来接她，结果她腿脚太慢，没有赶上，这样一等又是漫长的几年。为此，她经常迁怒于身边的下人，当然，即使府里的人都难以幸免，我却可以例外。现在她真的搬到家庙里居住了，不知是因为这座日渐拔高的戏楼，还是她真的怕自己赶不上神灵派来的马车。

我应该去看望我的老祖母了。

附近的百姓听说王府内正在建造一座戏楼，都来观看。说是观看，实际上就是站在王府外的一处高坡上观望，百姓岂是可以随便进入王府内的。管家曾经进言将那片高坡圈起来，父亲说，这片高坡就留给百姓吧，这样他们的脚跟会安稳些。很多次我都看见百姓只能站在很远的地方，模糊地评论着一天天高起的建筑，满足心里的好奇，再回去说给别人，满足自己的虚荣。

天下的事不就是如此吗？谈论那些离自己很远的事情，好像自己就身处其中，看着身边竖起的耳朵，自己就满足了，至少能维持虚荣带来的短暂的快乐。

我也很纳闷，父亲贵为蒙古王爷，为何非要在王府西院里建一座戏楼，多让人耻笑啊。我的私塾教师丁家和先生笑了："王爷自有深意啊。"

丁先生是我的启蒙教师，是我很小的时候父亲用重金从关内山东请来的举人。父亲说丁先生的学识比我们的五辆牛车装的银子还要富有许多，只是他的时运不济而已。父亲说这话时，旁边的丁先生看着远处，没有说一句话。

银子我知道，是我们这里财富的象征，表明一个人或一个家族的身份。那时还是个孩童的我，没有看到丁先生装满五辆牛车的银子，他的居室内只有数不清的书籍。父亲说："都在先生的肚子里呢。"

我立刻对丁先生充满了敬意："先生的肚子能装五车银子，竟不会撑破。"

现在，我明白了，那是汉人的一句形容之语，可是现在我相信，丁先生的肚子里装的东西比五车银子要多出许多，富有许多。

我的教授先生共有四位：汉文启蒙先生丁先生，教授我汉人的经典和史籍；蒙古教师伊先生，教授我蒙古文和满文；还有从河北请来的武术教练马师傅，专门教授我拳术武功和骑射技能；几年以前，父亲又从遥远的西藏专门我为聘请了一名喇嘛教师，专门助我攻读藏文书写的佛学经卷，学习我们信奉的喇嘛教的佛法经三宝。

学习这么多东西，让我烦恼，但我是王府的少爷，只能如此。

所有先生里面，我最喜欢的还是丁先生。从他这里，我知道了许多先贤之道。甚至是我们蒙古族的英雄历史，他比我们似乎还要清楚。许多年以后，我已经成为一个显赫的蒙古王爷，他依然是我的先生，早晚请教。

戏楼终于建成了，福荟寺里的喇嘛们为此专门作了法事，祈福祛灾，保佑戏楼永世歌舞升平。苏德王爷将此戏楼命名为“燕贻堂”。戏楼为砖木结构，坐北朝南。分前楼、后台和供人休息的戏房三个部分。整个建筑石砌基座，前后连接，浑然一体。台口左右两根石柱上镌刻楷书对联：

藉史事演忠奸可劝可惩

按诗章谐律吕宜风雅情

后台与戏房之间有一段空地，两侧各有台阶，供艺人们上下通行。左右两侧各由合抱粗的四根石柱支撑，柱头采用如意斗拱，纵横交错，雕梁画栋，涂彩描金。正中上方悬长方匾额，石蓝底色之上，斗大镏金楷书“歌管楼台”。左右上下场门有小横额分书“出将”“入相”。后台两侧为砖墙，内壁嵌磨光石面，为戏班书写题壁用。戏楼的建筑巧妙精确，和王府融为一体，单檐飞角歇山式楼顶角上悬有铜铃在风中响彻，弄得每一个喜欢戏剧的人心里都痒痒的。

建造戏楼的时候，从京城来的京剧教师、伶人们开始在附近穷苦人家招募了许多子弟，现在已经训练出徒，可以登台演唱。父亲大喜，要在“燕贻堂”唱第一出戏，为老母亲祝寿。一切准备停当后，父亲带着我到家庙里请我的老祖母前来观看第一场戏。

我的老祖母正在经堂里诵经，昏暗的油灯明灭着照映着垂落下来的经幡，佛菩萨的塑像端正高大，目空一切。油烟熏得我的眼睛有些肿痛，父亲带着我给祖母请安后，说明来意：“戏楼建成，适逢老阿妈寿辰，第一场戏要为您老祝寿祈福，是唱给老阿妈的。”老祖母没有抬头，她虔诚诵经的样子，让我确信，她距离天堂一定是很近了。我和父亲只能在一旁候着，一通经文下来，伺候小喇嘛将老祖母扶起，坐在靠椅上，她对父亲说：“听说你的戏楼建好了，宫嘎喇嘛还作了法事；我一直诵读经书，祈求佛菩萨的保佑。你要好自为之。你安排唱戏祝寿，还算孝顺，我自然会去听戏的。”老祖母的目光一转，接下来，就该问到我了，最近读了什么典籍，学了什么武功技能？好像我的王爷父亲根本不在身边一样。老祖母搂着我，我忽然觉得我是那样爱她，她却离我们越来越远了。

那天晚上，我睡不着，想起许多关于祖母的事情。现在，我的心会越来越柔软，可能是已经长大了吧，或者正在接近长大。第二天早上，我还在温暖的床上时，就听到外面吵吵嚷嚷不停，原来，苏德王爷已准备好了为老福晋祝寿宴请四方贵族的请帖，送帖的信使们正在院里听候管家的指示分配呢。苏德王爷准备请其他旗部和附近的王爷、贝勒、旗主、贵族、喇嘛上师们观赏喀喇沁王府“燕贻堂”落成后的第一场戏。

管家说：“都给我听仔细了，要亲自送到各旗部贵族们的府上，言明是苏德王爷亲请，为老福晋祝寿，观赏‘燕贻堂’落成第一场戏，共享草原之乐。若是坏了王爷的事情，看我不剥了你们的皮。”

此时，管家才真的很像一个管家。

几天以后，探子回报，通往河谷的官道上的尘土越来越多了，已经有贵族们陆续出发，前来我们的领地了。王府的戏楼“燕贻堂”已经被装扮得像一座圣殿。戏班每天加紧排练，丝毫不敢懈怠。

我们这里有一个习惯，喜欢用地上的烟尘表明事情的厚重、人员的多寡、货物的贵重与贫贱，甚至人们身份的尊贵与卑贱。有权势的贵族，人员、车马、辎重、货物就会很多，就会托起满地的烟尘，就会弄得到处尘土飞扬，那是卷起的富贵的烟尘。

我们的论断简单，但有效。当探子汇报哪条路上的烟尘多少时，我们就知道哪个旗部来的贵族带的人马和礼物多少，也能够知道谁和我们走得更亲近。

但这次出乎意料，探子说：“东边官道上的烟尘看不见尾巴，像一场沙暴，淹没了天地。”

东边是敖汉旗部巴图王爷的领地，管家赶紧把这个消息告诉了父亲。苏德王爷听后不禁大骂：“巴图这个狗娘养的，要干什么？”一面让探子再探再报，一面赶忙让管家去福荟寺把宫嘎活佛请来。

宫嘎活佛取了法器设坛作法，经过一番仪式，弄得满身是汗，累得筋疲力尽后得出结论：“东边的官道上出现了魔鬼的身影。我看到了涂在魔鬼脸上的鲜血。烟尘里有人在和魔鬼做着交易。魔鬼是朝着我们的方向来的。”

苏德王爷叫来梅林都楞仓准备好人马，将京城绸缎商运送来的武器分发下去，队伍要抓紧训练。

都楞仓一听，兴奋得脸都涨红起来了：“王爷，是不是又要打仗了。我的手憋得都快不会动了，打谁？”

“我们东边的朋友，或许不是。队伍集结训练，要到草场上去，防人耳目，不要对外人说起。”父亲很小心。

都楞仓一听：“他妈的，这回我非宰了木图这个狗娘养的。”

王爷拍了拍梅林的肩膀，他喜欢这个勇敢又忠诚的家伙。

梅林都楞仓是我们这片领地的英雄，他的父亲曾经就是我们的带兵梅林。早年在关内作战时，他父亲曾经单骑将那时还年轻冒失的苏德少爷从敌营中救出。后来，都楞仓就从他父亲的剿匪队伍里脱颖而出，足智多谋、勇敢无敌，他父亲死后，苏德王爷让都楞仓成了我们的带兵梅林。苏德王爷经常说：“这小子，是我们河谷的第一巴图鲁。”

几天以后，前来为老祖母祝寿的人陆续到了，贵族们带来了贵重的礼物，管家悉心安排洗漱住处，我们东边的邻居也出现在河谷里，敖汉部的木图贝勒来到王府，身后只有十几个随从，这让我的王爷父亲感到疑惑，看不见尾巴的烟尘不可能只有这十几个人。木图拜见了老福晋，献上了巴图王爷托带的寿礼后，照例和苏德王爷问候寒暄，仿佛两家亲密无间，从来都没有发生过战争一样。

还有一个人，算是不请自来的，就是在河谷下游驼山湾传教的“圣母圣心会”的法国传教士南布神父。

一年多的时间过去了，我们已经渐渐忘了这个人，甚至忘了那片土地，因为即使是秋天，收获的季节里，我们也不会想起那片土地，它太贫瘠了。一个主子，连土地都懒得去记起，就更别说生活在那片土地上的人了。南布神父恰恰在这时候出现了，仿佛生怕人们会将他忘记一样。他带来了一本薄薄的小册子和一个十字挂坠的项链，同那时回蒙古时送给我的那个一模一样，洋喇嘛送给我的那个项链，我早就丢到一旁了。南布神父说半年来他精心整理出蒙古语译的他们信奉并传播的宗教经书读本，作为寿礼，他要将这本书连同幸运的十字架献给东蒙古草原上尊贵的夫人老福晋，并希望老福晋能够接受他的宗教教义，成为一名天主教徒。南布神父说这话时，我看到我的王爷父亲的眼神里闪烁着愤怒和鄙夷，就差一脚把这个浑身长毛的家伙踢出门外了，但碍于各旗部贵族在场，他只得强压怒火，以免被木图之辈到京城理藩院告我部驱赶洋人，破坏友好关系之云云。

我的老祖母笑了，让随从丫鬟接过那本寒酸的小册子，说道：“洋僧侣啊，你从遥远的地方来，离开你的家乡，很不容易，我会在佛前为你祈福的。我现在已经离天堂很近了，你说，我会再回到地面上来重新打开一扇通往天堂的通道，让一切从头开始吗？不要在我的面前再提你那些个怪模怪样的神灵了。”

我的祖母显得那样得体，一旦她回到尘世里，她就会变得无比的高贵。

管家说："南布神父，请落座吧，你要是愿意，就请用你的经文为老福晋祈福吧。"

南布神父摇摇头，很失落，坐到角落里。我忽然可怜起他来，一个人离开遥远的家乡，来到一群陌生人之间，连手里的礼物都那么寒酸。我告诉小厮，去给他一杯热茶吧。小厮递过茶后，南布神父冲我点了点头。剧目休息时，他走到我面前，表示感谢，他说他在结伴到河谷的路上就看出我不是一个普通人。我点点头，如果他那时能够看出我是喀喇沁部族的少爷，他一定不会让眼神在我身上随意一瞥的。看来，这个洋喇嘛的修为也不过如此。我笑了，以一个主人的身份，我尽量让自己表现得得体一些，就像我的老祖母那样。

明朗气爽的早上，"燕贻堂"的第一场戏终于开始了。是我们喜欢的京剧，准确地说应该是老祖母和王爷父亲喜欢的，依次唱了《芦花荡》《打五宕山》。老祖母坐在"燕贻堂"台下中央的桌子旁，头上搭起一个暖篷，前来祝寿的贵族们分坐在周围。台上的演员们各自进入戏份，努力表演着，我不知道人们都在观赏什么，我呢，眼神胡乱游移着，忽然，台上出现了一个小旦，十几岁的样子，她是那样美丽，画上戏装，就像天上的仙子一样，我的胸口立即有一股热腾腾的气流涌动起来。那天夜里，我的床上遗留下了许多黏糊的东西，早上侍女帮我叠被时，脸红了。

我开始注意起这个美得像仙子一样的小旦来。她名叫阿圆，是戏班班主"一声雷"的外甥女，是随绸缎商从京城来的。以后每次经过戏楼旁的排练场，我都会停下来看上一阵子，渐渐地有一双眼睛也开始注视起我来。我第一次觉得京城的姑娘比我们河谷里、草场上的姑娘好看，她们皮肤白嫩、眼神温顺，我开始认同我的那个京城的朋友说的话了。

快到中午时，上午的戏暂且结束，下午照旧演出，晚上酒宴，中间还有我们从远处的佑顺寺请来的"经箱"音乐班子进行演奏。他们有五十余人，乐器有钹、磬、鼓、锣、管、笙、箫、唢呐、羊角号等，其曲调共有81部，真是丰富。如此，老祖母的寿宴大办三天，王府热闹了三天，酒香飘荡在河谷里，将河谷沁润成满眼的红色。

东边的匪患

河谷里满是红色、黄色时，就到黄草季节了。

老祖母在寿辰结束后不久，又回到家庙里，诵经祈祷，等待天界佛国迎接她的马车。我呢，除了读书、骑射外，再没有什么正经事情可做。闲暇时，或是到戏楼看戏班排练，或是到福荟寺找我的喇嘛伴当和那两头护法狼玩耍。

自从戏班正式在祖母寿辰开戏以来，戏楼成了王府里最热闹的地方。我的王爷父亲也开始愈加悠闲，每日早课诵经、游山玩水、吟诗作画、听戏宴请。他之所以如此轻松，我想这和我的祖母的寿辰有关。三天的寿宴上，各旗部的贵族们来了许多，未能亲自参加的也都派了代表祝寿，显示友好与尊敬。尤其是东边的敖汉旗部，自那场黄金之战后，双方一直剑拔弩张，在这次寿宴上巴图王爷派来了木图贝勒，木图带来了巴图王爷的亲笔信，信中大意是“祝福老福晋吉祥福寿，并表示两家不计前嫌，世代和好，共谋东蒙古草原之福”。这让苏德王爷大悦，他让木图带话给巴图王爷，两家从此息兵，共谋福祉。

我们这里无论什么事情，都是相信前兆的。

那天，苏德王爷正在戏楼前听戏，可能是因为还不够熟练，一个琴师手里的琴弦在本该肃静噤声的时候发出了不该有的声音。王爷的手一哆嗦，茶碗掉在地上碎了，台上那个正在翻飞起舞的家伙正自起劲，等到他准备亮开嗓子咿咿呀呀唱的时候，琴师们却没有按照戏份进行演奏，那个可怜的家伙愣在了舞台上，不知如何是好，舞台上一下乱了阵脚，班主一声雷赶紧跑到王爷身边听候惩罚。

大家正等待王爷的愤怒时，管家急匆匆的脚步声打断了一切，他径直跑到王爷的身边，嘴里嘟囔着：“哎呀，主子，不好了，出事了。”

苏德王爷正在考虑怎样惩罚那个破坏戏份的琴师，刚刚将手抬起来，准备发号施令，却被管家挡住了视线，于是他闭着眼睛对雷班主说：“一顿鞭子，让他记住。”

管家正站在王爷的手指前面，他将王爷的惩罚全部听进耳朵里，吓得扑通一声就跪在了地上。

这时，那个琴师被拉到戏台中央，接着传来了阵阵惨叫声。我看见台上惨叫一声，管家的身体就哆嗦一下，直到台上的惨叫声没有了，父亲才对瘫倒在地上的管家说：“何事？这样无礼。”管家的衣服已经被汗水沁透了。

“东边，东边的领地遭匪患了，边界上的两座粮仓，被抢了。”管家急促地说。

“东边边界上不是有守卫把守吗？”

“王爷啊，自从老福晋寿宴后，您不是让卫队都撤回来了吗？那里只有少量守卫。”

“什么人如此大胆？”苏德王爷猛地一拍桌子。

“还不知道是哪伙土匪，再豪强的土匪也不敢抢咱们粮仓啊。”

原来，老祖母的寿宴结束后，巴图在离开河谷时对父亲说敖汉部已经撤回了同喀喇沁部相邻边界上的守兵，请苏德王爷也撤兵，以示两家和好诚意，如此敖汉部边界百姓才能睡得安稳，才能在放牧时不用握紧手里的缰绳，防备牛羊越过了边界。苏德王爷正踌躇时，边界信使回报，边界上敖汉部的守兵已经撤回了，界河那一边兵丁驻扎堡垒已经空了，夜晚看不见任何火光，也听不见任何声音了。苏德王爷听后，不再怀疑敖汉部的诚意，当着巴图的面，吩咐让都楞仓把守卫在东部边界上的卫队撤回。

在放牧的牧民眼里并没有明确的边界界线。我们和东边敖汉部的边界，明显的界线是一条河水和一座山脉，老哈河水在大地上奔流，可是它到了草场上就变得羞涩了。河水在草地上蜿蜒，不是隐没在草丛里，就是消失在地下，渐渐地就分不清哪里是我们的领地，哪里是敖汉部的领地了。两边的牧民来往互动，牛羊随意穿梭，已经许多年了，都是蒙古先祖的子孙，不分你我，自然和谐。那座引发黄金之战的鸡冠山，山峦重重、林莽丛丛，就更分不清彼此。自从上次和敖汉部的黄金战争过后，两边边界上都有重兵把守，放牧的牲畜也就不敢随意往来了，谁知道哪一天哪个守军头领会把过界的牛羊给掠走呢？牛羊没了，牧民也就什么都没有了。

如今，边界遭匪患，我的王爷父亲首先想到的自然是东边的邻居。任何事情都是这样，只要是发生了不好的事情，我们就会怀疑是自己仇敌的报复。

管家总是能够猜中主子的心思。他说："王爷，该不会是东边的邻居吧，他们先提议边界撤兵，然后再趁我们不备，以报前仇。"

苏德王爷点点头，又摇摇头："我和巴图王爷早年一起在军营剿太平匪患，巴图王爷也是东蒙古的一位英雄，不会如此卑贱无耻啊。"

"王爷，受伤的雄鹰会啄食地上的死兔，狡猾的野狗会在猎人面前摇尾，人心叵测啊。"管家说。

"要真是巴图这个老狐狸干的，我非宰了他。请活佛来。"苏德王爷恨恨地说。

宫嘎活佛来了，经过占卜，说是魔鬼带领一群饥饿的恶徒洗劫了我们的边境，至于是谁，看不清楚，魔鬼用了隐身法，将恶徒们都隐身在法衣之下。

"活佛啊，你的慧眼呢？是不是敖汉部巴图干的？"在自己人面前，苏德王爷显得急躁起来。

活佛的脸红了："王爷啊，是我修行不够，法力有限。"

两天后，我们东边边界上的佐领来了，带回了详细的消息："老福晋的寿辰结束后，卫队主力返回了河谷，只剩下我们少量弟兄看守粮仓。几天后，木图的人马返回东边，由于事前佐领已经接到了王爷的命令，就在边界上盛情款待了木图一行，木图还特意参观了驻兵的堡垒，然后醉醺醺地过河回去了。没过几天，在一个没有月亮的夜里，我们的堡垒被围了，火把点亮了夜空，黑压压地看不清多少人马，匪徒们将堡垒和粮仓分割开来，好在我们手里的重家伙——机关枪让匪徒们没法靠近，可是我们的人也出不去。粮仓着了一夜的大火，我们打了一夜，天亮时，匪徒撤了，我们走出堡垒一看，才知道，两个粮仓的粮食全被抢走了，带不走的粮食，都烧光了，那可是整个东边边境秋天收上的租赋啊，正准备入冬后就运回河谷呢。

"看清是什么人了吗？"王爷急切地问。

"看不清，他们的服装不整，穿戴杂乱，他们来得快，去得也快，只听得其中一个首领模样的人说，想要报仇，就到东边来吧。"

苏德王爷一拍桌子："上了巴图这个老东西的当了，我非撕了他！"苏德王爷愤怒的样子非常吓人，他红褐色的脸庞会膨胀起来，青筋暴起，眼神透出要杀人的样子。这时，他身边的下人们就危险了，谁要是稍有闪失，轻则一顿皮鞭，重则削足剁手。所以，人们都是一脸紧张。我曾经为此问过母亲："父亲这样是否太残酷了啊。"母亲却说："主子就是主子，奴才们若不战战兢兢的，就不会珍惜主子赐予的恩惠，就显不出主子的尊贵，奴才的低贱。"

母亲说这话时，手里正摆弄着自己的首饰，显得那样优雅自然。我便悄悄退了出去。

我对于母亲的说法有些难过，我不想听到我的母亲说出这样的话来。但我忘了，在她是我母亲之前，她首先是一个尊贵的福晋。后来我明白，母亲这么说，是告诉我以后当了主子，也应该像我的王爷父亲一样威严。但我不喜欢，我对我身边的小厮就很好，他们是我的伴当，虽然永远都是主仆关系，可我们也是朋友。

王府前的广场上尘土飞扬，梅林都楞仓指挥着士兵们整日操练着，苏德王爷也不时过来检验，而且他明确要求我必须跟在他身边。戏楼的戏剧排练停止了，耳朵里传来的不再是锣鼓胡琴的声音和咿咿呀呀的唱腔，而是士兵的操号和枪炮的射击声。人们都知道又要打仗了，我身边的小厮们也兴奋得不得了，他们已经到了不再愿意仅仅看着别人任意释放勇敢的年龄了。河北来的马师傅教我武术骑射时，小厮们也同我一起练习，他们都练就了一副好身手，只要我一声令下，他们潜藏在心底的激情随时都会像火焰一样迸发出来。这些日子，他们跟着我，身上总是带着枪，走到哪里都一副耀武扬威的样子，我问："为什么，是为了保护我吗？"他们的脸红了，终于说出实情："少爷啊，广场上的枪炮声把我们的心都带飞了啊。"我说："那好吧，我们去打猎吧。"

我向父亲提出要去打猎时，看到他的脸上写满了失望，但最后，他还是说："去吧，去打猎吧。"

我想他之所以同意，是因为不想看到我一副毫不相干的样子。正好，我也不愿意整天跟在他身后，像个影子一样被拖来拖去。

我们带上十几个护卫，到福荟寺去问哈斯要不要同我们一起去。听说是去打猎，他赶紧摇摇头，说他是不会去杀生的。我们嘲笑着他，骑上马就奔向大树林里去了。快乐又重新回到我的身上来，几天下来，我们猎杀了一只鹿、两只狍子、十几只兔子和山鸡。小厮们过足了枪瘾，把身上的子弹都打出去了。晚上，我们一面在火堆上烤野兔山鸡，一面唱歌打闹，父亲的战争早就被我忘掉了脑后。

几个小厮却还在议论着要是能上战场真刀真枪地干上一回就好了。马奶酒让我的心也快速地跳动起来。那天夜里我做了一个梦，梦中我就像一个将军一样，带领着勇士们在战场上和敌人拼杀，我的身边是我勇敢的小厮们。

一个王爷在得意的时候领地被打劫是一件很丢人的事情。所以苏德王爷坚持认为打劫粮仓事件给他带来了很大耻辱。

叔叔提出应该先弄清楚到底是不是东边敖汉部干的，再做出决定，但愤怒已经让父亲等不了太久，他告诉喇嘛弟弟："要是佛珠已经让你拿不动刀了，就回到寺庙里去诵经祈福吧。"

叔叔的脸立刻就红了起来，除了苏德王爷，整个河谷可没有人有胆量同根敦堪布喇嘛这样说话。然后叔叔就低下头去了。我发现叔叔在父亲面前，总是喜欢把头低下去。然后叔叔真就回到寺庙里去了。我第一次看到了父亲和叔叔的不和。我想老祖母要是看到了父亲和叔叔的样子，一定没心思诵经念佛。

一切都准备就绪，苏德王爷亲自给敖汉部巴图王爷写了一封信，确切地说是一封讨伐书。大致内容如下：

巴图，先让我把祝福送给你，仅此。是雄鹰就该飞在太阳下的天空里，是英雄就不会在别人背后拔刀。

前日达成协议，边境撤兵、友好互信，但你辈以拜寿撤兵为诱饵，欺瞒我部，探我军情，实为一恨；又背信弃义，趁我边境空虚，抢我粮食、烧我粮仓、掠我边民，实为又一恨。想我蒙古先祖成吉思汗训谕"恩必施、仇必报"，此仇不除，难消我恨。吾不学汝等鼠辈，行苟且之事，现正大光明，行正义之师，讨伐尔等，不日大兵将到，定荡平你部，如若怕死，即可逃也。

喀喇沁部 苏德手书

苏德王爷命令信使要昂首挺胸地将书信送到敖汉部，不可辱没了我部的尊严。

当敖汉部的巴图王爷接到苏德王爷手书时，正在同部族的贵族们喝酒，看到苏德的凶恶之辞，不禁愕然："他妈的，苏德这个老家伙疯了吗？怎么又要和我们开战？难道我还怕你不成，我正想着报黄金之恨呢。"

木图拿过书信："喀喇沁部边界遭了匪患了，好啊。"

巴图皱着眉头问道："是哪股土匪干的，不会是我们的人干的吧，我可没有下这个命令啊。木图，你知道吗？"

巴图王爷担心自己这个鲁莽的弟弟会干出这等低级的蠢事。

"我的王爷阿哥啊，自从上次黄金之战袭营后，我可是处处小心，哪一件事不是听你的命令啊！"木图嘟囔着。

"那就好，我们堂堂敖汉部蒙古黄金家族，决不能干打劫的下三滥勾当，让东蒙古各旗部瞧不起。"

随后，巴图王爷端起酒杯，大声说道："各位，喀喇沁旗部苏德王爷送来手书，说是靠近我方边界遭匪抢劫，诬蔑说是我们的人干的，这是对我部的侮辱，这实在是要挑起两部战事的天大谎言，但既然豺狼来犯，我们决不退缩，就让他们成为我们射猎的靶子吧。”

巴图王爷恨恨地把碗里的酒一饮而尽：“这回，也让他们尝尝我们重家伙的厉害。”

上次黄金之战，喀喇沁部的机枪火炮，依然还经常出现在巴图的睡梦里。他清楚地看见士兵们在距离自己不远的地方被前面喷出的火舌击倒在地，被轰然作响的炮弹炸飞，落在地上的，只剩下零星的碎片了。

“不是我们不够勇敢，而是敌人的武器太好了，我们无法靠近。”上次失败后，敖汉部每个从战场上回来的人都重复这句话。没多久，巴图王爷就从仓库里拉出了整车的银子，运回了整车的武器。于是，更尖刺的叫嚷声、更震耳的枪炮声也开始在敖汉部的军营里响了起来。

木图贝勒整天忙碌起来，几乎每天都不会离开马背。如今，他成了东蒙古高原上最兴奋的人，他对手下的士兵说：“拿紧你们手里的刀枪，不要再把力气浪费在你们毡包里的女人身上了，铆足劲，我们的西边有的是漂亮姑娘等着你们，就看我们的枪能不能打到那里。士兵们哈哈笑着，手指一扣，一梭子弹就兴奋地射出去了。

“他妈的，你的子弹可不能射不中靶心啊，给老子好好练。”木图的马鞭举起来，没有抽下去。

敖汉部寺院的喇嘛们又开始忙碌了，一切都在为即将到来的同喀喇沁部第二次战争做着准备。大树喇嘛自从上次边境回来后，被请去巴图王爷的议事厅问佛占卜的次数就少了，大树喇嘛感到自己明显受到了冷落。巴图王爷说：“难道我给寺院的供奉还少吗？难道连佛菩萨都站在喀喇沁部那边，我们的喇嘛整天都在干些什么呢？忘了诵经为我部众祈福了吗？”

于是，大树喇嘛减少了世俗的纷扰，专心修行，加持法力。他对自己说：“佛法是无边的，只有在清净里，我才能参到更多的修为。”

他还有一个希望，那就是再遇到我们的宫嘎活佛时，他能够站在比宫嘎活佛更高的地方。

在敖汉部的领地上，一直有一个民间的传说。说是领地上不知何时出现了一头雄狮，到了夜晚，这头狮子就会出现在有人经过的地方，若是男人，就一定会被它截住一番厮杀，直到死去；若是少女，则会纠缠掠去，不见踪影。

整个敖汉部没人有胆量站在木图贝勒身前，挡住木图的视线，如果躲闪得慢些，那就只能怨恨阿妈没有给他多生几条腿了。眨眼之间，那个家伙一定已经躺在了地上，被马蹄践踏而过。木图的勇敢和残暴在东蒙古草原上妇孺皆知。每当木图的马队在领地上巡视时，草场上、嘎查里的漂亮姑娘们的苦日子就到了。如若被木图看见，就一定会被压在身下，等到木图像雄狮一样吼叫后，留下的只是屈辱的泪水和几个赏赐的银钱。日子久了，领地上如果出现了秉性暴烈的孩子，人们就说："这小子，一定是木图的种。"

人们送给他一个绰号，叫作狮子木图。

但有一个人，却能降伏这头狮子，那就是木图的哥哥——巴图王爷。见到哥哥，木图立刻就会收敛起来，兄弟俩从小在一起长大，哥哥处处保护着弟弟，却也因此包裹着弟弟。直到有一天，哥哥成了领地上的王，那弟弟就只能是王身后的一个臣子了，即使他是一头雄狮。

屈身于一个王的身后，就只能低着头，收敛着力气，这让狮子木图憋闷得极其难受。只有不在哥哥身边时，木图才能够恢复狮子的本性。

自从同我们的黄金之战失败以后，受了侮辱的木图更像是一头发了疯的狮子，他越发感觉在王爷哥哥的遮挡下，自己身上的力气无法挥发出去。他有时甚至会涌起一个杀掉哥哥自己做主的念头。很多时候，他都会抚摩自己被剁掉的手指残缺的部分。仇恨和羞辱会让他歇斯底里地喊叫起来，身边的人都吓得不敢靠近。终于，在一个酒后的夜晚，他找来一个曾经是山上的土匪，后来投靠了他的家伙，告诉那人："回到你的山寨里去，告诉你们大当家的，我想要和他做一笔交易。"

很快木图同土匪的交易就达成了。木图提供枪支弹药，负责侦察，除去障碍。而土匪则负责打劫西边老哈河另一边喀喇沁部的粮仓，粮食全归土匪。并且，事成之后，木图还会给土匪一笔银子。这样的好事土匪们做梦都不会想到，匪首很快就答应了下来。于是，我们的探子看到了东边边界那边无边的烟尘，那是土匪们跟在木图身后探路时留下的烟尘，等到路径熟悉以后，他们又消失了。

终于，利用喀喇沁部老福晋寿辰之机，哥哥同苏德王爷达成了边界撤兵的协议，这给了木图一个报仇的绝佳机会。这个机会可是千载难逢的，木图不会放过。木图将快枪放在了通往我们这边的界河岸边，土匪们则顺利地打劫了界河西岸的粮仓。

接到喀喇沁部的战书后，木图又兴奋地揪着自己的头发，终于又挑起了两家的战争，这回，敖汉部真正复仇的机会来了。现在，白天操练一整天，到了晚上，木图的梦境不再是枪炮前倒下的弟兄们和自己被俘的场面了，而是自己的人马向前呼啸着冲杀。在梦里，他会兴奋地对自己说："有哪个男人不喜欢打仗呢？不喜欢打仗的男人简直就是被骟的马匹，被去势的骆驼。"

被遗忘的地方

当我们王府内的戏楼一天一天变高的时候，在锡伯河河谷的下游驼山湾，一座西式的教堂也正一天一天变高。在这个被人遗忘的地方，一座简陋的教堂的建造远不像上游河谷王府内的戏楼那样引人注目，即使是人们从未见过的西式风格。在这个贫穷愚钝的地方，没有谁愿意去审视评价这些建筑上的差异。又有谁会在意这些呢？高耸的塔尖和穹顶只会短暂地吸引人们，片刻过后，饥饿就会让眼神开始四下张望，人们在意的是在建造教堂的工地上干活时所得到的报酬和食物。

在驼山湾住下后，南布神父像当地人一样支起了一个简易的毡包。天气寒冷时，他也一样在地上挖出一个地窖子，用于抵御寒冷。雷诺神父说："难道我们来这里就是为了像老鼠一样住进地窖里吗？我的老师，不要忘了，我们可是高贵的福音传道士。"南布神父看着周围说："你看一下我们的身边，有许多这样的地窖，如果我们住进温暖舒适的空中楼阁里是无法同那些住在大地上的羔羊交流的，我们必须进入羊群，才能拯救那些迷途的羔羊。"

南布神父将总教会拨付的经费——银子从地窖里搬出来，到河谷上游的富足之地购买了足够的粮食。然后，他让雷诺神父在毡包外面架上几口大锅，在锅里熬上香喷喷的肉粥。没多久，穷苦的原住民和关内来的流民们就循着香气聚拢过来。雷诺神父把肉粥盛在那些人的碗里，流民们的脚步就再也迈不动了。然后，他让雇工们将粮食分发给聚拢在自己毡包前面的人们，每天发放一点儿，并确保绝对公平。条件是这些百姓必须每天到神父的驻地聆听讲课传道。粮食的作用又很快就显现出来，就像神父们那个春天同我一起来到河谷时一样。每天都会有大批的人聚拢在南布神父周围，手里拿着小布袋和空碗，在聆听神父的讲课传道中，等待粮食和热粥的发放。

到后来，当人群的眼神变得不再那么贪婪，脸上的浮肿开始消退时，南布神父指一下身前的土地说：“住到我的身边来吧！”

没到几个月的工夫，神父们住处的周围已经支起了一大片毡包和挖出了许多个地窖子。

到了春天，一天功课之后，南布神父并没有像以往一样给每一位听课者一碗热粥，而是带领大家来到一片开阔地上，说道：“就在这里开荒耕种吧，这里将会成为上帝送给我们的一片家园热土。”他说话时的神情，俨然他才是这片土地上的主人，而忘了河谷上游的我们。

开荒的人们越来越多，附近的管辖头人前来质问：“洋喇嘛大人，你可以施舍食物、粮食给这些流民，但你可没有权力把这些土地随意分配出去，这里再贫瘠也是喀喇沁王爷的领地。”南布神父拿出了父亲的许可书，同时递上的还有白花花的银子。头人立刻就消失了。

粮食分发和食物施舍不但填饱了饥饿人群的肚子，还顺利地捕获了那些因为饥饿而无所依靠的心灵。种子种下去，禾苗破土而出时，几户关内山东来的流民首先接受了神父的洗礼，成为南布神父来到东蒙古的第一批信徒。

雷诺神父说：“我们虽然有了信徒，可是他们并不是原住民蒙古人啊。”南布神父自信地反问道：“对于一粒种子来说最重要的是什么？”

“当然是土地。”雷诺神父不解地回答。

“是的，那些从关内来的流民就像是一粒粒种子，随风飘来，哪里有让他们存活下来的土地，哪里就是他们落脚生根的地方。一个一无所有的人最看重的是什么？是土地，只要拥有了土地，就能够生活下去。你说，他们还会离开吗？所以，当我们种下一粒种子，结出果实以后，那些同样无所依托的蒙古人就会看到好处，也同样会接受我们的洗礼。”

南布神父得意地向京城的教区汇报了传教进展的情况，他在信中说：“种子已经生根发芽，当下最缺的就是给新教众体面地洗礼和诵经弥撒的地方了。”于是，在总教区的鼓励下，他又给京城的教会正式递交了一份详细的建造教堂的报告书。没多久，京城的教会就派出了工程师和工匠、画师等，一并采购了建造用料，雇用专门的驼队运送而来。当驼队安全到达驼山湾时，南布神父跪在基督耶稣圣像前：“主啊，您的护佑无处不在，我看到了这片土地上美好的明天。”

南布神父给了建造教堂的当地雇工丰厚的报酬，并且每天晚上都提供一顿丰盛的晚餐。雇工们身上长出了足够的力气，教堂建造的速度就像给锡伯河里的流水中注入了劲风，水流加快了前进的步伐。到了秋天，一座西式哥特式建筑出现在锡伯河下游河谷，并且在今后的许多岁月里，都将牢固地矗立在这片土地上。京城来的精巧画师为这座不大的建筑画上了精美的壁画，加上高大的拱顶和回廊，让它看上去是那样气派与庄严。

教堂建成了，建造教堂的雇工们，许多人在完工后都成了基督的信徒。南布神父每天都忙着为新教徒洗礼，他兴奋得甚至整晚都不睡觉。这让年轻的雷诺神父佩服得五体投地。他在日记中写道：

我想，这个世界上再也没有比南布神父更适合在这片土地上传播福音的人选了。他用粮食敲开了那些人早已斑驳生锈的心灵，既给了他们生存的土地，也给了他们生活的勇气。同时，也让他们的灵魂归属于基督。在这片贫穷的荒蛮之地，一座教堂拔地而起，这是从未有过的事情，与其说是上帝的神奇，倒不如说是一个传道者的坚韧与勤劳。主啊，请宽恕我如是说吧，是您将这种伟大的精神加注于我们身体里面。

就在这个秋天里，驼山湾迎来了一个收获的季节。关内来的流民们在河谷的开阔地上种植了还能够来得及在秋天霜冻期前成熟的谷物。神父给了他们种子，并购买了耕犁器具给他们使用。人们在神父的带领下，从锡伯河中引来了水源，让这千百年来始终保持同一姿势的河水第一次改变了它的航程，流进了新开垦的田地里，开始了它新的使命，也开始改变这片荒芜之地的面貌。

这仅仅是一个开始。春天种子播下以后，多数人祈祷，求拜的依然是中国人信奉的龙王、玉帝和佛菩萨等各路神灵，对于新信奉的神灵还有些不适应。南布神父并没有勉强，只是尽全力帮助这些刚刚安顿下的人们。终于等到秋天了，看着金黄的谷物，人们纷纷来到神父的房门前，献上了收获的粮食，说：“感谢远方来的洋喇嘛上师，是您的帮助让我们有了家园和土地，还收获了无比珍贵的粮食。”

“不，不要谢我，我所做的一切，都是我主基督的引导和护佑，要是愿意，就请感谢我们的主吧。”就这样，一点一点，一滴一滴，南布神父第一次把教众的灵魂真正地引到了耶稣的圣像前，也第一次让教众从内心对基督的信仰深信不疑。

南布神父说：“一个人只有将灵魂完全归于上帝，才是真正的基督的信徒。”

教堂落成典礼结束后，南布神父满怀信心地踏上了去往河谷上游的道路，他要看一看，是河谷上游的那座戏楼漂亮，还是自己的教堂更宏伟庄严。当然，上游之行，他还有更深的用意。

当南布神父的脚步跨进喀喇沁王府时，从人们的眼神里，他发现，人们已经忘记了他。即使是我这个同他一起回到河谷、接受过他赠予的礼物的人，也已经忘了他。此时，他只是一名来自河谷下游荒芜之地的洋喇嘛，而不是一名来自遥远的大海的另一边的外国传道者。我们的那些贵族是不会记得下游的一切的，即使是在深秋，在这收获的季节里。

南布神父并没有因为王府的慢怠而恼怒。他静静地坐在人群中，喝着茶，欣赏着戏楼上的京剧表演。叔叔好奇地走近他身边，问他："上师，台上咿咿呀呀唱的京剧能听懂吗？"

他回答说喜欢我的祖母庆典上的舞台戏剧表演。这让他觉得这是古老的东蒙古草原文明的象征，戏台上的表演和西方的戏剧相似。他前面的座位上坐着宫嘎活佛，南布神父很懂得这是身份尊卑的象征。之前，他与活佛已经打过招呼，并做了简单的交流，他没有对这个喇嘛教的传播者说起自己的教堂和传教的事情。南布神父觉得还不是时候，因为此时，自己正处于一种被遗忘的状态之中。

被人遗忘，有时候并不是一件坏事。没有人记得你的时候，你面前就有了一堵无形的墙，将嘈杂的外界隔离开来，就有了大把的时间和自由的空间，可以安静地去做许多事情。事情做完了，如果是一番成就，人们自然就会记起你，并且争相承传，你自然就会成为人们议论的中心，那时候，你想不被记得都难。而此时，人们记得的是你的传奇，那些你身上琐碎甚至猥琐的经历没有人会知道，因为那时候没人记得你。这时，你就像一只雄鹰，从天空里忽然出现在人们的视线里，草原上的一切，都在振翅之下。南布神父这样想着，嘴角露出了一丝不易察觉的微笑。

我一直观察着南布神父。我看到了这一丝微笑，还以为他是为了感谢我让下人给他端去的一杯茶。

"一个再普通不过的人，人们即使记得你，又有什么意义呢？另一个普通人而已。就像草场上的一群羊，无论是白色的还是褐色的，都只是一只羊而已，人们注意的是羊群中的骆驼。"这些话可不是南布神父心里想的，这是我的举人教师丁先生讲给我听的。那是在我们的课余时间，在王府的后山上游玩，鸟瞰河谷时，河谷的河滩草场上正有一群羊在悠闲地吃草。我说："那些羊无忧无虑的，一定很幸福。"

丁先生就说了这些话。

先生讲这话时，我的王爷父亲也和我们在一起，还有一个人，那就是福荟寺的宫嘎活佛。这句话宫嘎活佛也一定记下了，因为当时父亲对我意味深长地说：“先生说得好！”

后面的人给台上的武生叫了一声好，宫嘎活佛回头时，正看见南布神父在身后独自微笑。活佛并没有忘记这个洋喇嘛，只是很久没有这人的消息了，留在记忆里的影像正渐渐模糊。在我们这里，每个有身份的人的事情都太多了，在这片河谷里都让自己显得很忙碌，很重要，根本无暇顾及那些离自己很远的事情。可是这次洋喇嘛在老祖母寿宴的出现，还是让宫嘎活佛有些不安。第一次见面时，活佛并没有把这个高鼻褐发的家伙放在眼里，以为过一段时间，洋人就会自己悄然离开这片属于佛菩萨的土地，况且有谁能够在下游那片荒凉的地方落下脚来呢？所以活佛回头同洋喇嘛打招呼时，活佛问道：“你怎么还没有离开，你还来这里做什么？”活佛这话显得一点儿都不智慧，而且很粗鲁。

“我是上帝派来的，来到这里是为了传播福音，并洗脱人们的罪恶。”南布神父安静地回答，“我尊敬的朋友，可能你已经忘了我了，但我没有忘记你。”

洋喇嘛作答时用的是我们的语言，谦虚而流利。

这让宫嘎活佛很是吃惊，此后一整天，宫嘎活佛都悄悄注意着洋喇嘛的举动，现在他眼角的微笑说明他并没有因为被冷落而感到难堪，活佛隐约感觉到身后的洋喇嘛将来会成为自己的对手。活佛当然明白，洋喇嘛的神灵多一个信徒，寺庙就少一个布施者，佛像前的油灯就会少一点儿灯油。

哎呀，在这个世俗的世界里，就连悲悯的活佛也难逃世俗。

第二天一早，宫嘎活佛就对苏德王爷说他在洋喇嘛的眼睛里看到了隐藏的魔鬼，他此行是为了偷盗人们的灵魂而来。

父亲说：“那就去看个究竟吧。”

南布神父的上游之行似乎并不成功，他并没有引起人们的注意。当他祝福完老祖母，准备离开时，看着他孤独的样子，我打算送他出府，他对我的友好表示感谢，他说上帝会保佑我。他又说：“下游河谷已经开始改变，但上游河谷依然没有任何变化。”这句话，二十年后，偶然想起，我明白了其中的含义。

南布神父离开上游河谷后不久，宫嘎活佛就请求扎萨克衙门派他到下游的驼山湾。一路走来，沿途的光景愈加荒凉，仿佛深秋在河谷里正被秋风一层一层褪去身上的衣裳，由多变少、由肥变瘦、由色彩斑斓到苍黄单调。随行喇嘛说：“下游河谷真的被诅咒了啊。”

“不，是我们的祈福冷落了这里。”悲悯的宫嘎活佛心里有一丝愧疚。

晚上，喇嘛们在河滩上搭起了毡房。用过晚餐后，远处传来了马头琴的倾诉，随着阵阵微风拂过河面，吹到这些僧人的僧袍上，在那里流连。深秋的夜色那样深沉，天空辽阔、苍穹高远，一轮弯月缀在夜空里，周边点缀着些许闪烁的星星，并不明亮。隐约一排南去的大雁从喇嘛们的头顶上飞过去了，没有什么声息，让大地上的喇嘛们显得孤零零的，这或许是最后一排南去雁了。

活佛说："让我们为这片土地诵经吧。"

太阳升起的时候，宫嘎活佛已经做完早课，地上落霜了，活佛感到一丝寒冷。喇嘛们收拾停当继续前行，几个时辰后终于翻过山梁，来到驼山湾的湾口以里的地方。活佛休息了一会儿，起来活动了一下身体，走到河边的高地上四下张望，河水两岸出现了大片的耕地，错落有致，田地里堆积着垛垛秸秆，显示着收获的完成。进入驼山湾口以后，河谷的风景一改荒凉，似乎褪去的秋天彩衣正一件件穿回来。

几年以前，宫嘎活佛曾跟随苏德王爷巡游过此地。那时，即使是在自己的土地上，王爷也不愿意逗留。几天下来，王爷的脸色越来越沉，当地的佐领和头人不知如何是好。夜里把河谷里最漂亮的姑娘送进了主子的毡包，可这里最漂亮的姑娘也不能激起王爷的兴致，当姑娘哭着从王爷的毡包跑出来的时候，那个佐领快要崩溃了。佐领率领一干主事跪在王爷的脚下，拼命磕着头，"王爷啊，奴才们该死，究竟是我们做错了什么啊？让主子不高兴，求王爷给奴才们一个赎罪的机会吧。"

苏德王爷看着脚下这些可怜的家伙，不知说什么好。一个主子要是因为自己的土地荒凉贫穷而厌恶这里的一切，那他一定不是一个好主子。我们尊贵的王爷怎么可能这样呢？宫嘎活佛看出了这一点，就说："王爷这几天有点累了，你们先退下吧，王爷已经吩咐为这里的百姓祈福。"

宫嘎活佛在为这里的百姓进行了摸顶祝福后，就跟随王爷匆忙离开了。因为他发现，比起佛菩萨的祝福，这里的人们更需要食物和温暖的火塘。活佛的祈福并没有发生作用，以后的几年，这里愈加贫穷起来。那个佐领说："看来，就连佛菩萨都把这里忘记了。"

南布神父给予了活佛一行人最隆重的接待。席间，南布神父特别向活佛推荐食用了新鲜谷物做成的食物："尊贵的上师，这是我们这里今年新收获的粮食，想必沿途你们已经看到了沿河两岸的田地，这里已经改变了。"

这里的变化超出了宫嘎活佛的想象，自负的活佛渐渐对眼前这个对手充满了兴趣，无论是他们信奉的宗教，还是这个洋喇嘛的博学和谦虚。

活佛说："据我了解，你们供奉的神灵为了拯救人们而宁愿自己被钉在十字架上，这是很了不起的，值得我们尊敬。但你们的神灵太少了，看看你们的经书，你们的宗教还不够广博高深。”

“不，你错了，我读过你们的佛经，有许多种类，但内容上却有很多雷同之处，只不过派别不同而已，这实际上不利于信徒之间的团结，容易因为派别的纷争而走上歧途，我们的宗教也有派别，但我们有共同的《圣经》捧在手上。”南布神父微笑着回答。

“我们的宗教博大精深、教义深广，就像数不尽的星星闪耀在苍穹。”

“天上的星星再多，发出的也是微弱之光，大地上一切生灵需要的只有一个，那就是太阳。”

教派争论是无休止的，谁也难以说服对方，这在长久以来就是如此。但南布神父和宫嘎活佛的关系却越来越融洽，都被对方的博学智慧和悲悯所吸引。

“无论怎样，我们都有一颗悲悯的心。”

“我们的路途都通往天国，一个是佛国的极乐世界，另一个是上帝的天堂。”

在驼山湾教堂的日子里，南布神父友好地向宫嘎活佛介绍了自己的教堂、宗教文化和宗教历史，并且送给活佛一本简易的蒙古语《圣经》小册子，甚至还同活佛谈起了自己的遥远的故乡。

“南布神父，你说你的故乡在大海的另一边，距离这里太遥远了，你不思念你的家乡吗？”宫嘎活佛问的这个充满人情味的问题，勾起了神父的思乡之情。

“是的，在大海的另一边，是我的家乡，那里的气候和植被，以及风土人情都和这里大不相同。这里的风沙太大了，但让人变得更加坚毅与勇敢。我爱家乡，也爱这里，家乡是生养我的地方，这里是我实现生命价值的地方。”南布神父说这话时，眼睛望着故乡的方向，这让活佛依稀想起往昔。

尽管和南布神父的交往令人愉快，但遇到那些穷苦百姓时，活佛的心里就难过起来。当地的一些蒙古人听说上游王府的活佛来了，都纷纷拥来，带着布施，祈求活佛赐福。但那些已经信仰基督的蒙古教众，则对活佛的到来充满敌意，他们说信了几辈子的佛菩萨，都不如一个洋喇嘛一年的工夫管用。现在我们有了粮食，不用再单一地放牧了；有了水源，我们可以种植粮食了。听到这些，活佛心里很不是滋味，但他坚持说：“是你们的恶缘已满，好时候到了。”说这话时，我们的活佛没有去想南布神父的宗教。他相信这一切都源自因果。

离开驼山湾时，南布神父送给活佛一块精致的怀表。告诉活佛，这是他个人的礼物，只有尊贵的人才配得上它。有了这个东西后，时间就在你的掌握中了。活佛对这个控制时间的物件充满好奇，作为回报，他将所有获得的布施供品都留给了教堂。漫长的冬天就要来了，这些布施供品是最有用的。看着活佛留下的各种样式的物品，以及送别活佛那跪在地上的大片的人群，南布神父清楚：自己的宗教在这片土地上还有太多的事情需要去做。

祸乱

如果说世上真的有神灵存在，那么天地之间的生灵应该分为神、人、兽、魔、鬼五类。神灵生活在天上，有佛仙之分；人代表神居住在地上，并统治着大地，比如大清朝的皇上和我们的王爷贵族们；兽分野生与家畜，供我们打猎和饲养食用；魔鬼居住在阴暗的地方，经常出没于山间、树林、洞穴、雾霭里面，它经常幻化，引诱我们的百姓；还有鬼则居住于地下，属于阎罗王的管辖，还有一些树精蛇仙狐仙什么的，可能还有许多吧。我弄不清楚，这是大萨满阿宝跟我说的，也不知道是真是假，但说这话时他是认真的，他不敢对他的主子说谎话，虽然那时我还是个孩子。听这话时我和身边的小厮们都很害怕，赶紧走出萨满阿宝的屋子，来到太阳底下。从此以后，我们再也不打算走进萨满阿宝那间屋子了。许多年过去了，我已经长大了，但却从未见过一次神兽魔鬼诸类，我一直很好奇。

当我们部族的卫队开赴东部边境的时候，我们东边的邻居传来了令我们兴奋又疑惑的消息。

安插在那边的耳目送回消息说，东边敖汉旗部境内遭了匪患。匪隐于东蒙古草原，今起事造反，打出口号“灭蒙贵、消洋教”。已经同敖汉部卫队开战了。

苏德王爷听到这个消息的时候，立即命令部队停下，并将人马分成两部分，一部分由梅林都楞仓带领，继续前进，转向鸡冠山方向，驻扎在山间，看护好金矿，随时待命，以防匪患。并且如果我们的邻居使诈，作为机动，好做应付。另一部分则就地驻扎，等待消息。

我们派出探子继续到我们的邻居那里打探消息。父亲给正在北边领地的驼山湾探访洋宗教的宫嘎活佛发出消息，让活佛到东边营地会合。

管家说：“尊贵的王爷啊，如果我们的邻居家在闹匪患，现在不正是时候吗？

我们的勇士们趁其不备，一举突入，杀他个片甲不留，除了心头大患，又剿灭乱匪，岂不是一举两得。”

看看吧，这就是我们的管家，这家伙总是有无穷的点子。

“不急，还是等一下消息，如果乱匪真的闯入了我们邻居的家里，就让我们的邻居先抵挡一下吧。”

“王爷的意思是狼群闯进虎穴，再凶猛的老虎也会受伤。”管家接下主子的话茬对左右解释。

在等候探子探听消息的日子里，我们也等候着我们的活佛。出于对佛菩萨的信任，每次遇到需要做出决断的大事时，我的父亲总要先听听活佛的意见，只有在得到佛的明确预见后，才会下定心思做出决断。苏德王爷对于福荟寺宫嘎活佛的信任在领地上是众所周知的，这经常引来领地上其他寺庙喇嘛们的嫉妒，况且宫嘎喇嘛还很年轻。那些喇嘛说：“难道只有福荟寺的的喇嘛才是佛菩萨的代言人吗？我们的经殿上同样供奉着佛祖，同样端坐着宗喀巴大师。”听到这些，苏德王爷说：“在你们表示出不满的时候，先给我拿出一条像样的建议。或者先到福荟寺去同宫嘎喇嘛论经吧，如果你的佛法和智慧战胜了宫嘎，就由你来福荟寺坐床。”然后王爷会大度地让管家去拿来给那些寺庙的布施，威严地说，“回去念经吧。”

喇嘛们没话说了，同样不说话的还有我的喇嘛叔叔。我不知道为什么，父亲总是不让我的叔叔参与家族大事。

他告诉叔叔：“寺庙里的事情已经够多，家里的事情你就不用操心了。”

我们又开始打猎了，我记得第一次同我们的邻居进行黄金之战时，我们就进行过这样的打猎活动。这次也不例外，我们吃着打回来的猎物，喝着今年新鲜的粮食酿造的美酒，我们围坐在篝火旁听琴唱歌，父亲开始吟诗。我想，我的父亲王爷已经有好的目标了。

夜里我听到父亲的毡包里传来了令人激荡的喘息声，传来姑娘的阵阵叫声。一声比一声高，一声比一声长，声声跌宕，就像春天激情的山泉，不断冲击着，冲进我的心里，弄得我很晚才睡着。早上，不知为何，我起来得却很早，管家正在毡包前转悠呢。

管家说：“王爷昨夜像猛虎一样强壮。”

我想管家同我一样，一定很晚才睡。

朝霞出来了，映红了整个东方。一个漂亮的姑娘从父亲的毡包里走出来，红润的脸颊映衬得落霜的早上一点儿也不显得冷清。她抬起头朝我咯咯笑着，跑开了。

她一定很快乐，她一定不知道我是王府的少爷，否则她不敢不跪下来向我请安。其实她根本不需要知道我是谁，因为她是从王爷的毡包里出来的。这里，还有谁比尊贵的王爷更重要吗？

我忽然嫉妒起我的父亲来，就对管家说："晚上我的毡包里也要有一个姑娘。"

管家怔怔地看着我，嘻嘻笑了："少爷长大了啊！"接着又为难地说，"我的少爷啊，可是现在我们和王爷在一起啊。"

管家的意思是现在王爷和我们在一起，所有的人，包括我在内都应该老老实实的，这里的一切都是王爷说了算，我不过是王府的少爷而已。现在我明白了从父亲毡包里出来的姑娘为什么对着我傻笑，而不跪拜我了。我忽然觉得做一个王爷可真好。

我想起王府戏班里那个漂亮的小花旦来，她同我的年纪很接近，可能比我小一点儿。

几天后，我们的宫嘎活佛匆匆地从北边赶来营地了。活佛看了看手里的怀表，说："这个东西真是好用啊，我用了几天时间又几个时辰，都准确地记在上面了。"

苏德王爷自己也有一块怀表，是从京城带回来的。但他见到宫嘎活佛从怀里掏出来一块怀表的时候，还是吃了一惊。活佛说："是下游的洋喇嘛送的，要是王爷喜欢，就送给王爷吧。"

我的父亲笑了，有些勉强："一个王爷怎么会要一个喇嘛的东西呢？我早就把玩过了这些个西洋物件。看来，活佛也喜欢这些洋玩意儿啊，会用吗？"我知道，父亲的怀表是京城的一个亲王送的，父亲一直藏在身上，很珍惜。或许他不愿意这里还有人拥有这个控制时间的宝贝吧，那样就显不出他的独特和尊贵了。

是的，一件东西之所以珍贵，就是因为它的独一无二。

大家的眼睛都在活佛手里的怀表上，没有人注意到管家的眼神。我不喜欢这个东西，我就注意起管家来。不知为何，自从上次老祖母的寿宴上我开始注意起管家以来，只要大家都被一件事情吸引的时候，我就在一边悄悄地观察我们的管家。管家的眼神真有意思，是那种又呆又直的，嘴角还配合地吸吮着流出来的垂涎。这时，他全不像一个精明的家伙，就像个傻子。

以后的日子，当我们的管家也终于有一块闪亮的怀表时，他会经常在人前拿出来看上一会儿，仿佛那上面有许许多多令人着迷的画。

谁也没有想到，一些年后，这些稀少的西洋玩意儿已经在我们的贵族中很普遍了。那时每个有钱人身上几乎都有一块怀表。我们的时间记法却渐渐地被遗忘了。

你想，连寺庙里的喇嘛都使用钟表时，谁还记得那些古老的沙漏呀，日晷呀什么的。而对于穷百姓，时间这个东西永远都是模糊的，精确的时间对于他们没有任何用处。漫长而贫穷的日子里，白天和黑夜又有什么区别呢？

苏德王爷并没有立即同活佛说起我们东边邻居的事情，而是问起了河谷下游驼山湾的情况。活佛的回答出乎我们的意料。

活佛说起在下游看见的新建的高耸的教堂，新开垦的田地，收获的谷物，受洗的教众，以及种种见闻。他自顾自说着，全然没注意到王爷的脸色越来越阴沉。管家大声咳嗽着，我们的活佛才看到。于是，活佛赶紧把已经到嘴边的话咽回到肚子里去了，我听见活佛的肚子在咕咕地叫，那一定是未说出的话语在里面捣鼓。活佛擦拭了一下脸上的汗水，顺便挥去了一些僧袍上的风尘。

风尘吹拂到苏德王爷的脸上，表达出活佛远途匆忙归来的劳顿，王爷的脸色才稍稍缓和了一些。又问了一些下游驼山湾的事情，最后说到了洋宗教，问活佛怎么看？

活佛沉吟良久，没有像其他事情那样回答干脆，他说："佛法护佑一切，无论他们的神灵存在与否，不管怎样，他们的宗教都是浅薄而狭窄的。"

我们的探子分批打探，每两天回来一批消息。

"我们的邻居已经同乱匪交战了几次，乱匪的武器抵不过敖汉王爷卫队的武装。"

"那些匪徒训练有素，他们阵中有会法术的巫师，施了咒语，匪徒个个勇猛，都是刀枪不入的力士，敖汉王爷的卫队刚刚吃了败仗。"

"匪徒们已经逼近敖汉部扎萨克衙门了，王府的卫队全部退守在敖汉王府的街上。"

"匪徒们遇见蒙古贵族就杀。"

"边境上越来越多的难民向我们这边拥来。"

……

消息传得越来越快，越来越急，我们出去打猎的路途也就越来越短了。

夜里，父亲听琴吟诗时不再喝那么多的美酒，他的毡包里也不再传出春天山泉般的声声激荡了。

夜里，行营附近的树林里传来阵阵猫头鹰的叫声，或许要有事情发生了。

果然，第二天一早，探子就送回来了消息。这次是从东南边境回来的探子，说是我们这边边境地区也遭到了匪患，那些匪徒从东南越过边境，绕过高耸的鸡冠山，一路闯入境内，烧杀抢掠，乃林地区的佐领头人已经被杀了，还有许多童男童女被抢劫掠走。

苏德王爷一声叹息："看来，不想发生的事还是发生了，乱匪果然越过边境，掠我百姓、抢我财物。"

宫嘎活佛经过占卜，说是魔鬼一直隐藏在东边边境附近，现在加持足了十三种动物的混合鲜血，神行聚在一起，纠结关内白莲乱匪余孽，要把东蒙古草原变为黑暗之地。

苏德王爷果断地下达了命令，传令鸡冠山都楞仓立即率部出兵剿灭侵入我边境之乱匪，然后越过边境，向敖汉部扎萨克衙门方向进发，一路遇匪则剿、遇民则安。同时，苏德王爷率部直抵东部边境，快速插入敖汉旗部，支援敖汉巴图王爷。我两部人马前后出击，定要一举剿灭乱匪。管家说："难道我们要帮助敖汉旗巴图吗？帮助我们的敌人？"

"我们再有恩怨，都是蒙古人的事情，那些乱匪可都是些将灵魂交付给魔鬼的蒙汉贱民的骨头组成的。况且，朝廷会让我们把敖汉部的百姓变成我们的属民、土地变成我们的属地吗？"苏德王爷头脑真是清楚，此刻他才是一位真正的王。

"要是敖汉的巴图被乱匪灭了，那魔鬼可就全部向我们这边扑来了，到那时，我们可得用上现在几倍的武装和力气了。"活佛不紧不慢地附和着。

我们的快武器又一次派上了用场。都楞仓得到命令后，将手下的卫队分成几队，包括炮兵队、机枪队、长枪队、马刀队。先由炮兵用我们的几门山炮对着密集的道匪阵营一顿炮轰；半空中满是云朵时，机枪队就冲上去了，一阵密集的扫射，那些身上写满咒符的盗匪在舞蹈中倒了下去；法力高强一些的家伙还准备抵抗一下的时候，紧接着长枪队进行补射，枪声又响起了，地上就只剩下一堆堆的尸体；最后马刀队上来逐一检查，所有还有口气的盗匪，都身首异处。剩下的盗匪慌乱地逃跑了，这哪里是战斗，简直就是屠杀。

很快，窜入我们境内的盗匪就被清除了，剩下些零散的盗匪逃进了鸡冠山里，都楞仓留下了一小部人马进山搜匪，其余的快速越过边境。结果，都楞仓的部队比我们先进入敖汉境内。半个月后，当我们的部队也进入敖汉部的时候，我们只能在后面不断听到都楞仓胜利的消息了。

这让我的几个小厮很懊恼，没有看到战场上精彩的场面，开始讨厌起宫嘎活佛来。原因是我们的队伍正一路急行时，宫嘎喇嘛忽然请求王爷停下脚步，他说他需要迎请几路护法神灵，这样，我们的队伍就耽搁了几天。

天上落雪了，这是今年的第一场雪。本来，往年这个时候早应该是冷雪纷飞，这落雪仿佛也是特意为苏德王爷的节节胜利而来助兴的。终于都楞仓的部队遇到了进入敖汉部以来前所未有的抵抗，盗匪的武器明显要好于先前的对手。这却让都楞仓兴奋不已："他妈的，这才叫打仗，这才叫对手。兄弟们，给我机灵点儿，枪子可不长眼睛。"兴奋马上就变成了冷静，我们的梅林可是个身经百战的家伙。他见敌人的呼啸呐喊声并未因为我们机枪的怒吼而被压制下去，就命令部队停止射击。他知道，这些盗匪都是些被施了咒符的不要命的家伙，他们自以为是刀枪不入的。经过侦察，梅林命令机枪队回撤到长枪队后面的高坡上，然后，命令长枪队上前放枪，只许打在地上，决不能有一粒子弹打到盗匪的身上，听到鼓声就拼命地往回跑，没有命令不许停下。我们的卫队士兵都是训练有素的战士，听到只许放空枪的命令实在不解："梅林，我从小就打猎，可从来没有过让我的枪眼里没有目标，我不会打啊。"

"那你就乱打，射到了敌人我就宰了你。"

枪声又响起来了，密集的枪声化作排空的鸣哨和大地尘土的呻吟，几只徘徊在空中正准备啄食尸体的乌鸦却被打了下来。它们做梦也没有想到，地上的士兵会把子弹射向空中，就怨首领没有给它们的身体也注入刀枪不入的咒符吧。当对面盗匪们发现自己的身上没有一处血迹，没有一丝疼痛的时候，就该他们兴奋了。"法师的咒符真灵验，我没有一处中弹。"一个家伙兴奋地跳出掩体在阵前舞蹈起来。我们的士兵实在愤怒了，一抬手，一枪正打在那个舞者飞舞的衣服上，舞者向上一跳，打了个冷战，低头看到了衣服上的破洞，上下周身摸摸，果然子弹伤不着自己，兴奋地大喊："服我金丹、刀枪不入！"这一喊就如同魔咒一般，盗匪们纷纷叫嚷起来，那声音仿佛使大地都震动了。这时鼓声响起来，我们的长枪士兵们匆忙地掉转枪口，拼命回逃，那狼狈的样子，一定是我们的勇士们真的害怕了，否则他们不会把自己的屁股留在敌人的眼睛里。只见那边阵地上旗子一挥，道匪们纷纷从掩体下蹿出，就像一群饥饿的狮子向我们的阵地扑来，等到我们的人跑到机枪手隐藏的高坡下面的时候，敌人正好向高坡上拥来，就像卷起的巨浪要把一切都淹没一样。我们的梅林一声令下，机枪手们就像一头头愤怒的公牛，把密如蛛网的火舌向盗匪们荡起的巨浪喷射，顷刻间，巨浪就被击溃，血肉横飞、粉身碎骨了。当又一批啄尸的秃鹰、乌鸦飞过头顶的时候，大地上早已为它们准备好了人肉盛宴。远处观战的活佛说："魔鬼被乌鸦的利嘴撕碎了，罪孽啊！"

到中午时这股盗匪被消灭了，他们死于毫无惧怕的喷涌。而我们的梅林更相信我们手里的武器，而不是种类繁多的法术和咒符。马刀队在清理战场时，俘获了一名呻吟受伤的盗匪头领，他被带到都楞仓面前，梅林问他："你是谁？"

"大丈夫坦荡荡，我是左将军杨悦春，快点动手吧。"

都楞仓看着这个高大威武的家伙眼里没有一丝胆怯，给了他一碗酒，说："你是一条汉子。"

匪首一扬脖，酒碗里什么都没有了，说："你使诈，我输得不服，我的人永远都不会朝向与敌人相反的方向。"

都楞仓笑了："用兵者，虚虚实实。"

苏德王爷带着俘获的匪首敲开了敖汉王府紧闭的大门。一段时间的前后夹击，金丹盗乱匪已经撤离，对敖汉扎萨克衙门的围攻已经解除。经过反复地争夺，盗匪将主力大部撤走对付西边来的喀喇沁部的都楞仓的士兵，这样，就给了巴图王爷喘息之机，等到领地内其他的援军赶到一举打退了剩余的盗匪。

巴图一见到苏德王爷，就单膝跪了下来："我的好亲戚啊，要是没有你，我巴图恐怕早就成了魔鬼的猎物啦。"

"老弟啊，我怎能看着我的亲戚家里闯进狼群呢？"苏德王爷扶起泪流满面的巴图。

匪首杨悦春被押上来以后，看见木图时，就像一头豹子一样使劲挣扎着想要扑上去。木图拔出刀来就要宰了杨匪首，苏德王爷急忙制止："老弟，已经煮到锅里的羊肉，何必着急呢？留着他，还有残余盗匪呢！"

"苏德王爷说得对，留着他，震慑那些残匪。"巴图王爷说。

巴图王爷的威风又回来了。他干瘪的肚子仿佛一夜之间又装满了主子的派头，鼓鼓胀胀地向前凸出，甚至比原来的还要大。成群的肥羊在敖汉部扎萨克衙门广场上被宰杀，犒劳我们旗部来的勇士们。巴图的管家里里外外地忙碌着，我们的管家却第一次坐在贵宾的座位上，享受着美酒鲜肉。我悄声问管家："这种感觉好不好？"管家却说："如果不让我为尊贵的客人安排筵席，我的心都不知道该放在哪里了。"我就说："可你现在就是最尊贵的客人啊！"那天我们的管家喝醉了，是在别人的土地上，第一次和他的主子在一起而不用奔波忙碌。巴图王爷坐在父亲的下首，好像苏德王爷才是这里的主人。

夜里，我们围着篝火欣赏歌舞。高大的火堆仿佛将火焰送到天上去了，向火堆里泼上一桶油，顷刻间黑夜就变成了白昼，发出噼里啪啦的声响，就像节日里的鞭炮。不，现在应该说就像我们的机枪一样，我们的机枪一响，我们前面道路的所有障碍就都被扫光了，一切隐藏在黑暗里的魔鬼就再也没有藏身之处，只能乖乖投降，就像匪首杨悦春一样。我想杨匪首一定是一条好汉，否则，他不会在木图的刀前眼睛都不眨一下，还向木图脸上啐了一口唾沫，说是下辈子一定要报仇，他的眼神仿佛能够刺穿胆小的人的灵魂。可是，即使像杨匪首这样会法术施咒符的好汉在我们的机枪面前都没有办法。我想，我们有了机枪，就有了一切。

我看到木图没有加入跳舞的人群中去，他坐在角落里，显得孤独而失落。领地上的盗匪已经快被荡平了，他为什么不高兴呢？我没兴趣去想这些，我也喝了许多酒，有些困了。虽然我们来到敖汉部的扎萨克衙门，但我们还是住在毡包里，父亲说睡在自己的毡包，能做好梦。晚上，一个姑娘钻进了我的毡房，说是他们的管家要她来伺候我的。我想，一定是我们的管家同他们的管家说的，这个家伙倒忠诚，喝醉了还不忘伺候主子。他还记得前阵子我对他说的话。可是我现在没兴趣了，我给了那个姑娘一块银子让她回去，她却哭了，说是如果这样回去一定得挨鞭子。我就让她在我身边躺下，冬夜里天气很寒冷，一个柔软而芳香的美丽身体炽热地挨着我的身体，不一会儿我就热了起来，我发出了像父亲一样的喘息声。姑娘热烈地紧紧搂着我，弄得我喘不过气来。早上醒来，她已经走了，我还都没来得及问她的名字，我有一些依恋怅然。这时管家走来了，说道："昨夜少爷满意吗？"我的脸倏地一下变红了。按说一个奴才这样问我的时候，我是不应该脸红的，我是主子。可我还是太嫩了，经历的事情太少了。我说："那个姑娘不知什么时候就离开毡包了！"

"少爷要是喜欢，我再去找敖汉部的管家，让她今晚再过来。"

我停顿了一下，说道："算了吧，不要再找了。"

我知道，我的怅然只是暂时的，就算她来了又能怎样呢？男女之间的事情还没有在我的心里完全明晰起来，用不了几天激荡在我心头的山泉就会渐渐平息的。

我们在敖汉部住了下来，宫嘎活佛在我们的营地附近祭起了一座敖包，和敖汉的大树喇嘛一起作了一场法事，超度战事中死去的亡灵。

木图率领着敖汉部重整的卫队，和我们梅林都楞仓的卫队一起去追剿残留的盗匪去了。临行前，我的父亲王爷让都楞仓带上匪首杨悦春，说是缚在阵前，震慑残匪。却又悄悄命令都楞仓，遇到盗匪时将杨头领悄悄放了，就说被他走脱。都楞仓一愣，说："王爷，好不容易抓到的，怎么能放了呢？"

苏德王爷拍着爱将的肩膀说道："梅林啊，你说过杨头领是一条好汉吧，难道你没看出杨头领同巴图家族有草原一样广袤深远的仇恨吗？人死了，还能报仇吗？"

“原来王爷是敬重杨头领是一条好汉啊，王爷真是天上的雄鹰，心胸就像草原一样辽阔宽广。”都楞仓对他的主子敬佩得五体投地。

苏德王爷哈哈大笑，没有人知道他在笑什么。

父亲之所以让都楞仓放走匪首杨头领，是因为汉人说的一箭双雕之计。一方面，苏德王爷给巴图王爷留下了一个永远的心腹后患，会让他永远睡不踏实。后来我知道了杨悦春同木图之间的一段仇恨。我们蒙古人有恩仇必报，只要杨头领活着，总有一天他会找上巴图家族的，即使是木图死了，他的后人也会顶替。另一方面，父亲给杨头领一条活路，他是一条汉子，必定知恩图报，即使日后他再起事，对我们也会有所顾忌，仇恨使他一定是朝向敖汉部的。更何况，他知道我们机枪的厉害。那样，不用我们动手，就有人替我们经常教训我们的邻居了。

我想，父亲是这样想的，因为我站在他的身后，他们的一切我都能看得很清楚。

我们在敖汉的广场上喝酒跳舞，欢庆胜利，等待着木图他们剿荡残匪的消息。其间宫嘎活佛经常去拜访大树喇嘛，两个曾经的对手成了好朋友，修养深厚的喇嘛和我们这些世俗之人确实是不同的，看来他们眼里只有悲悯，没有仇恨。

剿匪的卫队回来了，残匪已经被打散，消失在荒野里。唯一遗憾的是匪首杨悦春走脱了。为此，都楞仓懊恼不已。果然，巴图王爷听到这个消息的时候，从椅子上差一点儿摔下来。父亲笑了起来：“怎么了，巴图老弟？乱匪荡平，有何惊慌，区区几个毛贼，待日后慢慢找寻就是。”

“也只能如此了。”巴图王爷说。

我们的队伍准备回去了，巴图王爷拿来了一个木匣，那是秋天时我们东部边境上的粮仓遭抢劫后，父亲写给巴图的征讨书。巴图对着苏鲁锭发誓：“确实不是敖汉部的人抢了王爷的粮仓，苏德王爷给了我敖汉天大的帮助，我如若欺骗，定遭乱箭穿身。今天就请苏德王爷当面撕掉此文，好让我敖汉部能放下心来。”苏德王爷说道：“老弟，误会了，误会一场，我已经查清，就是盗匪所为，企图挑起我们之间的争斗啊，如此歹毒用心，也只有这些邪魔盗匪能想得出。”

巴图王爷为答谢我部，送了五千（头）只牛羊，边境被劫的粮食由他部补齐。但由于乱匪抢夺，现在粮食正是短缺之时，等到来年秋天收获后，一并送到。

父亲坚持不要，管家就说：“王爷，不要推托了巴图王爷的美意，粮食可以不要，要是这些牛羊也拒绝，那巴图王爷的心就永远走不出这寒冷的冬天了。”

就这样，我们的队伍浩浩荡荡地向回走去。越过界河，进入边境后，父亲就命令将那五千（头）只牛羊分发给我部那些遭受乱匪洗劫的百姓了。

宫嘎活佛说：“困苦的时候，百姓的心需要抚慰。”

然后，他带领喇嘛们暂且留下来给边境的百姓祈福。他又说：“神灵总会给在黑暗里的人一些希望，要有一点光亮照在心头，才会有活下去的勇气，我就是给遭匪患百姓们送去光亮的使者。”

父亲瞅着活佛半天没有说话，然后我们的队伍就继续出发了。宫嘎活佛一个人怔怔地在寒风里待了很久。

守陵使

从边境回到河谷，我们受到了潮水般热烈的欢迎。先赶回王府的管家又一次展示了他的周到与精明。附近寺庙的喇嘛们布置好了法事道场，经幡在空中飞舞，法号的牛吼声几十里以外就能听见。王府外河畔的十三敖包围满了身着浆洗干净的衣服的百姓，叔叔带领着喇嘛们祝福迎接我们凯旋的队伍。河谷里又一次燃烧起来。父亲骑在马上，真是一个王者，享受着臣民们的山呼海啸。

我跟随在父亲身边，我知道，这燃烧的火焰不是为我燃起的。我只想赶快回到王府里，见到母亲，到家庙看望我的老祖母，还有到燕贻堂看一看那个俏花旦。

过了冬天，我们的远房亲戚——鸡冠山南麓的守陵使者们就来到了河谷。

那是许多年以前，大清帝国康熙皇帝的和硕端静公主下嫁到了东蒙古草原，随驾而来的满族旗人随从和包衣有十个姓氏家族，随公主在喀喇沁部族的土地上生活，作为公主的亲信支使伴随左右。公主死后，葬在鸡冠山南麓山谷一处风脉极好的山坡上，康熙皇帝为公主修建了奢华的陵墓，十大家族的后人们很自然地作为守陵人，守着公主的陵寝，人们称呼他们为守陵使。就这样，在鸡冠山南麓山谷的狭长地带，原住民和后来人在漫长岁月里逐渐形成诸多零散的村落，这里生活着满人、蒙古人、汉人、回族人等。然而在这个偏远荒凉的地区，却只有少数族群得到了神灵的护佑，皇帝的恩赐，这里的满人就如羊群中的骆驼，在这些族群里显得高大而强壮。

这些满人的生活是极其安逸的。皇帝赐给他们土地和特权，每年征收租赋，收取钱粮。到了秋天，他们会坐着轿子到几百里地以外的地方去收税催租，即使是在苏德王爷管辖以外的土地上，这些满人依然拥有征收赋税的权力。他们享受着皇帝所赐予的满人的种种特权，就连苏德王爷也得让着这十大家族三分，这些满人成了我们领地上的特权贵族。那时候，满族缔婚，多在族内，或仅与蒙古族联姻，满汉两族是不会通婚的。于是，十大户家族和喀喇沁部族的蒙古贵族们结成了特有的联姻关系，这让满蒙两族更好地融汇在一起，成为这片土地的主人。

许多年来，守陵使各家族一直明争暗斗，互相比拼，哪个家族也不愿意落在下风。从宅院、人丁、财富、权势、田地、草场，甚至和我们蒙古贵族之间的亲疏远近等种种可以作为荣耀的一切方面，就连给寺庙的供奉布施，或者家族里红白两事请来的喇嘛的数目，都作为比拼的对象，其中最大的比拼当属料理会办和硕端静公主的祭祀活动。这一年，该轮到王姓和白姓两族负责料理会办和硕端静公主的祭祀法事，这让王家长老和白家长老颇有些为难。去年于姓家族办理的祭祀活动场面宏大，排场考究，方圆百里的贵族都翘首称赞，据说花了不少银子，让于家人出尽了风头。今年两族合办，就更得声势夺人，场面浩大，万万不能被比下去，否则，以后两族人是难以在此地立足的。两位长老商议了几次均无定夺。

"还是请教智慧的宫嘎活佛吧。"白长老皱着眉头说。

几天以后，当白、王两位长老的轿子刚到福荟寺山门前时，宫嘎活佛已经在那里等候了。虽然是佛法的代言人，但生活在这片广阔的大地上，生活在人的世界里，宫嘎活佛可不想得罪了慷慨布施的贵族，喇嘛也是要吃饭穿衣的。

"一路辛苦了，两位尊贵的长老。"活佛谦卑地合十。

"哎呀，智慧的活佛上师，您已经知道我们要来了啊，您真是预知未来的活菩萨啊。"两位长老赶紧上前回礼，在他们心中，眼前的活佛是这片大地上一切生灵的精神导师，活佛似乎无所不能，是最高智慧的化身。

用了一番清茶，两位长老递过了布施供奉的银钱，说明了来意，请教智慧的活佛如何筹办和硕公主的祭祀大典。

宫嘎活佛对于公主陵守陵的这些满人早就了解，这些无所事事的贵族们之间的争斗已经持续多年，早已成为人们茶余饭后的谈资笑料。据说，当年有两个家族的年轻人喜欢上了同一个草场上的蒙古族姑娘，两个家族争相聘娶，互不相让，姑娘的父母谁也不敢得罪，就告诉两个年轻人，说姑娘在很小的时候就已经有了婚约。但两个家族年轻人之间的比拼业已开始，不能停下，这事关两个家族的荣耀，事情本身已经和爱情无关了。最后，两个年轻人在决斗中互杀身亡，以付出性命成就了家族的荣耀。至此，比拼方才罢手，显得愚蠢而勇敢。

活佛沉吟了一下，他想起了锡伯河下游的驼山湾，他觉得这些年佛的光照有些冷落那些河谷以外的地方了。寺庙以外也应该有更多的信徒，尤其是贵族们聚集的地方。于是活佛说："再大的场面也是给人看的，花再多的银子也是虚妄的炫耀，虔诚之心永远向着圣洁，若是一个慈悲的喇嘛上师带去佛菩萨的祝福，那才是地方一切生灵的福祉，也是尊贵的公主愿意看到的，她会护佑后人和养育他们的土地。"

聪明的长老当然明白活佛的意思，两人赶忙施礼："请我们最尊贵的活佛亲自主持和硕公主的祭祀法事大典吧，那将是我们无上的荣耀，胜过所有的一切。"

在宫嘎活佛的世界里，没有兽鬼人魔神之分，只有善恶区别，众生平等。当然，佛菩萨是凌驾于一切之上的，就像苍穹里的星辰，遥远而深邃，是一切生灵的精神主宰。喀喇沁王之所以是这片土地的主人，那些满人，蒙古贵族、台吉、章京、佐领们能够享有特权，都离不开佛菩萨的恩赐护佑，离不开寺庙里喇嘛们的祈祷祭祀，佛法无处不在。所以，作为一个悲悯的喇嘛，他愿意化解鸡冠山下那些满人彼此间的争斗怨恨，消除他们身上的嗔贪之念、恶狠之心，若能彼此间和谐互爱，将是那片山麓人们的福祉。

王、白两长老离开福荟寺，就来到了我们的王府，他们是要向苏德王爷请示公主祭祀之事。不一会儿，宫嘎活佛也来了。

苏德王爷说："我早就惦记着和硕端静公主祭祀的大事呢，正准备和你们商量，我刚从东边边境回来，一个冬天的战事，没有停歇的时候，我最近身体不适，就让少爷代我去吧。用度开支你们自己拿主意，需要王府出多少银子，跟管家说就好。活佛，你的意思呢？"

"我打算主持和硕公主的祭祀法事，送去最圣洁的祈祷。"

王爷心想："活佛在常人眼里是威严而不可及的，确实应该在那些满人中显示一下佛法的力量了，那些懒惰的家伙，整天晒着太阳，我才是这片土地上的主人。"

"活佛的悲悯之心，无处不在。我真要替我的亲戚们谢谢你啊。这正是我的意思。"

安顿下两位长老后，王爷就问管家："鸡冠山开采黄金的事那些满人知道吗？"

"王爷啊，金矿在山东麓，满人居住在南麓，中间隔着茫茫大山，那座山满人也不能进的，任何工人不能出山，他们不会知道的，就是知道了，又能怎样呢？"

"可不要让我费心了！"苏德王爷皱着眉头说。

"活佛，你是真要去主持公主的祭祀啊，那就让佛法光照那片土地吧，那里也是我兀良哈家族的领地啊，可不要忘了你是福荟寺的大活佛。"父亲提醒着活佛。

宫嘎活佛当然明白王爷的话："请王爷放心，我会让佛光普照在那里的，那些满人的心灵应该平静下来。"

“王爷是说，在兀良哈家族的土地上，人们是互爱富足的，不应该有那些贵族之间的尔虞我诈，争斗嫉妒。”我们的管家总是能最快知道主子在想些什么。

管家说对了！王爷却说：“还是请活佛自己拿主意吧。”

宫嘎活佛主持公主祭祀大典的消息很快就在十大家族中传开了，尽管嫉妒，其他家族还是激动与兴奋，因为宫嘎活佛从来只主持喀喇沁王族的法事典礼。尽管是满贵，但实际只是一群卑微的守陵人而已，是很难请得动宫嘎活佛的。

和硕端静公主的祭祀法事还没有开始，宫嘎活佛已经开始播撒佛法的种子了。从河谷出发到鸡冠山南麓，一路走来，沿途的百姓都早早地守候在活佛即将经过的地方，大片的人群跪下去，接受活佛的摸顶赐福。一个老阿妈甚至带来了她心爱的小羊羔，她说这是与她相依为命的孩子，希望活佛赐福。活佛微笑着抱过洁白的羔羊，说：“它会像天上的星星一样为你闪烁，陪伴你每一个黑夜。”有人说：后来的十多年里，那只羔羊健康快乐地生活在老阿妈身边，永远都是原来的样子，不再长大，直到有一天老阿妈抱着心爱的羔羊永远地睡在了火塘边上，她们快乐地一起去了天国。

到达鸡冠山南麓山谷后，宫嘎活佛并没有住进守陵使者王、白两家为他专门准备的居所，而是走进了距离守陵使村落还有十多里路程的福吉寺。这个只有几间简陋殿堂，几名喇嘛的偏隅之地，恐怕是世上最小的喇嘛庙了。这样简陋的地方不知道能否留住供奉的佛菩萨，哪怕是短暂的停留休憩。住持是一个眼睛已经接近失明的老瘸喇嘛，当宫嘎活佛跨进庙门的时候，他却坚定地迎了上去，与其说是他看到了活佛，倒不如说是活佛身上散发的佛的光泽让这个老喇嘛感应到了，当宫嘎活佛握住老喇嘛的颤抖的双手时，老人激动地瘫倒在地上，好多年前早已干涸的眼睛竟留下了温润的泪水。

“我就说过，总有一天，佛菩萨会来的。我都等了一辈子了。”老喇嘛颤抖地说道。

“佛是不会抛弃他的信徒的，即使在世上最偏僻简陋的地方也有一尊佛的塑像，哪怕塑像是泥水做成的，也会有无比虔诚的侍奉之心，也有喇嘛庄严的诵经声，哪怕是最卑微的人群。上师，我来迟了。”宫嘎活佛语气里充满了自责。

在小小的福吉寺坐堂的几天里，宫嘎活佛将佛的光照从每个地方播撒进来。无论是布满尘土的地面，还是寺庙简陋的墙壁、房檐、树木，甚至头顶上的天空都洒满了光辉。尤其是寺里几个喇嘛的心灵，活佛让已变得寒冷的心室暖和起来、柔软起来，给他们加持了法力，老瘸喇嘛的眼睛已经能看见树上开始鸣叫的黄鹂了。当小喇嘛委婉地向活佛提出住持师傅还是个瘸子时，老喇嘛立刻制止了徒弟：“我的孩子啊，我的眼睛已经明净，这足够了。如果再提出更多的要求，那刚刚从我眼睛上除掉的遮挡的雾障不就又遮挡了我的心灵了吗？不可妄求，不可贪厌，可不能让我们的心灵被贪妄蒙蔽遮挡。”

宫嘎活佛赞许地念了声：“阿弥陀佛！”

即将离开福吉寺时，住持老喇嘛希望宫嘎活佛能够留下一些佛的印记，护佑一方，让印下的光辉驱走偏地小寺的僻陋与寒冷。宫嘎活佛站在院子里，说：“春天了，我们种一些树吧。”于是活佛在寺院的前后小院种了几株松柏。从此，喇嘛们精心守护着，没几年，几株松柏就成长起来，茁壮而高挺。

许多年过去了，当年宫嘎活佛亲手种下的树苗早已成长为参天巨树，枝繁叶茂，一直作为福吉寺的护法神树，成为寺里喇嘛们代代承传的骄傲传说，护佑着这世上或许最为偏僻的陋寺，给有信仰的喇嘛们坚忍与执着。后来的后来，一股汹涌的风暴潮流席卷中国大地时，寺庙没有了，拆建了学校，那几株松柏却依旧挺拔，直到今天，还给读书的孩子们撑起几片浓荫。据老人们说，拆庙时可以看到房梁上刻画精美的《活佛植松图》，那天夜里刮了一夜的风雨，人们听到风雨里传出久违的诵经声。

祭祀公主的法事一直规模浩大，这次又因为有宫嘎活佛主持，氛围就明显不同起来。人们从四面八方向这里拥动，与其说是前来拜祭，倒不如说是为了一睹活佛的风采。苦难的人们相信，能够亲眼看到活佛，即使离得很远，也能够纳福。但当人们眼里看到的只是一个清瘦的中年喇嘛时，不免有些失落，在他们心中，这片土地上最悲悯智慧的活佛不应该是这样的。那应该是怎样的呢？此时人们又困惑了，勾勒不出一个具体的形象，就不住地皱着眉头，挤着眼睛，想再看清楚一些。

法事终于开始了，规模并不如人们想象中的那样浩大，几天以后人们的激动与兴趣开始减弱了，内心疑惑起来。

智慧的活佛很快就洞察了一切，他只是微笑着。

就在公主的祭祀法事结束的夜里，人们行将怏怏散去时，守陵家族其他姓氏族人开始摇头时，一夜之间，公主陵寝山坡上的达子香花开满了山坡，漫山都是蔷薇米色和淡紫红色的花朵，到处弥漫着淡淡的花香。早上起来，人们惊呆了，奔走相告，互递消息。人们说，公主显灵了，是活佛施的开花法术。总之，这绚烂美丽装点了整个山谷。

惊喜总是在人们陷入失望之时到来最合适。

当十大家族的长老们在花香弥漫中向活佛道谢时，人们看到的依然是活佛悲悯的微笑。

“活佛啊，真是法力高深，现在还不到开花的季节，您却让满山的达子香花儿开了。”“感谢活佛，给偏远之地带来如此胜景。”王、白两家长老更是激动得泪流满面。

“我什么都没做，是那些花儿想要绽放，如果要感谢，就感谢你们虔诚的向佛之心。请记住吧，只有这满山的达子香花簇拥在一起，才能显现出满山的花海，才能如此美丽。”

宫嘎活佛的确将佛法的光芒照亮了整个河谷。自此以后，这里村庄许多人家的堂屋里，火塘旁，西北方向都有了一尊佛像，人们开始平和隐忍起来，都有了一颗向善之心。即使这地方的鬼兽也和善谦逊起来。人们开始拿出更多的日子让自己到寺庙里去。

这地方到寺庙里去的人群中，有一个长得孔武有力、高大阔鼻的家伙，他跟随在人丛中，即使跪拜在佛菩萨的脚下，也显得威风凛凛。他是于姓家族里新雇用的长工，人们叫他二愣子。这个家伙几乎整天都不说一句话，干活的时候，就像一头蛮牛，身上总有使不完的力气，一个人顶五个人使，他不要一分工钱，只要管饱饭就行。伙计们都喜欢这个耿直坦诚的家伙。

有的人有了权势之后，就会想方设法把它用到极致。我们的管家就是这样一个人。在和硕端静公主祭祀的这段时间里，作为苏德王爷的代表，我们出席着这里的一切活动。我忽然又想起管家在敖汉部喝酒时的样子，还有他夜里送到我毡包里的姑娘，我就对长老们说：“我身子不舒服，需要休息，你们不要打扰我，一切都让管家代劳吧。”这下，管家不仅代表我，更代表苏德王爷开始参与祭祀活动，更多地代表了王爷的权贵。他会坐在主人的座位上，问长老们一天的法事情况，而各位长老也会毕恭毕敬地小心伺候这位管家大人，因为管家会将祭祀的种种情况一一说与王爷，而管家的心情将决定什么样的话语会从他的嘴巴里冲出来，涌动王爷的心潮。

俨然我们的管家现在就是守陵使者们的主子。

管家身边的人说，白家长老夫人的端茶丫头很好看。于是，夜里白家长老就将那个年轻的丫头送到了管家的房里。早上管家的脸色红润起来。几天以后，当管家的脸色像婴儿的肌肤一样细嫩时，白家长老对管家说：“再大的羊群也要有只头羊，马儿大了就要有一个拴马桩，总要有个头人，我愿意替各家族操劳，守好公主的陵寝，安定这偏远地方，让王爷安心。”

管家就笑了，附在白长老耳边说：“王长老家的一个丫头也溜到我的房里了。”

这世上许多男人有两样喜好：银子和女人。管家也不例外。

就这样，我悠闲地和我的几个小厮享受着河谷以外的自由，管家则在这守陵使的十大家族中间膨胀着自己，每次他都是满面红光，但每天他都如实告诉我一天的情况。我喜欢这个管家。

一次管家喝多了，正在于氏长老的屋檐下撒尿，忽然感觉眼睛里有一个熟悉的身影一闪而过。那身影太容易让人记住了，高大魁梧的身材、宽阔的鼻子、神鹰一样的眼睛，只要看上一眼，就再也无法忘掉。管家定定神，酒一下就醒了很多，再一个眼神到那个身影上，他的酒就全醒了，他可不想招惹一个魔鬼一样的家伙，赶紧找个借口，匆忙回到住所。

管家找到我时，我正在阳光下晒太阳，他惊慌地告诉我：“少爷，你猜我看到谁了，匪首杨头领。”

“管家，你喝多了，杨头领不是逃跑了吗？怎么可能在这里啊。”管家正好挡住了温暖的阳光。

“阿弥陀佛，千真万确，我还从未看错过人呢，更别说是一个魔鬼了。”

管家是不会记错的，即使喝醉了，这个家伙也比别人清醒。

父亲要都楞仓放走杨头领的事情，管家并不知情，父亲交代给都楞仓时，只有我在场，那还是父亲有意让我知道的，或许父亲是让我学习一些东西，或许还有别的用意，我就不知道了，这件事情没有别人知道。

管家说杨头领是个魔鬼，这一点也不错，那是一个杀人和被杀连眼睛都不眨一下的家伙，听都楞仓说，抓他时，十几个人都奈何不了他，他就像一头豹子，机敏、有力、凶猛。要不是用了石灰粉打到他的脸上，还不知怎样呢？梅林说这话时，我知道那是英雄相惜，否则，都楞仓一枪就能将所有的勇猛和法力打散。

管家又说：“谁要是被他的眼睛盯上了，连佛菩萨都救不了。”

我却说：“我要会一会这个魔鬼。”

管家的脸都变灰了，但他还是同我一起去找那个家伙。

我的勇敢的小断花代混进于长老的宅院里，很容易就找到了那个高大魁梧的家伙，告诉他：“喀喇沁王府有故人来访，请出去一见。”

那个家伙听后一愣，憨憨地说：“我一个卖力气的长工，没有什么故人，更不会同王府的贵族老爷们有来往。”

“是喀喇沁王府的少爷。”

我和杨头领在一处僻静的地方见面了，我让管家和我的小厮们都站得远一些，站到听不清我说话，却能看清我的地方，这样能确保我是安全的。我的小厮们手里的家伙早已经瞄准杨头领的周身，只要稍有变动，顷刻间我眼前的魔鬼就会烟消云散。以前小厮们的枪眼里都是我们的猎物，这是那几个家伙第一次真正地将目标瞄准在一个人身上，并且是一个让人胆寒的魔鬼般的人物，所以我很担心有谁太过紧张而走火，那我才是真正危险起来。

我们在父亲的军营里已经见过面了，杨头领是那种看过一眼就永远不忘的人，所以我们的对话简单明了。

“我是苏德王爷的儿子，喀喇沁王府的少爷。”

“我知道。”

“我的父亲救了你。”

“我知道。”

“你来这里做什么，你想打劫这里吗？”

“我不知道，我还没想好。”

“你什么时候离开？”

“我不知道。”

“你不怕我抓你吗？”

“你不会的。”

“你不想说些什么？”

“你回去告诉苏德王爷，我杀了他的百姓，抢了他的粮仓、牛羊，他杀了我的弟兄，我们扯平；他放了我，我欠他一条命，我会还。”

他这句话，让我放心了。

“你需要什么？”

“少爷要是愿意，就不要让我的手空着。”说这话时，他看着不远处小厮们手里的家伙。

的确，小厮们手里的家伙，都是最好的快枪，你想，王府少爷的随从能不用最好的家伙吗？

“好吧，我答应你，夜里你来这里取。”

“不用，会有人去找你拿的。”

最后他说：“现在，我又欠少爷一个人情。”

我们的对话算是结束了，当我转身打算离开时，我却看到了这个高大的汉子低垂的眼睛里充满了无尽的忧伤。这种忧伤让我没有勇气再停在原地，我赶紧匆忙地离开了。

几天后，来了两个人，是守陵使侯家的两兄弟，他们拿走了小厮们的家伙。这件事，我没有让管家知道，我倒不是有意避让，只是因为上次父亲让都楞仓放走杨头领时，父亲没有让管家知道，我想，那我也不让管家知道，我学着父亲的样子做吧。

或许是吧，一个主子，不应该把所有的事情都让身边的人知道。神秘会让别人敬畏，这样，那些人就会更加小心地伺候主子。

小厮们都很不高兴，这可是头一次我要他们放下手里的武器，他们可都是爱枪如命的家伙。

“手里没有了枪，就像雄鹰被剪断了翅膀、骏马被捆起了四蹄，我们怎么保护少爷啊？”包印首先发起了牢骚，这个家伙平时话就多。

“回去我给你们每人都弄个新家伙，多多配发子弹。”我安慰着身边忠心的随从们。

管家清楚地看在眼里，却什么都不明白。他急切地说：“少爷啊，你的胆量可真大，吓死我了，那个姓杨的家伙，一伸手就能拧断一个人的脖子。”他是说杨头领一伸手就能拧断我的脖子。

我知道，回到河谷后，我已经不需要告诉父亲了。管家会把一切比我说得还要清楚，可管家永远都不知道我同杨头领说了什么，当然还有快枪的事情，管家还以为我送给守陵使者了呢。

但我应该让管家知道我和杨头领说话的内容。否则他就不能详尽地说给苏德王爷。

我就对管家说：“我问他来这里干些什么？他说他只想要填饱自己的肚子。我说你不报仇了吗？他说他已经进寺庙拜佛烧香了。”

这应该是管家想要知道的，我又问管家：“你说，我们还抓他回去吗？”

“一个只想要填饱肚子的人，一个走进寺庙拜佛烧香的人，就不要抓了吧！”管家赶忙回答。

“好吧，就按你说的做吧。”我同意了管家的意见。

管家不是不愿意抓到杨头领，而是这个人让他害怕。

我本来还想要告诉管家杨头领的眼神是那样忧伤，可是我又怕管家嘲笑：因为胆怯才会看到忧伤。所以我决定不说了，我也不想告诉父亲这些事情。

鸡冠山南麓河谷里公主祭祀的道场终于圆满了，我想我很好地完成了自己的使命，应该回到河谷向我的父亲王爷交差了。我为自己干得漂亮的事情感到得意。

在我们离开守陵使的村落的前几天，于长老家的长工于二愣也消失了，一起消失的还有几个同他一起干活的伙计。据村外山坡上放牧的老人说同他们一起离开的还有侯家的两个兄弟。有人说那是两个整天想着山谷外面的世界的年轻人。可能吧，这座山谷太狭窄了，头顶的云层总是让人看不到太多的蓝天，脚下的大地总是无法让人站稳脚跟。这里的一切都显得那么拥挤，将一小群牛羊向山坡上的草场一撒，漫山就都是牛羊了。就连我们才住下一段时间不久，我就觉得喘不过气来了。这样的山谷是容不下像雄鹰一般飞翔的心的。

第二篇

祭祀敖包

在叙述这些故事时，很多时候我都会觉得很疲惫，甚至不知道应该从哪里入手，怎样讲述才会更生动？这个问题一直困扰着我。像那些说书艺人一样，讲故事时总是又说又唱、有哭有笑，手舞足蹈。好像只有这样才能让故事变得更加精彩，可是我是一个尊贵的扎萨克少爷，是一个贵族，怎么可能像那些江湖艺人一样放下身段，无所顾忌呢？

从守陵使村回到河谷以后，春天已经很浓烈了，河边的野花不断绽放，释放着蛰伏了一个冬天的生命和美丽。我经常一个人到河边走动，看淙淙的流水时，有一双眼睛总是在我的脑海里闪现，那是一双满含忧伤的眼睛，不断地将悲伤投射到眼前的河水里。我尽量不让自己去想，因为这和我没有任何关系。可是，自从在守陵使村庄里看见杨头领的那一刻起，似乎就预示着这种眼神在今后的许多年里都不会离开我的脑海，那忧伤太容易让人记住。

因为无论是现在的杨悦春，还是后来的阿力玛斯，终其一生都奔走在逃亡的路上。这种逃亡不是因为官府的追剿而亡命天涯，而是被爱情所驱使。这条路太过漫长，我一个养尊处优的贵族少爷，很难追上。所以，我看，还是让故事像锡伯河河水一样自然地流淌吧。需要我的时候，再出现。

那是一个有桃花的村子，桃树没有几株，却叫桃花村。春天来了，桃花一树风情，那个姑娘就在桃树下，同桃花一起绚烂。

年轻的阿力玛斯刚从草原来到汉地，他终于 18 岁了。在此之前，每当驼队走出草原时他总是依依不舍，跟着阿爸的驼队一直走啊走，恳求阿爸带上他到草原外面的汉地。阿妈在毡房前喊他回来，他就调皮地跟阿妈挥挥手，假装没有听见，直到真的听不见了，阿爸就会蹲下身子，双手搂住阿力玛斯的肩膀，一本正经地对他说："阿力玛斯，真想和阿爸到汉地？"

"嗯！"阿力玛斯使劲地点着头。

"那好，去和你巴仁叔叔摔一跤，如果你能摔倒他，阿爸就带上你。"

巴仁布雅尔笑呵呵地走近阿力玛斯，说道："小子，我可是搏克中的布魁，这片草原没有几个人能摔倒我。"

结果可想而知，小阿力玛斯委屈地倒在地上，眼里满是泪水，阿爸径直跨到马上，严厉地说道："是雄鹰就得有坚硬的翅膀，是骏马就得有强健的四蹄。"说罢，头也不回地向前驰去，巴仁叔叔上前拍拍阿力玛斯："孩子，回去吧，等你的肩膀和我一样高时，就能和阿爸一起走出草原了。外面的世界等着你呢。"

冬去春来，鸿雁南飞北回。这一年，草原的草又青青时，18岁的阿力玛斯已经高出阿爸半头了，他宽阔的肩膀能够容得下两个姑娘俯靠哭泣，他英俊的脸庞让美丽的姑娘为他彻夜歌唱，他骑在飞驰的骏马上能一箭射穿豺狼。然而，他的心却在草原外面的世界。

祭敖包的日子快到了，少不了搏克摔跤比赛，阿力玛斯也终于可以和那些成年的搏克手一较高下。阿妈给他缝制了最好的摔跤服，身上一件银钉牛皮坎肩"昭达格"，上面钉满铜钉和银钉，背面镶圆形"吉祥"字；头缠红、黄、蓝三色头巾，脚下一双柔软结实的蒙古花皮靴，腰扎花皮带，下身穿用十五尺长的白绸子做成的一条绣有猛虎、腾龙图案肥套裤，腰间系红、蓝、黄三色绸子做的希力布格①。摔跤服一着身，阿爸眼前一亮，更衬托得阿力玛斯英俊威武，俨然一个少年英雄。

在祭敖包的前天晚上，许多人就赶到敖包山下的会场周围就宿，阿力玛斯一家也已经早早赶到，男人们忙着寻友喝酒、女人们则准备着明天的祭祀，阿爸一些久未谋面的老友纷纷来到他们的毡房外，火堆加上薪柴、酒杯倒满醇酒，一个个昨日的传奇就飞进阿力玛斯倾听的双耳了，从父辈们眉宇间的沧桑中，依稀可以看出往日的豪情。

巴仁叔叔醉了，不无动情地端起酒碗对阿力玛斯说："孩子，明天祭祀后的摔跤你准备得怎样了，啊？我可是希望你能摔倒我，你的翅膀长硬了，到了该飞翔的时候了，我是看着你长大的，这片草原的孩子们，你是最有出息的，来，干了！"

阿力玛斯看了阿爸一眼，阿爸是一个很少说话的人，阿爸点点头，阿力玛斯接

① 短裙。

过酒杯，一饮而尽。

酒太烈了，呛得阿力玛斯咳了起来，大家哄笑着拍起手来，阿爸也笑了。

那夜，阿爸失眠了，他看到一个血气方刚的年轻人，骑着骏马，挥舞着马刀驰骋在草原上，恰如当年的自己，他默默地感谢苍天，将英雄气概毫不吝啬地赐予后人。

每年五月，东蒙古草原就到了祭敖包的时候，各旗部时间略有不同，但一样的是蒙古人的虔诚敬畏之心。这一年，敖汉部得到了神灵额外的眷顾，雨水来得又多又早，温润的风又柔又细，看着草场上绿油油的青草已经没过马蹄了，树林里的百灵鸟整天的歌声不息了，人们就等着扎萨克衙门的一声令下：祭祀敖包！

终于到了祭敖包这天，人们穿上新衣，骑上好马，从四面八方向敖包进发。

祭祀敖包正式开始的法号吹响后，由巴图王爷指派的临时祭祀主持仕官木图贝勒领头，带领旗部所有苏木的头人、佐领、大小召庙的喇嘛僧俗人众组成仪仗，浩浩荡荡向敖包山进发；队伍最前面的勇士手执布特（为一布包的乌龟，布上印有八地九色和藏文咒语）法轮而行，意为镇慑地方之鬼；其后是王爷的仪仗之首木图朝服佩剑，开道引路，后有二人手举苏鲁锭相随，再后是十八名小吏分两行随行；接着是巴图王爷骑着骏马而行，牵马者共有六十个小吏陪伴；而后是活佛大树喇嘛带领各昭庙主持喇嘛，再后面是各位仕宫，百姓们随意选择加入队伍中，组成一条浩浩荡荡的看不到边际的长队，一起相随来祭敖包。

到了敖包跟前，从西南登上敖包山，由西向东绕着敖包顺转（顺时针）一圈，来到敖包正前方香案前叩拜以后，将带来的石块加在敖包上，用五色哈达、彩旗、禄马等将敖包装饰一新，使它恢复了生气。然后在敖包前的祭案上，摆上盛在大盘里的全羊八只，两边摆上牧民奉献的全羊、鲜乳、奶酪、黄油、圣饼、白酒、什锦粥、盐、茶等红（肉）白（奶）食品。喇嘛们开始燃放柏叶香火，念专门祭祀的经文，使这些食品变得圣洁以后，煨桑行祭。这时，鼓钹大作、号管吹响、法铃齐鸣，香客们不论僧俗尊卑，大襟铺地，向着敖包三拜九叩，祈祷“风调雨顺，五畜骤增，无灾无病，禄马飞腾”。继而将马奶、醇酒等泼洒到敖包上，诵读《敖包祭词》。香客们便群起仿效，围敖包顺转一圈，将食品象征性地祭撒在敖包上，接着献哈达、举佛灯。巴图王爷命人牵来了一匹黑骏马，将其童鬃[1]系以五色彩绸，绕火堆一周使其圣洁成为神马。然后，众人双手托举哈达、食品等物，口喊“呼瑞呼瑞”，举行招福的仪式，至此祭礼便告结束。主持木图将主祭全羊的脊骨献给敖包

① 即从未剪过的鬃。

之主巴图王爷，之后大家才能喝酒吃肉尽情娱乐。敖包前置备的三口名曰“曼金陶高①”的大锅，每锅一次可煮三头牛的肉，人人可食，为散福。最后，大家便回到山下帐篷之中，分食祭祀敖包的酒肉，称“敖包的口福”。饭罢，开始好汉的三技比赛，即那达慕大会。

在搏克赛场上，摔跤手们高唱着“乌日雅”挑战歌，以助声势。唱两三遍后，摔跤手像猛虎一样跳跃而出，踏着矫健的舞步，如同雄鹰展翅，顷刻间，争夺斗扑，盘旋相持，腿膝互击，缠斗在一起，一批一批的摔跤手们经过角逐，剩下的就都是真正的雄鹰了。

巴图王爷宣称：“谁要是最后的胜利者，谁就将获得今年的祭祀敖包的圣物黑骏马。”消息一出，人群沸腾起来，每个人都知道，拥有这匹黑骏马的人，就是草原上的英雄。就像猛虎插上翅膀一样，在草原上快意驰骋，没有什么样的战利品比这匹黑骏马更让一个蒙古勇士向往了，没有什么比这更让人羡慕了。

比赛迅速达到高潮，巴图王爷亲自观看这最后20名勇士的对决，阿力玛斯赫然在列，又是几轮对决，最终的决战在阿力玛斯和巴仁之间进行。当阿力玛斯终于将巴仁叔叔摔倒在地时，他看到了自己的心正飞向草原以外很远的地方。他将巴仁叔叔扶起，巴仁紧紧地抱住自己的徒弟，这年轻人已经成为一个草原小英雄了。

这时，摔跤场上的气氛已经达到高潮，好斗的狮子木图也加入进来，他要挑战年轻的阿力玛斯。木图脖子上佩戴着五颜六色的布条项圈——江嘎，看上去煞是威风，那可是在无数次的比赛中获得优胜的象征。现在，木图看上去真的就是一头竖满鬃毛的狮子，狮子木图是这片草原的搏克之王，最近几年，还没有人能够战胜他，这个魔鬼与雄鹰的合体，就连巴仁也不是对手。

巴图王爷见自己的弟弟也要上场，甚是高兴，他对百姓们大声说：“看看吧，我的弟弟就像一头狮子，他可不想让黑骏马被这个无名的小子给牵走。年轻人，这可是你成为英雄的好机会，只要你战胜木图，我另外再赏你一百只羊，五十头牛，怎样？”

人们再次欢呼起来，巴仁叔叔对着阿力玛斯哈哈笑了：“小子，你要是能赢了狮子木图，那才是草原上的英雄呢，我可是摔不过他啊！”

阿力玛斯没有说话，他用心地观察着眼前的对手，身量和自己差不多高的大块头家伙。

两人跳着“鹰舞”纠缠在一起。

---

① 原为喇嘛的茶锅。

这天好运是站在阿力玛斯这边的，天上的神灵们也在云朵里观察着大地上的较量。看来，是到了少年英雄出头的时候了，正在角力的木图踩在了一簇青草上，脚下一滑，身子稍稍倾斜了一下，阿力玛斯抓住了这稍纵即逝的机会，顺势一送，脚下一个拐腿踢绊，狮子木图就倒在了地上。人群拥上来，抬起年轻的英雄抛向空中。木图倒在地上，懊恼地仰头看着天空。后来木图回忆说："不是我摔不过阿力玛斯那小子，我一抬头，看见天上的一个神灵模样的人向我伸出一个长臂，推了我一下，就这样，那小子赢了。"

阿力玛斯成了黑骏马的主人，成了这片草原的少年英雄，巴图王爷没有食言，给阿力玛斯家送来了一百只羊，五十头牛。巴图王爷赏识阿力玛斯的勇敢，让他来王府里，给自己做贴身护卫，但心里一直想着草原以外的阿力玛斯，拒绝了王爷的美意。这让巴图王爷心里不满，木图更是怀恨在心，一个刚长大的孩子让自己威风扫地，还敢拒绝王府的差事，他恨恨地说："一个贱民骨头，还真把自己当英雄不成。"

"算了，毕竟他还小，是我们敖汉部的少年英雄。"哥哥总是从大局着想。

就这样，阿力玛斯终于骑着心爱的黑骏马和父亲、巴仁叔叔到汉地去了。

当阿力玛斯第一次来到桃花村时，正是桃花开的时候，远远地就有那优美动听的山歌传进耳朵里。这歌声就像无边草场上的一片浓荫，深深吸引烈日下焦躁的步伐，让远途跋涉的人停下脚步，擦去汗水，抖落身上的尘土，使劲吸进一口悦耳的歌声，就像一股山泉沁入心田，让心上的爱的种子破土而出。年轻的阿力玛斯还是第一次听到这么柔美的声音，以往在草原上姑娘的歌声虽然优美，却太过奔放，曲调动人，却不够含蓄，对于爱情同样勇敢的这个年轻人用蒙古辽远凄美的长调同那柔美的歌声唱和起来，就如同两只百灵鸟，在枝头空灵的鸣唱，驼队里所有的人都侧耳倾听，忘了疲顿。

阿力玛斯应着歌声，一路走去，桃花一树风情，那个姑娘就在桃树下，仿佛在这里已经等待了许多年，为着这年轻人。

几天以后，蒙古来的驼队在桃花村用毛皮肉干兑换完粮食以后，驼队该起程了，领队阿力玛斯的父亲看出了这两个年轻人的依依不舍，就对儿子说："年轻人，飞在天上的雄鹰，没有什么能够阻挡前程，胸中炽热的心，要自己去燃起爱的火焰。"

阿力玛斯鼓足勇气，亲自同桃花姑娘的父亲说起了自己对桃花的爱慕之情。桃花的父母也是一对歌者，才会有女儿这天生的桃花一样的容貌和百灵般的嗓子。豪爽的歌者立刻就喜欢上了这勇敢直率的蒙古青年，答应了年轻人的请求，并同阿力玛斯的父亲约好了两个孩子的亲事，等待驼队返程时就让两个年轻人永远在一起。

等待的日子漫长而煎熬，返程的脚步快速又不知疲惫。

桃树上的桃子快要成熟时，这驼队里的年轻人终于回到山下的桃花村了。驼队里的汉子们开着玩笑："年轻人，为了你的心上人，每天我的骆驼都要磨掉几层脚掌，我的马都要多走几水袋的路，这些损失要谁来赔啊？"

"当然是领队来赔啊，谁让他有一个多情又英俊的小公马呢？"

"好，我来赔偿大家，晚上请大家喝酒。"阿力玛斯的阿爸打心底里高兴。

"这可不够，回到草原我们要喝上整个黄草季节。"

黄草季节来临时，驼队回到了敖汉部草原，当然，阿力玛斯身边还有一位美丽的姑娘同行。身边有了美丽的桃花之后，阿力玛斯对前来迎接的草原姑娘们连看都没看一眼，更没有听见一句草原姑娘们的情歌。但草原的蒙古姑娘都是那样执着大胆，英俊的少年英雄激荡着每一颗多情的心灵。夜里，姑娘们就在月亮底下唱起比白天更火辣的情歌，就在河边的杨柳枝里辗转徘徊，想要勾起那年轻人的脚步像往常一样走出毡房。可是，月亮钻到云层里去了，那年轻人毡包前却传出了让天上的云彩都忘了移动脚步的柔美的歌声，云里的月亮被云彩遮挡了耳朵，就跑到地上的水面来倾听。刚才唱歌的蒙古姑娘的歌声被更优美的歌声压了回来，只得坐在那儿看着水里的月亮发呆。

肥美的羔羊总是被草丛后的饿狼盯着，雪白的小兔就怕被天上的鹞鹰发现。

敖汉旗部上的事情，没有狮子木图不知道的，他的耳目到处都是。他的哥哥的眼睛在扎萨克衙门里，他的眼睛则落在了草场上。献媚的下人告诉他草场上来了一个像桃花一样的姑娘，她的歌声比桃花还要绚烂，羞得草场上的姑娘都不再歌唱了，那姑娘是同那个骑乘圣驹黑骏马的小伙从汉地回来的。一听到桃花一样的姑娘，狮子木图就来了精神，立刻带人来到了草场，找到了阿力玛斯的毡房。

人们正聚集在毡包前喝酒跳舞，远远地就传来了桃花的歌声。一段时间以来，桃花的歌声和美丽已经吸引了许多附近草场上的蒙古人前来倾听和观看。尤其是那些年轻蒙古小伙子，桃花的歌声，填充了他们的梦境；桃花的美丽，让他们待在梦境里久久不愿意走出来。这让这个看似大胆实则羞涩的姑娘脸上挂满了红霞，却更是动人。阿力玛斯大方地向人们介绍着自己的新娘。并告诉桃花，不用害羞，这些草场上的人们是那样地善良与纯粹，人们带来的只有祝福和欢乐。

木图的出现，让本来欢快的场面一下静了下去，人们躬身向木图老爷问好，阿力玛斯也不得不对自己的手下败将低头。

木图眼睛直直地盯着桃花，嘴里却说："我来看望大家，顺便看一下我们的小英雄和圣物黑骏马。"

应木图老爷的要求，桃花唱了一首汉地的山歌，无形的束缚让桃花的歌声徘徊在身前，不愿意像自由的百灵那样向天空飘去，不愿意那么自然地空灵飞翔。

但就是这样，还是让回到府里的木图无法入睡了，"今天我才知道，草场的那些姑娘都是些地上的鸣蛙，桃花才是天上的百灵，向我讨好的女人都是些黄草，桃花才是春雨滋润下的鲜花"。

想想英俊神圣的黑骏马被贱民骨头骑在身下，美丽的桃花盛开在阿力玛斯的毡包，狮子木图的心立刻就被魔鬼纠缠上了。

一个月后，敖汉旗扎萨克衙门的官差来到了阿力玛斯的毡包前，宣读了王府的征招命令："边境出现了土匪，抢夺了我们的牲畜和粮食，现在，是我部蒙古人的英雄骑上黑骏马征战的时候了。"

血气方刚的阿力玛斯没有犹豫，难以离别的是自己的心上人。两颗火热的心缠绵过后，双双感到胸口阵阵疼痛，但为了不让对方担心，都没有说出口。早上临别的时候天上下起了雨水，桃花端起一只盛满酒的青瓷碗时，不知怎的，青瓷碗挣脱桃花纤细的手指，滑落在地上，碎了，桃花的眼里再也不能噙着泪水，比天上的落雨还要稠密，桃花唱起了一首美丽的歌，许多年以后，人们说那是他们听见的最让人伤心的歌声：

天上的落雨啊，打湿我的衣裙。
留下的泪水啊，是为了我的心上人。
那神奇的黑骏马，请保护好你的主人。
早日归乡啊，家乡有日夜为你守候的人。
……

黑骏马载着阿力玛斯离开了家乡，马蹄声中，留下的是对爱人的不舍。

桃花落了

阿力玛斯刚刚离开家乡，狮子木图的脚步就来到了桃花的毡包门前。起初，这个这片领地上人见人怕的狮子并没有贸然闯进桃花的毡包。倒不是他有所顾忌，而是桃花的美丽和醉人的歌声有一种让人无法亵渎的魔力，那纯粹将整个毡包笼罩起来，让心存不轨的家伙无法靠近。在毡包外游荡的狮子木图整夜无法入睡，熬得两只眼睛就像两盏红灯笼，咆哮地喘息着，脚下的青草被他踩出了一个光秃秃的圆圈。这头饥饿的狮子看着眼前的猎物，嘴角流下的涎水在腮帮上摇晃着，当他急得快要跌倒的时候，他身边的小人独眼黑想出了一个阴损的主意："既然主子没法走进美人的毡包，就将毡包拔起一同带走。"就这样，桃花像一头受到惊吓的小鹿，无助地躲在毡包里，毡包被木图的人从底部搭起了一个架子，整个装在了勒勒车上，拉回了木图的府里。阿力玛斯的父母亲早已经被狮子木图抓了起来，理由是他的叔叔曾经犯案潜逃。

桃花被抓走的那天晚上，草场上下了一夜的大雨，那些正开放的绚烂的花儿一夜间都凋零憔悴了，落得满地泥泞。狮子木图在毡包外转悠的几天里，可怜的桃花已经吓得缩蜷在毡包里不能动弹。外面是一头饥饿的狮子，里面是一只待宰的羔羊，阿力玛斯的父母已经没有了音信，周边的邻居也没有一个人敢靠近相助。昏死过去的桃花醒过来后，她喝下了递进毡包里的水，头脑稍微清醒了一点，却闻不到一点儿草场上青草的味道，她下意识地掀开毡包门帘向外张望，外面是看守的守卫和高耸的围墙。

"老天啊，这是什么地方啊？"

阴损的独眼黑嘿嘿笑道："夫人，这是到家了。"

柔弱的桃花再次昏了过去，醒来时已经躺到了温暖的床上。

狮子木图站在身边，低着头嗅着桃花的芳香，他已经吩咐下去，要迎娶桃花，让独眼黑立刻筹办婚礼。

当他把这些想法说给躺在床上的桃花时，桃花紧闭的双眼留下了悲愤的泪水。

“你就不怕我的丈夫杀了你吗？”

“他永远都不会回来了，在这片土地上，谁生，谁死，我说了算。人活着时归我管，死了以后归附神灵。对了，从现在起，我是你的丈夫。”木图说这话时，眼睛都没有眨一下。

在狮子木图的眼里，世界上只有两种人：一种是他喜欢的，另一种是他讨厌的。他喜欢的人，他会让那人为所欲为；他不喜欢的，他会让那人生活在痛苦里，甚至消失。

一头残暴的狮子还能指望他怎样呢？

尽管桃花已经被木图弄到了床上，但木图依然占有不了桃花的身体。当他靠近桃花，迷醉于她身上的芳香时，他的身体就会忽然变得无力，接着头脑昏沉，然后身子就会不自觉地瘫倒在地上。他懊恼地骂道：“他妈的，这究竟是怎么了？老子见识过多少女人，难道还降伏不了这个柔弱的小娘们。”

起初，木图抽自己的耳光，甚至撕扯自己的头发，然后，他就用皮鞭抽打身边的下人，直至筋疲力尽。他像一头暴涨情欲的狮子，却无处发泄。

这时独眼黑又说话了：“主子之所以不能靠近美人的身体，是因为她的心里只装着一个人的地方，她的心被远方的另一颗心牢牢地拴住了。要想如愿，就得让另一颗心永远被冰冻起来，斩断牵连的情丝。”

狮子木图已经被淫欲烧得迷糊了，听了独眼黑的主意，他想都没想就说：“既然是你说出来的，就由你去完成吧。”

独眼黑斜着一只眼睛说：“能够得到圣物黑骏马的人，我可对付不了，我需要银子，得雇几个彪悍的枪手。”

“快，快吧，快去吧，要什么我都答应你。”狮子木图已经连一句完整的话都说不出口了。

正在战场上剿匪的阿力玛斯，作战勇敢，毫不退缩，总是冲在队伍的前面。一段时间以后，这个年轻人就成了剿匪队伍里的一名小队长，手下跟着十几个勇敢的兄弟，虽然许多人比阿力玛斯要年长许多，但按照规矩，都一律称呼阿力玛斯为大哥。这是军中的一种荣誉，也是兄弟之间的手足情深。白天搜索追赶土匪，夜里扎下营来，望着苍穹，阿力玛斯身边的兄弟就会拉起马头琴，把酒歌唱，思念家里的亲人。月亮被风吹进云朵里，阿力玛斯的心就会疼痛起来，不知家乡草场上的桃花是否还会在草地上唱歌，不知父母在深夜如何遥望远方。

白天的时间就像飞瀑，夜里的光阴却缓慢难熬。

又是一个难熬的夜晚过后，剿匪卫队队长给阿力玛斯的分队派来了一个只有一只眼睛的监军。这个家伙长着一张阴郁难看的脸，一只眼睛斜斜地挂在眼眶上，射出一道寒光，仿佛世上的一切都与他为仇，让他憎恨所有进入视线的东西。独眼人身后跟着几个枪手，散漫地骑乘在马上，在太阳底下说笑，眼睛却紧盯在阿力玛斯的身上。队伍出发了，人马呼啸着冲向在林间隐没的土匪，独眼监军几个人却远远地跟在后面，与队伍总是保持一段距离，就像几只恶狼不紧不慢地跟着疲倦的豹子，专等豹子受伤倒地时，就扑上去一番撕咬。

队伍里一个兄弟看出了苗头，对阿力玛斯说："大哥，独眼人来者不善，他阴郁的眼神让我感受不到友好，那几个家伙的眼光更是围着你打转，要小心啊。"

"是狐狸总要露出尾巴，是豺狼就一定会龇出犬牙。"

几天以后，果然，独眼监军开口了："都说草原上的阿力玛斯是一个青年英雄，果不其然。但有一点我不明白，为什么土匪总是能在你眼前逃脱呢？难道他们都插上了翅膀吗？"

"王爷给你的快枪可不是让你游玩打猎的，猎杀几只山鸡野兔可不是你阿力玛斯应该做的事。"独眼黑阴阳怪气地说。

"监军大人啊，你没看见那些土匪都是常年流窜的老匪吗？深山、森林、草地、河滩、沟崖，这里的一切他们都极其熟悉，我们如果贸然深入，那就等于猎物钻进了猎人的网窝，正中了匪徒的圈套啊。"

"圈套，就那些土匪手里的家伙，都不知道能不能射出子弹，有什么可怕的。"

"不要看不起他们，什么东西在他们手里都是杀人的利器，许多兄弟不是被他们的子弹射中，而是被那些破旧的尖矛和箭头放倒。"

"借口，我看莫不是我们的英雄害怕了，要不就是匪徒里有你家的亲戚。我可听说，你的一个叔叔许多年以前犯下罪行逃跑了。"

气盛的阿力玛斯握紧的拳头发出嘎吱的声响，他真想上前拧断这个独眼家伙的脖子。"大人可不能乱说，我叔叔犯下的案子，我的父亲早已经用牛羊顶替了罪责，得到了扎萨克衙门的宽恕。我的叔叔现在在遥远的关内汉地生活，我们家族永远都不会有人为匪。"

独眼监军嘿嘿奸笑几声，不再言语。

打这以后，独眼监军的眼睛更斜了，他身后的几个家伙说话的声音更加隐秘，好像正在酝酿一个惊天的阴谋，或是要干一件见不得人的勾当。

又是一个难熬的夜晚，心中对爱人的思念让夜晚的阿力玛斯变得对什么事情都全不在意，甚至忘了身边的豺狼。监军送过来了几坛烈酒，阿力玛斯一个人醉卧在营房里。月光西斜时，一切关于爱情的思念都在睡梦中浮现出来，就连守卫都迷迷糊糊地睡着了。几个人悄声钻进了阿力玛斯的营房，等到阿力玛斯醒来时，已经被捆绑着来到了一处隐秘的沟崖下。原来，独眼黑本来想要等阿力玛斯在战场上与土匪拼杀时，趁乱打他的黑枪，这样既方便又安全，怎奈阿力玛斯和土匪采用的是迂回周旋战术，企图慢慢地拖垮匪徒，等到土匪弹尽粮绝时，自然就会剿灭。可是这样阿力玛斯身边的弟兄们的眼睛就会紧紧盯着独眼黑，让他没机会下手，独眼黑想一想官寨里那头凶猛狂躁的狮子，也就不敢再拖，一些日子观察下来，他发现夜里阿力玛斯总是被思念折磨得迷醉，这个阴险的家伙看到了机会，命人给阿力玛斯送来了美酒。几只豺狼摸进阿力玛斯的营房，先用迷药捂紧了阿力玛斯的脸，然后才敢靠近捆绑，将马蹄包上厚布，悄悄地又蹓出营盘，然后快马骑乘几个时辰，来到一处连魔鬼都不知道的沟崖下。此刻，阿力玛斯已经被颠簸醒过来了，见到自己被绑，怒声喝问：“狗贼，你我无仇，为何害我？”

独眼黑喘息着，斜着眼睛回答：“要是问为什么，就该问问你自己，谁叫你有一个美丽漂亮的桃花呢？今天，我就让你死得明白，死后若要报仇，就去找狮子木图吧！告诉你，木图主子看上了你的桃花，她已经做了主子的小老婆了，现在恐怕正在快活呢，你不死，主子就睡不安稳，谁叫你有一身能赢得黑骏马的力气呢？”

阿力玛斯看看周边几个邪恶的家伙，知道难以活命，想想家乡的父母、日夜思念的爱人，不禁悲从心起。

“怎么，怕了吗？

“呸，狗东西，你们也配，老子生就一副铁骨，还不知道什么是怕。”阿力玛斯不屑地啐了独眼黑一口，“我只是想念我的父母和爱人，这种爱，你这种人是永远都不会懂的。”

“我可以让你远离尘世，结束这种痛苦。”

“你的刀不会让我感到疼痛，我的疼痛在心头。”阿力玛斯望着故乡的方向自言自语。

“少来，我可没工夫听你胡说，闭上眼向佛菩萨祈祷吧，让神灵赶快超度你。”独眼黑不耐烦了。

就在独眼黑举起马刀的那一刻，他做梦都不会想到，佛菩萨早已经看到了这一切。神灵是不会让一个英雄就这样轻易死去的，更不会让一个英雄死在一个如此邋遢阴损的小人的刀下。一头豹子赫然出现在了阿力玛斯身后的巨石上，它睁圆双眼，怒视着独眼黑，一声怒吼，向独眼黑扑去。独眼黑的刀还没有抡圆，人就被扑倒了。电光石火间，那几个家伙早吓得四散逃跑了，早忘了自己的身份是一名枪手。独眼黑挣扎着爬起，逃命要紧，无论死活纵身跳下崖底，这样总比被豹子撕了要好一些。

事情真是难以预料，有时瞬间就是生与死的改变。本来已经闭上眼睛等死的英雄，在独眼黑等人的哀号声中睁开双眼，看到的是一头英武的豹子，也不禁打了一个寒噤，心想死在豹子嘴下要比死在独眼黑的刀下好得多，这样就不会让自己的灵魂受辱，一头英武的豹子配得上自己的生命。然而豹子围着阿力玛斯转了一圈，吼叫一声，竟窜入巨石后面的草丛中去了。

自从将桃花的毡包弄到府里以来，狮子木图就再也没有度过一个安生的夜晚，他不是晕倒在桃花的床边，就是在桃花的门外焦躁地踱步。起初他还想用一个贵族英雄般的办法征服桃花，让她的心从草场上回到她的身子里。他尽量让自己变得像一个绅士，对桃花彬彬有礼。他对自己说："还没有我木图不能征服的女人，这个汉地的柔弱女子还没有完全从草场上的惊吓中醒来，天下有谁不喜欢做我木图的女人。时间就是最好的武器，我火热的心总会融化包裹在桃花身上的冰块的。"

可当一切都白费心机时，狮子残暴的本性就尽显无遗。

他气急败坏地对着桃花大声嚷嚷着："不要再傻等了，阿力玛斯已经倒在追剿土匪的征途中了，再也不会回来了。我才是真正的一方英豪，难道我就比不上一个草场上的穷小子吗？"这些话更像是木图对自己发的牢骚，他一点儿都不明白为什么自己征服了那么多的女人，却不能让眼前的这个女子对自己笑一下，哪怕是正眼看自己一眼也好。一个穷骨头，究竟有什么魔力让桃花如此痴情，他妈的，一定是魔鬼从中做了手脚。有些事，或许木图永远都不会明白。

一颗心碎了，就像天上陨落的星星，在划过苍穹的瞬间，会绽放出世间最璀璨的美丽。一滴水珠碎了，就像彩云里抛洒下的无数珍珠，在撞击磐石的时候，会溅起大地上最纯粹的剔透晶莹。美丽的桃花就要死了，她绝望地站在高高的围墙上，一双泪眼望着远方，那是她魂牵梦绕的心上人征战厮杀的地方。心上人再也不会回来了，桃花也就散尽了身上的芳香。远处，不知是谁拉起了幽怨的马头琴，这凄婉哀怨的琴声仿佛在为这痴情的女子送别。桃花和着琴声唱出了她生命中最动听的歌，歌声随夜风飘过围墙、飘过河面、飘过树林、飘过草场，回荡在很远很远的地方。桃花的身子也轻盈地飘在空中，一点点缓慢地落下，落在柔软的青草上，让一场风雨化为泥土。

阿力玛斯挣脱了捆绑的绳索，夜里悄悄返回行营，没有惊动任何人，拿上两把快枪，骑上黑骏马日夜兼程就向家乡草场的方向驰去。当他终于回到草场上，却找不到自己爱人的毡包，当他来到父母的毡包前，眼前是一片焚烧后的残破。他眼前一黑，栽倒在马下。

醒来后，巴仁叔叔告诉了他一切，桃花已经死了，在她跳下高墙的那一瞬间，她为他唱出了世上最美的歌曲。

阿力玛斯噌的一下站起来，就要冲出去找木图报仇。巴仁拦下了这个要去找狮子拼命的眼里流下血的家伙。“孩子，你一个人去找木图，不正好落入他的圈套吗？此刻，他也许正等着你落入他的陷阱呢？我们蒙古人有一句话：‘浅草容不下猛虎，深仇要埋在心里。’”

夜里，阿力玛斯悄悄来到桃花飘落的地方，远远地望着爱人生命里绽放出最忧伤的哀歌的围墙，他发誓，有一天，自己要踏平这座带给他无尽悲伤的牢笼。从此，年轻的英雄开始浪迹天涯。

桃花的死就像草原上的一阵风，很快就吹过狮子木图的心里。难过了几天以后，木图就将淫欲发泄在草场上那些姑娘的身上。唯一让他耿耿于怀的是，到死他都没有真正碰过桃花的身子，从此以后，每当他在女人身上喘息时，他都会努力去闻那人身上的体香。结果每次他都失望地缩回鼻子，草草了事，收紧缰绳，下马懊恼了。这成了他的心病，就像是一种惩罚，让他以后的生命里再也找不到在女人身上耕耘的快乐。

狮子木图派出了所有的眼线也没有打探到独眼黑的下落，那个家伙连同他雇用的几个枪手一起消失了，消失的还有他要铲除掉的阿力玛斯。剿匪的士兵们说天亮后就再也没有见到领队。一切都在一夜里蒸发了。

心虚的木图请来了大树喇嘛占卜。喇嘛说他看到了一树桃花下站着一头豹子，如果桃花就是死去的那个女子，看他们形影不离的样子，那么豹子应该就是阿力玛斯的化身，他们都应该到了另一个世界。悲悯的喇嘛为桃花和豹子作了一场法事，算是超度这对痴情的男女。

木图没有阻止喇嘛的行径，他将信将疑地对自己说：“他们要是在一起我就放心了。”“那个独眼的小人一定是贪图钱财，害怕回来后被灭口丢掉性命逃跑了。”

从此以后，总会有一头豹子穿越木图的梦境。

事情结束后，好心的巴仁将桃花葬在了开满鲜花的山坡上，找了些阿力玛斯的旧物将他们合葬在一起。然后告诉草场上所有的乡亲：“两颗挚爱的心终于能够永远地在一起了。”每到春天，这座坟墓周围的青草总是郁郁葱葱，这里的鲜花总是绚烂到深秋才凋零。多情的草场上的情侣们总是到这里来祈祷爱情的纯真和长久。就连修行的喇嘛路过这里，都要在坟墓上放几块石头，扔几枝松柏。

入　匪

离开家乡后，即使是在睡梦里，阿力玛斯也想着复仇的事情。怎奈孤单势薄，他就像一头饥饿的豹子一样到处流浪，终于有一天，他遇到了一个能够帮他完成心愿的人。

在努鲁儿虎山里，有一伙蒙人、汉民混杂的土匪，这些人都是些穷苦出身，他们靠在山下的官道上打劫来维持自己的生计。这天，土匪们埋伏在官道隘口处已经一个上午了，也不见一个人走过来，太阳毒辣辣地照在头顶上，为首的那个家伙实在不耐烦了，抡起手里的砍刀用力砍进身边的树上，嘴里嘟囔着，“他妈的，今天没买卖了，害得老子白熬了半天。”正当他准备招呼弟兄们回山时，一人一骑就像约好了一样，及时出现在眼前的大路上。

“二当家的，快看，来了一个买卖。”

“看那样子，没什么油水，身下的马倒是好脚力。”

那人来到隘口，土匪们呼啦啦地从草丛里大石后窜出，拦在了马前，一名喽啰上前报号：“朋友，鹰走空中，兔走草丛，我等兄弟在此等候多时了，近来手头紧，身上就剩一把快刀，留下个念想吧。”

马上的人几天没吃东西了，此刻早已是饥渴难耐，昏昏沉沉，连眼皮都懒得张开，全凭脚下的马在挪移着身体。那马儿一连走了几天，也没有见到一个人影，此刻终于见到了主人的同类，懂事的马儿知道，再走下去主人必死无疑，索性停在那儿，等待救援。它哪里知道站在眼前的是一群杀人不眨眼的魔鬼。土匪们见马上的人没有回应，按照规矩，便提高了声音，又是一通报号，这下，马上的人抬一下眼皮，身子向前倾斜，嘴角想要说些什么，并用手去抽腰间的弯刀，结果，一用力，身子就从马上滚落下来，躺倒在地上，昏死过去了。

“他妈的，倒省事。”报号的喽啰上前搜身，摸了半天，身上什么都没有。又转向马背上的破行囊，抽出了两把快枪。

“二当家的，天啊，好宝贝，两把快家伙。”

为首的头领上前接过快枪，嘴里叨咕着：“真是天上的神灵保佑，送来了好宝贝，有了这种家伙，再没人敢在老子的地盘上撒野了。”

“头领，地上的怎么办？”

“送他早点超生去吧，但愿找个好人家。”

就在喽啰准备动手时，他的视线里恍惚出现了一头豹子，那是地上的人身形上的显现。喽啰眨眨眼，摇一摇脑袋，地上还是那个衣衫褴褛的人，当他又准备动手时，眼里又是一头豹子。这个凶狠的家伙定定神：“他妈的，遇见鬼了，老子杀人还用眨眼吗！”

当他再一次举起刀时，豹子说话了：“报仇，我要报仇。”

那个家伙害怕了：“头领，豹子，豹子说话了。”

“快点动手啊，磨蹭什么。”二当家的不耐烦了。

“这家伙是头豹子！”

“你他妈的胡说些什么，太阳把你晒晕了吧？还是你早上喝醉了？”

“不信，你来看看。”

二当家的走到地上的人近前，那人正挣扎着伸出手，嘴里努力吐出“我要报仇”的字眼。

“报仇，老子等着你，那你就快去变成厉鬼吧，可得能吓得住老子的。”说着，朝着地上的人踹了一脚。

“桃花，桃花。”地上的人一激灵。

当二当家的再准备踹上一脚时，他看到的是一双比豹子还要坚毅勇敢的眼睛。那双眼睛死死瞪着他。

“好吧，你简直就是地狱里出来的家伙。”二当家的被那眼神弄得胆怯了。

“兄弟们，把他抬上马，回山。”二当家的这句话，让这头复仇的豹子又一次侥幸活了下来。

流浪的豹子在土匪的老寨里经过一段时间的调养，身体康复起来。匪首老大杨一柱也是一条好汉，凭他多年的江湖经验，一眼就能看出眼前这个蒙古汉子不是一个一般的人，单凭身下的黑骏马，一定有不小的来头。他试探着问道：“看看穿过草丛的风，就知道路过的是猛虎还是狐狸，兄弟一看就是一条好汉，可否报上名号。”

“在下并非什么好汉，只是草场上的一个牧羊人。”

“不是好汉骑不得骏马，不是好猎手架不住好猎鹰。兄弟的坐骑可不是一般的马匹。”

阿力玛斯心想既然落到如此地步，眼前的匪首又救了自己的命，一声叹息：“真菩萨面前，不烧假香火。既然这样，头领是我的救命恩人，我也就直说吧。”

阿力玛斯将自己的故事第一次完整地说出来，就像积压在心底的洪流，一旦遇到豁口，就会使劲酣畅地喷薄流淌。阿力玛斯自己也说不明白，为什么会将自己埋藏在心底的故事，一股脑地说给另一个人听。或许他积压得太久了，已然无法承受；或许，身边的这个人，就是神灵派来听他倾诉的。

匪首杨一柱被阿力玛斯的故事感动了，就连从不曾流泪的二当家也悄悄擦着自己的眼角。

“兄弟，现在适逢乱世，我等也是不得已落草为寇，兄弟若是不嫌弃，就暂且留在我这山上，日后再图机会报仇，总比你亡命江湖要好。”杨一柱拍着阿力玛斯的肩膀说。

阿力玛斯看了看自己的黑骏马，心里说：“我的老朋友啊，我们要是留在这里，那我们可就是土匪了，从此我们可就再也无法面对草场上的乡亲们了。”

黑骏马看了看自己的主人：“主人啊，我们还能去哪里呢？难道我们还要继续流浪吗？”

“可是，做了土匪就再也回不了头，翻不了身了。”

“想想死去的亲人吧，为了复仇，土匪也好于乞丐。”

“难道没有其他选择了吗？”

“我不知道，但回想我们一路的遭遇，我看不到。”

一人一马就这样对视着，说着只有主仆两人之间才听得懂的话。

“连我的黑骏马都是如此困顿，既然这样，我就只好讨扰众位头领了。”阿力玛斯下定了决心，为了复仇，什么都豁得出去。

“什么头领，我敬你是一条汉子，如不嫌弃，今后我们兄弟相称，共图大事，将山上这‘一炷香’的旗子呼啦啦地刮它个方圆几百里。”大当家的大手一挥豪爽地说。

多年以前，太平军兵败，北上的一支人马打散后，其中一支在头领杨一柱的带领下，几十个兄弟化为乞丐，分散于流浪的人群中，出古北口，流落于关外。遂聚集于努鲁儿虎山，定下营寨，打出口号：“烧起一炷香，从此再聚议，兄弟共生死，还我太平旗。”就这样扛起“一炷香”大旗，分属于白莲教，招募英雄好汉、当地穷苦蒙汉民兄弟，以图后事。官军曾缴匪多次，怎奈山势凶险，土匪隐没山林，难以围剿。

从此以后，这一带的努鲁儿虎山脉的几股土匪队伍中，多了一个骑着黑骏马，拿着快枪的巨塔一样的家伙。他的马比风还要快，他的刀锋比冷冬的月光还要寒，他的快枪让魔鬼都害怕。他的汉人名字叫杨悦春，而另一个蒙古名字他则隐藏在了心底。据说这个汉名是为了纪念他那曾开在春日里的桃花般的爱人的，他们曾在一树绚烂的桃花下相爱。他专抢大户和贵族，那些附近的穷苦人都受过他的土匪兄弟们的恩惠。日子实在熬不过去的人家，只要在土房前或毡包上挂上一只红灯笼，早上起来，门外准有一小口袋粮食、奶酪和几个银钱。几年间，这一带所有的土匪都已经归附于“一炷香”匪帮。许多穷苦的人们日子实在过不下去了，就上山入伙，“一炷香”的名声就像一股潜在草丛里的风，悄悄传遍了草原上、山地间、河谷里许多百姓的门前，声势不断壮大。

多年来，积压在心底的仇恨使阿力玛斯的心就像磐石一样坚硬。每当独自面对家乡的方向时，他就会想起往事，想起桃花和受害的父母。片刻的温馨回忆后，就会激起更强烈的仇恨，使这个钢铁一样的汉子，像一头孤独的豹子一样在夜空下哀号怒吼。

终于有一天，白莲教信奉的神灵显现了。那是一个秋日的午后，山上的弟兄们正在操练、饮酒，一片云彩从南边的山头上飘移过来，云彩的脚步挪移到头顶时，原本的灰白层云开始幻化成五彩云霞，在天空升腾，阳光从云霞的缝隙中投射下来，将光束投射到山上供奉的白莲圣庙上，将圣庙包裹在金色的光芒中，就像一朵美丽圣洁的莲花泛起耀眼的光芒。土匪里有从庙里出来的喇嘛，随即虔诚地跪拜在地，“神灵显灵了，佛菩萨坐莲花而至”。

“我闻到清幽的花香了，那是莲花的香味。”

土匪们虽然凶狠彪悍，但分属白莲教派，笃信供奉神灵。每月初一、十五必拜祭山上白莲圣庙供奉的无生老母，平日烧香祈福诵经亦属常事。所以见此情景，无不跪拜诵《龙华经》。这时，大当家的杨一柱随即大声呼喊：“我等兄弟，在此聚义多时，现恭听圣主法令。”说完后头领杨一柱随即口吐白沫、抽搐起来。这种迎请神灵的仪式阿力玛斯早已熟悉，每当大当家的尊请神灵法旨时，皆抽搐身体，这是山上匪帮发布重大命令时的固定方式。和早年间家乡草场上的萨满巫师相同，他们都是神灵的代言人，表面上看都是将神灵的意思传达给信众。

大当家的杨一柱抽搐完毕，天上的五彩云霞也渐渐消散，阳光又柔和地散布下来，圣庙的光束也即消失。从古至今，神灵的出现总是要有一些令人称奇的画面来做铺垫，否则也就不是无所不能的神灵了。如果没有这些神秘的展示，那又怎么可能让这些整天与魔鬼打交道的悍匪们信服呢！作为现在山上三当家的，杨悦春喜欢这些仪式，这种神秘甚至令他着迷，他发现通过这些方式会让事情变得简单而有力。所有人跪在神灵的塑身前，这不是谁的命令和强迫在起作用，而是一种信仰的力量在引导，无形中压在每个人的心头，如果谁对于信奉提出疑问，那他不是挑战头领的权利，而是与神灵作对。那好，就由神灵来处置吧，这时候就该他和大当家的这些专门由神灵指派的代言人来与神灵交流，替神灵说话了。这时他们的身体总是颤抖抽搐的，他们的身体已经不是他自身了，这时的身体会做出许多常人无法想象的事情。比如一把快刀砍在身上仅仅留下一道印记，比如说会突然把一块石头放在嘴里咬得稀烂，然后吞咽下去，比如说还会突然倒转身体，用头在地上弹跳着走路，种种神奇都增加着土匪们对于头领的信任与忠诚。杨悦春还记得许多年以前，家乡草场上的萨满迎请神灵时，穿着几十斤重的盔甲还能轻盈地跳舞，童年的记忆太深刻了，于是这成了他现在与神灵对话时使用的方式。

几天以后，大头领杨一柱向弟兄们发出了圣母的法旨：

“圣母有令，命我等起事，开国府，除妖孽。”

自从上山入伙以来，杨悦春就盼着复仇的机会，自从熟悉了山上的重要决断都由供奉的无生老母来定夺，杨悦春就盼着哪一天圣母会发出攻打山外敖汉扎萨克衙门的指令。他跪在无生老母塑身前，默诵着自己的心愿：“复仇的机会终于来临，报仇之后定为圣母重塑金身。”

无生老母下达了征战的法旨，也送来了一首鼓动穷苦百姓反抗权贵的口令。没多久，敖汉部领地上百姓家的孩子们就传开了这样的童谣：

莲花开、百灵叫，无生老母法旨到；
行大道、出山坳，老爷脑袋搬家了；
穷苦人、得神药，百病瘟疫全除掉；
你也笑、我也笑，挂上灯笼福气到。

夜里，山上议事厅里坐满了各路头领。大当家的杨一柱开始了出山征讨部署，山上军师刘文达安排二当家杨二蛮带人连夜下山，约定同敖汉扎萨克衙门街上的李记药铺李掌柜接头，将山上的辟邪符交给李掌柜，李掌柜已经预备好了无数金丹药丸，杨二蛮负责将这些神药带上山来，辟邪符则由李掌柜连同金丹丸一起安排山下的弟兄分发给沿途已经联络好起事的百姓，并于本月十五夜家家挂上红灯笼，听到三声慢、三声快的锣声，出门跟上队伍就走。

天上的月亮鼓满了身体，臃肿地在云层里挪移，仿佛体内涌动着沸腾的岩浆一样，随时都要迸发爆裂，喷射而出。安静的空气让人窒息，除了一两声夜里不安分的鸟雀的叫声，没有任何声息。大地上无数的脚步在快速向前，就像流水一样急促，走在最前面的是一个比其他影子长一截的巨大的身形。伴随着三声慢、三声快的锣声的回荡，队伍越来越长，水流越来越急。终于一声炮响，打破了沉寂，月亮鼓胀的肚子迸发了，洪水一样的呐喊声响彻在敖汉旗部的扎萨克衙门的大街上。三头领杨悦春带领一支人马迅速向仇人敖汉固山贝勒府奔去。

无数个苏木、嘎查村庄都被激荡起来，百姓家房门外的红灯笼照亮了穷苦人的心，也惊醒了敖汉贵族们迷醉的眼睛。早在几天以前，狮子木图那些隐在蒙古人的草场上、汉人的村庄里的眼线就传来了消息，努鲁儿虎山上的土匪要起事攻打扎萨克衙门，时间就在几天后的月圆之夜，房门外挂满红灯笼的人家就是一同起事的反贼。

几天来，木图按照王爷哥哥的吩咐，将卫队埋伏在扎萨克衙门大街外东边的土岗壕沟边，这里是从努鲁儿虎山过来的唯一通道，几挺机枪装满子弹，只等着土匪的到来。

二当家带领的头阵弟兄们率先同木图的卫队接火，那些勇敢的土匪做梦也想不到黑暗里等待他们的是一条条火舌。那些走在前头带路的村民还没等落稳脚步，身体就飞腾起来，小心藏在身上的金丹神药还没来得及吞服，魂魄就出窍了，咒符也挡不住那些四散的魂魄，只得在空中飞舞着抓挠，企图拦截几柱烟气。

杨悦春带领一支队伍绕过土岗，悄悄渡河从小路直奔仇人木图的贝勒府。

贝勒府围墙垛口里的快枪根本抵挡不住长久积压的仇恨。杨悦春一抬手就打下了宅门上垛口里一个枪手，一会儿工夫，贝勒府的大门就被推倒了，土匪们叫嚷着冲了进去，百十口子人尽数被绑到院里。杨悦春一一查看，人群里没有自己的仇人木图，这个急于复仇的家伙一刀就砍掉了木图大老婆的脑袋，那颗头在地上翻滚着，惊吓得连血都不敢从脖腔中喷出。当杨悦春手里的刀再次举起的时候，木图的一个儿子说话了："我不知道你同我们有什么仇恨，但你要报仇，就冲我来吧，我是固山贝勒木图的儿子，我的父亲和哥哥已经出去截杀你们这些土匪了。”

“好，有种，那我也让你死得明白，十年前，你阿爸杀了我的父母、逼死了我的爱人，这个仇我等了十年了！今天就先宰了你，给我的父母报仇；然后再是你阿爸，给我的桃花报仇。”

“你杀我可以，我替父亲还债，你要是个英雄，就放了这些下人，他们可与你的仇恨无关。”

“好吧，我这把刀已经磨砺了十年，它只喝仇人的血。”

“你们感谢木图的这个儿子吧，告诉木图，我就是他十年前要杀的阿力玛斯，我没有死，我现在来了。”杨悦春大声对着院里被捆绑的人说。

杨悦春的刀落下去了，但此刻他并没有复仇的快感，倒下去的是一个十多岁的孩子。当鲜血从那个勇敢的孩子的身体下淌出时，一股罪孽像铁水一样浇筑在他的心头，此后压了他一生。许多年以后，当他和木图两人拔刀相对时，他看到的是木图眼里和自己当年一样的眼神，那是一种被仇恨浸泡多年的寒光。

整个夜里，火光冲天，大地在天上的圆月和火光的照耀下，好似白昼。枪炮声、喊杀声、哀鸣声整整持续了一夜。双方人马来回冲杀了几次，互有伤亡，月亮西斜了，大头领同军师商量白天不宜战斗，没有夜晚的掩护，我们的人就会全部暴露在王府卫队的枪口下，那些重家伙实在厉害，况且打了一夜，人马累了，不如撤兵，再作打算。

尸体遍布整个扎萨克衙门的街道，地上到处都是血水，就像是魔鬼从天上泼洒下来的一样。刚刚破晓，天上早已聚集了一群群黑压压的乌鸦，飞舞盘旋，烦躁地等着饕餮的早餐。战斗的惨烈让魔鬼都感到害怕，早就躲藏了起来。那些匪徒挥舞着弯刀，口里含着神药拼命向前冲杀，就像癫狂了一样，让人胆寒。杀红眼的木图也没有见过这种阵势，他大声嚷嚷着：“他妈的，这些家伙疯了，疯了。”

但真正疯了的是木图本人。早上土匪撤走了，下人来报，贝勒府夜里被攻破，大夫人和二少爷被匪首砍了，那个匪首自称阿力玛斯，来报十年以前的仇恨。

听到这个消息，木图疯狂地狂奔起来，头发在风里发出呼呼的声响，他的心一下流出了血，牙齿把自己的嘴巴都要咬出一个窟窿，这个魔鬼一样的人第一次感到了失去亲人的痛苦，一把利剑直刺心头，那是只有刻骨的仇恨才会有的感觉。

这种感觉，十年以前，由他深深种在另一个人身上，如今，那个人以同样的方式种到他的身上。

亡命天涯

经过近两年的努力，驼山湾教堂地区的百姓又迎来了收获的季节。这一年风调雨顺，地里的庄稼一片片被放倒，人们将谷物运到打谷场上，沉浸在秋的收获喜悦之中。南布神父也加入进来，此刻他变成了一个地道的农夫，穿着粗布短衣同大家在一起说笑着干活。他同样沉浸在这收获的喜悦里，而他的喜悦还要多加上一层，那就是教堂不但收获了粮食，还收获了更多的灵魂。因此他比那些种庄稼的人更开心，干活也更卖力气。人们开玩笑说："神父啊，你要是种庄稼一定不比给上帝做使者差，说不定，还会有哪个大户人家看上你收你做上门女婿呢？"

南布神父也笑了。他说："要是在我的家乡，准会有美丽的姑娘为我唱首情歌，甚至为我失眠呢！"

那天夜里，他在日记中写下了白天收割庄稼的趣事：

在这片充满荒凉与激情的土地上，即使是一个虔诚的神父，生活也不应该太过死板单调。同这些原住民及关内迁徙来的汉民打交道，首先要融入他们的生活，学会和他们一起劳动。当我像一个农民一样和那些善良的人一起收割庄稼时，我第一次感受到了上帝赐给这里收获的乐趣，他们甚至用爱情来同我开玩笑，可以看出他们的心底对于生活同样充满憧憬。

南布神父日记中唯一一次写得如此轻松，这让这个坚韧、严谨的上帝的信徒少有地充满了人间烟火的味道。

近两年来，上帝护佑着这里，使这里贫瘠的土地逐渐挣脱荒凉，不仅养育了这里的百姓，还抚育了这里百姓的灵魂，把那些原本野蛮混沌的心灵洗涤清明，皈依上帝。驼山湾的教众越来越多，那些皈依了基督的人已经把南布神父当作自己心中的导师了。就像这里许多人当初相信喇嘛一样，把灵魂交给谁，谁就是自己面前至尊的神灵。在教堂做弥撒的时候，教众们已经能用蒙古语熟练地咏唱圣歌。每到这时，南布神父都会激动得热泪盈眶。他对雷诺神父说：“珍惜这一切吧，这是上帝赐给我们的荣誉。”

雷诺神父除了协助南布神父做好教堂的工作外，将更多的时间都用到野外考察上。南布神父并没有阻止他，而是派出几个教友跟随着雷诺神父，保护他的安全。因为这片土地既有上帝的福音，也有喇嘛的教义，还有经常出没的土匪。两种宗教存在于同一片土地上，冲突在所难免，但南布神父对于那些当地喇嘛的纠缠，总是告诉教友们：“要学会隐忍，这正是我们教义的高贵所在。”

南布神父告诉雷诺神父：“在这片神奇的土地上，无论是自然地理、生物植被，还是历史文化都是神圣而伟大的，都是上帝的杰作，揭示这片土地的历史与文化同样是一个神职人员的职责。我们要拥有一颗勇敢的探索之心，应该让世界知道这里的一切。”

在雷诺神父看来，南布神父就像自己的父兄，时时关心着自己，所有的事情都会替自己想到前面。甚至雷诺神父用来储存考察所得的文物化石的场所，南布神父都专门弄出一间屋子，还取了一个有趣的名字叫“科考研究小屋”。这让雷诺神父有了更多的时间和精力去研究考察。每当有什么新的发现，回到教堂后，雷诺神父都会找到南布神父在科考研究小屋里认真分析汇总，将有用的发现整理归档，然后将有价值的文物和资料寄回西方。

经过仔细的考察，雷诺神父经常会像一个孩子一样充满惊喜：“这片荒凉的土地下面，隐藏着这个东方古国沉积下来的难以估量的历史与文化。早在几千年以前，甚至更早，这里就已经有人类文明的存在了。”

南布神父说：“这些人类文明的财富，应该很好地保存在文明现代的欧洲。”

那些年，出关到塞北流浪的人群总是无边无际，越来越多。那都是些被生活的重负压垮的人，他们不是因为饥荒战乱离开家乡，就是因为得罪了权贵而失去了一切。南布神父对于所有来到教堂的人都会用最真挚的热情欢迎，他说：“是仁慈的上帝指引这些迷途的羔羊来到这里，无论是汉人，还是蒙古人，甚至任何人，我都没有理由拒绝他们，哪怕只有一碗水，我也要先让他们喝下去。”这个上帝忠诚的传道者救助的人们越来越多，远远超出了教堂财力的承受范围。雷诺神父说：“我们的粮食虽然丰收了，可如果这样下去，冬天的粮食储备肯定不够，这里寒冷的冬天比欧洲的冬天还要漫长，如果再加上没完没了的寒风和冰雪，简直就是经受惩罚，我们会遇到更多的困难。”

南布神父在胸前画了一个十字：“我的兄弟，我们刚刚来到这里时，这偏僻荒蛮的地方还从来没有春天的温润，秋天的收获，这里有的只是无尽的荒凉。上帝保佑，现在我们的条件可比从前好多了。你发出的稿件不是已经在欧洲的科学杂志上发表了吗？我们耸立的教堂就是上帝对我们最重要的护佑，还有比这更重要的吗？敞开心扉接纳需要帮助的人吧，他们的灵魂应该属于上帝。等到过了这个冬天，春天来了，我们可以开垦更多的土地。”

像初来时一样，南布神父又在经过教堂的路旁设置了粥棚，给那些流浪的人们施舍食物。教众们忙完了地里的活计都纷纷前来帮忙，几口大锅架在柴火上，食物的香气很快就吸引来了荒野里三五成群的难民。

在流浪的人中，有一个跛脚的独眼人，他仿佛受尽了魔鬼的折磨，蹒跚地走在人群的最后面，每迈出一步，都仿佛用尽了身上的最后一点力气，当他艰难地踱步来到粥棚前，接过神职人员递过来的热粥时，他竟然抽搐起来，然后晕倒在地。

不远处的南布神父把一切看在眼里，马上招呼教众将独眼人抬到教堂里，他说：“仁慈的上帝不会抛弃任何一个迷途的羔羊。”

几天以后，独眼人在南布神父的精心照料下，渐渐恢复了生气。他太虚弱了，神父的仁慈和食物让已经远离他身体的力气一点一点走回来，不断充实精神。当他那只眼睛又开始游离闪烁时，他看到了头顶上那神圣的闪烁着光彩的穹顶壁画，看到了精心照料他的神父的慈祥的眼神，看到了周围的教友们的友善虔诚，看到了教堂外粥棚对流浪者的救助。这让他多年来一直隐藏在阴暗里的心灵颤抖起来，在这颗心里，只有冰冷与阴郁，那是被魔鬼占有了的地方，甚至早已经抛弃了自己的主人。当这一切充满温暖的景象透过那只眼睛像闪电一样刺中了冰冷的心时，僵硬的身体开始慢慢融化。随着脚步的不断挪移，许多年来他第一次感到了一丝疼痛，天上的太阳也第一次让他感到了温暖，这是一种久违了的感觉。

细心的南布神父看出了跛脚独眼人身上的变化，有一天，当他看见跛脚独眼人对着耶稣的圣像发呆时，神父问道：“你叫什么名字，来自哪里？”

跛脚独眼人依旧对着圣像，回答：“我不知道，名字对于一个独眼的乞丐有意义吗？故乡对于一个跛脚的流浪汉还会有惦念吗？”

神父柔和地说：“走出黑暗需要一颗勇敢虔诚的光明之心，需要不畏心路荆棘的坚强，基督耶稣会洗涤一切灵魂的罪孽，接受洗礼吧，回到主的光明温暖里。”

沉默过后，跛脚独眼人再也抑制不住自己的情绪，忽然匍匐在南布神父的脚下啼哭起来。这个将心灵尘封在冰冷阴暗里已久的家伙敞开闸门，倾诉着自己的一切。从第一次遇见魔鬼的时候起，他的心灵就被魔鬼占有了，他一一细数着自己犯下的罪孽，抖落着浑身上下粘连的污秽。他的眼里终于流出了泪水，虽然混浊，但很真实。

跛脚独眼人接受了南布神父主持的洗礼仪式，正式皈依了上帝。南布神父将十字架亲自戴在跛脚独眼人的脖子上，并给他起了一个教名“亨利”。南布神父说：“从现在起，你从前的一切，都已离你而去，就像一块洗去泥垢的石头，在清澈的河水里，宁静地享受上帝带给你的新的生命吧。”教友们纷纷送来祝福，那天夜里，激动的亨利第一次没有因为噩梦而惊醒，他的心灵平静了。

许多年以前，跛脚独眼人还是一个除了阴暗狡猾外从不和任何东西打交道的家伙。自从跟随了狮子木图，他的嘴巴就再也没有说过一句有良心的话，他的脚步就再也没有走过一次宽阔的正途。那时候的他，为了得到银子，会让自己的嘴巴比蜜还要甜上百倍，为了让主子高兴，他会说出天下最阴损的点子。他最愿意看到的就是别人脸上写满悲伤与痛苦。天上的神灵实在看不过去了，决定惩罚他，就派出一只神鹰来啄瞎他的罪恶的双眼。结果，这个狡猾的家伙竟同神灵的使者谈起了生意。他对神鹰说：“尊贵的神鹰，你是飞在高空的神灵的使者，我是尘世中讨生活的蚍蜉，你的利喙是那样地纯洁锋利，一定不曾啄食过大地上的腐臭之物，而我的眼睛比腐臭的东西还要肮脏，如果你的利喙啄食过我的眼睛，那么我的罪恶就会粘连在你的身上，到那时，你还是高贵而纯洁的神鹰吗？你飞得再高，身上也会有我的肮脏的气味。”

神鹰刚刚伸出的爪子退缩了。眼前这个家伙确实让它感到恶心。

“不如这样，让我自己动手，条件是让我保留一只眼睛，作为神灵的使者，难道你就没有一副菩萨的心肠吗？”

就这样，这个狡猾的家伙自己动手，保住了一只眼睛，从此以后，他的心灵就更加险恶了，他的眼神就更加阴损了。

从此以后，每一次的阴险作孽都被他视作心安理得，因为他认为自己已经付出了筹码，筹码是一只眼睛。他对自己说：“一个人的身上还有比眼睛更重要的东西吗？我连一个穷苦的乞丐都不如，他都能看见世上更多更美好的东西，老天啊，这对我太不公平。”

然而，当他为了银子要替主子杀害阿力玛斯时，他做梦都没有想到眼前会突然出现一头凶猛的豹子。他用摔断一条腿的代价，侥幸保住了自己的性命。从此，这个恶人就被豹子纠缠上了，他不敢再回到狮子木图身边，他知道残暴的木图会要了他的命。于是只能拖着跛脚在大地上流浪，他知道，总有一天，豹子会要了他的命。

一个人若像野狗一样四处流浪，日子久了，就连他自己都会讨厌起自己来。从豹子的嘴下逃生后，第一个年头跛腿独眼人花光了身上所有的积蓄，那时他还算体面；第二个年头凭借他的舌头混迹于一个奔走四方的戏班，戏班养不起一个只会说不会唱的家伙，在旅途中他被班主从车上一脚踹了下来；第三个年头他用脑子在一个财主家做了账房，结果丰收的秋天财主收获的银子比荒年还要少，财主让平时恨透了独眼人的长工们将他扔进了一条臭水沟，他的另一条腿也差一点儿瘸了；第四个年头他用手在一伙土匪窝里写票号，土匪打劫一家大户时，大户人家的炮手瞄准匪首，枪响了，打中的却是独眼人的手，他的手也残废了。从此，他就再也不愿意看到自己的眼睛、舌头、脑袋、手臂、腿脚了。他一一数落着自己身上这些剩余的家伙："他妈的，你们这些家伙还有什么用，像魔鬼一样整天缠着我。"以后，他的日子里就再也没有生活了，白天没有温暖，夜里没有寒冷，有的只是无尽的苦难和行尸走肉的流浪。

有的人流浪是为了活着，为了躲避；有的人流浪是为了寻找，为了复仇。就像天上的鸟儿，有些鸟儿颤抖着翅膀，不断哀鸣，那它一定是在躲避猛禽的追杀；有些鸟儿飞得又平又快，辗转盘旋，那它一定是在寻找猎物。

或许是吧，一个人的心灵想要归于平静，那就要能够淡泊世间的一切，将眼神放在山川、河流和草原上。

十年的时间，从一人一骑四处流浪，到入山为匪呼啸山林，阿力玛斯的心没有一刻不曾燃烧。直到起事后站到仇人的厅堂上，直到那个孩子在自己面前倒下，他的心才被一种愧疚的重负压制。

自从被喀喇沁部的都楞仓放走后，阿力玛斯独自隐藏在鸡冠山里。在静谧的山间，十年来他第一次开始面对仇恨思考，自己虽然没有杀掉狮子木图，但杀了他的儿子，也算报了仇怨。但每到夜里，他总是看到那个孩子眼睛直直地看着自己，这个早已经没有恐惧的汉子还是在半夜里惊醒了。惊醒倒不是害怕，而是内疚，一种亲手杀掉一个孩子的内疚，想想这些，就连阿力玛斯自己都感到困惑，是仇恨让自己变得如此的冷酷，如此的罪孽深重。当他听说喀喇沁部鸡冠山南麓守灵使村要进行和硕端静公主的祭祀活动的消息时，这个信奉喇嘛教的坚硬的蒙古汉子再也无法平静，他要亲自到祭祀的地方，祈祷超度自己手刃的孩子，去祈求佛菩萨的宽恕。那样或许能够减轻自己的罪孽，让自己的灵魂得以宁静。

他化装成一个乞丐，穿越了鸡冠山密林，来到于家长老的院子里做了一名长工。每天下工后，他都到宫嘎活佛坐床的福吉寺里跪拜佛菩萨，他都到祭祀公主的陵寝前的法事道场祈祷诵经，他甚至还跪拜在活佛的脚下祈求佛祖的宽恕，即使是惩罚也希望来得快一些，这样才能够让自己好受一点。

一段时间下来，每天下工后到寺庙磕头已经成为他的习惯，他甚至希望进入寺庙当一名喇嘛，可是一想起被木图害死的桃花，他的心又硬了起来，他就这样被夹在仇恨与罪孽之间承受着罪与罚的重负。每天闷着头干活，一句话也不说，直到有一天，公主的祭祀活动终于结束时，看着满山的达子花开，他心里明白，他想要的还是复仇。经过这段时间在佛前和自己灵魂的无数次对话，最终他做出决定，他对自己说："佛祖啊，等到有一天我亲手宰了木图后，我就会将我的命还给那个孩子。"

于是，他向王府的少爷要了几条快枪和银子，还带走了几个对于他和外面的世界怀有梦想的家伙，又走上逃亡的路途。

一个人若经过仇恨的洗礼，必然会满怀惆怅；一个人若是经历岁月的沧桑，必然是饱经风霜。再一次浪迹天涯的阿力玛斯，更多的时候，都是一个沉默者。他的嘴巴很少张开，这样一来，他的舌头就只好同自己的牙齿打交道：

"老兄，能不能张开些，让我透透气。让我伸个懒腰吧，我都快憋闷死了。"

"行了，你就将就些吧，我整天除了咀嚼，就没呼吸过新鲜的空气，外面的嘴巴总是绷得紧紧的。"

在守灵使村时，阿力玛斯除了干活，就是喝酒。很快他就在这里为数不多的小酒馆里结识了几个同样喜欢喝酒的朋友。他喝酒的样子和这里任何人都不一样，或许是因为身上没有银子，所以，他喝酒从不要肉，而是将酒坛放在手边，从身上摸出一粒青盐，喝一口烈酒，舔一下青盐。很快，一坛酒就下肚了。旁边的人看了无不称奇，这个塔一样的壮汉就像是说唱艺人故事里面下凡的天神一样，吸引了那些正向往英雄的年轻人的注意，很快就征服了这片狭窄的山谷里几个向往外面世界的年轻人。这几个年轻人里面，有满旗的贵族少爷，也有同他一样干活的长工，倒不是阿力玛斯展现了他的力气和勇敢，而是他有一种天生做头领的气质，让有不安分的梦想的人愿意跟在他身后。他们相信这种人迟早会干出一番事业，而不会永远地默默无闻。所以，很快，阿力玛斯的身边就又聚拢了十几个肯追随他的兄弟。

阿力玛斯带着十几个弟兄，游走在东蒙古草原上。不为别的，一方面要逃避官府的缉拿；另一方面只为寻找被打散的起事的弟兄们。陪伴他们的只有身边的风和天上的雨水冰雪，有时候他们睡在树林里，有时候就在马背上颠簸一夜，运气好的时候，他们会躺倒在一所破庙中，还可以生起一堆篝火赶走黑暗，喝下几碗烈酒驱走寒意，这个时候，对于他们来说，简直就是佛菩萨的恩赐。

就这样，他们东躲西藏，昼伏夜出，活动在人烟稀少、偏僻荒凉的地方。为了安全，他们很少进入敖汉部的领地，尽量活动在靠近敖汉部的边界，既能够听到狮子木图的消息，又是木图的力量伸展不到的地方。有时他们会出其不意地进入敖汉部，打劫一下那些欺压百姓的贵族老爷，然后回撤到喀喇沁旗境内鸡冠山里的茫茫丛林中。即使是在喀喇沁旗境内，他们也必须经常游走在不同的地方。因为只有这样，才能确保自身的安全。有些地方，甚至连鬼怪都不愿意光顾，在阿力玛斯和他的兄弟们看来，锡伯河谷下游的驼山湾就是这样的地方。但对于亡命天涯的人却是福生之地，况且，那里现在还有了一座洋人异教的教堂。

打劫教堂

收获季节过后，如果没有储备足够的过冬的粮食，在寒冷的东蒙古高原上，是很难挨过漫长的冬天的。当阿力玛斯听说洋人喇嘛在驼山湾一带建起了洋寺庙，还带领流浪出关的汉民和部分原住民在这秋天获取了耕种的粮食时，他想到了一个获得粮食的主意。虽然他从大当家的那里听说洋人几乎没有一个好东西，他们来到中国似乎就只有一件事，那就是侵略抢夺。但是他想，无论如何洋教堂也是神灵在大地上的居所，只不过是来自遥远的地方的神灵罢了。所以，他并不准备去打劫一座寺院，无论是洋人的教堂，还是佛菩萨的寺庙。

从鸡冠山一路向驼山湾走来，白天，阿力玛斯的几个弟兄化装成乞丐，跟随在流浪的人群中，打探沿途那些大户的宅门路线，踩好盘子；夜里，阿力玛斯的人马就包围了一个可怜的财主的宅子，这座宅子去年的这个时候就曾经被人打劫过一次。为此，雨季以后，主人已经将院墙加固加高，可是对于勇敢的阿力玛斯来说这又有什么用呢？

阿力玛斯的胳膊还没有伸开，手下的弟兄就将肥胖的财主绑在了自家院子的树上。还没等土匪们开口，老财主就哀求起来：“各位山神爷爷，我是什么都没有了，去年这时候，所有的家当都被另一伙山神爷爷拿走了，求求各位好汉，饶了我们全家吧。”

“去年遭了水火，现在还这么胖，必是没动着筋骨啊。”

“好汉，我心大脑小，吃什么都胖。”

“少装糊涂，爷爷没时间调笑，我们只拿银子，不取人命。”

胖财主一边应付，一边分析眼前的对手。土匪里这个高大强壮的头目始终保持沉默，像一个魔鬼一样冰冷。头领的目光向胖财主射过来，一股凉风“嗖”的一下就刺到胖财主的脖子上了。精明的胖财主立即知道接下来自己应该怎么做了。

“好汉饶命，我说，我全说，银子就在脚下，这是我全部的家当了。”

不一会儿，从捆绑主人的树下就挖出了一坛银子。

银子到手了，阿力玛斯没有再威胁财主，这已经成为他多年的习惯，财不多拿，散尽再取。

几次买卖之后，打劫的银子已经足够换取过冬的粮食了。

一段时间后，十几个商人打扮的人牵着骆驼进入了驼山湾地区，他们是前来贩运粮食的商贩。

商贩们带来了一些人们日常用的物品，他们的兑换方式很简单，一律用粮食交换。他们说：“听说驼山湾的粮食丰收了，他们想要将这里的粮食贩运到河谷下游以外的地方去，那样就能获取更多的利润。”

穷苦百姓手里没有银子，只有一点多余的粮食，粮食和牲畜是交换物品的唯一的东西。

这伙商人只要粮食。

当驼队商人交换了驼山湾一带人们手里不多的粮食后，他们敲开了教堂的大门。

那伙商人先提出将手里的物品交换给教堂，听说教堂的粮食还有许多，这样他们就不用将多余的商品带走了，价钱可以商量。如果教堂不愿意留下货物，他们可以用银子买教堂里的粮食。

这令南布神父很诧异，他还从来没有遇见过敲开教堂，找上门来做买卖的商人。听到要将多余的商品兑换给教堂，南布神父和蔼地说：“我这里是教堂，是我主上帝的清净之地，我这里是收纳世上人们的灵魂的地方，不是交易的市场。”

“我知道这里是洋神灵的寺院，可是教众也要使用尘世间的东西啊。尊贵的洋喇嘛，看看白天你的那些教众吧，他们把我们的货物拿在手里，没有一个人愿意放下，只是他们手里的粮食仅够自用，没有多余的部分。”打扮成商贩的阿力玛斯说。

“可是我这里的粮食也不多啊，上帝保佑，这里的一切才刚刚开始啊。”这还真让南布神父为难，他是一个虔诚的神父，但不是一个精明的商人。

“既然我的教众们需要你们的商品，那我可以用银子来买，但我不会用粮食来交换，因为粮食还要准备过冬用，还有越来越多的流浪的人向这里拥来，他们需要粮食，作为上帝的使者，我不能眼看着那些人饿死。”

神父的理由让阿力玛斯有些不知所措，他很难拒绝一个如此好善的理由，他妈的，难道这个洋喇嘛也有一颗佛菩萨的心肠。

神父看出了眼前这个商人的迟疑，随即说："请到我的教堂里喝杯茶吧。"

阿力玛斯对于这个平和好客的洋喇嘛业已产生了一点兴趣，听说过洋人的宗教，还听大当家的讲过洋人的种种劣迹，却从未走进他们的寺庙，好奇心驱使他跟随神父走了进去。南布神父带领阿力玛斯参观了教堂，迥异的风格还是让阿力玛斯有些吃惊，当南布神父向阿力玛斯介绍被钉在十字架上的耶稣的故事时，阿力玛斯深深地被这个钉在十字架上的神灵的行为所感动。他对南布神父说："你们的神灵值得敬佩。"他走近一点，想要仔细地观察一下耶稣的模样，却被眼前正在擦拭圣像的一个人惊呆了。

如果说佛菩萨告诉人们一切事情都是前世注定的话，那么洋人宗教的神灵也一定将一切都预先安排好了，就等着人们在某个时间某个地点去实现。当阿力玛斯的眼睛固定在擦拭圣像的那个跛脚独眼人身上时，眼前的一切似乎都被凝固在那儿。许多年过去了，阿力玛斯还是一眼就认出了眼前的这个人，那是多年以前曾经给自己带来无尽的仇恨的、记忆中永远不会改变的形象，那是每夜的睡梦里如约而至的面孔。无论岁月怎样冲洗，那只眼睛，那像魔鬼一样的阴翳永远都不会让这个满怀仇恨的人忘掉。而跛脚独眼人也立刻认出了眼前这个人，即使是过了许多年，也同样无法忘掉。

阿力玛斯虽然心头怒火已经燃烧起来，但在庄严肃穆的教堂里，他还是不露声色地说："世上没有走到一起的两座山，但两条河流总会遇到一起。"

"山不会移动，水流却不止，该见面的终归会遇见。"跛脚独眼亨利低声说。

"河水能够把泥沙沉淀，时间却割不断无尽的仇恨。"

"一切都会有个结果，我已经等待了许多年。"

阿力玛斯没有再说什么，对神父一抱拳，说道："神父，告辞，我还会再来的。"

南布神父并没有听懂两人之间的对话，他隐隐感觉就像两个熟人在说话，言语间却有一股杀机在两个人之间弥漫开来。

自从亨利正式受洗以来，除了每日早晚祷告之外，更多的时候他都在教堂里干些杂活，收拾一下后园，清扫地面、擦拭圣器，整理雷诺神父科考研究小屋里的物品，他几乎不说一句话，让身体缓慢地移动。当没什么事情可做时，他就在墙角下晒太阳。有时他会在温暖的太阳底下睡过去，还会发出轻微的鼾声。从他沧桑的脸上人们很难看出他的年纪，教友中人们都叫他亨利大叔，这时他会微微地点头，算是打过招呼。南布神父说："他的生命里有许多不能用言语表达的东西，让他自由地生活吧。”

当亨利听到阿力玛斯那洪亮的声音时，他就知道是谁来了，就像事先约定好的一样，亨利并没有表现出丝毫的惊慌。许多年以来的流浪逃避，已经让他的那颗惶恐之心趋于平静。尤其是成为基督的信徒以后，他的缓慢挪移的脚步就是他命运的显现，一点一点地让生命流逝曾经的罪孽，在圣像前无数次的祷告，让他参悟出一个人的生命固然可贵，但这世上没有比毁掉一段纯粹的爱情更可怕的罪孽了。他甚至希望能够偿还，但他知道有些东西不是你想偿还就能够偿还得了的。

所以，他只能在罪孽感里一点一点消耗自己的生命，就像一只鸟儿，飞在无边的空中，却永远都找不到落地的地方。

所以，当他听到阿力玛斯的声音时，他的内心是释然的，一种终于能够解脱的释然。

所以，当阿力玛斯对南布神父说他还会再来时，亨利微笑着目送阿力玛斯走出教堂。

阿力玛斯是在一种近于昏厥的状态中走出教堂的，来到外面的阳光下，他的身体却感觉不到一丝温暖。他仰天长叹：“佛菩萨保佑，老天真是有眼啊，让我今天遇到这条狡猾的狐狸。”

走出很远，他回头望一眼耸立的教堂，毒蛇隐身在这座狭小的洋寺庙里，既然这里能够容纳毒蛇，那么同毒蛇在一起的就一定是魔鬼了，这里面的一切就都一定与魔鬼有关。都一定是魔鬼一样的见不得光明的污秽。那个洋喇嘛一定如当年大当家的所说，是魔鬼的化身。

阿力玛斯派了几个弟兄守护在教堂的外围，吩咐如果看到教堂里有人走远就赶回去，若是看到一个跛脚独眼人一定要抓活的。

十天以后，阿力玛斯派人将驼队安顿好之后，又纠集了一些弟兄，就连夜赶回了教堂。天快亮时，教堂便被阿力玛斯的人马包围了。

还在睡梦中的神父被外面嘈杂的声音惊醒了。南布神父打开大门，立在他面前的是一个骑在马背上的大汉。神父身后的侍从惊呼：“土匪来了！”

南布神父在胸前画了一个十字，尽量让自己的声音不那么紧张：“马背上的人，月亮还没有落下，鸟雀还没有出巢，早起的人就来到了上帝的门前，请问，有何贵干？”

“神父，感谢你的热茶的款待，让我几天来快走了许多的路途，本来不想惊扰了你的梦境，但我的心让我惦记着这里的一个人，我此来别无他求，就是想要一个人。”阿力玛斯勒住缰绳。

“原来是换取粮食的驼队商人，我的朋友，天还没亮就来到了我的门前，难道不是为了粮食吗？我这里除了几个基督的信徒外别无他人。”

阿力玛斯用马鞭一指神父身后的亨利：“就是他。”

“主啊，他的身体已经残缺不全，他的灵魂已经归附了上帝。他还有什么让你纠缠的呢？”

“狡猾的豺狼总会隐藏起锋利的爪子，阴险的毒蛇在冬天也会收起凶恶的蛇芯。他的罪恶只有他自己最清楚。”阿力玛斯对着亨利说。

“即使罪孽也已经过去，上帝会宽恕迷途的罪人，现在，他是万能的上帝护佑下的羔羊，我不会把一个上帝的孩子交给一个屠夫，任你宰杀。”南布神父坚定地说。

“这么说你是不想交人了，我可不想让我的马刀沾上喇嘛的鲜血，即使一个洋喇嘛的鲜血也应该是红色的，除非你是魔鬼的使者。”

“不，除非你的马队从我的身上踏过去，我誓死都会捍卫上帝的尊严。”南布神父固执地站在亨利的前面。

“那我只能让你的上帝见鬼去了。”阿力玛斯抽出了马刀。

亨利从容地从南布神父身后踱步而出：“仁慈的主啊，自己种的苦果自己吃，自己酿下的罪孽自己偿还，许多年以前，我曾经对这位朋友犯下了不可饶恕的罪孽，这么多年来一直让我的心疼痛，现在，是到了应该了结的时候了。”

“亨利，这已经不是你个人的事情，既然你已经接受了洗礼，这就是教堂的事情。再大的罪孽，在上帝面前也应该得到宽恕。”南布神父的手扶着亨利的肩膀。神父的侍从手里拿着的几把枪，也早已瞄准了马上的头领。

“神父，是你给了我新的生命，但我是蒙古人，有些事是永远都忘不掉的，我早就期盼着这一天的到来呢。”亨利在胸前画着十字。

雷诺神父上前一把拉住准备迎上去的亨利：“南布神父说得对，这是教堂的事情，如果什么人都可以随便到教堂带走人，那这里还是上帝的子民的庇护所吗！”

阿力玛斯看着眼前的仇人，握刀的手抽搐起来，他再也按捺不住心头复仇的火焰，马刀一挥，土匪的马队就风一样冲进了教堂。

战斗很快就结束了，如果这算是战斗的话。马队在教堂的院子里来回冲杀了两次，手里拿着枪的几个守护教堂的教众枪栓还没有拉开，就被冲散了。这正是上帝怜悯他们的生命，才让教堂护卫们赶快丢掉了手里的枪支，他们的性命才勉强保住。教堂的僧众被缩聚在一个角落里，两个土匪押着毫无反抗的亨利。

“野蛮的强盗、土匪，你们永远得不到上帝的宽恕和解救。”南布神父愤怒地说。

“你们的神灵自己还被钉在架子上，还怎么解救别人，现在你还是为自己的生命祈祷吧。”土匪里一个侯姓的弟兄快意地嚷着。

亨利抬起头，那只独眼又恢复了光泽，此刻的光泽已经看不到多年以前的阴暗了，而是一种即将赴死的凛然之光。这眼神连阿力玛斯都吃惊。

“我愿意偿还，放了神父和教友们，这与他们无关。”

“放了他们，这句话从豺狼口里说出来有谁会相信呢？况且，独眼黑，你现在有资格同我谈条件吗？”

“阿力玛斯，十多年前我犯下的罪恶我一个人承担。这些年，罪恶压在我心头让我时时受到惩罚，我皈依了上帝，每天为死去的人祷告，一直等着你，我这条命此刻属于你。”

亨利眼里的光泽让阿力玛斯相信他说的都是真心话，“我不会让你轻易死去，我要让你每天都偿还一点，一直到死”。

“我可以放了你们，但作为代价，我要带走一批粮食，还有，神父老爷还得陪我们走一遭，我还想听听神父给我说说你们的神灵呢！”

就这样，在这个晴朗的清晨，这伙土匪从教堂装了几大车粮食，还带走了亨利和南布神父，风一样消失了。

南布神父被劫走之后，雷诺神父暂时担负起了教堂的首职。他一方面带领教众加固教堂周围的防卫；另一方面写信给赤峰县城的教堂求助。没多久，在这个洋人的事情就是最大的事情的国度里，热河都统就派出了信使要求喀喇沁扎萨克衙门立即彻查锡伯河河谷下游驼山湾教堂被打劫一事，同时务必找回被劫走的洋神父。

离开驼山湾教堂没几天，阿力玛斯的马队就将一部分粮食分发给了沿途的百姓，然后派两个弟兄雇用几个车夫载着装满草料的马车向敖汉旗部驶去，命令他们沿途快走，住店必须半夜启程，要在十天内赶到敖汉境内，然后多加银钱，遣散车夫。阿力玛斯自己则带着队伍继续化装成驼队商人载着粮食、神父及亨利向鸡冠山奔去，队伍昼伏夜行，专走僻静之路，一路上尽量不与路人接触。

当队伍回到鸡冠山时，天气已经很冷了。进入山里，天上就落起了零星的雪花。望着天上铅色的雪云，阿力玛斯知道，再过一段时间，大雪封山，山里与山外的世界就隔断了，要等到春天的时候，才能恢复与外面的联系。现在已经有足够的粮食了，再打些野物，冬天的日子就只剩下喝酒睡觉。一路上，亨利多次试图与阿力玛斯进行对话，每一次都是亨利央求阿力玛斯放回南布神父，一切由他偿还，但换来的却是阿力玛斯的沉默。南布神父则抱着必死的决心，即使被捆绑着双手，每天在篷车里也默默做着早晚的祷告。他想，为了自己的宗教这样死去是值得的，因为他的死是为了帮助一个曾经迷途的羔羊，如今，能够陪着这只羔羊一同上天堂，也是自己为信仰死得其所了。他想起许多年以前，自己第一次踏上东蒙古草原时，那时自己是多么的年轻啊，就像现在的雷诺神父一样，生命里充满了朝气。到了山上，土匪们给南布神父松开了捆绑的手脚，在这茫茫群山里没有向导，想要逃跑，就只有死路一条。夜里南布神父躺在松软的草铺上，望着头顶的星星，一段时间以来，还是第一次这么舒服地睡觉。要是能够洗个澡那就太好了。这样想着，很快就进入了梦境，南布神父梦见自己回到了阔别多年的故乡，梦见自己身边围着一群好奇的孩子，那些孩子问他从哪里来，为什么在外面漂泊这么多年才回到家乡，南布神父第一次在梦里留下了思乡的泪水。后来他在自己的日记里补下了这段时间的记忆：

我和亨利被土匪们捆绑在大篷车里，一路向未知的方向走去。我们看不到外面的世界，我和亨利互相鼓励着对方，这让我并不感到孤单。我知道亨利也没有丝毫的害怕，他的生命和绑架我们的匪首紧紧地联系在一起，从他们的对话中，我隐约知道一切和爱情有关。我想，那一定是一段凄美的传说，我不知道土匪们会在什么地方、什么时候对我们动手，但我已经做好了死的准备。许多年以前，当我第一次踏上这片土地的时候，我曾经被这异乡的风情所迷醉，我曾暗暗设想，有一天为了自己的宗教事业献出自己的生命，如今，果然这样。想想我在几乎是东蒙古高原最荒凉最偏僻的地方让教堂的拱顶耸立起来，让那些距离我主上帝遥远的灵魂皈依，我的心就满足了。到达匪徒老巢的那天夜里，我梦见自己回到了家乡，我的家乡是多么美丽啊，但我同样热爱这片土地，这里的一切，已经是我生命中的一部分。上帝保佑。

几天以后，天上又落下了一些零星的雪花，阿力玛斯找到南布神父开始了自上山以来的第一次正式对话。

“神父，本来我不想让你送我们这么远的路程，可是，半路上我改变主意了，喜欢这座山吗？”阿力玛斯坐在神父面前。

"一个魔鬼一样的土匪做出什么事情我都不感到意外。"南布神父低着头说。

"魔鬼？你身边的独眼黑才是魔鬼身边的人，正因为如此，你的教堂容得下一个这样恶毒的家伙，难道你们和魔鬼不是一路的吗？"

"我收留亨利是因为这个世界遗弃了他，无论以前他犯下什么罪恶，那都已经是过去，现在，他是一个虔诚的基督徒。"

"难道一个人杀了人后，进入寺庙剃度成喇嘛，就可以免去一切罪责吗？"

"你不就是一个杀人犯吗！"

"我是为仇恨而杀人！"

"难道你所杀的每个人都和你有仇恨吗？"南布神父抬起头直视着阿力玛斯。

"那是不得已！"

"一个人纵有再深的仇恨，也应该看到上帝对众生的怜悯，杀一个人容易，让一个人活才难。"

神父的最后一句话一下击中了阿力玛斯的内心，"杀一个人容易，让一个人活才难"。这是他从未听说过的。是的，杀一个人，尤其是一个孩子，一刀下去，那幼小的性命就没了，而要放弃仇恨，让一个生命活下来，那才是一个复仇者的难题。

阿力玛斯耳边响起了宫嘎活佛在福吉寺对自己说的那句话："放下屠刀、立地成佛！"

阿力玛斯知道自己罪孽深重，佛菩萨是不会原谅自己的，但自己可以放下屠刀。他心想，即使不是独眼黑，狮子木图也会派另一个人来杀掉自己。

对话在阿力玛斯的沉默中结束了。

几天以后，阿力玛斯再一次来到了神父的面前，说道："神父，你们走吧，既然独眼黑的灵魂已经皈依了寺庙里的神灵，那一切往事，就都让它随风而去吧。"

临走前，亨利来到阿力玛斯面前，说道："好汉，我的罪孽无时不在煎熬我的内心，我不放心神父一个人返回教堂的路途，等到神父安全回到教堂后，我会给你一个交代，用我的性命抵消我的罪孽。"

阿力玛斯上前用刀锋斩断了亨利头上的一绺头发，说道："你我的仇恨从此一笔勾销，走吧，你不必偿还了，一个人活着不容易，追随你的上帝去吧。"

南布神父和亨利被阿力玛斯派人送下山，又向左转走了两天的路程后，罩在他们眼睛上的眼罩才被松开。阿力玛斯倒不是担心神父，而是他对亨利怀着一万分的小心，这个人在他的印象里心肠比天上的乌云还要黑上几分。经过思考，阿力玛斯决定要让仇人活着，或许活着能够给仇人的灵魂更大的折磨，或许比一刀切下仇人的脑袋更具有复仇的意义。但绝不能让独眼黑再给自己带来任何伤害，这些年漂泊为匪，让阿力玛斯明白一个道理，就是绝不要给一个阴险的对手任何机会。几个喽啰按照事先阿力玛斯的吩咐，给了他们两匹马，就沿相反的方向隐去了，躲在不远处观察着神父。

神父和亨利骑上马，确定好方向后，快速奔驰起来，直到坐骑通身是汗才停下来休息，他们生怕土匪反悔追杀。

终于可以停下来喘口气了，南布神父说："和土匪打交道，最好的办法就是离得远远的。"然后，他又认真说，"亨利，感谢你的陪伴，你是一个勇敢而忠诚的人。上帝会看到你所做的一切。"

"不，神父，是我连累了你和教堂，我的罪孽又加深了一层。"

"不，我已经看不到你身上的任何罪孽了，一切都已经离你而去。"

"不，我要给我的仇人一个交代，是我毁了一段世上最美好的爱情。"亨利长长地叹息起来。

"与其牺牲自己的生命，不如活着为死去的人祈祷，对于死去的人，天国的美好胜过凡尘的纷扰苦难，给自己的灵魂松绑，将一切都奉献给万能的主吧。"

回到教堂后，亨利的话语就更少了，有时几乎一天都不说一句话。但他却一刻不闲地忙活着，教堂里所有的杂活他都一点一点打理完成。他是信徒中做早晚祷告最虔诚的，总是站在距离圣像最近的地方。

活佛往事

记得在边境上，当宫嘎活佛将南布神父送的怀表放在眼前仔细打量的时候，他说自己清楚地看到了光阴。他说："时光啊，这漫长无形的东西，竟然被装载到小小的表盘上拖着向前挪移。"活佛觉得南布神父对于把握时光的修为要高于自己，这是洋喇嘛值得尊敬的地方。而那时，我对于宫嘎活佛的说法一直觉得很可笑，因为我也有一块怀表，并未觉得它很神秘。直到后来，宫嘎活佛几乎每次都会拿出怀表测算时间，这时我才明白这个喇嘛对于怀表的看重，实际是对于时间的严谨和珍惜。从那时起，我不再嘲笑他。

说说宫嘎活佛吧。

让我想一下，好像宫嘎活佛的故事也与爱情有关。与阿力玛斯的不同，他的爱情不在大地上，而是在彩云之间。

一直以来，宫嘎活佛的心底有一块隐匿的琥珀。夜很深时，这块琥珀就会一点点跳动，不断搅动活佛本已安静的灵魂。

是的，多年的修为，已经让活佛内心平静如水，那是一片可以容纳天地的净土，能够安详地面对一切。然而这一小块琥珀却偶然会没来由地轻轻撞击，似乎是为了提醒有一种存在。每当这时，活佛就会说："你不愿意停下来，是要跳出我的世界，还是不想我忘记往事？"

"石头啊，往事已不属于我，勿忘不需要提及。"

然后，活佛会把手里的念珠转起，将心灵放进经文里，让自己离开身体，这时，这块琥珀才会逐渐安静下来，停止跳动。

许多年以前，宫嘎活佛还是一个孩子，整天在草原上游戏。那时，他的名字叫乌勒吉。

活佛童年的记忆里总有一段叮当、叮当的驼铃声，有时一个人坐着，他会永远不知不觉地将头转向窗子，让目光伸延出去，在窗外游走，然后转向天空，迎着记忆里飘落的雪花。

那夜，大片的雪花在空中翻飞飘舞，刹那间淹没了天地，冷风卷着雪片拼命向毡房里冲杀，让站在毡房内门帘处的乌勒吉没有勇气走出毡房半步，他一直在寒冷里等待着，终于他依稀听到叮当的驼铃声，然后看见阿爸的骆驼在风雪里探出头来，压在身上的恐惧一下子消失了。

第二天早晨，乌勒吉被毡房外的劈柴声吵醒，他迅速穿上袍子，跑到外面，昨夜的大雪已经停了，只有零星的细小的雪花飘落，落在脸庞上，柔和而湿润。整个草原银装素裹，目极之处，天地一线，远处的高岗已经无法识别，不远处几家毡房的炊烟正袅袅升起。

早上的天气并不寒冷，乌勒吉昂起头，让更多的雪花落在脸上，这时毡房内传来一阵婴儿的哭泣声，乌勒吉闭上眼，感受一个全新的开始。

这飘落的雪花是多么迷人啊，如此优雅，如此纯洁无瑕。这灵魂纯洁的孩子，站在那里，竟不知该如何迈步，唯有感谢佛祖将洁白的雪花恩赐给这里，恩赐的还有毡房里阵阵婴儿的哭泣声。

多年以后，当这段铃声再次在心头响起，乌勒吉忽然顿悟，那铃声带来的并非一个全新的开始，而是一个关于全新的开始的感受，优雅的飘雪，柔和地落在脸上，佛祖是要告诉他，一切都稍纵即逝。

“去看看你的小妹妹吧，是瑞雪将她送来，这是佛祖的恩赐。”阿爸一边说，一边将一块木柴劈成两半。

以后的许多个早晨，不远处牧羊狗叫起来，牧羊人在吆喝声中赶着羊群到草场去，有人在用奶桶打奶，乌勒吉和妹妹就在这些声音中醒来。他们帮着阿妈挤出牛奶，然后把奶煮到奶炉上，他已经教会了妹妹一些简单的工作，如何生火、如何挤奶、怎样煮奶，怎样帮阿爸把羊群圈到围栏里，这时妹妹总是跟在乌勒吉身后，打着下手。他爱身边这个妹妹，他觉得这是上天恩赐给他的礼物，父母不在时，让他能够像英雄一样去保护妹妹，使之不受任何伤害。

天气好的时候，他会领着妹妹翻过不远处的高岗，到河边的道尔吉老爷爷家去。在那儿还有其他几个附近草场上的孩子。道尔吉爷爷会给他们讲故事，教他们古老的蒙古文字，耐心地纠正他们的发音，看着美丽的字符从他们手中画出，教会他们每个人写出自己的名字。

道尔吉是一个很消瘦的老人，总是微笑着，站在毡房前四处张望，等待着每个孩子，让他们坐下来，开始一天的功课。功课结束后，会让他们喝刚煮好的奶茶，这时那些古老的传说和年轻时的见闻会从他嘴里娓娓道来。比如，成吉思汗曾一日内射杀过三只猛虎，老人年轻时爱过一个美丽的姑娘。

然后，他会咧开嘴笑起来，孩子们也笑了。

有时候他会领着孩子们沿着河畔漫步，告诉他们各种植物的名字，有何用途，还有那些草丛间窜出的小动物和昆虫，以及天上的飞鸟。他会说："男孩子长大了就要成为奔驰的骏马和天上的雄鹰，女孩子要变成聪慧的百灵和美丽的彩云。"

在这里，乌勒吉学会了许多文字、聆听了许多传说和见闻，甚至知道了一些关于佛菩萨的事情。

终于有一天，乌勒吉开始学会发问了。他问老人："神灵究竟什么样子，佛菩萨生活在哪里？那些飞鸟冬天为什么要离开草原，飞去了哪里？"

一阵沉默后，老爷爷坦白地对他说："有些事情我也在想，甚至想了许多年也没有明白，比如说佛经里的一些句子，我也理解不了，但有需要的时候，可以咏诵，神灵就会保佑的。有些东西不需要你去理解，只需要记住，佛祖不会让你失望。记住吧，孩子，总有一天，你会明白。"

就这样，乌勒吉一天天长大，妹妹也跟在他身后一起成长。

可是，这世上的一些美好真的就如天上飘落的雪花，稍纵即逝。乌勒吉的父亲身后的驼铃响彻得更清脆时，围栏里的骆驼多了十几峰，父亲手中的牧鞭抽出更多的鞭花时，家里的羊群生出了更多的羔羊。这一切都招惹了魔鬼的嫉妒，它可是看不惯一个牧民的毡包里总是飞出幸福的笑声。魔鬼指示贪婪的佐领抢走了乌勒吉家的骆驼和牛羊。老实的父亲去找佐领理论，却被佐领的爪牙打断了腿脚，回来后没多久就在悲愤中死去了。母亲就像没了伴侣的孤雁，整天地悲鸣哭泣，也终于在一天夜里追随父亲而去。气盛的乌勒吉找出了父亲留给自己的弯刀，这个十几岁的少年在一个漆黑的雪夜里摸到了佐领的家里，将弯刀插进了仇人的肚子里。混乱中逃回到草场上，佐领家的护院狗很快就循着气味来到了乌勒吉毡包前，这个勇敢的少年将妹妹托付给道尔吉老爷爷，放火烧了自家的毡包，就离开了家乡。他流浪到达里湖畔，成了一家大户人家的牧羊人。他让自己的身体隐匿在羊群中。

一天夜里，一朵花开放在他的梦中，那朵花说自己在世间的生命已经凋零，她来同远在异乡的哥哥道别，她要去找父母亲了。醒来后，乌勒吉满脸的泪水，果然在他身边多了一朵凋零的花朵。他知道那是可爱的小妹妹枯萎的身体。从此，这个牧羊人就更沉默了，难挨时，他会拨弄琴弦，让忧伤与思念从胸口缓缓流淌。

那时候的东蒙古草原上，总有许多美丽的云彩在天上荡漾着，缭绕苍穹，悲悯众生，那样纯粹。它们时而化作骏马奔腾，时而是百鸟齐翔，时而是飞天舞蹈，时而是七彩花团。哪里有悲伤了，它们就会轻轻飘过去，抚慰受伤的灵魂；哪里有欢乐了，它们就会相随而舞，人们抬起头，它们会对你微笑，你伸出手就能抚住它们万端柔软的身姿。人们若是倦了，它们会在你头上遮一方阳光，让疲惫流进草丛，即使到了夜晚，它们也会伴在月亮左右，为夜归的人守候。

几年以后，乌勒吉将羊群赶到达里湖边的夏季牧场上，整个夏季，他要在这里喂肥他的羊群。乌勒吉搭好毡房，住了下来，这空旷的天地间，只有满眼绿色，时光就显得太漫长。一段时间以后，没有人说话，人就寂寞了，于是，阿爸留下的马头琴开启了孤独的倾诉。从这年轻牧人喉咙里飘出的长调在辽远里起伏飘荡着，他唱成吉思汗的征战，唱情人的离别，唱敖包前老阿妈的守望，唱草原英雄心爱的姑娘：

我站在高高的敖包旁啊，
等着月亮升起在天上。
啊呵呵哦……
那枣红色的小马驹啊，
带来我心爱的姑娘。
啊呵呵哦……
我要去牵住她的手啊，
却牵住梦里的忧伤。
啊呵呵哦……
我要去流连她的眼波啊，
却看到满眼的泪光！

那歌声太凄美忧伤了，就连没有往事的人听了，都沉浸在梦里昨日的时光中。天上的云聚拢过来，在他头顶上倾听着，云就流下泪来，滴落在年轻的乌勒吉脸上。日子久了，那云里有一位美丽的彩云姑娘就爱上了这个英俊忧伤的年轻人。从此，他们形影不离，这年轻人无论走到哪儿，他头顶上总有一块美丽的彩云在飘。

一些年以后，人们说，那时乌勒吉赶着羊群去牧场就再也没有回来；有人说，在北边的达里湖畔曾见过一个年轻人赶着羊群和天上的彩云舞蹈呢！但这只是传说。

乌勒吉和美丽的彩云姑娘相爱后，被嫉妒彩云的姐妹报告给天上的云母。虽然那时人神共存，互爱和谐，但云母绝不会允许女儿和一个穷牧人相爱，于是，就把这最美丽的彩云发配去了遥远的南方，那里是关山之外，那里是雪山之南。

他们缠绵着难舍难分，彩云说："阿哥啊，我去的地方太遥远了，远得要走出草原、穿过沙漠、翻越高山、跨越大河，怕是我们再也不能相见了啊！想我时，就对着月亮唱歌吧，月光会把你的歌声带给我的，我会在遥远的地方为你流泪，为你祈祷，我将我彩裙的衣角留给你，就是留下了我的心啊，会永远陪伴你。"

负责押解的乌云已经在天上催了，虽然他也不愿拆散这对有情人，怎奈职责在身："快点吧，彩云妹妹。"

乌勒吉悲伤地望着飘向天空的心上人，难过得就要死去了。他拼尽力气大喊着："我会去找你的，我一定要和你在一起。"

这声音太大了，传到了天庭，传到了云母耳朵里，把云母的耳朵震得嗡嗡作响，云母恼怒地将手一挥，彩云姑娘就不见了。

许多个夜晚，乌勒吉都烂醉着躺倒在火堆旁，火堆渐渐灭去，他的身体也像火光一样快要熄灭了。他喝光了所有的酒，让自己麻醉，因为清醒会让他痛不欲生。他太想念心上人了，悲伤让他没有勇气歌唱，他将马头琴扔得远远的。这灵琴强忍着疼痛，也不敢呻吟一声，生怕惊扰了主人，只能在一旁默默地陪着呜咽，直到年轻的牧人睡着了，它才立起身子，拉响自己的琴弦，传诵哀思。天上的月亮看得难过了，就躲进了云里。这时，藏在乌勒吉身上的彩云姑娘的衣角走出来，拽起马头琴，拉出月亮，它自己则幻化成一片美丽的云彩，飘在乌勒吉的头顶，沉醉的人朦胧中感受到了月光的照耀，听到了琴声的召唤，睁开眼睛，看到了飘在头顶上的美丽云彩，于是他放开了歌喉，让思念的歌声飘荡在月光笼罩的草原上。月亮将这歌声融化在光亮里，传到远方，传给了正在行路的彩云姑娘。彩云姑娘听到歌声，眼泪就像河水一样流淌，滋润了脚下干涸的大地。那时地上的人们都看到了这样的奇观：七色彩云飘过来，雨水就温润地落下，天上没有雷声，只有呜咽的低诉，人们呆呆地站在那里，任雨水浇淋，所有雨水滴落的土地都开出了七彩的花朵，那些花朵在风里歌唱舞蹈，就连荒漠也涌出了甘泉。就这样，彩云一路南行，一路泪水，一路忧伤。

忧伤的乌勒吉忘了他的羊群，忘了暖和的毡房，那些饿狼趁机叼走了许多羔羊，他连看都不看一眼，对着马头琴说：“我要去找我的姑娘！”

就这样，有情人踏上了寻找情人的旅途。一路南行，白天他沿着地上开出的会舞蹈的七色花朵找寻。夜晚，在月光下他会拉起马头琴倾诉忧伤。

忧伤的乌勒吉走了许多个日夜，春去冬来，他走出草原、穿过沙漠、翻越高山、跨越大河，终于到了关山之外，雪山之南。他的脚掌磨破了一千次，他的嗓音沙哑了一千回，也没有找到他的心上人。有人说，是因为彩云姑娘一路南行中洒下了太多的泪水，使得本该受干旱的地方得到了甘露，使得应该没有春天的地方开出了花朵，她触犯了天条，被关押在雪山之巅，永远不能脱身。还有人说，天上的云母听说乌勒吉一路南行，执着地寻找心上人，感动了天地，甚至惊动了天上的神灵，于是施加法术将彩云姑娘流放到了大雪山的另一边，那是冲天的神鹰都难以飞跃的地方。

终于有一天，走上雪域高原的乌勒吉耗尽了身上的最后一点力气，倒在了一座寺庙的门前。寺里的喇嘛将他救起，乌勒吉向寺里的活佛诉说了自己的故事。悲悯的喇嘛让乌勒吉安下神来，告诉这个痴情人：“天上的神灵可以同地上的人演绎一段凄美的爱情故事，但永远都不会长久地相守在一起，人就是人，神灵就是神灵，分属两个世界。年轻人，你是幸运的，你前世的修为今世结出善果，让你得到了世上最动人的爱情，让一份纯粹留在心上吧。你想过没有，有些东西，假使你得到了，你怎么保留呢？有时候，保留比获取更难，激情总会落到地上，日子是一天一天挪移的，想想吧。”

气盛情深的乌勒吉怎么会听进喇嘛的劝导，养好精神后，他又要上路了。可是当他走出寺庙山门后，他看到了眼前高耸如云的雪山，身后的喇嘛朝着雪山跪拜下去，乌勒吉第一次看到一颗颗纯净心灵的敬畏与虔诚。他的眼睛循着缭绕着雪山的云朵，看到的是团团似曾相识，有少年的憧憬，家乡的草场，父亲身后的驼铃，还有妹妹顽皮的笑声。这些仿佛触手可摸，可是都又那样虚无，遥不可及。磕头喇嘛说，翻过这座雪山，就是我们神圣的西藏了。

乌勒吉又迈开了自己的脚步，这次他脚下的路更加崎岖。几天以后他翻过了一座雪山垭口，碰到了一个转山的喇嘛，夜里他们在一处篝火旁取暖，开始了他们的对话。

“你在追寻什么？”喇嘛问。

“我在寻找我的爱人。”痴情人回答。

“你呢？”

“我在追随佛祖的脚步。”

“佛祖在哪里？在这茫茫雪山上吗？”

“是的，在这雪山上。”

“那你见过佛祖吗？”

“还没有，我的修为和佛缘还未到。”

“你确定你一定能见到你的佛吗？”痴情人想到自己，开始迟疑了。

“我不知道，但佛祖永远在我心上。”喇嘛干脆地回答。

“可是，我不知道我的爱人在哪里？”痴情人说道，更像是在自语。

“我为你的爱情所感动，相信吧，你的爱人就在你的心上。”

这时痴情人想起了山下寺庙里喇嘛说的话，就问：“如果你见到你的佛以后，你会怎样呢？”

“我不会怎样啊，我还是我，诵经、转山、祈祷、睡觉，只是我的内心会更加平静。”

那天夜里，乌勒吉在梦境里遇到了自己的心上人。彩云姑娘告诉他，不要再找寻自己了，往事已经过去，她现在已经不再被囚禁，但母亲要她去更遥远的地方，为那里带去七彩云霞，让那里单调的天空色彩斑斓。那是她应该做的事情，现在，让她留下的影子在他身边陪伴他吧。

早上醒来，乌勒吉怀里多了一块琥珀，那是转山喇嘛早上临行前留给他的。琥珀里正是心上人彩云姑娘的身形。望着远处的雪山，乌勒吉知道自己不需要再向前移动脚步了。当他走近转山喇嘛睡觉的地方，喇嘛早已经离开。乌勒吉装好琥珀，对着雪峰弹起了琴弦，那是他唱给心上人的最后一首歌。然后，他转过身来回到了山下的寺庙，走进寺庙成了一名喇嘛。几年以后，喇嘛又去了青海的塔尔寺，再后来的某一天清晨，喇嘛从青海一路走到我们河谷，正好来到福荟寺门前。恰逢此时，河谷里福荟寺二世宫嘎活佛即将圆寂时告诉寺里的喇嘛：第二天清晨他的继承者将会叩开寺庙的大门。于是，喇嘛成了我们这里福荟寺的坐床三世宫嘎活佛。

许多年以后，说书艺人将三世宫嘎活佛的故事编进了琴弦里，在草原上传唱。说宫嘎活佛身上总带着一块美丽的琥珀，琥珀里是一朵美丽的云彩，就像一个翩翩起舞的少女，永远那样美丽那样轻盈。所以，宫嘎活佛是最有人情味的活佛。

我同活佛在一次谈经时，问起了活佛这些故事，宫嘎活佛没有回答。他说：“往事已不属于我。”

我看到了一个有血有肉的喇嘛。

第三篇

出　征

驼山弯教堂的南布神父被劫掠走后不久，当地的佐领就给河谷送来了消息。然后，我们也收到了热河都统的督剿信。

当热河都统的督剿信函送到喀喇沁旗王府时，苏德王爷正同宫嘎活佛谈论经卷。父亲看过后，将信函递给了我。

督剿信中大意说："在贵部族的土地上出现了如此的事情，还请苏德王爷早日彻查，洋人的事情还是谨慎为妙，如果王爷处置不甚方便，我将出兵丁剿灭乱匪，求地方安宁。"

看完信后，我说："热河都统要到我们的土地上来。"

父亲说："难道都督也想要将爪子伸到我的土地上刨食不成？"

父亲当即命人回信，大意为："在我喀喇沁部族的土地上，民风朴实、百姓安逸，天上是蓝天白云，地上是牛羊成群，神灵在空中曼舞，佛菩萨在寺庙里护佑众生，偶有匪徒作乱，也定是其他部族地域之匪越境作乱，不劳热河都统大人费心，我部定剿灭之。"

离开鸡冠山南麓的守灵使村后，我又奉父命去了一趟鸡冠山东麓金矿。我带去了美酒和牛羊犒劳采金的矿工，顺便还给金爷侯带去了几坛烈酒。金爷侯的身体还算硬朗，依然能够挺直身子站在高崖处唱歌。他的歌声传得很远，工人们总会回应几句带一点儿情色的歌谣，然后就是工人们兴奋的嗷嗷叫嚷声。金爷侯很会管理，甚至更像是这群矿工的父亲，在他的世界里，有一个"义"字，虽然他整天和工人们搅在一起，但这里每个人都尊敬他。管家曾对苏德王爷说："有金爷侯在，鸡冠山的事情王爷尽可放心。"

矿工们的兴奋只是短暂的，更多的时候都在使劲使着力气，他们努力一点，我们的财富就多一点。我和管家站在堆得如山的矿石堆前，我很难相信这些石头是矿工们一点一点从矿洞里开采出来的，而这些还都不是我们所需要的，这些都只是为了开采金脉而挖掘出的废石而已。在一个把头的带领下，我走进了矿井，沿着巷道向前走出几百米以后，又沿着竖井的升降笼向大地深处纵深几十米，再水平向前，才逐渐到达矿脉开采区。领头矿工在前头举着火把，把头在我身旁拿着油灯，空气稀薄，火苗昏暗，我看到前面正是一条大碗粗细的金脉。金爷侯说："这就是提炼金子的矿石，我们必须沿着矿脉向前采掘，矿脉延伸到哪里，矿工就跟随到哪里。"

我想起我的母亲在梳妆台前慵懒悠闲地把玩首饰时的样子，我第一次同情起这些矿工来。如果我不是王府的少爷，那我会怎样，如果不是这些在黑暗里勤苦劳作的人们，母亲还会有那种贵族的优雅慵懒吗？

但另一个念头随即打断了我的想法："我们天生就是主子，我们的一切都是长生天安排的，是受到佛菩萨护佑的。在我们来到这个世界之前，神灵就把一切都安排好了，每个人，神灵都让他有一个属于他自己的位置。如果这些位置乱了，那么天地也就不再安稳，天不是天、地不是地了，所以我们还有另一个使命，那就是不让任何人找错了自己的位置。"

我的老祖母曾经对我说过："你永远不要把自己想象成穷骨头的样子，那样神灵会注意到你的，会认为你不够高贵。"

于是，我对那些因为我的到来而跪在黑暗里的矿工们说："大家辛苦！"我的声音还显稚嫩，但黑暗和矿洞里的回音很好地掩饰了我的稚嫩和不足。

把头随即大声宣布："大家卖点力气，主子给我们带来了美酒肥羊，晚上伙计们尽情吃喝，可都给我记住了，主子赏的。"

看看吧，我说得没错，把头的话让我坚信每个人都准确地知道自己的位置，都知道自己应该做些什么，该说些什么。

离开金矿时，我顺便带走了金子。我特意问金爷侯："有什么需要？"这个一世传奇的老人摇摇头，望着大山说："什么都不需要，有少爷的烈酒就足够了。"从他的眼神中我能看出他确实不需要任何东西，而有一样东西我却又给不了，那就是自由。我只是一个少爷，可即使我是一个王，恐怕我也不会给。

探子很快回来禀报，说打劫教堂的是一伙来路不明的土匪，他们曾经化装成驼商贩运粮食，为首的骑着黑马，长得阔鼻宽脸，高大威猛。还说沿途百姓店家看见一些人赶着几辆马车一路向东边疾行，住店半夜就起程赶路，应该是越过边境进入了敖汉境内。

我们另一路的眼线给我们报回的消息是一队驼商向鸡冠山方向去了，骆驼身上和车里的货物很重，地上撒下了粮食。沿途未作任何买卖交易。

父亲立刻明白了其中的原委，这个世界上绝不会找出第二个长着阔鼻宽脸，高大威猛，像一头豹子一样的家伙。他对梅林都楞仓说："一定是他，该去会一会你的新朋友了。"都楞仓一听有仗要打，嘴巴就张开了。这个家伙似乎只有到了战场上，话语才会多起来，脑子才会转起来，他是一个打仗的天才。都楞仓的队伍临行前，父亲突然改变了主意，他对我说："你也去吧，你是最后一个见到他的人。"

我感到有些突然，以往剿匪、征战我都是跟随在父亲的身后，现在父亲却要我独自征讨，看来在父亲眼里我已经不是一个孩子了。

我早已经不是一个孩子了，从鸡冠山回到王府后，我急切地见到了戏楼里的小花旦。

我站在戏楼下呆呆地看着台上练戏的她，等到她的裙子转到我的眼前时，我伸出手抓住了她的裙摆。我对阿圆说："在边境上的日子，我很想你，夜里我睡不着，我就起来看天上的月亮，月亮就像你的脸。"

她的脸就红了。

我又说："你就像天上的仙子，比我们草场上的姑娘漂亮。"

她抿着嘴笑："仙子什么样？"

"仙子我在梦里见过，就是你啊。"不知什么时候阿圆的手就在我的手里了，我使劲抓住不放，她就变成一只慌乱的蝴蝶了。

我们蒙古人爱一个人就像一条汹涌的河流，用激扬澎湃的方式表达我们的情感，从不隐晦。如果哪一个小伙子不敢向自己心爱的姑娘表白，那会被别人耻笑的；一个连爱都羞怯的人怎么可能成为一个英雄呢？这样的人我们认为他甚至连一个毡包都撑不起来，更别说整个世界了。

将阿圆的手握在手心里，我觉得自己快要晕倒了。以后每天见不到阿圆都会让我不知所措、心思难挨，心底的火苗都会烧得我眼光迷离。母亲看出了我的心思，对我说："我的儿子长大了，但你是王府的少爷，戏楼那边可不是你去的地方。"

母亲的一句话怎么可能阻止我呢？这种火焰一旦燃烧起来就很难熄灭。戏楼的人每次见到我去，都一律躬身向我请安，然后就走到我的视线之外去了。唯一还在我的视线里晃悠的是班主一声雷，他之所以能够出现在我的视线里是因为他既是王府请来的班主，又是苏德王爷最喜欢的唱花脸的名角儿，苏德王爷喜欢和他谈论戏剧，谈论脸谱；还有就是他是阿圆的舅舅。

雷班主曾经告诫过阿圆不要再和我来往了。他告诉自己的外甥女：“我们只是一个穷苦唱戏的，不会有什么好结果，到头来受伤苦闷的都是自己。”

听到这话时，阿圆就哭了，她的眼泪沁润到我的心里，我看着天上的星星对她说：“我不会让你受到伤害的。”

说这话时，我是那样的年轻。因为我是高贵的扎萨克王府少爷，以至对自己的话语还不需要有任何掂量，任何思考，就可以随口而出。许多年以后，当我在一个我做梦都不会想到的地方见到那人时，才明白，世上很多事情，不是拥有无上的权力就可以左右的，那种悲伤才叫人疼痛。

不久，父亲知道了我经常到燕贻堂去，他没有说什么。或许他心里想用不了多久，我燃烧的火焰就会熄灭的，就会忘了让我燃起火焰的那个人，因为我们的草场上有太多的热情奔放的姑娘，还有，父亲年轻时也曾经这么燃烧过。

但我的火焰丝毫没有熄灭的样子，父亲就对都楞仓说：“你该同少爷出发了。”父亲让我出征还有另一个用意。

我们的队伍直接向东边的边境方向开去，这几年走的都是同一路线，每次我们都能够胜利归来，我想这次也不会太久。所以，临别时，我告诉阿圆，我会在腊月前回来的。

我的几个小厮又都有了新的快枪，这次他们是作为我身边的卫兵出发的，因为父亲给了我一个剿匪队副卫队长头衔。这个头衔意味着我可以在队伍里正当地发号施令，而不是以一个王府少爷的身份。这个头衔对我来说是一个新鲜的东西。

这个世界上存在的东西太多了，所以需要调和。有男人有女人，神灵说让男人说了算吧，于是男人们就骑在马背上纵横四野，女人在家里缝补育儿；有太阳有月亮，神灵说让太阳在白天吧，于是白天那样明亮，夜晚那样柔和；有山林有草场，神灵说山林在高坡，草场在低洼吧，于是我们到山上森林里狩猎，到平坦的草场上放牧。我想这就是丁先生讲的万事需要妥协才能够平稳的结果。他还对我说：“两个人在一起，智慧的人应该学会让步。”

现在我和梅林都楞仓在一起，他是剿匪队长，我是副手，我想我应该让步，于是一路上我从未主动发出过任何指令。

都楞仓说今天队伍宿营在河水右岸，我的马刚好要渡河，我就勒住缰绳对马儿说："明天再走吧！"都楞仓说天要落雨雪，今天不走了，我就会在毡包里一直待着。我的几个小厮不高兴了，说："主子这是怎么了，什么都听那个家伙的。"他们打算教训一下都楞仓。我对他们说："梅林为我部立下了无数战功，是我们的英雄，你们几个才刚出来，枪还没有在战场上放过，不要乱说，向梅林学习吧，如果有一天你们也想当梅林。"言外之意，有一天我会成为王的。几个家伙就呵呵笑起来，互相推搡着说谁能当上梅林，谁就做佐领。

几天以后，我们的信使传来了一个令人振奋的消息，驼山湾的南布神父回到教堂了。都楞仓显得很失落，我则松了一口气。我想，此时王府的父亲也一定已经知道了这个消息。我们的队伍当即停了下来，为此休息了一个整天。这时都楞仓来到了我的帐篷，他说："一路上少爷都以我的命令为准，让奴才感激不尽，现在，神父回到教堂了，我计划我们继续向鸡冠山进发，将盘踞在山里的土匪清剿干净，不能让他们在此长久落脚。"

帐篷外面的天空上又布起了灰色的云，我说："天气真冷，可能要下雪吧，再有几天就到鸡冠山了，可是山上落了大雪这么多人马进山就困难了，土匪躲在树丛里、洞穴中，很难找到，更别说清剿了。"

"可是，不能让这伙土匪久据我部领地啊，杨悦春这个家伙可是一头猛虎啊，时间久了，肯定会聚齐人马，容易作乱啊。"

"你看，我们的鸡冠山金矿遭过这伙土匪的打劫吗？"

"没有。"

"除了粮食，土匪们不会要我们别的东西。一个心中装满仇恨的人，从早到晚都想着仇人的房檐，杨悦春不会在此常驻的。让他过一个安稳的冬天吧。"我说。

"那少爷打算让队伍返回河谷吗？"都楞仓不解地问。

"神父回到教堂了，我们的队伍继续一直向东，到达边界，这样土匪不就被我们赶到敖汉部境内了吗？"

"我以为王爷让少爷出来监督我剿灭杨头领，原来是给我派来一个军师啊。"都楞仓爽朗地笑起来。

我哪里懂得这么多。说实话，我实在不想在这么冷的天气里去钻一座满是雪窝的山林，谁知道哪片树林后正有枪口对着我们呢？况且，杨头领曾经欠我一个人情，还有他的眼神很忧伤。

我们的队伍继续朝着东边前进。我的几个卫兵又只得将枪口对准天上的飞鸟和地上的狍子野兔了，他们的枪法又进步了许多，我们的篝火上总是烤着野物。一路上我们还会放上几炮，好像我们在同土匪交战，沿途的百姓会记下所有他们听到见到的事情，如果有人愿意知道，那我们的目的就达到了。

我们到达边境上后，枪炮声更响亮，传得更远。敖汉部的巴图王爷派木图送来了酒肉犒劳，都楞仓对木图说："一伙活动在边界的散匪，是匪徒的残部，已经被我们打散了，没剩下几个了，请巴图王爷放心吧。"

队伍在边境上驻扎了些日子，我们除了喝酒就是围着篝火跳舞，木图小心地问我："何时返程啊？"

我懒洋洋地说："去问梅林都楞仓吧，我不知道，我还没待够呢。"

都楞仓的回答是得听少爷的，他说何时走，队伍就走。

木图又来到我的帐篷，还带来了很多银子。"少爷要是愿意，就该在青草季节住在这里，现在天气太冷了，我担心少爷，请少爷还是返程吧。"

我知道木图担心的缘由，就说："木图叔叔，你放心吧，我在这里很好。"

"请少爷看在佛祖的分上，我的哥哥已经睡不着了！"

我等的就是木图的这句话。一个人，尤其是一个骄傲的家伙，说出这话时，他的身体就已经贴到地面上的尘埃了，况且他还是一个朝廷封的贝勒。

我看到木图的头发稀少了许多，眼神也暗淡了许多，已经不是原来那个向我们挑战，留下断指的狮子木图了，那时他真是一条残暴的好汉。

"好吧，既然这样，我明天就走，请巴图王爷放心，我们是来追剿残匪的，可不要把我们的好心肝当作烂肠子啊。"

"哪里哪里，喀喇沁部的恩德敖汉部永远记下，永不相忘。"

现在，敖汉部最担心的不是土匪，而是我们又来到边境的队伍。巴图王爷已经没有实力再同我们较量了，只要一声令下，队伍就能跨过河去，一路踏平敖汉王府。我们让敖汉部担心了。

对于银子我没有什么印象，虽然每个人都竭尽全力要得到这个东西，我的父亲也不例外。但我几乎用不着，所以我就把木图送来的银子分给我的几个小厮每人一份，让他们回到河谷带给他们的家人，其余的都给了都楞仓，都楞仓有些受宠若惊。

我早已经想念王府的戏楼了。队伍返程时，当所有人都以为我们会返回到河谷时，我却突然想起已经安全回到驼山湾的南布神父来。我不知道建成的教堂是什么样子，宫嘎活佛曾经去过，回来时他描述了他看到的让他惊讶的东西，他那些话我一直记得。于是我对都楞仓说："我们到驼山湾去一趟吧，看看那里是否还有匪患？”

这次，都楞仓完全同意了我的主意，我不知道是不是银子起了作用。哎呀，我不应该再提银子了，我不应该这样，如果我身边的人都是因为银子才忠心可靠，那是我们的失败。可是这一两年我的这种想法越来越多，丁先生说：“用人者，用心为上。”他的意思是用一个人，就一定要得到那个人的心。

队伍转向驼山湾地区。进入冬天的东蒙古高原寒冷而广袤，西北风呼啸响彻，沙尘中卷起沧桑，几匹开路的骆驼鼻息中呼出缕缕白气，坚定执着。队伍在太阳底下没多久就走到夜晚中去了，我们行进的速度缓慢且慵懒，看来没有人愿意到那个地方去。当地的佐领率部众迎接到很远的地方，我们的旗子飘在风中，显得威武而尊贵，无论谁都不会愿意站在这样的队伍前面阻挡路途，唯一在前面的是迎接的人献上的哈达和美酒。

当我们来到驼山湾教堂时，南布神父早已经等候在教堂的门口。我们的到来无疑被南布神父视为喀喇沁王爷对他的莫大厚待，而我们雄壮的队伍无疑给教堂带来了巨大的殊荣。神父上前拉住我的手，躬身说道：“感谢尊贵的王爷对我们的牵挂，我要为少爷送上最真挚的祝福。”

我有些寒冷，就说：“神父是我们尊贵的朋友，到你的教堂喝碗热茶吧。”

都楞仓告诉神父，我们的队伍刚一出发，土匪就吓破了胆，神父就安全回到教堂了。

南布神父叹息着：“凶险啊，我们一路上眼睛都被蒙着，都不知道上的哪座山，也不知道回来走的哪条路。少爷的队伍厉害啊。”

南布神父以为是我们的震慑使得土匪胆寒，放他下山保全了性命。

我对着教堂里的神像说：“或许是你们的神灵保佑你平安回来。”

“少爷的卫队一样重要！”我喜欢神父说的这句话。

我们在教堂周围驻扎下来，都楞仓命令士兵们白天出去打转，几组人马朝向不同的地方搜索，结果连一个土匪模样的家伙都没有看到。我对神父说：“你的教堂安全了，附近的土匪都逃走了，不会再侵扰你们了。”

天上又落下了一些碎雪，都楞仓说：“少爷，我们该回去了，天气越来越冷了。”

天气越冷，我就越想念王府里的戏楼。

我把原话对神父说了一遍，我看见南布神父的眼眶中充满了感激，就说：“春天的时候，河谷的王府欢迎神父。”

“我要当面向苏德王爷表达我的感谢之情。”神父说这话时真诚地躬身，在胸前画着十字。

我注意到神父身后的一个跛脚人，始终低垂着身体，一句话都没有说过，他或许是个哑巴，他一定经历过沧桑。

河谷里的春天

还未等我开口，父亲就已经知道了一切关于东边边境和驼山湾教堂的事情。一个扎萨克少爷做的任何事情，不用人说，风都会替我吹送的，河谷里早已经传开了。

父亲说："我的儿子长大了，好样的，不愧是我兀良哈家族的子孙。"这算是父亲对我的夸奖吧，我知道这次出征我所做的几个决定得到了父亲的赞赏。

父亲对我的夸奖我并不在意，此刻我只想到戏楼那边去。

显然，如果不是南布神父被山里的土匪放下山，事情就会完全不一样。我们或许不得不同土匪大干一场，冬天在冰雪里进入深山比登天还要难，在寒冷的林间输赢难说。但事情就是这样偶然，我们没费一枪一弹就取得了我们想要的胜利。神父活着，就万事大吉。本来我已经准备好了同杨悦春再次对话，我甚至希望都楞仓能够用好汉对好汉的方式解决问题。说实话，我们无法指望同一个土匪去如何讲道理。这是我的好运气吧。这使我相信了出发前我到福荟寺请宫嘎活佛占卜的结果，他说："天上的雄鹰不用展翅，地上的猎物就到手了，好运在少爷身上。"

果然如此，回到河谷后不久，朝廷皇太后庆祝六旬寿辰，对我部加恩的谕旨到了。我部得到了更多的赏银，父亲加亲王衔，我则赏加辅国公衔。王府上下都在为朝廷的赏赐庆祝，苏德王爷却一脸严肃。他说："内忧外患，朝廷哪还有银子举办寿辰啊。"当然，他说这话时身边只有我和管家，还有丁先生。我不关心父亲的担忧，现在我是朝廷封的辅国公了。

我的父亲是一个严肃的人，这或许与他的身份有关。他是卓索图盟盟长，亲王衔，即使在京城，也是响当当的人物，统辖整个喀喇沁部诸旗，他是这片大地上的王。他很少夸我，见到我也总是问我学文习武的事情。高兴时，会爽朗地大笑，难过时，会诵经饮酒，还有就是吟诗作画来怡情，当然，少不了他喜爱的戏剧。

我先去家庙探视了我的老祖母。她更加衰老了，身体向大地不断倾斜，几乎一整天都待在床上等待迎请她的神灵，或者在经堂里诵经祈祷。她说夜里她做梦了，梦见我骑着骏马回到河谷，果然我就回来了。然后她就开始叨唠起来，我听不太清楚，感觉有股神秘的力量在她身上游动，这让我相信她是有灵通的，她一定经常和神灵来往。侍女们对她都十分敬畏，将她当作一位老神仙。老祖母告诉我，不久她就要走了，这世上她唯一放心不下的人就是我，她说我是她最疼爱的人。这让我的眼泪几乎流了下来，我紧紧地搂着她，这个身体正在干瘪的老太婆几乎毫无生气，就像深秋草场上行将枯萎的草叶。我大声说，“额么格额吉，我也爱你。”老祖母的耳朵聋了，我又大声说了一遍，她笑了，又哭了一样地抽搐了几下，像个孩子一样。

我到福荟寺看望我的朋友和狼护法时，问了宫嘎活佛：“我的老祖母是快要归天了吗？”

活佛说：“老福晋佛缘宽广，会升入天国的。”

“她会死吗？是不是会很痛苦？”

“老福晋一生享尽了荣华富贵，她早已平静如水。”

我第一次感到死亡就在身边。在战场上看到那么多的士兵或者敌人倒在地上，我没有感觉，甚至是激动快意的，我没有感觉到死神的存在。我的老祖母，却让我觉察到死神的无情与冷漠。

老祖母的身体越来越差了，父亲会一整天在家庙里陪着她。我们蒙古人无论什么样的人家，家里有一位老母亲那都是前世修来的福分，家里的成员就像供奉佛菩萨一样敬重老母亲。父亲虽贵为王，但他更是个孝子。他就坐在床前陪着老祖母说话，说他小时候的事情，说我的祖父，说老祖母年轻时的样子，还说到我。有时候他们会从早上一直说到夜里，直到老祖母握着父亲的手睡去。她的脸上仍挂着微笑或者一些混浊。

老祖母的身体不好，苏德王爷的心情就不好。

苏德王爷是一个虔诚的佛教徒，不难理解他对洋宗教的蔑视及对南布神父的冷淡。最近，父亲每日早课诵经更加勤劳，每天月亮还没有落下去，他就起来做早课了。但最近他早课诵经时不再敲打木鱼，而是命令下人跪伏在地上，在头上顶一块铜片，这样敲击时发出的声音更加清脆悦耳。父亲说这会让自己的精神全部集中起来，他要为母亲祈祷。甚至他还让下人剃光头，直接在头上敲打，不一会儿，头血就顺着脸颊流下来。“木鱼”晕倒了，然后是另一个“木鱼”跪下，直到王爷的一通经诵完。他竟然说：“这样诵经才最虔诚。”悲悯的宫嘎活佛听说了这些事，就送来了福荟寺里的一个最好的木鱼，这是一个真正的木鱼。他对父亲说：“王爷啊，这个木鱼是历代坐床活佛用过的，已经加持了诸多喇嘛的法力，声音空灵清脆，会传到很远的地方，佛菩萨一定会听到王爷虔诚的诵经声。”

宫嘎活佛拿来的木鱼使几个下人不再忍受流血敲击之痛了，他真是一个好喇嘛，我替下人们感谢了他。

我听到下人们悄悄地叫我的父亲“残暴王爷”。我没有吱声，咳嗽了两声，下人们就赶紧跪在地上颤抖着身体，我刚要让随从抽他们耳光，可是我看到了他们头上的结疤，就说：“去吧，不要再胡乱说话。”

“不，如果少爷不惩罚我们，我们不会安心的。”

“我不会惩罚你们的。”

“那就请少爷保证吧！”

“好的，我不会。”

这就是这些下人。你宽恕他们时，必须以一个主子的身份向他们承诺，否则，他们会一直跪在那里，他们会一直生活在恐惧中。他们更愿意相信的是一个主子的身份，而不是主子本人。很多时候，身份决定行为。

我也不喜欢父亲把下人的脑袋当木鱼敲。确实残忍。

冬天过去，春天来了，天气暖和起来，但我的老祖母并没有好转的样子。在院子里晒太阳的时候，她会看着天上的太阳发呆，我害怕阳光会刺伤了她的眼睛。当风从她身上吹拂过去时，她才会低下头来，然后就在太阳里睡着了。

我呢，更多的时候都来陪伴老祖母，到戏楼那边去得少了，父亲很高兴我这样做。冬天刚从教堂归来时，我曾每天都要去一次戏楼。那时父亲正为我高兴，没有说什么，倒是班主一声雷，每次远远地看见我来了，就让阿圆开始练戏，我只能站在不远的地方看阿圆舞着像燕子一样的身段在那里旋转清唱。然后乐器声响起来了，我的心情也让这些嘈杂的乐声给搅没了。一声雷这时会走过来，同我谈论戏剧或其他什么，我懒得听，眼睛盯着前面的“燕子”，我对于戏剧没有什么兴趣，不像我的父亲那样痴迷。

还是管家出了一个主意，让我的贴身小厮包印给一声雷拿去了一包银子，过几天又拿去一包。我再去戏楼时，阿圆正在戏房前晾晒衣服，一声雷说：“少爷来了，阿圆陪少爷说话。”

我的心情很好，就带上阿圆出府游玩去了，小厮们远远地陪着。

终于在一个温暖的日子，老祖母在太阳里睡去，然后侍女将她搀扶到床上，她就再也没有醒来。

我看着她睡着的样子，那样安详，就问赶来的活佛："老祖母真的死了吗？她还在做梦吧？"

"老福晋归天了。"活佛平静地说。

"你是活佛，你看见天国来迎请老祖母的金马车了吗？"我问活佛。这一点对于老祖母一直很重要，这些年她一直在期盼，时间长了，也就成了我们所有人的期盼。

"天上众神灵奏着曼妙的音乐，驾着金色马车，将老福晋迎请到西方佛国了。我要为老福晋作一场最隆重的法事。"父亲听到宫嘎活佛这样说，也就松了一口气。

老祖母的道场法事极度地隆重，盟里各旗部主要寺庙的坐床喇嘛都参与进来。在宫嘎活佛的主持下，进行了七七四十九天，才算结束。父亲明显地消瘦了，连年的征战和操劳让他的两鬓出现了霜雪，那是岁月留下的，即使是一个王者也不例外，也无法超越自然。我的心也空落落的，我第一次感到了亲人离别的疼痛，那是一层从心底浮起的薄雾，笼罩在心头，侵袭到身体的每一个部分，让一切无所依托。

丁先生说："人的生老病死，是再自然不过的事情，即使是你们信奉的神灵也无能为力。"

"可是，寺里的喇嘛说佛菩萨诸神灵掌管着世间的一切。我们相信这些，尤其是我的父亲。"我说。

"一个有宗教信仰的民族是值得尊敬的，蒙古人信奉喇嘛教，还有萨满教，但世间的事情还得人们自己解决。"

"你见过我们的萨满巫师吧，你能说明白他身上发生的种种异常吗？"我反问。我们的萨满巫师跳法时会穿起沉重的铁盔甲，轻盈地舞蹈，还会说出连他自己都不知道的莫名奇妙的话语。然后，他会口吐白沫、浑身抽搐瘫倒在地，之后又回到常态。

"在我们汉地，也有神汉巫师，白莲教徒就如此起法请神。这也是他们神秘而值得敬畏的地方，但不能让这些成为主宰。"

"作为王者，更应该相信人们本身，我们使用的枪炮，就是现代人的发明，我知道，即使是喇嘛萨满们的法术也抵挡不住的。”丁先生是在教诲我王者之道。他说的有道理。

现在，我和丁先生的课堂更多的都是以讨论为主。我们会谈论许多事情，包括典籍、宗教、兵法、生息，甚至是爱情都是我们谈论的话题。我喜欢这种方式的教学或者是谈话。就像我们坐在河边，看风吹过河面，将笼罩在河面的烟雾都吹到河岸的树丛中去了。河水那样清澈，能看到河里的水草和游动的鱼儿，它们那样自由惬意，变得清澈的还有我的心里。天上的神灵也一定会为这番场景感动，感动的还有我，丁先生就像我的另一个朋友，那种无话不谈，又坦诚友好的朋友。每次去丁先生家里，我都要给丁先生的家人带上些礼物，我们蒙古人是不会空手走进别人家的房门的，父亲说，跨过一道门槛，就多一份情谊。

驼山湾的南布神父来了。他是听说老福晋归天的消息特意赶来的。上次他来时我记得是老祖母的生日，那次他受到了冷淡。这次不同，王府上下都处在悲伤中，对于每一个前来悼念的人都谈不上热情或者冷落，因为那些人也同样带着一份悲伤而来，是对逝者的一份尊重。南布神父以洋宗教的那套祭奠方式为老祖母进行了祷告，他的神情庄严而肃穆。他说老福晋就像一位欧洲王室的贵妇人，值得每一个人尊重敬仰。然后，他对父亲表示了感谢，他说：“如果没有王爷出兵相救，土匪们是不会放我下山的，我的生命或许此刻早已去天国追随基督了。”他又走到我身边说：“尊贵的少爷，上帝永远保佑你。”好像他永远都只会说这句话。

“我们的佛菩萨会护佑我们的，还是让你的上帝保佑你的教堂吧。”我对神父说。

“自从少爷带兵到教堂进行清剿后，再也看不见土匪的身影了。”南布神父深深地在我面前鞠躬，这让我很诧异，他在父亲面前也只是略微低头而已。

那个跛脚独眼人是随神父一同来的。我们说话时，他远远地站在角落里，我对管家说：“去给神父的随从拿个座椅吧，他看上去很劳累。”

很多人来了，又走了，河谷又恢复了平静。我的心也平静下来。我想，有一天我的父亲，我的母亲，还有我也会离开的。时间这东西没有什么能够阻止。

祖母的离去，让父亲的心灵也平静了。他经常和一些朋友游览王府的后山风景，然后在山上的凉亭里喝酒品茶、吟诗作画，其中一首词父亲刚吟诵出口，我就背下来了，《怀友·忆江南》：

长亭别，叵耐客途难。驿路朝披凉路冷，河桥晚过月光寒，两字问平安。

父亲作词很少，这首词我记得最仔细，吟咏这首词时，他的眼泪下来了。最后一句我想既是写给老祖母的，也是写给父亲自己的。多年以后，我整理父亲的诗稿时，特意对这首词追加了注述。

是啊，“两字问平安”。在这个世事纷乱的岁月里，就连大清朝都风雨飘摇了。丁先生说：“内忧外患、朝廷腐败、列强侵夺、百姓遭殃、国之不国、家之不家。”

那就祈祷佛菩萨的护佑吧，为我们自己，为这片土地上的人，为了山中等待复仇的土匪，为了草场上的牧民，为了种庄稼的客民，为了教堂的神父，还有神父身后满身疲惫的那个人。

河谷的平静也让时间缓慢下来了。炎热过去，天气渐渐凉爽，疼痛也缓慢消失。

这一年，河谷里有我们受朝廷封赏的快乐，也有我们失去亲人的悲伤。当一切都过去时，我又把更多的时间放到戏楼那里了。

戏楼那边发生了一件让父亲烦恼的事情。我们的一些蒙古族演员与京城请来的教戏先生发生了冲突，原因是我们的语言与汉人的语言在发音上总有许多区别。当我们的蒙古演员学习用汉人的语言唱腔念白时，吐字总是没有那种特有的京剧的韵味，一个教戏先生说那个演员笨得就像一头猪，这句话引起了波澜，双方大打出手，结果肯定是人多的蒙古演员占了上风。班主一声雷没有法子，就告诉了管家，管家找到双方打斗者，要求每人上缴罚银。教戏学戏的都是穷苦人出身，你见过一个殷实人家的孩子学戏吗？不会有的，所以一点银钱也是要命的，结果双方都不缴银子。阿圆将这事说给我听之后，我就让小厮替他们把银子缴了上去。结果，父亲来戏楼观看排练戏剧时，班主一声雷同父亲说了这件事。一声雷原本是要对我表示感谢的，想要在父亲面前赞扬我对下人们的仁爱之心。父亲听后，当真生气了，把我叫到了面前，严厉地说：“下人们的事情，有管家处理，你不要随便参与。你是主子，是朝廷封的辅国公，要有一个当主子的气派和身份，戏楼那边都是些伶人戏匠，不是你应该去的地方。以后，没我的指令，你就不要去了。我到那里，是看戏论剧，不是看人。况且，我们的银子不是随便就施舍给别人的。有些事情一旦成为习惯，一旦你不给银子了，下人们就会因为银子记恨你。”

父亲的训斥让我很难过，他很久没有对我如此严厉了。他还在话里点到了不要看人的意思，我知道，他指的是我去找阿圆的事情。我的脸红了，记得去年出兵剿匪时，父亲就曾为了阻止我，派我随都楞仓出征。他是不想王府里出现什么丑闻。

如果一个王府的少爷同一个戏子成天厮混在一起，丢脸的是王府里的王爷。

父亲说："以后，没有事情的时候，你就陪着我一起参禅听经吧。"每日参禅是父亲的必需修养，或者诵经祈祷，或者同喇嘛谈经，或者游历山水，怡情养性。

现在，我的父亲堵死了我去往戏楼的路途。他既是我的父亲，也是这里的王者，他的话，没有人不服从。

可是，我已经长大了，我应该自己选择一些东西。

从父亲那里出来后，我带上那几个贴身的家伙，到草场上去了。我使劲抽打着马匹，飞一般地冲在前面。我想要甩掉一切阻止我向前的东西，风在我耳边响起。直到河边，我跳下马来，躺在大地上，望着天上的云朵，它们是那样自由，无拘无束地在天上曼舞，和风一起潇洒地飘移着。我不知道此刻我的老祖母在天上做些什么。我对小厮们说："我想要到云端里去，那里是多么轻盈啊。"

"主子，你这是怎么了。"他们看出了我的烦恼。但我怎么可能对这几个每天只知道开枪打架的家伙说呢？虽然他们是我身边的人，此时，距离我却是那么遥远。

成 婚

我爱一个人，我会给她采来最美丽的花朵；

我爱一个人，我会给她我纯洁的心；

我爱一个人，我会让她骑上我的骏马；

我爱一个人，我用一生守着她，为她歌唱为她弹琴。

那些草原上的歌手整天唱着情歌游荡在漠南蒙古草原上。从一处草场到一处山林，从一处河岸到一处荒漠，用手中的琴弦拉奏着动人的音符，给每一颗多情的心一份激荡。是啊，谁不愿意和自己心爱的人一起骑上骏马在大地上嬉戏奔驰呢？谁不愿意握着爱人的手躺在青草里一起看天上的云朵呢？

父亲到京城值班时，给我定了一门亲事，是一门权贵之间的联姻。这种亲事在我们这些蒙古贵族和满族贵族中是经常的事情。一般由朝廷的皇帝做主，现在做主的是皇太后。她问我的父亲："你儿子该到了婚配的年纪了吧？我做主，给你定一门亲事吧。"父亲就赶紧跪谢。

她是京城一个亲王的女儿，我没有见过她，不爱她，也不想知道她的名字。

父亲从京城回来后，对我说了这件事。那晚我喝醉了，几个小厮陪着我在王府的花园里唱了一夜的歌，弹了一夜的琴。父亲派管家远远地跟着我，他告诉管家："让少爷闹去吧，闹过了也就好了。"

第二天早上，母亲来了。我躺在床上刚刚睡去，迷迷糊糊地听见母亲说："我的儿啊，婚姻本来就是这样，普通的人家过日子，宅门人家过权势。我和你的父王开始也不认识，从京城到蒙古我哭了一路，有了你，现在也很好，你的父亲也很好，我爱你的父亲。"

我闭着眼睛听着母亲的叨唠，心里却难过得要死，我想着戏楼那边的人。但很快我就沉睡过去了，我做了一个梦，梦中我正同一个女子在河边戏水，天上下起雨来，水草长长地漂浮在水面上，向我伸展过来，我被水草缠住了，向水中拖去。我害怕地挣扎着，那个女子就在那里哭泣，却被困住了一样，无法伸出手来拉我一把。忽然一只大鸟飞过来，一下把我抓住飞到河岸上，我总算喘过一口气。当我从噩梦中醒来时，汗水已经湿透了我的衣服。我睁开眼睛一看，善通寺的门巴喇嘛正用松枝在我身上轻拂着，不时用手向我身上喷洒着清水，口中念念有词。

原来，母亲在我身边说着话，看我一点都不理会，用手一摸我的额头，热得烫手，就赶紧请来了寺里的门巴喇嘛，喇嘛说我是受了邪风侵袭，心里起急，火就上来了。

我躺在柔软的床上，望着身边的人。我看着父亲母亲那关切的眼神，他们是爱我的亲人，还有管家，他是忠实的仆人。我忽然感觉他们都很陌生。不想看他们，我的目光转到了头顶上面的天花板，那里有一幅画，画中一个老神仙正在树下听风，身边的童子在捉一只蝴蝶，是那样惬意自然。此时，我是多么希望我也能够到那幅画里面去，再也不出来了。那怎么可能呢？父亲叹息着出去了，我不知道他在叹息什么。老祖母曾经告诉过我，父亲年轻时曾爱过一个牧民家的姑娘，后来他的父亲给他定了一门亲事，同我一样的亲事，也是一场政治上的联姻，我不知道他那时是怎样过来的，或许他也同我现在一样难过，从他的叹息声中，依稀能够感觉到往日的情景。

以前，我不明白，为什么我们家族中的许多女人都来自遥远的京城，都来自皇家。现在，我懂了，因为现实即将发生在我身上。

我找到丁先生，说:“我打算带着阿圆离开，离开这个让我难过的河谷，再也不回来了，那样我就能像天上的飞鸟一样自由。”丁先生没有立刻回答我，而是先问了我一个问题。他问我:“你爱这片河谷吗？你爱你的父母亲吗？”这个答案不用迟疑，我当然爱生养我的父母和滋养我的河谷了。

丁先生说:“那你就不能离开，因为那样会给你的家人带来灾祸，甚至会给河谷带来杀戮。”

我知道丁先生的意思，朝廷定下的婚姻，是皇恩浩荡，是无上的赏赐，我的家族必须接受，我必须接受。否则我们就会失去身上的所有的尊贵光环和权势爵位，甚至性命。

我生命里第一次开始接受不愿意接受的东西。

雨季之前，送亲的队伍来了。我们走出去很远的地方迎接，就像我们出去巡视领地时我们的佐领头人率众迎接我们一样热烈而隆重。我想，我们迎接的该是我一生的苦痛，可是，我还是站在了应该站在的地方。这一刻，我长大了。

成亲的那天夜里，天上的月亮很圆，满院子都是红色的光晕。云层像薄雾一样在夜空里穿梭。宫嘎活佛说："少爷好福气，天地作美，成就一段好姻缘。"我想，活佛也有犯错的时候，现在他就糊涂了。

有风从戏楼那边传过来，隐约带来了清脆的戏音，那是花旦的唱腔。我不知道是谁唱的，那婉转的声音落在我的心底，久久挥之不去。

下人们都出去了，新房里只剩下了我们两个陌生人——我和我的新婚妻子。我说："你睡吧，我想读一会书。"我就在灯下随便拿出一本书读起来，可是我一个字都没看清。不一会她那边传来了低低的哭泣声，我说你不要哭，不吉利，再哭我就到外面去了。她抬起头来，对我说："我不认识你，也不愿意离开京城，到这塞北寒地，但从今以后我是你的妻子。"我抬眼看去，一个漂亮的新娘，楚楚可怜，我的心动了一下。

没过多久，我的母亲就开始经常来到我的房间。我知道母亲是担心我们的生活，她怕我冷落了我的新娘，母亲就经常陪着我的新娘说话。她们论辈分是表姑侄，她们说一些京城的事情，说一些贵族之间的趣事，还说我。渐渐地，新娘脸上有了一点儿笑容，我依然冷落她。

我偷偷到戏楼那边去了几次。那里的那个人同样是满面的泪水。一声雷求我不要再到这边来了，他说："从一开始就没有结果的事情，现在已经结束了。"我给了他一巴掌，他就躲到角落里叹息去了。过一会儿，他又说是为了少爷，也为了阿圆，还有是为了戏班。他说的是真心话。

那些日子，白天我会像一只流浪狗一样四处游荡，夜晚我则一句话也不说独自睡去。管家对我说："少爷啊，你不要这副样子，奴才看了心里也不好受。"

我说："什么样子，像一条狗吗？"

管家就用手去抹他的眼睛："少爷，你折杀奴才了。"

没过多久，我的故事就在下人中间传开了，有人说我不是一个男人，没长男人的东西。有人说我中了邪，精气神被魔鬼取走了。我的几个小厮也听到了这样的传言，他们显得比我还要难过，拿出枪一定要找出传闲话的舌头。那些日子他们脸上充满了杀气，仿佛身边的每一个人都与他们结下仇怨一样。我告诉他们不要生事，他们就跺着脚嚷嚷："少爷真的被魔鬼算计了。"

几个月过去了，我的身体已经瘦弱得像一个吃不到粮食的乞丐，我的眼睛甚至凸出了眼眶，样子很吓人。母亲开始哭泣，父亲则一言不发。

终于有一天管家来到我身边，悄悄对我说："少爷，奴才有事，想请你出去一趟。"我正烦闷着，就同他出了府门，我们骑马来到了河畔的一个村落里，推门进了一处院子，这是一所不大但却清净的院落，管家让我推门进屋，里面赫然正坐着我的阿圆。

我的管家做了一件我想过但却没有勇气去做的事情。他把阿圆从戏班里带出来，同一声雷约定好就说王府让她从戏班离开，归乡自谋生活了。然后买下了这座宅子，将阿圆安顿下来。以后我就可以常来这里，不用在王府里招人耳目。

我问道："父王知道吗？"

"不知道！"管家回答。

"没有事先征得父王同意，你闯大祸了。"

"将来他会知道的。"

"你不怕父王惩罚你？"

"我不怕，我跟随王爷许多年了，我从未做过不忠于王爷的事情。我看不了少爷苦闷啊。"

后来，管家将自己绑起来向苏德王爷请罪。父亲沉默了半天，惩罚了管家，管家挨了一顿鞭子，行刑人抽打管家的时候我就在跟前，鞭子每抽打在管家身上一次，我心里的感激就增加一分。

时间总是能够改变很多东西。即使我冷漠如冰，我的妻子也对我充满笑意，她总是柔声地同我讲话，好像我们之间从未有任何嫌隙。我知道，她在一点一点等待着我。她越是对我温柔，我越是表现得冷漠刻板，可我的内心里却更加难受。我的愧疚让我难挨，她是无辜的，不应该在人生最美好的年纪承受无爱的折磨。而我若然让一朵美丽的花朵在我的手里凋零，那是神灵都不愿意看到的，那是我的罪恶。

那天早上我早早醒来，她还在睡着，脸朝向我的方向，一只手放在我的身体上。看着她娇美的样子，我觉得她很可怜，我轻轻抚摩起她的脸颊来，这个熟睡的女子就是我的妻子啊。她将脸靠在我的身上，头发抚弄在我的脸上。一股柔和的东西在我的身体里涌动，水流越来越大，终于像洪水一样暴发了。我翻身骑在她的身上。她并没有睁开眼睛，而是在睡梦中迎合着我，当我终于找到源头时，一股火焰一下冲出我的身体，使我身体那样轻盈地飘浮起来。

我紧紧地搂着她，眼泪就流出来了。我不知道这是爱的泪水，还是愧疚，或者是她的温柔美丽打动了我的心，将我身体里的冰融化。

我带着她走出了房间，在外面的院子里，在太阳底下，母亲看到了这一切，就说："多好的天气啊。"

或许，我爱上我的妻子了，或许这只是爱情之外的另一种情感，或许，我该和她到王府外面去走走。

我带着我的妻子在草场上学习骑马，到寺庙里去祈福拜佛，在河岸边听歌舞蹈。这河谷里的一切，正随着我们愈来愈浓的快乐丰满起来。

我很长时间都没有到王府外面的那座宅子里去了。有一天我的小厮包印告诉我，宅子里的那人说想我了。我忽然觉得心里很空，另外一股愧疚趁机流进来，我是爱着外面宅子里那个人的，可我为什么又是如此地漫不经心，是我薄情吗？这段时间我将心思都放在我的妻子身上了，是我不对吗？一个人爱自己爱的人不对吗？一个人爱自己的妻子不对吗？我想，这是一个连寺里的活佛都无法说清的问题。既然说不清，就不要浪费脑子了。

我同包印来到那座清净的宅子里，阿圆早已经准备好了一些茶点。我握住她的手说道："这些天冷落你了，我在府里陪着我的妻子。"这算是我应该说的话吗？可我在我爱的人面前不会说谎，也不想说谎。

"陪着你的妻子是对的！"阿圆轻声说，接下来就是一阵沉默。我端起了酒杯说："我们喝一点酒吧。"这算是我的回答。

我们蒙古人高兴的时候，喝酒；悲伤的时候，也喝酒。我们会从早上太阳升起时，一直喝到月亮落下。我们一边拉琴，一边倾诉，一边唱歌，一边舞蹈，一边喝酒，一边流泪。我心中的空隙越来越大，我不知道是因为我的妻子和阿圆的原因，还是我自己的原因。如果有一杆秤，我现在已经不知道该把秤砣放在哪个位置上，才能让这杆秤平衡起来。

丁先生说："爱情和责任，没有对错，少爷自己选择。"

我该怎么选择？我该怎么选择？

我不愿意看到女人的泪水，我就带上我的小厮们到外面喝酒去。我们来到草场上，随便找到一个毡包前的篝火就坐下来。我说你们不要把我当作王府里的少爷，但人们还是跪了下去。我说喝酒，几碗酒下去以后，我就唱起歌来，我就跳起舞来，我就不是王府的少爷了。人们唱起歌来，跳起舞来，他们也就不把我当成王府的少爷了。篝火旁的每个人都受到了我的感染，我感觉好像每个人都是一边喝酒，一边流泪，每个人的心头都是往日的快乐与忧伤，都是今天的倾诉与宣泄。一个老人家拉着我的手，给我讲起他年轻时的故事，他说那时他是一个勇敢的家伙，他爱上了一个佐领的女儿，在一个喝酒唱歌的夜晚，他仗着酒胆勾引出那个姑娘，在河畔和她做了那事。佐领知道后，就把他吊在了树上，在树上他一想起姑娘的酥软洁白的身体，就笑个没完，皮鞭抽在他身上也不会觉得疼痛。佐领以为他疯了，就将他放了回去。他刚获得自由，就悄悄溜进佐领女儿的房间，带着佐领的女儿跑到我们的领地上来了。时间很快，一下子就是几十年，现在他的孩子又生了孩子。他曾经跟随我的父亲入关作战，每次受伤，都会想起佐领将他吊在树上，抽打他时他想那事的样子，他的伤口就好了。

我羡慕地看着这个老家伙，火光映衬着他一生饱经风霜的脸庞，被酒涨得通红。一份爱情让这个老人受用了一生，他是天底下最幸运的人了。可无论怎样，他是一个穷百姓，而我是一个贵族，一个头上顶着辅国公头衔的扎萨克少爷，我不应该更幸运一点吗？

我看着眼前舞蹈唱歌的人们，我的心被许多疑问充满，喝下的酒也就溢了出来，几只野狗赶紧跑来舔舐。我解开裤子，对着那几只家伙撒尿，包印说："少爷喝多了，对着狗撒尿呢。"我是尊贵的少爷，还从来没有对着几只狗撒过尿呢！

我问包印："你说，我算是幸运的人吗？"

包印也喝多了，看着夜空发呆："少爷啊，天上只有一个月亮，围绕他的有无数颗星星，你要是愿意，整个领地上的姑娘都是你的，要是少爷用不过来，就赏给我们弟兄们几个。"这家伙喝得舌头都大了，说完这话，就倒在地上睡着了。

也许是吧，我是这片领地上的少爷，可以要许多姑娘，应该至少拥有一份爱情。可是，在同丁先生讨论时，他说："爱永远不会圆满。"那时我不明白，现在也不想明白。我开始讨厌丁先生，他总是说出许多我不愿意听到的话，让我烦恼。

父亲也一样烦恼，他看到我同妻子拉着手，给他请安时，他对管家说："得想个长久之策。"

长久之策又是什么呢？有些事情只有我自己才能解决。

一个阳光明媚的早上，我鼓足勇气对我的妻子说："今天天气不错，我带你去一个地方，那里能听到你喜爱的京剧。"

"府里燕贻堂不是有戏班吗？"妻子很不解地问。

"那里没有最好的花旦！"我说，"是的，那个唱得最好的花旦已经不在戏班了。"

我们来到阿圆居住的宅院里，我故作大方地对阿圆说：“这是我的妻子。”

阿圆行礼见面。

我又说：“我的妻子喜欢京剧，你可以唱一段吗？”

阿圆就清唱起来，眼睛却看着我。她的嗓音依然是那样婉转清脆、韵味十足。她唱着唱着，眼泪就下来了，眼睛还在我的身上，我的心也要碎了。我就说：“唱词悲切，我入戏了，我的眼睛都有些湿润了呢。我们还是喝茶吧。”

阿圆端上两杯茶，一杯给了我的妻子，另一杯快要递到我手里时却掉在了地上。茶杯碎了，溅得满地都是。她说：“正好，给夫人的是今年的新茶，溅在地上的是去年的陈茶。”

我明白阿圆的意思，羞愧地低下头去，没有吱声。我不敢再看阿圆的眼神了。

我的妻子细细地喝了一口茶，赞美阿圆的唱腔如何的好听，然后就称赞她的美丽，最后说：“新茶陈茶都能喝的，就看喝茶的人的喜好。”

我们终于走出了那座院子，我一直低着头，倒是我的妻子和阿圆和善地道别：“哪天我们再来打扰，你唱得真好。”

我本来想要告诉我的妻子我和阿圆的事情，我把她带到这里，是怀着一股勇气与希望的，希望能够得到她的理解与许可。但我可能错了，因为我看到阿圆哀怨的眼神，勇气就没有了。一个女人会同意自己的丈夫有另一个女人吗？不可能。

回来的路上，我们都沉默着。快到王府时，我的妻子说：“我知道你为何带我到那里去，看得出那个姑娘有多么爱你，我知道你心里是怎么想的，她的眼睛告诉了我一切，那杯茶掉在地上，很可惜。”

我依然沉默，我不想说话了，我为自己的愚蠢后悔。

没过多久，我的妻子对我说她想到阿圆那里去喝茶。

“不要去了，府里的茶更好。”我说。

“你不想去吗？”我的妻子反问我。

我们又到了那座宅院里，我一直没有说话，阿圆这次没有将给我的茶弄到地上，她说：“夫人喜欢，就常来喝吧。”

我的妻子透过窗子，看着院里叶子已经泛黄的榆梅树，忽然对阿圆说：“搬到府里来住吧，一个人在这里，太寂寞了。”

这回轮到阿圆手里的茶杯掉在地上了，然后，她就哭了，泪水就像秋雨一样，哀怨迷醉。

那天晚上，我又喝醉了。这次不是因为难过，而是因为高兴。我又找到草场上的那个老家伙，当他也喝多时，又对我讲起了他的故事。我对他说："我的伤口也好了，老家伙，天下不是只有你的运气那么好。"

河风轻吹，人们弹琴歌唱，夜色清凉。

阿圆回到王府里，住到了同我的妻子对着的跨院里。

水中的月亮

京城的李掌柜又来到了河谷。时光荏苒，他的鬓角也同父亲一样染上了霜尘。这次他并没有给我们带来什么惊喜，带来的只有悲伤。他的身后，是我的那个朋友，当我们紧紧拥抱的时候，我感受到了他身上有一股疼痛正从身体里散发出来，我没有说什么，轻轻地在他背上拍了拍。在欢迎老朋友的晚宴上，我的父亲唱起了一首古老的歌谣。我记得他很久没有唱歌了，那还是我们在同敖汉部的黄金之战胜利后，在回来的路上，在月亮底下，我们听到了父亲的歌声。现在，他的歌声比那时有了更多的沧桑。

除了喝酒，绸缎商几乎很少说话，他不断地将碗里的酒倒进喉咙里去。父亲除了那首歌，也几乎一言不发，只是喝酒。几个助兴的数来宝演员的表演并没有使气氛变得轻快起来。几个演员以为是自己表演得不好，恐慌地退下去了。琴师拉响了马头琴，宴会上就弥漫开了那琴声特有的忧伤。不知是谁先流下了眼泪，也不知是谁先低声开启了记忆的闸门，我看见绸缎商、我的父亲、我的朋友景成，还有管家、梅林都楞仓，还有其他贵族，甚至宫嘎活佛都流下了泪水。看看吧，这些人，真是没出息啊，是什么事情让他们如此伤悲？京城的客人来时就带着悲伤，我们这些蒙古人，也不问一下别人为何流泪，就各自因为自己而流泪。我们倾诉的方式是多么有意思啊，谁也不问谁，谁也不打断谁，端起酒碗，一饮而尽。或许这就是我们蒙古人吧，想着自己的故事，掺和着别人的忧伤。此时，没有必要去问为什么？一切都尽在不言中。父亲醉着向后躺倒了，父亲的朋友也终于斜卧在那里，我的朋友步履蹒跚地走到了外面的月光里去了。看到这些我眨了眨眼睛，一股咸咸的东西流进我的嘴里，原来我也流泪了。我不知道为何而流，我想起了我的老祖母，我爱的人，还有我父亲鬓角的霜尘，或许还有一些往事，可是，我还真的没有什么往事啊。

我也走进院子里的月光中，陪着我的朋友走出王府，穿过广场，来到十三敖包前面的河畔，我的朋友给我讲了他的故事。

他的声音很低，就像是河水轻流。他说他的女孩子就像是天上的月亮时，我立刻想到了阿圆，现在我知道一个人美丽，该有多美！他又说他的美玉碎了，我知道他的心有多疼！

他说话时，我没有打断他，我只是一边听着，一边看河水中月亮的倒影。

然后，他就不再说话了！不知道什么时候，我们静默地走回到王府里，此时月亮已经西斜了！

后来，我听管家告诉我，我的朋友因为他爱的人杀了人，秋天时，绸缎商用银子买通了衙门，用一个将死的囚犯顶替了他！所以，他来到了蒙古草原。管家什么都知道。

朋友的事情，让我难过，可我什么也帮不上，只能陪着他。

我的朋友一直不说话。到了夜晚，整个河谷都沉静下来，他就到河岸边呆呆地望着水中的月亮。我怕有什么闪失，就派人在他身后跟随着。有时我来到他身边，月亮在水中随微风起伏荡漾。我说："水中的月亮比天上的还要美丽，可无论如何，它都是影子，真实的在天上，我们永远都摸不到的。"

"不，她就在那儿！"我的朋友对着水面说。

"有些事情即使疼痛，也要放下，月亮的光泽永远也无法驱走你心头的寒冷。"我在我朋友的身边坐下来。我不知道该对他说些什么，好像我什么都懂一样。

过了许久，他说："回去吧。"

我说："我们还年轻，还有很多梦去做。"我想要告诉他找一个草原上的姑娘吧，或许，那热情奔放会让你忘了忧伤。但我没有说，这个时候我说不出来。夜深了，我感到了阵阵凉意，秋天很深了，河面上偶尔还会有几只水鸟掠过，或许再过些日子，它们就该去温暖的南方了。

时间这个东西在我们身上留下的印记是多么的不同啊。

绸缎商要离开河谷了。他说京城家里都很焦急，生意还得打理，儿子就留在草原上。苏德王爷给景成起了一个蒙古名字，叫作霍斯。

绸缎商给父亲深深地鞠了一躬，就坐进轿车向远方而去。几天以后，送行的人回来了，顺便带回了一封李掌柜在半路上写给父亲的信。信里说时逢乱世，家里遭此变故，为保犬子性命，将其托付给王爷，恩不言谢云云。

父亲带着霍斯去了一次寺庙。回到王府里，正式收霍斯为义子。父亲说："孩子，你是一个勇敢的人，过去的就让它过去，一切重新开始吧。以后，这里就是你的家了。"

父亲又说："现在，霍斯是我的儿子了。"

多出了一个哥哥，我很高兴，觉得自己不再孤单。

霍斯在河谷里住下来以后，父亲担心远离亲人，他会憋闷生出病来，就让我陪着他。我也无事可做，总不能整天围在女人身边。正是围猎的季节，我就带上几个小厮陪着他到森林里去了。我们一走就是许多天，白天我们在树丛里寻找猎物，夜晚我们在篝火旁边喝酒唱歌，霍斯的话终于渐渐多起来，但一仰头看到天上的月亮，他就开始沉默。所以，到了月圆的时候我就带他到牧场上去，那里有更多的人，有更多的热闹。有一天夜里我们喝了很多酒，我告诉小厮将一个姑娘送进霍斯的毡包。那天夜里我听到了我的朋友发出像狼一样的叫声，还有姑娘像母兽般的呻吟声。我知道，压抑开始宣泄，那是把对一个姑娘深切的爱倾诉在另一个人的身上。接下来几天，每天夜里那个姑娘都会走进他的毡包，最后他的毡包里传出了姑娘的欢笑声。

我对包印说："阻塞水源的淤泥疏通后，清泉就会流出来，这个家伙没事了。"

我们穿过几片森林，转了几个牧场以后，霍斯已经学会了我们的几首古老的歌曲，开始用枪瞄准猎物，也像我一样在马上舞蹈。此时，我也开始想我的女人了。

野外自由的风和阳光将霍斯的脸色变得同我们一样。回到河谷以后，父亲说："霍斯，你已经是一个蒙古汉子了，男人的脸色本来就不应该是白色的，那是娘们儿的颜色。"这句话，把我们都逗笑了，霍斯也笑起来。他对父亲说："尊敬的父王，让我做一点儿事情吧。"

河谷里有什么事情可以做呢？这两年我们的领地上太安静了。父亲看着霍斯刚刚换在身上的绸缎长衫，说道："绸缎，开一间绸缎庄吧。"

父亲将这个打算送信去了京城，同时让管家到赤峰城里去找一个好的店铺。管家把一切都安排好之后，从京城运来的绸缎也到了。绸缎庄开张那天父亲亲自书写了绸缎庄的牌匾，取名叫"瑞和绸缎庄"。父亲说："赔了，算王府的；赚了，你自己留一半。"其他旗部和附近的达官贵族们都来捧场，父亲给大家介绍了绸布庄的掌柜霍斯，并告诉前来的贵族们，这是他义子开的店铺，今后有需要绸缎的，尽管来拿。谁都清楚，哪个人能空手来拿呢？

霍斯兴奋地里外忙碌着，这是我们东蒙古草原上最大的一家绸缎庄，也是我的兄弟的第一份事业。那天夜里，乌兰哈达厅的主事宴请了父亲，他感谢苏德王爷又在这赤峰街上资助开了一家买卖，给这座小城增加了福气与繁华。这些客套话我没有兴趣去听，却看到了管家和主事说什么一同发财之类的话。我想这可能又是关于银子的事情吧。

我不喜欢这些事，就同霍斯回到店铺里，新雇的伙计们正在清整货物布匹。霍斯摸着光滑的绸缎说："我从小就生活在绸缎里，我不喜欢这些光滑的东西，我的父亲说绸缎就是我们的一切，我看不起他同那些穿绸缎的商人，他们眼里只有绸缎和银子。现在想想，真是命中注定啊。"

我说："我说不上是否喜欢绸缎，但我们注定就是要穿绸缎的，因为我们是上等人，这些绸缎给我们带来了福气。"

准备返回河谷时，霍斯跪在地上给父亲磕头送别。父亲扶起他说："年轻人，这里是你策马驰骋的地方。"

霍斯在赤峰街上的绸缎庄开得有声有色，他的父亲从京城给他雇用来了一位精明的管账先生。没多久，如何走账，进出布匹，用度开支，霍斯都弄得井井有条。管家说他真是个经商的天才。

一年以后，霍斯又在秋天回到了河谷。这次回来，他还带回了银子和账目。他对父亲说："我将赚的银子都带了回来。"父亲说："我的孩子，这些银子你留着吧，一切刚刚开始，以后你的买卖会越做越大的，你用银子的地方还多着呢！"我第一次看到我的父亲苏德王爷将眼前的银子推出去。霍斯这次回来的目的还有另一个，他详细地告诉父亲赤峰街上的买卖情形。他说现在在他的绸缎庄的旁边，已经有外国商人开的商铺。他们经营皮毛和药材，利润丰厚，比经营绸缎布匹赚的银子更多，他打算也开一家商号，经营毛皮和药材，来往于京城与蒙古。正好将绸缎布匹从京城运到蒙古，再将毛皮和药材营运到京城，一来一去，双倍利益。

父亲拍着霍斯的肩膀说："好小子，有你的，去干吧。"

霍斯带着管家离开了河谷，没多久我们的大荣商号也在赤峰街上开业了。这次父亲没有去，作为代表，我参加了开业仪式。我忽然觉得，我的时间太多了，我甚至不知道做什么才好。于是我就在霍斯的商号住了下来，我对霍斯说："我想知道在这里生活是什么样子？"其实，这座城我并不陌生，我们经常在春秋两个季节到这里来采购游逛，我同管家就来过许多次。可我都没有什么真正的印象，只是觉得这里比河谷里热闹一些，比河谷里的商铺多一些，但和京城相比就太小了，所以我并不愿意留下很深的印象。

在这里我遇到了一个人，第一次在街上遇到他的情形，我永远都不会忘记。

这个人是我的叔叔，也是我的教父。

在我们这里，一直有一个习俗，那就是很多人家的家里都会将其中的一个孩子从小就送到寺庙里。那些穷苦人家是这样，我们这些贵族也经常如此。我的祖父还年轻的时候，一次作战负伤，寺里的喇嘛说要将一个孩子送到寺庙里，才能够保佑家族昌盛繁荣，领地平安富足。就这样，我的祖父将他的小儿子送进了寺庙，当了一名喇嘛。祖父死后，我的父亲继承了爵位，我的叔叔依旧没有还俗，他在善通寺里做了一名堪布上师，人称二爷喇嘛。他很少到王府里来，祖母离去时他曾经回来住了一段时间，作了几场法事，然后就回到寺庙里去了。这些年，我的父亲同我的叔叔并不亲近。有一次我曾听宫嘎活佛同父亲谈起，他说："二爷喇嘛有暴戾之相。"

这是一个喇嘛在搬弄另一个喇嘛的是非，尊贵的活佛在离间两个兄弟的情感。我很不喜欢宫嘎喇嘛说的话，以致很长时间都没有理他。

我看到我的叔叔在两个随从的陪同下匆匆走进了一个胡同里。他们没有穿僧袍。我有些好奇，想要打个招呼，就跟随而至，他们走进了一个宅院的后门，消失了。我告诉包印守在这里，打听一下，傍晚他回来告诉我，堪布上师进的地方是一处吸食鸦片的烟馆。胡同的尽头是烟馆的后门，那里很隐秘，来的都是些达官贵族。

我惊讶起来，因为这条街上烟馆和妓院总是连在一起的。

我们这里，早就有了鸦片这个东西，它会毒害我们的身体。所以，父亲严令我们所有的人都远离这些害人的东西。我们的领地上也很少种植。但我知道在我们的这些贵族里，有许多人在吸食鸦片。这很好区别，你只要把他们聚在一起待上几个时辰，你就会知道一切。那些吸食上瘾的人会坐立不安、流泪甩涕，甚至倒地哀号。魔鬼一定钻进了那些人的身体，让他们失去了自己高贵的身份，甚至就像疯狗一样到处乱窜，此时即使是寺里法力高深的喇嘛上师也无能为力。可是一旦让这些人吸上鸦片，他们身上会立刻长满了精神，恢复了只有一个贵族才有的风采。

我告诉包印不许跟任何人说起，这关乎我们家族的荣辱。一个寺庙里的堪布喇嘛上师，吸食鸦片不说，还逛妓院，这会被其他部族的人耻笑的。我不知道父亲知道这件事会怎样想。第二天，我的叔叔还没有走出烟馆，我便写了一张字条，派包印送到烟馆门口，让门丁交给里面的堪布喇嘛。字条写道："上师，回到寺庙里去吧，佛菩萨会看到的。"没有落款。

我意在提醒我的叔叔，这样会不失面子，不至于让一个贵族难堪，又能够告诫一个喇嘛。没多久，包印看见三个人果然从后门匆匆出来了。

包印回来说："喇嘛在白天就进这种地方！佛菩萨啊，终于走出来了。"

他的意思是我的叔叔也太张狂了，似乎毫无顾忌。或许，叔叔认为这不在我们的领地上，没有人会在意，可是他可能忘了自己的身份。我很纳闷，叔叔需要鸦片和女人，为什么不还俗呢？一个穷人进寺庙当喇嘛容易，出寺庙很难；一个贵族进寺庙难，出来当贵族却很容易。

我有些郁闷，就到酒馆里一个人喝酒。我想着作为一个男人的一些需要，想了一个下午，到了夜里我喝醉了，回到绸缎庄里，我问霍斯你不需要一个女人吗？

霍斯摇摇头，然后，久久地看着天上的月亮不再说话。

我知道，我的这个哥哥还没有放下那个远在京城的女人。直到许多年以后，我才明白，这个喜欢看着天上月亮的人一辈子都没有放下。

我要离开这座小城返回河谷，快出城时，忽然又想起我的叔叔来，就对霍斯说："哥哥，我从河谷给你找个姑娘来伺候你吧。"

霍斯笑了，对我说："到了河谷，代我给王爷请安吧。"

回到河谷的王府里，我没有将叔叔的事情告诉父亲。然后，我到善通寺里看望了我的叔叔，他在经堂上诵经，那样虔诚，我待了一会就离开了，我不知道该同他说些什么。

回　乡

原野上野花竞相开放的时候，鸡冠山也同样迷醉在山花烂漫中。到南方过冬的鸟儿已经陆续返回了北方，在树林间寻找着去年的巢窠。找到以后，就算是回到了家园，就会兴奋地在里面打个盹儿，消除一路的疲劳；然后，再到树下溪流里洗一个澡，梳洗一下挂满尘土的羽毛；飞上枝头啾啾放歌，寻找伴侣了。

阿力玛斯在树林间看着这些快乐的精灵，心里也想着自己的家乡。有谁不会在这万物复苏的春天里思念故乡呢？即使思乡之情满含忧伤，也难免涌上心头。

父母亲的坟头应该长满青草了，伴在桃花身边的桃树应该满枝绚烂，哎呀，应该回家了。

阿力玛斯召集来弟兄们，对他们说："从前一炷香的兄弟们叫我杨头领，后来上山的兄弟们叫我阿力玛斯，从今天起，以后大家都叫我阿力玛斯吧，我们要回到我们的家乡去。"

大家都知道杨头领的故事，以前的弟兄们听说要回到家乡，都兴奋得叫嚷起来。

队伍照旧化装成商队，分批下山，沿途昼伏夜行，不做一处打劫绑票买卖，山上留下小部分兄弟留守，以图后路，同时负责收编上山入伙的穷苦人。

一切安排妥当之后，阿力玛斯带着最后一批人马离开了鸡冠山，跟在他身边的弟兄里就有从守灵使村走出来的侯姓两兄弟，现在这两个年轻人已经成为阿力玛斯的左膀右臂，由于两人肤色一黑一白，就在土匪当中得了黑龙白龙的绰号。这是两个勇敢而鲁莽的家伙，他们年轻的心里还不能容下一点儿侮辱与不快。

一伙不打劫的土匪行走在路上，跋涉远足，用不了多久，身上的银子和粮食就会精光。漫长的冬天熬过去了，本来下山时就没带多少粮食，一路奔波，阿力玛斯的弟兄们闭上眼睛，就能看见肥美的羊肉和香甜的粮食。

这一晚走了半夜的人马早已经困顿疲惫，十几个人的队伍终于在清晨时来到了一处村庄，现在他们打算兑换一些粮食，美美地吃上一顿，然后在荒野里睡上一觉。黑龙白龙两兄弟打听过后，敲开了一户大户人家的宅门，门一打开里面就飘出了肉香。

开门的是一个家丁模样的人，问明来意后，那人就进去禀报给主人了。不一会儿一个精瘦小眼的家伙走出来，一边剔着牙，一边不耐烦地对着门口的人说："滚得远远的，你们这些穷鬼，买什么粮食，看你们这副穷酸相，也不会有银子。"

两人强忍着饥饿，使劲抵御着肉香，眼睛向大门里努力地张望着。这副样子使本来就不耐烦的主人恼怒起来，随即喊来几个家丁："放狗，把这些穷鬼给我轰走。他妈的，一早上就让大爷我不高兴。"咣当一声，大门关上了，迷人的肉香也被卡在了门缝里。兄弟俩一激灵，肉香没了，却勾起了他们隐藏起的匪性。两人使劲敲门，小门打开一个缝隙，迎面是几只狂吼的恶狗。两人郁闷而归，一行人只得抖抖粮袋，吃些稀粥充饥了。

白天，其他人陆续到村庄里别人家换取粮食，却都空手而归，转遍了整个村庄，也没买来多少粮食。春天里的穷人家哪会有多余的粮食呢？夜里队伍又上路了，两兄弟看着前面的阿力玛斯，又看看其他无精打采的弟兄，摸着咕咕叫的肚子，里面一个声音说："快想点办法吧，我受不了了。"两人借口还有点东西忘记带上，让大家先走，随后就悄悄返回了那个村庄。

这家大户的主人白天喝一天的酒，吃了一天的肉，夜里刚爬上小妾的肚子，就被一把快刀从后面顶住脖颈，一股凉气瞬间传遍他的全身。

这个浑身干瘦的家伙无从明白身后的人是怎么进来的，院子里的狗一声都没有叫唤，护院没有任何反应，一切都悄无声息的，夜色仿佛凝固了一样。

"起来，穿上衣服，告诉所有的人都到院里集合，不听话就送你去见阎罗王。"

主人早就吓得尿了，连忙点头，一把枪抵着他走到院子里，哆嗦着喊道："都到院里集合。"

所有人都半睡着集中到了院子里，等到大家清醒时，已经被绑住了手脚。

不一会儿两个土匪就指挥两个伙计装了满满一车粮食，然后从主人的床下取出了一坛银子。

马车到了门外，两个人又把那两个伙计绑好，然后对这家主人说："本来不想杀你，可是白天你侮辱了爷爷，我送你早点超生去吧。"一刀下去，满院子的鲜血。

这两个家伙似乎还未消恨，看看宅院，又把众人赶到角落里，然后点燃了房子，不一会儿火光冲天，照亮了大地。两个人赶着马车消失了。临走时对着角落里的人喊道："要报仇，就到东边来找我们吧，我们是黑龙白龙。"

很远的地方，都能看见火光。

有了粮食，就有了力气，脚下的路就变短了，马蹄印就变长了。没过多久，阿力玛斯的人马就纷纷进入了敖汉部境内，然后消失在努鲁儿虎山茫茫密林里。

回到努鲁儿虎山上的阿力玛斯就像归巢的鸟儿一样，山上已经聚集了先期返回的弟兄，看着眼前熟悉的山寨，尽管已经变成废墟，但在残垣断壁之间依然能够看到往昔的影子。阿力玛斯率领众人收拾停当，就像久别的人回到家里一样，重新擦亮的一切看上去都是那样亲切，那天夜里阿力玛斯的睡梦里第一次没有了魔鬼的影子。几天以后，他身上的力气就开始膨胀了。

这几年，敖汉部扎萨克的巴图王爷的领地里也恢复了往日的太平景象。关内的客民越来越多，就像天上落下的雨水，无法阻挡，敖汉部的扎萨克衙门只得将这些客民归纳集中在固定的地方，组成一个个村落，然后让他们开荒种地，王府收租收赋。

匪患没有了，小股散乱打家劫舍的毛贼，在这个风雨飘摇的世上怎么可能没有呢？于是即使睡觉时狮子木图也会睁着一只眼睛，另一只眼睛就想着明天到哪里去以治安的名义掠夺。

自从上次土匪袭击了扎萨克衙门之后，巴图王爷就受到了惊吓，只要夜里听到狗吠，他就会命令护卫把院子里的灯全部点亮，然后让所有的人都荷枪持弹准备战斗。结果就是大家折腾一夜，到天亮时才解除武装。所有的人都被弄得疲惫不堪，护卫长就将院里的狗都弄到王府外面去了。可是，一连几天听不到狗叫，巴图王爷就惊慌起来，他哭丧着脸骂着："你们这些狗奴才是要杀了我吗？连忠诚护院的狗都被你们弄走了，土匪来了，谁会第一个来告诉我呢？"木图在身后啐了一口唾沫，心里说："这个胆小鬼，你不再是我的哥哥了。"几年的折腾让巴图王爷原本臃肿的身躯消瘦下来，他的眼睛总是闪烁地观察着一切，仿佛任何时候、任何地方都充满了危险。

雨季来临，天上下了几场雨，巴图王爷躲在床上不愿意出屋，他说天上的雷声是魔鬼在作怪，落下的雨水是魔鬼洒下的咒语，想要把他的周围布满污秽，让自己无处落脚。寺里的喇嘛占卜到了敖汉王府里飘出的死亡气息，大树喇嘛说："我看到一团黑云围绕在王府的上空，云层里不时有魔鬼探出它凶狠的头颅，那沾满污血的大口几乎就要将王府吞没了。”为此，他在巴图王府里作了一场法事。几天以后，大树喇嘛已经累得筋疲力尽了，他对木图说：“魔鬼是受了阎罗王的指示，我已经尽力了，就看王爷的造化了。”

送走喇嘛后，木图却对哥哥说：“魔鬼已经被降伏了。”

巴图王爷用羊毛毯子把自己严实地包裹起来，不肯睡觉，他说闭上眼睛就会有无数个小鬼在撕扯自己的头发，有的甚至要钻进自己的身体里去。寺里的门巴喇嘛开了些药，也无济于事，看着痛苦的哥哥，木图告诉下人：“给王爷弄一点鸦片烟吧。”下人给巴图王爷弄来了鸦片，等到王爷使劲将鸦片缭绕的烟雾吸进身体后，才慢慢地安静了下来。

又是一个电闪雷鸣的夜里，这样的天气，鬼都不愿意出来，守卫们早被王爷折腾得筋疲力尽，都早早睡着了。一伙人用绳索悄悄爬进了敖汉王府的高墙。几个守卫被很快放倒，巴图王爷刚吸完鸦片，缩蜷在床上，眯着眼睛在幻境中昏昏欲睡。一道闪电划过窗棂，巴图一睁眼，一个黑影就站在窗下的雨水里。

有人说巴图王爷是被吓死的，也有人说巴图王爷被人用刀捅死了，总之他死得并不光彩，衣衫不整地死在了床上。在我们蒙古人眼里，即使是一个王爷也不应该死在床上，那种死法让活着的人吐唾沫。

第二天，木图来到王府里时，看到的是已经死去的王爷。哥哥睁圆双眼，眼前一定有什么东西让他万分恐惧，这景象永远地留在了巴图的脑海里。哥哥身后的墙上写着：“复仇者，阿力玛斯”。

大树喇嘛的说法是：“王爷遇到了比魔鬼还要凶恶的人。”

只有木图清楚仇人为什么不对自己动手，他是要自己看着亲人一个个在自己面前死去，让他每天活在悲痛和恐惧里，一点一点地折磨自己。几年前，当苏德王爷告诉敖汉部土匪杨悦春逃跑的时候，木图就知道这一天会来到。一个生命里只剩下仇恨的人，你能指望他不来寻仇吗？除非那人死了。

被人寻仇并不可怕，狮子木图的仇人太多了，领地上许多的毡包和村落都有他留下的罪恶。但有一种复仇者却令人胆寒，那些人的眼神里有一种让人不寒而栗的东西，让人永远无法直视，你看到过一次，就会永远地在心里留下疤痕，阿力玛斯就是这样的人。

狮子木图并不惧怕这些，自从上次匪患以来，当仇人杀了自己的儿子以后，他的心里也种下了仇恨的种子。这几年他派人四处打探，都丝毫没有关于阿力玛斯的线索。他曾到过努鲁儿虎山中土匪的老巢，但那里已经一片荒芜。

仇恨随着时间的搅合，已经变成了生命本身。渐渐地，他开始将仇恨转移到了放走阿力玛斯的人——喀喇沁部的苏德王爷身上。木图经常狠狠地自言自语：“这个老狐狸，连傻子都知道他是故意放走那个土匪的，早晚有一天，我非宰了这个老东西。”

漫长的等待是一种煎熬，狮子木图知道有一天仇人会出现，会回来找自己，但不知道这一天是什么时候。这种煎熬几乎让他发疯，于是他把力量更多地用到草场上的毡包里和村落里的客民身上：“他妈的，这些穷骨头，真让老子心烦。”

这种等待同样也发生在另一个人身上，经常在睡梦里同魔鬼拼杀。有时半夜醒来，阿力玛斯会一身汗水地走到山前的高地上，夜里的山风生硬地吹拂在脸庞上，只有大口地呼吸，才能驱走胸中的魔鬼——那魔鬼是仇恨的化身。在异乡的山间，难免会想起故乡，想起往事，如果不是为了复仇逃亡，他愿意到山下的寺庙当一名敬佛诵经的喇嘛。在他看来，即使是洋人的寺庙，也同样有令人敬畏的神灵。无论是悲悯的宫嘎活佛还是善良的南布神父都有一颗劝人向善的心。

他一直活在矛盾当中，当初看到独眼黑时，他打劫了教堂，掠走了神父，但最后竟然会放了仇人下山。他不知道自己所做的一切到底是出自自己头脑的选择，还是一种本能。

回到努鲁儿虎山里之后，看到的是荒凉的废墟，想起已经死去的大首领和二首领，当初自己上山，他们对待自己就像亲兄弟一样，如今物是人非，他决定先要给死去的弟兄们报仇，杀了巴图王爷，同时让自己的仇人知道他阿力玛斯已经来了，让木图每天都被恐惧所折磨。阿力玛斯没有想到，自己仇人的哥哥竟然吓死在床上，这让他有些失落与鄙视，全然没有那种手刃仇人所带来的快感。一个王爷就如此怕死吗？希望自己的仇人可不要这样胆怯，他们之间应该有一场面对面的对决。只有在爪牙的保护下才敢杀人的家伙不配和自己动手，于是他在巴图的墙上写下了自己的名字，他希望看着自己的仇人痛苦，更希望激起自己仇人的怒火与斗志。

如果那些贵族都让酒肉、温床和女人给弄得像个温顺的绵羊一样，那他阿力玛斯就永远无法快意恩仇。

狮子木图悄悄地将墙上的字迹抹去，他不想再次惊动朝廷和其他部族，他想要自己解决这件事，因为这是他和阿力玛斯之间的仇恨，这段仇恨就像一颗种子早已经生长了起来，现在是枝繁叶茂，无论枝头上结出的是什么果实，都应该由他来摘下。

木图派人写了文书送去了京城的朝廷，一个王死了，朝廷是很关心的。文书中写明巴图王爷近几年精神恍惚，近来尤其严重，是被雷电吓死的，并非他人所害，同时木图向朝廷表达了自己的忠心。早已经软弱无力的大清朝又能怎么样呢？哪里还会有精力去彻查一个遥远的王爷的死因呢？死了的已经死了，重要的是活着的人，鉴于敖汉部木图的威望和忠心，敖汉旗的扎萨克衙门旗主当然就是狮子木图的。同时，朝廷为了笼络人心，加封木图郡王衔。

就这样，木图成了敖汉部新的旗主、王爷。

就这样，哥哥的死终于成全了弟弟。

寺里的喇嘛给死去的巴图王爷作了最隆重的法事，许多天过去了，巴图的尸体却依旧坚持不腐不臭，就那样狰狞地缩蜷在棺材里。

哥哥不入土，弟弟是没法进行王位大典的。

大树喇嘛说："只有死人安详地离去，围绕在王府上空黑云里的魔鬼才会消失。"

狮子木图看看华丽的王府，想到以后将住在这里，于是找来了最好的入殓师让哥哥的面目变回安详，但无论入殓师怎么努力，刚刚呈现出一点安详的巴图，过了一夜又固执地回到原来的样子，甚至比死时还要狰狞。木图问大树喇嘛："我的哥哥究竟是怎么了？"

"他是在等弟弟的一句话啊。"大树喇嘛看着厅堂正中间的王位座椅说道。

木图明白了哥哥的意思，皱皱眉头不情愿地说："好吧，等我死了，一定会让你的儿子来坐这个位子。"

话刚说完，躺在棺木里的家伙狰狞的脸就变得安详了。

大树喇嘛心里说："显赫的王位和尊贵的身份即使是一个死人都不愿意放弃。佛祖啊，这个世道，人心都被魔鬼占据了。"

阿力玛斯的复仇给木图带来了痛苦，也给他送来了激情。当木图第一次坐上哥哥以前坐的王位时，他的心都在颤抖。为了这个位子，他期盼了许多年，甚至不敢期盼。后来因为仇恨，他完全不再思考时，却忽然间就坐在了上面。他不无感慨地想："这世上的事情可真是难说啊。"

住进王府没过多久，狮子木图就更换了王府的侍卫，他对原来那些侍卫说："即使是一条老狗，也比你们这些家伙的鼻子灵敏。你们除了喝酒就是睡觉，再不会别的事情了，否则，我的哥哥就不会有如此下场。"说完，他还顺道抽搐了几下，但让这个冰冷的人流下几滴眼泪，那除非是佛菩萨的感化。各处旗部的贵族们都为敖汉部发来了贺信，附近的旗部还派来了使者前来祝贺，死人的事情很快就被人们给忘了。记住的或许只有巴图的两个儿子，可是那两个家伙除了吃喝玩乐和女人就不知道其他的事情了，他们甚至连马背都不愿意跨上去。木图对手下说："给我的两个侄子多找姑娘和美酒吧，这样会让他们暂时忘掉失去父亲的疼痛。给我的嫂子们多送去一些金银吧，这样暂时能够填补她们失去丈夫的悲伤。"

雨季过去了，天气干爽而晴朗，狮子木图一边享受着王位带来的一切尊贵和权力，一边加紧派人打听阿力玛斯的下落，他感觉这个人就在距离自己不远的地方。

回到山上以后，阿力玛斯的心情没有因为仇人的哥哥的死而兴奋，相反这更加重了他身上的罪孽感，当传来狮子木图坐上了敖汉王府的王位的消息后，他恨恨地咬着牙："他妈的，反倒成全了这个家伙。"他几次化装下山来到王府附近打探，有两次远远地看到木图在扎萨克衙门的街面上转悠，但他根本接近不了，木图身边的护卫太多了，看得出他早有防备，甚至是有意引诱自己露面。阿力玛斯身边的黑龙白龙两弟兄想要掏出枪来，都被阿力玛斯制止了："没用，我们打不到。"

阿力玛斯知道，想要杀掉木图比以前更难了，这仇恨的枝叶又长高、长壮了些。

仇　杀

这些年，我们的领地上风调雨顺。牧场上牛羊兴旺，耕地上粮食丰收，鸡冠山里的金矿不断为我们开掘黄金白银，商号不断给我们带回财富，我们的银子堆满了河谷里的仓库。父亲的诗文也更多的是吟诵山水、赞美自然。他告诉我们："感谢护佑我们的神灵吧！"这样，父亲每天多数的时间里都在诵经参禅、欣赏歌舞戏剧。

太平日子的铺展，让我们无事可做。早上醒来，会觉得浑身都是慵懒的泡泡。我伸个懒腰，对包印说："拿上我们的武器出去射击吧，我的手连马鞭都快拿不起来了。"包印牵出我的坐骑，我骑上去，挥鞭打马，那家伙竟然无精打采地在原地打转。我说："马儿啊，走吧，我们到野外去，你不是最愿意在草地上奔驰吗？"这家伙吁吁地喘着粗气，低声发出呼呼的声音，毫无生气。

他妈的，我的心爱的骏马已经没有了野性的躁动，安静得就像一个满足于眼前一切的娘们。

是啊，我们骑马的次数是越来越少了，外出时我们都更愿意坐轿。坐在轿车里可以悠闲地看着外面的风景，甚至还可以躺着看书养神，要是累了就睡上一觉，醒来时车夫会告诉你已经到达。比在马背上颠簸舒服多了。我们的屁股就不用再被汗水沤得疼痛麻木了，我们的身体也就不必经受风雨的吹打洗礼了。这样我们的皮囊就白嫩臃肿起来，一层厚厚的油脂包裹住了我们那颗不安的心，拖坠着我们不愿意在大地上飞翔。

这些坐骑同我们一样也变得慵懒了。我的武术教师马师傅说："我们有一段时间没有过招练习了。"他找到我，我经常说："老师，改天吧。"

马师傅知道我是在找借口，自喻道："拳脚三天不踢打，筋骨就会僵硬。这阵子，我的拳头都松弛了。”

我说：“拳脚比不上我手里的快枪！”他说：“你手里有枪，别人手里也有。”

我想想再找不到其他借口，就走开了。

最慵懒的要数苏德王爷，在戏楼那边和经堂上总能看到他。以前他总是骑上马带着我们到草场上到森林里，去骑马围猎。那时他对我说：“我们蒙古人生下来就骑在马背上，所以我们什么都可以失去，就是不能没有马。要是离开了马匹，我们蒙古人就不再是蒙古人，我们将一无所有。记住，一个不爱惜马匹的人，绝不是一个忠诚的家伙。”

现在，父亲骑马的次数越来越少了，戏楼的戏唱得越来越多了。父亲当初建戏楼可不是这个意思。

我想这和我们的强大有关系。

你看，自从我们在赤峰城开了商号以后，我们的买卖从赤峰到承德再到京城，从朝阳到锦州再到奉天，到更远的地方。我聪明的义兄霍斯给我们赚回了更多的银子，这比我们在鸡冠山里开采金子带来的财富更快更多。管家夸张地对父亲说：“现在是雨季，我们仓库里的银子都有一股发霉的气味了。”苏德王爷就使劲吸了吸鼻子说，这种霉味让人着迷。你看，我们领地上的土匪越来越少了，因为我们卫队手里的家伙太快了，很久以前我们使用过的毛瑟枪早已经被扔到武器库的最不起眼的角落里去了。土匪们刚要动手，我们的子弹就会准确地射在那些家伙的胸口上。那时候他们的老枪还没有装好火药，身上的钝刀还没有拔出刀鞘呢。现在，我们的卫队无事可做就剩下喝酒了。

你看，经过第一次的黄金之战，我们最强大的对手敖汉部就丢掉了锐气，又经过匪乱，我们的对手已经将力气消散得差不多了。现在，巴图王爷死了，据说正是当初父亲放走的土匪杨悦春，现在的匪首阿力玛斯干的。多么英明的苏德王爷啊，土匪感激我们，就不会在我们的领地上作乱，土匪憎恨我们的邻居，就将所有的力气都用在老哈河河岸的另一边了。

听到巴图王爷死去的消息时，父亲对管家说：“让燕贻堂准备，我要去听戏。”紧接着就传来了狮子木图做了敖汉部的扎萨克衙门的主人的消息。父亲又对管家说：“让燕贻堂仔细准备，我要多听几天大戏。”在父亲眼里，巴图死了，敖汉部的力量就几乎消除了。没脑子的木图做了部族的旗长，敖汉部的未来就没了。他对都楞仓说：“我的梅林，以后东边的事情你自己处理就行了。”在父亲眼里木图就是一个空有一身蛮力的莽夫，他可以对付一群饿狼，却带领不了一个部族，我们的一个梅林就够用了。

看看吧，我们其他方向的邻居要么同我们世代友好，要么连敖汉部都不如，我们似乎没有对手了。这时丁先生却说：“一个没有对手的巨人和侏儒有什么区别呢？”当然，这句话他只是在我面前说说而已。

我对父亲说：“我的马不愿意奔跑了，骑在马背上我的屁股感到疼痛。”我是想要提醒我的父亲，我们应该像几年前一样谨慎小心，不能够安逸享乐，骄奢大意，别忘了宽阔的马背和手里的快枪。

父亲看着我，盯了半天说道：“你的嘴角已经蓄起胡子了，你想要告诉我应该做什么吗？如果你认为应该做，就去做吧！还有多看看你的女人，我该有个孙子了。”说这话时他的手牢牢地抓住座椅的扶手。

我知道父亲的意思，我有些难过，不想再说些什么了。

我们是这片土地上的主子，无论是蒙古人，还是关内来的客民，都是我们的子民，虽然朝廷早就专门设立了管理客民的乌兰哈达厅，但我们主宰着一切。所有这些权力都是从我们的祖先那里继承来的，一个王爷死了，他的儿子或者他的兄弟继续为王。那些穷骨头的卑贱也是从祖先那里继承来的，父亲是奴才，儿子也是。如此一来，似乎一切都是顺其自然地延续下来的，延续下来的也包含一代又一代的奴役和驱使，我们就有很多的仇人。如果你仔细看那些跪在地上等待你走过去的穷骨头的眼睛，你看到的永远都是仇恨，一种隐藏在身体里的对于一个贵族的嫉妒和羡慕所组成的仇恨。这种仇恨也同样继承延续而来。

我们不怕。我们手里有用不完的权力，权力会产生无穷无尽的力量，也同样能够产生无穷无尽的恩惠，于是同样就有许多忠心于我们的人。我们出行时，前后左右都是我们的人，即使有仇人想要报仇，也永远无法靠近我们。

但后来终于发生的事情，才证明我的这些想法同我刚刚在嘴角蓄起的胡须很不相称。

坐上哥哥的位子没多久，狮子木图就找到了两个最冷酷的杀手。他说这个世界上他有两个仇人，一个是土匪阿力玛斯，这个恶魔杀了他的儿子；另一个就是喀喇沁部的苏德王爷，这个老狐狸毁掉了他的一切。所以，他要先杀掉毁掉他一切的人。于是，木图给了两个杀手多得拿不动的银子，将两个杀手的家人供养在王府里，然后对他们说：“你们上路吧，两年的时间足够来完成一件事了。”

杀手刚一出发，就开始惦记着遥远地方的目标，他们的心早已经浸染成魔鬼的颜色。经过长途跋涉，杀手终于来到了锡伯河河谷。他们装扮成游民，在河谷里住了下来。一段时间以后，当他们听说苏德王爷经常到福荟寺里去诵经的消息后，每一次苏德王爷的队伍走出王府到福荟寺的沿途，他们都尾随其后，伺机动手，可是他们发现靠近目标几乎是不可能的。于是他们装扮成还愿的信徒，来到了福荟寺的门口："仁慈悲悯的喇嘛上师啊，从小我们就有一颗向佛的心，现在，让我们走进寺庙，成为一名虔诚的僧人吧。"

在仁慈的宫嘎活佛面前，他们对住持喇嘛将所看到听到的一切苦难都说到了自己身上。最后顺利地穿上袈裟，成了佛前的两名出家僧人。这时，他们距离目标终于近了一步。

如果说寺庙里的喇嘛是佛祖面前忠实的智者，那么佛祖就应该能够洞察一切。当喇嘛们开始做早课时，天上的星星还没有准备好退下天幕，同样没有准备好的是两个杀手装扮的僧人。这两个懒散心狠的家伙过惯了无拘无束的生活，夜里他们从未在子时以前入睡，早上从未在太阳升起时醒来，子时以前他们一定在喝酒，太阳升起时他们一定在做梦。当他们坐在众僧之间同大家一起咏诵经文时，他们的脑袋还在身体上睡着，他们在梦里面正享用着木图给他们的银子。直到磬钹钟声传来，两个脑袋才赶紧从经堂里的身子上伸直。这两个习惯喝酒吃肉的家伙哪里忍受得了寺庙里的戒律清规，两个家伙嘟囔着，夜里实在熬不住了，就悄悄溜出寺庙来到一处牧民的羊圈里，这种事他们手到擒来。不一会儿树林里就飘出了烤羊的香味。

每天夜里，福荟寺里的持棒喇嘛哈斯都会带领两只护法狼到寺外的草地上遛腿，你想寺庙里怎么可能让两只狼自由地奔跑呢？只有在野地里才是它们施展身手的好地方，才能够恢复它们的灵性，所以，每天夜里它们都会在外面待上两个时辰。

不知是烤羊的香味，还是两只护法狼闻到了魔鬼的气息，两只狼变得躁动不安，冲着树林的方向猛冲过来。持棒喇嘛觉察出了端倪，他了解这两个家伙的警觉与感应。刚进树林，两狼就一前一后围住了正在喝酒吃肉的两个僧人，断了他们的退路。

持棒喇嘛一看就知道是寺里新来的两个家伙，上前喝断了他们的逆行。两人一看前后两只饿狼，眼前一个罗汉，早就吓得瘫倒在地上了。接下来他们又故技重演，诉说自己的悲苦，甚至他们把自己犯下的罪孽也说成恶人们强加在他们身上的不幸，年轻善良的持棒喇嘛甚至都被他们感动得流下了眼泪，顾不上两只狼的提醒，在两个僧人保证不会再犯以后，就让他们轻易地回到了寺庙。

如果待在佛菩萨身边还被人怀疑，那就一定不是一个好的杀手。这两个家伙想一想沉甸甸的银子，想一想木图王府里的家人，果真就像两个虔诚僧人一样诵经拜佛了。一年过去了，他们早已经熟诵几种经文，他们早已经习惯了寺庙里的一切，要不是夜里魔鬼经常到梦里提醒，他们甚至忘了自己是一个杀手，是两个曾经让许多人胆寒的要命的魔鬼。一年时间过去了，木图派人给两个僧人送来了消息，说是两个人的家人在王府里生活得很好，他们的父母想自己的儿子了。

现在，两个杀手已经能够在寺庙里来去自由，他们再也不会受到任何限制，他们已经成为两名正式的喇嘛。可以在贵客到寺里来诵经时，坐在陪诵的喇嘛中间了。他们等的就是这样一个机会。

王府派人告诉宫嘎活佛，明天早上王爷要到寺里诵经，宫嘎活佛派主事喇嘛安排好了一切。天还未亮，苏德王爷踏着微明的夜色就来到了福荟寺。沐浴更衣后，早课就开始了，两个杀手坐在离前面苏德王爷不远的地方，他们的僧袍下早已经准备好了利刃快刀。当诵经到半个时辰的时候，所有的诵经喇嘛都开始进入了忘我的境界。这时两个杀手悄悄站起身，朝着苏德王爷走去，当他们来到苏德王爷身后时，王爷可能感受到了魔鬼的脚步，一抬头，正看见两个僧人手里的刀已经举了起来，王爷的眼神像利剑一样一扫，那两个家伙惊吓得手就抖起来，这时两把快刀也无声地扎进了苏德王爷的身体里，然后那两个家伙拼命向经堂外逃去。喇嘛们被这突如其来的变故弄蒙了，乱作一团，宫嘎活佛赶紧过来一边搀扶倒在血泊中的王爷，一边大喊，“抓刺客，抓住那两个家伙。”

当两个杀手准备从寺庙的后院逃走时，两只狼就像闪电一样，从后面扑了过来。顷刻之间，两个家伙就被咬住了脖子，在地上动弹不得。

寺里的苏伦门巴喇嘛来到苏德王爷身边时，王爷已经奄奄一息了。

宫嘎活佛赶紧念起经文祈求佛菩萨的保佑，苏伦门巴喇嘛敷药施咒后，苏德王爷身上的鲜血不再外流，暂时控制住了。流血止住后，门巴喇嘛把摸一下苏德王爷的脉搏，对宫嘎活佛说：“活佛啊，王爷的脉搏微弱，越来越遥远啊。”

当我们赶到福荟寺时，父亲的脸色就像地上的霜雪一样苍白，我的眼泪夺眶而出。看到他无力的样子，我的心很疼很痛。

宫嘎活佛小声对我说：“少爷啊，都是我的罪过，我的眼睛没有看到刺客就坐在我们中间。”我说：“活佛，你是在安慰我，还是在寻找理由？不要再说了，一定要把父王救过来。”

苏伦门巴喇嘛对我和活佛说：“我只能维持王爷的生命暂时不被魔鬼带走，要想让王爷活过来，还得请教高人啊。”

“高人在哪里，去找啊！”我有些气急败坏。

“那还得少爷亲自去请。”

我没有时间犹豫，只要有一点希望，我都要努力去试一下。

宫嘎活佛、门巴喇嘛、持棒喇嘛，还有我，一行人骑上快马就出发了。我们沿着锡伯河岸向上游骑行，走进一条分岔的河谷，越走越深，逐渐向山上行去，我丝毫都没有注意两边风景的心情。几个时辰以后，我们来到了眼前的一处简陋的茅屋，茅屋旁是一处小小的药师佛庙。刚下马，苏伦门巴老喇嘛就躬身站在茅屋的门前，轻声说道：“格图老喇嘛在吗？有故人来访。”

茅屋的柴门推开，从里面走出一个看似已经还俗的老喇嘛来，说道：“进来吧。”我们走进茅屋，里面已经摆好了茶碗，主人说道：“我的百灵鸟儿已经告诉我今日将有客人来访，请用茶吧。”

我可没有喝茶的心思，就赶紧说明了来意：“请上师救治我的父王吧。”

“喝茶吧，再苦涩的茶水也会让你放松身体，孩子，一切都在冥冥之中。我不是什么上师，我也不知道自己是在佛前还是已经还俗到尘世。”

还是宫嘎活佛沉着，他坐在那里，不紧不慢地端着茶碗，好像在聆听一个智者谈论。没办法，我只能陪着，我的心早已经焦急地回到父亲的身上。

格图老喇嘛问起了宫嘎活佛一些福荟寺的事情，又同苏伦门巴喇嘛谈论了一些往事，然后才问到了我的父亲的伤势。他说：“即使是一个王爷，也要遵从佛祖的法旨啊。”其他两个喇嘛也纷纷点头。然后，他对我说：“少爷啊，一个人的生死本来由天来定，即使是一个王爷，也会遇到仇杀，刺客来了，那是王爷的命中该着有此一难，王爷的生死与我无关，但我在你身上看到了这片土地的未来，为了这片土地上的苍生，我愿意跟随你们下山。”

我不知道他在说些什么，无论怎样，他答应下山救治就好，依目前来看，连苏伦门巴老喇嘛都无能为力，希望也只能附着在这个老人身上了。我使劲点头，极力表现出尊敬与信任。

格图老喇嘛终于站起身说：“我们出发吧。”

当我们纷纷上马时，格图老人却从茅屋后马厩里牵出了一头驴来，我说：“老人家，我们已经给你带来了坐骑。”指着身边的人让他们把马匹牵过去。格图老人摇摇头，又返回马厩，从里面牵出一匹白骆驼。在我们这里，白骆驼被视为圣物，但此时我的父亲生命垂危，哪里还顾得上啊，我就说：“即使这匹白骆驼能够给我们带来好运，此时也不必再带上它吧。如果你不放心，我派人来喂养照顾它就是。”我告诉手下留下来替老人家看护几天他的圣物。

格图老人没有吱声，骑上驴，手里牵着白骆驼说道：“走吧，受伤的人还在等着我们呢。”

我不好再说些什么了，暗自着急，我不想这唯一的希望因为我的催促和权威逼迫而停止下山的脚步。我希望同我一起来的两个喇嘛能够说些话，这样我们的脚步会快一些。可是那两个喇嘛和格图老人一样不紧不慢。终于来到山下的河谷了，我使劲抽打我的马匹，我的意思很明确——在平坦的河岸上我们可以让坐骑飞奔起来，身边的人都加快了速度。当我跑出很远，回过头来，看见格图老人一个人落在了后面，他身下的那头驴和牵在手里的白骆驼以不急不慢的匀速跑着。我对赶上来的宫嘎活佛说：“他的驴还可以再快些。”

“不要再催促一个智慧的老人了，路途在他的心里装着。”活佛说。

我听不进活佛说的话，就又打马返回格图老人身边，说：“老人家，可以再快些！”

“不，有时候眼睛看到的不一定真实，慢可能就是快，快或许是更慢。记住吧，对于生命有时候慢比快更好。”老人仿佛在自言自语。

我们终于到了福荟寺，父亲躺在他平时来诵经时休息的床上，已经昏厥过去，看上去那样虚弱。我不知道他的身上还有多少力量来支撑生命。格图老人上前把脉观察，然后叫人牵来了白骆驼。那头白骆驼早已经跑的通身是汗，鼻子里呼出阵阵粗气。那老人跪在骆驼面前，朝着它跪拜，嘴里默念着什么，然后示意它趴在地上。下人们将骆驼的四肢固定下来，老人用哈达蒙上骆驼双眼之后，他手里薄片刀就快速地划开了它的腹部，又从布袋里拿出药粉涂抹在父亲的伤口上，然后命人将父亲放进白骆驼腹内，将划开的皮囊又包裹起来，只留下呼吸的气孔，然后对宫嘎活佛说：“为王爷诵经祈福吧。让他的生命回到身体里。”

我从未见过这种治疗方式，不知道这是在治疗，还是在使用一种巫术。一路上发生的事情，让我对这个半僧半俗的老人将信将疑。我的心又是一阵疼痛，来到图格老人面前，轻声说：“我的父王要是死了，我会杀了你。”

说这话时，我是认真的。我相信图格老人也应该明白，在这片土地上，没有什么比一个王爷的生命更金贵的了，即使是寺庙里的诸佛菩萨。如果我们不高兴，我们眼里看到的也只是一堆塑像而已。我用眼睛看着宫嘎活佛，眼神使他走到老人面前说：“上师，可得仔细王爷的生命啊。福荟寺里的喇嘛们都指望着你啊。”

老人没有言语，趴在骆驼身旁聆听，然后用舌头测试骆驼的温度。骆驼并没有死，躺在那里轻声地呻吟着，眼里淌着泪水。我感觉躺在地上的就是我的父亲，那呻吟声刺进我的心里，让我的心阵阵疼痛。我不知道骆驼身体里的那个人怎样了，我只能眼睁睁地看着，什么都做不了。

萨满巫师阿宝也来了。他说："王爷是天上的神子下凡，是这里一切生灵的主人，不是刀枪所能伤害的。是刺客的刀上带来了魔鬼的影子，现在魔鬼将自己的影子缠绕在了王爷的身体里。"我说："萨满，不要说废话了，用你的方式做你应该做的事情吧。"萨满念起了经符："太上老君骑青牛，燃起神灯添满油，大喊三声血门闭……"

然后，他就舞动起来，带领一班女巫师跳起了白海青舞，她们真的就像一群海青鸟一样轻盈，即使是我们的萨满身上穿着沉重的铠甲。

天上飘起了雪花，零零星星地在空中飞舞，和地上舞蹈的人弄作一团，我不知道这意味着什么？我没有去问宫嘎活佛，而是问了萨满阿宝。

萨满说："神灵也为王爷感到悲伤，这飘舞的雪花如此洁白，是长生天泼洒下来的吉祥。我已经迎请来了神灵，它们将魔鬼的瘴气压制下来，使它无法扩散膨胀，王爷会好起来的。"

以前王府许多占卜的事情都是由喇嘛来做的，萨满巫师已经被寺里的喇嘛们挤到角落里去了，很多时候他们只能站在喇嘛的身后。为此萨满阿宝曾经不止一次抱怨，他说："难道只有寺庙里的喇嘛才是神灵的使者吗？萨满已经在这片土地上存在了几百年，上千年，河谷里所有的生灵都受过我们的护佑，那时那些穿袈裟的喇嘛们还不知道在哪里呢？"这时宫嘎活佛总是卑谦地说："神灵不分彼此，佛法护佑一切。"我的父亲则说："不要争了，神灵也在乎名分吗？"

现在，我没有去问宫嘎活佛，明白无误地表达了我对喇嘛们的不满。倒不是怀疑他们的忠心，而是刺客竟然安稳地坐在和父亲一起诵经的喇嘛中间，却没有一个人发现，活佛也没有占卜出来。我的沉默对宫嘎活佛是一个很大的打击，他一直低着头默默念经，其他喇嘛们也都如此。我想，让喇嘛们也愧疚去吧，懒惰让王府里的马儿不愿意奔跑，放纵让戏楼那边整天歌舞升平，就连寺庙里的喇嘛们也都成天瞌睡，不愿意睁大眼睛为主子占卜了。

雪整整下了一个晚上，那天夜里，我没有睡。

养　伤

第二天上午，雪停了。图格老人轻轻揭开一处骆驼皮囊，把摸了一下父亲的脉搏，然后取出银针在父亲头上扎下去。一会儿工夫，父亲的眼皮抖动了几下，醒来了，我一直悬着的心终于落了下来。

我给图格老人深深地鞠躬，真诚地说："老神医啊，感谢你救回了我的父王。你永远都是我们家族的贵客，王府的大门永远都为你敞开。"

老人双手合十，谦卑地回答："王爷是富贵之人，金贵之命，我曾经是一个穿袈裟的喇嘛，感谢佛菩萨的护佑吧。"

图格老人的意思是请求我不要怪罪福荟寺的喇嘛，我还没有想好。

宫嘎活佛说："杀手永远都躲在阴暗的地方！"

他的意思是说："我们在明处，杀手在暗处，很难提防。"这句话是在为福荟寺开脱罪责。

我对活佛说："寺庙庄严的钦措大殿也是阴暗的地方吗？佛菩萨身边也有恶人吗？喇嘛们都是佛菩萨的信徒，而你，活佛，是这些信徒的头领，你距离佛菩萨更近。"

"少爷啊，我愿意接受惩罚，我是说我们不知道是否还有别的杀手躲在暗处。"活佛又说。

管家点头认为活佛说得有理："少爷啊，我们先不要声张吧，魔鬼永远都躲在阴暗的地方。"

他们的意思是让我的父亲继续以死人的方式存在，如果这样我可能背上不孝的骂名。但就这样吧，我点头同意。几个贴身小厮在图格老人的指挥下将父亲抬到内堂的床上。到了夜晚，图格老人又用了一遍药，父亲的呼吸稍微顺畅一些了，我们就将父亲悄悄送回了王府里。管家告诉所有身边知道消息的人："任何人不得走漏消息，否则，杀。"

我不确定是否还有其他杀手，但那两个杀手却被持棒喇嘛和护法狼牢牢地控制住了。我带着活佛和都楞仓来到福荟寺后院的仓房。那两个家伙还算勇敢，真的像喇嘛一样盘腿打坐，我没有直接问他们受谁的指使前来行刺。我说："你们是真的僧人吗？"

他们镇静地回答："是的，我们是福荟寺的喇嘛。"

"你们的心里有佛菩萨吗？"

"佛菩萨在我们心里。"

"一个心里装着佛菩萨的喇嘛是不会行凶杀人的！"

"这么说苏德王爷已经死了，那就请杀了我们吧。"

"你们没有父母妻儿吗？你们死了，你的亲人们谁来养活？

"我们是干这一行的，我们死了亲人自然会有人照顾。"

"不要跟他说这些废话，我们生活在荒野里，没有亲人，我们只和魔鬼打交道。"另一个杀手提醒他的伙伴。

"你们的回答不一致，一个人连自己的亲人都不敢承认，那他一定不是一个好儿子，好丈夫，更不是一个好杀手。"活佛说。

我没有再问下去，我告诉活佛，他们饿了，给他们一些吃喝吧。

两个杀手很快就将拿来的食物吞咽下去，看他们吃东西的样子，我知道他们并不想死去。

我又告诉活佛不要再给他们食物了，直到我再来。

几天以后，当我再次来到这两个杀手面前时，这两个家伙的眼神里已经没有几天前的寒光了。那时他们刚刚完成行刺的目的，心里正兴奋着，现在他们饿得躺倒在柴草里。我告诉喇嘛给他们上次一半的食物。等他们吃完之后，我对持棒喇嘛说："试试你的身手吧，你下不去手，就让我的侍卫来。"我之所以让持棒喇嘛动手，我是怕包印、花代他们将这两个杀手打死，喇嘛毕竟有一颗向佛的心。我还不能让这两个家伙死去。

持棒喇嘛凶狠地说："杀害王爷的魔鬼，佛祖也不会宽恕你们的。"

宫嘎活佛没有说什么，同我一起走出了那间屋子。阵阵哀号声传进我的耳朵里，我有一种想要尿尿的冲动。

在图格老人和苏伦喇嘛的悉心照看下，父亲已经脱离了危险，虽然他还非常虚弱。我告诉他我正在拷问凶手，他点点头，缓慢地说：“做你该做的事情吧。”

又过了几天，河谷下游的南布神父赶来了。看来，苏德王爷遇害的消息已经传了出去。南布神父是听当地的佐领说起王爷受到了伤害的事情，就匆忙赶来，希望能够看到王爷最后一眼。当他看到图格老人和苏伦喇嘛的治疗方式时，感到惊讶和不可思议，说：“你们的治疗方式很奇特，但原理同我们的一样。”他也带来了药品，我不知道他的药品是否有效，但我感谢他。

我慢慢折磨杀手的同时，父亲身上的力气也一点点回来了。宫嘎活佛说：“杀手的力气没了，王爷身上的力气就有了。”

这个喇嘛又开始说话了。

父亲被行刺以来，王府内一直笼罩着一层阴云，戏楼那边一点儿声音都没有，到了夜晚寂静得让人窒息。我的母亲明显地消瘦起来，平时她会花上几个时辰梳妆打扮自己，那是她一天主要的事情。现在，她顾不上这些了，她的心思都在父亲身上，一刻不离地守在父亲身边。我看到不上妆的福晋的眼角布满了皱纹。

侧福晋则在一旁悄声抹着眼泪，这么多年了，遇到事情她依然只会流泪。她的全部情绪都浸染在丈夫的伤痛里，不能自拔。这个女人或许到如今都不懂得自己的丈夫，她从未思索过个中缘由。难过的时候，她会唱歌，会看天上的月亮。许多个春天，许多个万物生长的季节，都没有让她的肚子隆起，这就使得王爷无数夜里的喘息声都成为徒劳，都沦为了玩笑。如此一来，这些年，我的母亲、大福晋就怜悯起这个昔日的对头来。侧福晋依然美丽，但岁月会带走一切的。当人们明白这个道理的时候，就会不由自主地忧伤起来，就会从别的事情上寻找依托了。我忽然想道：“如果我的父亲死去时，这两个女人的依托在哪里呢？”以前，我的母亲忧伤的时候就将我抱紧，她还有我，可是这个只会流泪的女人的依托在哪里呢？我不知道，我替她难过起来，到外面去看天上的星星了。

两个杀手已经被折磨得不成样子，他们已经没有力气再抬起头看我了，我听到他们说：“求你赶快杀了我们吧！”

我还是吩咐给他们拿来食物，然后让他们休息，然后我带走了那个说自己是生活在荒野里没有亲人的家伙。我对包印说：“你会惨叫吗？”

“惨叫，少爷说什么啊？”他没有明白我的意思。于是我给了那个杀手一鞭子，说：“就是这种声音。”

“我会！”

“那就叫吧！”

一声声惨叫响彻起来，连我听了身上都起了鸡皮疙瘩。

然后我走进柴房，对另一个家伙说：“你的同伴快死去了。”

“求你快点杀了我吧。”他说。

“你不想念父母妻儿了吗？你还有什么话对他们说吗？我知道你的家人一定住在给你银子的人那里。你不死，他们会死；你死了，他们也会死。你死了，连个报仇的人都没有了。”我心平气和地说，好像整件事情都同我没有关系，“对了，你的同伴让我告诉你，他请求你照看好他的家人。”

沉默了一阵过后，他忽然问：“你会不杀我吗？”

“我现在只想知道我们的仇人是谁，如果不是你，也会有别的杀手来的。”我没有正面回答他，这个时候不能太着急。

“好吧，那我告诉你，但你一定得说已经把我杀了。”杀手开始祈求我了。

我答应了他的请求，他告诉了我真相。

我不明白，那些我们曾经帮助过的人，为何会把我们当作仇人？

我不明白，那么遥远的距离，那人会派遣杀手到我们的领地复仇？

我不知道，还有别的我们给予过恩惠的人是否也仇视我们？

我想，我们的权势太膨胀了，就像秋天太阳底下的豆荚，早晚会砰的一声，散落满地种子。那些种子或许会在来年春天生长，也或许变成地里田鼠的美餐。反正不再是原来的那个膨胀的豆荚了。

在这片土地上，我们自以为是地认为我们已经没有对手了。这样一来，我们即使不会忘掉那些我们知道的是我们的仇人的人，也会因此而轻视。但我们一定会忽略了自以为别人不知道我们曾经做过的一些漂亮的事而引起的仇恨，我们还会经常沾沾自喜，自认为我们无比聪明，至少是做下了很聪明的事情。

所以，对于我们曾经帮助过的人，我们就心安理得地认为那些人不会与我们为敌。

现在想来，狮子木图一定记得断指之恨，一定记得黄金之战的耻辱，一定知道是我的父亲故意放走了匪首杨悦春。这些事，反过来放在我们身上，我们会忘记吗？种种事情，都为后来发生的事情埋下了种子，如今，那暴裂的豆荚使得复仇的种子四散迸裂，并且落地生根。

或许，从一开始，我们就错了。

我没有把事情的真相告诉父亲，他的身体还很虚弱，我不想让他担心。我只说，杀手已经查清了，是我们曾经剿过的土匪寻仇。直到来年春天时，我才对他说是狮子木图干的，他什么都没有说。

我已经想好了。

我来到那两个杀手面前，对他们说："我放你们回去，你们一定会死，因为狮子木图是不会留下两个会说出真相的人的舌头的。所以，从你们踏上行刺的路途开始，就踏上了一条不归路。你们的家人也一定会死，因为狮子木图是不会留下对他复仇的种子的。现在，你们已经杀了苏德王爷，我也要你们的性命。可是如果那样，就没有人为你们的家人复仇了。所以，我不杀你们，因为我的仇人是木图，但我要留下你们身体上的东西，那样我们之间就没有仇恨，你们也就不必担心我们会寻仇了。"

这两个家伙不相信我说的话，我拿过刀，就像当年砍掉木图的手指一样，砍掉了那两个家伙两根手指。我吩咐手下给他们一些银子，然后说："我会宣布刺杀苏德王爷的凶手已经被我们杀掉了。你们可以放心地离开了。"

那两个家伙感激着离开了，他们说我是一个大好人。他们并不明白我的用意。

我没有杀掉那两个杀手，也不知道这样做是否正确。但我想，杀掉这两个人容易，再找到像他们这样冷漠的杀手一定很难。现在，这两个杀手该为他们自己复仇去了。有时候仇恨就是这样，就像一团火焰，放在火塘里能带来温暖，放在身上就会招致伤害。我永远都不会把这团火焰放在身上。

我让小厮花代和朝格暗中盯着那两个杀手，他们离开我们的领地，越过老哈河东岸去了。

春天时，父亲好了起来。一切似乎又恢复了平静，我们没有责罚福荟寺的喇嘛，那样又有什么用呢？宽容会带来更深厚的忠诚。宫嘎活佛比以前更勤快了。

图格老人临走的时候告诉我，父亲永远都不会再恢复到原来的样子了。他年轻时在关内的战场上受过伤，现在他老了，他的力气不会再像一头壮牛了。我不知道该怎样感谢救活父亲的这个老神医，就去问父亲，他说："你决定吧。"我想起进山时看到的老人茅屋旁的药王佛菩萨的小庙，就说为慈悲救治众生的药师佛修一座庙宇吧。老人感谢我的功德。我从府库里拿出已经发霉的银子，告诉宫嘎活佛："修建寺庙的事情就由你来负责。"活佛激动得僧袍都抖动起来了，不知是因为修建寺庙还是我们恢复了对他的信任。寺庙修好后，我还派人专门搜罗了几只白骆驼送进山去。

父亲的腰再也不能挺直，他倔强地不用下人搀扶，自己到家庙里去了。我没有跟随，我让随从远远地在后面，或许他想念我的老祖母了吧，那里曾经是她居住过的地方。老祖母死后，父亲吩咐一切还都保留原来的样子，下人每天都要打扫干净。看着他那太阳底下孤独的影子，我心里很难过，我想起我们的仇人来了。

我的义兄霍斯回来探望父亲，他又带回了许多银子。夜里我们喝酒时，我问起了商号的事情，问起了他的生意；他问起了义父王爷的伤情，我们喝了很多的酒，说了很多的话。我们到草场上去，在一堆篝火旁，我们又遇见了那个讲他故事的老人，像以前一样，他一边流泪一边说他的故事，这次我没有笑，听进去了，第一次在我的朋友兼哥哥面前落泪了。霍斯要走的时候，我指着府库里的银子说："我的哥哥，你已经让王府里的银子多得快流出来了，现在，我们不需要银子了。"

"需要什么尽管说吧！"

"我们需要武器，更多的武器。"我指着小厮包印身上的快枪说。

"我知道了，放心吧，如果可以我也要同你一起去复仇。"没多久，一批新式武器就悄悄运到河谷了，这次负责押运的是一个叫作马彪的镖师。霍斯信中说：这个家伙早年在京城当差，后来辞去差事，做了一名镖师。和京城一个叫作王五的镖师系同门出身，学得一身炮拳武功，凭着一身好武艺，好义气，在江湖上小有名气。霍斯要我把马彪留在身边，我告诉马彪，若不嫌弃塞外风寒，就不要走了，我这里正缺人手。

马彪说："兄弟有人命在身，流浪江湖，承蒙霍斯兄弟抬举，我愿意留在少爷身边效力。"

后来，我同马彪聊起京城的事情。原来那时京城闹义和拳，他趁乱杀了几个洋人和一个做贪官的仇人。事后，京城就待不下去了，从此流落江湖。正巧在赤峰城见到了霍斯，他在京城同绸缎庄的李老板也曾有过交往。霍斯少爷的事情他在京城也听说了，霍斯收留了他，还让他同自己到锦州押运回一批货物，到了河谷，才知道是一批武器。我喜欢这个豪爽的汉子，他同我的武术教师很快成了好朋友。

我吩咐都楞仓，要让我们的士兵变得像猛虎一样，让我们的刀锋像寒冰一样。我说，青草过马蹄时，我们要到东边去。都楞仓明白我们要攻打我们的仇人了，这也是他一直筹划的事情。

我们东边的耳目传回了消息。敖汉部狮子木图的老婆被两个杀手杀死，木图本人负伤侥幸逃脱了。那两个杀手留下口信说是回来报仇的，他们两人的家人据说都被木图杀害了，一个不剩。那两个杀手是用鲜血将仇恨写在木图府宅墙上的，还留下了姓名。在我们这里，留下姓名的仇恨是永远都不会解脱的，它就像藤蔓一样纠缠着仇恨的两端，寻仇的人和被寻仇的人夜里都会梦到彼此。除非再也没有复仇的种子了。我知道，我们种下的种子在东边邻居的土地上开花结果了，以后还会有更多的豆荚在阳光下暴裂的。

很久以前，父亲放走了土匪杨头领，现在我放走了那两个杀手，他们都是眼里闪着寒光同魔鬼打交道的家伙。狮子木图在夜里会同两伙人来往，他的梦境会是什么样子呢？我也做梦了，我梦到了木图，对了，木图的梦里应该还有我。

我梦见木图正在一片草地上奔走，后面有很多人马在追杀他。他忽然来到我身边，祈求我救他一命，我没有答应，冷漠地看着他向前面逃去了，前面是一片雾霭，没有路途。我把这个梦告诉了宫嘎活佛，活佛看着东边的方向，说："少爷是要到东边去一趟吧。这次路途遥远，旅途凶险，因为我看到少爷心中有一团火焰。向你求救的人已经胆寒了，但他走进了魔鬼的领地，心灵已经被魔鬼收买了，小心他会从雾霭里带着魔鬼的影子返回。"

我相信活佛的智慧，他知道我心里在想什么。其实看看广场上的士兵荡起的烟尘，傻子都知道我们接下来要干什么。

我的叔叔也来看望我的父亲了，冬天父亲受伤的时候他来过两次，那时他的眼睛总盯着父亲的伤口。当他看到父亲虚弱地躺在床上微弱地呼吸时，对我说："我的侄儿，你的叔叔不会坐视不管的，有我在，你就放心吧。"然后，他就回到寺庙里去了，他说要给哥哥诵经祈福。现在，他又低下头，他的眼睛又开始看着地上的东西了。父亲问他寺庙里的事情，他问父亲身体的伤口，父亲说我已经好了，你不必挂念，叔叔的声音就变小了。然后他就到家庙里拜祭我的老祖母，从府库拿了银子走了。我没有去送他，父亲也没有吩咐我去。

复仇之战

几场雨水过后，青草已经没过马蹄。都楞仓告诉我，士兵们已经憋闷得打架斗殴，马儿也已经开始烦躁撕咬，是时候了。

我看过的汉地的章回小说里，有一句话，记得最清楚，大意是，春天来了，便于厮杀。我来到父亲面前，告诉他我要带着队伍到东边去一趟，问他有什么吩咐。他看着远天，好像在空中寻找着什么，几只鸟儿在天上飞翔，然后隐没到白色云层里去了。云层很厚，堆积在太阳底下，一阵风吹过来，一会儿工夫，云就被风吹远了。他依然是那句话："做你应该做的事情吧。"过了一会儿他又说，"记住，要和你的士兵在一起。"

第一句话我明白，因为我已经蓄起胡子了，应该担当起这个家族的一些事情。他老了，身体不行了，既然是我带兵出征，自然一切我说了算。

第二句话我有些费解，是要我永远都不能舍弃我的士兵，还是为了我的安全待在士兵中间。无论哪一种意思，我都有自己的打算：我是一个蒙古人，不会为了自己而舍弃我的士兵，我也不会为了贪图性命，躲在别人身后。

父亲还让我的教师丁先生同我一同出发，告诉我有什么疑惑多问一下丁先生和都楞仓。其他人由我自己挑选。我让炮拳马彪跟随我一同出征，这个有一身胆气的镖师兴奋得像一个孩子，他说闯荡江湖这么多年，还没有过一次随军打仗的经历，这下他是一名真正的士兵了。我说："那好，我给你一个侍卫长的头衔，你的任务就是跟随在我身边，保护我。"

宫嘎活佛占卜了出征的日期，他请求父亲要同我一起去东边。父亲让他来问我，我告诉他："活佛啊，你还是陪着父亲研读经书吧，在河谷里为我们念经祈祷。"活佛的眼睛有些失落，他说他看到了一匹马倒在草丛里，最后，他坚持让持棒喇嘛带着两只护法狼同我一起去。我喜欢我的那个长得像一尊罗汉一样的喇嘛朋友，我同意了。

出发那天，父亲亲自为我斟满上马酒，这是一个王爷斟给一个出征的士兵的。我看到母亲和我的妻子们流泪了，她们是那样爱我。

父亲把都楞仓叫过去，和他单独说了一会儿。

出府门时，我有些慌乱，不是因为害怕和离别。当我看到身后一大片期盼的眼神时，我感觉身上加重了许多东西。以前这种眼神附着在父亲身上，现在在我身上。我问都楞仓父亲又吩咐了什么，都楞仓告诉我，王爷说他昨夜梦里心跳得厉害，他担心少爷，悄悄告诉我一定要保护好少爷。

我不在乎自己，我在乎我的亲人。

我们的队伍又一次离开了河谷，这一次是为了复仇出征。我记得第一次黄金之战时，我还是个孩子，跟在父亲身后，我的心情是兴奋而激动的，就像去赶赴一次盛大的节日庆典，那时我站在父亲的光环里。第二次我们同样出兵准备攻打我们东边的邻居，结果变成了帮助他们剿灭了乱匪，那一次我们风光无限。接下来就是我带领一支卫队去鸡冠山一带剿匪，我们不战而胜。现在，我们为复仇而战，士兵们的心里涌动着一股仇恨，我们的队伍里就不会像以往一样传出欢快的歌声了。到了夜晚，扎下营盘，围着篝火喝酒时，我看到天上群星闪烁，苍穹宛若星海，一条璀璨的玉带延展开来，那上面缀满了天上神灵们的梦。此刻，天上的神灵们在做些什么呢？他们应该知道身下的大地上即将要发生的事情吧。我问随行占卜喇嘛："你们知道天上的神灵在干什么吗？他们也同我们一样在喝酒吗？他们站在哪一边？"

喇嘛双手合十回答："少爷啊，神灵们在天上看着大地上的一切，那些星星就是他们的眼睛，神灵站在我们这边，也有一些是站在对手一边的。"

喇嘛的回答让我笑了："你等于什么都没有说，你们这些喇嘛啊。"我接着说，"无论神灵站在哪一边，我都会杀了木图。"

炮拳马彪一拍胸脯："我要替少爷撕了那小子！"这是个恶狠狠的家伙。我想起我的武术教师马先生来，他们都姓马，他可比马彪文静多了。我让马先生留在河谷里护卫王府，我们的士兵几乎都出动了。我说："马彪，展示一下你的炮拳功夫吧。"

马彪起身，束紧腰身，一路拳脚打得虎虎生风。大伙儿喊着叫好，包印那小子却拿出腰里的快枪，踉跄地站起身，说："马师傅，你的拳脚再快，也不如我手里的枪快。"

马彪上前一下就把包印手里的枪给夺了。说道："小子，你的枪呢？"包印前找后摸，然后就倒在草丛中，他喝醉了。我的几个贴身小厮也长大了，都像公马一样欢快好动，这次出征，最兴奋的就属他们了。

都楞仓看看篝火暗了下去，就说："少爷，睡吧，明天还要赶路。"这些事情，我都听从都楞仓的，他是带兵梅林，理应他说了算，我越是尊重他，他就会越用心。

夜里，我睡不着，就起来看天上的星星，不知道我的妻子们睡去了没有。每次出兵，我都难以入睡，都会走出毡包看天上的星星。以前，管家会在我睡不着的时候出现，他会问我需要什么，现在，管家在王府里小心伺候着他的主子。

又过了几天，我们的队伍在一处河岸边遇到了从东边来的商队，几十匹骆驼驮满了茶叶。我告诉花代向他们购买一些茶叶，这东西会帮助我们消化掉吃下的肥美羊肉，我们的肚子就会平静，我们的身体就会长出力气来。我们买下了商队所有的茶叶，商队的把头感激地给我磕头，当他们要卸下骆驼身上的茶叶时，我说："不用卸了，你们掉转驼头，同我们一起走吧，我会给你们两倍的银子。"

商队把头不解地问为什么？我说："我们还缺少驼茶叶的骆驼，赶骆驼的驼工，沏茶叶的伙计。"

驼队把头赶紧跪了下去："大王，我们从关内来，千里奔走贩运茶叶，就是为了养活一家老小，大王开恩，放了小的们吧。"商队的其他人也跪下了，连同歇脚的骆驼地上跪着一大片。

驼商把我们当作打劫的匪帮了。我让他们起来，他们的脑袋就埋到裤裆里去了。我说："你见过一个匪帮有这么多人马吗？我们是一支路过的卫队。"

他还是不信。我告诉粮草管带，先把茶叶的银子给他们，到了东边再给他们另一半。我也开始学着霍斯的经营之道，算是先付货款，后给人头钱。

银子到手了，地上的家伙才不再怀疑。马彪做过镖师，用他的经验同商队把头商谈了一下。告诉他不用惊慌，出来一趟能挣回两趟的银子来，他遇到贵人了，他们的工作就是照看好骆驼、茶叶，平时给队伍沏茶就是了。那些家伙收起银子，逐渐兴奋了起来。

商队把头告诉我："我们在东边的地方也看见了同你们一样多的人马正在集结，他们没有购买茶叶，一个头领一样的家伙催促我们赶快滚开，他们要修筑工事，看样子要打仗，我的驼队临走时，那些人还强抢了我们几驼茶叶。"

看来神灵是站在我们这边了，让我们知道了一个这么重要的消息，我们的对手已经埋伏在边境了。

木图的消息还算灵通，当初，我们没有公布父亲活过来的消息，或许木图派的其他杀手就回去了。我们宣布杀掉那两个杀手时，木图就杀掉了那两个杀手的家人。那两个杀手杀掉木图的老婆并留下血字时，他即使知道了真相，他的梦里也已经纠缠了复仇的藤蔓。现在，他已经知道我们复仇的队伍在路上了。但他不知道我们知道了他们的行踪，我们的耳目没有打探回这个消息，偶遇的驼队却告诉了我一切。这是一个最重要的消息，我告诉商队把头不要再跟别人说起了，我不知道我们的队伍里有没有东边的耳目。

我们的队伍继续前进，这个消息只有我和都楞仓几个人知道。我们依然直奔边境，快到边境时，太阳还没有落山，我命令队伍停下，埋锅造饭。都楞仓也宣布："今天不走了，就地扎营。"

吃过晚饭后，我们依旧坐在篝火旁谈论聊天，一个小队长告诉都楞仓他的人里面有一个面孔很陌生，都楞仓让他别声张。

现在，天上的星星稀少了，月亮却已经扁圆起来，明晃晃地照耀着大地。都楞仓说，"明天就会到达边境了，如果可能，我们就会同敖汉部的人马相遇"。我同都楞仓讨论着明天的作战方案，旁边有许多人在听。我知道狮子木图的人马就在我们正东边五十里程的地方，他们一定已经做好了准备。篝火又暗下去了，小队长告诉都楞仓，那个陌生的面孔不见了。

月亮到头顶上时，都楞仓过来叫醒了我，他说队伍已经集结完毕。我打着哈欠说："出发吧。"都楞仓带领一支队伍向东边的侧翼方向进发了，他们在月光底下踏着夜色轻装前进，像溪流一样寂静无声，将睡梦隐没在草丛里一路带走。

第二天起来，我们的营盘没有变化，我告诉马彪集结队伍，出发。我们不紧不慢地向边境挺进，快晌午时，我的队伍来到了我们熟悉的界河沿岸。我让队伍停下来，我带几个人打马来到河岸边。河岸对面静悄悄的，除了风声什么声音都没有，几只鸟儿从对岸那边的草丛里飞到天空去了。我知道草丛里有什么，里面是隐没的暗堡和壕沟，此刻一定有无数的枪口对准我们。包印歌唱得好听，我让他唱一首歌。他说不知道唱些什么，我知道这家伙有些紧张，就对他说："唱你对着草场上的姑娘们唱过的情歌吧。"

包印的嗓子亮起来，歌声就飘出来了，飘在空中，也飘到对岸的草丛里去了。

一段下来，他的歌声又提高了许多，我知道他已经不紧张了，或许陶醉了也不一定。小厮朝格挡在我的马前，我说你挡着我了。他有些焦急地说："少爷，我们还是退后一些吧。”他是个细心又稳妥的家伙。

我们退回到队伍里面。我告诉士兵们：“包印的歌声让你们想姑娘了吧，你们要是愿意就扯开嗓子吧。”于是我的人马里就变成了歌的海洋，闹哄哄地乱成一团。我却仔细观察着头顶的太阳，朝格告诉我已经是正午了，我一挥手，歌声就停下来了，大地重新恢复寂静，这时河岸那边更远的地方传来了三声炮响，我告诉炮手：“放三炮听听。”

炮手问我：“目标是哪里？”

“你决定吧！”我看着东边说。

那家伙扑通一下就跪了下来，摸着脑袋：“少爷，我不会放。”

“他妈的，你是怎么学的。”

“没有目标我不会开炮。”那家伙真的很诚实。

我指着我们的侧后边说：“向树林里开炮吧，看看能不能打到猎物。”

“用炮来打猎物？”炮手更迷惑了。

“起来，快点。”我给了他一鞭子。

那家伙指挥着几个弟兄掉转炮口，向我们后面的树林开炮了，三声炮响，树林里燃起了火焰，天上飞舞着树枝。隐藏在林间的魔鬼一定逃跑了。对岸草丛里却依旧没有动静。这些家伙可真沉得住气，看来狮子木图没少下功夫，他此刻一定就等着我们渡河了。

我告诉骑兵们几波人轮番到岸边试水，马走到水里齐腰深，就返回来。如此折腾了半天，然后，我又命令步兵涉水，依然是走进齐腰深时就返回。那些家伙告诉我：“少爷，我们过河吧，宽阔的河段没有多深，可以过去。”

我不理会他们，躺到草丛里看天上的白云去了。

然后，我们开始吃午饭，早上出发时我曾告诉伙夫多宰杀些羊，我说：“弟兄们多吃肉，好有力气对付我们的敌人。”现在这些家伙撕扯羊肉的样子，一定让草丛里的人嗓子干痒。我命令我的驼队沏茶，喝过茶，又告诉大家，原地睡觉。我叫来炮手询问我所处的位置，假如有人站在河对岸开炮，能不能打到这里？炮手用手目测了一下，说：“能够打到这里。”我心里一惊，命令花代赶紧将我的毡子向后面挪去，直到炮手说够了时，我才让花代停下来，我可不想在睡梦里飞到天上去。

我躺在草丛里睡着了。我睡得很香，因为我知道，对面草丛里的人一定不会渡河过来的，他们在等待我们过去。我醒来时，月亮升上来了，我的士兵们恢复了精神。夜晚来临，他们议论说队伍今天不会到河水对岸去了。

然后，我们围着篝火唱歌跳舞。我们累了，河岸又恢复了寂静，除了警戒和照明的篝火，就是夜莺的鸣叫。我却叫来传令兵，命令士兵们准备好家伙，等着。月亮到头顶时，忽然河岸那边传来了密集的枪炮声，都楞仓和木图交上火了。我站在高坡处观察着，从河对岸更后面的地方向西边铺设了一张密集的火力网，对岸草丛里木图的人马朝向他们的身后的方向却火力稀疏。我明白了，他们的暗堡的射击口都是朝向我们这边的，现在就剩下挨打的份儿。我告诉炮手们，对着河岸那面的草丛开炮。炮弹在草丛里炸开，传来声声惨烈的哀号声。那些在草丛里煎熬了一整天的家伙永远不会知道，他们还在潜伏等待我们时，身后却铺设了一张大网。我部先渡河的却是我们的炮弹，我命令士兵们在呼啸的炮弹的掩护下趁乱渡河，和都楞仓前后夹击。我们的人马没有遇到激烈的抵抗，都楞仓的枪炮已经把埋伏的敌人打蒙了。不到一个时辰，狮子木图的人马就被击溃，一伙人向斜侧方逃跑了。我和都楞仓会合在一起，我说："不要追了，恐有埋伏，天亮以后再打扫吧。"

月光下的战斗，我们打死了许多的敌人。狮子木图做梦也不会想到他精心设置的埋伏被我们识破了，他结实的堡垒成了士兵的坟墓，堡垒的射击孔都朝向河岸，结果后面来攻击的人马伤亡很少。打扫完战场，我们继续前进，必须趁木图还在惊慌中一举击溃他的队伍。我们的队伍像风一样，一路奔袭，又越过了孟克河，沿途遇到的几次抵抗都被我们打散了。我们攻到敖汉部扎萨克衙门大街外围时，终于受到了木图顽强的阻击。我们的人马出现在外围的一片开阔地上，没有有利的地势，而他们身后却占据着一片高地，我相信木图将全部的人马都集中在这里做最后一搏，凭借地势上的优势，我们很难前进一步。几天的交火过后，我们损失了不少弟兄，木图部队的战斗力忽然提高了。从抓来的俘虏口中得知，木图以盟长的身份命令盟内其他一些旗部也派出人马，支援敖汉部。我们远距离作战，远离河谷，我和都楞仓很着急，我夜里睡不着了。

时间过得很快，转眼我们越过边境已经十几天了。粮草我们倒不用担心，我们的身后是大片的敖汉部的土地，我所担心的是我们的武器弹药补给，边境的支持有限。正当我们无计可施的时候，一个人来到了我们的营地，后来我想，一定是佛菩萨派他来的。

我和都楞仓在帐中讨论，我已经喝了几大碗茶水，舌头都快麻木了，现在我已经养成了喝茶的习惯，因为端起茶碗，温热的茶水流进我的身体里，会让我的心平静下来。我问都楞仓想到什么好的计策没有？这个家伙没有回答，也端起了茶碗，他同我一样。马彪看到我和都楞仓在喝茶，他按捺不住地说："少爷，干脆我带几个人，夜里偷袭过去，捉了木图回来如何？”

“经过上次的教训，木图会谨慎的，再说，你都没有见过那家伙。”

炮拳马彪现在已经是一个真正的战士了，每次冲锋陷阵，他总是冲在最前面。都楞仓告诫他：“你是护卫长，你的任务就是保护少爷，你要服从命令。”这个人才点着头，退回到我身边来，可是没过多久，他就又冲到前面去了。我就说：“既然你这么喜欢战斗，那你就跟随都楞仓冲锋吧。你放心，我身边有包印、朝格、花代他们。”马彪就嗷嗷地冲上去了。他打起仗来就像一头猛虎一样。

这时包印来报，说有人来访。

不一会儿，包印带进来一个人，他依然是那样高大魁梧，和持棒喇嘛站在一起，就像两尊铁塔。

我赶紧起身招呼：“杨头领，是天上的神鹰把你带来，还是你嗅到了战火的风声。”

“一别几年，少爷已经成为草原的英雄了，请叫我阿力玛斯吧。”

我尊敬这个为爱而执着于仇恨的男人，那天夜里我们喝了很多酒。撤下宴席喝茶时，我问道：“头领来此有何贵干啊？”

“我是来帮助少爷攻打木图的！”他放下茶碗说道，“我在山中听说了山外的战火，也听说了少爷同木图开战的原因，我们两人都同狮子木图有仇恨在身，况且，苏德王爷于我有救命之恩，理应图报。”

我笑了，用一种很贵族的方式，不紧不慢地说：“玛斯头领说要帮助我们，可是你看到我外面的人马了吧，要说帮助，好像是应该我们帮助你。不过，我的马队的速度很快，我怕到时候宰了木图以后，你就没法报仇了。”

“少爷，远途的骏马不如骆驼，平川的猛虎不如群狼。”

丁先生问：“玛斯好汉有何打算？”

玛斯说：“两头猛虎交锋，如果在一头猛虎身后捅它一刀，它一定会回头撕咬，这时另一头猛虎就一定能够咬住它的喉咙。”

“这么说玛斯头领要从木图后面进攻，你有多少人马？”

“不是进攻，是偷袭。木图的家人可都在敖汉扎萨克王府里呢，我的人马不多，但足够了。”

我相信这个家伙说的话，我更相信他的仇恨会让他不惜一切，我就说：“你有什么要求？”

“请少爷给我两挺机枪。”

我警觉起来，“有什么用？”父亲曾经告诉我，一个人开口向你要一样很贵重的东西的时候，你一定要问他做什么？你一定要看着他的眼睛。机枪这东西是我们最好的武器，它就像一名法力深厚的巫师，将死咒喷射到所有挡在前面的人的身上，顷刻毙命。我必须弄清楚。

“有了它，就会有更多的敌人倒在地上，就会有更多的木图的人回头。”阿力玛斯恨恨地说。

我忽然想起几年以前我们的机枪曾让无数的乱匪倒在地上的情景。我又想起木图派出的杀手，不确定眼前这个人是否也对我们种下了仇恨的种子，但如果果真如他所说，我们赢下这场战争的可能性会大大增加，我决定冒险一试。我就说：“我相信玛斯头领是一条汉子，我更相信一个英雄说出的诺言，但我不会相信一个土匪所说的话。机枪我可以给你，但你必须承诺你说过的话。还有，你所做的一切与我们无关，你我从未谋面，也从未相识。”

阿力玛斯当然明白其中要害。贵族之间的战争是为了利益权势，是蒙古贵族内部的事情，大厦将倾的朝廷只会出面调停，甚至只能听任。但如果一个旗部和土匪掺和在一起，那就是反叛的罪名了。到那时，木图会纠集所有的东蒙古贵族反对我们，我们就被孤立了。

我要阿力玛斯发誓，他对着苏鲁锭，以一个蒙古人的方式发下了誓言，然后带上我们的家伙和期盼消失在夜色中。

我们按约定在第三天辰时发起了攻击，那边的人马还在睡梦中，就仓促应战。我们利用这几天向前挖好的壕沟，推进了一段距离，这样我们的武器的威力就变大了。对峙将近半个时辰，那边传来了两声炮响，我们知道阿力玛斯得手了。果然，不一会儿对面的枪声稀了下来，闪动的脑袋也少了，我命令卫兵大喊：木图的王府都被抄了，你们还想一块送死吗？接着马彪和都楞仓各带一帮人马，趁乱左右一个冲锋就占领了前面的一个山包。这下我们把机枪架在高坡上，剩下的就是机枪手的扫射了。没多久对面的人马就不再抵抗，掉转枪口撤退了。

我们以最快的速度冲向木图的衙门，不能再等他的人马集结起来。我们赶到木图王府时，木图正带领卫队同已经攻占王府的阿力玛斯激战，我们送的机枪发挥出最大的威力，打得高墙下的人马抬不起头来。我们前后夹击，木图的人越来越少，然后他就向着侧方逃走了。马彪杀红了眼，带上一帮人就要追，都楞仓制止了他，我们的队伍也后退撤出。马彪问为什么让那个家伙逃走，我说：“因为他是一个王爷，我不能这样杀他。”马彪又问为什么我们不攻进衙门，我说：“因为那是一座王府，况且里面已经有人了。”

我们的队伍就像一股汹涌的潮水，来得快，退得也快。我们很快就退回到边境上，马彪还是不解，就说：“早知道这么快撤回来，还不如不去攻打呢。”

丁先生说：“马镖师，放心吧，我们没做的事情，有人会去做。”

果然，几天以后，探子回报，在土匪攻占木图王府的时候，土匪洗劫了王府，还杀了两个木图的家人。

我不知道阿力玛斯为何没有将木图的家人全部杀死。

都楞仓悄悄问我，用不用夜里派人去把木图的儿子杀掉。我想象着木图的家人被劫掠的可怜样子，就说：“留一个种子吧，将来的事情将来再说。”

我们的对手已经逃走了，消失了。我决定暂时不需要杀掉木图，因为有一个人一定比我更想杀掉他。我杀了他，会引来许多麻烦，别人杀了他，我还会表示出同情。我们在边境上喝酒唱歌，我告诉信使把我们胜利的消息带回河谷去。

夜晚的戏剧

我没有急于返回河谷。一方面我们还要等待一些消息，另一方面我还要享受胜利所带来的光环。现在，在这群人眼里，我就是一个王者，虽然他们都叫我少爷。现在，炫目的光环笼罩在我的头顶，所有人都用看一个王的眼光看我，我很受用，可是等回到河谷我头顶的光环就会褪去，那时我就真的是王府的少爷了。

我在草地上悠闲地走动，蔚蓝的天空有几缕白云飘过去，我晒着头顶温暖的太阳，任马儿迈开四蹄，河水缓缓地流淌，草原上开满了各色的鲜花，牛羊悠闲地在草滩上吃草。

马群在不远处追逐着，我的心里也躁动起来，一阵歌声传了过来，我打马站在高坡上，下方有一座洁白的毡房，一个姑娘正在毡包前忘情地歌唱。我让包印也来上一首，这个家伙就鼓起嗓门儿。包印的歌声传过去，那姑娘向我们这边唱和起来。就这样两人一唱一和、一应一答，就像两只发情的百灵在互相传送爱的啾鸣。我躺在草丛里，望着头顶的蓝天，聆听这美妙的声音。天空是那样纯洁。包印唱到令人耳红的歌词时，那个姑娘就羞涩地跑进毡房里，我坐起身同其他几个人哈哈地笑了。包印停止了歌声，用眼睛看着我。我知道他的意思，就说："去吧，那个姑娘爱上你了。"包印高兴地打马箭一样冲下高坡，去找他的姑娘了。在我们这里，爱情就是这样简单，一阵动人的情歌互相传送，只要有风，就将两颗心连接在一起了。激情就像地上的青草，在雨水的浇灌下，能够快速地生长，形成无垠的绿波，将万物都浸染成绿色，醉了所有柔和的心灵。

在这里，战争仿佛从未发生。在这里，仿佛不是偏远的边境，而是一片蔚蓝色的净土。即使是在河岸的另一边也是如此。此时，我想起了一个人，几年以前，管家曾经将一个姑娘送进我的毡包，那时我刚成人，我无法忘掉那个姑娘的样子，她让我记住了一个月光如水的夜晚，她告诉我她的家好像就在附近。我忽然有一种冲动，想要去看看她，我对朝格说："我要去找一个人。"

我带上几个护卫又越过了边境，持棒喇嘛担心我，坚持跟在我的身后。从河谷出来以后，他一直这样，他说宫嘎活佛告诉他要一步不离地跟在少爷身边。

让包印暂且和他的爱情在一起吧。我沿着几年以前的记忆，第二天便轻易地找到了那个姑娘说过的地方。但是我问过了几户牧民，都说没有看到那个姑娘，最后有人说："那家人已经随着夏季的到来搬到夏季牧场上去了。"看着远处的高山和树林，她一定就在那里面，我没有问询她是否已经嫁人，我不需要知道。我有些累了，不想再向山上进发了，因为我知道，过去的事情已经永远地过去了，即便我找到了她又有什么意义吗？她只是存在于我的内心的一段记忆。现在，她或许早已经把我忘掉，或许她早已经成为别人的妻子了，我祝福她。内心告诉我："我到这里来的目的不是某个人，而是一段记忆，一段关于成长的记忆。"

我们在一处溪水旁停下来，我说我们就在这里扎营吧。我总是喜欢将毡包搭建在有水的地方，有水的地方不会干燥，还可以看到水中的月亮。

进入敖汉部境内已经有几次了，但我从未如此悠闲地在他们的领地上走动。我想起了我们领地草场上夜里的篝火，又想起了那个讲述自己故事的老人，我想要到他们的百姓中看看，还有，我现在是一个征服者，应该看看被我征服的百姓。

用过晚饭，我们一行人骑上马就到附近的嘎查去了，现在越来越多的蒙古人也学着客民的样子，集中住在一起。这样生活上可以互相照应，土匪来了还能共同抵御。远远地我们就看见了一团火焰，隐隐传来马头琴的声音。是啊，在整个蒙古草原上，夜晚只要有人的地方就会有一堆篝火，就会有美酒肥肉，就会有琴声悠扬，就会有歌声荡漾。但是如果你得罪了神灵，或是遇见了魔鬼，方圆几百里你也不会遇到一个毡包。此时你还是不要忘记燃起一堆篝火，拨弄起你的琴弦，这样既能够驱走你心中的寒冷，还能够让神灵知道你的孤独。我们来到篝火旁边，一个说唱艺人正在操弄着手里的弦琴。他动情地唱道：

河水在大地上蜿蜒流淌，流到每一个蒙古人的心上；
英雄在马背上纵情驰骋，他的故事传送到每一处毡房；
看他的坐骑黑骏马啊，那是敖包的圣物草原的神驹；
看他肩上站立的神鹰啊，那是他仇恨的眼睛怒视着远方。
残暴无情的狮子啊，夺走了他的新娘；

要问英雄为何流浪啊，为着他那心上人桃花姑娘；

他化身为一头豹子，将仇人的血肉祭洒在爱人的坟墓旁。

……

我知道说唱艺人唱的是谁。那个人的故事被他传唱得如此动人。人们痴痴地跟着说唱艺人的曲调颠沛着各自的情感，我的心也被这琴弦歌声弄得很柔和。

一曲下来，琴声细了，歌声停了，人们还沉醉在英雄的悲壮的爱情故事里。这草原上的蒙古人啊，看似粗犷的身体里面是多么的细腻。我看到一个姑娘在角落里抹着泪水，如果那个人就在眼前，她一定会上前拥抱她心中的英雄。我问身边的牧民："这个说唱艺人叫什么名字？"他告诉我，不需要知道一个说唱艺人的名字。我喜欢上了这个说唱艺人，这个到处流浪的说唱艺人给每一个毡包带去了琴声歌曲，让这些生活在穷苦中的百姓，给自己并不怎么快乐的生活中注入一些激荡的流水，照例享有神灵创造给众生的快乐忧伤，照例得到属于自己的那份爱与恨。我希望有一天，草原上也有说唱艺人传唱我的故事。

曲终人散，篝火暗下去了，我们又喝了许多的酒，我趁着酒劲，告诉那些人我是他们听到的英雄的朋友，我知道他在哪里。人们问我是谁？我得意地对着天空大声说："我是喀喇沁部族的少爷。"

我的醉话随便就从嘴里跑出来了，我没有在意，可是人群中的一个人却听清了我说的每一个字，也知道了我是谁，从哪里来。我一个人踉跄地来到黑暗的地方，要撒尿。当我的随从都纵情豪饮时，那个人已经站到了我的身后，我回头看了那人一眼，看到了他手里的刀子，借着火光的映衬，闪耀着寒光，我想要叫喊我的侍卫们，可是没有人听到我的声音。我感觉一股凉爽冲进我的身体里，伴随凉爽的，是一阵风，那是两只狼从黑暗里猛扑过来时带起的劲风，我就倒在了地上。

醒来时我已经在一处毡包里了，太阳还没有升起，一切都还在清晨的凉爽里，而我昨夜凉爽的地方传来了阵阵疼痛，一侧身我的屁股就像着火一样灼热。原来那一刀扎在我的屁股上，当那个家伙用刀对准我时，两只狼已经像箭一样地扑上来，他的刀锋偏了，接着被咬在地上，持棒喇嘛随后赶来，将我救起。随从们将我弄到一处毡包里，然后就是早上了。我不知道是因为酒喝得太多还是惊吓过度，昏睡了一夜。弄清楚一切之后，我让他们把那个行刺我的家伙带过来。

他是一个看上去很老实的家伙，是那种平日里也难得说上一句话的闷人，我问他为什么行刺我。

“因为你杀了我的兄弟。”

“你的兄弟是谁？”我问到。

“他在木图王爷的卫队里当差，一个月以前，他死了。”

“你是为他复仇吗？”

“是的。”

“可他是一个士兵，他应该死在战场上。”

“但你的士兵杀了他，你是他们的主子。”

他的逻辑简单而直接，因为我们的士兵恰巧杀了他的兄弟，他将仇恨放在带领士兵的人身上，而我就是这个人，于是我的屁股挨了一刀。

我又说：“现在你还想报仇吗？”

“不，我的仇已经报了。”

“可你并没有杀死我啊，你只是在我屁股上捅了一刀。”我有些纳闷。

“本来我可以杀死你，但我觉得你像是一个仁厚的主子，不像我们的主子那样残暴。”他看着我。

我对这个人产生了兴趣，继续问道：“你怎么断定我是一个仁厚的主子？”

“你能够坐在我们中间，和我们一起喝酒唱歌。”

这个老实人简单而真诚，他的生命里没有掺杂任何阴暗的东西。让他继续生活在草场上吧，让蓝天和绿草滋养更多纯粹的生命吧，这是他的地方。我就说：“你走吧，继续过你的日子。”

我让侍卫给他松绑，他站起来，一句话也没有说，转身走了。

朝格看着我，等待我的命令，我也一句话没说，抚摩着我的屁股。

过了一会，朝格终于憋不住了，说：“主子，是让我在外面杀了那人吗？我去宰了那个家伙。”

我依然一句话也没有说。我的沉默，就是告诉手下不要乱来。我是在想着这些生活在草场上、村庄里的下层人，他们的生命是那样卑微，但他们依然那样骄傲，他们的骨头不会因为我是一个贵族而在我面前弯曲，即使像尘埃一样的生命，风起时，也要在阳光里闪烁飞舞。让我再向这里的更深处走一走吧，在我们的领地上是不会有这些感受的。因为我们那里的人，远远地看见我，就会跪在大地上，即使我们围坐在篝火旁，坐在最不起眼的地方，人们也是要等到喝醉以后，才会回到自己原来的样子。我看不到更多真实的东西。如果有一天我真的能成为一个王，那我应该知道更多关于百姓的事情。

几天以后，我并不严重的伤口已经无碍了。包印从那座毡包赶过来，见我负伤，很是懊恼，埋怨着朝格和花代他们几个。我问他，你的姑娘呢？他说那个姑娘还在毡包里等他，但他已经告诉那个姑娘不要再等了。我问包印，你爱她吗？这家伙羞涩地点点头，我就说："回去的时候带上她吧！"

包印立即跪在了地上。我的几个小厮都不是自由民，都是家奴的身份。因此，他们的生活完全是由我们来控制的，他们干什么，怎样做，甚至喜欢一个人，和谁在一起，都由我们来决定，但我从未把他们几个当作家奴。他们是我的贴身侍从，但不是朋友。这些，他们很清楚，所以他们对我死心塌地。

我还不能骑马，他们就弄了一辆马车。我就躺在马车上，告诉手下，我们沿着老哈河沿岸向敖汉部的纵深处进发吧。

都楞仓知道我受伤的消息后，也带人来了。他担心我的安全，我告诉他，我不会再说出我的身份，因为我此行与身份无关。那天夜里之所以说出那些话，都是因为那个说唱艺人在我喝酒的时候说唱英雄的故事。况且我的身边还有几个勇猛的家伙，还有两只机警的狼。

我们沿着河岸向敖汉部的内境走去，季风从东南吹过来，驱走了夏季浮动在草丛上面的热浪。我们翻过一座低山垭口，远远的就是一处村落了。太阳落山时我们已经来到了村子里，听村头的老人说，这个村子蒙汉杂居，其中以汉民居多。蒙民在夏季就会离开，到山上的牧场放牧，冬天时再回到村里；汉民则耕种河谷开阔处的田地，大家皆缴租纳赋，各自生活。

老人又说："村里张大户家里的戏班晚上在村里唱戏。"言语里充满了羡慕。

这个张大户于十几年以前同一蒙古结义兄弟共跑驼队，到关内经营，后来聚得银钱，回来修宅置地，现在是村里第一大户，方圆几十里的好田地都是他的。据说还是敖汉王狮子木图的把兄弟，人称张大财主，又因其惜财如命，克扣欺压佃户，与官府勾结，方圆百里无人敢惹，百姓都在背后叫他张白眼。听老人说完，我对这个张白眼有了兴趣，我决定去看望他，这个木图的结义兄弟。

我们来到了张财主的门前，高大的石阶和宽阔的宅门告诉来人这是一户有钱人家。门口左右两个石狮子，狮子旁边各有几个护卫站岗，两个门人正在石阶上闲聊。我们说是远道来的商贩，想到府上借宿一晚。门人看我们一身的风尘，小声嘀咕说："又是一帮蹭闲饭的，跟我来吧。"说罢，将我们带到了旁边的一个小院，那里有许多的骆驼和马匹，这里是一处圈养牲口的院落，我们被安顿在马房里，两排大炕排开，屋子里倒也凉爽。包印刚要发火，我咳嗽一声。我说很好。门人又告诉我们，屋里的柜橱里有米，饿了自己动手，说罢就走开了，回过头来又说了一句："要是没银子就赶紧走得远远的，没人伺候，蹭吃蹭喝想都别想。"

马彪说："看来主人不善，狗也凶恶。"

我们都笑了，弄了一点吃的，就等着晚上看戏班的演出了。

我们早早地来到了村东的一处戏台，问过台下等戏的村民，知道这座戏台是张财主专门搭建的。他还专门养了一个戏班，叫作张家戏班，一年四季到处走台唱戏，挣的银钱不少，建此戏台，一来娱乐，二来凸显富贵霸气。

我想起王府的戏楼来，比这座戏台可气派多了，我还不知道这里的戏班唱得怎样。人越聚越多，听言谈附近几个村子百姓也都来了许多，说是今晚可有好戏看，一会要先开一个公审会，然后才唱戏。前面几排摆放整齐的桌椅是留给佐领、头人和其他有身份的人的，后面站立的都是穷苦的百姓，我们也站在人群中。我问身边刚才那个散布消息的家伙，他说："张财主是要公审两个不缴租的佃户，要求附近村民每户都要来人，说是请乡亲们听戏，实际就是给大家点儿颜色看看，谁不缴租，就是那两户人家的下场。你们是远道来的，我不妨告诉你，张财主的租息太高了，即使是丰年景，缴租剩下的也都不够吃啊。"我问他："你们不反抗吗？"他用眼睛直直地看着我，然后走到人群里去了。我的兴趣更浓了，屁股还有一点疼，恰好我们不远处有一个人拿着一根木棒在巡视，在他身后有一个高耸的柴草垛，我明白他在干什么。我就让朝格过去同他谈谈。这是张财主堆积的一大堆柴草，怕人多起火，派专人巡视。朝格给了柴草看守一块银子，看守就将梯子竖起在草垛上，他还为我们在高高的柴草堆上铺上一层毡子，我斜坐在柔软的草垛上，很舒服，这里离戏台很近，离天上的星星也很近。我仰头看着苍穹，不知道天上的神灵是否知道一个扎萨克少爷会在一堆柴草垛上看戏，朝格说有一天他会把我们一起在柴草堆上看戏的事情告诉给他的孙子。

戏台两侧的大油灯点亮了，将戏台照映得明亮如昼，更加衬托出主人的财力与权势。人满了，传来一声锣响，人群就立刻安静下来，跟随在锣声后面的一行人坐到前面的座椅上，那些人里其中一个一定是张财主了。

台上走出一个人来，先是一番恭维之语，无非是张财主如何行善，地方台吉、佐领如何清正爱民云云。然后就说起了那两户拖欠去年地租人家，到了今年夏季还未缴上，秋季以后又到了收租的季节，现在要提醒一下各位乡邻。然后那两个佃户就被拖了出来，他们已经被折磨得不成样子了。这时一个佐领模样的人上台代表官府抽了几蟒鞭，以示惩罚。张财主又上台讲了一番，台下的人群像黑夜里的羊群一样老实安分，没有声息。接着两个人就被吊起来，像两个灌满风的口袋在戏台上摇晃着，两个打手各持蟒鞭开始抽打，蟒鞭清脆的声音落在肉身上，晚风将血腥味带进台下的人群中。

我同情起这些站在黑暗中的穷苦人，相信我们的领地上一定也有这样的村霸财主、这样的酷吏暴行，我感到可怕。一定是我们的扎萨克衙门里出了问题，尽管我们不愿意承认，但事实就是如此。我对身旁的花代说："有一天我要是当了王爷，就让你做我的检巡官，你的任务就是到处巡视，遇到这样的佐领和财主，就杀了他们。"另一边的包印一听杀人，就说："我去宰了那些家伙。"

这个勇猛的家伙兴奋起来，我给了他一巴掌："草场上的那个姑娘没让你的心变得柔和些吗？"

我身边这几个人，如果现在我让他们上前杀人，相信用不了片刻，坐在前排和台上施刑的那些家伙就会魂飞魄散。持棒喇嘛留在了马房里，他是个喇嘛，更愿意诵经静坐，不好热闹。

最后，台上的一个人宣布将两户人家抵身变为张财主的家奴，直到偿还完租赋为止。然后就准备开始唱戏了。亮场锣鼓声一响，台下的人群立刻就欢呼起来，顷刻就忘了刚才的事情，我抬头看一眼天上的星星，星星被云层遮挡住了。

戏班唱的是梆子戏。今晚台上的是一出武戏，我想这一定是那个张白眼特意安排的。戏里的角色唱腔扮相真好，一点不比王府里的差，一个老武生将手里的花枪耍得出神入化，台下人群中传来阵阵呐喊，早忘了刚才的一切。马彪说："这个武生不比京城的名角差，至少有二十年的功底。"

台上的戏唱完了，我也感到了疲惫。我们从柴草堆上下来，我说这么大的一堆柴草要是烧起来，火焰会冲到天上去的。人群散去了，我们才走出不远，后面忽然有人喊叫："起火了。"我回头一看，我们刚才待过的柴草堆已经燃起了熊熊火焰，火光真的冲到天上去了。花代气喘吁吁地跑过来，冲着我嘿嘿地笑。一定是他点燃的，这个家伙顺着我刚才说的话，悄悄点燃了那堆柴草。

我们就在那儿观看，人们很快纷纷四散开去。看看，穷人是永远都不会去救财主家的火的。

一会儿十几个张家的家丁就冲过来了，但无法靠近，这些干燥的柴草，一经点燃就无法扑灭，直至燃尽。大火着了接近一个时辰，看看火势下去了，我们才回到马房里。马彪很兴奋，还学着老武生耍了起来。我也想着刚才台上的那个老武生，打算明天去见见他。

第二天，我们来到了张家戏班。我见到了那个老武生，他姓韩，是戏班的班主。我让手下给了他们一些赏银。韩班主很义气，见我出手大方，非要请我喝酒，他说趁着天气好，他们打算多出去走台口，多赚些银钱，冬天就能少几个在财主家寄宿“打冻”（猫冬）的演员。

我们喝酒的时候，他说自己是关内人，幼年学戏，少年登台，飘零一生，眼下在张财主家挂班，也是寄人篱下，实属无奈。伶人地位低贱，位居九流之下。真想有朝一日能够自己独立组班，不受人指使，那是苍天有眼。我想一想我们的戏班，就说：“离开这里，向西边去，没准你的愿望能够实现。”我向他发出了邀请，告诉他，走台口的时候，不妨到喀喇沁王府转转，那里的王爷非常喜欢戏剧。

他说自己的一个师兄弟就在喀喇沁王府的戏班里做琴师，他听说过那里，戏班的人都是京城里来的名师傅教出来的，可不一般。

我说你们唱得不一样，喀喇沁王府戏班主攻京剧西皮、二黄，你们擅长梆子，各有所长，就像天上的白云和地上的青草，不一样。

我还想要看一看张白眼，但我想起了我见到过的那些土财主，他们又有什么区别呢？无非都是一样势利的嘴脸，他们用强取豪夺来的银子充斥身体，使自己膨胀，以占有更多的空间，显示自己的强大，但他们没有地位，身份低下，所以，他们永远都成不了贵族。

我告诉马彪他们，你们去找些乐子吧，就说是努鲁儿虎山来的人。我想要给说唱艺人的故事里再加上一些阿力玛斯的精彩传唱，他的故事会让这里的百姓们舒缓愤怒。同时不会让百姓们因为火焰招致更多的祸害。

那天夜里，马彪几个人翻进了张白眼的宅院，宣称是努鲁儿虎山来的人，他们的头领叫作阿力玛斯。头领听说老哈河畔的张财主添了一笔富贵，想借来一用。有马彪在，不一会儿工夫，几坛银子就到手了。我们暗中观察了几天，张白眼竟没有任何动静，看来，阿力玛斯的头名很有作用。我就让朝格给韩班主送去一坛，其余的给了那两个遭鞭刑的家人和附近的穷苦百姓。还留了一点给了张白眼，算是这段时间的食宿银钱。这段时间里，我的伤口好了。

扑到梦里的老熊

我们得到消息，阿力玛斯将木图的王府洗劫以后，就快速撤回到属于他的山林里了。随后，狮子木图也带领残部回到了王府里，又坐回了他的位子。都楞仓说："木图回到王府，我去将他捉来。"丁先生制止了都楞仓，他说："木图是朝廷封的蒙古王爷，如果我们将他杀了，就是反叛朝廷，会引来杀身之祸的。我们该收手了，木图的事情还是让山林里的人去做吧。"

这就是我的父亲派丁先生跟随我出征的原因。他说的是对的。

我们该返回河谷了。出发时我看见包印将一个姑娘带在身边，我说："你不怕我反悔吗？"

这个机灵的家伙告诉他的姑娘："还不谢少爷成全了我们。"我给了姑娘赏银，算是承认了她。我告诉包印，不用跟着我，去陪你的姑娘吧。

几个随从都开着包印的玩笑，马彪还要喝包印的喜酒。包印说回到河谷会让你喝个够。

我说："等回到河谷，我会请求父王准许这个姑娘嫁给你做老婆。"快乐又回到了我们的身上。

快进入河谷时，我们遇到驼山湾教堂的信使。他受南布神父委托到上游河谷给苏德王爷送一些药品，说是从遥远的大海的另一边运送过来的，能够让王爷的身体不会生长一种看不见的东西，那东西是要通过一种镜子才能够看到，那东西会要人的性命。我不明白，送药的人也不明白。但我还是让他代为感谢神父，我问了神父的情况，他说神父很想念少爷。

我们越接近河谷，我头顶上的光环也就越发稀薄，那些荣耀正一点点褪去。我告诉队伍放慢脚步，我说让河谷里等待的人们再耐心一些吧。到了河谷我就又变回喀喇沁王府的少爷了。这一路上沿途的风景可真是美丽，丰沛的雨水让大地上的一切都变得郁郁葱葱，野花绚烂地盛开在没有边际的大地上。我们尽量走在开阔地里，那样我们的眼睛就不会被树林和高山所遮挡，我们的视野就会装下更多的东西，我们的心里就会更加宽广，这种感觉只有回乡的胜利之师才会拥有。沿途的百姓在头人、佐领的带领下，早早地等待在我们经过的路途上。每到一处，我都会喝得大醉，在我们的百姓中间，我不需要提防什么，要做的就是接过他们敬献的美酒和哈达。夜晚扎下营盘，我们围在篝火旁尽情地歌唱舞蹈，我也想要学着父亲的样子对着夜空吟诗，可我没有，因为月亮太皎洁了，照得我身体里的烦忧都跑出去了，一个人没有忧伤怎么能够吟诗呢？我还是喝酒吧。

终于到达河谷了，父亲站在广场前迎接我们的归来。他亲自为我斟上下马酒，眼睛里闪烁的光彩就像雨后的彩虹，看来他已经完全好了。喝完酒后，我跪下来正式参拜父亲，我头顶的光环就在这瞬间完全消失了，我又变成了喀喇沁王府的少爷。我的母亲眼里闪烁着泪花紧紧抱着我，一股暖流传遍我的身体，我也拥抱了站在母亲身边的侧福晋，我希望将这种温暖也传递到她的身上。接下来是我的两位妻子，她们看上去更加美丽，只是眼睛里带有一些羞涩与幽怨，我离开她们很长时间了，每天夜里她们应该会对着月亮、星星思念远在前方征战的丈夫。从她们的眼神中我知道她们是多么爱我。是的，如果你想要知道一个人是否爱你，看她的眼睛就可以，一双爱你的眼睛永远含着羞涩与聆听，羞涩是因为迷恋，聆听是放在心头。

我把包印的事情同父亲说了。父亲认真端详着包印身边的姑娘，说："草场上的姑娘热情奔放，善于生养，既然你们的主子同意，好，我就成全你们。"我没有向父亲请求给包印自由民的身份，那样对其他几个小厮不公平，父亲也不会同意。

几天以后，朝廷的谕旨到了，不外乎要我们收敛安稳，维护地方团结平安之意。原来，父亲得到我们胜利的消息，就给朝廷送去了奏章，历数了狮子木图的罪行和对我部的侵犯行刺，说已代替朝廷教训了木图，还请朝廷做主，进行详细彻查。现在的大清朝，对我们这些蒙古王公，也只能这样了。

包印的婚事办得很热闹，我出银子，几个小厮里外张罗，丁先生送了包印一副对联，写道："草原上琴弦结连理，蓝天下歌声传情意。横批是'敏事愚爱'！"

马彪果然喝得大醉，这个豪爽的汉子。我告诉其他几个小厮，将来你们有了心上人，我照例给你们操办婚事。朝格说他会找个花仙子来做新娘，花代则说他不打算成婚，他要跟着我做大事情。我说朝格将来你可以当一个侍卫长，花代能够做一个将军。花代说："少爷，将来你要是做了王，我要做你的带兵梅林。"我记得以前我曾经说过希望几个小厮中有人能够做我的梅林的事，虽然是玩笑，但花代这小子记住了，他是一个有心人，或许有一天真能够做一些大事。我没有再说话，回到河谷后，我发现我的内心不再平静，我开始愿意回味我们在路途中我头顶上的光环了。

夜里我住进了我妻子的房间，没有同阿圆睡在一起，是阿圆将我从她的房间里推了出来。她说："你刚回来，应该睡到你妻子的房间。"我说："你不是我的妻子吗？"

她羞涩地笑了："在汉地，我只是你的妾！"

我说将来我会让你做我的侧福晋。

我喜欢她如此知情达理。我不愿意看到两个女人争风吃醋，想起了早年间母亲和侧福晋的样子。

我来到我妻子的身边，她在等我。我有很长时间没有碰女人了，有些拘谨陌生，当我抚摩到她的柔滑的肌肤时，我的热情被点燃了，然后我们就在夜色里驰骋了很久。

戏楼又开始唱戏了，这次是为了我们的胜利归来。我想起在敖汉部境内老哈河畔的张家戏班，要是他们的梆子戏同我们王府里的戏班唱几出对台戏，那是何等地热闹，父亲说不定还会亲自登台演出呢？

雨季过去了，接着是立秋，天气变得逐渐凉爽起来。草尖染上了黄色，我们又没有什么事情可以做了，一切又都恢复了平静。可事情却又从平静的云层中钻了出来。

父亲走出经堂，站在凉爽的庭院里，看着远天舒卷的云层说："秋天来了，我们去围猎吧，看看我的筋骨都快要散架了。"以前他是一个经常骑在马背上的人，除了诵经、听戏、吟诗游玩以外，他都会在马背上驰骋。自从父亲被行刺以来，经过了大半年的恢复休养，他感觉以前的一切又都回来了，他又开始说："一个蒙古人要是上不了马背了，那还不如一只蹒跚的绵羊。"看来，一个王也是需要不断地证明自己的身体是强壮的，就像一群马，头马必须经常证明自己的雄壮，才能在马群里耀武扬威、雄赳赳气昂昂地嘶鸣，才能让其他的马俯首称臣。

围猎对于我们来说是一件很隆重的事情，可不是我带上几个小厮随便到森林里住上几天，打几只狍子野兔就算了事。我们这里是朝廷的木兰围场之地，我们部落其中的一项使命就是管护好皇家的打猎围场。很久以前的时候，差不多每年皇帝都会到我们这里围猎。一来保持找寻尚武之风，二来召会蒙古各部王公，以示皇恩浩荡，满蒙一家。小的时候听祖父告诉我，要是没有我们漠南蒙古的勇士，大清朝是不会建立起来的。可是现在，大清朝风雨飘摇了，皇帝已经顾不上再来我们这里围猎，但我们依然认真守护着木兰围场。到了秋天，我们自己会到属于我们领地的森林里去围猎。

出发那天，在广场上进行了法事活动，为我们的秋季围猎祈祷收获和平安。我们祈求上天神灵护佑地上万物，让一切自然和谐，让我们领地上的生灵兴旺繁荣，取之不竭。这次法事仪式的主导是我们的大萨满阿宝巫师，喇嘛们没有占据广场上法事活动的中心位置。宫嘎活佛来到父亲面前，神色慌张地说："王爷啊，我观看天上的云层，里面有魔鬼的身影，夹杂着污秽的东西，凉爽干净的秋风没有吹散云层，这几天一直压在我们的头顶上。"父亲抬头看着天上的云层，就在我们头顶上飘荡着，很轻盈，并没有什么不妥。父亲便说："既然你看见了魔鬼和污秽的东西，就想办法赶走他们吧。"然后一挥鞭，我们的队伍就出发了，剩下活佛孤零零地站在广场上。

自从在福荟寺被两个喇嘛行刺以后，父亲虽然没有惩罚宫嘎活佛，但还是将福荟寺的住持喇嘛赶出了寺庙，让他到更小的寺庙里去了。父亲也不再像以前那样经常同活佛谈经论佛，而是经常在家庙里做早课诵经了。现在，宫嘎活佛又站出来占卜，他为什么当初没有占卜到自己的喇嘛中间有杀手呢？他说话时，苏德王爷正和身边的管家在说话，父亲不再那么注意听活佛说话了。我从活佛身边打马经过时，活佛拦住了我，对我认真地说道："少爷啊，我只有叮嘱你了，小心保护好王爷啊。"我其实并不怎么相信喇嘛们的那些话语，但我尊敬同情这个现在很孤独的慈悲喇嘛，就点点头："活佛，我会仔细的。"然后我也打马扬长而去。活佛站在身后的烟尘里，心里一定很不是滋味，走出很远，我回过头来，这个悲悯的喇嘛正仰头看着天上。

围猎的队伍很快就进入了茫茫苍苍的茅荆坝森林里。秋天森林里的树枝上长满了各种果实，地上遍铺着菌类和野菜。阴暗的树林里只有稀疏的阳光能投下来，充满湿润潮气，沟壑处已经铺了一层层厚厚的落叶，那是早秋时节的落叶乔木给森林里的万物报秋的信息。开阔地上则是大片的北方杜鹃和野榛灌木丛，野榛丛里不时钻出几只小动物或升腾起一群山鸡野鸟，用这成熟的坚果使自己变得强壮肥美，在秋天里收获神灵赐予它们自己的那份所得。我们终于到达围猎的第一个营盘，这是一个叫作"狼营"的小村落。狼营营盘建在一处向阳的森林中的高坡开阔地上，可以享用神灵赐予的太阳。在森林里一切都被视为神灵所赐。村落下方是一条小河，河水很浅，很多地方刚没过脚面，缓慢清澈地流淌在秋天的森林里。每次父亲来到这里，都要求我们在河水拐弯处水深的地方下河洗澡。

这里的头人早就准备好了一切，带领不多的百姓迎接我们。从很久以前起，我们就在这片划入朝廷木兰围场的森林里设置了围猎的营盘，迁来一些百姓，让他们驻守在围场的森林里，给他们俸禄，世代居住。一方面让他们看护森林里的万物，不受外来盗猎者侵扰；另一方面让他们成为我们的好猎手。京城的皇帝、贵族们来了，他们负责寻找围堵猎物，然后藏在树丛里等待猎杀的过程。在我们的领地上有几个这样的营盘，按照祖上的规矩，只有到了狼营营盘以后，才可以进行正式的捕猎。我们休息了一个晚上，第二天太阳刚升起来，按照惯例，该到我们下河洗澡的时候了。这里的头人早在几天以前得到我们前来围猎的消息时，就已经将河水筑起了一处简易的堤坝，将水流憋挡在拐弯处，几天下来，河水注满，再打开一个小缺口，这样就形成一弯活水流动的水泊。

我们纷纷下河，秋天的河水清澈凛冽，洗涤激荡着我们的身体。我们打着冷战，在水里嬉戏玩闹，一会儿工夫就同河水融在一起，荡起层层水花，在早晨阳光里映射出缤纷的光彩。马彪也脱衣下水，他说蒙古的水可真凉，都楞仓告诉他这可刚是初秋。秋天的河水能够使我们的身体变得清爽，能够洗去我们身上的尘埃，能够让我们的心灵得到净化，这样神灵就会赐予我们更多的猎物。所以，在我们这里，下河洗澡是一件很神圣的事情，按照习俗，是不能随便下河的，我们对河水充满敬畏。

父亲没有下河，他的身体虽然已经康复，可是图格老人告诫说他的身体伤了太多的元气，不可在冷水里洗浴，甚至骑在马上也不宜在冷风里疾驰。

父亲看着我们在水里快活的样子，有些失落。他说："我沿河岸走走。"我不知道父亲沿着河岸向上游走去会有什么不同的风景，在我看来，此刻没有比早上的阳光和清凉的河水更令人陶醉的了。一个人老了，即便是依旧充满豪情，怎奈身体终究是肉身做成的，神灵将更多的护佑都放在我们的灵魂上，会让身体随着岁月一点一点变老。每个人都逃脱不了岁月这东西，它会让你的腰身弯曲，让你的嗓音低沉，让你的皮肤褶皱，让你的泪水混浊，最后所有的一切就都化为尘土。管家上岸去追父亲了，我看着头人跟在父亲身后，父亲显得很孤独，我也就上岸了。

营盘的猎户们吹响了号角，告诉森林里的万物，有人来了，赶快躲闪。这时，那些迎着号角露面的动物就会被我们视为神灵的赐予，我们就会心安理得地猎杀。长久以来，我们所获得的猎物都会被视为森林带给我们的供养。是的，森林和山水养育了一切，所以我们对森林是永远敬畏的，没有人可以在森林里大声喧哗，那会被视为对森林里神灵的不敬：打猎的人，不会捕到猎物；采药的人，药篓里是空的；挖野菜采山菌的人会一无所获。所以，我们进入密林以后所有的人都很小心，尽量不发出任何声响。周围除了我们自己踩踏推搡枝叶的声音，一切都是静的。猎户们已经提前从另一侧进入林中，他们的任务就是将猎物驱赶到我们这边来，他们不需要大声叫嚷，他们身上涂抹了狼的尿液，动物们灵敏的嗅觉会让它们的脚步向我们这边的山岭靠拢。我们潜伏在一处沟崖边，所有从对面山岭过来的动物都将经过这里才能到我们身后的密林。蹲守了将近一个时辰，几只狍子终于从沟崖那边的树林里探出头来，头狍试探了几次，就沿着斜坡向我们这边走来。父亲举起了手里的弓箭，等到头狍走过后，他的箭射向了头狍身后的那只，一个踉跄，那家伙栽倒在地上，这是我们今天收获的第一只猎物。照例，我们围猎时，第一只猎物要由身份最尊贵的人来猎杀，我们这里当然是苏德王爷。我的父亲每次围猎都能够第一箭就命中猎物，今天他依然如此，马彪佩服得五体投地，他说："王爷真神力，能开满弓。"

父亲开弓后，接下来就是我们的战场了，我的几个小厮们都用快枪，不再使用弓箭，他们认为那东西已经落后了。一天下来，我们收获颇丰，打到了十多只狍子、野鹿，一大堆山鸡和野兔，还有其他的猎物。我们回到营盘时，太阳已经从山间落下去了。

进行了宰杀仪式，敬过神灵以后，我们就将猎物放到火上烧烤，其余的都分给猎户们。

晚上很冷，我们都很快地进入梦里去了。后半夜我起来撒尿，守卫们还在暗下去的篝火旁打着盹，我听到父亲的毡房里传来一声惊叫，我赶忙跑过去。父亲正惊恐地坐起来，我叫了一声父王，他闭着眼睛，没有吱声。过了一会他穿起衣服，我们走出毡房，来到夜色里，两个守卫已经站在了外面，我让他们退去。父亲望着天空，告诉我刚才一头老熊扑到他的梦里去了。我不知道这代表什么意思，不知说什么好，宫嘎活佛没在身边，无法占卜，或许是白天太累了。我安慰着父亲，过了很久他又回到毡包里睡去了。我睡不着，坐在篝火旁同守卫说了一会儿话。早上我起得很晚，父亲已经做过早课，他的精神很好，我想他的心灵已经同神灵沟通，昨夜的梦境已经像昨夜一样永远过去了。

我们继续向森林里进发，今天将要跨过两道山岭，到下一个营盘围猎。狼营的猎户们跟随在我们的队伍里，今天他们不用那么辛苦，诱捕的事情交给下一个营盘的猎户们了。我们在森林里转了几个时辰，仅打到几只小猎物，我们都有些懊恼，猎户们说林子里可能会有大家伙，否则不会这么清净。我们在盘算会是什么东西时，一只大鸟尖叫着从我们头顶的树梢缝隙间掠过去了，猎户们有些惊恐，他们说这静寂的林子里是神灵掌管的地方，不知道哪个阴暗的地方隐藏着魔鬼。

我们继续搜索，没有理会猎户们的议论。在一处林间的溪水旁，父亲坐了下来，我坐在他旁边，陪着他。他说："我累了，你们继续寻找猎物吧。"然后靠在一棵大树下，闭目养神起来，这是他要别人离开身边的意思，许多年来，已经形成习惯。父亲的两个侍卫守在不远处，我便站起身带上大家继续前行。我们来到前面不远的一处开阔地上休息，等候父亲，过了一会，我见父亲还没有跟上，我告诉包印回去看一下王爷，这时我们身后传来几声熊吼，有经验的老猎户说声不好，站起身就向后面林间跑去，我们急忙跟在后面，几声枪响响彻在头顶。我们来到父亲休息的溪水旁，我看到父亲满身是血地躺倒在倚靠的大树下，侍卫正举着枪向小溪旁的高大的灌木丛中射击，嘴里喊着："熊瞎子，熊瞎子袭击了王爷。"猎人们奔向灌木丛中追打老熊，我呼喊着父亲，父亲看着我说："老熊真的扑到我怀里了。"然后就昏迷过去了。

马彪将身上的金疮药洒在父亲伤口上，可是父亲身上的血不住地往外流，伤口太深了，不一会儿父亲睁开眼睛，无力地说："不要慌，你是王府的少爷。"然后，他又闭上了眼睛。刹那间我的脑袋里什么都没有了。

我们将父亲抬下山去。营盘的老猎户略懂医术，他将父亲的伤口先清洗干净，敷上自制的药粉，再将伤口缝合起来，他说熊瞎子已经被打死了。原来那头老熊是要到那处溪水里喝水，见我们人多，就隐身在灌木丛中，我们都走了，只有一个人在树下，它就发动了攻击。我很着急，立刻派出朝格和包印去请图格老人。我又想起父亲同我说起的梦境，马上命令马彪赶回河谷去把宫嘎活佛请来。

第二天，父亲醒过来了。有了上次被刺客行刺的事情，我日夜守在父亲身边。三天以后，图格老人到了，他又重新检查了父亲的伤口，又给父亲用了些药，把过父亲的脉搏后，他说："王爷的命算是保住了，还好老熊只是扑了王爷一下。"宫嘎活佛说他前几天看见茅荆坝森林方向的上空有一片黑云，始终罩在空中，他就担心王爷，现在果然是魔鬼引诱了一头老熊袭击王爷。父亲听着活佛说完，笑了，他说："活佛啊，老熊要喝水，我挡着它的脚步了，要是我知道它在我前面的树丛里，我会宰了它。"

看来，父亲并没有把袭击放在心上，但我看到了父亲眼神里的一种渴望，是对生命的留恋，这种眼神只有爱他的人才能够看到。

一段时间以后，父亲的伤情稳定下来，我们开始缓慢地返回河谷里的王府。回到王府里，一切又都安静起来，我感到了一股笼罩在王府里的压抑，甚至比上次刺客行刺还要沉重。

图格老人告诉父亲："以后请王爷还是不要骑马了，马背的颠簸会伤害王爷的身体。"父亲没有吱声，我想他是不会听从的，如果不能上马，这个蒙古人的生命也就等于结束了。

替　身

从围场回到河谷里，我感到异常的疲倦，就像一个远行的人一路奔波，终于找到了一个落脚的地方。将父亲安顿下来以后，我长长地出了一口气，但是呼出之后，换回来的并不是清爽，我的脑袋依然嗡嗡作响。近两年的时间里，父亲连续两次受到伤害，刺客与老熊轮番袭击，一个在人群里，一个在森林中，让他的生命变得脆弱不堪。这不得不让我们同神灵联系在一起，或许是命运在暗示些什么，或许是父亲的生命之火正在暗下去，这些打击让母亲也将一天中更多的时间放在家庙里了，就像当年的老祖母。这些女人在遇到事情的时候总是求助神灵，她们也只能如此，因为除此以外她们做不了任何事情。关于神灵的事情还是让我们的活佛说话吧。

宫嘎活佛已经在福荟寺经殿前作了几场法事。他来到父亲的床前，低声诵经，为父亲祈祷佛菩萨的护佑，然后，他同父亲谈论了一会。父亲说：“活佛啊，现在我相信你的话了。一头老熊在梦里扑到我的怀里去了，果然第二天我就遭遇到了那家伙，它身子一直，当胸就给我一巴掌，它也太快了，当时我就知道我的肋骨断了。”

“王爷，一切皆有定数，我问过佛菩萨了，那头老熊是一个土匪首领的转世化身。许多年以前，王爷曾经猎杀过一头黑熊，如今它的后代前来寻仇。”活佛说。

“这么说，它是早就准备好了。”

“是的，它一直在等待。”

活佛接着说：“它在梦里是在警示王爷，告诉王爷不要离它太近，因为王爷是这片土地上的主子，对于主子，它不能不忠不义。”

“可是它已经死了！”

“是的，这正是佛的安排。”

父亲笑了：“喇嘛总是能够自圆其说。”他已经完全原谅宫嘎活佛了。

父亲的伤口好了，但那头黑熊却永远地留在了他的身体里。这次受伤，让他的身体变得弯曲了，他不再像以前那样挺直身子，总是保持一个高贵的王者之风。他的呼吸里带着明显的紧张与疲倦，那是同黑熊搏斗时发出的声音，到现在，他们还在搏斗，只是战场完全转移到梦境中了。每天早上父亲醒来，都是一头汗水，那一定是和黑熊拼杀了一夜。有几次，黑熊甚至在白天找上门来。有一天，父亲正在王府的花园里休息，忽然从花丛中蹿出一条黑蛇，学着黑熊的样子站直身子，向父亲扑来，父亲伸出手杖，花蛇就缠绕在上面，然后将手杖带到花丛中去了。活佛说：“黑熊是想要王爷失去手臂。”还有一次，父亲正同活佛在王府后山凉亭上论经，他们听到外面空中传来吼叫之声，走出凉亭向空中望去，一团黑云正向头顶压过来，是一头黑熊的模样，然后就是一阵黑雨落下，活佛赶紧念动经文，才将就要落在父亲头上的雨水斜刺里挥洒出去，倾泻在一棵大树上，结果那棵大树因为被雨水侵袭，没几天就枝枯叶败了。活佛说：“这是黑熊想让王爷的生命像大树一样枯萎。”终于有一天，两个对手又一次在梦里相遇，这次父亲看清了黑熊的老巢是在一处高崖下的洞穴里。活佛根据父亲的描述进行了占卜，说是黑熊的老巢前有两棵高大的白桦树，白桦树下有一处泉水，这些泉水正是黑熊的力量的源头。找到洞穴，就能找到黑熊，父亲和它的战斗也就应该有一个了断了。

于是，活佛派出了寺里的一个最善于观察寻踪的老喇嘛，这个喇嘛年轻的时候曾经是一个好猎手，进入寺庙以后，也是整天地让双脚走在各处幽僻的地方，他说他修行的方式就是观察和寻找留在大地上的痕迹，至于寻找什么，老喇嘛回答：“佛法！”

一个由喇嘛和士兵组成的寻找黑熊的队伍出发了。喇嘛肯定地说：“黑熊的老巢一定在茅荆坝围场附近的森林。”

喇嘛的话等于没说。这个推断不应该从一个尊贵的上师喇嘛嘴里说出来。因为我们每个人都知道那头黑熊是在哪里被打死的。它的肉身没了，如果有灵魂，灵魂一定也寄居在附近的山林里，但还是让宫嘎活佛来说吧，让一个智慧的活佛说出来更令人信服。

在茂密的森林里找到黑熊灵魂寄居的巢穴还是如同大海捞针一样。

在猎户的带领下，我们很快找到了那头老熊当时袭击父亲的地方。老喇嘛经过仔细观察，带领我们又翻跃了几座山岭，然后在夜里他爬上了一处山岭的开阔处，借着月光在那里能够观察到四周远处的山形地势。几天以后，我们就来到了一处隐藏在密林深处的高崖，来到近前，果然有一处隐没于草丛里的洞穴，洞穴前面是两棵高大挺拔的白桦树，树下有一股清泉正从地面上汩汩冒出来，流进了洞穴里。按照宫嘎活佛事先布置好的，我们挖出另一条渠道，将泉水导向另一个方向，并将通往洞穴的水渠堵塞。据说这样就断了老黑熊的力量。然后派一个猎户爬进洞去，他在那里面找到了一个熊头骨和一些毛发，他说看得出里面曾是一处黑熊窝。我们放火烧了黑熊的老巢，又将洞口堵死，将洞中的头骨和我们带来的黑熊的骨头埋葬在一起，然后喇嘛们作了一场法事，超度死去的老熊，才算了事。当这一切都做完后，所有人都感到一股很久未有的轻松。

之后，有一段时间，父亲果然不在梦里同黑熊搏斗了，但另一种寂寞却如约而至。他现在很少说话，也很少出门，夜里很晚入睡，早上别人还在睡梦里，他已经在经堂做早课了，星星成了他的伙伴。这可苦了他身边的下人们，但所有人都不敢言语，生怕冒犯了这个面无表情的主子。我问他：“父王，是黑熊夺走了你身上的豪情吗？是岁月的风将你身上的精神都吹走了吗？”

“不，都不是，我看不到我的未来了。”说这话时，父亲流下了眼泪。他紧紧地搂着我，就像一个被人欺负的孩子。

一个王者看不到未来，他的宝座就不再牢固了；一个英雄看不到未来，他的眼神就不再犀利了；一个丈夫看不到未来，他的妻子就该独守寂寞了；一个父亲看不到未来，他的儿子就无法再从他身上学习了。

可是，这一切就这样悄无声息地来了。这一切就在我的身边，我不知道如何是好。丁先生告诉我：“少爷，该是你站出来的时候了。”

可是，我该做什么呢？我又能够做些什么呢？戏楼那边的排练又开始了，我对父亲说：“父王，我们去看一场戏剧吧。”

观看戏剧的时候，我的父亲会安静地坐在那里欣赏，在出彩的地方喝彩赏赐，只有这时他的往昔才会依稀回来一些，然后，他又回到寂寞忧郁里去了。

没有什么是永远存在的，除了天上那些神灵和诸佛菩萨，就连寺里的活佛也会在一定的时候圆寂转世。这一点，即使是在忧郁里的父亲也比别人更清楚。现在，种种迹象表明，有一种东西正在消逝散去，可我不想说，更不愿意去想，因为我爱我的父亲。

那天早上，我刚来到父亲的房间问安，发生在眼前的一幕让我从未想到。

一个人正站在父亲的面前，管家正指指点点地说着什么，见我进来，嘴巴就闭上了。我看那个人，年纪和我相仿，非常眼熟，仿佛在哪里见过，却又想不起来了。我正纳闷，父亲开口了："你认识这个人吗？知道他是谁吗？"

"我不认识。"

"你站在少爷身边。"父亲吩咐那个人。

"像，太像了。"父亲摇着头说，管家也附和起来。

原来，我见到了一个同我长相极像的人。你会想到我当时是多么地惊讶，天啊，世上竟然会有如此的巧合，一个是我，另一个是谁啊？

在我征讨东边木图的时候，父亲感觉到自己的身体越来越差，杀手的行刺让他警觉。想一想诵经的喇嘛中还隐藏着杀手，他说："一个贵族即使再高贵，也只有一条命。在这个土匪、仇敌、权势争斗风行混乱的年代，神灵也顾不过来，即使我将寺庙里佛龛前的灯油填得满满的，佛菩萨也有打盹的时候，如果没有几条命，是很危险的。"

管家不明白主子的意思，纳闷地问："王爷啊，可是人怎么会有几条命呢？"

"我的管家，去仔细想一想吧，我看银子都将你的脑袋塞满了，难道没给智慧留下一丁点儿地方？"

管家去冥思苦想了，他是否想出办法并不重要，重要的是父亲心里已经有数，那是他在戏楼欣赏戏剧的时候想到的。一个演员因为前一天吃了不干净的东西，拉肚子，正好父亲点的那出戏里他的戏份较多，父亲很喜欢他的架势和唱腔，可是三趟茅房下去人都站不起来了，上不了场。班主一声雷临时派了另一个年轻的演员上台顶替，那后生没有轻重，又紧张，一登台露脸摆架势，脑子里一急就全忘了，这出戏算是砸了。

台下苏德王爷正想着关于几条命的事情，四下一静，以为是大家在等主子先叫好，就拍起巴掌来。母亲小声提醒父亲，四下都在看着呢！父亲明白了以后，又拍起巴掌来。这下雷班主蒙了，那个演员也蒙了，所有人不明白王爷的意思。父亲想到了替身。多一个替身就多了一条命。

最后，父亲竟然没有惩罚，相反还命人赏了那个演员。事情过去以后，一声雷说："苏德王爷真是一个仁爱宽厚的主子。"

管家的脑袋真的都塞满了银子，几天没怎么睡觉也没有想出好的主意。他乜斜着红肿的眼睛说："我看只有找寺里的活佛祈求佛祖了，人不是神灵，不可能有几条命的。"他真的努力去想了，他瘦了。

苏德王爷说："看来你也真的被糊涂灌满了，难道万事都需要佛菩萨才能解决吗？如果佛菩萨能够帮我们做所有的事，那么杀手就不会出现在喇嘛中间了。"

父亲没有再理睬管家，而是命令他派人出去寻找和少爷长得一模一样的人回来。

现在，用了一年的时间，管家果然就找到了一个这样的人。管家将他带进王府里，直到将他带到王爷身边时，看着我走进父亲的房间，管家才明白了父亲的用意。原来这样就能够获得更多的性命。看来聪明的管家这几年也容易犯糊涂了。

在我身边站了一会，那个人就消失了。问明原因后，我觉得好笑，对父亲说："这样做会被嘲笑的，这不是我们蒙古人的方式，这不是你对我的教诲。"父亲没有说什么，管家替他回答："一个人性命比什么都重要，性命没了，就什么都没了。"

我知道，父亲现在很害怕失去性命。他越来越老，越来越虚弱了，时光改变了他的一切。但是我不明白，父亲以前也曾经无数次负伤，但他都是一笑而过，伤好后，还是原来的样子，现在的变化何以这样大？又是岁月啊！

管家说需要对替身进行训练，让他能够模仿少爷的举止和声音，但我听说我的替身没怎么读书习武，所以很难模仿我。他出身在一个牧场人家，我知道他永远不会和我一样。有时在王府外一所偏僻的地方我会见到我的替身，他照例会跪下来给我请安。当你看到另一个你给自己请安时，一定很好玩，我真觉得很有意思。

冬天来了，一夜的寒风让大地上的一切都变了模样。昨天还是满树金黄，早上起来就光秃无助了，好像是冷漠的魔鬼席卷了一切。北方塞外的天地尽显荒凉。这是一个孤独的季节，最孤独的人要数苏德王爷。虽然我们都陪在他身边，却没有一个人能够走进他的内心，他咳嗽着走进经堂，身体向前倾斜，将我们留在身后，然后在木鱼的敲击声中，用诵经和自己对话。

终于等到父亲的诵经结束了。我走上前去说道："父王，该吃药了。"他抬起头，看着我，显得很陌生，然后点点头。当下人把药端过来的时候，他又摆摆手，示意放在一边，然后就又走进沉默中去了。

现在，父亲全部的生活只有三件事：诵经、听戏、喝酒。他不再吟诗了。

他会在做完早课后，就端起酒杯，直至太阳落山。即使是听戏的时候，身边也要摆好酒，他会大声对台上的演员说："唱得好，过来，本王高兴，赏你一杯酒。"他满身酒气穿梭于王府中，身后总是跟着几只护院狗，那些畜生随时等候着从主子嘴里吐出的美食。它们认为主人同样乐得其所，就摇晃着尾巴发出哼哼唧唧的讨好声，管家不得不拿着一根棍子，驱赶那些贪吃的家伙。

父亲的咳嗽越来越严重，酒也喝得越来越多。门巴喇嘛告诉他喝太多的酒会让魔鬼侵蚀肝脏。父亲笑了：“他妈的，我害怕魔鬼吗？来吧，我倒要见见它是一副什么样子。”门巴喇嘛就摇着头退去了。天气越来越冷，我们都担心父亲的身体，母亲经常会在向佛祖祈祷时哭泣，但是佛祖一点反应都没有。终于有一天，父亲喝醉以后，直奔马厩，他要骑马出去奔驰。我走上前说：“父王，你喝多了，你不能骑马。”父亲看着我，然后将我紧紧地搂在怀里，我听见父亲的哭泣声在我的耳边回响，他哭了。然后，他就骑上马箭一样奔向河岸。我没有阻止，我知道父亲的意思，他不想让生命在病痛与平淡中度过，他骑上马去驱除心中的郁闷与恐惧了。然而，他再也没有回来。他是在马背上穿越劲风中死去的，就像他许多年以前对我说的一样，希望有一天自己能够死在马背上，而不是温暖的床上。

侍卫们找到父亲以后，他已经死去了。他依然骑在马上，手里还拿着马刀，似乎刚经历过一场厮杀。他的坐骑通身是汗，它知道自己的主人死了，不断在草场上悲伤地回旋嘶鸣。马这种动物是充满灵性的，是我们忠实的朋友。回到王府的马厩以后，这匹马不吃不喝，几天以后，它倒在了地上，追随它的主人去了。

悲伤弥漫了我的心灵，整个晚上我都沉浸其中。如果我知道父亲骑上马背就再也不会回来，我一定会阻止他的。这一切正应了图格老人的那句话：预先都已经安排好。现在，在我生命中的一扇门关上了，这扇门由父亲开启，也由他关闭。

夜里天上下了很大的一场雪。活佛说一个王爷归天了，天上的神灵降下玉雪，是来迎请父亲的灵魂的。在这洁白的雪的世界里，父亲的灵魂得到了安息。每个人都忙着筹备这个王爷的后事，母亲和侧福晋坐在一起，现在她们两人看上去才真正地像一对姐妹。他们的丈夫不在了，她们将经历共同的悲伤，是悲伤让她们走得更近。我的叔叔也来了，他流着泪向他的哥哥道别，这个喇嘛不知此刻是站在神灵的那一边安慰我们，还是站在家人的一边接受神灵的安慰。

整个领地上的贵族们都陆续前来，这些人里面有的受过父亲的恩惠，有的受过父亲的责罚，还有的是父亲的朋友，是那种吟诗赏剧的朋友。有的人在祭奠完父亲后，会走到我的身边，对我说：“少爷，以后我们都听你的，你就是我们的主子。”这些人是在向我表示忠心。但在这个时候对我说这些活，我很难过。看一看躺在棺椁中的父亲，我告诉管家：“把这些人的名字都记下来。”

一个人在他的主子刚刚死去的时候就向另一个人表示忠心，那他一定不是一个忠心的家伙，即使新的主子是死去的主子的儿子。

喇嘛们在宫嘎活佛的带领下作起了最隆重的法事。活佛红肿的眼睛表示他一半是神灵的代言人，另一半是我们部族的代言人。都楞仓吩咐几个小厮一刻不离地跟在我身边，这个时候，我们的敌人最容易得手，马彪干脆就睡在我的侧房。

安葬好父亲以后，我紧紧地搂住我的母亲，她是这世上我最亲近的人了，我不能让她孤独悲伤。我又紧紧搂住我的另一个阿妈，她在这个世上已经没有亲人了，除了我。我想起许多年以前，她搂着我流泪的样子，她让我叫她阿妈，于是，我对着她叫了一声阿妈，我不想让她孤独悲伤。我的两个妻子站在身后，她们在说着什么。我不知道她们此刻是悲伤，还是因为他们的丈夫或许会因此而成为一个王而窃喜。我内心突然冒出这种想法，我想杀了她们。

父亲下葬了，对他自己来说又是一种解脱。夜里，我叫来丁先生和都楞仓，此刻我很想喝酒。我们就那样默默地喝酒，他们谁都没有安慰我，我不需要安慰，只需要有人在我身边就可以了。很晚了，他们都回去睡觉，我睡不着，就到外面去，护卫们在院子里搓着手脚，我闭上眼睛，使劲呼吸，想要在空气中寻找到一些气味，但我拒绝了迎面而来的远处经堂传来的喇嘛们诵经声。外面没有风，有的只是寒冷和天上孤独的月亮。看着月亮那样孤独，地上是我的影子，我终于默默地哭了，哭了很久。

为 王

我还没有从悲伤之中抬起头来。管家对我说："没有头雁，雁群会在天空中迷失方向，没有头驼，驼队会在沙漠里陷入迷茫，少爷啊，我旗部不可一日无主。"

我还没有来得及思考这个问题，我的叔叔就以一个兀良哈家族堪布喇嘛的身份走进了扎萨克衙门王府。他先是到家庙拜祭了祖宗，然后是我的老祖母，接下来他跪在我父亲的牌位前，哭诉着兄弟之情，那样子仿佛父亲在世界上只有他一个亲人一样。我说："叔叔，不要太悲伤了。"

"你说什么啊，我的孩子，我的哥哥死了难道我不悲伤吗？"叔叔抹着眼泪对我说。他语气里充满责备。

"我是说不要太难过了，父王已经去了。"

"你这个不孝顺的家伙，正因为你的父亲死了你才要悲伤啊。"他冲着我站起来了。

管家在身后拽拽我的衣服，我没有再说话，这是这么多年来他第一次同我这么说话，现在他说我是一个不孝顺的家伙。以前，见到我，叔叔都是一副笑脸，会说："看看我亲爱的侄子，多么英俊啊，可不要忘了我是你的教父，将来一定会像天上的神鹰一样飞翔，佛祖护佑你。"然后还会亲亲我的脸颊。

从那天以后，叔叔就没有离开王府，他住进了家庙里。他说他要为哥哥诵经超度，要为自己的家族祈福，好像他忘了寺庙才是他应该诵经祈祷的地方。可是我们没有办法拒绝，首先他是我的叔叔，是我父亲的弟弟，他是我们家族的人；另外，他是一名威望很高的堪布喇嘛，一个堪布喇嘛，要给死去的人诵经超度，活着的人是不能拒绝的。

叔叔在家庙里待了几天，诵经的事交给徒弟们，他就走出家庙的经堂，开始在王府里四处走动了。他来到扎萨克衙门的大堂上，看着父亲曾经坐过的座椅，端详着，嘴里说："我的哥哥啊，这把椅子坐了有几十年了，时间过得可真快啊。"他的意思我懂，是说他的哥哥做了几十年的王爷，而他当了几十年的喇嘛。现在，哥哥死了，喇嘛回到王府了，时间这个东西，会改变一切的。我在心里替父亲难过，就说："叔叔，要是你哥哥活着，你敢说这句话吗？"

他白了我一眼："你在同你的叔叔说话吗？我是替我的哥哥惋惜啊。"

叔叔没有把我当作一个对手，他认为我还少不更事。

叔叔还到母亲的房里看望了母亲，他说："嫂子啊，以后我就是你们的主心骨，有什么难事，我会做主的。"母亲没有正眼看他，说："喇嘛，王府里的事就不烦你操劳了，你还是回到你的寺庙里去吧。"这个家伙没趣地走出来，又要到侧福晋的房里去，他还没有迈开脚步，就听见我的二阿妈房里传出声音："喇嘛还要还俗吗？"正要迈步的脚不知该怎么办了。管家提醒说："堪布上师啊，福晋的房里可以进，是为长嫂，侧福晋的房间就不该迈步了吧？"叔叔脸臊得通红，说不出话来了。

戏台那边是叔叔最愿意去的，这个喇嘛看到台上那些年轻的女伶眼睛就不会打转了。每过几天他都要到燕贻堂欣赏一出戏剧。一声雷提醒说："王爷刚刚过世，不宜娱乐，还是过一段时间再唱吧。"喇嘛就不高兴了，让徒弟抽了雷班主几鞭子，骂道："难道二爷就不是你们的主子了吗？"叔叔说，"我在寺庙里，为家人祈福，现在，是在家里。"

一声雷看着我，我就说："既然叔叔想听，就唱吧。"台上的戏开始了，一声雷专拣悲剧开演。台上的演员悲悲切切，盈盈啼哭，琴师将乐器弄得呜咽凄苦。几出戏下来，叔叔的眼睛都气鼓了，他对雷班主说，"小心有一天佛菩萨会惩罚你。"一声雷回敬道："堪布上师暴戾之气十足，怎么普度众生啊，佛菩萨会看见的。"

宫嘎活佛用喇嘛同喇嘛的方式和叔叔展开了对话：

"须菩提，诸微尘，如来说非微尘，是名微尘。如来说世界，非世界，是名世界。"宫嘎活佛用经文提醒叔叔。

"活佛啊，我尊重你，这是我的家事，回到你的寺庙里去吧。"

"既然归我佛门，贵为堪布，你就是一名喇嘛，回到寺庙里的应该是你啊，喇嘛。"

"菩萨为利益一切众生故，应如是布施。我是回来布施来了。"叔叔说。

"须菩提，如来是真语者，实语者，如语者，不诳语者，不异语者。"

"喇嘛，少管闲事，诵经去吧。"叔叔不再沉静如初，宫嘎活佛的经文让他恼怒了。

“喇嘛，我们一同回到寺庙里诵经吧。”宫嘎活佛悲悯地回答。

马彪同我的几个小厮要宰了这个六根不净的喇嘛，我呵斥他们，他是我的叔叔。丁先生说：“此刻正是紧要关头，谁先沉不住气，谁就是输家，让堪布喇嘛先享福吧，他还没有把少爷当作对手，这是我们的机会。”

所有人都看得出来，叔叔从寺庙里回来就是为着父亲的座椅来的。他是父亲的弟弟，一名贵族喇嘛随时可以还俗入世的。如果他还俗，就立刻会变为喀喇沁王位的人选，另一个人选当然是我。按照惯例，我是苏德王爷的嫡子，理应继承王位，但丁先生说：“现在这个满身创伤的朝廷鱼目混杂，什么事情都会出现。东边的木图不是成为扎萨克旗主了吗？”我对王位本来没有什么太执着的想法，征讨木图回来，头上的光环曾经让我炫耀，曾经让我的心蠢蠢欲动，但回到河谷里一段时间以后，那种念头就没有了。我甚至天真地想：父亲会一直是王，我会一直是一个受人尊重的少爷。但是现在一切都改变了，叔叔的出现，带来了贪婪的气息，整个王府里的人都在看着这一切。最近发生的事情都在朝着叔叔那方面倾斜，如果照此下去，我的亲人、我的手下、父亲的旧部，甚至是戏楼那边的伶人都会生活在魔鬼的阴影里。那时人们会说苏德王爷的儿子不是一只雄鹰，所以，现在我不想当一个扎萨克旗主恐怕都不行了。看吧，世上的事情就是这样，你不想得到，神灵会拿出种种好处引诱你，你不想去做，周围的人都在看着你，他们的命运和你紧密地联系在一起，他们会说服你。一股潮流，汹涌地在我脚下澎湃，好吧，就让命运推着我，在本该属于我的河流里前行吧，让我们看一看，前方会如何，神灵为我预备了怎样的生命之河？

丁先生又说：“每个人都可能随时被取代。”

他的意思是没有谁可以永远坐在同一把椅子上。

母亲亲自动笔，给我在京城的舅舅去了一封家信，要舅舅赶快行动，同时我们上疏朝廷，陈述我旗部贵族百姓如何爱戴我，希望朝廷委任我重任云云。

不久，朝廷的诏书下来了，要我暂时掌管部旗政事务，宗教上的事情则由我的叔叔负责。现在，风向又向我这边倾斜。

丁先生松了一口气，说第一步，我们赢了，下一步，二爷喇嘛会出击的。舅舅的信件也来了，说是在京城的权贵中间已经活动，我的外甥现在就缺少让人信服的功绩和如何像雄鹰一样展示他的雄姿了。

丁先生说：“少爷的功绩就在东边。”

我不明白，管家这下聪明了，东边不就是鸡冠山吗？

丁先生说：“管家说得对，东边是鸡冠山，我没记错的话，那边山里以前还盘踞过一伙土匪，听都楞仓说，现在还有残匪活动。”

于是，我们即刻上疏朝廷，陈述我旗东部山地出现匪患，夺我边民牛羊，抢我百姓粮食，我部辅国公阿勒坦决定荡平土匪，保我大清朝地方安定。

丁先生又说：“驼山湾教堂那边听说现在很安稳，洋神父将教堂弄得很好。现在，洋人的事情就是朝廷最大的事情，我们应该看看神父去了。”丁先生是想要利用一下教堂的势力。

马彪带一小队人马向河谷下游的驼山湾教堂出发了。他们全部装扮成流民的模样，我叮嘱马彪：“神父是一个慈悲的洋喇嘛，不要伤害他。”

马彪的队伍很快就到了河谷下游。冬天的冷风并没有因为这里耸立着一座异样的建筑而犹豫，依旧执着而刚烈，甚至更直接地猛击教堂的墙面，几片瓦砾被风吹到河岸下去了。南布神父说：“等到大风停了，要将教堂仔细修缮一下。这里的冬天太冷漠了，才几年的工夫就让教堂变得像一个穿了破旧衣服的乞丐，让那些进进出出的信徒还不能完全感受到上帝带来的温暖和慈爱。好在教堂里的烛台永远是明亮的，照亮了每一颗被寒风吹着的心。”

这一年，关内来的流民多出了往年的几倍，土匪也就像秋天黄草地上的蝗虫，遍地都是，在每一处草丛里跳跃。甚至就连一些毡包里、村落中的牧民、猎户、佃农都会在黑夜里带上家伙，出去抢劫一把，希望能够填饱肚子，顺带将别人一年的辛苦据为己有。太阳出来后，彼此又变成了老实巴交的百姓。所以，那一年，有一点钱的门户都在雨季以前筑起高高的院墙，雇用几个猎鹰般的炮手，对付那些随时出现的土匪。驼山湾教堂也不例外，自从上次神父被土匪绑票回来以后，南布神父就说：“土匪就像黑夜里的恶魔，说不准就在哪一片黑暗里，等候官府的救援就像我们这里起了大火，却要从遥远的欧洲运水救火一样愚蠢，我们必须学会保护自己。”很快，教堂自己的护教队就建立起来了。亨利担任队长，别看这家伙一瘸一拐，还瞎了一只眼睛，可他的一只眼睛看得更远。神父对那些不服亨利的教友说：“亨利的心里装着对上帝的无比虔诚，所以，他的眼睛能够看得见对我们心怀鬼胎的魔鬼。”果然，马彪一伙人在教堂不远处的树林里打马侦察教堂的防卫时，亨利就闻到了远行的土匪马匹身上的臭汗气味。

亨利躲在教堂的垛角处用神父给的望远镜仔细地观看树林里的烟尘。他发现有十几匹马匹，马上的人的眼睛都是朝向教堂这边的，几个人指指点点，还做出射击的姿势。他知道，这是一伙土匪在侦察。不久树林里的烟尘散去了。

亨利走下垛角，对正在下面同雷诺神父说准备来年春天修缮教堂的南布神父说："土匪来了。"神父吓了一跳："在哪里？"以前的经历让神父记忆犹新。

"刚走，相信今晚就会来的。"亨利沉稳地说。这几年，他已经率领护教队打退了十几次土匪的侵袭。

"那就准备吧。"

天上的星星被寒风吹得逃到远处去了，它们好像也知道彪悍的土匪已经出现。马彪的队伍比风还要快，他们像鬼魅一样包围了教堂，然后燃起了火把，好像生怕别人不知道他们准备打劫教堂一样。教堂里面沉入黑暗之中，一点声音也没有。外面一个土匪高声喊叫起来："里面的人听着，我们是鸡冠山上的弟兄，山上没了牙口，还请里面的洋喇嘛发慈悲，借给我们些粮食，来年春天要是日子好过了，如数奉还。"

教堂里面还是没有动静，马彪一挥手，一梭子弹就打到了教堂的大门上。这时忽然教堂高处垛角枪声大作，密集的子弹向外面射来。一个兄弟中弹倒地，其余人赶紧策马退去。火把熄灭了，土匪退到黑暗里，马彪懊恼地说："原来教堂早有埋伏。"

第二天一早，夜色还没有完全退去，昨夜的土匪却早已经退去。护教队经过一夜的紧张对抗，从垛楼上撤下来睡觉去了。教堂的大门打开后，两个教徒出来汲水，他们刚走出不远，一队人马就箭一样从河岸的树林里冲过来，他们还没来得及叫喊，马队就这样潮水一样冲进了教堂，护教队员刚刚进入梦乡，就被凶煞般的声音吵醒了。所有人都被集中在堂前的庭院里。几年以前，南布神父也正是在这里被土匪劫走的。现在，这一幕就像梦里的回忆一样，一模一样地又发生了。土匪们带走了南布神父，还带走了粮食，唯一不同的，就是亨利哭喊着要求土匪也带上他的时候，这个跛脚的家伙挨了一鞭子，土匪就冲出门外向远方去了。

几个时辰以后，在路上歇脚的时候，南布神父才醒过神来，才意识到自己又一次被绑票了。神父故作镇静地说："你们是鸡冠山来的人，你们的山寨我去过，你们的头领姓杨，我们是老朋友了。"在危急时刻，神父也学着套近乎，但他没说自己上一次也是被绑架才去的鸡冠山。这段往事让这位上帝的代言人感到难堪。

土匪们没有吱声，只说："喝点水吧，只要你老实，我们不取你的性命。"

"既然如此，粮食你们都已经拿到手里了，还是放我回去吧。"神父讲着条件。

"不要你性命，不等于放了你，有时候活着比死了还要受罪。"神父一听此话，顿时紧张起来，但这个上帝虔诚的信徒很快就镇静了下来。

“要不就杀了我，要不就放了我，我的身体属于我主，你们这些魔鬼般的土匪不能羞辱一个神父。”

马彪打断了那个吓唬神父的家伙的话：“省省力气吧，我们还得赶路，没人会伤害你，神父。”

将神父安顿在东部的一个安全的地方以后，马彪给我们传回了得手的消息。接下来，我们开始等待另一个消息。没过几天，在赤峰城的霍斯打听到，赤峰教会总堂已经向京城发出神父被劫持的消息，要求速剿清匪患，确保神父平安。同时，驼山湾教堂的雷诺神父也给河谷送来消息，请求扎萨克衙门出兵剿灭土匪。一切都如我们预想的，一件一件发生着。

不久，朝廷理藩院来了文书，要我旗部迅速出兵剿灭土匪，务必救出神父。我们的队伍早已经准备停当，在都楞仓的带领下，又向东边进发了。这次我们打出大旗：“剿匪安民。”沿途的百姓都知道我们要去东边剿匪，早早地就在路边等候，为我们送行，即使是寒冷的风也不能阻止大片的百姓为我们的队伍献上哈达和美酒。我骑马走在队伍前面，人们都称我为英勇果敢的主子，我感觉自己此刻就是一个王了。但没多久，我就悄悄离开队伍回到王府里了，这个时候，我是不能离开河谷的。有都楞仓就足够了，因为我们根本就不需要打仗。

宫嘎活佛这阵子承受着叔叔带给他的耻辱。许多年以来，他都是这片土地上佛的最高代言人，所有寺庙里的喇嘛都尊敬他。不但因为扎萨克衙门将他视为悲悯的活佛，更因为这个喇嘛自身悲悯的修行。他无私地护佑着这里的一切生灵，始终将护佑普度众生视为自己的使命。他说：“如果能让大地上最卑微的生命开出花朵，我愿意用我的生命去换取。”

但是朝廷的旨意不可违抗，我叔叔堪布喇嘛现在掌管我们这里的宗教，那么宗教上的一切事情都由他说了算。他的第一次行使宗教的权力就用在了宫嘎活佛身上。

他先是派喇嘛将宫嘎活佛叫到善通寺，然后让宫嘎活佛带领喇嘛们在经堂里诵经，他说这是为自己的哥哥咏诵的。接下来的日子，他用各种名目的说辞给宫嘎活佛出难题，其他寺庙的坐床喇嘛、上师实在看不下去了，就找到我叔叔理论：“你贵为堪布喇嘛，还要刁难尊贵的活佛，我佛慈悲，会怪罪于你的。”

“一个尊贵的活佛难道不能以身试法，不能向喇嘛信徒们展示自己的修行之果吗？除非，这个活佛是一个欺世盗名之徒。”

悲悯的宫嘎活佛双手合十，制止了好心的喇嘛们，他说："这正是佛祖对我们的考验，我愿意接受一切。"

现在，堪布喇嘛能够任意指使尊贵的宫嘎活佛。作为一个在领地上掌管宗教的喇嘛，毫无疑问，这让他得到了只有一个主子才能享受的快乐，从他满足的脸上，看得出他真的认为自己是一个王了。丁先生说："二爷喇嘛露出破绽了，他会输掉这场棋局。"

一座寺庙的坐床活佛受到欺辱，那这个寺庙里的喇嘛就一定同样抬不起头。善通寺的喇嘛们受到二爷喇嘛的影响，到福荟寺里来了，他们指手画脚，数落着寺里喇嘛们的不是。但福荟寺的后院那些外来的喇嘛是不敢擅闯的，里面有一个持棒喇嘛和两只狼，持棒喇嘛像一尊罗汉，两只狼像两个凶神守着后院。

向东边进发的队伍到了鸡冠山下就停下了，在山坳里转了几天，经过了几通胡乱的枪鸣，那些土匪就消失了。马彪他们脱下衣服，换上喀喇沁部卫队的军服，就回到都楞仓的队伍里去了。不用说，南布神父得救了。看到都楞仓，神父的眼眶湿润起来："主啊，感谢您赐予我生命的力量，请赐福于这些勇士吧，如果不是你们，这次恐怕我真的就去往天国了。"这个神父首先感谢的还是他的神灵。

这是南布神父这些天以来第一次站到阳光里面，他一直被关在光线昏暗的房间里，没有声音，没有人同他说话，甚至送饭的土匪都懒得看他一眼。这让平时嘴巴不停的神父难受死了，他想，既然嘴巴没有用了，那么作为一名神父，生命也就不再重要了。这次遭遇的土匪不是自称是鸡冠山的土匪吗？上次遭绑架，在回来的路上，细心的神父记下了许多细节和路径，但这次自己完全身处困室之中，无法做出任何判断。

将南布神父安全地送回到教堂后，都楞仓照例命令士兵们到四周地带搜寻土匪，又放了几天空枪，包印领兵回报，几伙乱匪已被清剿，请神父放心。

都楞仓告诉神父赶快致信赤峰教会总堂，就说阿勒坦少爷的兵马已经将土匪清剿干净，神父毫发无损，还要附带说明阿勒坦少爷的剿匪功绩，我们好回去复命。神父说："当然，梅林大人，你不说，我也要感谢少爷的恩情，少爷救了我两次。"

都楞仓带领队伍返回河谷了。我们的大旗扯得更高，在冬天的风里飘荡。没过多久，朝廷的诏书来了，要我到京城面见皇上和皇太后。临走时，我对送行的叔叔说："我亲爱的叔叔，家里就交给你了，如果我不再回来，请让我的母亲不要悲伤。"

我的叔叔紧紧地拥抱了我，但他身上的僧袍太厚，我没有感觉到一丝温暖。

因我剿匪有功，又是已逝苏德王爷的嫡子，皇恩浩荡，皇上封我为扎萨克旗长，封赏为郡王，兵备扎萨克，统领我旗一切僧俗政务，同时还任命我为卓索图盟副盟长。

从京城回到河谷后，我坐在了父亲曾经坐过的座椅上。

第四篇

平　衡

成为一个王，我还需要一个称王的仪式。那样这片土地上所有的百姓才会正式成为我的子民。这个仪式我们要在春天举行。

春天，这个季节是多么地美好啊！

管家说："烙铁印记要烫在马的身子上，脚掌要钉在马的蹄子上，这样，才会有永远听话的坐骑。"丁先生说："要让百姓知道，王爷是上天派到地上的神，是他们的主人。"丁先生第一次用神灵来说话。

宫嘎活佛来了，他匆匆忙忙的样子很好笑，但从他的脸上我看出了一种久违的兴奋。活佛最清楚，我成为了王，他的日子就会好过，他又会回到从前风光的样子。所以，关于庆典中宗教法事上的一切他都应承下来。他说："少爷啊，你就交给我吧。"管家说："活佛，该改口了。"活佛就赶紧双手合十。我愿意看到我尊敬的活佛因为我而一脸轻松，我就说："活佛啊，过去的不愉快都忘了吧。"

我的叔叔也来了，他是来向我辞行的。他说他要回到寺庙里去了。说这话时，叔叔的语气又变回从前，叔叔的眼神也收缩了锋芒。我说："叔叔，家里住不惯吗？是不是下人们伺候得不周全？"现在，我的语气是多么地从容啊，我是这座府里理所当然的主人。一段时间以前，还不是如此，那时我眼前低垂着身子的根敦堪布喇嘛是多么地趾高气昂啊，而我，则小心翼翼地陪在他身边。

宫嘎活佛侧过身子，没有理会叔叔。宫嘎活佛还想着这几个月发生在他身上的事情。我说："叔叔，同活佛打个招呼吧，如果你真的愿意回到寺庙里，那你就先去一趟福荟寺吧。"我向叔叔提出了我的建议，但从一个王的嘴里说出来实际就是命令。叔叔犹豫了一下，看看我，然后转向活佛，并给活佛鞠躬说："看在佛祖的分上，请上师原谅我吧。"活佛赶紧走过来搀起叔叔说："根敦堪布喇嘛，往事已经随风而去，我们都是佛陀的弟子。”

一个善良的喇嘛原谅了一个不善良的喇嘛。

叔叔走了，我没有去送他，倒是母亲将他送出府门，告诉他这里是自己的家，随时回来看看我们。我的母亲似乎开始可怜起我的叔叔了。一个高贵的女人，有时做出一副怜悯的样子是令人讨厌的，其实很多时候她不是为了同情别人，而是取悦自己，更多的是为了一种身份的炫耀。现在，母亲开始被尊称为太福晋了。

春天真正来了。天上落下了几场细雨，地上的草儿绿了，一切都筹备齐整。

活佛说典礼可以开始了。

我称王的典礼仪式奢华而热闹。无论贵族、喇嘛、平民、家奴都集结组成队伍，按照规矩跪拜在我的面前，甚至一群马和一群牛羊也从我的面前走过，以示参拜它们的主人。就在队伍从我面前走过去，准备跪拜的时候，管家凑到我耳边说："王爷，放心吧，事先都排练过许多次了。"

我正在无上的受用中，耳边却传来这样的话！

这个管家时刻想表现他的殷勤与周到，但是此刻对我说出这样的话，太不合时宜了。我恼怒地看着管家，想一脚把他踢下高台，可我不想破坏了这如虹的气势，就在他耳边说："我在河岸边的草丛里丢了一样东西，你去把它找回来，现在就去。"管家愣了一下，立刻转身离开高台，带人到广场前面的河岸去了。

广场上人山人海，经幡飞舞、歌声曼妙。我坐在高高的座椅上，能够看得很远很远。我看到远处没有资格获准进入广场的百姓，他们拥挤在一起，像尘土里的蚂蚁；我看到远处缠绕在树上的春风，它们恣意的舞蹈，像梦境里的叠嶂；我看到远处天上的云朵，它们堆积在一起，像纷繁的往事；我看到更远处的地方，是说不出的世事沉浮。

我的身旁依次坐着我的母亲，还有我的妻子。我不知道这些女人此刻在想什么，母亲看着我抹着眼睛，我的妻子们则被眼前的热闹吸引去了，或许她们都忘了为何如此热闹。

在这个春天，我变成这片土地上的王了。从现在起，我说的一切就是这里的指令。在这个春天，我决定用一个王的身份，做一件事，可是我还不知道第一件事该做什么。

到了午后，庆典终于结束了。我们兴奋地行将离开时，管家从河边回来了，他是空着手回来的，一脸的沮丧。

我这才想起管家。

我问他找到了没有？管家就像一个做错事的孩子一样小声说：“没有，什么都没有。”我忽然觉得他很可怜，就说：“你难道不会问我丢了什么东西吗？”

管家就扑通一声跪在了地上，说：“奴才该死。”

我直白地告诉他：“我什么都没有丢。”

管家不解地看着我，然后说：“主子是在试探奴才的忠心吗？”他到现在都没有明白我的意思。

但他的确通过了我的测试，他是忠诚的。我决定让他继续做我的白通达（管家）。我不想折磨他了，就说：“你没能参加主子称王的庆典，对于你，这是惩罚，你要记住，不要什么时候都在我的耳边说话。”

我说得没错，在这个权势集中的体制下，就连参加别人的庆典都被认为是一种荣耀，没被邀请或没资格参加则被当作耻辱。所有的事情都被预先排练好，哪些人可以参加进来，站在哪个队伍里，怎样从我的面前走过去，都完美无缺。所以，去河岸的管家算是受到了我的惩罚。还有一个人，那就是我的叔叔，我没有让他参加，让他在寺庙里诵经吧。

我坐在父亲曾经坐过的扎萨克衙门的座椅上，环顾左右。我的身子下面硬硬的，并不舒服，可是没有人知道，因为现在除了我，没有任何人能够坐这把椅子。这把椅子或许是所有贵族梦中的吉祥之物，每个人都想坐在上面，享受它带来的种种好处。但是座椅本身是不会进入那些人的梦境的，正如活佛所言：这一切，都是上天赐予。所以，我坐在上面表现得应该很自然。

我对丁先生说：“我想做一件事情，一件能够让人记得的事情。”

“既然是春天，那就让人们记住一个主子的好处吧。”

我立刻明白了丁先生的意思，就说：“从现在起，你就做我的协理吧。”

丁先生跪在地上，他成为我第一个封赏的人。

接下来我依次封赏了都楞仓、管家和马彪镖师。都楞仓继续担当我的带兵梅林，拿双倍俸禄。管家继续做我的管家，我让马彪做了我的侍卫队长，包印和朝格他们几个依然留在我的身边，我也给了他们一些副队长的职位，我还打算给我的武术教师一个职位，但他拒绝了。他说自己老了，想要回山东老家。我就给了他很多银子，送他回到关内的家乡去了。宫嘎活佛是不需要头衔的，他是一个喇嘛，宗教上的事情，请他到王府里来商量，就是对他最大的封赏。还有，我给福荟寺的喇嘛们送去了很多布施，让他们忘掉叔叔带给他们的侮辱吧。当然，我也没有忘了持棒喇嘛和两只护法狼，我也要感谢他们。

我不确定每个人都会很满意，但我确实给了我身边的人他们所能得到的一些东西。这是我做的第一件事。这件事确定了所有人的身份，给我身边的每个人都划分出了位置。

做完这件事情以后，我的新任协理对我说："扎萨克衙门现在需要一种平衡。"我有些纳闷："怎么，难道我们的府邸倾斜了吗？难道大地变得不平整了？"协理同我讲了茶壶与茶碗的故事：

一只茶碗口渴了，从茶壶那里得到了水，茶碗喝饱了。一天，茶壶口渴了，它也向茶碗提出请求，茶碗当然不会忘记从茶壶那里获得的帮助，就给了茶壶满满的一杯水。但这点水倒进茶壶腹内，还远不能解渴。茶壶有些生气，就说："我倒给你的水能让你消除饥渴，而你却只让我润湿了喉咙。"茶碗说："你倒出的水分给了许多茶碗。但我已经尽力了。"

这就是茶壶与茶碗的故事，如此简单。但我明白了一个道理："从茶壶里倒出的水，永远要比从茶碗里回到茶壶里的多。"

这就是说：永远不要指望一个人装进口袋的会比拿出口袋的多。

所以，我应该学会计算，给予身边的人多少好处？尽量均匀地将水倒进每一个茶碗里，然后我预备拿回一半的回报，让一切都变得平衡起来。这种平衡不是将一件东西放在平整的地上，而是在前行中寻找一种制约。就像我们坐轿子，要让轿夫们都能够均匀发力，都能够均匀受力，但谁也不能毫不用力或用尽全力，都能够彼此制约，这样轿子才会平稳地前行，在众人的簇拥颤巍下，坐轿的人会感觉最为舒服。这样我的座椅才会牢靠长久，我的领地才会长治久安，我的手下才会忠实可信，我的百姓才会安分生活，我们的草场才会水草丰茂、牛羊成群，耕地才会春种秋收，天上才会明净湛蓝、白云飘荡。

可是，我不愿意如此算计，让一切都明白清楚，那样我会很累。时间长了，我会看不到一些关于友谊和真诚的东西。一些生命中的快乐和忧伤会离我远去，我会变得孤独，那我就只是一个孤独的王了。

人们会敬畏我，但不会爱我。所以，我告诉协理："你说得很好，但我不喜欢，不过我会控制好平衡，我不想我的梦里没有五彩斑斓的景色。"

所以，有些需要算计的事情，我让管家去做。我不能因为丁先生做了协理而让忠实的管家感到冷落，如果这算是平衡的手段的话，那这就是我第一次掌控平衡吧。

我告诉管家，在雨季来临之前，修缮一下家庙吧。因为几天以前，我做了一个梦，在梦中我看见家庙被风雨缠绕，雨水透过檐顶破碎的瓦砾滴落到经堂内。

第二天，府里就来了两个疯癫的喇嘛，不知是谁放他们进了府里，他们并不化缘，而是直奔家庙。因为昨夜梦境的缘故，我正在家庙里拜祭祖宗。两个疯癫的喇嘛熟悉地走进家庙里的经堂，朝我奔来，侍卫们急忙将两人摁在地上。我问他们要干什么，两个家伙疯疯癫癫地说是佛菩萨派他们前来送佛旨，说是佛祖昭示他们要由喇嘛来统领整个旗部，才会让天下生灵得救，百姓安宁。

我一下就明白他们为何而来，又是谁让他们来的。等到他们闹够了，我对他们说："我不问你们从哪里来，我也不处罚你们，回去念经吧。"然后就让侍卫将两个喇嘛送出了王府，两个喇嘛的身上都带着刀。

我严惩了王府的守卫，又让朝格做了王府的侍卫长。

这件事情暂时过去了，我还要修缮家庙。

我问过活佛，他说我的梦境是祖宗的昭示，老王爷刚刚过世，正是风雨之时，家庙需要修缮了，才能保佑兀良哈家族克昌厥后。

当管家听到我的指令时，眼神一下就亮了起来，这是我让他去做的第一件事。那种黯淡曾在父亲死后存在了很久，那时他还不知道命运如何。而我是否会让他继续做我的管家。我对他说："专心做你的事情去吧，管家。"他放心了。现在得到修缮家庙的指令，他就彻底安心了。这种事情管家最愿意去做，既可以得到一些多余的银子，还为主子做了一件天大的好事。

你看，我开始向我身边的茶碗里倒茶了。

在家庙修缮开工之前，我去了一趟善通寺，我见到了我的叔叔，和我一同去的还有宫嘎活佛。叔叔知道我要来，早早地等候在寺庙外，他以迎接一个王爷的礼节迎接了我。我问候了叔叔，然后提到家庙需要修缮的事情，我问了一下叔叔的意见。他说一切都听王爷吩咐，如果需要，他会祈福诵经的。我让宫嘎活佛同叔叔见面，说："一个喇嘛前来同另一个喇嘛会面，过去的事情过去了，以后有什么事情，我会让活佛前来向叔叔请教。"叔叔明白我的意思，我是让他做一个祈福诵经享清福的喇嘛，寺庙以外的事情，就不要再插手了。

提起家庙，叔叔当然清楚几天以前疯喇嘛搅扰的事情。只剩下我们两人的时候，叔叔在我面前跪了下去，我很难过，背过身去告诉他："你是我的叔叔，也是我的教父，不会再有下一次了！"我不想伤害亲人。

叔叔是个聪明人，他知道我的用意。他说："我不知道，否则我不会让这件事发生，不会再有疯癫的喇嘛了。我的一个梦已经做完，再不会有那样的梦境了，寺庙以外的事情我不会再留恋，现在，我只想做一个念经的喇嘛。"

我告诉活佛："以后经常替我探望我的喇嘛叔叔吧。"我离开了寺庙，我想关于叔叔的一切都该过去了。

在家庙修缮期间，宫嘎活佛同我进行了第一次正式的谈经。以前，他和父亲经常进行此类的谈论；他们的话题很广泛，从经书到佛菩萨，从百姓到贵族，从地上的河水到天上的云朵。我想，和活佛谈经的时候，父亲让自己的灵魂得到净化，让自己的眼睛看得更远。这对于一个王者，是很有用的，所以我学着父亲的样子请来活佛，我还叫来了丁先生——我的协理，他更像是我的师爷。

我们三人坐在茶桌旁，活佛同协理谈论得很多。活佛谈论宗教，协理谈论历史，我更多的时候是在聆听，因为我确实知道得很少。最后，不知怎么就说到了朝廷，协理说朝廷就像是一个病入膏肓的老人，在床上挨耗生命，或许没有什么良药能够救治；活佛也表示出了同样的忧虑。我没有吱声，但我看得出他们这话是说给我听的，他们希望我能明白当下的时局，作出应对。

可我还不知道该如何去做，我相信我们的领地是圣灵赐予的，将永远安宁牢固。

下游的南布神父来了，他是专门前来向我道贺的。他给我带来了一些礼物，都是些洋玩意，我把它们赏给了我身边的人。

在父亲离开的前一段时间，南布神父曾经从河谷下游来到上游，他带来的药品父亲拒绝再服用。父亲说："他绝不会做一个整天吃药的病人。"南布神父就将手里的《圣经》拿到了父亲面前，他说：老夫人临去天国的时候，虽然没有接受他的宗教，但还是用虔诚的眼神看着《圣经》。这回，他相信苏德王爷会接受的。他将《圣经》放在苏德王爷的身边，用基督的方式为父亲祈祷。父亲一直没有睁开眼睛看他。

我感谢神父为父亲所做的一切，只是神父所信仰的神灵我们并不熟悉，但我想天上所有的神灵都应该是悲悯仁慈的。

南布神父又同我谈起了他们的宗教。我了解到他们的神灵被教徒尊称为上帝，就像我们所信奉的佛祖。我明白地告诉神父："不要在王府里为你的宗教浪费时间了，我们是不会抛弃自己的信仰而转投其他神灵的。在这片土地上，佛菩萨已经护佑了许多年了，而且将一直护佑下去。如果愿意，神父倒是可以到我们的寺庙里做一个喇嘛，我会给你更多布施的。”神父有些郁闷，但他还是对我说：“尊贵的王爷，这不算是答案。”

“那就将你们神灵的法力展示出来吧！”我有些烦躁，又像是戏谑地说。

神父退下了，他去了福荟寺。他去探望他的老朋友宫嘎活佛，他们在一起还要谈论，我也不去管他们了。

没过多久，南布神父也要离开河谷回到下游去，临别时我给了他粮食和银子。他说：“尊贵的王爷，我现在不缺这些，我需要的是王爷给予的更多的便利。”他想要开拓更多的传教的地点。我告诉他：“你们信奉的神灵比较少，河谷下游驼山湾的地方已经足够你的神灵活动了，不要要求太多，那样就会失去已经到手的东西。”我说得很坚决，我不想洋喇嘛占据太多的蒙古人的灵魂。

管家让神父带上粮食和银子，因为那是一个王给予他的赏赐，他必须接受。

宫嘎活佛也来送别神父，他告诉他的朋友：他会回到下游河谷去的，那里有他的朋友，也有很多需要佛法护佑的人。看来，即使是友谊长存，活佛同神父为了信仰也不会迁就对方。

我敬佩活佛的包容与坚持，这才是一个真正修养深厚的喇嘛。我敬佩神父的坚毅与执着，这才是一个神灵的真正捍卫者。

家庙修好了，我派人到善通寺去请我的叔叔回来主持家庙落成典礼的法事。叔叔说：“我会诵经祈福的，还是请宫嘎活佛来主持吧。”其实，这次我是真心想让叔叔来主持，因为这是我们的家事，而叔叔是家里唯一德高望重的堪布喇嘛，他很合适，无论如何，他都是我的叔叔。

最后叔叔还是回来了，我尽量放下王的身份，但这让他更加紧张。我的母亲站在他的身边，同他说着往事，还让他回到府中的家庙里来住上一段时间。他都小心地推托着，说他会在寺庙里为王爷、为家人祈福的。我有些可怜起这个喇嘛来，希望自己能够忘了那些不愉快的往事。

霍斯回来了，他是在完成义父丧事后离开的。许多生意上的事情让他忙碌，他现在是一个真正的商人了。母亲搂着他，说我的儿子。我也感觉他就像我的亲哥哥一样，每次回来，他都给我们带回银子和远方的消息。可是我不知道该给他些什么，因为他不缺银子，而对于虚无的头衔他没有兴趣。母亲疼爱地对他说：“找一个姑娘在身边吧。”他笑了，没有回答。我心里琢磨起所谓的好处或者平衡来，在他身上，我不知道该怎样。他和马彪说起京城的事情，我忽然想起京城的李老板来，那边捎信来说：“李老板的身体也不如从前，儿子的事情给他的打击太沉重了。”我就对我的兄弟说：“回京城一趟吧，让马彪同你一起回去。”

夜里，我们在凉亭上喝茶。月亮上来了，霍斯说他想家了。活佛说：“再过几天，月亮该圆了。”时间过得真快，霍斯在蒙古地区已经住下来有些年头了，大地上的一切都还是原来的样子，可是我们都发生了许多的变化。父亲死了，我当上了王爷，这里的土地属于我，我却不能给我的兄弟一个真正的自由。他现在的身份还是一个亡命天涯的人，走出这片土地，神灵就不再赋予我任何权力了。想想京城的事情，皇帝都说了不算，我有些黯然，可是我只能想到这些了，再多想领地以外的事情，我的座位就会变得不牢靠起来。

不知道霍斯爱的那个姑娘现在怎样了，已经过去了很久，或许早已经忘了月光下这个人了吧，谁知道呢？世事就像我们身前亭外山下的河水，不停地奔流。活佛看着天上的月亮，又自言自语地说：“月亮圆了，就该缺失了，缺失了，就该圆了。一切事情，都不要太圆满。”这个喇嘛总是说些有意思的话，我知道关于他的一些事情，就说：“活佛啊，给我们说说你的故事吧。”这个喇嘛轻轻地摇摇头，说：“夜色真幽静啊！年轻人，不要被往事缠绕住，随波逐流吧。”他在说给霍斯听。

夜很深了，活佛拿出了他身上的怀表，说：“快到子时了。”现在，这个喇嘛更愿意用南布神父送给他的关于时间的东西来计算时间。他说那些指针就像被施了法术一样，繁忙却有序，我想这才是一种平衡。

遣散戏班

按照祖上留下的惯例，初登王位，我该到领地上进行一番游历巡视。我问宫嘎活佛应该在什么时候出发。活佛的回答很得体，他说：“王爷愿意何时出发，何时就是吉日。”

这样的回答充满奉承，甚至是敷衍，但这是一个活佛思想的转变的流露，并不呆板。我还从未像父亲一样到寺庙里去做一次早课，这应该是一个信号，新的主子并不那么痴迷于宗教。我不痴迷，说明我并不依靠，有需要的时候我会找来寺庙里的喇嘛，告诉他们我要做什么，然后让他们去做他们应该做的，我想这样就可以了。

如果一个王的一切都让喇嘛来安排的话，那样对我来说很不公平，抑或是对王权的束缚，我当然不能接受。丁协理曾经说：“对于神鬼之事，不可不信，但亦不可全信。”我喜欢这句话。所以，当我问活佛的时候，早已经想好了出行的日期。我计划快到月圆的时候出发，那样我会在夜里的野外看到天上的圆月，让一切都皎洁在月光中，我觉得那样很好。

我们领地上的许多地方，其实我都已经去过，但那时我是一个少爷，而现在，我是一个王，用一个王的身份在自己的领地上巡视，这完全是两回事。

我们出发了，烟尘从河谷的广场开始涤荡，无边无际的样子，很吓人。一路上，所有的贵族、头人都得走出很远来迎接，我头上的光环又回来了。这回这些光环完全属于我。

我让手下给沿途的百姓分发粮食和铜币，以示新王带来的恩宠。这一切，都让百姓感到是天上的神灵安排好的，那样，我就是神灵选定到这里的王，一切，都理所当然。一个秋天下来，我就像在梦里一样，感到柔软而轻盈。

巡游的队伍从北方返回河谷时，我们遇到一个戏班。在我们歇脚的村落里传来乐器琴声和咿咿呀呀的唱腔。我想起一些往事，就派包印去打探一下。包印回来了，说是从东边敖汉部来的走台班子。竟然真就是那个张家戏班，我告诉包印，让他们跟随我们的队伍到河谷唱上几天吧，我相信母亲会喜欢他们的梆子腔。

还是那个韩班主，他前来拜见雇主。管家让他拜见王爷，当他看见眼前坐的人是我时，愣在了那里，眼睛睁得大大的，像戏台上的丑角人物。现在，我喜欢我面前的人这副愣神惊讶的样子，那表明我在他们眼前俨然和先前的那个人有了天壤之别。是的，一个人的身份变了，他的一切也就跟着改变，改变的程度，看一眼你眼前的那个人的样子就知道了。

韩班主毕竟见多识广，在局促中匆忙跪了下去，口称王爷恕罪。我笑了，我知道，一个人是永远也不会忘掉同自己喝酒还给自己银子的人的。我让他站起来，问起了他的生活。他的眼睛立刻闪烁出光彩，他说："托王爷的福，后来我们离开了张财主家，我们获得了自由。我终于成立了自己的韩家班，我们戏班行走在江湖上，想去哪里就去哪里，想在哪里唱就在哪里唱，想唱什么就唱什么。现在我们戏班的日子赛过神仙呢！"

最后一句他是在奉承我了，这表明他对我的感激。马彪曾说过："很多跑江湖的人，路就在一张嘴上。"

原来，我们走后，张财主就病倒了，他每天都想着自己被劫匪夺走的银子。终于有一天，他在梦里梦见那些银子又回来了，他把银子紧紧抱在怀里，生怕再失去分毫，结果就再也不愿意走出梦境了。这种人永远也逃脱不了银子带来的宿命，张财主死在了梦里。他的老婆无力支撑偌大的家业，这时，韩班主拿出了银子，银子递到张财主老婆手里，韩家戏班就自由地在大地上行走了。他们开始属于自己。

我想起王府里燕贻堂的戏班来，燕贻堂的一切都是我们这些主子说了算，一声雷永远不会有韩班主的自由。

我告诉韩班主："让你的戏班跟在我们队伍的后面吧。"

结果，天底下就有了这样一幕，一个王爷威武庄严的队伍后面，跟随着一个敲锣打鼓的戏班。引得沿途的百姓纷纷议论，没有人说得清这是怎么回事。管家说："王爷啊，这不成体统啊，还是让戏班隔天上路吧。"

我正在兴头上，就说："这样很好，告诉韩班主，把锣鼓弄得再响一些，最好能让天上的神灵听见。"

秋天这个季节真好。我们行走在大地上，耳边的风轻柔而凉爽，蓝天那样高远明净，几片白云被风推着在天上缓慢地飘移，远处的高山因为高度差异披上不同的颜色，植被就像苍穹中滑落的羽毛，如七彩霓裳般落满山坡。地上草色依旧浓烈，惹得马匹声声欢叫嘶鸣。春天我成为王，还不知道该怎么做，现在我的呼吸在这明朗的季节里是如此均匀舒畅。我告诉朝格：让卫队朝天上放上几排枪声。清脆的枪鸣惊得草丛里的山鸡野鸟拍打着翅膀向四周散去了。

回到河谷后，广场上的人们看到我的轿车，就齐刷刷地跪下去了，弄得满是尘土。这种尘土飞扬的场面我已经不知见过多少次了，但以前我都是一个看客，那些尘土是为另一个王爷飞扬飘舞的，现在为我。我甚至有些不知所措，穿过地上跪伏的人群，平视进入眼睛的只有我的母亲和几个年老的贵族长者。一股孤单忽然掩袭而至，我有些害怕，此刻如果地上的人们忽然向我拥过来，一定会把我淹没在烟尘的潮水中。我不明白，为什么下人不在广场上洒满清水，那样就不会有如此让人害怕的烟尘了。可是，也许正是这些烟尘将我们内心的怯懦包裹起来，让我们的家族看上去那样高贵强大。

我拥抱了母亲和二阿妈，母亲脸色红润，二阿妈却是满脸憔悴。父亲死后，除了母亲和几个指使丫头，再没有人同她说话了，甚至她连屋子都不愿意走出来，我给了她更热情的拥抱。

我将带回的礼物送给府里的人。我的母亲说："我的儿子啊！"说这话时她眼里泛着泪光。而当我将礼物给到我的妻子们的手里时，那两个女人就将目光放在手里的珠宝上了，仿佛不是我给的，而是她们一伸手就可以从空气中拿到一样。手里有了珠宝，她们似乎就忘了我的存在。然后，那两个女人就开始互相搜索起对方手中的东西来，她们的眼神会用最快的速度辨别手中珠宝的价值，然后同对方手里的作出评判，就会得出她们的丈夫更宠爱谁多一些的结论。这使我很难过，其实我送她们何种礼物只是出于她们个人更适合哪样而已。但或许她们永远都不会这么想。

回到王府后，按照母亲的建议：我先住进了我的妻子福晋的房里，然后是另一个人的房里。一番激情过后，对于两个女人，我并没有感觉到丝毫的差异，一样的柔情似水，一样的热烈缠绵。几天下来，我并没有多想，直到独处一室时。

早上起来，看着外面的一轮红日，鸟儿在院子里的树枝上声声啾鸣，我走到树下仔细聆听，那些鸟儿还在枝头缠绵，进入耳朵的都是一样的叫声。我忽然想到我同我的两个妻子，当我感觉到两个女人没有什么差异时，一种激情，可能也就要落地了。这种想法让我呆了很久，我还年轻，才刚成为王，不想一些东西太早地滑落。

韩家班来到王府里了，管家安置他们住到燕贻堂附近的戏房里。紧挨着府里的戏班，一声雷同韩班主曾有过一面之缘，同为伶人，还算惺惺相惜。我告诉母亲新来的戏班唱的是梆子腔，母亲果然很高兴，她缓慢地说："一道菜再好吃，久了，也就腻了，该换换口味了。"这个皇族出身的贵妇人说这话时会带出一股特别的味道，这是一个穷人永远也学不来的。

我吩咐管家，让韩班主准备好，将他们最拿手的曲目在燕贻堂上表演。几场戏下来，我的母亲就完全迷上了韩家戏班，还有一个人是我的妻子阿圆，她对戏剧有一种天生的迷恋。

母亲高兴地赞赏着韩家班，我同时让管家将银子送到韩班主手上。这时一声雷跟在管家身后找我来了。一声雷在我面前跪了下去，说："先王在世时，每逢秋季，天高云淡，正值收获，总要点上几出大戏。如今戏班里的伙计们都准备好了为王爷巡游归来祝贺，没想到却来了韩家班，占了燕贻堂，弄得伙计们成了看客，心里都憋着一口气，府里的戏班不能让外来的给挤下去，我要和韩家班比试比试。"

我喜欢不服输的人，来了兴趣，问道："如何比试？"

"唱它个对台戏！"一声雷激动起来。

我看着管家，说："既然如此，管家安排吧。"

管家有些纳闷地同一声雷退出去了，不用理会，他们会商量好的。管家同一声雷私交很好，以前父亲何时要去戏楼，何时想要听戏了，一声雷都会提前知道。

两座临时戏台在广场上搭建起来，像两只对视的猛兽，张大的台口要吞掉对方一样。管家请我去点验，我站在两座对搭的戏台开阔的中间，头上是一方蓝天，父亲若在，他一定会喜欢的。不知道两座台上同时敲起锣鼓，拉响琴弦会是什么样子。

我对管家说要是父亲在一定会很热闹。

点验时，我的身边跟着我的妻子阿圆，她的眼睛闪烁着光彩，我问她还想上台亮一下嗓子吗？她说："那样会让王爷难堪的。"然后她的眼神就黯淡了下去。我知道她心里想什么，但我不会让她上台去，我是一个王，我们的身份决定了有些事不能做，我说我们回府里去吧。

自从成为王，坐上父亲留下来的椅子后，我给了许多人很多封赏，我也要给阿圆一个名分，让她成为我的侧福晋。可是，当我在一次缠绵过后，打算给她一个惊喜时，却被她拒绝了。我很恼怒，还没有人能够拒绝我成为主子以来给予的东西。我转念一想，或许，这惊喜让她一时不能接受，有些东西还从未走进她的梦境里。

等一等吧，有时候等待也是一种幸福，让已知的好东西到来得缓慢一点，她会笑得更灿烂。可是后来，我才知道我是不能够给予她任何名分的，那是规矩。

震天的锣鼓响起来了，母亲坐在最好的位置。萨满阿宝首先主持进行了一段戏剧祭祀的舞蹈，这是我们一个古老的仪式，我希望这个秋天每一天都是吉祥的日子。我在母亲身边坐了一会儿就离开了，让他们去尽情地唱吧，让母亲舒心地欣赏吧，让周围的百姓们努力伸长脖子和耳朵吧。而我要独自享受这秋天的阳光。

我带上人到河畔去了。接下来的几天里，我一直在野外的阳光下，然后我悠闲地去了福荟寺。我问宫嘎活佛为什么不去看广场上热闹异常的对台戏。活佛的回答让我扫兴，他说："两个喇嘛在一起谈佛会斗法，两个乞丐在一起行乞会抢夺，两个伶人在一起说唱会论腔，然后就是彼此的蔑视，再然后就成为对手了。两台戏在一起唱，唱出的不是动听，而是要燃起吞吃对方的火焰。"远处山峦高低铺设出粗犷的图案，向更远处延伸，我在心里琢磨着活佛的话。

果然，管家告诉我一天夜里两个戏班的伙计喝多了，然后一群人殴打在了一起，各有损伤。我叫来一声雷和韩班主，我告诉他们："不要再唱了，不要让台上的火焰变成仇恨。"

活佛说得很对，我命管家拆了戏台，两座戏台中间的天空就变得宽阔起来，温暖的阳光晃照着地面。

韩班主前来向我辞行，他的戏班要走了。他说："古人说同行是冤家，果然不错，给王爷添麻烦了，请王爷恕罪。还有就是对不住一声雷班主，我们本应在同一台上唱戏。"我没有怪罪韩班主，他带着一班人走江湖讨饭吃不容易。后来听管家说他还送给了一声雷几坛好酒，表示歉意。

韩家班走后，燕贻堂又恢复了平静，王府的戏班照旧排练演出，一声雷却沉默了下来，整天坐在戏楼前看着天空发呆。我路过戏房时，一声雷没有看到我，管家大声提醒他王爷来了，他才回过神来赶忙跪在地上。我问他这是怎么了，他说："我想念韩班主了，他们的戏唱得真好，也不知道韩班主他们去哪里了？"

我忽然想起，燕贻堂的戏班已经在王府很多年了。我还是个孩子的时候，他们就从遥远的京城来到了河谷，这一眨眼，许多年过去了，那时我总是到燕贻堂看一个小花旦，现在她是我的妻子。

我问一声雷："这些年戏班的演员都已经换过许多茬了吧？"我的意思是作为班主，他一直在王府里带班，他很忠心。

他说："这些年招募的梨园子弟已经走了几批了，那些人大都成了江湖上戏班的头牌，顶着台子。”

我说：“你呢？想过有一天会离开王府，或者回到京城吗？”

他直率地说：“尊贵的王爷啊，我很羡慕韩班主，在大地上走到哪里，就唱到哪里。王爷对我们这么好，从没有看不起我们，我是不会离开王府的，除非王爷赶我们走。”

我说：“你是一个好班主。”

我又说：“这个世界很大，你要是愿意，可以带着戏班离开王府，自由地行走在大地上。”

一声雷怔怔地看了我半天，然后跪在了我面前。是啊，让这些属于江湖的人回到江湖中去吧，或许只有在自由的天地里摆起身段，亮起唱腔，才能唱出最动人的戏剧。

一个天气晴朗的日子，我正式宣告解散戏班。

戏班里的人听说要离开王府，都留恋难舍，他们眼睛里有一个新鲜的世界，心里有一个难舍的舞台。不断有人在我面前跪下去，他们是在同他们的主子道别。我给每个人的手里都放上一包银子，我对一声雷说：“到了外面，无论风雨阳光，都别忘了河谷，前面的路不好走，就回来，这座戏楼永远都为你们留着。”我让管家将戏班所有人的契约都拿过来，然后让那些曾经联结他们生命的纸片变成飞舞在风中的蝴蝶。这下，就真的结束了，再也不会有热闹的戏楼了，再也不会有日日传入耳朵的锣鼓唱腔了。

母亲听说我要解散戏班，难过起来，但她没有阻拦我，她说：“你是旗主，既然决定了，就有其中的道理。”

我淡淡地笑笑，我真的没有什么理由，只是不想看到一双双渴求自由的眼睛那样望着天空，不想一个个灵动的生命就那样被禁锢在一座方正的戏楼里。

然而，接下来发生的事情我没有料到。我走进阿圆的房里，她正在收拾东西，我问她要做什么？她的回答简单而绝决。

“我要离开！”

“为什么？”

“因为戏班要走了。”

“戏班离开和你没有关系。”

“我是戏班的人。”

“你是我的妻子！”

“我也是戏班的人！”

我沉默了，不明白她在说些什么，是我忽视了她，让她感到了寂寞？

当我又问起时我知道她心里在想什么。

她说，从我巡游回来，到她房里激情过后的一段日子，她知道有些东西就渐渐滑落了。她知道有些东西一旦滑落，就再也不会拥有。我知道她在说什么，我想起了我们激情过后的那个夜晚，我感到很疲惫，就起身到外面看天上的星星去了。过了很久，我回到床上，我没有看她就自己走进梦里去了。我不知道她一直看着我，一夜没睡。

这个女人的心思是如此纤细。

她又说她不想将来像我的二阿妈一样生活，那个女人太愁苦了。她好像是在等待死亡。

我说：“你是戏唱多了，还是看多了？”我希望她只是陷在了戏文中。

但她跪在了我的面前，这个女人哭着说她看到了许多年以后的事情。这下我完全明白她为何拒绝我给她的名分，拒绝成为王府的主子了。

我不知道将来会怎样，我是一个王，将来应该也还是一个王，可有一点，就是神灵从未走进我的梦里告诉我未来的事情，这让我害怕，虽然我还未到害怕的年纪。或许我应该同活佛谈论一下。

阿圆说这话时让我心痛，清晰而钻心的疼痛。我没有说话，独自走进院子里。那天夜里，我和她疯狂地在床上翻滚，像一对春天枝头上的戏鸟。一切仿佛又回到了最初的时候，我们都没有说话，只有火焰升腾的热浪焦灼着我们的身体，然后就是她的哭泣声，那是一种生死离别才有的哭泣，窗外是一弯月光，没有颜色。

是啊，激情在最初和结束时是那样相似，都能灼伤我们的身体。

戏班出发的时候，我叫来一声雷，给了他足够多的银子。我还吩咐管家，跟随戏班一同上路，直到我的妻子有一个安稳落脚的地方。管家皱着眉头，不知道什么样的地方才算安稳，因为戏班从此将行走在江湖上，漂浮不定。我不管，我只要我曾经的爱人能够永远包裹在这秋天的阳光下。可是我忘了，用不了多久，戏班就会走出我们的领地，到那时，我所想要的一切都可能会消失。

我送了戏班很远，我知道，里面有一个人再也不会回来了。

夜深了，人们都在自己的梦境里，我不知道此刻戏班是否已经找到地方休息，我不知道这秋夜的冷是否侵袭到一个人的身上，我不知道那个人是否在流泪，我不知道她是否为一个想念她的人打开了梦境。

母亲劝我不要难过，说："走了就走了吧，那是她的命。"她这样说我更难过了。我的另一个妻子一句话也没有说，只是低着头抹眼泪。

秋夜里的燕贻堂是那样寂静。月光洒在宽敞的舞台上，寂寞无助。我走上舞台，看着自己的影子，许多的往事涌上心头，那时一只美丽的蝴蝶就在这台子中央飞舞。一阵风吹过来，几片树叶落在了台上，然后被另一阵风吹到角落里去了，顺便带走了我脑海中的往事，舞台上剩下的只有忧伤。

秋 天

是啊，激情总会落在地上。

管家回来了，对我说了戏班的消息。他们向着西边的方向去了，他们会在某个村落、嘎查里停下来，搭起戏台，然后就走入戏剧中去了。我曾经的爱人也一定登台演出了，这说明她已经落在了大地上。他们还会在一处山坳停下来，夜里她会一个人走到河边，呆呆地望着流水，直到夜很深时。我希望她不会是因为我而发呆，我又希望如此，但无论如何，戏班越走越远了。关于那个人的一切，总会慢慢消失的。既然如此，那就让时间来决定吧。

这是一个收获的秋天，地里的庄稼蜂拥地压在大地上，随秋风起舞。客民们真的很会使用土地，他们在春天撒下种子，等着春风的到来，等着雨水的到来，等着阳光的到来，佛菩萨保佑，这些都在这一年里如约而至，辛勤耕耘换来了成熟的谷物。再过些时候，就该收割了，到那时，我们会在广场上跳舞祭祀，喇嘛们会作一场关于收获的法事。百姓们会说："托王爷的福，一个好年景。"客民们会将攒足的力气用在庄稼的收获上，牧民们会兴奋地打草，准备冬天的牲口草料，管家会精明地收取王府的租赋，我的兄弟霍斯会将新鲜的皮毛山货拿出河谷进行交易，然后运回银子。我呢？该干些什么？我又不知道了！我是一个王，什么都不用亲自去做。

可是，我很空虚。

秋天越来越深，戏班的消息也越来越少。我还不知道我该做些什么。关于我，正如从前的苏德王爷，一切都被预先准备好了！是啊，早上睁开眼睛，下人就给我预备好了衣服，我要大便，坐便旁已经熏香缭绕了，我要吃饭，筷子就到了我的手里，出门的时候，轿夫已经在院子里等候多时了。我有些气恼，我的一切都是被动的。我故意走在院子里不去看身旁的坐轿，可是轿夫们抬起轿子，一声不响地跟在我身后，我不得不回过头来，坐进轿子。我故意不说要去哪里，轿子就停在那些人的肩头，安静地等着我的命令。到了夜晚，就连我的梦都被安排妥当，我刚要关上梦境的大门，管家就带着几个下人硬生生地挤了进来，管家说："主子啊，还有吩咐吗？请早点睡吧，明天还要到寺庙里去呢！"我的梦境就这样一直被管家指指点点。我刚要发怒，一转身梦却没有了，怎么找都没有找到。

自从管家将我梦境的大门挤破以后，许多的人、许多的往事、许多的不知道的东西都开始进入我的梦里来，让我在睡梦里一刻也不能安息。我越来越疲惫，整天迷迷糊糊的。

我打算向活佛请教。我来到寺庙里，看着宫嘎活佛那淡定的样子，我说："陪我到河边去看看河水吧。"

望着淙淙流去的锡伯河水，在秋天里深邃而平静。这河水日夜不止，流向远方，一直流到河谷下游。一片树叶从河岸的树枝上飘落下来，顺水而去，我忽然想起下游的驼山湾来。我不知道那片偏僻的土地是否也是一个丰收之年，我似乎已经忘了那里的一切。我是王，那里是我的土地。

我问活佛："水中的树叶会流向何方？"

"会一直流到下游。"活佛说。

"半路上不会遇到阻拦吗？"

"即使遇到阻拦也会流到远方！"活佛回答得很干脆。

我就说："你不想到下游看望你的朋友吗？"活佛知道我指的是南布神父。

"我曾说过，我会回去的，那里还有佛祖的信徒等待着我。"活佛双手合十，样子很虔诚。

这个喇嘛没有忘记偏僻地方的那些向佛的信徒。

"我们到驼山湾去走一趟吧。"我决定下来，我不想我的一切都被事先安排好。或许沿着河水，跟随着水中漂流的树叶，我的无所事事的烦恼会被洗刷掉。

我要我的协理同我一起去，丁协理会让我们的旅程变得丰富，我会听到很多有趣的事情。

我们沿着秋天的河岸向前，深邃流水中漂浮的树叶和我们同行。我分不清哪一片是同我们从上游一同出发的，还有哪些半途加入进来，我们停下脚步的时候，果然那些树叶在我面前匆匆流过去了。

我们照例宿营在月光下，照例是一堆冲天的篝火和琴声。悠扬的琴声传向远方，湮没在夜色里，没有回应。我的梦果然回来了，这次管家他们没有闯进来，我睡得很香甜，睡梦里进入我耳畔的只有流水轻击河岸的声音和天上掠去的鸟鸣。

几天以后，力气开始在我的身体里膨胀。真是一路好风光。我和协理策马登上高坡，望着苍苍茫茫的远方，我对协理说："作首诗吧！"

这个自负才学超过五车的人立即来了兴致。沉吟一会，吟诵了一首很有意思的诗：

秋风起兮，河水苍凉
壮士悲秋兮，登高远望
望群山兮，苍苍茫茫
观大地兮，郁郁草殇
天上明月兮，照我家乡
问我忧愁兮，鸿雁成行

我抬起头，果然天上几排鸿雁飞远了，它们要去的地方很遥远，遥远得在我们的梦境之外。我催马跑下高坡，将众人远远地甩在身后，没有人知道我的心里在想些什么。我又望一眼远天，鸿雁变成了几串黑点，即使是在我的视线里，我也无法留住。我又想起一个人来，心走了，人就无法挽留。

到达驼山湾以后，当地的佐领给我们安排了最好的住处。这里也是一片繁忙，收获的秋并没有因为偏僻而忽略这里。教堂因为高耸而首先进入眼帘，让我想很快走进去看一看。但我是王，我得耐心下来，等待所有的人前来见我。

南布神父夹杂在那些贵族、喇嘛中间来到了我的面前。我让他坐在我身边，我告诉他："明天我会到教堂里去看一下。"他一下就感动起来，在胸前不停地画着十字。

同几年前相比，教堂向四周扩建了许多院落，一排整齐的房子前面有十几个孩子在玩耍。我走上前去，那些孩子并没有因为王爷来了而下跪，他们还不懂得这些。我没有责怪，我只是好奇，哪里来的这么多孩子？南布神父告诉我，这是教堂的育婴院，是教众的孩子们集中学习和看护的地方。我问协理，是否就像我们的私塾一样？这次有见识的协理被难住了。他当然知道私塾学堂，但这些孩子太小了，和私塾不一样。我产生了兴趣，身边的活佛却表现出紧张的样子，他说："这些洋喇嘛是要从小就让这些孩子接受他们的宗教，长大后自然会成为他们的教徒，这一点，我们落在了后面。"

南布神父对我进行了解释，说育婴院是教堂的一部分。要让孩子们从小就接受上帝的仁爱护佑，等到他们长大了，即使他们的皮肤仍旧是黄色的，但他们的灵魂早已经归属上帝。

活佛推测得没错。一个想法在我的脑海里闪了一下。

我约南布神父同我们一同到野外去，我说让我们一起到深秋里走一走，我要看一看我的领地上的百姓。神父欣然同意，他愿意和一个王走在一起。因为这个王用不了多久就会离开这里，回到他的上游王府里去，到那时，这个地方就只剩下贪婪的贵族和老实的百姓了。那时他会说："你们的主子曾经和我一同走过这些地方，我们曾经谈论许多事情。"他会让自己在别人眼里变得高人一等，那样他就更容易让卑微的百姓成为他的宗教的信徒了。

我让宫嘎活佛、南布神父，还有我的丁协理走在我身边。我看着不远处牛车上的庄稼拖地时弄起的烟尘，我想起我所遇到的关于烟尘的许多往事。我就胡乱地说："我想听一听你们关于烟尘的说法。"这话是我把他们几个当作智者。

沉默了一会儿，直率的南布神父首先开口了。他说："尊敬的王爷，大地上的烟尘让我看到了这片土地上的一切生灵。在天底下，有时一阵恶风会卷起烟尘，那是魔鬼在打阴险的主意，他想要侵入人们的灵魂；有时一队人马会卷起烟尘，那是为名利而奔劳；有时百姓缓慢的牛车会弄起烟尘，那是为了卑微地活着。就像我们眼前的牛车，装载上秋天的收获，尽管很缓慢，但依然执着，那车尾的烟尘是为了表示他们一年辛苦的存在。所有这些，都需要上帝的救赎，只有全能的主才会让所有的烟尘飘荡，最终均衡地落在大地之上，没有贵贱之别。"

我点点头，神父说得很好，但他说起烟尘时，忽略了我们这些贵族。

活佛在神父说话时，一直仰头看着天空。我不知道这样是否表示他对神父所说的话很不屑。活佛说："烟尘没有什么区别，不一样的是烟尘前面的脚步。有驼印、有马蹄、有官靴、有芒鞋、有走卒、有车辙，甚至还有魔鬼的尖足。脚印有深有浅，有曲有折，有正有斜；脚印指向不同的方向，是因为内心不同的求索，在世俗人眼里，就会有不一样的烟尘。但所有这些，都是事物的表象，因为所有的缘由，都是因为前世的所修，才会成为今世的所求，一切都被佛祖预先安排了。无论如何，大地上的生命，就像地上的尘土，就是偶然飘荡在空中，也终究要落在地面，隐入尘埃，佛法护佑一切。"

这个智慧的喇嘛言语中嘲讽了神父。我的眼光转向了我的协理，这个汉人总是等别人说完，他才会开口。协理捋着胡子说："两位智者给了我深刻的启示，两位一个说的是头，一个说的是尾，都引入了自己的宗教。关于宗教，我了解不多，我更愿意观察世上真实的事物。没有风，是不会有烟尘的。烟尘只是风的幻化，夹杂起地上的尘埃，才会形成迷乱，让人们看不清方向。我要说，不要在乎烟尘本身，应该从烟尘中走出去，才会看见更远的地方。随风而起，远方有土地、有树木、有草原、有群山，有不一样的景色，还有更广阔的天空，天空上的飞鹰借助风力逍遥直上，鸿雁列阵南飞，所以，更应该看到烟尘之外的世界。”

丁协理是要告诉我应该透过烟尘看到更远的地方。这三个人说完，都把目光指向我，他们在等待我的评判。我是一个王，对于平衡的把握已经很自如。我知道该怎样说：“你们给了我不一样的启示，都很好，你们都是智者。”

关于尘土的话题已经结束，但是讨论仍在继续。这次先说话的是活佛，他说：“春夏秋冬、一年四季，万物都处于轮回之中，没有什么事物能够走出这种轮回。就像一个巨大的圆盘，在无形中运转，任何事物都预先被注定了一个属于自己的位置，在那个位置上经历佛祖赐予的一切，包括富贵、苦难、快乐、悲伤，一切的一切，最终都汇集到我们的心里，在灵魂的深处感悟一切，参透一切，接纳一切。”

南布神父说：“西方有一位智者，他说河水流动不止，人的脚印无法两次踏进同一条河流。所以说万物都是流动的，在运动中生生不息。当然，这一切都是上帝的杰作，他利用六天的时间创造了万物，第七日安息，给创造的一切事物以灵魂，让他们生活在大地之上。而我们的神灵就在世人中间，他献出自己的生命让人们区分善恶，记住恩泽，不像你们宣扬的神灵高高在上，木讷无情。”

“我们的神灵有诸佛菩萨，悲悯地护佑着世间的一切生灵，神灵的眼睛就像我们面前的河水一样清澈，世间的一切善恶美丑都逃不过因果报应。我听说你们的宗教里有一个出卖灵魂的什么犹太，这说明你们的宗教并不纯粹。”

丁协理说：“你们的争论无休无止，关于宗教，我认为永远也无法让谁说服谁。无论怎样，你们的神灵都应该护佑众生，有人的地方就会有仁爱、有仇恨、有悲伤、有快乐、有名利、有欲求，所以一切都应以仁爱宽容为准。”

太阳走到头顶上来了，很温暖。这种讨论是不会有一个结果的。

我的协理说得对，关于神灵有许多事情我们是说不清楚的。我看到寺庙里的佛祖的塑像，却从未看到佛菩萨真实的样子，让他走到我们的眼前，这恐怕很难。但我的土地，我的百姓，收获的季节，却生动地在我的面前呈现。这秋天的原野色彩那样丰富，天空那样湛蓝，头顶的阳光那样温暖，这一切都是真实的，都在我的视线里让我看到，让我内心感受。我是这片土地的主人，眼前这真实的存在才是我应该思考的。我希望每一个毡包里，每一处屋檐下，每一个火塘边，都有一盏油灯驱散黑暗，都有一堆火焰除去寒冷，都有笑声传出，那才是我最愿意看到听到的。所以，还是那句话，关于宗教我们可以相信，但不可以依托，就像丁协理所说一切都应以仁爱宽容为准。我想这是一个王必须明白的。

我说："每一种宗教都有许多神奇的传说和神秘的说辞，我的祖上就开始信奉佛菩萨，许多年来神灵都护佑着我们的土地。智者之间应该学会互相尊重，对于自己不了解的事物，要怀有敬畏之心。就像这河水，从河谷的上游蜿蜒流下，一直到这里，还继续向下，滋养着沿岸的生灵，从不吝惜自己。它是谦虚的，它的内心对生命有着无法言说的热情，但表面却是那样平静。它让所有的一切都流动在自己的生命里，即使是一片微小的树叶，也能够借助这河水涌动一路风景，走完自己的生命历程，所以，智者包容一切。"

哎呀，听听我说的，好像我都快成了一个智者一样。但这讨论让我的心里清楚了许多。我感到饿了，佐领应该给我们预备好了丰盛的午宴。午饭时我喝了一点酒，酒是当地酿造的，有些苦涩，但我依然觉得很香。协理也喝了几杯，看得出，这次出游他很高兴。他真的是一个很有才学的人，我为我的身边有这样的人而高兴。下午我没有出去，睡了一觉，梦境温暖平和，就像秋天的原野。

醒来时，已是黄昏。我走到院子里，透过一棵树能够看到远处壮美的夕阳。我第一次发现，停在树后面的夕阳是如此美丽，将树上稀疏的残叶都映红了，像一团火焰在树上燃烧。此时传来了教堂的钟声，这钟声在我的耳畔停留片刻，又传向远处，声音一定能够传得很远。我叫来活佛，说："你听到钟声了吗？那是洋喇嘛的教堂里传出来的，我们的寺庙的钟声我还没有听到。"

活佛低下头，羞愧地说："我会让喇嘛庙的钟声更响彻，声音传得更远。"

几天以后，宫嘎活佛在附近的寺庙举行了摸顶祝福仪式。下游的百姓、喇嘛、乞丐、游民从四处走来，拥在一起，而我也坐在高处接受百姓们的跪拜，这时寺庙的钟声果然传进我的耳朵，有些震颤。

我还忘了一件事，那就是给南布神父的教堂带来的布施，还没给教堂。我就让朝格给教堂送去了银子和粮食。我怕管家继续打扰我的梦境，就让管家留在了河谷上游。管家没在身边，没有人提醒我。我还让朝格顺便带去了几支快枪和弹药，教堂的护教队需要这些家伙，那样我也会省去许多麻烦。这个世道土匪太多了，越来越多的陌生人来到我们的领地上。我是王，但也无法阻止这些人的脚步。

南布神父同朝格一同回来见我。他说王爷给的粮食和枪支他都留下了，他很感激我，但银子他就不需要了，教会总堂会给他们足够的用度。

听他这么说，我很不高兴。我送给别人东西，还没有人说不要，拒绝我给的东西就是在拒绝一个王。我又想起拒绝名分的那个人来，现在，我认为拒绝之后总会有不好的事情发生。我沉下脸来，这时协理说话了："王爷给的东西，你必须收下，即使你是一个外来的洋喇嘛，你的寺庙也还是在王爷的领地上。"

经过交流，这下南布神父明白了。他说："你们东方人真是有意思，我以为只有汉族人才会那样想，没想到你们蒙古人也这样想。我还是不够了解，需要学习。"神父高兴地接受了银子，这个洋喇嘛很直率，他不了解我们蒙古人一样在乎王道。

我没有再理会南布神父，让他自己在无话可说时退出去了，协理也没有去送。协理明白我的意思，有时候要让一个人显得很孤独，他才会最终明白自己的位置。

在神父快要消失时，我一挥手，朝格又把神父喊了回来。神父躬身来到我面前，我说："你还有什么困难吗？"

神父想了想，显然他还没有准备好。他说："尊敬的王爷，我还没有想好。"

"回去仔细想一想吧。"这回他真的消失了。

父亲曾说："一个眼光犀利挺拔的人越是表现出礼貌与委婉，他的内心就越骄傲，他必定身怀远大的理想与抱负，他在骨子里是看不起周围的人群的。"

现在，我认为自己就是这样一个人。我谦虚地对待我身边的人，但我要让他们知道，我是王，我的高贵与骄傲是与生俱来的。

活佛给他的信徒祝福时，我也要到我的百姓中去看一看。我带上协理和几个随从来到了百姓中间。换上百姓的衣服就没有人认识我了，我再看到的目光中那一种敬畏就会消失。敬畏的目光，会因为身份的不同而改变。不，应该是衣服的不同而改变了一切，这是多么简单啊。我想起了绸缎，那已经是很多年以前的事情了。

我们坐在百姓中间，听他们谈论说笑。听到更多的是关于这秋天的收获和冬天牧草的储备。我想要启发他们谈论一下关于年轻的王爷的事情，但我发现这没有用。他们的主子的事情似乎和他们没有任何关系，还不如一个佐领、头人更容易勾起他们的兴趣。是吧，这些百姓关心的其实很少。粮食、牲畜、土匪、战乱、平安、喇嘛，还有自家的火塘，再有就很少了。不信，你可以让他们想一想，可说出口的还是那几件事情。我又向百姓们问起了宫嘎活佛。这次他们没有令我失望，他们很多人都希望能够得到活佛的摸顶祝福，看来在他们眼里，一个喇嘛远比一个王爷更为重要。

有了粮食，百姓们就有了坐下来谈论的时间和精力了。

我坐在他们中间，却和他们距离遥远。那些人完全忽视我的存在，他们只是把我当作一个好事的外乡人而已。只说是听说王爷来到了驼山湾，然后就没了下文，关于我哪怕是一丁点儿他们都懒得谈论。我很失落。我甚至有一种害怕身边的人笑话我的感觉。我就将眼睛向远方望去，远处也是一片秋色。

我没有了兴致，站起身想要离开，一个衣衫褴褛的家伙却提出和我交换身上的衣服，他说他已经观察我有一会儿了。我很生气，没好气地说："用什么交换？"他从身后拿出了几块上好的羊皮。我问他要我的衣服做什么，他回答要给他的儿子成亲时用，我立刻想到一个年纪比我稍小的年轻人穿上我的衣服迎娶她的新娘的场面，我的心情便好了起来。我爽快地脱掉了我的长衫，给了那人。朝格已经将手放在腰间了，我用眼睛制止了他。然后我拿过皮子看看，又还给了他。那人颤巍巍地接过羊皮，口中说道："菩萨啊，我遇到好人了。"其他人立刻表现出羡慕的眼神，眼睛开始在我身上打转。我知道该离开了。

在河谷的下游，到处都是这样的百姓和流民。他们的目光因为秋天的收获而变得柔和。到了冬天，到了寒冷的时候，再到春天，到了没有粮食的时候，他们会聚在一起谈论些什么呢？那些人遇到我还会同我客气地交换吗？我不敢想象。这里还是很贫穷，很荒凉。即使是主子，也不应该待在这样的百姓中间，这是我这一天得到的经验。

学 堂

收获结束以后，田野里变得光秃起来，显得荒凉而寂寞。成群的鸟雀现在可以放心地扑在田地上，捡拾遗留下的零星的谷粒。早晨的霜冻已经很冷，一切都为冬天的到来准备着。我也该回到河谷上游去了，虽然我还是不知道要做些什么，我的梦境会怎样变化？但我必须回去了。

夜里，梦境如约而至。我梦见自己用皮子做了一件衣服，穿在身上暖和而柔软。原来，我是蹬踢了被子，被寒冷弄醒。一阵琴声从远处传来，隐约走进屋内，悠扬而悲伤。我起身来到院子里，听琴。不知何时，朝格和包印已经来到了我的身边，他们总是睡在我的隔壁，这两个家伙已经穿戴整齐，手里拿着枪。我示意他们倾听这琴声，他们却拉响了手里的枪栓。我小声说："仔细听！"他俩就开始四处张望起来，然后说："主子，什么声音也没有啊。"

我指向琴声响起的方向，他们却依然摇头。我忽然明白，这两个家伙以为我半夜起来，一定是发生了什么情况，或者，要做什么事情。我只得说："什么事情也没有发生，我在听琴。"

是啊，我倾听琴声，他们却在仔细搜寻隐藏在某处的危险，我的注意力在琴声上，他俩的注意力在我身上，他们对我忠心耿耿，所以他们听不见琴声。

我拍拍他们的肩膀，打算回到河谷以后给他们几个自由民的身份。称王时，我给了他们封赏，但我没有给他们自由民的身份，有些好处不能一次送出，那样他们就会认为一切都来得太容易了，他们会不珍惜；那样，他们就容易忘掉对我的忠诚了。

天上有一轮弯月，已经斜过头顶，是谁这么晚还拉响琴弦？一定是一个有故事的人。

我让朝格去把那个拉琴的人叫来，我要听琴。

那个人来了，是一个流浪四方的说唱艺人。这些人整天行走在草原上，一路拉响琴弦，说唱不停。

我问他："这么晚，为什么还要拉响琴弦？"

他说他躺在草丛里，看见天上的月亮一点一点升起，又一点一点斜下。

我说："月亮并不明亮。"

琴师回答："月亮很孤独。"

"你是指月亮自己在天上行走吗？"

他点点头。

我说："拉琴吧。"

他就坐在地上，把马头琴拿在手里，过一会儿，琴声就在院子里响了起来。可我却没有听到刚才的曲调，我就说："我们到外面去吧！"

他带我们来到荒野上。我躺在草丛里，琴声再响时，果然又弥漫悲伤了。我们这些蒙古人为什么总是愿意把自己弄得如此苍凉呢！

琴声带回来很多往日的时光，不知何时，月亮已经斜到西边很远的地方了，我并没有觉得夜色寒冷。

第二天，我问那个琴师，是否愿意同我一起走，到河谷的上游去，在王府的乐队里为我拉琴。

他拒绝了我。我没有勉强，我想起韩班主，有些人天生就是行走在田野里的人，身体被约束了，沁人的琴声也就消失了。

我们动身返回上游河谷，琴师去了另一个方向。

几天以后，我们遇到了一伙马队。他们从我们身边呼啸而过，向我们的身后飞驰去了。当我们走进了一个村庄时，传来了一片哭泣声。朝格问过村里的头人，说是村子刚刚被一伙马贼洗劫了，我立刻意识到刚才从我们身边掠过的那些家伙就是打劫这里的强盗。

在这些偏僻的地方，到了秋天，收获结束以后，很多人就变成马贼了。如果说以往是因为他们收获的庄稼没有填满粮仓或圈回的牛羊依然骨瘦无膘，但今年是一个好年景。或许是因为神灵并没有把安分守己降临到这个地方，许多人的骨子里都继承了祖先抢夺的习性。这里的人野蛮而勇敢，在他们眼里只有强大和弱小，强大的人理应获得更多的财富和粮食。

我不允许这种事情发生在我眼前，我告诉朝格："去把马贼给我抓回来。"

我们在村子里停下了来。傍晚时，朝格的人马回来了，押回了马贼，那是一群衣衫褴褛的家伙。

审问的事由协理来做。丁协理认真地坐好，开始审问。他说："你们是哪里人？叫什么？为何打劫？根据律例，你们抢劫村庄，该责罚，甚至是杀头的……"协理说这些话时，地上的人没有任何反应，他们甚至根本就没有听我的协理在说些什么。包印对于协理文绉绉的辞藻，早就烦躁了。他上前一脚踹翻一个家伙，用枪顶在他的头上，只说了一句话："你抢了谁家的东西，是什么？"

那个家伙毫不犹豫地说出了一切，看来对付这些马贼还是直接一些更有效。

审问进行得很顺利，一个年轻马贼的话引起了我的注意。他说他什么都没有抢，只抢了一件漂亮的裙子。

朝格不信这个家伙会只抢一件女人的裙子。

马贼说他要把这件裙子送给他的未婚妻，他希望迎娶她时，自己的爱人能够穿上这件漂亮的裙子成为他的新娘。

他又说他已经有一件华丽的长袍了，是他的父亲用几块皮子换来的。这些话没有人问他，是他自己要讲出来的，他一定很想要讲给别人听，希望所有的人都知道他和爱人能够穿上漂亮的衣服体面地成婚。

我想起了几天以前的事情，断定眼前这个家伙就是同我交换衣服的那人的儿子。

我问他："你只为一件裙子就做马贼吗？"

"不，我不是马贼，我只是想要一件裙子。"

村里的头人告诉我，这件裙子是他的女儿为自己的婚事准备的。

一件衣服竟能够让一个刚刚长大的年轻人成为马贼，这不应该。

我告诉协理："其他马贼按照条律处置吧，这个家伙有一个爱的梦想，是因爱而抢劫。我赦免他。"

我做主将裙子送给了这个为爱走险的家伙，我愿意成全那些有爱的人，我想起了阿力玛斯、霍斯，他们都为爱而执着。

其实，为爱而执着的人，还包括我自己。

那个即将得到这件裙子的姑娘是一个幸运的人，她将穿上爱人给她的长裙成为新娘。我命人给了头人一些银子，让他的女儿再做一件漂亮的裙子吧。

头人说："王爷真是一个仁厚的主子。"

我不知道自己是否仁厚，但我不愿意有情人因为新婚时没有漂亮的裙子而忧伤遗憾。

第二天，马贼中的一个家伙被朝格处决了，因为他在抢劫的时候强暴了一个姑娘，顺便给了那个姑娘的父亲两刀。我问过其他马贼，都说他是一个游手好闲的家伙，对这样的劫匪我不会手软。

宫嘎活佛给那个村子的人进行了祈福。村民们都激动得跪伏在地上，他们说做梦也不会想到一个活佛会来到他们居住的地方，真是佛菩萨显灵了。活佛说："这里已经被魔鬼控制了许多年了，现在，魔鬼被驱赶，佛的恩泽将会给这里带来幸福与安宁。"我不知道活佛说的是否正确，但我觉得活佛什么都没有做，我的协理干脆在喇嘛们诵经时闭上了双眼。

返回河谷的路程很快，下雪之前，我们到家了。

我看到了迎接我的妻子，忽然内疚起来，离开的这段日子，我没怎么想起她，倒是另一个离去的人时时出现在我的梦里。

那天夜里，我没有同我的妻子睡在一起，一个人回想河谷下游的事情，过几天，那个少年该迎娶他的新娘了。

管家为迎接我的回来准备了演出节目，王府的戏班没有了，还有乐队。当乐队里的老琴师拉响马头琴时，我却不能静下心来欣赏。拉琴的老人是乐队里最好的琴师了，却一点都不动听。我明白，这不怪琴师，王府乐队里的琴师是为了拉琴而拉琴，他拉琴是为了银子和生活，他的琴声不是给自己听，而是给别人听。所以，老琴师的曲调里永远都不会充满感动。

我不想再听下去，就离开了。母亲还在那里欣赏，我不知道她想些什么。

日子真快，到处都是冬天了，我依然无所事事，梦里还是时常会被那个远走的人充满。这个冬天我什么都没有做。当我感觉到天气暖和的时候，春天已来了很久。

这个春天，我同父亲一样也养成了参禅修养的习惯。这能够让我平和，让我的内心更加清澈，让我能够冷静地思考。

那天是参禅的日子，早上我到福荟寺里参拜后，开始听寺里的喇嘛讲经。宫嘎活佛结跏趺坐在经堂上，俨然是一个修养深厚的高僧喇嘛。接下来我又定时诵读了《甘珠尔经》。仪式结束后，活佛陪着我欣赏寺庙附近后山的风景，活佛说："春天就像雨后的彩虹，景色绝美、稍纵即逝，不能错过。"

我们登上了寺庙后山的峰顶，一切就尽收眼底了。太阳从正前方冉冉升起，我感觉到从未有过的轻松。于是我学着父亲的样子口占一首《暮春》：" 芳菲褪去日归暮，无尽春光留不住……”

然后我站在山岗上，向远处眺望，就这样一直眺望。远处是一片远山，在天地相接的地方，还是我们的领地，然后就是更远的远方，更远的远方也还是我们的领地。我感觉春天在我们的领地上招摇起来，充盈膨胀起来，满眼都是。我的心里有一股东西也正在充盈膨胀。

活佛站在我身边，也同样望着，眼睛都看花了，就问我：“王爷，你看什么呢，这么久？”

我说：“活佛啊，你是智者，你猜猜看！”

“我看到了山下的寺院，远处的村落、树林、敖包、河水，还有远山，别的就没什么了啊。”活佛谦卑地说。

“还有呢？”

“没了，啊，还有草场上的牛羊。”

这个喇嘛的回答让我很失望。

“未来，我的活佛啊，你没看到未来吗？这片土地的未来。”我大声说，说这话时，我生怕自己听不见，我的血液有些沸腾。

这话让活佛觉得有些羞愧。他自言自语：“是的，作为这片土地上佛法的代言人，我确实看得太近了，眼睛看到的景象左右了我的内心。”

这些年来，这片土地上出现了太多的事情，太多的世间悲苦压在这个喇嘛心上。宫嘎活佛为这片土地上的一切生灵祈愿，却忘了审视心灵，用心灵去观察这片大地。其实，活佛并没有仔细参悟过心境，他的心总是难以平静。活佛长叹一声，意识到自己让太多的东西流失了，佛经故事里有一句智语，大意是：“不要让眼睛看到的景象迷惑你的心灵，一个智者更多时候应该用心灵去观察世界。”

于是活佛说：“我还没有去看，我是得仔细看看了。”从此以后，宫嘎活佛一有空，就到山顶上，眺望远方，眺望成了他的习惯。

未来的一切都是未知的，正因为未知，人们才充满了期许：牧人希望有成群的牛羊，农夫希望有饱满的收获，喇嘛希望有更高深的修为，贵族们希望有更多的草场土地，而我对未来是怎样的期许呢？

我想起了河谷下游的教堂里的那些孩子，我忽然明白南布神父的用意：“要想有秋天的收获，春天就该种下种子。”

我想建一所新式学堂，这样或许能让我的百姓从蒙昧中一点一点走出来，能让文明的枝叶从学堂里一点一点向四外蔓延。有一天，或许那些偏僻的地方不会再用简单的力量的强与弱来区分事物，不会再为了一件裙子而去打劫。

我把这个想法说给了协理，丁协理说我是一个有远见的主子。我把建学校的任务交给了我的协理，或许这才是他最擅长的。因为他曾是我的教师，他知道如何将书本上的知识种进别人的脑袋里，结成智慧。

我的协理去了一趟京城，这些年变化太快了，这个自以为知天下的人也需要到外面去看看，走一走。有时候脚步会让我们追上一些我们并不掌握的新鲜事物，即使我们无法了解，也还是能让我们的眼睛留住一些轮廓。这些建议是我的霍斯兄弟提出来的，他的商队走过了很多地方，他的眼睛看到了许多的外面的世界，他是一个阅历丰富的商人，他脚步更多的时候都在路上。所以他说的话，我相信。

丁协理回来后，给我带回了并不振奋的消息，京城已经变得混乱不堪了，到处充斥着混乱，但这些似乎离我还很远，还是筹建我们的新学校吧。

协理将所有的心思都放到筹建学校上，我从未见他这么勤快过。即使是我让他做协理时，他都没有如此兴奋。他的身后总跟着一个人，那是协理从京城请回的助手，叫作张庭。协理说他是一个很有学问的人，将来可以做我们学校的先生。我给了那人赏银，叫他张先生，让他跟在协理身后去做事吧。

一切就绪，协理问我将学堂设在哪里，我不知道。我们就在王府里走了一遭，路过燕贻堂时，荒草已经汹涌地包围了这座昔日热闹的建筑。我走上舞台中央，偌大的舞台很空旷，两侧的戏房有些破旧，我问管家里面是什么，管家不无伤感地说现在做了库房，里面堆满了杂物。

我想起父亲来，他那时几乎每天都到这里来一次，我有些伤感。戏班遣散后，某一个夜晚以后，我就从未来过这里，我不愿意睹物思人，徒添烦恼。

我对协理说："就把戏房这里当作学堂吧，父亲也会高兴。"

丁协理的助手张先生果然很在行。他将一切都安排得贴切妥当，书籍、课程、教室等看上去都很新鲜，我们从赤峰、承德等地雇来了教师，现在，所缺的就是课堂里听讲的学生了。我叫来领地上的所有贵族召开了一次会议。首先要让那些贵族的子弟走进这座新式学堂，摒弃过时的教育，这样我们这些高贵的子弟就不会越发无知了，就不会只知道享受而不知道创造，这样我就知道那些贵族整天都在干些什么了。他们的孩子在学堂里，我的睡梦会更香甜。

看着学堂的牌匾高高挂起的时候，我感觉我的一个关于未来的梦想正在成长。协理和张先生建议不要在学堂前进行法事祈福仪式，他们说，这是一个新事物，应该用新的方式迎接它的到来。

可是我们的宫嘎活佛已经为这场仪式准备了很多天，活佛告诉我他在眺望中也看到了很多以前从未看到的景象。他甚至说："这场法事几乎同我的称王仪式一样重要。"

最终我同意了协理的意见。我感觉有点对不住这个悲悯的喇嘛，就安慰活佛说："尊敬的上师，有时佛菩萨也需要一些时间来接纳新鲜的东西，等到黄草季节，秋收以后，再请寺庙为学堂作一场纳福驱灾的法事吧。"宫嘎活佛失落地回到寺庙里去了。学堂这边热闹的景象让我很快就忘记了这件事。现在，我有了一个新的称呼，叫作校长，我喜欢这个新鲜的称呼。

学堂里传出整齐的读书声，爽朗悦耳。我想起了寺庙里喇嘛们的诵经声，喇嘛的诵经声我们听了许多许多年，我们已经听不到心里去了，嘛嘛诵经时就像睡着了一样，全然没有这些学生们的热情与朝气，看来世界真的变化了。

读书声从燕贻堂传出去，传到广场上，传到河水那边，传到空中，一直传到很远的地方，我不知道父亲听到没有，我希望他能够听到。我还希望河谷下游的南布神父此刻也在学堂旁，这个洋喇嘛总是说我们这里的一切事物都太陈旧了，几百年来就好像从未移动过，从未改变过，就连上面的灰尘都还是原来的样子，现在，我要改变他的说法。

我吩咐管家安排一场演奏，乐队里还是那些早已经听惯的曲子。我对管家说："你就不能让乐手琴师们多学会几首新乐曲吗？"管家申辩说："这些曲子已经流传了很多年了，哪些节日的时候演奏什么曲目，什么舞蹈的时候演奏哪些曲目，喜庆的时候演奏哪些曲目，悲伤的时候演奏哪些曲目，早就规定好了的啊。"管家说得没错。许多年来，王府的乐队总是按照我们祖上就定下的规矩演奏，什么时候演奏什么乐曲，早已经固定，没有谁胆敢错乱，琴师们的表情总是那样木讷，所以，即使是最好的琴师奏响乐曲，我也听不到心里去。

是啊，王府里的乐队已经有好多年了，也不知道从什么时候起就一直有。王府乐队，用我们的语言叫作"古格吉木"，大小不等，一般由几十人组成。使用的乐器有：四胡、双管、好布斯、布热（喇叭）、皮鼓、木琴、云锣、铙钹等。演奏以经箱乐曲[①]为主，兼奏民歌。我们的王府还有娱乐队，由剑舞、摔跤、踢球、讲笑话、歌舞表演组成。这个娱乐队由道其（歌手）、布吉格沁（舞蹈演员）、笑克和特格沁（滑稽说笑演员）、搏克沁（摔跤手）、勿斯格沁（踢球演员）、吉达沁（舞剑手）、胡尔沁（说书艺人）组成。演出时，乐队和娱乐队相互配合，为我们在节日、

① 经箱乐曲，即寺庙音乐。

庆典、祝寿、迎送贵宾时娱乐助兴。

学生们读书的时候，我愿意站在教室外。协理问我有什么要求，我说："让孩子们的诵读声再响亮一些。"张先生就领着大声念白起来，他也是一个落魄的举人，但接受了许多新学。他说他不愿意看到腐败无能的朝廷，就远走塞外。我们这里有强劲的风和各种颜色，能够让他呼吸顺畅些。我不太明白他的意思，但他是一个值得信赖和敬重的人。

有一天，协理告诉我学生们来得渐渐少了。我知道原因，有些贵族不愿意接受这种新式的教学，尤其是先生们教授的内容，距离我们的传统越来越远了。我告诉管家："让所有的贵族都来学堂听课。"我对贵族们说："世界变了，我们也必须做出改变。"为了让那些顽固的贵族相信，我请来了我的母亲，我让她也坐在教室的后面。母亲却坚持坐在前面，这个经历了许许多多岁月的贵妇人端坐在那里，使得那些顽固的贵族都认真地听课，此刻，他们也像个孩子一样。

张先生希望母亲能够为学堂题字，母亲提笔写下"学习文化"四个字，协理他们把这几个字裱在了学堂的墙上。我感谢母亲。这下学堂的学生越来越多，协理和张先生建议开始招收一些下等人家的孩子。我没有反对，他们同样是我的子民，让更多的孩子接受教育，学习文化吧。

灾 害

到了这一年的冬天，京城的皇帝来了诏书，要我在腊月里晋京值班。这种诏令我不敢怠慢。

我带上协理、马彪，还有随从启程了，还有一个人是我的义兄霍斯。到京城的时候，天上落起了雪，雪片很大，漫无边际地弥漫着天地。走进皇宫的那一刻，我忽然觉得很冷，空旷的午门前显得很寂静。我给了乾清门、月华门的苏拉们许多赏钱，我需要显示一个蒙古王公的阔气。我跪拜了皇太后、皇帝。皇上问了我围场的事情和我的母亲。大殿空旷宽阔，我忽然觉得皇帝很无助，但我不敢在他面前表现出什么，他是我的主子。在皇帝面前，我应该处处小心翼翼。换过班以后，也快过年了，我住到京城的王府里，打算在京城过年。

我去拜会了福瑞绸缎庄的李掌柜，他已经很老了，一切都由老管家操持。霍斯的事情经过许多的时间，再加上银子的作用，已经过去了，永远地过去了。我对霍斯说："该叫回你原来的名字了。"霍斯扶着沧桑的老父亲，对我说："还是用现在的名字吧，我已经习惯了。"没有人说起关于他的过往的事情。有些事情最好不要去提及，会勾起许多悲伤。我听马彪说，上次他同霍斯回京城的时候，他打听了一下，那个女孩子用一条白色绸缎结束了自己的生命。霍斯知道以后喝醉了，哭了一夜。让一些东西永远消失吧，这沧桑的岁月会带走一切的。我告诉霍斯留下来将家里的祖业振兴起来。他却说他要劝说父亲关掉绸缎庄，到蒙古草原去，那里的天地更广阔。他说这话时，一定是要永远地离开这个让他伤心的地方。是啊，这座古老的都城的许多地方，都一定留下了他和情人的缠绵与笑靥，其实有些东西是永远也无法抹去的。

离开京城时，我又去觐见了皇太后和皇上。我想起腊月来京时感受到的来自皇帝身边的孤独，我对皇帝说如果需要，我可以选派一些壮士做皇上的侍卫，他立刻拉着我的手说要给我封赏。我跪谢了，他的确很孤独。

回到蒙古后，我命令朝格挑选了三百名精壮勇士，由他带队去京城，编入禁卫军。我告诉他，记住一切应该记住的事情，尽忠职守。他明白我的意思，他是一个头脑冷静的家伙。

一回到蒙古草原，回到锡伯河谷，我又成为一个拥有四方的王者了。我心上的压抑随着天气的转暖渐渐散去，我已经嗅到随风而来的融化的泥土的味道。可是，另一种担忧依然弥漫着我，我感觉大清朝真的快要倒塌了，在京城时我见到了许多达官贵族，谈论时局时都摇头哀叹。我知道，如果一座规模宏大的喇嘛庙倒塌了，那它身边的小庙也一定会荒废，湮没于荒草丛中。

我希望春天早一点来到。

春天没有来，却迎来了无尽的落雪。

每年春天刚露头，寒冷还未退去时，我们这里寺庙里的喇嘛们总要忙上一阵子，会陆续作几场法事。扎萨克衙门也要组织百姓祭祀敖包，祈祷神灵恩赐降下几场瑞雪。我们这里早春天上落雪是一年吉祥的征兆，预示着等到春天真正来到时，大地是滋润的，春风是柔和的，万物才会生长，草场上的牛羊才会在冬天储存的草料见底时吃到嫩嫩的青草，森林里百鸟才会欢快地鸣叫，去到南方的鸿雁才会准时回到故乡，百姓们看到这些才会安心劳作、放心牧耕，寺里的喇嘛才会松一口气，静心念经。我呢，也就会骑上马到野外去自由地驰骋。

雪是从夜里开始飘落的，到早上时，已经是厚厚的一层。我来到院子里，使劲呼吸着清新的空气，打一套拳法，雪花落在脸颊上，冷清而凉爽。我的心情很好，不一会，宫嘎活佛来了，他一边抖落身上的雪，一边双手合十说：“托王爷的福，佛菩萨降下瑞雪了。”

这个喇嘛很会邀功，我知道他在等待我的夸奖。我说：“活佛啊，是寺里喇嘛们的虔诚感动了神灵，护佑这片土地。”活佛高兴地走了。

然而，天上的雪却没有停下的意思。一连过了几天，地上的雪已经没过膝盖了，再不停，就会变成灾难。这回是我派管家叫来了宫嘎活佛。

我还没开口，已经上火的管家就说话了：“活佛啊，赶紧让寺里的喇嘛停止念经吧。再好的山泉，也不能只流在一处河水里，再多的青草也不能只喂养一处山坡上的牛羊，雪再落下来，我们的百姓、牛羊、牧场可就遭白灾了。”

我用眼睛看着活佛，活佛着急地回答：“王爷啊，寺里的喇嘛已经停止念经了，可是我还没有看到天上的神灵有要将落雪停下来的意思，我这就回去，念经祈祷佛菩萨停止降雪。”

“那就快回到寺庙里咏诵让大雪停下来的经文吧。”我口气生硬，好像这连绵的落雪真是寺庙里的喇嘛们带来的。对于一些好事，我们尽量说成我们的功劳，但对于那些不好的事情，我们总要找到罪责的根源。

自然的事情我也没有办法。这种事情只有这些自称是神灵的代言人的喇嘛、萨满巫师们才能应付得了，就让他们赶快祈祷作法吧。我问协理有什么办法，协理说希望大雪赶快停下来，从来不相信神灵的协理也说现在只能祈求神灵了。

或许是喇嘛的经文打动了神灵，大雪终于停止了，太阳照在积雪上，刺得眼睛生疼。

活佛回到寺庙里念经去了，他只需要和神灵对话，我却要面对我的百姓。又是几天过去了，章京佐领的折子都递到了我的面前，那些人是踏着没膝盖的积雪艰难而来的。所有传来的消息都是大雪酿成了白灾，牲口已经冻死饿死许多，还有许多草场上的牧民和汉地来的客民冻死许多。这些消息都是我不愿意听到的。可是难题就在我眼前，我问我的协理，他说我们必须立即救灾。

我召集了所有的官员，告诉大家，现在所有人都听候协理调遣，进行救灾。协理将灾区按照地域分成几片，要他们每人分管一片，带领所有的人员进行救灾，动员各地头人、百姓们展开自救活动。就连管家我都派了出去，他们为各地灾民送去了粮食、草料，灾情缓解了许多。可是一股寒流又将正在融化的积雪冻成了冷冰。紧接着，刮起了大风。

刚刚松一口气的宫嘎活佛又紧张起来，他嘟囔着说：“还没到起风的时节呢？怎么，雪还没化，大风就来了。”他又赶紧组织各个寺庙的喇嘛们念经作法去了，就连我的叔叔也积极地带领喇嘛们诵经祈祷，他还同宫嘎活佛一起参禅讨论缘由，我高兴看到我的家人能够这样做，这说明他是真心爱这里的百姓和土地，还有他的亲人。

相邻的盟旗也遭受了同样的白灾。草场更多的翁牛特旗和克什克腾旗扎萨克衙门派出使节，想要向我们购买一些粮食和草料。他们的旗主很聪明，知道再过些日子粮食会比银子还要贵，白灾过后，饥荒会随后来到。

我同协理商量，如果我们给了翁牛特部和克什克腾部粮食，那其他旗部就会向我们开口，我们不能因为得到一个朋友而让别人都成为仇人。我让管家安排饭菜时，给翁牛特部和克什克腾部使者们端上了稀粥、咸菜和酒。几天下来，使者们的脸色变黄了。于是我让管家打开了装满银子的库房，管家将几坨银子摆在使者面前。我告诉他们，带回去，交给你们的旗长，到其他部落交换粮食吧，我们也没有粮食了。我不能在灾害来临时让开口的人空手而归，可是使者看到银子脸上的忧愁更多了，谁都知道，整个东蒙古都被厚厚的积雪覆盖住，哪里都缺少粮食和草料，此时银子和石头一样没有任何用处。但是使者还是感谢了我，他没有胆量拒绝我的银子。我看着翁牛特部和克什克腾部的使者队伍离开，命令都楞仓马上带领一队人马到东边的边境去，那里的粮仓和草料场比金子还要贵重。

自从打败东边的敖汉部以来，东边一直很太平，木图伤了元气，再也没有力气跨过边境了。可是，在灾害面前，我们还是小心为好。

这几年，我们在东边边境上的粮仓装得满满的，但除了秋天倒换新的粮食外，一直还没有打开。这些粮仓我早就派了重兵把守，那是兵备所用，我是不会轻易打开的，即使是我的百姓遭受了如此的灾害，我也是要留在最后使用。对于我们来说：没有战事，就不到最后。

随着积雪的融化，春天终于来了。伴随春天的延伸，各地传来的消息却更让人焦虑。许多地方都没有粮食可吃了。经过白灾以后，大地温暖，瘟疫疾病接踵而来，百姓、牲畜冻死饿死了许多，剩下的还处于瘟疫的缠绕中。寺里的喇嘛整天地诵经驱灾。果然被协理说中了，粮食现在显得尤为重要，以往即使是平安之年，到了这个时节，正是青黄不接的时候，百姓们的日子也是最苦的。以往还有肉吃，瘟疫来了，没有谁敢吃病死的牲口。

都楞仓传回消息说东边的边境已经打散了几拨土匪，有一些是从敖汉那边过来的。土匪很疯狂，但不成规模，在我们的火力面前也只有倒下去的下场，他的士兵都不忍心开枪了。闹灾荒的时候，也是土匪最猖獗的时候，不但是边境土匪猖獗，我们的内陆领地也出现了匪患，仿佛被魔鬼施了魔法一般，一夜之间大地上出现了许多土匪、盗贼，没有人知道这些家伙是从哪里冒出来的。

协理说一定是灾民被逼为匪。听到这些我很难过，我问协理应该怎么办？我的意思是要不要打开那些储备的粮仓，将粮食分发给百姓。协理说："王爷是一个仁爱的主子，不会眼看着百姓而死。"他的意思是应该开仓赈济灾民。

我召集来主要官员议事，命令各地佐领打开粮仓，赈济灾民。有些贵族提出了反对的意见，他们认为遍地都是灾民，我们储备的粮食根本解决不了问题，如果粮食都分发出去，遇到战事我们怎么办？我说："如果粮食现在不分给百姓，饿疯了的百姓就会把我们这些贵族吃掉，到那时，才是只能眼看着起战事了，而且是在我们的领地内部。”

我不能再犹豫了，决定打开各地的储备粮仓。

粮食分发下去不久，各地传来的消息中，百姓的日子好过了许多，匪患渐渐消除。但我依然没有打开东边边境上的粮仓，我没有忘记界河那边还住着我的仇人。

然而这灾害并没有停止，春风吹来，一股温柔过后，就刮起了无休止的大风。在东蒙古高原上，很多时候春风并不和煦，它就像一匹难以驯服的年轻烈马，无所顾忌。

烈马一样的大风在原野上狂野地奔驰，吹走了天空的所有云彩，到了地里应该播撒种子、草场上的青草应该冒芽的时候，仍然不见一滴雨水落下。

百姓间开始传起了这样的歌谣：

天昏暗、昼燃灯，妖魔鬼怪作祟横。
沙暴起、人无衣，世间要换大王旗。
地无水、刮旱风，谁家屋前有鸡鸣。
你也抢、他也夺，老爷门前祸事多。

人们说，东蒙古草原受到了魔鬼的诅咒。

雨水没有落下来，沙暴却从大风后面紧跟着来了。

狂风呼啸不止、飞沙走石、铺天盖地，漫无边际。风沙从每一个缝隙中穿过，许多人家的毡房和屋顶都被刮走了。人们只好在地上挖个大坑，人和牲畜住到深坑里，但还是有不少牛羊甚至是人被刮走。那时候人们经常会看到一些牛羊从天上掉下来，所以人们走路不再看脚下，而是看天上，生怕被天上掉下来的牛羊、树枝等砸到。

一连数日，天地之间苍黄混沌，不分彼此。太阳早就不见了，被刮走了还是躲藏起来，没有人知道；只剩下光秃秃的铺满黄沙的大地。再这样下去，哪一天将扎萨克王府衙门、寺庙都刮走了也说不准呢。

我焦急得无法静下心来，嘴角满是疮疱。我叫来协理，派人给其他盟旗部的旗主们送去了会盟的信函。

其他旗部旗主们也同我一样焦急。

不久，各盟旗的王爷、贝勒、贝子、领主、寺庙的活佛、喇嘛们都聚集在我的王府里。旗主们说从早春的大雪开始我们遇到了百年一遇的灾害，或许会持续一年的光景。大家约定各部要管好自己的辖地，不能出现匪患和百姓的变乱，各保一方平安，这样大家才能安心对付灾害。

喇嘛们认为是东蒙古大地受到了魔鬼的诅咒！各位喇嘛还需要加持修炼，才能知道原因，当下之际，各个寺庙应同心协力，共作法事，各处驱赶，先抵挡一阵。

大家没有更好的办法，只能如此。

会盟结束，宫嘎活佛回到福荟寺后，就开始闭关修行。一段时间后，随着寺院钟声的响起，贴在活佛闭关修行的密室上的经符飘落了下来，一路飘到了执事喇嘛的怀里。看到经符后，执事喇嘛急忙将象征活佛修行结束的摇铃摇响，喇嘛们知道活佛闭关修行结束了，赶紧准备好法器，开始作起迎接活佛回归的法事。

在阵阵法号和诵经声中，执事大喇嘛说："迎请活佛吧！"于是，经过沐浴的年轻喇嘛将活佛从密室中抬出，蒙上眼睛，由寺里的法事喇嘛布彦喇嘛主持，开始迎请已经入定多日的宫嘎活佛。

第二天一早，我就来到了寺里，醒来的活佛对我说："我们是被魔鬼诅咒，灾害不是来自天上，是从红色的岩石中跑出来的。"

活佛的话让我迷惑，只得说："那就请活佛驱灾纳福吧。"谁知道这个喇嘛说的是不是胡话呢？

接下来，又有了这样一个传说：

其他旗地也陆续传来了消息，几个活佛推演的结果相差无几，各旗旗主、活佛们最后商定，由德高望重法力高深的宫嘎活佛和大树喇嘛带队，会同其他几位法力较强的活佛，带领青壮喇嘛、兵丁组成一支除妖队。不多日，队伍来到七塔山，进入密林，来到一处悬崖，正面悬崖百十丈高，通体裸露，少有草木，常人无法从正面悬崖攀爬。只见层层黑雾笼罩山顶，黑风正是从崖顶生成，在空中形成巨大旋涡，然后被一股力量猛烈摇晃，黑风便呜呜山响着卷起沙石向四周刮开去。大家正在观望，忽然一股旋风过来，猛烈的黑风一下就将几个没躲在巨大岩石后的兵丁刮到天上去了。宫嘎活佛急忙伸出长手到空中去抓，也仅仅抓回来两个，几个活佛赶紧给喇嘛、兵丁们施了驱风咒。

宫嘎活佛转身对大家说："就是这里，大家小心，我们要上去了。"于是各位活佛运用起行走咒法，只见活佛们迈开脚步，径直向悬崖上走去，脚下仿佛生根一般，身体渐渐同崖面垂直，依然稳健向上。下面的喇嘛、兵丁们都惊呆了，不一会儿就上到了悬崖上面。活佛们从悬崖上铺下两条黄色经幡，加持咒法，形成了一条从崖顶到崖下的通途，下面的喇嘛、兵丁们带着法器、经幡、彩旗、武器都平稳地行走上来。多年以后，还活着的兵丁炫耀说："天啊，脚下的经幡软绵绵的，像踩在云彩上，轻飘飘地就上了悬崖了。"

悬崖上是宽阔的平顶，只见平顶中央阵阵黑雾呼呼地从一处巨大洞口窜出，吹得人阴气透骨，不能近身。

宫嘎活佛和大树等几名喇嘛坐定洞口后，身边八个加持法力的年轻喇嘛呈圆形围定，执事喇嘛将各类经幡铺满周边，四周挂写满经文的五彩旗，围在洞口的几个大喇嘛入定后，捻起手中的佛珠，各种法器、经咒、符语，顷刻间化为利剑向洞内刺去。

多年以后，人们谈起活佛们大战黑蛇精，还是意犹未尽。

人们说喇嘛们同黑蛇精大战了七七四十九天。从草场到山间，从天上到地上，从云里到雾里，那时的人们都说，黑蛇精从巨大的嘴里喷出一团火，就将整个七塔山都烧着了。宫嘎活佛一挥手，一股巨大的水流从锡伯河卷起，直奔七塔山，火就灭了一半，然而锡伯河的水已经干了。大树喇嘛将整个僧袍脱下，一挥袍子，又从达里诺尔（达里湖）盛满了一袍水，浇灭了所有的山火。黑蛇精又一甩尾巴，就将草帽山山顶扫去了一半，从此，草帽山就成了平顶山了。只见巨石滚滚，眼看就要掩埋山下的村庄时，宫嘎活佛念动咒语，刹那间所有的巨石都飞到半空，然后齐刷刷地向黑蛇精砸去。只见黑蛇精血肉横飞，仓皇逃跑，活佛在半空祭起一个霹雳，直击蛇精。漫天的沙尘暴终于停了下来。

喇嘛们降伏魔鬼黑蛇精的故事也很快传遍了整个东蒙古草原，人们说多亏了喇嘛们法力高深，能降妖除魔，护佑一方百姓。宫嘎活佛从七塔山回来以后，受到了百姓们的热情欢迎。可是，那只是传说，有谁知道大战黑蛇精的事情是真是假？但风沙停了就好。

从七塔山回来以后，大树喇嘛到福荟寺住了一段时间。两位悲悯的喇嘛在寺庙里一同参禅时，谈到了往事，谈到了战争。大树喇嘛说："佛法不是用来比拼的，而是用来普度众生、化解悲苦的。"

宫嘎活佛带领喇嘛们降伏黑蛇妖的事情很快就在整个东蒙古草原传开了，人们都说宫嘎活佛才是真正的大活佛，能护佑一方、降妖除魔、赐福百姓。于是，信徒们不远千里到福荟寺拜佛祈福，将家里所有的金银都布施给寺院，许多的喇嘛庙都请宫嘎活佛去他们的寺庙讲经说法。甚至还有其他寺庙的喇嘛前来投奔，认为跟宫嘎活佛才能学到真修为。其他盟旗王爷旗主们也都竞相邀请，或者带上贵重的礼物亲自到福荟寺布施，有的还邀请宫嘎活佛到自己领地上的家庙里坐床。如此一来，我们的宫嘎活佛成为河谷里人们一时谈论的话题，而我这个王爷，似乎被人们遗忘了。

恢复生机

灾害过后，河谷扎萨克衙门附近的大地上很快就恢复了生机。炊烟从屋顶上升起，篝火在毡包前点燃，树林里的鸟鸣开始雀跃，河里的流水还是那样清澈自然，就像什么都没有发生过一样，一切还都是从前的模样。但这些景象仅限于扎萨克衙门附近，这里住的更多的是那些衣食无忧、整天无所事事的贵族。我不会只看到这些，不会只将我的目光停在河谷内，这样的话我就不是一个称职的主子。

喇嘛们忙碌的身影依旧没有停止。我的叔叔根敦堪布喇嘛同宫嘎活佛召集了其他寺庙里的喇嘛们为百姓们进行驱灾祈福。这次喇嘛们不是坐在寺庙里等待教众的到来，而是走出寺庙，分成许多小队，向四处走去。遇到嘎查村庄就停下来，遇到人家就走进去，无论蒙古人、满人，还是客民都毫无区别，为刚刚经受苦难的百姓送去经符与祝福。我的协理说："这些喇嘛尽做些无用的事情，不让百姓安心恢复生产，恢复他们的日子，扰乱民心。"

我不喜欢协理说的话，打断了他："先生，一个地方有一种信仰总比没有强，更不要说是在这塞外的风沙高寒之地。尤其是在灾难之中。信仰是一种让生活继续下去的力量，你走进每一个蒙古人家，看到西北方向的一处佛龛时，就看到了生活的希望与灵魂的寄托，这些值得尊重。"

这是我第一次同丁先生这样说话，语气很生硬。虽然他做了我的协理，平日我还是像对待从前的先生一样对他，处处尊敬。协理沉默了一会儿，点点头说："或许，王爷说的有道理。"

这个人即使是同意别人的看法，也不会直接说出口，这些关内来的读书人总是一副深沉平和的样子。

我很高兴喇嘛们的做法。我叫来了叔叔和宫嘎活佛，对他们表示了赞赏。我告诉叔叔也要注意自己的身体。叔叔认真地说："这是一个堪布喇嘛应该做的，我既然在寺庙里，就应该把兀良哈家族的恩泽通过佛法传播到百姓中去。"我同叔叔说话时，有一股暖流在我们中间传递。

叔叔做的事情，让我心中宽慰了许多。一个贵族堪布大喇嘛走进穷人中间，带去的不但是佛菩萨的赐福，还有我们这个家族对百姓的爱戴。是啊，如果百姓是地上的尘土，我们是什么呢？我们生活在大地之上，脚下踩的就是尘土，没有这些尘土，我们的脚印落在哪里呢？那些上天赐予的权势将无处附着，我们离不开脚下的尘土。

就在此时，我的一个朋友来了。说是朋友，却是一个我不想看到的人。我吩咐包印让那人在王府外的一座房屋里等我。我真的不想见到这个人，因为我们的身份永远都处在对立的两边，一个兵备扎萨克王爷不应该有一个做土匪的朋友。虽然我不愿意承认，从我的语气里，还是把他当作朋友，他是一个值得信赖的土匪。来见我的人是曾经的杨头领，现在的阿力玛斯。刚一见面，他就对我说："王爷，闹饥荒了，我山上的弟兄们需要粮食。"这个人说话可真直白。

我说："你说话太直接了，连一点客气都没有吗？"

"王爷是一个英雄，和英雄说话不需要隐瞒。"我没想到这个铁塔似的家伙还很会奉承。

我早已经猜到了他的来意，这个时候一个土匪冒着杀头的风险来见一个王爷，除了救命的粮食不会因为别的。

但我没有急于回答他。他是一个直爽的人，同这样的人对话，你稍微慢一点儿，稍微将话题岔开一些，就会得到许多意想不到的消息，并且会很快知道对方的心理。

"远途奔波，一路上没有什么风声？"我说。

"王爷放心，我扮作客商而来，我需要的是粮食。"

"喝杯酒吧，天气终于变暖和了。"我让他先坐下来。

"我带人去了木图那里，他那里已经没有多少粮食了。我们吃了败仗，我的弟兄们空手而归。"阿力玛斯还是没有坐下来。

我听到了一个让我安心的消息，仇人的处境并不好。我不担心没有粮食的队伍，我东边的边境粮草充足，兵强马壮。

"我已经给过你枪支了。"我终于回答。

"但现在我需要粮食！"

“我为什么要给你粮食，我的百姓现在最缺的就是粮食，我已经帮助过你很多次了。”我强调我们曾经给过他的好处。

“我记得很清楚，我脑子里朋友的面孔要比仇人的清晰得多。”这个家伙很会回答，他在提醒我，我们有共同的仇人。

他接着说：“我恩怨分明、知恩图报，否则，这些年鸡冠山的金子不会安稳地放在金库里。”他开始威胁我了，但他说的是实话。

“这么说，你的人马又进入鸡冠山里了！”我问。

他看了我一眼，怔了一下。

我笑了：“你是在威胁我吗？你们这些人总是不断转换地盘。”

“我不敢，但我是一个土匪。”他的回答很聪明。

“我给你粮食，我有什么好处？”我问他。

“我会替王爷看好你的邻居，劝说东边的土匪到更东边的地方去骑马，让王爷睡得安稳。”他很干脆地回答。

他的回答还算令我满意，这是我想要的结果。其实，就是他不为我做任何事，我也不会拒绝一个从远方来的拿生命做赌注的人，况且他还算是我的朋友。

我又说：“那人也是你的仇人。”

“是的，但一个穷人的性命永远也不如一个贵族值钱。”

他将性命用值多少银子来衡量，简单但很实用。这又是关于生命卑微与高贵的话题。

我答应了阿力玛斯的请求，派人给都楞仓送去命令，让阿力玛斯到都楞仓那里去取粮食。这种事情，都楞仓会处理得很好。然后，阿力玛斯又像影子一样消失了。果然，一段时间以后，阿力玛斯从东边得到了粮食，但都楞仓并没有让阿力玛斯的人靠近防地和粮仓，而是将粮食运送到荒野，并且给的粮食只够百十人吃上一个月的。都楞仓对前来取粮的人说：“现在我们的粮仓也很空，等到一个月以后，再派人来碰碰运气吧。”都楞仓不会把救命的粮食一下都倒进土匪的仓库里，他干得很聪明。

东边的事情让我放心了。

我又派人给东边的都楞仓送去了另一个消息：将东边边境粮仓里的粮食运回河谷大半，沿途分发给受灾的百姓。这样等到了夏季，地上的草绿了，树林里的野物多了，田地里的蔬菜长出来了，日子就好过了。挨到秋天，牛羊肥了，晚种的庄稼收获以后，一切灾害的伤痕就会褪去。东边运送粮食的任务我让小厮花代去做，花代做事情一向很仔细。

管家也自告奋勇，他想到西边去，那里还有我们的粮仓。管家想要到西边分发粮食，我同意了，这个家伙难得对百姓如此热心。但我又命令马彪跟随他一同出发，我不会给一个喜欢银子的人用救命的粮食偷偷换取银子的机会。任何人利用了这个机会都是错误的。如果发生，我会杀了那些人，我不会让忠心勤劳的管家为此付出生命，那样很不值。

宫嘎活佛来见我，对我说领地上每个方向，许多地方都派出了赐福驱灾的喇嘛分队，还有一个地方没有人去。我问他是哪里？还烦劳活佛惦记，他说是河谷下游的驼山湾。

哎呀，他不说，我又快要忘了这个地方了，那个荒蛮之地真的很容易遗忘。我想起了那里的南布神父和他的教堂的钟声。作为王，我有些惭愧，就像我们登上王府和寺庙的后山去看风景一样，眺望远处，我们看到了河流、山川、绿树、毡房。我们还会看到山间裸露贫瘠的脊背，那上面什么风景都没有，于是我们的眼光会从上面一扫而过，关注其他景色了。

我懂得宫嘎活佛的意思，这个悲悯的喇嘛现在很劳累，但他也正享受着为百姓驱灾降魔所带来的另一种快乐。自从喇嘛们占卜出是魔鬼指使黑蛇精作乱弄灾以来，宫嘎活佛亲自斩除妖邪的故事就在草原上流传开了。到现在为止，我都不知道到底是不是真的。我曾经问过随同活佛前去除妖的兵丁。那些人说到了山里，身体处在风沙之中，除了恐惧，什么都不知道了。有一次我问活佛到底是怎么回事？他谦虚地回答：“佛法护佑一切。”这个喇嘛卖关子，让我一头雾水，但风沙的确停了下来。于是，这个喇嘛的名气又提升了许多，我曾说过百姓们甚至都忘了我才是他们的主子，我有点嫉妒眼前这个喇嘛。

我说：“活佛辛苦了，驼山湾的事情，就让其他寺庙的喇嘛们去吧。”

“王爷啊，还是让我去一趟吧，我没有忘记对那里教众的承诺，尤其是在灾难中。”

我知道活佛会请求我。我这才答应下来：“那就顺道问候你的老朋友吧。”

宫嘎活佛准备动身出发去河谷下游，我捎信给都楞仓派人带上粮食提前到驼山湾等候活佛一行。灾害中，这个喇嘛不能空着手去见他的信徒，还有洋喇嘛，否则他带去的佛法就失去物质上的光泽了，那还有什么意义。

活佛向我辞行时说：“感谢王爷想得如此周全，现在百姓最需要的是粮食。”这次宫嘎活佛没有说他的佛法高于一切。如果他这么说，我或许会改变主意。

夏季进入一半时，雨水渐渐多了起来。干旱的大地变得滋润了，正在一点一点恢复生机。丁协理建议我取消今年的一切徭役和租赋。我有些犹豫，租赋可以取消，但要等到秋天收获时再说。徭役取消了，谁来干活，贵族们是最难缠的。协理说：“现在给百姓一个看得见的好处，比喇嘛们走进每一户人家要有用得多。有些好处是应该提前预支的，那样百姓的心就安静下来了，就会将身上的力气都用在放牧和种植上，心里就只会期盼秋天了。”

协理说得对，有些盟旗已经出现灾民闹事的事情了，我不想我的领地上也出现民变。我立刻下令，果然，喇嘛们再走进每一户人家的时候，我的人跟在喇嘛身后将粮食也送进去，然后我的人会宣布取消今年的一切徭役和租赋。百姓们说完感谢佛菩萨以后，都会跪在地上说上一句感谢仁厚的王爷。

我看到了地上卑微的尘土正向我的脚下涌来，形成清晰的脚印。

到秋天时，山上的树林又开始披上了五彩的颜色，草场上的牛羊又像天上的云彩一样多了，耕地里晚种的谷物也结满了沉甸甸的谷穗。百姓们看到我时，会笑着跪在路旁。他们的眼睛里没有因为灾害而对于贵族的仇恨，我看到他们身上的肌肉挂满了力量，准备打草或收割。看来，这场灾害真的过去了。

我的心情很好，决定到山上去打猎。收获的猎物并不多。包印说等到明年，满山就都是猎物了。他说得对，一个病人好了以后，也是需要时间调养的，何况我们遭了这么大的雪灾和风沙灾害。等到明年的秋天伤疤就全好了，我是这里的王，最关心的就是我的领地上的一切都丰茂安康。

回到王府后，我的愉快一下就被打消了。当我兴致勃勃地走进我的妻子——现在的福晋的房间时，她正在卧榻上吸食鸦片，见我进来，赶忙指使丫鬟慌乱地收拾烟具。我没有说话，转身而出，妻子赶忙追上来抓住衣服，求我不要走。我哪里还有留下来的心情。

现在，鸦片这东西在我们这里已经很普遍，尤其是在贵族中间。但我极其反对这种被称为神仙药丸的毒物，吸食成瘾，形如魔鬼。宫嘎活佛曾说：“这些毒物是长毛魔鬼撒到人间的最恶毒的咒符，让人失去本性。”

我是知道我的妻子吸食鸦片的，但她从未在我面前吸食过，我以为她只是觉得好玩，偶尔解闷。我劝阻她不要再吸，告诉她这东西会让她的身体毁掉。她也曾答应过我不再沾染。她是我的妻子，是王府的福晋，但她还是皇家的和硕格格，所以我不好太过强硬。现在，我终于明白这些年她不能生育的缘由了。那些毒物损害了她，也损害了我。我不愿意看到一个因为吸食了鸦片才神采奕奕的女人。

我烦闷地走到学堂那边，站在教室外面，听着里面传出的朗朗的读书声，这才让我的心情好了很多。这些读书声会带我回到小的时候，我的年纪正同他们一般，仿佛一眨眼就是现在了。然后我独自爬上王府的后山，观看风景，眺望未来。我一个人站在那里，站在凉亭上，远处的莽莽群山沉默而隐秘。

我努力向远处眺望。群山外面还是群山，再外面就是很远的地方了，那里的世界同我们这里完全不一样。我忽然想起班主一声雷来，眼前浮现的自然就是那个离我而去的女人。不知道她过得怎么样，更不知道她们去了哪里？本来我以为自己已经快要忘记了。眼前的树枝上几只鸟儿在打闹，丝毫没有在意我的存在，看来我并不是在每个时候都是这片土地上的主宰者，这让我有些彷徨，我是在嫉妒它们，我连我的妻子都不能说服。

关于爱，我曾经因为陌生而不爱我的妻子，曾经因为接近而爱上她，现在又因为了解而不再爱她，因为不爱而疏远。对于另一个人，固然是少年时贪看了舞台上的明眸而爱上她，却又因为爱而让她离我而去。

即使我是一个王，爱情对于我同样刻薄而保守。我不缺女人，但我甚至不如枝头上的鸟儿快乐。或许真如同宫嘎活佛谈禅时所言："一个人得到一件东西，就会失去另一件东西。"

可是，我得到了什么，又失去了什么呢？

随从在身后叫我了，我从群山间收回思绪，下山回到府里。我来到母亲的住处，她正在佛龛前诵经，我在背后看着她，她老了。我想要同她说说话，却又不知该说些什么，我又轻轻退了出来。正转身走开时，母亲开口说："来了怎么又走了，有事吗？"她不用回头就知道是她的儿子。

我轻声回答："没有事，过来看看你，阿妈。"

"你一定有事，我的孩子。"母亲看着我说。

"真的没有事！"我刚要说我看到我的妻子在吸食鸦片，但话到嘴边时还是忍住了，那是我自己的事情。

当我这样说话时，就一定真的有事，一个母亲最了解的人就是她的儿子。

母亲说："多关心一下你的福晋吧，不要总是冷落她。在这里，除了我，你就是她最亲近的人了。"

我妻子的房间里经常会传出隐隐的哭泣声，声音并不大，总让人以为是屋里藏了一只小狗或者是小猫一类的东西。福晋的卧房门口立着一块象征权力和富贵的屏风，上面是一个大大的福字，这块屏风阻挡了一切下人的头脑向屋里张望，也阻挡了我的脚步。很长时间，我都没有踏进去。让那个福字屏风作一个很好的掩饰吧。

这期间，我养成了夜里读书的习惯。借着灯光，和书中人对话，从那些文字当中阅习古今，到夜很深时，我才发现陪伴我的只有我的影子。我觉得孤独。我找来丁协理，还有张先生，我们谈论时局，谈论学校，谈论未来，唯独没有谈论爱情。终于有一天，我又看到了同我的母亲走在一起的我的妻子，她还是那样漂亮高贵，我好像很长时间没有仔细看她一眼了。她躲在母亲身后，轻轻看着我，眼神里有一股无法掩饰的幽怨。我忽然想要走上前将她抱在怀里。我们在府里走了一会，然后到王府的后花园里散步，凉亭上下人已经沏好茶，母亲喝了一点，我没有喝，我的妻子也没有喝。

即使是鸦片阻塞了我们之间的桥梁，无论如何，她毕竟是我的妻子，作为丈夫，我不能眼看着她颓废下去。我对母亲说："我要成立一所女学堂，我是现在学堂的校长，我想让福晋将来出来做女学堂的校长。福晋从小就接受了很好的教育，她能够胜任。"我妻子眼中闪现出一丝光彩。

女学堂成立后，我的妻子正式成为王府女学堂的校长。每天早上，她会很早起床，然后让丫鬟拎着提盒，到学堂去。我悄悄问过福晋的贴身丫鬟，她说："福晋鸦片抽得越来越少了。"

协理和张先生都说这是王爷的另一个创举。没过多久，在张先生的提议下，我的妻子让府里的女眷们，包括我的格格妹妹，甚至年轻的丫头都抽空到学堂里去学习识字。女学堂的课程开设算术、历史、地理、习字、画图、唱歌、体育以及编织、工艺等，很丰富。这下，府里沉闷的气氛不见了，代之的是下人们不断的欢笑声。

妻子的贴身丫头又告诉我，福晋现在很少吸食鸦片了。女学堂是我送给妻子的一件礼物，也是送给我自己的。

救 赎

大地上有些生命，卑微得就像地上的尘土，就是偶然飘荡空中，也终究要落在地面，隐入尘埃。这是宫嘎活佛说过的话。

这个观念在宫嘎活佛心里早已是根深蒂固。他还说过类似的话："无论飞得再高的翅膀，还是空气中飘浮的尘埃，最终都只有一个结果，那就是落在大地上，进入生命轮回。"

南布神父回答说："万能的我主上帝，为世间的一切生灵洗去罪恶，指引被赦免的灵魂进入天堂，而那些罪恶而卑微的生命也终将得到救赎。"

这是两个朋友在宫嘎活佛带着粮食进入驼山湾教堂后，在共进晚餐时进行的对话。这两个朋友每次会面，言语间都会摩擦出火花，对于这两个把信仰看得比生命还要重要的弥坚僧侣来说，无论何时他们都不会忘掉捍卫自己所信奉的神灵。

大自然并没有因为这两个僧人的说教而变得温顺谦虚。当宫嘎活佛进入锡伯河河谷下游驼山湾时，进入眼帘的同样是遍地伤痕。荒凉的大地上因为灾害而更加荒凉，到处都是倒塌的毡包和房屋，牲口的尸体胡乱地丢弃在荒野里，然后就是漫天的风沙愤怒地肆虐，仿佛要将大地上的一切都消除干净。

悲悯的宫嘎活佛看到这番景象，立刻停下来，诵经驱灾。当喇嘛的队伍终于在蹒跚中到达教堂附近的喇嘛庙时，身上早已经披上了一层厚厚的尘土。庙里的住持看到宫嘎活佛后眼泪立刻就流下来了，迎请活佛的晚餐是一碗稀稀的热粥。活佛说："在灾害面前，我们这些佛祖的信徒更应该坚定我们求法向佛的意志。"当活佛将路上吃剩的粮食让随行的喇嘛从骆驼背上卸下一些时，庙里的住持说："慈悲的活佛，这些救命的粮食还是留给寺庙外那些苦难的百姓吧，我们还有法器和经书。"活佛说："这一切，佛祖会看到的，喇嘛也要先活下来才能够为众生祈福诵经。"住持喇嘛坚持不要，他说："寺庙外的百姓比我们苦上许多倍，留给他们吧。"

住持喇嘛的悲悯让宫嘎活佛松了一口气，他感到佛祖还没有在这场灾难中忘了这个荒蛮之地，他的信心抵消了一路上的艰辛和愧疚，但夜里活佛还是让随行持棒喇嘛将出行时带的粮食送到寺里的后堂，他心里说："光有法器和经书对于虔诚的喇嘛也还是不够的。"

持棒喇嘛哈斯知道活佛的用心，这个勇敢坚强的喇嘛对于存在与信仰之间同活佛一样有着准确的把握。他说："活佛啊，再坚忍的喇嘛也要吃饭，也需要布施。就连我的两只狼也需要荒野上死羊的尸体充饥呢。当然，它们不惧怕瘟疫。"

活佛坚定地回答："所有有信仰的人都不惧怕瘟疫灾害。"

宫嘎活佛暂且在寺庙里住了下来，他在等待东边都楞仓送来的粮食。

南布神父在这场灾害面前确实没有任何惧怕，他所担心的是那些正在长身体的孩子们。粮食已经越来越少了，每天都要将大人们的食量减掉一点，补充到孩子们的饭碗里。他说："上帝正在考验我们，在灾难面前一个人的信仰尤其珍贵，只有经得住考验的信徒，才会进入天堂，得到永久的幸福。"

教堂管院亨利是一个经受过苦难的人，他的独眼和跛脚在这个时候却比正常的人还要犀利灵活。他带领年轻力壮的教徒一面到外面去寻找食物，一面将教堂里的粮食按照比例分好，每天食用多少，不差分毫；然后他命令护教队将枪支弹药提上教堂的角楼和墙垛，他知道这种时候即使是寺庙和教堂也是土匪们每晚都会梦到的地方。那些信奉喇嘛教的蒙古人对于寺庙还有所忌惮，但对于这座怪异的教堂来说，早就欲除之而后快。依靠良好的防守和超强的火力，亨利率人已经打退了几次土匪的围攻，那些零星的散落土匪就更不敢靠近了。

所以，当宫嘎活佛一行人带着粮食快要靠近教堂时，迎接他们的首先是一排枪声。风沙迎面吹来，昏天黑地，看不清远近，亨利隐约看见一行驼队正向教堂靠近，就开枪示警，高声喊话要来人报上名来。

哈斯喇嘛大声喊道："我们是河谷上游王爷派来的赈灾喇嘛，请告诉你们的住持洋喇嘛，就说他的老朋友宫嘎活佛来看望他了。"

"宫嘎活佛"这几个字被亨利听清楚了。他让人快速爬下高墙，告诉了里面的神父。南布神父听说老朋友宫嘎活佛来了，激动得来不及换上干净衣服，就出来迎接。

在困难面前，一个人最需要的就是被记得。当宫嘎活佛跨进教堂的时候，南布神父快步走上前，忘情地紧紧拥抱了活佛。这让这个东方谦虚谨慎的喇嘛很不适应，但无法否认，一股暖流瞬间穿过袈裟传到两个老朋友的心间。持棒喇嘛随后跟着亨利将驮运粮食的骆驼赶进了后院。

这次两个朋友见面时谈话出奇地融洽，他们没有像以往一样谈论宗教，进行辩论。谈论的内容更多的是围绕着灾害展开。末了，宫嘎活佛说："上游的风沙已经停止了，我没想到下游的还如此猛烈。这里还需要一场法事。"活佛的话，好像这里的灾难是他的责任。

话题又无可避免地转回来，终于还是说到宗教方面了。宫嘎活佛从老朋友的谈话里知道教堂里的基督徒只是进行了祈祷，并没有做其他的事情时，活佛的底气就足了。以前两种教派的争论总是很难分出高下，导致一直以来两个老朋友一见面就暗暗较劲。

于是，活佛说："我们已经在上游作了法事，并且铲除了作孽的魔鬼，可惜我的法力还远远不够，没能让下游的土地感受到佛法的力量。"说这话时，活佛是那样的谦虚而又骄傲。

活佛的话让神父感到极不舒服，他回应说："我的朋友，全能的上帝正在考验他的信徒。我们已经渡过了重重难关，正在迎接胜利的曙光，所有经过这场灾难洗礼的信徒将来都会进入天堂。"

"老朋友，我们不是来争吵的，我带来了王爷的问候。请给远方来的客人再端上一杯热茶吧。"宫嘎活佛觉得自己已经胜利了，微笑着说。

神父也觉得争吵下去没有意义，老朋友从远方赶来，还带来了粮食，本身已经说明了一切。但是晚饭时，南布神父还是悄悄让亨利将两顿粮食用在一顿来做，并故意将活佛面前的饭碗盛得满满的。神父不是怕老朋友嘲笑自己的粮仓已经见底，而是不愿意因为粮食而让宫嘎活佛引入宗教上的说辞。同时，这个直率的神父不想让自己的客人第一顿就饿肚子。

可是，舍不得多吃的神父自己面前的碗里却只盛了很少的粥。宫嘎活佛已经明白了神父的用意，心里为自己刚才的话有些针锋相对的意味感到有些愧疚。他故意将碗里的粥弄撒一点到桌上，然后说："掉在桌上的食物沾满了灰尘，可惜了。"本来活佛打算再捡拾起来吃掉，以表示对粮食的爱惜和对神父的尊敬。旁边的亨利却已经打扫干净，小心地将粥收到空碗里，走到旁边默默地喝掉了。

活佛随即说："这个信徒虽然只有一只眼睛，但他的眼睛更加清澈，没有任何污浊，他爱惜神灵赐予我们的每一粒粮食，神父身边有这样的追随者，我相信没有任何困难可以阻止。让我们共同应对灾害吧。"

神父回答："睿智的活佛能够洞察一切，我的朋友，你给我带来了友谊与信心。"

宫嘎活佛在教堂附近的寺庙作了一场隆重的法事，他破例请南布神父参加。南布神父当然不会错过这个机会，他也让教徒抬着耶稣圣像到外面巡游，然后将圣像放置在喇嘛法会仪式的旁边，进行祈祷仪式。他心想，不能让喇嘛们抢了自己的风头。

法会结束以后，风沙竟然真的渐渐越来越小了，甚至太阳也从云层中探出头来，打量久违的世界。此时，喇嘛们开始迈开脚步，行走在大地上为百姓们送去祝福。正当南布神父也对自己的信徒宣扬是自己的神灵降下了恩泽时，一伙土匪在一天夜里很快包围了教堂。

连日来，这伙土匪都一直打着教堂的主意，可是猛烈狂躁的风沙和教堂的火力让他们无法靠近。现在，风沙终于停了，教堂的守卫也不再像往日那样警惕。

这伙土匪是从驼山湾里面更荒凉的深山间来的，那里有一个叫作孤山梁的嘎查村庄，传说村子里面居住的人都是狼人的后代。传说无论真假，但从他们的眼神里就能看出他们的内心充满野性与凶残。本来，他们世代在荒凉的山脚下放牧羊群，在低洼的谷地种植一些谷物。但许多年来，荒芜的草场并没有使羊群壮大，贫瘠的土地也从没有过丰泽的收获。即使女人们努力地生育，也还是没有使得族群壮大。到了荒年，村庄不能养活所有的族人时，就必须每户走出一人，站成一队，一起到山外去寻活路。

这些人除了放牧和种植一点儿庄稼以外什么都不会，可是到了山外，却发现他们连放牧和种植的方式都是最低级落后的。山外的一切都让他们无比自卑，让他们开始仇恨起神灵来。介于报复与饥饿之间的他们于是想出了一个更有效的生存方法——打劫。"既然神灵不眷顾我们，就没有比打劫能更快地填饱肚子的方法了。"

这一年随着漫天的大雪覆盖大地，灾难来了。孤山梁的族长决定每户人家要派出两名人丁到外面去寻活路。如果活着，秋天时就带着抢夺的财物回来；如果死了，就由同伴掩埋尸骨，带回死者戴在脖子上的骨串项链，让自家辨识，算是神灵给收走了。

这伙寻活路的人以往走出高山，都是在一个叫作太平的家伙的带领下。头领太平带领这伙人曾经取得过丰硕的抢劫成果，他们曾经一次抢回山间五十只羊、十七头牛，还有许多粮食和两个女人。回到山里，两个女人中的一个就被头人赏赐给太平了。可是如此勇敢的头领太平一直都不知道自己的父亲是谁。他曾问阿妈，阿妈说他出生的时候，茅屋外面一只狼蹲守了两天两夜，这个从未见过父亲的家伙怀疑自己的父亲一定是一只狼，于是他给自己起了一个新的名字叫作野狼太平。他认为这个名字会让他具有更多的力量和胆气。

风沙中，野狼太平带上比往年多出一倍的队伍走出家乡的高山垭口时，碰巧遇到了魔鬼。其实魔鬼早就在这里等待了，它已经将灾害撒在大地上，现在还需要一群丧心病狂的家伙来帮它完成罪恶。魔鬼变成一个奄奄一息的老人，坐在风里，身上披着一件华丽的羊皮长袍，用来引诱这伙人。

这伙又冷又饿的人遇到老人，就向老人打听山外的去处。老人向他们描绘了一个充满温暖，到处是食物和女人的世界，听得那些人直流口水。末了，老人说我就要死了，我不想我身上这件华丽温暖的羊皮长袍被野兽啃食，你们带走吧。这伙人试探着上前要接受长袍时，老人又突然反悔了。

“不，看你们一个个衣不遮体、穷酸卑微，怎么配得上我的袍子，你们滚吧。”老人说翻脸就翻脸，刹那间一阵冷风就从垭口扑过来，让这群人冷得浑身颤抖。

可是，这伙人已经将目光深深陷进长袍光滑的皮毛之中，无法拔出。于是一哄而上，顷刻间就如同狼群一样，剥光了老人身上所有的衣服，然后轰然而去。这下，魔鬼不再犹豫了，没有白等，它要找的就是这样一帮闪烁着狼一般眼神的贪婪凶残的家伙，让他们跟在灾害后面去种下罪孽吧。

当这伙人走下山坡时，魔鬼又幻化成一个牧羊人。牧羊人向这伙土匪描绘了山下河湾处有一所高耸的建筑，那里面装满了粮食和银子，并且说那是异教徒居住的地方。不用说，这个地方就是连魔鬼也不喜欢的驼山湾教堂。

这伙土匪顺利地找到了目标，同喇嘛庙不一样的建筑让他们相信了牧羊人的话，里面住的一定不是让人敬畏的喇嘛，而是异教徒。那高耸的尖塔让人遐想里面一定装满了银子。傍晚的炊烟被风迎面吹来，让他们嗅到了从一个穷人家里永远也闻不到的浓浓的粮食的香味。经过观察，里面走出的人身上果然穿着不一样的长袍，这下所有的迟疑都打消了，于是，头领野狼太平拿出随身带着的泥塑佛像，所有人都跪下来，祈祷佛菩萨保佑他们能够获得生存的粮食。

一连数日，他们都无法接近教堂，还损失了几个弟兄。有经验的首领带领众人隐入荒野中，野狼说我们的武器太落后了，我们需要等待一个机会。终于风沙停了，探子也没有听到教堂墙垛上响起的枪声。机会来了，这伙人趁着夜色包围了教堂，然后紧贴在教堂的大门两侧，一个土匪扮成乞丐上前敲响了紧闭的大门。

机警的亨利隔着大门对外面的乞丐说：“夜太深了，你明天再来吧。”

于是，乞丐哭号着使劲拍打结实的门板。声音太大了，惊动了还在为这几日喇嘛们的风头盖过教堂而烦恼的南布神父。神父来到教堂的门前，问明缘由，训斥了亨利。神父正需要一个能够让教堂表现出仁爱的机会，好让喇嘛们也感受到仁慈的上帝的存在，就毫不犹豫地打开了大门，结果瞬间神父就落入了两个强壮的土匪的手里，后面的土匪蜂拥而进，不一会儿就占领了整个教堂。

南布神父闭上了双眼，他感觉这次不会再那么幸运了。因为这伙土匪身上带着一股恶狼的腥臊的味道。

土匪们翻遍了整个教堂，从粮仓里搜出了不多的粮食。当他们气急败坏地准备杀掉雷诺神父时，亨利睁开独眼，告诉土匪后院的仓房里还有些救命的粮食。那是宫嘎活佛刚刚送来的。头领野狼来到亨利面前，亨利朝他一瞪眼，野狼被吓了一跳，他杀人无数，却还从未见过这么让人胆寒的目光。但亨利也看到了饿狼一样的寒光。土匪放了雷诺神父，然后将刀架在了南布神父的脖子上，亨利知道这伙人下手不会犹豫，然后他们又砸开了亨利房间的一个柜子，里面是教堂平日开支使用的银子，细心的亨利都整齐地摆放在那儿。

贪心的土匪当然不会罢手。亨利平静地说：“灾荒之时，的确只有这么多粮食和银子，不信你们就杀了我吧。”

南布神父依旧毫不屈服：“打劫教堂的土匪，上帝也不会宽恕你们的罪恶。”

头领野狼没有理会这些，而是带着几个人在教堂巡查起来，然后说：“这里可比我们的矮草房和破毡房舒服多了，不如我们住下来吧。”

一个家伙说：“那我们的女人和孩子呢？”

“他妈的，这里还缺女人嘛，有了吃饱的女人，孩子就会像羊羔一样从她肚子里滚落出来。”野狼仰头看着高耸的穹顶骂道。

土匪们将所有的教众关押在后院，走进了教堂的厨房，炊烟从烟囱飘荡到夜空中，到第二天早上还没有停止，他们终于吃了一顿饱饭，然后野狼就在神父温暖的床上睡着了。他们住了下来。

安逸的日子没过几天，土匪们就被远远走来的喇嘛们给打乱了分寸。这些日子以来，宫嘎活佛走进了驼山湾许多人家的毡包和房门，为百姓祈福。当他终于回到教堂附近寺庙里的时候，他开始想念他的老朋友了。

当活佛快要走进教堂时，不知道该如何应付的土匪不得不立刻关上了教堂的大门。然后他们逼迫一个胆小的基督信徒，隔着大门告诉前来的喇嘛们，“神父病倒了，谁也不见。教堂里闹起了瘟疫”。

宫嘎活佛可从未被阻隔在任何大门的外面。既然神父病了，还闹起了瘟疫，无论作为朋友还是佛的代言人，他都不能转身回去，于是活佛笑着说：“难道老朋友来了，一杯解渴的茶水都没有吗？”

里面的人支支吾吾不知该怎么回答。过了一会儿，里面没有了动静，持棒喇嘛觉察出不太对劲。

“活佛啊，里面不会是出了什么事情了吧？”

“内心不静，不要妄猜。”活佛训斥着自己的弟子。

或许是活佛的法气压得里面的土匪喘不过气来了。过了很久，里面终于沉不住气了。头领野狼来到门前，从里面说：“尊敬的喇嘛上师，请你们离开这里吧，这里居住的已经不是原来的主人了，现在归我们所有。”

活佛听得一头雾水，“你们是谁？”

“你不要问了，我可不想对着一个喇嘛开枪，快走吧。”

“佛法护佑，从你的话语里，我能知道你的内心还有光明，不要做下罪孽。”

“快滚，难道一个杀人的土匪还要听喇嘛的说教吗？”头领野狼有些不耐烦了。

如果一个杀人不眨眼的土匪让喇嘛快点离开的时候，任何聪明的喇嘛都最好快些躲闪。所以我们智慧的活佛说：“我给你留下思考的余地，我还会回来的。”说完，活佛掉转脚步离开了教堂。门后面的野狼手心里已满是汗水，如果不是听到活佛离开的脚步声，他都快要倒在地上了，因为他枪里的子弹差一点儿就喷射而出。他没有勇气对着一个喇嘛开枪，但他的手因为害怕而不自觉地抖动起来，在倒地的那一刹那，枪里的子弹是不会认识门外的活佛的。

回到寺里，活佛就派人去告诉当地的佐领，教堂被土匪占领了，里面的人不知死活。

就在佐领和活佛在油灯下都一筹莫展的时候，勇敢的持棒喇嘛哈斯在夜色里正向教堂方向走去。他手里拿着一根棒子，身后是两只眼睛闪着慑人光芒的狼，他无法忍受像自己父亲一样的活佛白天受到的土匪的侮辱，要知道一个活佛最不应该做的就是在邪恶面前转过身去。他要去抓了教堂里面那些家伙，虽然他并不知道怎样对付他们，可是他毫不迟疑。

持棒喇嘛悄悄来到教堂的后院墙外，漆黑的夜什么都无法看清。两只聪明的狼却能够洞察一切，它们一只搭在另一只身上，悄无声息地就越过了院墙，然后咬断了里面一个昏昏欲睡的土匪看守的脖子。随后喇嘛也翻墙而过，他们轻易地就摸了进来，散漫的土匪早就睡着了。一股强烈的气味冲进两只狼的鼻子，那是一股同类的气味，循着气味，他们来到了南布神父的房间，床上的家伙正是它们要找的目标。

那个家伙正说着梦话。他说："阿妈啊，我睡在了一张世上最柔软的床上，躺在上面，我就能走进梦里，我还从未做过如此美丽的梦呢。哪一天儿子把你接来，你也躺在这张床上睡上一觉，你一定会在梦里幸福得流泪呢！"

喇嘛永远都忘不了这嗡嗡的呓语正是白天教堂门里的声音。他一挥手，两只狼就蹿上床去，张开嘴巴准备撕碎那个散发同类气味的家伙。

正在做梦的太平怎么也不会想到，他迷迷糊糊中感觉一股温热的美酒正从脸上流到嘴里。一睁眼，两口滴着涎水的恶狼的嘴正对着他的脸喘着粗气。他的魂魄顷刻间就逃跑了，刚要离开挣扎的身体，却被摁倒在那儿。

他抖动脑袋，终于明白眼前是一个高大的喇嘛和两只壮硕的狼。天啊，佛菩萨，这是怎么回事啊！

喇嘛将匪首太平捆绑好，然后把他推到门口。此时天色已经破晓，随着野狼的一声惨叫，所有的土匪都来到了神父房门前。

土匪们揉着惺忪的睡眼，被眼前的景象惊呆了。太平跪在前面，后面是一个高大的喇嘛，两边是两只低吼的恶狼。

土匪们慌乱地丢掉枪支，嘴里喊着佛菩萨来了，佛菩萨显身了，都惊吓地跪伏在地上。

地上的太平早就尿湿了裤子，刺鼻的臊味弄得两只狼不断地挠地：这个家伙到底是人还是狼。

喇嘛命令土匪将捆绑在后院的人质放了。恢复自由身的亨利赶紧让人捡起地上的枪支，手里有了枪，就成了胜利者。神父看到眼前的情景，完全蒙了，而那些基督信徒则同样以为是天神下凡，跪拜祈祷。

到了晌午，活佛得到消息，教堂的土匪被捉住了。这个喇嘛怎么也想不到自己的弟子一人就降伏了一伙土匪。但当他走进教堂的时候，他还是不动声色地搀扶住神志混乱的南布神父，"我的朋友，劫难都结束了"。

此时持棒喇嘛带着他的两只狼又规矩地站在了活佛的身后。

很显然，是法力深厚的活佛安排弟子拯救了教堂的教众。

后来，雷诺神父在自己的传记中写道：

很难相信，天色破晓时，我们被禁锢的身体忽然得到了自由。一切都来得悄无声息，我面前的景象令我惊讶，让我永远也无法忘掉。土匪们跪在地上，前面是他们已经瘫倒的头领，一个巨人一样高大的喇嘛手里提着一根粗重的木棒，身边竟站着两只壮硕的狼。我祈求上帝，我眼前的景象都是梦里的幻觉，可是寒冷的空气刺入我的身体，清楚地告诉我眼前的一切都是真的……

佐领要杀掉这些作乱的土匪，活佛制止了佐领。说道："同他们对话的时候，我看到了他们心中还没有完全被黑暗吞没，他们的内心还有一丝光亮之地。我曾说过'再卑微的生命也应该存活下来，即使是地上的尘土也不会受到佛法的冷淡'。因为饥饿才打劫，给他们洗去罪恶的机会吧。"

当南布神父镇定下来的时候，活佛将处置土匪的事情交给了他。这个聪明的喇嘛知道：一个让别人获得生命的人将匪徒交到被他解救的人手里，他一定是站在更高的地方。下面的人看到的是他身上的宽厚与高贵。在教派信仰之争面前，一个活佛让一个神父做这件事再合适不过了。

既然宫嘎活佛已经圈定了处置的范围，眼下情形，南布神父只能按照活佛的意思处置。问明了土匪们的来历后，南布神父大度地说："已故的苏德王爷曾经许诺过我，我可以随意使用教堂附近的土地。你的族群生活在贫瘠的深山里，就搬出深山，在这里生活吧，我会给你们提供种子和土地。谁先跪在圣像面前忏悔，谁就能够先获得主的宽恕。"

土匪们使劲磕头跪谢，眼睛却瞄着活佛身后的喇嘛和狼，愚钝的他们依然惊魂未定。

或许是对佛菩萨的敬畏之心让这伙土匪找回了人之本性，甩掉了魔鬼的诱惑。

后来，匪首野狼太平真的带领族人从深山里迁徙，来到了教堂附近住了下来。南布神父同宫嘎活佛一起给他们新的村子起了一个名字，叫作太平村。两个僧侣都希望匪首野狼做一个好百姓，他的名字太平能够给族人带来幸福。

回到上游河谷后，活佛总是微笑着，我问他在下游发生的故事，他依旧微微地低下头去，我不知道他是在表示谦虚，还是故意显示佛法的高深莫测。

无论如何，在灾难和罪恶面前，救赎是最重要的。

忍　耐

世上有许多事情，不是依靠勇气，而是需要耐心。

秋天的时候，很远的南方的南方爆发了一场旨在推翻朝廷的运动。

协理问我："王爷是怎么想的？"

我婉转地回答我的协理："我们站在王府后山远望时，脚下是我们世代居住的土地。我们在京城时看到的是满目疮痍、残败破落。我在皇宫时感受到了皇帝的孤独与无助，而现在的新皇帝还是一个孩子。我愿意看到一个充满朝气的春天的到来。无论如何，祖宗留下的土地和百姓不能遗失，就像我们的河水不能断流。"

聪明的协理当然明白我的意思。无论天下姓啥，我的土地和百姓都不能失去。

协理说："那我们就将东蒙古其他蒙旗的旗长贵族们请来吧，一只雄鹰只能带动一双翅膀，一群雄鹰就能搅起飓风，飞在前面带路的，就是鹰王。"

"飞在前面的就不怕地上的猎枪吗？你们汉人说枪打出头鸟。"我有些迟疑。

"放心吧，所有猎人都在争抢地面上的兔子，谁都愿意天上多一个帮手。"协理很坚决。

丁协理又说："对于京城我们提出要求，对于南方我们避而不谈。"

我明白协理的意思，现在我们只对朝廷，通过朝廷，我们会得到我们想要的东西。我的协理真是一个聪明的家伙。

各蒙旗的王公贵族们同我一样焦虑，很快就来到了我的王府。我让管家准备了最好的酒宴。

会议开始前，我让协理给大家讲了一个故事：

一只猛虎受伤了，四处都是围攻它的恶狼，这时从天上飞来了一群雄鹰，雄鹰停在树枝上观望战场的形势。森林中的霸王老虎说："我是这片森林的主人，快来帮我打败这群饿狼。”

其中一只雄鹰说：“那你给我们什么好处？”

老虎说：“你提出的任何要求。”

狼群可不想增加一个强劲的对手，赶忙说：“不要帮它，帮助我们，也给你同样的好处。”

老虎赶忙说：“我答应你的任何条件。”

群鹰很快提出了一个条件，那就是以后这片森林的猎物它们随意猎杀。

老虎和狼群都答应这个条件，谁都希望勇敢的雄鹰成为自己的盟友。

于是，群鹰们七嘴八舌、各抒己见，有说帮老虎的，有说应该帮助狼群的。

狼群和老虎可不会傻到等群鹰们做出选择之后再交战，因为选择有两种可能。

最后，飞鹰什么都没做，就得到了自己想要的好处。

协理的故事很像一个童话。

会议经过了两天的商讨，各部旗很快达成了协议。各位旗主“对天刑白马，对地刑青牛”进行盟誓。协理拿出拟好的文书，各位旗长一一签字，事情定下来了。

我立刻派人将提请朝廷的文书送去了京城，很快，朝廷就一一应允。东蒙古的王公们得到了很久以来想要的更多的权力。

这期间，远在京城的朝格不断传来消息，让我的心难以安静。终于有一天，朝格带着卫队回来了，我问朝格为何不待在皇帝身边？他说京城发生了兵变，朝廷没了，皇族们孤独地住在皇宫里。

天啊，天一样的大清朝说没有就没有了！

我狠狠地给了朝格脸上一巴掌，这小子的眼泪立刻就下来了。他说：“我们的弟兄们没有一个孬种！”朝格说得没错，朝廷的覆灭是早晚的事。它就像一座将倾的大厦，里面爬满了蛀虫，打开这座大厦的窗子，里面扑满污浊之气。它太陈旧了、太无能了，它千疮百孔，无法为它的子民百姓提供一个遮风挡雨的地方，更别说安居乐业之地。

我让朝格下去休息，他已经尽力了。他尽了力，我也就尽力了。那年冬天我觉得皇帝是那样孤单，第二年，他就同皇太后先后死掉了。现在的小皇帝他不但孤单，而且神灵已经离他而去，不再护佑皇族了。

我很苦恼，找来官员们商议对策，协理说静观其变吧。我们只能如此。

大清朝覆灭了，京城处于混乱之中。没有人知道顶在我们头顶上的光环是否会继续下去。现在，这座大厦坍塌成为废墟，正处于尘土飞扬之中，我们的命运需要等到尘埃落定之后才能看清。

天上的月亮又变圆了，明晃晃地照射着大地，远山的轮廓清晰可辨，我的心却是一片模糊。我走过协理的房间时，屋里的灯还亮着，透过窗户，协理正在看墙上的一张地图。我推门走进屋内，协理慌忙参见。我说："先生，你我之间私下还是师生为宜。"然后我走到地图前。

协理在地图上给我细数分析时局。是啊，世道真的变了。我又问他："我们应该怎么办？"

"再等一等，此时或许沉默是最好的办法。"协理说得简单而干脆，看来他已经思考很久了。

参禅时宫嘎活佛曾对我说："内心模糊的时候，就先让心灵安静下来，转过身看一看身后，然后再观看前方。"

我不太明白，可觉得这句话有些道理，现在或许我应该先看一看身后。我的身后是一大片祖先积攒下的领地，有我们曾经放牧的草场、狩猎的森林、种植的耕地，还有放马饮水的奔腾河流。有夜里映出灯火的毡包房屋，有庄严辉煌的喇嘛庙，有祈祷诵经的喇嘛，还有许许多多的子民百姓。

哎呀，我身后的东西太多了，我无法放弃。而前方，我看不清楚。

我命令都楞仓、花代、朝格他们加紧兵备训练。又派出我的霍斯兄弟，出去运回一批军火弹药。我们的库房里发霉的银子该拿到太阳底下了。但我们丝毫没有声张，一切都在等待中进行，耐心考验着我。

过些日子后，京城的健脚回报说先是孙总统，不久，又变成了袁总统。

变化得太快了。我赶紧命令在京城的代表散发出东蒙古王公就蒙古的未来没有达成一致的消息。

我们需要一个这样的消息。争夺猎物的猎手们才会看到我们的存在。

这期间，京城的袁总统派热河都统给我送来了委任书，给了我一个新国家的都统的职位。看来我们的会议同消息发挥了作用，我悬着的心终于可以落地了。虽然这个满洲都统的头衔对于我没有任何用处，但却能保护我们不受损失。就像协理的故事一样，森林中有很多猎手，一个有实力的猎手承认了你的存在，给了你一个不错的头衔，其他的猎手也一定会给你的。这时候，我只需要飞在天上就成了地上猎人的朋友。猎手们在追逐猎物的时候，我也就可以追逐属于我的猎物了。

我来到家庙祠堂，在祖宗的牌位前祈祷，祈求祖宗保佑我要做的事情能够成功。

我让管家安排到王府后山凉亭上观看风景。观风景的人宫嘎活佛、丁协理、都楞仓来了，还有几个心腹章京、梅林也参加进来。

我让所有人眺望远方群山，仰头看天上的云端。

活佛这回明白了我的意思。他说：“我看到了远处的群山，可是远处的山峰阻挡了我的眼睛，我相信群山之外的风景更美好。”

我让都楞仓招募更多的士兵，包括客民也要应征入伍，进行武备训练。我还让霍斯联系他在商界的日本朋友，我们需要更多的军火。

然后，我让管家发出信函，让热河地区所有的蒙古王公旗主到我的王府商讨东蒙古的未来。

很快上百名旗主、贵族、喇嘛们就聚集到了我的领地上。我东边的仇人木图也派出了他的使者，这个家伙不敢亲自赴会。大清朝没有了，如果见到他，现在或许我会杀了他。

我提出了东蒙古地区蒙汉民族团结自治的主张。几乎所有人都表示同意，他们不会忘记我们的上次聚会他们都得到了好处。我的第一步棋走得很好。

我让所有人都签字时，敖汉旗木图的使者犹豫起来。我让盟下左翼旗的代表，我的同族兄弟希礼萨拉走到那个使者面前，那个人很快就签了。这个时候，我是不会让我旗内的人去劝说木图的使者的，别的旗主们会看在眼里，记在心上。

会后，各地旗主贵族们悄悄离开了我的领地。可是我还是疏忽了一件事，没过多久，那个热河都统侦知了此事，是那个木图的使者泄露了消息，我很后悔，没有让木图的使者们走出王府后永远闭上嘴巴。

我立即派人去了京城，呈递我给袁总统写的书信，陈述我部的安宁之心，但同时我们做好了准备，等待不好的消息。

我的沉默果然等来了好的消息。

袁总统的特使来了，专程到东蒙古来见我。又给我带来了一份委任书，在京城给了我一个很大的官职。这是一个好消息，也是一个坏消息。坏消息是京城的新权贵不想让我待在自己的土地上，想让我失去力量的源头。我绝不能离开我的领地。

特使在等我的答复。我们的银子和女人再一次发挥了作用，看来天下没有不爱银子和女人的男人。

我让管家到草场上去找回几个丰满的姑娘，轮流送进特使的房间。管家说每夜里特使的房里都传出声声欢叫，白天特使需要休息，累得都不愿出门了。

白天，我让贵族们轮流陪特使喝酒。

我需要的就是时间。

当我一筹莫展，不知如何是好的时候，我的管家提醒了我。让我记起一个人来，一个同我一模一样的人，我早已经将他忘掉了。

管家笑着说："主子，这些年，奴才一刻也没有忘掉老王爷的嘱托，替身已经被我训练得同王爷难以分辨了。"

那是许多年以前，父亲为我找的替身。这些年，他竟然还在，可是我再也没有见过他。

夜很深时，我的替身被管家带来了。比起许多年以前第一次见他时，我更加惊讶起来。岁月改变了我，也改变着他，而他的改变则是按照我的改变而改变的。

替身的言行举止真的很像我，就连协理都啧啧称奇，要不是多年在我身边的人，真的很难识别。

我打量着另一个我，内心却隐隐有一丝痛。管家似乎读懂了我的眼神。

管家悄悄告诉我："请主子放心，我早已经在他的身上留下了印记。这些年，我早已经安排他娶妻生子，他是一个有牵绊的人了。他的父母妻儿我都在一个很好的地方照看着。"

管家真是用心良苦，可是管家并没有读懂我的眼神。当我的眼光落在另一个我的身上时，我看到自己的影子，很清晰地站在那儿，让我品读。岁月真是平等的，不会因为骨头的贵贱而有所区别，无论谁都无法逃脱时光的刻刀，将世事沧桑无遮拦地镌刻在脸上。

这样想着，我的眼光落在了另一个我的眼睛上，他的眼神立刻黯淡了下去。这下我放心了，一个眼神黯淡的家伙永远也代替不了我，而正是这种黯淡的眼神，会让对我防备的人松弛下来。

我找来特使，欣然接受了京城的任命。我告诉他："请总统放心，安排好旗务后，我会不日到京赴任。"

我让我的替身坐在我的轿车里，而我则骑马走在队伍中间。我们向着京城出发了。我打算亲自到京城去一趟，我需要亲眼看很多事情。

到了京城以后，我们先住到我早先的王府里。一切安顿好以后，我们见到了袁总统。他对我极其热情，问起我草原的事情，还同我说起一些往事，然后就同我讲保举我出任高官的事情，以及如何重视蒙古草原的王公贵族云云。

"我"显得很拘束，眼神躲闪着点头，然后我说我唯总统马首是瞻。他立刻扶住我的肩膀，同我兄弟相称，说："老弟啊，临危受命，我这个总统很难啊。"

这些都是我的替身代替我完成的，说实话，我很焦急，我的替身出来时汗水都湿了衣服，但他做得很好，他的眼神让袁总统放心了。

这个月末，我还在湖广会馆参加了一次朋友的聚会。

当下时局，我已经看清。我会见了几位在京城的其他蒙古王公。协理发出了赞成共和的声明。

协理发出这份声明的时候，我很担心，因为声明中还有很多盟部的蒙古王公我根本没有取得联系。协理笑了："王爷放心，这个时候，没有人会站出来大声说反对共和的，王爷只不过说出了他们想说又不愿意说出的话。"

十月，袁总统为了表示对我的倚重亲近，加封我为亲王。我的品级更高了。可是，越是这样虚无的头衔品级，越让我对这个袁总统没有好感，他是在拉拢我。

安顿好了京城的一切，我悄悄安心地返回草原。我是不会离开我的土地的。京城的职位暂时让我的替身去享受吧，我把马彪留在了替身的身边。

这两年，发生了太多的事情，让我有些喘不过气来。回到草原后，我到河畔独自走了很久。时局变幻、跌宕起伏，在我的生命中画下浓浓的一笔，无法略去。秋风很凉，河面的水鸟不肯随波逐流，贴近水面飞得很低。

化解仇恨

又一个总统替换了袁总统。趁此机会，另一个我在京城也很快就辞去了那份清闲的职务。那里不属于我们，草原才是我们的生活之地。马彪带着替身很快就返回河谷。替身站在我面前，我看见另一个我真的是一副无所事事、悠闲自在的样子。如果那真的是我，我的生命之河将不再奔涌。我让管家将另一个我赶快带走，我不想看到我的慵懒安逸。我告诉管家，以后都不要再让我看到另一个我了。

"大地不再宁静，到处都是不安分的魔鬼与恶煞。"萨满巫师阿宝说，"是灾害中魔鬼撒下的种子让世界变得混乱不堪。"

但他没有说这种混乱何时才能结束。

这时，花代走了，他是在一个月光下的夜色里离开河谷的。

花代带走了我的十几个卫兵，给我留下了一封信。信里说他对不起主子，但主子曾经告诫他做事要遵从自己的内心。他不是不忠于我，而是希望走出河谷干一番事业，下辈子，他还会跟在我身边。还有，他请求我善待他的家人，如果我杀了他的家人，他也不会记恨于我，那是他自己造成的。

我很难过，我一个人思考。忠诚少语的花代为什么要这样做，难道是我这个主子对他们还不够好吗?

都楞仓要带兵去追剿，我制止了他。人各有志，我不勉强，雄鹰长足了翅膀的时候，就让它自由地飞翔吧。

朝格和包印恨得要死，也难过得要死，花代他们几个弟兄情同手足，我们一起长大。

我问朝格和包印："你们也想走吗？如果你们也想要离开，我不会为难你们的。"

他们两个立刻就跪了下来，眼里流下了泪水，这是我第一次看到他们流泪。他们说："如果主子是想要我们的脑袋，我们现在就割下来。"

我怎么会呢！我是因为难过才说出这样的话。我可以忍受敌人的伤害，但我不能看到身边人离我而去，这对我是一种嘲弄。或许我不是一个好主子，我又问包印他们："我不是一个好主子吗？"

他们俩在地上回答："没有比主子更好的主子了。"

我告诉他们："你们的兄弟走了，就由你们照看好他的家人吧。"

我转过身，走到厅堂里面去，我不想别人看到我的痛苦。

到年底时，我遇到了我的仇人木图。

木图看上去很颓废，有些苍老。这个倒霉的家伙，这些年几乎每一次匪乱都被他遇上，他的领地总会成为战场。

我们还是客气地见面，我没有同他说太多的话，我告诉他："我们的事情该了断了。"

他没有表现出害怕的样子，点了点头。我说："你不会再次躲起来吧，你要是怕了，现在就藏起来。"

夜里，我告诉包印和朝格，盯着木图那边的动静，遇到机会，就给我宰了他。他们刚一退下，我又后悔了，我不能便宜了这小子，我要慢慢消化这些年积攒下来的仇恨。我又将他们叫回来，告诉他们，"不用去了，我想，木图不会再躲藏了。再说，大清朝已经没有了，虽然已是民国，可是现在正是纷乱的时候，没有谁能够保护谁"。

我们有一句谚语，说爱一个人，最好就是去懂得他；恨一个人，最好就是知道他的痛苦。

我知道木图的痛苦是什么，这么多年来，他从未有过一个完整的梦。

当一个人躺在温暖舒适的床上，推开梦境的房门，发现里面装满支离破碎时，在这样的人的身上是很难找到哪怕一丁点儿福气的。同许多年以前的他的哥哥一样，这些年，木图仍然无法找到美满梦境的房门，几乎每一夜，他都在床上乱撞。

于是我对他说："你这个没有福气的狮子还不如一条檐下蜷缩的老狗。"

木图说："你知道我的痛苦，是因为你同我一样，当你的仇人就在那里喝酒欢笑时，你却无法杀了他，所以，你不必嘲弄我，我的侄子。"

他的说法让我痛苦，他叫我侄子，这是在侮辱我。我回答道："现在，我就可以杀了你，你的身后不再有任何靠山了。你不想逃命去吗？"

他笑了："草原上的狮子木图是一个贪生怕死的人吗？"

“你赶快回去准备吧，不然你就再也不会笑了。”

木图回去了，我没有立刻杀他，我要在战场上擒获我的仇人，那样草原上所有的人都会知道，我是公平地对待我的仇人的。

不久以后，我们的队伍站在了木图卫队的前面，战鼓一响，我们的子弹立刻向木图的队伍飞驰而去。没用多少时间，木图的人马就抵挡不住了，而我们的队伍还没有尽兴。我命令士兵们停止开火，我大声喊道：“木图老东西，难道你要让你的弟兄们全都倒在你的面前吗？别再让我的子弹射杀无辜的人了。”

木图从对面阵地站了出来，说道：“既然如此，让我的手下都回家吧，我任你处置。”

我没有让手下将木图捆绑起来，他毕竟是一个王。尊重你的对手，就是尊重自己的身份。

我对木图说：“现在，你的生死已经由我来掌握了，向我求饶，我或许会让你死得体面些。”

“我早说过，我木图不是一个怕死的人，动手吧，不要让我的手下看到你的软弱，不要让你的手下瞧不起你。”

我环顾左右，木图的一些手下没有四散逃命，而是被我的士兵们下了武器，围拢在一起，等候同主子一同被处决，这些留下的士兵是一群忠诚的家伙。

我从朝格手里拿过父亲留给我的战刀，这把刀是我的祖上传下来的，它杀过很多人，它是我们兀良哈家族的荣耀。我要用它手刃仇人。

当我举刀向天告慰父亲我要杀掉仇人时，我看到头顶上的蓝天里飘荡着几缕白云，然后是几只飞鸟隐入云间。我的心忽然不知被什么东西拽了一下，我低下头问木图：“还有什么话要说吗？”

这个将死的家伙沉吟一下说：“我一生作孽很多，早就该死了。我有很多仇人，很多仇恨我都不知道因何而生，可是因为仇恨让我失去亲人时，我体会到了永远无法愈合的疼痛，我的心从此不再安宁。下辈子，我希望能够生在一个牧民家的毡包里，做一个蓝天下快乐简单的牧人。动手吧，你让我解脱了，我已经告诉家人和手下不再找你寻仇，仇恨是永远无法释怀的毒药。”

看来，在上战场之前，他已经准备好了，开战只是为了显示一个王的尊严。

我没想到这个家伙会说出这样的话。这时，不远处传来了嘈杂声，原来木图最小的儿子骑马赶来了，他是要和父亲一同赴死。包印将他带了过来，这个脸上还略带稚气的家伙无畏地站在我的面前，眼神里没有一丝胆怯。

我说："小兄弟，你的人生才刚刚开始，你不怕死吗？"

"我不怕，和父亲死在一起是我的荣耀。你的仇人是我的父亲，我要看着你杀了他，那时我的仇人就是你，除非你也将我一同杀了。"

"你的勇敢固然可敬，可是你想我会放走你吗？"

"我听说你是一个英雄。"

"你叫什么名字？"我对木图的这个儿子产生了兴趣。

"格日勒。"他冷冷地回答。

"木图，你的儿子是一个聪明而勇敢的家伙。"

我从未杀过人，仇恨让我没有胆怯。可是眼前这个对父亲充满爱的家伙让我产生了迟疑，让一个儿子失去父亲是一件很残酷的事情。

这时，都楞仓说话了："王爷，活佛说，让一个人死很容易，让一个人活才难，老王爷的仇恨已经能够化解了，我们已经将仇人踩在了脚下。"都楞仓是一个疾恶如仇的家伙，他以前从未说过这样的话。

木图的手下纷纷跪了下来："求王爷饶了我们的主子吧。"

是啊，难道只有用杀人才能化解仇恨吗？当仇人的性命掌握在我的手里时，或许与其将他一刀了断，倒不如让他在余下的生命里每天忏悔更有意义。

况且，我真的不忍心看着一个刚刚长大的孩子还没有飞上天空，就被利箭射穿，就像草原上春天里从寒冷的大地上冒出的嫩绿草叶，正要努力吸收丰沛的空气雨水时，却被一场风沙连根拔起。况且，这些年，东蒙古大地上的仇恨被种植的遍地都是，随便踩上一脚，都有一声因为仇恨而不肯投生安息的亡灵呻吟。宫嘎活佛在我去寺庙做早课时曾祈求佛祖降下一场甘露，将大地上一切的仇恨恩怨都涤荡洗净，让地上生长的是青翠的草木和绚烂的百花。我是一个王，我为什么就不能让我心底的仇恨先洗尽消失呢？

让仇恨化解吧。

但我不想让我的仇人就这样离开，我要让木图留下点什么，我让手下将木图的手放到我面前，我砍掉了他另一只手的小拇指。然后我说："木图，从现在起，我们的仇恨没有了。滚吧，善待你的家人和那些忠诚的手下。"

木图怔怔地看着我，忽然跪了下来，老泪纵横地说："不是我怕死，但我看到了王爷有一颗佛菩萨的慈悲心肠，这个头是磕给老王爷的。从此，我木图将永远追随你，你要我的命，随时来取。"

我仰起头，看了看偌大空旷的天空，苏德王爷或许正在某一片云朵里看着我。

漫长的时光

时光对于没有梦想的人来说，总是显得太过漫长。这些人总是早上醒来，本能地穿衣吃饭，然后就不知道该做些什么。看着天上的太阳一点一点挪移，想着中午的吃食，午饭过后，就在太阳底下，漫无目的地走动，然后就是晚饭，再然后就在夜里睡着了，就连梦境都没有激情与头绪。

守陵使村十大户的族人们就是这样，在太阳底下漫无目地生活着。他们没有梦想，以为大清朝会江山永固，万年不朽。他们没有期许，因为他们不需要耕种一寸土地，不需要放养一只牛羊，到了秋天无论年景丰歉，都会照常收租抽税。他们甚至没有体汗，因为他们从来不用服役当差，他们所要做的就是守好公主的陵寝，让供奉公主牌位前的油灯长明。然后像走亲戚一样到王府里走动一下，向我汇报一下祭祀的事情，再到太福晋那里坐上一会儿。太阳每天都在天上挪移，忽然间大清朝就没了，地上衣食无忧的十大户的长老们就慌了神，恍惚间，时光戛然而止。

当十大户的长老们跪在我面前的时候，我才真切地感到一个世界真的不存在了，取而代之的是另一个天地，这个天地对于我也同样陌生。我甚至还没有准备好该怎么面对它，它就来了。就像萨满阿宝在广场上舞动迎请神灵时，轻盈地扭动着负重的身体，忽然之间，身体倒在地上，一切力量就都消失了。我是一个王，在我的臣子面前不能表现出彷徨与迷茫。我让那些过惯了体面日子的长老们站起来，告诉他们："大清朝已经没有了，现在是民国，你们身后的靠山倒了，有些规矩就得改变，否则贵族们就得不到神灵的护佑了。百姓们要是起来造反，就会像潮水一样将守陵村夷为平地，到那时，我这个王爷恐怕也无能为力，从现在起，拿出银子置办土地，自力更生吧。那样，你们同样可以过上从前的日子，只是不能再坐享其成、漫无目的地生活了。"

我不知道我的话是否进入了他们的脑子，因为我无法确定他们的脑子是否还能够装得下这个新鲜世界的东西。现在，这些人看上去比那些穷苦百姓还要可怜，他们就像一群生活在暖房中的虫子，无法承受任何外面的冷风。我让他们先回去，这些人还需要一些时间来思考，如果他们能够思考的话；这些人也需要一些时间来适应，如果他们能够适应的话。

他们到太福晋那里去了。然后太福晋就哭着来找我。母亲说："孩子啊，大清朝没了，看看我这些个穷亲戚多可怜啊，他们的靠山倒了，你可不能不管啊。"母亲的眼泪是真情的流露，在我们这里她是最不愿意看到大清朝覆灭的人。我叫来张先生和朝格，让他们到守陵使村去一趟。张先生负责选派一些十大户里聪明乖巧的子弟到王府的学堂来读书识字，朝格则挑选年轻精壮的族人到我的卫队中成为强健的士兵。这样这个遗满的村落将来就不致毫无希望与生气，那些守陵人同样需要看到未来。

在做这些事情的时候，我也同样思考着我的领地上百姓的未来。确切地说是我部族的未来。可是我想了很久，我的头脑却越发糊涂，还是我的协理提醒了我。

这个混乱的时候，东蒙古大地上忽然涌出了许多股乱匪，他们趁机抢夺牛羊、劫掠粮食。我们的卫队会同国民政府军队很快就将进入我们领地的几股乱匪剿灭了。

协理说："之所以能够很快剿灭进犯的乱匪，不是因为我们自己的军队如何勇敢，而是因为国民政府的军队军纪严整、服装统一、武器先进，现在他们是一支新式的军队。这样的军队能够打败入侵的匪徒，也能够打败我们。"

轰的一下，我的脑袋被震得很疼，我捂着耳朵，就像在剿匪战场上传来的毅军的威力强大的炮声一样。协理的话，正是这些天我努力去想，却想不明白的事情。如果有一天，我的部队同毅军、奉军这样的部队在战场上成为对手，我能胜利吗？

疼痛过后，我的脑袋清醒了。

我没有迟疑，不能够迟疑，我立刻找来了几个心腹着手筹划。我说出了这些天困扰我的问题，那就是我们的卫队也必须要适应新的世界，我决定成立一所武学堂。我又派出协理和张先生去一趟京城，我给驻在京城的日本朋友写了一封信，同时我又给民国政府的一个很要好的将军写了同样的信件。没过多久，从日本本土过海来了我要聘请的教官陆军大尉桥本太郎和少尉吉原次郎，他们做武学堂的教官；张先生还在京城聘请了一名日语翻译；我在国民政府的那个将军朋友为我定制了统一的军服和课本。到了七月，我的武学堂可以开课操练了。

我让翻译告诉这两个日本教官："他们必须遵从我们的规矩，有些地方是绝对禁止进入的，比如王府内宅和王族家庙。还有，要学会我们的礼仪，要学会我们的语言。"

我委派朝格和包印，由他们俩负责管理学校，这样会很方便。因为我的士兵中既有蒙古人，也有汉人。还有就是我要招收的学生中应该包含蒙古人、满人和汉人，所有人都应该是平等的。这是一个新的世界，所有领地上的人都是我的百姓。经过许多年，那些关内来的客民们早已经繁衍生息，这里就是他们的家乡。所以，我要打破那些旧制，让所有士兵穿同样的军服，佩带同样的武器。

我把这个决定说出来说时，都楞仓坚决反对，他说不能让我们蒙古勇士穿上国民政府军队的灰土军服。我们的士兵穿上那样的紧身衣服怎么骑马，怎么开弓？

丁协理说我们都见识了毅军和奉军，他们一样骑马射击，军服是军队的威风仪表。

我告诉都楞仓不要再争了。丁协理同张先生都说王爷的眼光看得很远。

我让都楞仓做武学堂的校长，这对于他也是一个新的头衔。当他穿上新式军装时，他都不会走路了。我调侃说："校长先生，你不会走路，你的学生怎么走路？先做一个好的表率吧。"

当初我们成立文学堂时，我曾经做过学堂的第一任校长。后来兵备，曾建立一所简单的学堂进行军事训练，现在，我们算是正式建立起一座武学堂了。学生们称都楞仓为梅林校长。都楞仓就笑了。

武学堂很快开课，学科用日本军事操典，课程设置上完全采用日本军队学院教法，分为文术两科。文学课有算术、测绘、地理等课程；术科有体操、骑术、步伐、兵器等。协理说："这完全是一座新式军事学校。"

我不喜欢日本人，但有些东西他们比我们掌握得要多，他们走到了我们的前面。

当日本教官满嘴哇啦哇啦地说日语时，我告诉协理："马上教会他们蒙古语和汉语。"教官和学生之间语言不通，需要翻译，课程让我们的学生们很难适应。只有骑术课容易掌握，学生们多数从小就生活在马背上，士兵们就更不用说了，一声口哨，飞身就跃上了自己的战马。关于骑术，日本教官应该向我们学习，这让我很骄傲。

学校规模不断扩大，我们又从保定武学堂聘请来了几名教官。我的协理提醒我："不能让我们的武学堂完全成为日本化的学校，我们有很多优秀的东西，不能丢掉。”看着那些士兵、学生在操场上挥汗如雨、喊声震天，早上起来到太阳落山，整天将操场弄得尘土飞扬，我的身上也长出了使不完的力气。我也加入他们当中去，弄得满身泥水，我没有荒废我的武术教师教授我的功夫，迎来了阵阵喝彩。

夜里我睡得很香。这是一个好的开始。

到了秋天，教官将士兵们分成两队，分别穿上不同的军服，我们要进行一次秋操演练。我拿着望远镜站在高处，看到两队士兵分别在都楞仓和包印的带领下进行模拟作战。当我透过望远镜看到都楞仓带领的士兵冲向包印的阵地，双方忽然举枪开火时，我的心忽然震颤起来。我丢掉望远镜，告诉传令兵：“马上他妈的给我停止所谓的秋操。”我的士兵们怎么能够对自己的兄弟开枪？身边的朝格拿起望远镜，竟然吓得一屁股跌坐在地上，然后抽出了战刀向两个教官奔去。

朝格的弯刀架在桥本太郎的脖子上时，用眼睛看着我，等待我的命令。我只需要一挥手，桥本太郎的头就会顷刻间滚到草丛里。但我要弄明白到底是怎么一回事，这两个日本人到底要干什么？桥本太郎紧张地告诉我，秋操就是之前说的战术演练，双方组成假想敌人，进行模拟实战攻击演练。我知道他说的意思，可是我看到了士兵们竟然真的射出了子弹，那后果会怎样，还用说吗？桥本太郎将手里的望远镜又递到我的手里，我看到刚才被射中的士兵竟然还在那儿站立着，只是身上多了一块红布。桥本太郎告诉我，士兵们不是真的攻击，不会有任何伤害，身上的红布表示那人已经死了。

我又观察了一会儿，恍然明白，原来一切都不是真的。

我为我刚才的举动感到好笑，拍了拍桥本太郎的肩膀，说：“受惊了！”其实受惊的人是我。

秋操结束以后，我同宫嘎活佛在王府的花园里喝茶时，我同他讲起了这件事。活佛说：“王爷有此举，是王爷心里装着仁爱，是因为王爷爱护自己的士兵。”

是啊，活佛说到我的心坎里去了。当我看到枪筒指向自己的士兵时，我的心是震颤的，我无法接受自己的士兵射杀自己的兄弟。这是我们最不愿意看到的事情，好在，那只是一场演练。

新式训练的效果很明显，我的士兵们每逢节日都会穿上整齐的服装。都楞仓规定武学堂的学生士兵外出时必须穿戴整齐，以示军威。这些学生每逢从我面前走过去的时候都会向我敬礼，然后是一个整齐的军姿，全然不像以前那样弯腰跪拜。管家却觉得这些家伙全没个样子。我喜欢士兵们新式的礼节，让我看到了朝气蓬勃，像一群冲向蓝天的雏鹰。我告诉管家，给教官们加一点薪水，管家将银子给桥本太郎和吉原次郎，还有其他的教官送过去，回来时却一脸的不高兴。我问他这是怎么了？他说："这两个日本教官接过银子，一句感激的话都没有，他们也太骄横了。"我笑着对管家说："他们的表达方式不同而已。"可是没过多久，管家就告诉我桥本太郎他们到河边的十三敖包骑马乱踏，吉原次郎这个家伙甚至还放马啃食敖包附近的青草。我告诉管家同他们说明我们的信仰。他们会理解尊重的。因为一些军事上的事情我经常询问桥本太郎，就让朝格送去出入王府的虎符，这样能表示我对两位日本教官的尊重，我希望他们能够更好地将精力放在教授上。

朝格说："主子对日本人也太客气了。"我笑着说："仔细向教官学习，我们需要加快脚步。"我不知道朝格是否明白我的意思，我并不喜欢这些东洋人，但我需要我的士兵们从他们身上学到更多的东西。那些东西能够使我们的力量更加强大，使我们的卫队能够成为一群训练有素的战鹰，保卫我们的领地不受侵犯。我永远也无法忘掉毅军那隆隆的炮声和士兵们迅捷的击杀。我们的士兵太散漫了，有人上战场时还得带上烈酒，当他们摇摇晃晃地冲出战壕时，他们极其勇敢，但烈酒的熏染和喇嘛的经符并不能阻止敌人的子弹，侵袭并没有因为勇敢而停滞。我是主子，我要懂得如何使士兵们不受伤害。世道变了，我们的作战和战术也需要改变。这些事情不是靠我们的喇嘛和萨满巫师能够做到的。我们要学会接受新的东西。

广场上喇嘛们正在举行一场盛大的查玛法会。信徒们跳起了"麦热扎木额日格"，为这纯净的蓝天下的一切生灵祈福驱灾。我告诉宫嘎活佛去请我的堪布喇嘛叔叔参加，我需要我的族人坐在法会上主持诵经，那样我们家族的恩德才会更广布地进入百姓的心里。日本教官当然不会错过这异国的宗教盛典。吉原次郎曾对我说回到日本后要写一本关于蒙古风情的游记。我希望世界上更多的人知道我们，就像河谷下游的雷诺神父一样，他定期将蒙古的风情见闻介绍到遥远的欧洲。

还记得当雷诺神父第一次给宫嘎活佛照相时，大木匣轰的一声，活佛惊吓得跳了起来。当他看到自己的相片时，更是害怕地闭上了眼睛，他说："我的身体被固定在这张图片里，如果被魔鬼窃取了，弄不好会被用来迷惑百姓的，那是我的罪过。"雷诺神父说："有上帝保佑，魔鬼永远也无法靠近，请活佛放心。"当雷诺神父告诉活佛他还要将这张照片传到西方，让欧洲的僧侣们见识一下东方蒙古的活佛时，有点害怕的活佛更是惊讶地说："难道我的影像还会传到遥远的大海的另一边，我不会因此而掉进大海里吧？那里可是你们洋宗教的神灵居住的地方，我不会因此而受到诅咒吧？"这个喇嘛因此惶恐了很长时间。

尽管信仰不同，但宫嘎活佛同南布神父他们还是能够成为朋友，但活佛却不喜欢同我们的信仰还有一点联系的日本教官。他悄悄地对我说："我从那两个东洋人的眼睛里看到了阴霾，显得模糊而含混，我读不懂他们的内心，但总感觉他们的眼神里隐藏着不纯净的东西。"我觉得我们的活佛想得太多了，他一向不主张武力，他说血腥只会增加人的罪孽，所以他不喜欢身上穿着军服和带着武器的人。以前，他就不怎么喜欢我的几个小厮，总是很谨慎地从他们身边走过去，很少正视他们。我的几个小厮则会等活佛走远了，然后学着他的样子嬉笑。我没有制止他们，如果我的卫队都变成了诵经的喇嘛，那我们的领地早就成为土匪和别的什么人的地盘了。所以，当宫嘎活佛试图向我说明有异教徒参加的法会会使得法会的法力减弱时，我笑着摇头，说："活佛，那就多用点力气，再虔诚一些吧。"活佛说的异教徒当然指的就是那两个日本教官。

我让包印陪着桥本太郎他们参加广场上的法会。包印这个家伙认为我给了他一个难以完成的差事。最终他想出了一个好办法，让这两个日本人穿上蒙古服装，这样就可以大方地进入会场了，否则喇嘛们会故意刁难他们。

可是，这两个家伙确实太骄横无礼了，甚至进出我的王府也不通报。朝格告诉我这个消息时，我没有说话，朝格就明白了我的意思。

当桥本太郎和吉原次郎又一次不带虎符，不经通报准备穿过戟门跨入王府时，朝格拦挡在了两人的前面。桥本太郎准备绕过去，却撞到了朝格宽大的身子上。桥本太郎骄横地大声嚷道："我是王爷的贵客，是你们请来的教官，还不闪开，你这个下贱的朝格。"这个家伙直呼朝格其名。

"我是王府的副侍卫长，任何人想要进入王府都得出示凭证通报。"

"我是教官大人，难道你小子还不认识我了吗？"

"拿虎符来。"朝格的手下不客气地说。

"老子没带，怎样！"桥本太郎自认为一身柔道之术，也想要给平日不怎么理睬自己的朝格一点教训，就借机向朝格动起手来。他不知道，这正是朝格所期待的，朝格可是一流的搏克手。当桥本太郎伸手拉住朝格的圃服，腿下扫过去时，朝格鹰爪一样的大手乘势一抓，稍一蹲身，一个搬肩横摔，桥本太郎就飞出去了，摔得鼻青脸肿。吉原次郎正待扑上来时，几个侍卫上来就将两人制伏在地。朝格命令："据王府令，擅闯衙门者，掌嘴。"一通清脆的嘴巴下去后，两个教官知道，同这些忠诚蛮横的蒙古勇士闹下去，只会带来更多的皮肉之苦，就哀求起来，朝格遂将他们关在了候审房。

当朝格向我说起这件事时，我正在后花园里同活佛谈论我叔叔的事情。我骂了朝格一句，告诉他到议事厅来见我。朝格挨了骂，知道我没有怪罪他，嘻嘻笑着去提带教官了。然后就是我坐在议事厅上低头看着桌上的东西，朝格一进大厅就喊道："王爷，抓到了擅闯衙门的人。"

我没有抬头，说："掌嘴。"

只听下面大喊："王爷，是我们啊。"

我抬头一看，大吃一惊，"怎么会是教官先生？朝格怎么回事？还不快松绑。"

侍卫给桥本太郎和吉原次郎松绑后，我让他们坐到了椅子上。问明缘由，我安慰了他们，然后训斥了朝格。当桥本太郎要求我惩治朝格时，我问了身边的丁协理："应该给朝格定一个什么罪名？"协理回答说："王爷应该奖赏朝格，因为他为了王府的安全和来客的安全，遵从衙门规矩行事，理应奖赏。"

我为难起来，对桥本太郎说："先生应该知道我衙门的规矩，擅闯衙门者，轻则掌嘴，重则鞭刑，甚至斩首。为了方便两位先生进出之便，我特意给了两枚虎符进出通行，二位可曾交由侍卫验看啊？"

桥本太郎嘟囔说："忘记带在身上了。"

我为难地看着桥本太郎："得请教桥本教官，作为侍卫，他们应该如何？"

桥本太郎只得说："作为侍卫，他们理应尽职，今天之事，还请王爷见谅。"

我笑了："我们蒙古有句谚语，'两只雄鹰，只有打斗过后，才能并肩齐飞'。小小误会，先生不必记在心上，我们蒙古人愿意同大度的人交朋友，来，握个手，成为朋友吧。"朝格上来同桥本太郎和吉原次郎一一握手，和解了事。从此以后，桥本太郎进出王府时，必鞠躬递上虎符。后来他对我说："朝格这个家伙，一定会成为一个英雄，我和他是不打不成交。"果然，此后武学堂里的很多事情，桥本太郎都请教朝格和包印。他不再像以前那样要求完全按照日本的模式教习和管理。武学堂里的很多课程和操练，也都将我们自己的东西融进去了。桥本太郎说："有些改变，我将来还要带到日本去，尤其是你们的骑射之术。"我希望这样，武学堂应该有我们自己的东西。丁协理又说："学堂将来要全部由我们自己的教官来操练教习。"

我希望这一天早一点来到！

那些花儿

包印的第二个儿子出生了。这个家伙兴奋地将孩子抱来，让我给孩子起一个名字。包印妻子一副慵懒满意的样子，就像夏夜的圆月。他们是如此幸福。我祝福他们的时候，隐隐有一些嫉妒。有一些东西似乎很长时间以来都不在我的生命里浮现了，夜里偶尔会从记忆的水面露出些许，也只是一些忧伤。我想起了我自己，我的妻子，还有那个走远的人。草原上有一首叫作《野花》的民歌，歌中唱道：

草原上有一位姑娘，她是那样美丽，就像草原上的花儿一样；
有人说她就要做新娘，她的欢乐在花海间流淌。
草原上有一位姑娘，她是那样美丽，就像草原上的花儿一样；
有人说她的心上人去了远方，她的忧伤在花海间流淌。
……

霍斯从西北方回来了，带回了我们需要的东西。其中有女人用的脂粉和饰物，他将它们送给老福晋和我的妻了，两个女人又会高兴上一阵子了。我为他安排了酒宴，他和很久不见的朋友们逐一拥抱，他身上的沧桑冲撞着我的鼻子。我说："我的哥哥，这些年你一个人，不寂寞吗？"他笑了，眼睛四下空旷里看着，没有回答我，然后说："到草场上去走一走吧。"

第二天，我们去了草场，从羊群中打马穿过，一直奔上前面的高坡，再向前就是大树林了。侍卫将酒肉在地面上铺开，我和霍斯谁也没有说话，我们倒满酒对饮起来。也不知道喝了多少酒，过了多长时间，醉眼中我看到太阳快要落到远处草丛里去了。我躺在柔软的草丛里，仰头看着高空，天上除了一片湛蓝，什么都没有，不知道那些云彩都去了哪里？显得偌大而空虚。这时我的身边隐隐传来了哭泣声，我低下头，霍斯正埋头在草丛里。我知道他在流泪，我也知道，他因何而泣。侍卫远远地站在高坡下面，听不到这些声音。可是，我的耳朵里除了霍斯的哭泣声却什么都听不见了，天上的风掠过来时，我希望能够带走这些声音，吹得远远的。

我的兄弟，让过往的一切都了断吧，应该了断一些往事的，还有我自己。

夜里睡在毡包里，听着外面的风声，远远近近地吹拂。我让侍卫将油灯挑得亮亮的，我读了一会书，起身到外面去。我看见霍斯正坐在草地上，手里摆弄着一支牧笛，走到跟前，我说："吹奏一曲吧！"霍斯就吹起来，是一首让人忧伤的曲子，我的心战栗一下，滑向空旷里去了。

霍斯吹奏的曲子远远比不上王府里的乐师那样熟练圆润。可我知道，他在商旅途中，异乡夜深时，这简单的乐曲就像他的影子，陪伴着他。

接下来的几天里，我们向更纵深的草场上走去。白天我们会打一些野物，纵马驰骋，追逐天上的白云。夕阳里，侍卫们将毡房扎在那些冒着炊烟的蒙古包旁边，我们埋锅做饭，烹烤猎物。夜里我们就会走到牧民中间，我们穿着普通人的衣服，没有人知道我们是谁，此刻我不是扎萨克衙门的王爷，霍斯也不是富有的阔商。我让侍卫们站得远远的，仿佛他们同我是毫不相干的人，当我四下张望时，我还是看到了他们身上的刀枪正借着夜色闪着寒光，我就告诉他们不要出现在我的视线里，果然我就看不到他们了。这样我就忘了我是谁，我们是那样自由。就像许多年前一样，我们照例坐在篝火旁，坐在歌手们中间。我向身边的人打听，那个总爱唠叨自己故事的老人已经离开人世了，我不免有些失落。身边的人又说："老人离去的夜里，村庄里的人唱了一夜的歌，跳了一夜的舞，喝了一夜的酒，没有人哭泣，人们相信善良的老人一定去了天堂。那里有一个美丽的姑娘正在等着他，那里永远都没有忧伤。"

琴师拉着曲子，有人在唱着长调，我望着篝火中燃烧的木柴噼啪作响，霍斯仰着头望着天上的星星发呆，我忽然很希望能够听到那首歌。

马奶酒让我变得迷迷糊糊，一切都朦朦胧胧。今夜，我喜欢这样，我很享受这种无拘无束的状态。不知道是不是在梦里，我的耳畔忽然响起了期盼的旋律，是谁在哼唱《野花》这首歌，婉转忧伤地飘洒过来。

人生有时就是这样，有些东西会忽然不期而遇，让你无从退却。

歌声一下流淌进我的心里面，唱歌的是一个美丽的姑娘。明暗的篝火映衬出她周身的朦胧。我看了很久，直到霍斯推我，我才收回目光。

我在草场上住了下来，不想走了。我喜欢这里的毡包、山岗、小溪、野花、牛羊、篝火、马奶酒，还有一个将歌声唱到我心底的姑娘。佛菩萨，让我停下来吧，停在这让我洗去浮躁的蓝天和草地之间。

我找到了那个姑娘的毡包，命令侍卫将毡包扎在旁边，挨近她的毡包，然后，我让他们消失了。当我和这个姑娘说上第三句话时，我知道了她的名字，她叫琪琪格，就像花儿一样。

她没有问我为何来到这里，我却告诉她我喜欢这里草丛里的野花。

她没有说话，笑着跑开了。

霍斯知道我为了什么住下来，他对着姑娘跑开的方向微笑。晚上我们喝了很多酒，又都醉了，夜里我口渴醒来，发现霍斯已经离开，什么口信都没有留下，我知道他又去远方了。这些年他总是来了又走，走了又来，一个人行走在旅途上，他太累了，我希望再看到他时，他不再是一个人。

我让贴身的侍卫回王府告诉丁协理和管家，就说我要在草场上住上一段时间。侍卫告诉丁协理，协理就知道该怎么做。管家知道了，老福晋、梅林他们就都会知道，就不用担心了。要知道，假如一个王忽然消失了，那会让领地上面的天塌下来的。

我安心地把心思放在琪琪格身上。

当我同琪琪格相识以后，每天我都在她到水边打水时，出现在水边。每天我都在她把羊群赶上草场时，出现在草场。每天我都在她歌唱时，出现在距离她眼光最近的地方。我会骑在马上，静静地聆听。起初她背对着我歌唱，然后她把歌喉对着头顶的蓝天，后来我发现她开始对着我的方向，然后我就打马来到她的身旁。当她停下歌声时，我的喉咙里就会立刻飘出歌声来，那是我坐在篝火旁听来的，被许多人传唱了许多个岁月。每当这时琪琪格都低下头，策马跑开。

日子一天一天过去，我同琪琪格已经成为熟悉的邻居了。我没有像藤蔓那样不断缠绕，而是不紧不慢地依附在她的身旁。有时候我会故意待在毡包里一天不出来，我的心忍受着煎熬，但我傍晚时会看到琪琪格朝我的毡包张望，然后会走过来问我有没有听到她的歌声。这时她的手里总会拿来好吃的食物和酒。

我不想让她感到害怕，就像山顶的上的羔羊，看到盘旋的飞鹰，就会跑下山坡。我更愿意像雨水一样，一点一点沁润着花儿的根系。

夜里，我们点起篝火，我同她说起山间树林，说起我曾经听到的故事。然后，我说：“我们去大树林打猎吧。”

就这样，我们两人向树林里出发了。我并不是一个好猎手，我偷偷向后面张望，看到了几个身影在远处隐没，我放下心来。

我们在树林里住了几天，夜里的山间除了天上的星星、月光和穿行于林间的野兽，什么都没有。终于在一天深夜琪琪格跑到了我的帐篷里，她说她一个人感到害怕，我紧紧地把她抱在怀里，她挣扎了几下，就像羔羊一般依偎在我温暖的怀里了。那夜里是我永远不会忘记的，同天上的月亮一起深深地刻进我的心里。她的身体是柔软的云朵，包裹着我的灵魂，在夜空里游走，一种从未有过的轻盈让我沉醉。许多年以前，我曾有过的感受，如今又回到我的身体里，让我战栗不止。

当我们从树林里返回草场时，琪琪格已经骑在我的马背上了。我双手搂着她的腰身，徜徉在林间。我们翻过了一座垭口，然后坐在石板上休息，她望着远方的草场，说："我知道你来草场是为了什么，知道你为何将毡包搭在我的旁边，知道你为什么到溪水边打水，知道你为什么总是出现在我的眼睛里。你为我做的一切，让我爱上了你。我知道，你不属于牧场，有一天或许你会离开，离开的时候不要告诉我你去了哪里！"

一直以来，我都没有告诉琪琪格我的身份。我想要得到生命中一些关于爱情的纯粹的东西，不想让一些世俗的东西掺杂进来，成为牵绊。许多年以前，我曾得到过，却因为牵绊和束缚而失去。还有一个人，因为贵族间追逐权势而被捆绑，对于我和另一个人都是不幸的，那个人现在还在王府内苦闷着。现在，神灵是那样的眷顾于我，给了我以为永远也不会再拥有的东西。我发誓，永远都不会再失去了，我什么都没有说，紧紧地搂住她，她说我弄疼她了。

我忽然想起霍斯来，他现在一定走在某一处的路上，身后是一大队驼铃声，还有无尽的烟尘。

我在草场上住了下来。我已经有很长时间不知道草场以外的事情了，就像我忘了时间一样。时间这个东西就像是我们的影子，当我们无所事事，不知道一天该做些什么时，它是那样混沌模糊，你就会开始讨厌它，厌烦它整天跟在身后，什么都不去做。可是，当你开始忙碌，需要它的时候，它又在你面前躲闪摇摆，让你无暇顾及它的存在。现在我将总是提醒我的怀表扔在了草丛里，扔在我看不到的地方。蓝天下的一切就都是我的，我就不用同外面的任何东西打交道。可是季节总是应该有的，我有了爱情，那就让时间停留在春天里吧。

我不知道我在草场上已经住了多久，我的洁白的毡包已经因风雨褪了颜色。从毡包到溪水被我踩踏出了一条小路，溪水里的野鸟对我也不再陌生。当我清晨和黄昏汲水时，它们甚至懒得扇动一下翅膀，我有意地大声喊叫，它们用更大的声音嘲弄我。天上的云彩飘来飘去，我已经没有心思去看云了。我的眼睛里全是我的花儿，我的琪琪格。说实话，我从未打听过琪琪格的身世，她一个人住在毡包里，距离邻居们还有一段距离，这让她更像是一朵卓尔不群的小花，无拘无束地开在田野上。而我无疑是最幸运的，在这朵花儿行将开放时，嗅到了她独有的香气，清新而自然、美丽又自由。

后来我知道，琪琪格就是很久以前草场上那个爱讲自己故事的老人的孙女，老人死后，琪琪格再没有其他亲人了。她真的就是一只需要爱护的羔羊，看着她自由快乐的样子，我会闭上眼睛。

终于有一天，我的毡包前来了几个衣衫褴褛的家伙。见到我，立刻跪了下去，有人还抽搐起来。我有些害怕。这时他们叫我主子，我这才想起他们是我的侍卫。看着他们这副样子，我又好气又好笑。我问他们："你们这是怎么了？像一群乞丐！"他们回答："主子，我们还不如一群乞丐，我们躲在暗处，连温暖的太阳都不敢晒，生怕搅了主子的兴致。我们隐没在草丛里、河水旁、树林间，我们都快变成野人了，就连佛菩萨都快认不出我们来了。"这群可怜的家伙，我让他们受委屈了。我说："多给你们些银子，换几件像样的衣服吧。"可是我翻遍了口袋，我的口袋里什么都没有。我忘了，我的身上从来不带银子。我用目光看着他们，他们用目光互相看着。末了，我说："回去告诉管家，给我们送些银子来吧。"这时他们的眼神里才显出一丝生气。

自打从王府里出来，我的时间停止了。

管家来了，见到我时，他扑跌在地上，把我上下打量了几遍后，眼泪就流下来了，他说："主子，吓死我们了。"

他又说："主子，看看你都变成什么样子了！"他的意思是我全然不像一个王，现在在我身上很难看到一个王的影子了。我笑着说："我的管家，我的白通达，看看你这么多年还是那副样子。"

管家知道了我这段时间的情况以后，捶捶胸算是放心了。然后管家说到正题："扎萨克衙门不能没有主子啊。"

"有我的母亲在，还有福晋，去问她们好了。对了，还有协理，还有你，你是我的管家。"我的话，让管家为难了。

"可是太福晋太老了，福晋精神又不太好，奴才们怎么能替主子拿主意呢？"管家说得对，我的母亲已经很老了，她越来越像许多年以前我的老祖母，整天在家庙里吃斋诵经，或是同喇嘛们谈经，几乎不问世事。而我的妻子则被鸦片毒害得太深了，活佛说很多有毒的东西都侵入了她的身体，让她的精神时好时坏。我不想听到这些让我烦恼的事情，这时琪琪格在溪水旁召唤我，我就对管家说：“我不想听，你回去吧。”

管家的银子为我的侍卫们更换了衣服，管家还赶来了一群牛羊，交给侍卫们。管家对我说：“主子，我可还从未赶过牲畜。”我不高兴了，回答他：“要是你脱下这身衣服，你就会赶了。”管家吓得赶紧消失了。

侍卫们扮成牧人，在距离我的毡包不远处扎下帐篷。琪琪格问我他们是干什么的？我回答说：“他们是一群流浪的牧人，他们累了，想要在这片溪水旁放牧生息。”琪琪格说：“看来我们这里以后会越来越热闹了。”

我问她：“你喜欢热闹吗？”她摇摇头说：“我只喜欢我们两个人清净自由地待在一起。”第二天早上，新搭起的那几座帐篷不见了，搬到了离我们有一段距离的高坡下面。琪琪格问我他们为什么搬那么远，我说：“他们不喜欢吵闹。”

没过多久，扎萨克衙门里的人开始陆续来看我了。我告诉侍卫，让所有的人在接近这里时都换上百姓的衣服，一个一个地来见我。知道我住在草场的都是我身边的人，都对我忠贞不贰。其他官吏贵族们问起时，管家和协理一律回答：“王爷去京城了。”其实这种回答是协理他们几个人早就商量好的，就在我离开王府没几天的时候，那时他们认为我出了什么事情，但他们没有声张。侍卫回去见到他们时，他们便确定这个回答很合适。

最先来的是我的协理，我详细地问了他王府里的事情，告诉他回去吧，没有事就不要来看我了。他明白我的意思，他是个聪明人。都楞仓来了，告诉我卫队的事情，他让我放心了。朝格也来了，武学堂的事情我也放心了。包印一个人来的，贵族们的事情我也放心了。他坚持要留在我身边，他不放心我的安全。我又问了他的儿子的事情，我告诉他回去照看家人吧，他就走开了。

宫嘎活佛也来了，他还在我这里住了几天。一个云游四方的喇嘛住在哪里的毡包都会给哪里带去佛菩萨的祝福。活佛告诉了我寺庙的事情。他说我的叔叔在同他谈经时，说起了王爷，叔叔已经很长时间没有回家了。

我没有说什么，但我知道这个老喇嘛还记得当初我未成王时的事情。我就说：“活佛啊，你多想了，我的叔叔早就一心向佛了。”活佛羞愧地说：“王爷见笑了，我的修养还不够，我想得太多了，有些事情，王爷曾经告诉过我要忘掉。”

几天以后，活佛回去了，看着活佛的身影在草丛里隐现，我骑马追上，告诉他："回去看望一下我的叔叔吧。"活佛微微点头，他明白我的意思。

接下来，除了协理之外，其他人还是经常来看我，都劝我回到王府里去。说实话，我是真的不想回去，至少是现在，在这个花海流淌的季节里。

当活佛又一次来同我说起我的叔叔的事情的时候，我做出一个决定。这个决定让所有听到的人吃惊。

活佛同我说他去探望我的叔叔时，我的叔叔正在寺院的后院里舞剑。活佛说："喇嘛舞剑是身上有使不完的力气啊。"叔叔说："是啊，有时候身子痒痒，就舞弄几下，活动筋骨，总是在佛殿之上，身子都僵了。"叔叔随口说话，却被活佛记下来了。然后管家来告诉我，说近来我的叔叔经常到王府里，叔叔说他想家了，回来探望老福晋。路过王府衙门议事厅时，他走进去，眼睛看着中间的座椅，在那儿看了很久，才怅然离去。

我想起我所知道的关于我叔叔的许多往事来。还在他年少的时候，就被我的祖父送进了寺庙。我说过，我们是这里的王族，我们的臣民分为几种，其中最重要的是百姓和喇嘛。百姓是世俗，喇嘛是宗教，是佛在地上的代言人，于是我们的族人就会有一些人走进寺庙，成为喇嘛。这时候，喇嘛再替佛说话时，自然就由我们族人喇嘛来说了，于是无论贵族、百姓、喇嘛、奴才就都在我们的掌控下，都由我们族人的嘴巴来说话，我们的领地也就太平安康了。这么多年过去了，我的叔叔一直在寺庙里诵经，若觉得苦闷，那我同情他。

看着不远处起伏的草场，一个念头忽然跑进我的脑子里，既然我不愿意回到王府，倒不如让我的叔叔来代理。当年他曾经执着于此，那样不也就了却了他的一份心愿吗？也算是我这个侄儿的一份孝心吧，他是我父亲的弟弟。

我的决定连我自己都很吃惊。当我的声音传到管家的耳朵里时，他又惊讶地跌坐在地上。他紧张地说："王爷一定是中了邪气了，被罗刹女给迷惑了，得赶快叫喇嘛萨满们驱邪。"

我很清醒，我吩咐管家，返回王府告诉都楞仓和丁协理来见我，还有将这个口信告诉老福晋，仔细听老福晋怎么说。

都楞仓和丁协理匆忙地赶到草场上来了，一同来的还有宫嘎活佛和萨满阿宝。当他们跨过溪水石阶时，我看见走在前面的管家脚下一滑，摔倒在河水里去了，然后他挣扎着起身，顾不上整理湿透的衣服，就踉跄地向我的毡包走来。我看见他的帽子顺着水漂走了，加上风的作用，忽快忽慢地在水面上挪移，很好玩。当我站在毡包前面的时候，走过来的几个人惶恐地来到我的面前。我没有让他们走进毡包的意思，他们也就只能站在这里了。他们的眼睛看着我，然后彼此对视，管家的衣服散乱，显得很狼狈，但是他一定完全忘了自己浑身湿透了。他在等着活佛和萨满诊断我的病情，也就是说他在等着萨满阿宝跪在地上小心翼翼地说："主子是中邪了！"这样，我先前对管家说的话，也就是邪疯之语，不用执行。可是，我用眼睛看着他们，许久，萨满阿宝都没有说话，只是小声地说："这里的风很大。"我终于哈哈笑了，说："是啊，草场上的风大，可是没有比这里更清新的风了，它让我比任何时候都清醒。"

他们几个显得很尴尬。还是活佛沉稳，说："王爷，请给我们一杯热茶吧。"我这才看着管家说："换一身衣服吧。"

我告诉了协理和都楞仓我的打算。都楞仓立刻摇头，只有协理问我这样做的原因是什么。我告诉他们，我厌烦了衙门里的一切，我更喜欢清新的原野，况且这里有一朵我喜欢的花儿。我想陪着她。

他们都知道我指的是琪琪格，此时琪琪格正在山坡那一侧照看她的羊群。

活佛说："这是王爷的一段情缘，是王爷的福分。"我喜欢活佛的这句话。

协理思索了一会儿才说："王爷既然决定了，我看也未尝不可，一只雄鹰，只有飞离巢穴，才能够看清脚下的猎物；一只猎犬，只有放开绳索，才会知道它到底想要怎样扑咬。"

还是我的协理智慧，他越来越会用我们的语言来比喻描述事物了。他总是知道我在想什么，但这有时难免让我有些头疼。

我告诉都楞仓："只有我的口令才能调动一兵一卒，否则，任何人，斩杀。"说这话时，我的脸上现出杀机，在场的每个人都知道我是认真的。都楞仓使劲点头："主子，放心吧。"这个家伙的话还是那样少。

我又问了管家我的母亲最近身体怎样。管家的回答让我满意，他说："太福晋在经堂上诵经，告诉奴才王爷的事情，王爷知道怎么做。"我还想问一下我的妻子，可是我没有开口。

他们离开了，去忙各自的事情。管家临走时要绕道门前溪水的另一处浅滩过河。我问他为什么，他难堪地说这里溪水里的石阶很滑。我知道他在想什么，就说："从那里过河，可能会看到你的帽子，一定记得拾起来，风会把它吹干的。"

管家挠着头说："主子啊，也不知道还能不能找到。"

这个家伙还真记得他的帽子。

叔叔和椅子

我留下了宫嘎活佛，这次一同留下的还有大萨满阿宝。我们沿着溪水沿岸漫步前行。我问萨满："你看我像是中邪的样子吗？"阿宝说："主子比谁都清醒。"我说："你说对了，但你想错了，的确有一种看不见的东西沁润到心里，让我的身体轻飘飘的，脑袋热乎乎的，就像在云里一样。所以我清醒地知道我想要什么，我想要的不是你认为的那种东西。"

我的萨满巫师不太明白。活佛说："王爷对人生的参悟让我敬佩，但是，荣耀与权贵永远也脱离不了世俗。"

活佛说得没错，但我不希望离开的日子来得太匆忙。我希望一切就像眼前这蜿蜒的溪水，不知道它的源头在哪里，它就那么无声无息地向前，安静地流淌在草丛里。一会儿宽阔，一会儿狭窄，一会儿幽深，一会儿清浅。有很多时候它都会让人们以为它消失了，可是就在不远的地方，它又蜿蜒地从草丛里冒出来。它永远都不会因为强风而躁动，激起不安分的风浪，它是那样安静地依附在大地之上。它从不强求，总是依地形而生动，但它又不会停下来，执着而沉默地存在。如果是夕阳西下，你有幸策马站在高坡上，它就会让你领略到它在苍茫无垠的草地上，镌刻出的蜿蜒涟漪的金色玉带，就像我们吉祥的哈达，萦绕在大地上，直到天边。

我的脚步停了下来，这里是一处宽阔浅滩，过河的石头露出水面很高，溪水清澈见底，这是管家回去时选择过河的地方，我告诉自己：记住这片溪水吧。

活佛和萨满离开以后，我命令牧羊的侍卫悄悄将朝格和包印叫来，任何人都不能知道。侍卫刚走一会儿，包印就出现在了我的眼前。我很惊讶，问他："你小子怎么这么快？"他嘻嘻笑着回答："自从上次来探望主子以后，我就没有离开。"他是不放心我的安全，又不敢让我看见。几天以后，朝格也来了，我领着他们两个来到溪水浅滩处我驻足的地方。我问他们跟在我身边已经有多少年了，他们回答说从很小的时候起就跟在我身边。

我说我对你们如何，他们回答世上没有比主子再好的人了，就是佛菩萨也不如主子对我们好。

我告诉他们我要在这里住下去，我自己也不知道何时离开。他们说他们会永远在这里陪着我。我说你们俩要回到王府去，夜里睡觉时也要睁着眼睛。现在，王府的护卫只能由朝格调遣，如果朝格死了，就只由包印调遣。还有，如果都楞仓不像这溪水一样顺从而流，起了风浪，就杀了他。

这两个家伙吓坏了，脸色立刻变得凝重起来，不知道出了什么大事。在他们眼里，都楞仓永远是草原上的英雄。

我笑着说："不要一副紧张的样子，都楞仓是忠诚的勇士，我是说如果。回去以后你们就知道了，还有，今天的话任何人都不能知道，要是舌头从溪水里跳到旁边的草丛里，我就宰了你们俩。"

他们都使劲点头。

我在草场上召开了一次议事会议。参会的有一干贵族、协理、梅林、佐领、管带，我告诉他们我要在草场住下来，我要静养一段时间，这期间，由我的叔叔代理旗长职务，有什么事情，由叔叔来处理。

说说我的叔叔吧。

我的叔叔在我坐稳王位以后，他的眼神就再也不那么闪烁有神了。当我以一个王的身份宽恕了他在我坐上这把椅子之前所做的一切之后，叔叔的心里确实感受到了恩泽。这种恩泽不是来自佛祖，而是来自一个比他辈分小的子侄，无疑我是一个仁厚的主子。在我面前谢恩以后，叔叔回到了寺庙里，继续做他的堪布喇嘛。他跪在佛祖的塑像前面努力让自己的心灵平静下来，希望往事如云烟般从身前掠过去，消散在空虚里。而当我一次又一次到寺庙里去看望他以后，叔叔在诵经时真的读到了自己。他说是魔鬼迷惑了他，他的向佛之心被一股阴风吹偏了方向，这让他感到无地自容。从此以后，他就很少走出寺庙了。即使是在盛大的法会上，他也总是很谦卑地站在宫嘎活佛身后。为此活佛还常常感到不好意思，倒不是因为叔叔的喇嘛身份，而是因为他的出身。但无论怎样，叔叔的心灵都逐渐归于平静。他每天的生活除了诵经打坐，就是游历山水。当那一年的灾害来临时，作为兀良哈家族住进寺庙里的堪布喇嘛，他毫不迟疑地站了出来，率领喇嘛僧进行赈灾自救。那一次，他没有站在宫嘎活佛的身后，而是身先士卒，走在喇嘛队伍的前面，不知疲倦地走进每一个村庄、嘎查，走进每一座毡包。他毫不在乎魔鬼播撒在灾害中的瘟疫的侵蚀，那时候，看着叔叔忙碌的身影，我的心里很温暖，就像看到我的父亲一样。我埋怨自己，有时竟会不由自主地记起一些让人不快的往事。所以，当管家在我耳边说起叔叔的种种不好时，我不耐烦地让管家滚开。

我告诉叔叔到草场上来见我，我想他了。

见到叔叔以后，我对他说："那把椅子已经很久都没有人去坐了，上面一定铺满了灰尘，就请叔叔将上面的灰尘拂拭干净吧。"

听到我的话，叔叔惊讶得半天眼神没有动弹、嘴巴没有合拢。是啊，我的话太突然了，谁听了也会如此，尤其是一个和这把椅子有着千丝万缕联系的人。然后叔叔的眼睛就闭上了。他说："我的好侄子，你要杀我也不用如此费尽心机。这么多年，我早就忘了那把椅子了，我早就不问尘世了，相煎何急？"他引用了一句汉人的诗词来表达心情。我动情了，上前紧紧地拥抱住他，他的眼睛依旧紧闭，此刻他的心里一定很难受，他不想看到一个要杀他的侄子的眼神。但他确实想错了，我又告诉他我的想法，过了很久，他才又睁开眼睛。

我用奶茶为他压惊，我说叔叔不必害怕。

经过几番推辞后，叔叔最终明白了我的意思。

叔叔终于还是坐到了王府议事厅代表主子的座椅上，这就意味着叔叔正式代理我的职位，行使权力。我对他说："叔叔，我住在草场上，有你代理旗务，我放心。"叔叔诚恐地说："我的王爷，你什么时候回来，我就会回到寺庙里去。"叔叔是让我放心，他是在告诉我这把椅子是我的，他只是临时坐一会儿，等我想要了，他就起身离开，绝不贪恋。我又说了一遍："叔叔，有你在，我就放心了。"然后我就起身离开，去找我的琪琪格了。我来到溪水旁，没有回头。但我能清楚地看见叔叔他们一行人离开草场返回河谷的样子。管家每走几步，就回头张望，而丁协理和都楞仓则骑马走在队伍前面，迎风而行。

我们蒙古人有一句话："不怕凶猛的老虎，就怕老虎身后的狐狸。"所以，当我的叔叔离开寺庙，住进王府衙门时，我的另一个亲戚苏达那木出现了，他的贵族头衔是一个世袭头等塔布囊。

一直以来，我们兀良哈家族都生活在这片土地上，一个主子生下几个儿子，其中一个成了日后的主子，其他的也都会得到朝廷的封赏，成为贵族。长久以来，在我们土地上的人分为塔布囊、台吉、旗丁、家丁、家奴、喇嘛、喇嘛奴等几个阶层，这样人就有了贵贱之分。我们这些贵族也分成几个等级，即“亲王、郡王、贝勒、贝子、镇国公、辅国公、塔布囊七级爵位”。这样，我们的身份就很好区分了，就不会混乱，就有了权势的秩序。

我说过，我们认为我们这些贵族的爵位是神灵赐予的。所以即使大清朝没有了，民国以后我们所有的爵位都依然沿袭下来。这是祖宗们护佑给我们的福气，有了这些福气，贵族们就可以安逸无忧，自由自在。

一个人安逸自由惯了，脑子里就会生出许多不安分的东西，我的这个亲戚苏达那木也不例外，当他看到我的叔叔走进王府时，他的眼睛就开始在叔叔的身上打转。

于是，我开始听到了许多关于我的叔叔同苏达那木的消息。

叔叔代理旗务以后，苏达那木就被叔叔任命为度支局局长的职务。我并没有介意，那是叔叔的权力，他需要找一些信得过、能力强的人才能将一个扎萨克衙门管理好。就在叔叔任命苏达那木为度支局局长之前，叔叔曾派人给我送来消息，征询我的意见，我告诉叔叔由他自己决定吧。

我能理解，如果一个人坐在大厅中央的椅子上，两边都是他不信任的人，那他是做不成任何事情的。他只能无奈地看着议事厅两边的座椅，眼光犹疑不定，不知道应该将指令发放到哪一把椅子上。就像夜空中孤单的野雁，孤身哀鸣，找不到同伴的回音，更没有落脚的地方。

所以，当叔叔又将原本属于管家的部分权力收回，放到苏达那木的手里时我同样并没有惊讶，或许叔叔做得对，我的管家太喜欢银子了。

早在我还没有坐上议事厅中央那把椅子时，叔叔的身后就总跟着苏达那木。那时他还只是一个闲散的贵族，手中并没有半点权力。但他不甘于整天游手好闲，他极力靠在叔叔的身后，出谋划策，想让叔叔坐到那把椅子上去。可是后来，我坐在那把椅子上，叔叔回到寺庙里去了，苏达那木的脚步也就只能停在寺庙以外失去方向了。我没有追究他，而是给了他一个在度支局里有一点权势的官职，让他到领地的南边去开荒。或许是我的恩泽给了他力量，苏达那木做得很好，养活了许多关外来的客民，还给我们带回了银子。我们南边的领地因此而太平安定。苏达那木是一个很有头脑的人，时间过去很久了，我甚至有一点喜欢这个人。活佛说过，人总是会改变的。

衙门里并没有太多变化，都楞仓还是带兵梅林，丁先生还是王府的管旗协理，其他人也都还是原来的样子。一点小小的变动或许是一个好的开始。我是应该站在扎萨克衙门外面的高地上观察一下王府了。许多年以来我一直身处其中，很多东西我都看不清楚。就像我站在王府后山的凉亭上观看风景，我的眼里装满了我在王府内看不到的东西，那些进入我眼帘的风景让我思考，让我能够看到更远的地方。现在，我不但站在了高处，我还跳出了王府，将我的身心都完全放置在扎萨克衙门权势之外。那我再观看风景时，我所看到的一切，又会是另一番样子。我会看清楚每一个人，想明白很多事。甚至一些关于佛经中谈论的世俗与灵魂的东西我都能参悟一些。

这对于我不是一件好事情吗！

虽然王府内务的许多事情还是管家说了算，但失去一些拥有已久的东西让管家很失落，尤其是和银子有关的权势。所以管家每隔一段时间就会到草场上来，每次他都会同我说我的叔叔命令每天都将座椅擦拭得一尘不染；我的叔叔哪天处理了多少公文，哪天都有什么人到议事厅同叔叔商议事情，叔叔都会见了哪些人，还有就是苏达那木经常走进王府同叔叔待在一起，等等。太多了，我懒得听。所有的消息从管家嘴里说出来，都带了一股对叔叔不好的气味。我真的不耐烦了，就大声说：“你这个奴才，难道你就没有一点让人高兴的消息吗？”他皱皱眉头，说出来的还是关于叔叔的不好的消息。我的脑子里正想着琪琪格，我生气了，拿起身旁包印留给我防身的手枪对着管家的脚下就开火。随着地上溅起的尘土，管家跳着脚跑出去了，嘴里喊着：“少爷疯了，佛祖啊，少爷疯了。”这下我高兴了，哈哈大笑起来，这个家伙一着急就喊我少爷。

我很坦然，并不担心河谷里王府的事情。因为这些日子里，有一个人经常来，有一个人从未来过。经常来的人是都楞仓，他告诉我卫队和武学堂的事情，一些新式武器让他兴奋。还有，叔叔从未找过他调动兵卒，他说有一次苏达那木曾经提起过想要带上一些士兵去一趟领地的西边，他用凶狠的眼神拒绝了，苏达那木就赶快离开。有一个人还从未来过，就是协理，如果有事他会到草场来看我。还有两个人告诉我的消息和都楞仓说的一样。

秋天来了，接着就是冬天。冬天的草场被西北风吹得面目全非，荒凉无比，唯有毡包前面的溪水还依旧缓缓流淌。溪水没有结冰，反而在寒冷的空气里升腾起层层蒸汽，缭绕在水面上，表示着一些温暖与生气。牧民告诉我这溪水在冬天是不结冰的。天气很冷，我和琪琪格不再纵马走出很远，我们经常在溪水边观看那些去往南方过冬歇程的野鸟。从早上开始一直到太阳落山，层层叠叠、密密麻麻的各种水鸟跻身在水面上，嬉戏歌唱、舞蹈齐鸣，真有意思。但这溪水还是让我感觉有一丝单调，很多时候我都同琪琪格待在暖和的毡包里。我发现到了冬天，寒冷让我的时间变得更加充裕起来，充裕得让身体不能合上缝隙。我想起王府里那些家伙了，我想我的母亲了。

我想这些时，管家就来了。

管家照例告诉我许多王府里的事情，很多事情我竟然都觉得新鲜。以前我都是让这些事情从我的耳边掠过，不占用我的一点儿脑子。不知不觉中管家又说到苏达那木身上了，他告诉我冬天西边的领地上土地都冻上了，不能做任何事情。苏达那木将那边的租赋收齐后，就回来了，整天待在王府里，同叔叔在一起。有一天管家看见苏达那木拿着衙门府库的钥匙将府库挨个地转了个遍，临走时还让手下拿走了一些银子。我说或许是叔叔临时调用一下，管家说他看见苏达那木将那些银子悄悄拿了出去，叔叔或许并不知情。我说："那你就回去告诉我的叔叔吧，他现在正在代理旗务。"

几天以后，管家又来了。他说将苏达那木偷拿银子的事情告诉了叔叔，却让叔叔大骂了一通，还因为诬告挨了几鞭子。管家在府内受人尊重，除了我和母亲很少有人指责他，更别说遭受鞭打。我没有说什么，他一个人有些孤独地离开了。

看着管家的背影，我的心里隐隐有些不快，感觉有些事情正在发生。

但我不希望一些事情真的会发生。

终于，我的协理丁先生到草场来看望我了。一直以来，我很想见到他，可是我又不想见到他；我想知道一些事情，我又不愿意听见一些事情。

协理告诉我，叔叔做得很好。将衙门的公务处理得很得当，各地的租赋都已经收齐入库，登记造册。寺庙的事情也很稳妥，今年衙门给了寺庙的喇嘛们更多的布施。宫嘎活佛还经常到王府来同叔叔谈经，他们的关系比以前似乎还要融洽，太福晋有时会同他们在一起喝茶。都楞仓一直在兵营内练兵，现在，武学堂里我们的教官已经能够独自应付课程训练，日本教官也竖大拇指。这些消息都让我高兴。我问起管家的事情，协理说管家现在是真正的王府内务管家，许多衙门里的事情，叔叔都交给苏达那木了。很多开支用度都交给度支局来办理，尤其是银子上的事情管家不再操持，所以管家有些失落。我又问起管家被鞭打的事情，协理说管家一次喝醉了酒，在议事厅外吵闹，说是叔叔任人唯亲，说苏达那木偷走了府库的银子。叔叔生气了，命令侍卫给了管家几鞭子。管家告到了太福晋那里，太福晋留管家吃饭压惊，告诉管家要听从代理旗长指令。

我问起苏达那木的事情，协理说他很精明，但他的眼睛转得太快，他太精明了。叔叔很信任他，让他做很多事情。

我没有再问下去，因为协理开始问候我，这说明他已经没有什么事情需要告诉我了。这说明王府里的一切都还好，有一些变化是应该的。

丁协理问起我草场上的事情，我告诉他我的心已经完全在琪琪格身上，不想离开她，又不想让她住到王府里，她就像一只自由的鸟儿，放在笼子里就再也听不到轻快动听的歌声，鸟儿美丽的羽毛也会衰颓脱落。

太阳在头顶上了，我和协理到溪水边看升腾的水汽和野鸟。我们还是像以往那样自然，亦师亦友，这次我没有请教我的老师，倒是协理望着水面纷乱的群鸟说："王爷，我以前不相信爱情能够让一个人放弃权势。"我笑着问："现在呢？"

"王爷让我相信一些东西真的存在！"

我说："很久以前，我也不相信，甚至不能理解。当初我不能理解霍斯为何会孤独这么多年，原来刻骨铭心的东西会让一个人把心痛变成一座山，压在岁月身上，蹉跎自己，直至倒下。还记得我曾经爱过但最后离开我的那个人吧，我以为我会忘掉她，就像天上的一片云彩，被风吹走，永远地吹走了。可是我一抬头她就在天边徘徊，我无法回避。现在，我明白了，既然有一种疼痛不会过去，就让它成为身体的一部分吧，我将全部连同过往都交给草场上的这朵花儿，她让我又感受到了一种美好的存在。"

协理住了几天也离开了，王府里还有许多事情等着他。他回去了，我的心也就安稳下来，叔叔并没有让我失望，他是一个合格的代理旗长。

天气越来越冷，溪水边的鸟儿们越来越少了，很多都飞到南方去了。一群水鸟为了争夺一块湿地打斗起来，最后一只看上去并不十分凶猛的家伙占有了地盘，当它把地盘确立下来以后，就开始向身边的雌鸟献殷勤了。我忽然明白，世上很多事情并不是只有一个人能做，并不是只有一个人才能做好，另一个人，甚至很多人，只要处在那个位置上，同样出色。是啊，我的叔叔坐在了那把椅子上，他坐得很安稳。

如此说来，我们的座椅似乎并不是只有我们才能够坐得牢固，更多的是因为我们的血脉里流淌着祖先的血液，一种因袭而已。如果有一天世界再轮转变化，神灵不再眷顾我们了，那会怎样呢？我感到一种莫名的惶恐。

惩戒与修善

东蒙古大地上的冻土融化以后，开荒的队伍就徘徊于阡陌荒野之中了。从关内涌进我们领地上的流民越来越多，那是因为关内的军阀为了争抢地盘而不断发动战事，或者天上的神灵控制不了魔鬼，导致战争不断、灾害连年。

那些流浪的人来到原野上以后，就再也不走了。他们拖家带口，身体摇晃，眼神呆滞。各处的佐领、头人组织旗丁想要将他们赶到别人的土地上去，那些人在皮鞭的驱使下，向前挪移了一点儿，就坐在地上不动了，他们就像一群啄食地上动物腐尸的乌鸦，被驱赶一下，扑棱棱地逃去，就落在不远的地方等待下一次扑食。

我的叔叔说："那些可怜的客民，他们总要活命啊，慈悲的佛菩萨普度众生，让他们停下来吧。"

于是，叔叔命令度支局主持到西边的领地上去开荒，一部分土地留给寺庙，另一部分土地则由衙门租售给关内来的客民。

这是一个既行善又得利的好差事，聪明的苏达那木当然不会放过。他主动向叔叔提请，他说："主子真是佛菩萨转世啊，你如此善举，就让我替你实行吧，开荒的事情，我最熟悉不过了，南边领地上的许多耕地，可都是我带人开垦的。"

叔叔看着身边最信任的人，点头同意。他对苏达那木说："你要记住，每一寸土地都是我们自己的，所以要格外珍惜，不能糟蹋。还有那些客民背井离乡，只为活命，不要为难他们，留在这里就是我们的百姓了。"叔叔说得很好，要是我自己，也会这么说。

苏达那木离开河谷以后，管家又得到了曾经失去的权力，这下他到草场上看望我的次数就减少了。他更关心的是苏达那木什么时候会回到王府。

到了西边，苏达那木就像老虎回到了森林一样，那些可怜羸弱的客民，在他眼里都是一只只肥羊。

他命令当地的佐领、头人将客民们组织起来，分成若干个保甲。然后告诉这些人：“在头人的带领下去开荒吧，耕田开垦出来，就可以租种，到了秋天再收租赋，要是手里还有银子的，可以坐地论价，得到土地。”

客民们一直在等待着这个消息，它进入耳朵以后，就疯子一样四散奔向原野了。现在开垦，种子撒下去秋天就会有收获，再有几个月，地上的青草长出来以后，就不会被饿死，挨到秋天，一切就都变好了。

等到地上的禾苗长出来以后，客民们的心也就安定下来，他们的眼睛就整天盯在地里的幼苗上。雨水丰沛，禾苗一天天长高，到了秋天地里就会有一片片成熟的谷物，等到秋天霜冻来临之时，就可以收割了。看到那些客民整天在田地上转悠，守护着禾苗，就像守护自己的婴儿一样，苏达那木放心了。

苏达那木命人从粮仓里拿出陈旧的粮食，摆放在饥饿的客民面前。他说：“佛菩萨一般心肠的旗主，可怜你们这些新来的百姓，让我将救命的粮食分发给你们，让你们的妻儿老小能够活命。到了秋天，你们要缴纳双倍的租赋，如果愿意，就过来画押，粮食就是你们的了。”

几乎想都没人想，顷刻间堆积的粮食就被饥饿的人背走了。一旦要饿死的人看到眼前的粮食，聪明人也会变成傻子。

到了秋天，苏达那木聪明的脑子显现出来了效果。客民们不得不将收获的大部分粮食缴到他的手里，但那些人还是兴奋的，因为他们总算安稳下来，总算手里有了粮食，不用在冬天的旷野里饥饿流浪了。

苏达那木要在西边领地上再建两座仓库，他说粮食总不能堆在风雨里。我的叔叔很高兴，同意了苏达那木到森林里去砍伐建仓库的木材。木材从森林里运送出来，一直运输了许多个日夜，等到山中的颜色完全变成火红金黄时，仓库建好了。仓库旁边一座雄伟堂皇的宅院也拔地而起。苏达那木告诉叔叔，他用多余的木材建起了一座小院，没有浪费一根，那是为了主子巡视领地时休息用的。

苏达那木将西边的粮仓装满以后，还剩下很多粮食堆积在外面。于是堆在粮仓外的粮食变成了银子，一些银子白天送进了王府，另一些银子夜里运回了河谷苏达那木的家中。我不知道我的叔叔是否嗅到了银子的气味，但我的管家却嗅到了。这个家伙一直以来从未让自己的眼睛离开过苏达那木，即使是远离河谷，管家也照样清楚地看着自己的对手。

叔叔很高兴，入秋以来，不断有好消息从西边的领地上传回来。最真切的就是扎萨克衙门的府库有新鲜的银子的味道散发出来，那是苏达那木派人运回来的，而不是我的义兄霍斯。

在苏达那木的邀请下，叔叔决定到西边巡游，视察一下这片安详富足的土地。叔叔发来消息说：“我的王爷，我要替你看一看西边土地上的百姓和蓝天。”

我曾说过，在秋天巡游真是一件很美妙的事情。此时天空是最湛蓝的，云朵是最飘逸的，大地是最沉甸的，群山是最绚丽斑斓的，收获是最饱满的，人心也是最安稳的。

这时，领主们离开扎萨克衙门，身后跟着官员、卫队、喇嘛、乐队，真是庞大。浩浩荡荡的队伍行走在领地上，是蓝天下最耀眼的风景。主子带去恩泽，喇嘛带去福气。一路上，烟尘跌宕，气派十足。

我对于这种场面并不陌生，我经历得太多了，随便闭上眼睛就能浮现出来。就让叔叔也体会一下一个主子巡游时的风光快乐吧。

所以，我给叔叔回了口信：“叔叔辛苦，请替我问候西边的百姓吧。”

我不知道叔叔一路巡游是何等感受。后来管家告诉我：每天夜里巡游队伍扎营后，乐队就奏起音乐来，篝火都快烧到天上的星星了。烤羊的香气引得荒野里的狼群不时传来阵阵嚎叫，地上的酒香弥漫在空气里，将树枝里的鸟儿都熏醉了，以致纷纷掉在地上，太阳出来了，还没有醒来。喇嘛们一路诵经，从未停止，天上的神灵隐身在云层里，紧紧相随。是的，叔叔巡游，不仅代表扎萨克衙门，他还是宗教的信使。或许他都忘了，他还是我们这里一名尊贵的堪布喇嘛，他的身份是双重的，他更能够带动起一路风声。

叔叔在西边苏达那木修建的府邸里住了一段时间。当他动身离开返回河谷时，他乘坐的轿车已经变得狭窄了，车身无法容下他宽大肥胖的身躯，叔叔变胖了，他的脸色也更加红润。

一个人胖了，就很容易疲劳。叔叔看着狭窄的轿车，有些沮丧。于是，忠实的苏达那木就给叔叔预备了许多的礼物，让叔叔返回途中免于劳累。这些都被我多余好事的管家悄悄记了下来。

叔叔离开以后，苏达那木并没有遣散附近寺庙前来拜见的喇嘛。他说：“佛菩萨住过的地方，不能断了香火，不能停了诵经声。”于是，每天都会有十几个喇嘛焚香念经，而苏达那木自己则睡在了府邸里最暖和柔软的床上。

又到了冬天，土地又被冰冻了。西边的屯垦也就没有什么事情可做，苏达那木又回到了河谷。我的管家也就只得眼睁睁地交出了紧紧攥在他手里的钥匙。这下管家又无事可做了，眼睛即刻黯淡下来，回到了原来的样子。我的叔叔却永远也不会再回到原来的样子了。

自从秋天巡游回来以后，叔叔多了一个嗜好，那就是他会在月亮升起的时候让王府的乐队准时演奏，让说唱艺人说唱，他会在闲暇的时候登上王府后山观望风景。陪在他身边的总是苏达那木那几个人。

这些消息让我不安。

一个人喜欢音乐，是一种雅致悠闲。可是雅致悠闲驱使一个喇嘛登上山顶俯瞰风景时，我不知道他的眼睛是否眺望远方，穿越莽莽群山。王府的后山是一处俯瞰的好地点，我曾经无数次站在上面观望脚下。当我的目光从王府到河畔，从河畔到远处群山时，看到了一种从未见过的东西，我看到了未来。我的叔叔是否也同我一样看到了群山以外的东西呢？我闭上眼睛，我的身上出汗了。

无事可做的管家又到草场上探望我来了，他告诉我叔叔看到银子时眼睛会发出异常明亮的光彩。

这个消息让我稍微安下心来。

一个人喜欢银子，是因为内心的贪欲；一个喇嘛喜欢银子，那他的心中就装不下佛菩萨了，但是当他的内心装满银子后，也就装不下别的东西了。喜欢银子的人一般都不会让我太费脑筋。

我开始等一个人。

终于我的协理丁先生来了。他告诉我许多我不愿意听到的事情。

协理告诉我："苏达那木在西边的领地上开垦了许多耕地，自放垦以来许多年，开垦还从未有过这么大的规模。破坏占用了许多牧民的草场，许多牧民要到衙门里告状，却被苏达那木的手下拦下毒打，有几个牧民消失了。苏达那木在西边新建的府邸吃喝玩乐，弄得百姓怨声载道。还有，他私自卖了许多土地，将银子都弄到他的家中去了。"

我要听到的不是这些，不是一个苏达那木的事情。我没有吱声，等着协理继续说。

协理停顿了一下，接着说："王爷的叔叔最信任的人就是苏达那木，很多事情我们都不知晓。苏达那木经常给堪布喇嘛弄一些新奇的东西，代理旗长很喜欢。还有，王爷的叔叔最近很喜欢银子。经常派几名喇嘛打开府库将银子搬运到善通寺去。"

我长长地出了一口气。我问协理："听说我的叔叔每夜里都要欣赏音乐，经常到后山上观看风景。”

协理回答：“是的，我不知道王爷的叔叔为何总登上后山，那是王爷以前经常去的地方。”

“你怎么看？”

“王爷在后山顶上看到了许多遥远的东西。我不知道你的叔叔看到了什么，我不希望他看到王爷曾经看到的东西。”协理说这话时用眼睛看着我，他是在提醒我。

协理的这句话才是我想要听到的，才是我最关心的。至于那个苏达那木在我眼里就像一个戏台上的小丑，让他扭动吧，等一会戏台上出来一个武生，他就消失了。叔叔喜欢银子，说明我还有时间，因为霍斯这些年为我们带回的银子装满了府库，够几个喇嘛搬运很长时间。

协理同管家说的一致，这让我相信，让我心痛，也稍微让我放心。

叔叔让我这个亲人失望了。好在让我放心的是叔叔派喇嘛将府库里的银子搬运到寺庙里去，这让我想起我们这个地方田野里的田鼠。到了秋天，那些家伙就会拼命储存粮食，没日没夜地奔劳。冬天来临，不知为何，它们又开始将粮食从一个洞穴搬运到另一个洞穴中，群起群劳，不分日夜，乐此不疲。村庄里的百姓等到天气寒冷以后，就会来到田野里，将升腾着气流的田鼠的洞口挖开，于是成堆的粮食一下就成了自己的了。田鼠白白辛劳了一个秋天。

或许叔叔就是这样，可是一个喇嘛要那么多银子做什么？无非就是堆在黑暗里发霉。

协理说先从苏达那木开始吧。

我点点头，这些事情不用我操心，协理他们知道该怎么做。我只需要点头或者摇头就可以了。

我又想起了许多往事，当那把椅子空着时，苏达那木就站在叔叔的身后窥视。但我没有追究，因为我没有怪罪叔叔，也就不会罪责他身边的人。现在许多往事我都记起来了，比原来还要清楚。

协理回去安排一些事情时，我让管家夜里睡觉时都睁着眼睛。管家终于有了机会，他当然不会放过。可是我的管家到底还是压抑得太久了，按捺不住。就在这准备的期间，一次他的酒喝得太多了，在王府里碰巧遇见刚从叔叔那里出来的苏达那木。苏达那木看着迎面摇摇晃晃走来的管家，上前嘲讽道：“我的管家大人，我怎么闻到一股狗尿的腥臭，看看你的裤裆都开了。”管家借着酒劲回敬道：“狗在拴马桩前撒尿，就以为是自己的地盘了，骏马一声长鸣，就会被吓得钻进草垛中去。等着吧，府库的银子会把你压垮的，主子回来以后，贪吃的狗就不敢叫唤了。”

苏达那木一听，脸上就出汗了，平日他羞辱管家，管家总是绕道离开，一声不吭，躲得远远的。他立即靠近管家说：“既然说到银子，就请管家说说，你的裤裆里能装多少啊？”这个家伙故意激怒酒醉的管家。管家的脸果然涨得更红了，大声嚷道：“苏达那木，你这条老狐狸，你同堪布喇嘛的事情主子早就知道了，主子在草场上就能闻到你的脏手抚摩银子的臭味，你等着蟒鞭上身吧。”说罢，管家摇摇晃晃地走开了。

几天以后，得到消息的苏达那木已经悄悄地离开了我们的领地。他的手下交代，他去了承德，他在那里早已经置办好了宅院，早就防备着有一天事情败露。叔叔还在衙门里，协理必须先将苏达那木抓回来，很多事情才好解决。包印和朝格带上人悄悄出发了，到了月圆的时候，苏达那木被押了回来。这个家伙见到管家再也不说话，管家高兴得就像个孩子。但我还在草场上，我没有回来，聪明的叔叔知道一切都是为了什么，他应当知道该怎么做。

叔叔却错误地将银子送到了都楞仓的家里，然后他让手下人都离开，他要和都楞仓单独说话。都楞仓却命令自己的手下不要离开，站在自己身边，听叔叔都要说些什么。叔叔离开时，都楞仓让他带回了银子。

没过多久，叔叔给我送来消息，他要到草场上来看我。叔叔到草场的那天，太阳格外温暖，早上起来，琪琪格说她想要到树林里去。春天来了，树林里已是满眼嫩绿，空气无比清新。我知道今天会有人来看望我，但我还是陪着琪琪格上马出发了，春天的原野比起那些我不喜欢的面孔更让我向往。当我和琪琪格策马飞奔时，我甚至希望我不再回头，一直向前。傍晚时，我坐在一棵粗壮的蒙古栎树下，看着天边的夕阳一点一点沉下去，前面琪琪格正在准备晚饭，当她生起柴火时，烟气直直地向空中升腾，她在炊烟里忙碌着，就如同许多个寻常百姓家的女子一样。我忽然很感谢天上的神灵，我们在这里是那样的安静简单，没有人打扰我，没有人给我送来烦恼的消息。可是，我清楚地知道，我该离开草场了。即使我的心灵愿意停留，我的身体还是属于王府，即使我偶尔逃避，我也终究无法逃脱宿命。

叔叔站在等候我的人群里，他没有站在最前面，站在最前面的是我的协理，这说明，他们将一切都已经处理好了。宫嘎活佛也来了，我以为他是前来迎请我回去，但他是来替叔叔求情的。

协理没有说话。宫嘎活佛却先开口了，他说：“让一个喇嘛管理世俗的事情，喇嘛就没法全心侍佛了，一个喇嘛一边念经，一边看着来来往往的名利，难免动心。有谁坐在高处会不左顾右盼呢？看在佛菩萨的分上，原谅一个被魔鬼蛊惑的老喇嘛吧。”

活佛的话让我觉得好笑，一个喇嘛若是犯下过错就一定是世俗的错误，一个向佛的心灵追逐名利就一定是受了魔鬼的引诱。我没有理会宫嘎活佛，我说：“我的亲爱的叔叔，到毡包里喝碗热茶吧。”

叔叔迟疑着不肯移步，他心里一定很害怕，他不会以为我会杀了他吧？我还没有想好怎么对待他。所以，我走上去扶着叔叔走进毡包里，我忽然觉得叔叔老了，他的身体里散发出垂暮的气息。这让我为难。

毡包里只有我和叔叔两个人，我的手枪照旧放在旁边，叔叔的眼睛不时瞄上一眼，看来他真的以为我会杀了他。当一个人的心里有这种决绝的想法时，他心里一定充满仇恨。我不希望叔叔对我只有仇恨，我就说：“叔叔代理旗务很多事情处理得很好，只是让一些狐狸钻了空子，叔叔看该怎么处理？”我说话的声音柔和。

一阵沉默过后，叔叔忽然恨恨地说：“苏达那木的事情和我有关，当我从寺庙住进王府，我觉得我终于回家了。许多年来，我虽然经常进入王府里，但我无法回家，我的心始终在外面。当我终于坐上那把椅子时，我觉得我失去的东西终于回来了。为什么进入寺庙诵经的人是我，而不是我的哥哥？我恨这个家族，恨所有的人，但我不恨你，这一切其实在你之前就都被预先安排好了。或许是神灵的意图吧。”

叔叔说他不恨我，让我吃惊。

他接着说：“你是我的好侄子，我还是你的教父。你给了我梦寐以求的机会，让我坐到了那把椅子上，即使是只坐一天，我也满足。可是，当我坐习惯了以后，我不想再站起来了，但我知道我迟早得站起身，离开。我对自己说那就让我多享受一点吧，那就让我多得到一些银子吧。”

叔叔说的都是真心话！我动情地说：“一个喇嘛要那么多银子干什么？我的叔叔啊。”

叔叔羞愧地低下头去，或许他自己都不知道要那么多银子来做什么。这个世界上就是有这样的人，他们喜欢一种东西，就拼命地攫取，然后堆放在那里，用眼睛看着，然后就不知道该用来做些什么了。

我没有说话，在等着叔叔自己说。

终于，叔叔抬起头来，他说：“我的侄子，你怎么处罚我，我都没有怨言。”

我沉默了一会儿，说：“你是我的叔叔，是我的亲人，我怎么会处罚你？”又过了一会儿，叔叔说："我会离开王府回到寺庙里去。"我依然沉默着。他又说："我会带人迎请王爷回去。"我站起身，独自走出毡包，到外面的溪水旁去了。

眼前的溪水不知道已经流动了多少年，春天来了，多少有一些汩汩的躁动，躁动的人还有我，这已经是我住到草场上的第三个春天了。

向　佛

我就要离开草场了，可是我还不知道怎么同琪琪格开口。她是一只草原上自由飞翔的百灵，是不会同我一起离开的，即便住进奢华的王府她也不会快乐。我有前车之鉴，不会犯下第二次错误。

让我想一想吧！

我一个人到溪水边走动，这时我的毡包旁边来了一个人，一个久未谋面的琴师。

那天夜里，我无法入眠，看着身边已经睡熟的琪琪格，心里踌躇着，我抚弄着她的头发，上面散发出一股草原上花儿的清香。这时耳畔隐隐响起了一阵悠扬的琴声。多年来，我已经养成了一个习惯，夜里无论多晚，听到马头琴声都会起身到外面去，站到夜色中，听空旷里传来的琴声。琴声是从溪水浅滩旁传来的，那是一个避风的好地方。我循着琴声来到了溪水边，夜光下，一个人正在一小堆篝火旁拉琴。我四下里张望，几个身影在朦胧中闪烁，借着月光我知道那是我的侍卫在附近保护我。

我静静地坐在那人身边，透过火光我依稀看清那是一张长年在东蒙古高原上到处流浪的褐红色脸庞。记得许多年以前，我还是一个少爷时，曾经在东边敖汉部的领地上听过一个人的琴声。也是夜里，也是在空旷的原野上。那是我曾经听过的最动听的曲调，我还邀请过那个人，他拒绝了我。这样想着，忽然觉得眼前的人似曾相识，或许就是他吧！那时他还年轻，现在人面已经沧桑，琴声却还依旧，那股沁人的忧伤从未改变。往事已经过去了，我不需要向一个流浪的人提及，即便是他，他也一定早已经忘记了。

乘着悠扬的曲调，我起身返回毡包拿来了酒，又坐在篝火旁。只有我们两个人，我给他斟满了一碗酒，我说为我拉一曲《野花》吧。

他没有回答，一口气喝下我递给他的酒，熟悉的曲调就从他手中的琴弦上传出来。听着这婉转忧伤，我实在没有什么话语能够说出，喉咙里被烈酒填满了。有时候，最触动心灵的东西，反倒会让我们像月光一样静默。

我闭上眼睛，夜色很静，琴声会传得很远。

不知何时，琴师问我："你很忧伤吗？"

我不知道。

琴师又说："你一定很忧伤，否则你不会如此安静。"

我说："是你的琴声打动了我。"

他说："琴声不会传到没有故事人的耳朵里。"

我说："我要离开这里，可是这里有我心爱的人，她属于这里，我不知该如何去做？"

"那就什么都别做！"琴师回答。然后我听到了他的故事。

我们边喝边聊。琴师告诉我，他走过了许多地方，见过许多样的人。他曾经在草场上同牛羊骆驼住了一个冬天，也曾经为了一个美丽的姑娘而放弃流浪，可是姑娘在秋天时被她的父母亲送去遥远的地方嫁人了；他曾经在空旷的星空下迷茫，因为他的脚步不知道该去向何方；他曾经一度想要回到故乡去，回到科尔沁草原的西拉木伦河畔，可是，他的马头琴却牵引着他走向四方。他说他这种人生来就是注定要四处流浪的，他们的生命是为手里的马头琴所生，神灵安排给他们的使命就是将琴声传遍蒙古草原。

他的故事就像一首诗歌。我问他："有一天你老了，脚步走不动了，你怎么办？你不怕老无所依吗？"

他喝下碗里的酒，擦一下嘴，笑了。他说他的生命属于自然、属于荒野，等到他老得迈不动双腿时，他会在一个阳光温暖的地方拉一首曲子，为自己而奏，然后闭上眼睛，躺倒在草丛里。

他是如此充满诗意，仿佛他的生活里没有一丝苦恼，没有饥饿、没有孤独、没有风餐露宿。草原上的人都知道，更多的时候，这些流浪的琴师说唱者过的日子都是艰难困苦的。

他让我充满了敬佩，也解开了我心中的结。我又返回帐篷给琴师拿来了一些酒肉。

第二天一早，太阳升起来时，琴师已经走了。我知道他会在早上离开的，所以昨夜我给他预备了吃食。他们这些人，总是会在早上别人的睡梦中悄然离开。

琪琪格告诉我她夜里做了一个梦，梦中一个琴师在月下拉琴，听得她眼泪打湿了枕头。早上果然她的枕头湿了。我没有告诉他昨夜来的琴师。

我把她搂在怀里，告诉了她我的事情，我尽量讲得简单平缓，就像把一个关于邻居的故事说给她听，与我们毫不相干。

我问她是否愿意同我回到王府里去。她的眼泪从眼角淌出来，她摇着头，跑开了。

有些忧伤总会来临，不只是在梦中出现。

几天以后，前来迎接我的人已经在我面前支起了一大片毡包，这里的安静被喧闹声打破。我知道我必须离开了，否则协理他们也没有胆量在我面前住下来等待我，他们是想要让我明白，王爷必须回到王府里。

琪琪格并没有表现出太多的忧伤，这让我有些意外。她默默地为我准备着一切，我则沉默地坐在旁边看着她纤细的腰身。所有人都在毡包外面等候着我出发的命令。我抱起琪琪格，将她放在地上柔软的毡垫上，轻轻地解开她的衣服，将头深深埋在她的乳房中间，就像我们第一次一样，那样纯粹，那样神圣。当我心中的忧伤倾泻而出时，我的情绪再也无法抑制。我告诉她我会经常回来，然后我起身离开。

回到王府以后，叔叔已经准备好回到寺庙里去了，我没有理会他。我到后院看望了我的母亲。然后象征性地见了我的妻子，她的生命表现得毫无生气，整天待在屋子里面，陪伴她的是鸦片和珠宝。看来，她的生活已经被鸦片熏染得萎靡凌乱，就像一棵行将枯萎的树木，等到枝头所有的树叶落尽后，有关她的一切也就结束了。屋子里空气混浊，弄得我的头很痛，我走了出来，屋里的人也没有挽留我的意思。看来，的确是我得到一些东西，另一些东西也就随之消失了。我大口地呼吸了几口新鲜的空气。我得马上处理一些事情。

我命令管家将所有人都召集起来，让他们在议事厅等候我，等候他们的主子。

我走进议事厅的时候，那把椅子被擦得光滑铮亮，浑身散发出高贵的气息。上好的材料做成的椅子就是这样，只要把它摆放在它该在的位置上，它就会散发出迷人的魔力，驱使所有人的眼睛都聚拢在它的身上。现在，它正在等待它真正的主人。可是，许多年以前，关于这把椅子我好像不是这么说的。

我的叔叔已经站到人群中去了，他是一个聪明人，已然离开，却没有离去。他是要告诉我，他在等我，并且愿意接受我的惩罚。

我没有说关于叔叔的事情，现在还不是时候，我也在等待。

我询问了协理现在外面正在发生的一些事情，又问了都楞仓一些关于兵营的事情，还有其他的一些佐领、梅林等。最后我说，我刚回来，累了，没有事情就结束吧。我站起身准备离开到后堂去。

这时我的叔叔终于说话了。还是让他自己开口吧。

叔叔的嘴巴就像是春天冰雪融化的河水，踉跄奔涌、拥挤不堪，毫无停止的意思。他一口气说出了许多我已经知道的和我想要知道的事情。当他的嘴巴终于合拢时，他的脸上表现出重压之下一吐为快的神情。我平静地对他说："叔叔，你累了吧，坐下来吧。"侍卫给了他一把椅子，他立刻坐了上去。

看来，他已经不在乎接下来会发生什么了。这就是我想要看到的。看来，一些事情，让一个人自己张开嘴巴，远比别人让他开口能够听到更多的东西。

叔叔的眼神并没有像之前那样躲闪，看着他释然的样子，我也轻松了许多。这才是一个贵族应该有的样子。叔叔老了，真的老了，坐在椅子上，他的身躯蜷缩下去。我甚至不知道该怎么办？我没想到叔叔会如此坦诚，我就问身边的协理，该怎么处理？协理回答："按照律条，根敦堪布喇嘛应该受到处罚，但根敦喇嘛是贵族，又是尊贵的堪布喇嘛，还是请王爷自己斟酌吧。此外，根敦堪布喇嘛代理旗务期间，诸事大多处置妥当。"

这个协理又将难题给我推了回来。他的意思是我不要忘了堪布喇嘛是我的叔叔。

协理在替我着想，他是希望有些话由我亲口说出来。

我对众人说："根敦堪布喇嘛在代理旗务期间，用心尽力，万事和顺。但有个别贼人从中作梗，使得堪布喇嘛被蒙骗糊弄，才有过失发生，罪在苏达那木等一般奸妄之徒。按照我蒙古惯例，责罚叔叔诵读抄写一遍《甘珠尔经》；至于苏达那木一干人等，就以'九论'处罚吧。"

叔叔没想到我会如此对待他，他在我刚才问询协理时一定以为我会杀了他。但我没有，我要让所有的人都知道我是一个大度的王，是一个仁爱的主子。

叔叔闭上了眼睛。

叔叔回寺庙去了，他告诉我他回去会把所有的东西都准备好，让我派人去取回来，他指的是银子和一些珍贵的古玩字画。

协理来见我，要求到善通寺去查抄叔叔，我没有同意，我说还是让管家去办这件事。协理说管家是一个喜欢银子的人，所以才自荐去处理。我相信协理的忠心，但我还是让管家去了。协理很纳闷，他弄不明白我是怎么想的。

协理不明白我的用心。一个人喜欢银子，就让他去办理和银子有关的事情，如果他不起贪欲，他一定能够办得很好。如果他将银子放进自己的口袋，那我不会难过，因为他就是这样的人。相反，让一个不喜欢银子的人去做，一旦受了魔鬼的诱惑，那我才会难过，我损失了一个身边的好人，是我用人不当。就像我们这里春天节气相交时，魔鬼总会将一些瘟疫吹进风里，撒落在大地上，人群中就会有一些人因此而病痛，甚至会死去。这时我们就不得不将得病的人隔离出来，否则瘟疫会传染到别人身上。既然贪欲是一种瘟疫，就把它隔离在更少的人身上吧。

我告诉管家："叔叔准备好了什么，就拿回来什么。"

管家去寺庙了，去得兴高采烈，回来时却无比失落。原来叔叔早已经将银子和物品都登记造册，然后命令寺里的喇嘛将银子、物品都运送到王府来。管家本来想在寺庙里仔细搜索一番，不巧却遇到了宫嘎活佛，活佛是前来看望叔叔的，在活佛的目光下，管家只得拿上叔叔给他的登记册离开了善通寺。

该处理苏达那木了。

苏达那木被关押在衙门牢房里，管家每天都会去探望他，带去的不是安慰而是羞辱。现在终于轮到管家发泄胸中的怨气了，管家可不会放过这样的机会。朝格告诉我管家的行径，我没有制止，就让管家去羞辱一番他的对手吧。这两年我的管家就像一只夹着尾巴的老狗，受了太多的委屈，但他对我的忠心从未改变。我还要说他是一个好管家。

牢房里经常响起皮鞭的声音，衙役们吃着管家带去的酒肉，身上也就格外地添加了力气，苏达那木的号叫声也就会越大。有时会传到空气里，我终于告诉朝格，将苏达那木提来吧，我想看看他。苏达那木勉强还能够走路，但是身上早已血肉模糊，看到他这副样子，我心里也可怜起来。他曾经因为垦荒为王府做了许多事情，可是他不应该怂恿叔叔将心思用到椅子上来。那样就是叛逆，我是绝不会饶恕的。

苏达那木说这些天他就等着见主子一面。他请求我善待他的家人，这是一个人知道自己快要死亡时说出的话。他清楚只有我答应了他，他的家人才能活下来。

我想了一会儿，我想起了草场上溪水旁争夺湿地的水鸟。我答应了他，也算是我这个主子见他最后一面吧。既然我答应了苏达那木，也就是预定了他的死期，我告诉管家不要再有皮鞭声了，一个人快要死时不应该再受皮肉之苦。

苏达那木跪下来感谢我给他见面的机会。我挥挥手让人把他带走了。

王府又恢复了往常的平静，管家的脚步又变得轻快起来。时局却越来越不安稳。处置好一切以后，我想要到草场去看望我的琪琪格了。从草场回来时，我曾让一些侍卫留在了那里，就让他们在那里放牧吧，这样琪琪格的毡包就会一如往常般平静。

这时宫嘎活佛来了，他希望我能够到寺庙里去看望我的叔叔。我想了想，拒绝了。我不想再见到他了，让他在寺庙里祈祷终老吧。

这时承德那边的寺庙给我们送来了一个消息，西藏的大活佛到承德来了，请我们这边的喇嘛前去迎请听经。宫嘎活佛兴奋地跑来告诉我，他说能够见到雪域圣地来的大活佛，这是任何一个喇嘛前世修来的福气。

我对贡嘎活佛说："不知道活佛是怎么打算的？"

活佛说他打算立刻前往。

我提醒他说："那活佛身后的喇嘛和百姓们呢？还是请活佛也顺便带上他们的向佛之心吧。"

宫嘎活佛明白了我的意思。第二天喇嘛们就四处宣扬西藏的大活佛来到承德的消息。并且在王府的广场上开始准备举办一场隆重的法会，祈求赐福。

法会开始的时候，宫嘎活佛请我参加，我对兴奋的宫嘎活佛说："你不是希望我去看望我的叔叔吗？你让他也一同参加法会吧。"

叔叔来了。他的身体蜷缩得更厉害了。他坐在我的身边，他叫我王爷，然后眼睛就一直没有看我。我问他身体可好，他说还说得过去。我问他寺庙里的生活怎样，他说一个喇嘛一心向佛时，就不在乎生活的好坏了，况且他是王爷的叔叔，没有人比他过得更好。

法会结束后，叔叔离开时对我说出了他的想法："我打算去承德追随西藏来的活佛，做了一辈子喇嘛，我的心很多时候都不能安静下来。现在，我想要让自己的心灵得到真正的归宿。"

我说："叔叔年纪大了，不能再奔波了，雪域圣地离我们很遥远。"

叔叔说现在他的心已经上路了，所以不想停下脚步。

我说："那就请叔叔保重吧。"

几天以后，叔叔同宫嘎活佛出发了。动身的时候我去送行，我看到叔叔身上只背着一个很小的包裹，只带几件换洗的衣衫和一部抄写的《甘珠尔经》。如此行装，叔叔的心的确早已经上路了。我想叔叔再也不会回来，以后我们都不会再相见。他是我的亲人，我走上前紧紧地拥抱了他。我吩咐站在活佛身后的哈斯喇嘛，保护好我的叔叔。

宫嘎活佛从承德回来以后，告诉我叔叔追随圣地活佛一同离开了，下一站他们会去汉地的五台山，然后沿路回到藏地。持棒喇嘛没有回来，我的一句保护好我的叔叔让他记住了，还有就是圣地活佛喜欢上了这个罗汉一样的喇嘛，将他留在了身边。有他在，我也就放心叔叔了。

夏天的雨水来了，开始从天上细润地落下，滋润着干涸的大地。几场落雨过后，牧场上的青草就疯长起来，牲畜撒欢，牧民高歌，耕地里的庄稼碧绿成片，这个季节就显得美好而醉人。

我在草场上同琪琪格又可以无拘无束地策马奔驰了。

我把脸对着蓝天说：“多么美好啊，我不知道蓝天究竟有多蓝，白云究竟有多白！”

我想我是感觉到幸福了，否则我不会说出这样无缘由的话。

从承德朝见圣地活佛回来以后，宫嘎活佛变得更加深沉平和。他对我说：“一个喇嘛一生有幸能够得到圣地活佛的教诲指导是三世修来的福分。”

我说：“活佛你也太谦虚了，我们这里虽然远离圣地，但寺庙里佛像前的香火也是一样的旺盛，诵经的喇嘛信徒一样的虔诚用心。你曾说过，在佛祖面前，每一颗虔诚的向佛之心都一样。”

活佛说：“有的时候道理是一回事，现实是另一回事。”

这个喇嘛也这样想。

我又同活佛一起爬上王府的后山观望风景。活佛爬得很慢，致使我在山顶凉亭上等了他好一会。我说：“活佛啊，你怎么啦？你老了啊！”

他笑了，说：“王爷爬山都开始喘粗气了。何况我呢？”

我们站在凉亭上远眺，看着久违的远山。我的叔叔此刻应该到达五台山了，他爬山时也一定同宫嘎活佛一样喘息，我希望他放慢脚步。我问活佛：“叔叔当时就站在我现在站立的地方吗？”

活佛看着我，没有回答，他将目光投向远方，似乎想要说点什么，但终究没有开口。

我知道他要说些什么，他不需要说。我的叔叔在这里曾经看到的东西已经随着他远足向佛消失了，永远地消失了。现在我对叔叔只剩下了思念。

驻　扎

那时候，谁的手里有枪，谁就是一方主宰。百姓们还没有将因战火破碎的生活收拾起来，很快，又陷入了另一场劫难之中。

毅军同奉军在东蒙古大地上进行了一场战争，结果是奉军溃败。东蒙古高原许多地方都成了毅军的驻扎地，这里一个兵营，那里一个连队，他们很快就像蜘蛛一样编织起一个硕大的蛛网，控制了大片的土地。

很快，那些整天无所事事的士兵就收敛不住自己兵匪的习性，百姓的牛羊、财产无一不成为他们抢夺的对象。

这样，没用多久，毅军在百姓眼里就成了最有势力的匪徒。百姓们甚至说："这些当兵的还不如山里的土匪仁义。"

我所知道的这些军队真的还不如山里的土匪，甚至连一个指头都还赶不上。

我们同敖汉部的界河老哈河河畔，就成了毅军部队一个团的行营，团长叫姜世雄。这个姜团长在老哈河畔饮马时，望着眼前肥沃广袤的草场和土地说："弟兄们，下马吧，我们不走了，看看我们脚下这肥沃的土地，可以长出金子来。在这里生活，女人个个都能生出一堆孩子。"

这样，这支姜团长从老家带出来，在关内外辗转多年，到处劫掠的部队就停在了这里，占据了老哈河两岸肥沃的土地。

如此一来，我们和敖汉旗扎萨克衙门就经常要给所谓剿匪有功的军人们送去大批的牛羊粮食。几个月过去了，到了春天时，这支部队并没有要离开的意思。

这时，姜团长派人给我送来了请柬，他邀请我到他的部队行营喝酒，表示对我的感谢，同时他还邀请了我东边的邻居敖汉部的木图。

我没有拒绝，这个混乱的年代，即使是一个小小的团长，因为手里有枪，我也不愿意得罪。

很快我和木图就在姜团长的酒宴上见面了。姜团长说："两位王爷，我姜某自从军以来，经历过大小无数次战役。每一次，我都能活着，所以，现在我成为一名团长。"说这话时，姜团长很得意，仿佛团长是一个很大的职位，如果不是他手中的枪炮，我会很快就让他知道以一个团长的职位是不能同我们坐在一起喝酒的。可是，这个世道，混乱不堪，没有谁能够约束谁，除非手中有枪。

老哈河畔远离我们的河谷，距离敖汉部扎萨克衙门却很近。最先沉不住气的当然是邻近的木图了。木图来时看见军营的士兵们懒散地晒着太阳，全然一副很舒服满足的样子，让他在心里踌躇了很久。他举起酒杯对姜团长说："将军，天气暖和了，不知部队何时开拔，我也好略表心意，为弟兄们早早备下饯行酒。"

姜团长端详着手里的酒杯，不紧不慢地说："怎么，木图王爷嫌我的士兵们吵闹了吗？要赶我们走，乱匪来的时候你可没这么说。"

木图赶紧赔着笑脸说："哪里哪里，感谢将军维持一方平安。"木图同我一样，不愿得罪这个姜团长。

我没有说什么，继续喝酒。我同姜团长兄弟相称，同他畅快地干杯。木图在旁边用眼睛看着我，希望我能够说出同他一样的话。我故意不去看他。

离开老哈河畔时，我热情地邀请姜团长到河谷做客。我说："我会备好美酒等着我的朋友。"然后我告诉木图保重身体就转身离开。姜团长已经把我当作朋友了。

但我决不会把这个军阀当作朋友。他很跋扈，锋芒毕露，他的一切都会让别人看在眼里，所以，我并不着急。

没过多久，有消息说，毅军的士兵们越过河岸，到我们领地上的山林里采伐木头。我问健脚，毅军的士兵们把木头运到哪里去了？健脚回答说运到了河对岸，也就是老哈河的东岸，敖汉的一边。我让健脚马上返回东边，告诉包印不要阻拦，给砍伐木材的毅军士兵们送去慰问的酒食。

那一边的木图也得到了这个消息，同我相反，木图的脑袋一下就变大了。毅军这是要盖房子啊，盖房子就意味着安家，安家就意味着永远留下来，在敖汉部的土地上盖房子就意味着要在敖汉部的土地上永远地留下来。

"他妈的，这帮贼军匪，要赖在老子的土地上。"木图大声咆哮着。可是想想自己手里那几条破枪，又想想毅军那十几门火炮。木图只能坐下来喘粗气了。

第二天一早，木图就带上几坨银子去拜见姜团长。这时候已经不需要隐瞒，木图直截了当地说："将军，可曾知道手下士兵伐木造屋之事，难道将军不走了吗？"

“是的，我知道，是我命令他们建造房屋的，他们都是我带出来的，连年的征战，他们都累了，也该有个地方落脚了，这个地方不错。”姜团长懒懒地说，好像老哈河畔是他们家的后院。

“这可是我的领地，是祖先留下来的，我不会分给任何人。”木图嚷着。

姜团长抬起头，厉声说：“木图老兄，大清朝没有了。民国，现在是民国，就是人民的国，你懂吗？这些土地虽说是你管辖，实际是民众的。”

“可我还是王爷。”

“是啊，你是一个王爷，可是如果我手中的枪说你不是，你就不是了。”

木图再想说什么，姜团长的卫兵已经将枪栓弄得哗哗作响。他只得气愤地走出毅军行营。

他听见身后说：“老兄，有空来喝茶。”

本来木图是想要将银子留下，劝说姜团长离开。可是事态已经容不得他张嘴，眼下即使是再多的银子也不会让这个姜团长离开。

还好，银子还在，走进行营前爱惜银子的木图事先将银子留在了外面，等待里面事态的发展。看着马车上的银子，木图忽然明白起来：“用银子来买枪支弹药，可以把他们赶出去。”

如此乱世，谁不想拥有一块自己的地盘呢？

我给包印送去消息，一定要将采伐木材的毅军士兵留在行营里，我们的人将木材运送到河对岸去，要快。

有我们的人代劳，毅军士兵就只剩在暖和的屋子里面喝酒了。然后，我又派出了许多工匠到河岸的另一边帮助毅军盖房子。包印很不高兴，他说主子怎么如此低三下四？

我们的对岸一排排汉式房屋像雨后的蘑菇一样疯长。房子盖好以后，毅军的军官士兵们纷纷住了进去。有了暖和的炕头，接下来就该需要女人了。好在关内逃荒的客民遍地都是，给他们粮食，就能得到女人。于是从上级军官开始，姜团长的队伍里开始每天都有婚宴。有时候结婚的人太多，姜团长就说：“干脆就一起办吧。”很多女人不是粮食换来的，是被枪口逼来的，这个姜团长又笑着说：“他妈的，睡三天，一辈子打都不会离开。”

军官们有了各自的女人，士兵们眼睛都急红了。姜团长说：“不用急，搞个俱乐部就行了，老子在关内时就这么慰劳弟兄们。”于是，毅军到赤峰城开始征集侍女，强迫城里每家妓院至少卖出两名侍女，连带抓来的一些流浪的客民单身女子，俱乐部很快组建起来，没过多久士兵们眼睛的红肿就消退下去。

俱乐部就建在老哈河畔的普云寺庙的不远处。喇嘛们每天从俱乐部前面走过时，都会用袈裟捂着脸，趋步快行，好像他们做了错事一样。侍女们则站在门口嬉戏嘲笑这些害羞的喇嘛。士兵们则朝天上放枪恐吓，取悦那些不知羞耻的女人。

当普云寺的住持喇嘛同木图诉苦时，木图摇着头说："让喇嘛们绕着走吧，少见污秽的东西。"

住持喇嘛说："难道让向佛的喇嘛在魔鬼面前低头吗？我要去找他们的头领说理。"

当住持喇嘛找到当地负责的一个营长时，那个家伙甚至把一个妓女推到老喇嘛的怀里，还放肆地说："给你，老和尚，别念你的经文了，你的佛菩萨永远也不会给你得到一个女人的快乐。"

住持喇嘛慌乱地逃了出来，一边诵经一边说："佛祖啊，惩罚这群魔鬼吧。"

木图无奈地对寺庙里的喇嘛们说："我没有办法，你们就没有什么办法吗？为了百姓，为了干净的空气，该是我们的神灵出场的时候了。"

于是，普云寺庙的喇嘛们召开了一次秘密会议，商讨如何应对寺庙对面的污秽之所。喇嘛们决定作一次法事，并且每天早晚各一次对俱乐部驱邪行符。一段时间过去了，空气中的污浊之气非但没减少，反而越来越浓。一些年轻一点的喇嘛甚至在诵经时会头痛溜神，路过俱乐部门前时竟然还有人向里面张望。

寺庙不得不请来了德高望重的大树喇嘛。大树喇嘛看过后，无奈地说："魔鬼的力量太强了，这正是佛菩萨考验信徒的时候。"

他特意带领众喇嘛们来到老哈河河畔说："看看这流动的河水吧，河水从容地流过去，自在轻盈，清澈无痕。"然后他拿起一块石头，扔到浅水中，石头触碰在水底的污泥上，混浊了水面。喇嘛们的脚步跟随着变混浊的水流向下，没走多远，水流又变清了。大树喇嘛说："看到了吧，现在你们说是流水混浊了河面，还是水底的污泥混浊了河面？"

众僧回答："当然是污泥混浊了河面。"

"是啊，被污泥混浊的河水总会变清澈，魔鬼的污秽也无法淹没佛祖护佑的清明大地。"大树喇嘛接着说，"记住吧，水清无污，心清无浊。"

如此一来，每到初一、十五，寺里的住持都会带领僧侣们到老哈河河畔看水，这成了普云寺喇嘛们清净修为的必修课。喇嘛们再从俱乐部门前走过时，会对着戏弄他们的士兵妓女们谦虚平静地合手诵佛。

喇嘛们的心灵安静下来了，木图的心却越发焦虑。他说："他妈的，指望喇嘛们的法力是没有用了，只有那个姜团长死掉，一切才能回到从前。"行刺是不可能近身的，于是他找来了一个法力深厚的萨满巫师，当年，木图仇恨自己的仇人时，就曾用巫术咒怨。

巫师仿照姜团长模样扎了一个小草人，埋在污血下，每天午夜都拿出来用银针沾上污血向他身上扎刺，并且舞蹈跳神，施行咒符。一段时间下来，果然，姜团长病了，躺在床上不能下地，身上发着高烧，军营里的军医用上了最好的药品，也无济于事。高烧反反复复，总是白天退去，午夜烧起。木图则暗喜，一定是巫师的巫术起了作用，相信用不了多久，姜团长就会一命呜呼。

当姜团长的军医无计可施时，他的贴身副官来到了寺庙里请求门巴喇嘛。善良的门巴喇嘛不会拒绝救治任何一个病人，即使是魔鬼的化身。

老门巴看着姜团长发黑的脸庞，听到他的呼吸声中传出死神的歌唱。老门巴说："将军大人是中了巫邪之气，不除邪气，十日内恐性命难保。"

如此情形，副官也没有更好的办法，只能将信将疑地让门巴喇嘛施法救治。门巴喇嘛带上九个年轻喇嘛，在姜团长的床前贴上符咒，诵经驱邪。第二天，姜团长脸上的黑色就褪去了一半，死神的歌声也不那么响亮了。这边病情减轻，木图那边的巫师却感觉到了明显的劳累，他说："一定是有人在作法事驱邪，我们这边神灵的力量被一阵风吹散了。"木图派人打探，得到了普云寺里的老门巴喇嘛为姜团长治病的消息。木图大声骂道："难道寺庙里的喇嘛忘了他们的布施都是哪里来的了吗？难道喇嘛们不知道这些汉人军队和妓女给我们带来的灾害吗？难道门巴喇嘛就不知道保护我们自己人吗？我看，喇嘛们一定是经书读得太多了，再就是门巴的脑袋被寺庙外俱乐部的污秽之气熏晕了。"

普云寺的住持喇嘛并没有制止门巴喇嘛，他还对木图说："尊敬的王爷，真正的英雄是不会在别人背后开弓的，不要让敌人耻笑我们，喇嘛的悲悯不会因为病床上的人的不同而改变，让你的巫师停止巫术吧，那是对神灵的不敬。"

木图气坏了，恨恨地对着普云寺说："别再指望我给寺庙一滴灯油。"

最终佛法的力量战胜了巫术，到第九天的时候，巫师在密室里跳完了最后一支舞，进行了最后的进攻，然后就口吐鲜血倒在地上。那边门巴喇嘛的弟子们的诵经声穿过房屋，将空气中袭来的阴风剑雨都统统挡了回去，全部都倾泻在云层下的荒野中，致使一大片草地变成了黑色。随着姜团长的一声大叫，一场喇嘛同萨满巫师的争斗宣告结束。姜团长睁开眼睛看着眼前的一群喇嘛自语道："难道这世上真的有神灵存在吗？”

木图得知姜团长病好了以后，就赶紧前来探视，他是怕喇嘛们说出真相。他要在姜团长开口之前，先堵住喇嘛的嘴。门巴喇嘛知道木图的用意，他没有同姜团长提及任何东西，也没有接受姜团长的赏赐，而是谦卑地说：“如果将军真的感谢一个喇嘛，就将普云寺门前的俱乐部关闭吧。”

没过多久，普云寺对面的俱乐部关闭了，挪到了别处。妓女们临走的时候纷纷到寺庙里上香祈祷，期盼换一个地方以后依旧生意红火、夜夜笙歌。执事喇嘛打算将她们送的布施统统退回去，说是那些女人的东西不干净。住持喇嘛却说：“这些女人用身体供养了那些兵匪，让那些魔鬼一样的家伙消耗了身上的力气，使地方的生灵免遭劫难。她们应该受到佛菩萨的护佑。”于是普云寺出于感激，送给每一个进香的妓女一个加持过的护身符。

木图听说后气愤地说：“糊涂了，都糊涂了。喇嘛们倒是清净，弄到哪里也还是在我的土地上。”

他又对治好姜团长的老门巴讽刺说：“你无非是让那些婊子离你的寺庙更远一点而已，只要有风，就能够将污秽之气吹到寺里来，一样是对神灵的亵渎。”

门巴喇嘛淡淡地回答：“换了你，我也一样救治。”

一棵树一旦扎下根系，就无法摆脱脚下的土地。天上的雨水只有渗入泥土里才能够被树木吸收，可是即使是根系粗壮的参天大树生长在蒙古人的土地上也很难牢固。毅军自以为驱赶走奉军以后，在塞外草原已经站稳脚跟的时候，其实他们的一切才刚刚开始。姜团长病好后到普云寺看望了门巴喇嘛。他感受到了寺庙里到处升腾着一股无法言说的神秘力量，那是一种让人心生敬畏的强大气息。他命令士兵们要同当地的蒙古人友好相处，形成鱼水之情，才能让自己不用担心背后。可是当毅军士兵走进蒙古人家的时候，那肥美的牛羊和醉人的奶酒让他们顷刻间就忘了军纪。起初他们用手里的银子，然后是枪支弹药换取酒肉，可是那时候枪支弹药是无法保障经常更新的，每一队人马都不愿意看到另一支人马兵强马壮、弹药充足。当他们拿不出物品交换时，他们就想到了最直接的方法，就是将百姓围在毡包里，然后另外几个家伙到羊圈里逮羊，在主人的恐惧中，羊被掠走了，顺带还抄走了佛龛前圣洁的银器。

听着心爱的羔羊发出凄惨的叫声，一些蒙古人终于忍无可忍，抄起猎枪，像猎杀恶狼一样，一枪就打翻了一个抢羊士兵。

这种纠纷发生过几起以后，姜团长找到了木图王爷。他说：“我的士兵是来保护你们的，你要告诉你的百姓像对待亲人一样对待我的士兵。”

姜团长的比喻让木图觉得很可笑。木图恼怒地回答：“如果一个人用枪指着你，抢走你的财产和牛羊，那他是你的亲人吗？换了我，我也会杀了他。”

姜团长随即换了一种口气，他说：“你的百姓还处于野蛮之中，以前的事情我不会计较，但以后你要管好你的人。我们可不能兄弟相残啊，我的子弹可不想射向自己的兄弟。”

姜团长象征性地惩罚了几个士兵，木图鞭打了开枪的牧民，事情平息，表示军民友好。姜团长知道当地人包括客民对毅军就像对待风中带来的瘟疫一样恶心反感。他说：“我们必须融入蒙古人中去，看看那些洋人喇嘛是怎么做到的，我们要虚心地对待这些野蛮人。”为此，他特意越过老哈河畔，进入了我们的领地，来到驼山湾的教堂，向南布神父请教如何同蒙古人相处。这让南布神父嘲笑了这些军人很久。

后来南布神父见到我时向我描述了当时的情况。他说他感到很惊讶。但他还是认真地提醒姜团长：“要想成为朋友，就应该知道你的邻居心里在想什么，想要得到，就要先学会付出；要想扎下根去，就要变成这片土地上的一部分。”

土匪出身的姜团长对神父的话不甚明白，这让他这个带兵的头领有些恼怒。他看着南布神父身上打着补丁的僧袍说：“老神父，你现在的日子过得怎么样啊？现在可是没有人保护你们了，以后你的教堂还得倚仗我的部队来提供保护。”南布神父在胸前画着十字回答：“我不需要你的士兵提供保护，教堂是神圣的地方，我主上帝会护佑教众。还有，如果你总是骑在马上同别人打交道，总有一天你会摔下来的。”

姜团长恼怒地看着眼前这个倔强的洋僧侣，莫名其妙地问：“你老了，不想回到你遥远的家乡吗？”

“不，我无时不在思念我的家乡，可是这里我一样难舍，我早已经成为一个蒙古人了。”

或许是神父最后这句话启发了姜团长。回到老哈河东岸以后，他要求部下学习当地的语言和习俗，他说我们不能再到处乱窜了，这个地方是我们的，以后将成为我们的家乡，所以我们必须教化那些蒙昧的人。首先，必须了解他们。

一个秀才出身的副官还给士兵们讲了什么古代胡服骑射的典故。鼓励士兵们出去时穿上蒙古人的衣服，学说蒙古人的语言。可是，在那个毫无隐晦的年代，那些换上蒙古装束的士兵一眼就能被区分出来。倒不是因为外表细微的差别，而是他们的眼神和举止处处表现得同地痞无赖一样。后来大树喇嘛同我和宫嘎活佛说起这件事时，他意味深长地说："一群没有信仰的人，永远也不会有一颗敬畏的心灵。"

事情逐渐变得恐怖与可笑，一方面是姜团长努力想得到当地人的尊重与认可，另一方面当地的蒙古人和客民对毅军更加仇视和躲避。木图看到自己的百姓如此仇视毅军军队，心里宽慰了许多，但也更加焦虑。就像一桶火药，哪一天哪个贫贱百姓点燃了引线，就会酿成一场灾祸，于是他就经常派出几个手下，殴打或折磨一些落单的毅军士兵，他希望借此平息一下百姓的愤怒，让百姓稍稍宽慰一下，同时促使姜团长能够离开自己的领地，但这种方法往往招致那些兵痞更大的报复。毅军同百姓的矛盾更加尖锐。

毅军一天不走，木图就一天也无法安稳，难保有一天毅军找出另一个人来代替自己。罩在头上的光环已经无法保证永远光耀，一个军阀就是一方朝廷。

焦虑的木图忽然变得老了。许多时候他都躺在病床上，然后将旗政交给自己的儿子去处理。他对前来探视的姜团长说："老弟啊，我老了，身体不行了，家里的事情还请你多多帮忙啊。"

他们真的像兄弟一样。姜团长看着木图的儿子，放心了许多。

当木图的身体恢复一点的时候，在同姜团长喝酒的时候他提出要到草场上去打猎，住上一段时间，他希望他的老弟能同他一同前往。姜团长以公务繁忙为由谢绝了。但木图希望毅军派上几名士兵保护他。木图说："老弟啊，我的那些巡防兵都是些老弱病残，手里的家伙还是老式的毛瑟枪，我不放心啊。"

姜团长友好地派出一班士兵跟在木图身后保护，木图出发后，姜团长也放心了。

木图来到草场以后，就将银子和几个姑娘送进了毅军卫兵的营房。然后他对那几个士兵说："草场上打猎很辛苦，你们愿意在这里等候，还是同我上路？"

毅军士兵们早已经厌倦了奔波，搂着怀里的姑娘正喝得高兴，哪还有心思走出帐篷！

"那好吧，过些日子我狩猎回来就同你们会合。"木图骑上马出发了。

当木图再一次越过老哈河，进入我们的边界时，他是完全隐蔽的。许多年以前他曾经为了显示威仪，甚至还特意绕了一大圈。现在他们一行人行色匆匆，毫无停留之意，很快就进入了我们东边领地的行营。

东边的行营现在由包印管带，我们在那里驻扎着巡防兵，主要是看守仓库。我们境内的流民太多了，我们更愿意要那些青壮年的劳力和能生养的女人。

我想当包印看到木图时一定很惊讶，即使仇恨已经化解，但曾经的仇人见面依然会想起往事。

包印问木图如此匆忙前来所为何事，木图只说自己饿了。包印给了木图酒肉以后，再问他，这个老家伙就忽然变得像哑巴一样，不再说一句话。

当包印将木图带回河谷，来到我的眼前时，我明白了木图的用心，这个老家伙真的很聪明。我为有这样的对手而骄傲。

他从一开始就为了此行而精心准备，显出老态，卧病在床，修养打猎，毅军卫兵、银子姑娘，这一切都是为了能够神秘地到我这里来，请求我帮助他驱走毅军姜团长的部队。

我不明白，木图怎么会想到我，我们可是曾经的仇人，而且我也没有理由帮助一直对我虎视眈眈的邻居。

我告诉木图："你枉费心机，却进错了毡包。我是不会帮助我曾经的仇人的，有些往事我忘不了，你到别处去吧。"

木图举起酒碗说："天上飞过群雁，地上的猎人打掉一只以后，就一定还会打掉第二只；手里的银碗盛满美酒，要是好喝，客人就想要喝第二杯，主人不给，客人就会不高兴。邻居家来了恶狼，不去帮忙驱赶，邻居的羊圈空了以后，恶狼就会到自家的羊圈来。所以，聪明的人会明白其中的道理。"

我说："我会在狼群袭击了邻居家的羊圈以后，再收拾狼群，顺手还能得到邻居家的羊。"

木图接着说："恶狼后面有十几门火炮，不知道你能否吃下？"

我说："既然还有强大的火炮，我就更不愿意招惹是非了。"

木图又拿起了手里的筷子说："如果只有一根筷子，是很难吃到盘中的美食的。"说完，他夹起一块熟烂的羊肉放进嘴里。

"你在说服我吗？你的舌头即使像鹦鹉一样灵巧，也没有用，我的领地上很太平，毅军现在更愿意向东驻扎，靠拢在孟克河畔，是不会越过老哈河的。"我不紧不慢地喝着酒。

"你可知道毅军的姜团长曾经去过驼山湾的下游教堂吗？"

"我听说了，那又能说明什么？"

"这说明在我们眼里有领地边界之分，在汉人军队眼里只有远近区别。"木图的声音很大。

木图说得有理，这也是我担心的，以目前我们的实力，无法与正规的毅军的大炮枪支对抗。

我接着喝酒，没有回答木图，我们转换了话题，有些话不需要多说。酒席散了，木图喝醉了。他拉着我的手说：“只有你才能想出对抗毅军的办法，所以我没有进错毡包，无论怎样，为我们的百姓想一想吧。”

我不知道这是不是木图的醉话，但这句话打动了我。

七根手指

我答应了木图的请求，但告诉他，我还不知道怎样去应对这件事。这是实话，因为我不知道怎样才能让一个军阀离开他们想要生息驻足的地方，这比对付一个魔鬼还难。

毅军威力十足的武器让我放弃武力驱赶的想法，我需要一个好主意。

木图说：“我会让姓姜的火炮变成哑巴。”

我说：“你想都别想，我不会用我的士兵的性命去做赌注。”

我们需要另一个方法。

木图走了，就像来时一样，快速而隐秘。协理说：“他现在是一只老狐狸。”

和一只老狐狸打交道，不能太心急。所以我到草场上去了，我要在蓝天白云下和我的琪琪格在一起，享受这初夏季节。

初夏的草场空气清新，野花遍地。云彩从东边飘过来，轻盈温柔。可是有一天，我看见云朵停留在东边的远天上，那里的天空形成一大团厚厚的积云，按照活佛的说法，那边应该有一些事情发生。

果然，狡猾的木图返回时，没有沿原路行进，而是进入了茫茫群山。他想要穿越鸡冠山，然后越过老哈河畔，回到敖汉部。

我不知道他此举为何，或许他是想要一睹鸡冠山的风景，或许他想要利用僻静遮人耳目，或许他想要打探到一些许多年以前曾经想要得到的东西——黄金。无论怎样，他失算了。

当他进入鸡冠山的时候，特意在山下雇用了一个老猎户做向导，他给了老猎户银子，然后认真地告诉老猎户，他想要知道山里金矿的地点。他并不是为了黄金，而是因为他曾经做过的一个梦，梦里他曾经来到鸡冠山里，然后遇到了一只金鸡，金鸡给了他祝福和护佑，让他成为一个富足的商人。现在，他想要到梦里曾到的地方还愿进香，感谢给了他一切的神灵金鸡。

这个故事生动而神圣，木图以为银子和真诚足以让一个山下老实本分的百姓感动，然后他会知道他想要知道的一切。

然而，他忘记了一点，或许他忘记了许多年以前的那场关于黄金的战争。从那以后，喀喇沁部就再也不允许山下住的百姓随便进入山里，甚至为了禁止百姓进山，还将他们的驻地迁离山间，集中到远离圣山的地方去了。从此，很多人就只能遥望这座给王府带来财富和好运的山脉了。

按说聪明的木图不应该犯下这个错误，尤其是一个王。可是狡猾的狐狸面对利益时一定会被贪欲驱使，更何况是许多年来一直想要开采鸡冠山金矿的木图了，他一定盘算着等我们帮助他驱赶走毅军以后，那时我们的力量也会削弱，我们也就没有更多的力量顾及远离河谷的鸡冠山了。

老猎户安静地带着木图一伙人向鸡冠山里进发了。一路上走走停停，木图让手下记住了每一个山头，每一处山脊，每一座垭口，每一处密林。几天以后一个懂得测绘的手下忽然发现前面的一处垭口的形状很像几天以前路过的地方，等到他们终于爬上去休息的时候，那个家伙发现了自己留下的记号，他悄悄告诉主人："向导在领着我们兜圈子。"

愤怒的木图拔出枪对着老猎户骂道："老家伙，你敢戏耍我，我现在就让你去见山里的神灵。"

老向导拿出烟袋抽上一口，不慌不忙地说："你不是要看到金矿吗？"

"是的。"

"这座山已经被封了许多年了，我打猎也都是偷偷摸摸的，很少进入大山深处，所以，找到金矿并不容易。"

"你骗我。"

"如果我骗你们，我会悄悄消失在密林里，你不会知道，所以说，我不需要骗你。"向导说得有理。

木图收起了枪，又换上了一副笑脸。

当向导又确定了一个方向以后，他们只能疑惑地尾随其后。走下垭口，进入密林以后，当木图坐在石头上休息时，一把枪顶在了他的脑袋上。很快，四周走出来十几个持枪的家伙，木图的手下还没明白，枪就被下了。

当他们被带到一处隐秘的山寨时，木图才明白，自己是遇到山里的土匪了。他再回身看向导时，老人正坐在不远处的一堆木柴上抽着烟袋，土匪们正在推搡着自己的手下，嘈杂的声音表明那些家伙为缴获的十多把快枪兴奋不已。

当木图闭上眼睛为自己即将死在这些无名的土匪手上而悲哀时，忽然寨前安静了下来。一个高大的中年人从大寨后面的侧房里走了出来。木图睁开眼睛看见来人惊愕得差点跳起来。同样，来人用惊讶的眼光看着木图。

然后，两个人同时大声笑了起来。

中年男人大声说："木图王爷，天下的路可真窄啊！神灵护佑，让你撞到我的山门来了。"

"阿力玛斯，不是路窄，是我不小心掉进了蛇窝，总算是碰见了一个熟人。也好，我们的仇恨该有个了断了。"

来人正是匪首阿力玛斯，他听说弟兄们在山里绑了几个商人，身上带有银子和快枪，他正纳闷，什么样的商人会进入深山里，在身上还带着快枪。

世事难料，仇人见面竟是如此容易。

阿力玛斯看着被捆绑的木图说："你就要死了，你不怕吗？"

"起初我很害怕，但现在我不怕了。刚才我以为会死在一群无名的山匪手里，那是对我的侮辱，能够死在仇人的手里，是了结一段孽缘，能够死在阿力玛斯的枪下，神灵没有辱没我。现在，我只想笑。"木图从容不迫。

阿力玛斯见木图没有胆怯，就说："上路前，过来喝碗酒吧。"

手下给木图松绑以后，木图活动一下麻木的手腕，毫不畏惧地来到阿力玛斯近前。土匪们在排案上排满了酒碗，一一倒满，木图将碗里的酒一饮而尽。又端起了一碗，这时那个老猎手也走过来端起一碗酒自顾自喝起来。

木图对老猎手说："老狗，我给了你银子，为何还要害我？"

老猎手说："你以为一个故事就能骗到我吗？我们这里人人会讲故事。第一天转山，我希望你们感到疲倦，第二天我希望你们想起家乡，第三天希望你们忘了贪念，第四天我希望你们知途而返，第五天你用枪口对准我时，我知道我的希望落空了。既然如此，我就给山里的弟兄们发出了信号，所以说，是你的贪心害了你。"

山下的百姓称呼山里的土匪为兄弟，但他们并不是同伙。这些土匪都是穷苦人家出身，没了活路才上山入伙为匪。所以，鸡冠山里的土匪从不欺辱百姓，他们的目标都是那些贵族大户。每次下山打劫回来，都会给山下的百姓留下一些粮食、油盐。日子久了，山下的百姓们都盼着土匪下山，土匪回山路过的时候，百姓们就像过节一样欢庆。所以，山下的百姓就成了山里土匪的耳目，官军围剿时，就早早地通风报信。所以，那时候想要剿灭山里的匪患，比登天还难。

几天以后，到了行刑的时候，阿力玛斯命人将木图带到父母和桃花的牌位前，问仇人还有什么话说。

木图看着牌位，或许是想起了许多年以前自己做下的罪恶。闭上眼睛长叹一声："我不会怨恨你，从今天起，我们的仇恨一笔勾销。可惜，我没有将侵占我们蒙古人领地的毅军驱赶走，看来，神灵没有站在我这一边。动手吧。"

有的时候就是这样，一句不经意的话，或许会挽救自己的性命。木图的话引起了阿力玛斯的兴趣，当他听到眼前的仇人说要将毅军赶出领地时，他停下了举刀的手。

虽然是土匪，可是阿力玛斯一样恨那些欺辱百姓、奸淫妇女的毅军士兵。所以，一直以来他都想要带领弟兄们冲下山去，赶走盘踞在老哈河畔的兵匪。可惜，他没有那个实力。

"木图，你说你要赶走毅军？"阿力玛斯问。

木图依旧闭着双眼："啰唆什么，一个土匪能听懂什么道理？"

这更激起了阿力玛斯的兴趣，他说："那就说说你的道理。"

"既然如此，说给你倒也无妨，正好请你转达给锡伯河谷的阿勒坦王爷，请他遵守自己的诺言。"

于是，木图将自己的计划说给了眼前这个要杀自己的仇人。当他说完的时候，阿力玛斯手里的刀已经不想再举起了，他说："喀喇沁王爷没有杀你，他宽恕了你——他的仇人。"

"是的，他的胸怀像天空一样开阔。"木图并不是为自己开脱，而是由衷而谈。

"好吧，木图，我不杀你，但我并没有原谅你。留下你身上的一些东西吧，我们的仇恨就此化解。"

阿力玛斯举刀砍下了木图的另一根手指。

木图的双手本来已经只剩下八根手指了，现在又被阿力玛斯砍掉了一根，还有7根。当木图看着自己手上的7根手指时，哈哈大笑起来，他说："他妈的，我木图也应该是草原上的第一人了，我所有的仇恨都同手指有关。"

是啊，因为手指而种下仇恨，又因为手指而结束。所有的仇恨都凝结在3根断指上，这些故事发生在一个人身上，让人不得不感慨。

木图的手指并没有叫嚷，或许快刀不会让它感到疼痛。它只是纳闷："主人这是怎么了，为什么身体上受到责罚的总是我们10个弟兄？"

宫嘎活佛说："东边的云彩又移动了，事情已经了结。"

是啊，这世上每天会发生很多事情，有些事情一旦发生了，就需要许多年的岁月时光才能了结。或许会用上许多细如流水一样的情感，或许会赔上许多条鲜活的性命，还需要许多大地上的青草来慢慢滋养，让一种新的信念成长起来，然后在一个看似机缘巧合的日子，消融了结。

如此说来，能够让那些经历无数岁月磨砺的事情在我们眼前消融了结，我们是幸运的。如此说来，在白云下面，在大地之上，我们能够享受风带来的清新自然、鸟鸣琴声，是神灵带给我们的好福气。

好福气还不止这些，信使传来消息说，驻扎热河行省的都统换了人。

我们的机会来了。

就在我准备行动的时候，木图的驼队来到河谷，卸下的都是白花花的银子。我明白木图的意思，他真是个聪明人，我现在正需要银子，他就送来了。这让我没有退路，看来，我必须做好这件事。

和协理商量以后，我告诉众人我要到承德去拜会新上任的都统，这是一个很合适的理由，没有人会怀疑我。

我们出发以后，运输银子的车队夜里悄悄跟了上来。到达茅荆坝垭口时，车队同我们会合了。押送车辆的事情交给朝格亲自办理，我放心。我告诉朝格，先行出发，到了承德以后，将一切都安顿好，我们会随后到达。

新任都统热情地接待了我，我们就像是朋友一样痛快地喝酒。几天以后，酒喝得差不多了，我邀请都统到我的住处喝茶。都统很高兴我能够将他当作朋友，因为我是不会让一个不是朋友的人到我的住处的。喝茶的时候，我请都统参观了我租住的宅院的后院。我让朝格打开院门，跨进门垛，都统的眼睛一下就怔住了，他的眼睛被两大缸白花花的银子钉在了那里。当我们离开回到厅堂的时候，他的眼睛还带着身子向后扭动不止，我知道我的事情会很顺利。

来到厅堂落座以后，我说："都统大人，后院的水缸大人要是喜欢，就是大人的。"

他明白我的意思，就说："那水缸是很好，只是不知道里面盛的水是用来做什么的？"

他也是一个聪明人，我说："水缸当然不是用来摆设的，而是用来防火的。"

"防火？火从何来？"都统问。

“不瞒都统大人，毅军已经在东蒙古驻扎有些年头了。这些年，百姓不堪重负，怨声载道，再如此下去，岂不会火烧燎原，所以说火从北边来。”

“王爷的意思是要我将毅军调防，我可是受民国政府领导，没有那个权力啊。”

“大人体察民情，水缸里的水就是为大人灭火准备的。”我的协理补充道。

“好吧，既然王爷有防火之意，那鄙人就努力为之，共同防火。”

我们离开承德以后，我派人给木图送去了消息，没过多久，木图那边的百姓就同毅军发生了几次较大的纠纷，惊动了热河行省的官员们。

现在，我们只需要坐下来等待消息。我派人给东边的包印送去消息：“要是有人送来银子就全部收下。”我知道会有人给我们送来银子的。在给木图的书信中，我告诉他：“我在承德预备了两大缸救火用的水。水很管用，有水在，火就不会烧起来，我们还需要更多的水。”果然，有人给包印送来了银子，现在，世道如此混乱，我也开始喜欢银子了。

我到寺庙里去看望宫嘎活佛，我们坐下来喝着滚烫的奶茶。我问他：“一个人如果开始变得喜欢银子了，那这个人是不是变得很俗气？”活佛笑了，他说我的问题不是一个问题：“喇嘛也需要银子，只是看怎样获得和如何使用。”我又问他：“明天的天气会怎样？”他又笑了，他说：“王爷是不是不知道该说些什么？”我点点头。今天，天气很好，我却不知道该说些什么，我有些困顿，其实同银子没有关系。

实际上，我在想念一个人，那个寺里的持棒哈斯喇嘛，不知道他同叔叔现在怎样。

活佛说：“我也在想念远行的喇嘛，从他进入寺庙的时候起，我就知道有一天他会离开，他还会到远方去。”

我说：“他离开家乡越远，就会距离圣地更近，他是一个虔诚的喇嘛。”

活佛说：“脚步不能丈量一个人同佛祖的距离，心灵的远近才是关键。”他又说：“就像一个人守着再多的银子，堆放在仓库里，也一样贫穷。”

这个老喇嘛是在提醒我，喜欢银子没有问题，但是不能被银子所累。

我的话多了起来。我同活佛围绕着远行喇嘛说了很多，又说了关于银子的话题，但我们谁都没有提及我的叔叔，有些事情过去了，就永远地过去了，就像流水。

整个充满阳光的下午，我都在同活佛谈论。谈论能够使我的身体变得轻盈，一些困扰我脑袋的东西，会被抖落，而另一些东西则会清晰起来。

果然，我得到了一个清晰的消息。

毅军离开了，调防开拔返回关内。不知道是银子的关系，还是因为毅奉军阀混战的缘由，无论如何往日那一排排闹哄哄的房子一下子空置下来。关内才是他们的家乡。

一个人返乡时总要带上些东西，否则怎么回家去见父母妻儿。毅军士兵们带上他们在塞外草原搜刮积攒的贴身细软之外，可能觉得手里还很空虚。于是就在开拔之前，走进村子，进入牧场，想要拿走任何他们能够带走的东西，可是穷苦百姓还有什么东西呢？只剩那些可怜的牛羊了。于是，在姜团长的队伍中间，夹杂起一支由牛羊组成的队伍，组成一条混乱的烟尘。喇嘛们默默地在路边为被劫掠的牛羊祈祷，士兵们还以为是在为他们送行。

整个东边，给毅军送行的人只有一个，那就是老木图。他代表敖汉旗扎萨克，为驻防剿匪有功的军队饯行，他为此所准备了很长时间的酒宴终于可以摆开。姜团长临走时所说的话耐人寻味，他说："我留下，我已经吃饱了；我走了，还会有别人来。"

我听说毅军临走时，留下了几门大炮，大炮摆在了木图巡防军的军营里，我听到这个消息时有些吃惊。

这不是一个好消息。

俱乐部解散了。里面的那些漂亮姑娘有的离开了，有的又在原来的门前挂起了灯笼，更换了名字，进出的人由军人变成了那些穿长衫的贵族老爷。

夜里喧嚣的灯笼光影之外，我们东边邻居的土地又开始变得空旷安静起来。

可是，没过多久，奉军又来了。我不知道奉军同毅军有何区别，记忆中好像唯一的不同是奉军到了我的土地上，会从身上掏出奉天兴业银行的纸币，购买军需物品。百姓们没有见过这种新的钱币，官军解释说这是奉票，以后整个东蒙古都会统一使用这种票子。百姓们还在迟疑的时候，物品已经被拿走了，牛羊已经被牵走了。他们只有跪在地上祈求神灵。

枪　会

毅军走后，或许是短暂的安静空旷让寺里的喇嘛们忘了诵经，或许是这些年大地上的脚印太多搅扰了神灵，也或许是这片土地又受到了诅咒。

春天来了。按说春风拂过，大地就应该变绿了。草原上、高山间、河谷里、树林中就应该有各种声音响起。嫩芽破土而出时的第一次呼吸，山崖上冻土消融滚落的碎石，河面冰凌破碎的撞击，鸟儿迎接春风欢快的鸣唱。一切的声音都应该响起。然而，这年的第一缕春风吹过后，就没了动静。后续的温暖却没有按时到来，迎面而来的依然是冷冷寒风，毫无边际地从西北方涌来。经过了漫长的等待，依然没有任何暖意，草原沉不住气了。最先躁动的是草原上的牲畜，迎不到春风，吃不到嫩草，它们没有了兴奋的奔驰，没有了生育的兴趣和欲望，公羊们不再为母羊撞得头破血流，雄驼依旧将身躯卧在沙丘里。心急的牧民一直站在高岗上等待春风吹来，以致脖子伸得太长太久，让身体和脑袋之间长出一截木桩。从此以后，草原上多出了许多怪模怪样的人。

春天没有踪迹，百姓的心就乱了。

烦乱的不但是百姓，我们这些贵族也同样心烦意乱。春风不来，雨水不来，绿色不来，生命的饥渴就会在百姓心中疯狂滋生，就像河边的水草，越是河水干涸的时候，就越要占据一块距离水源最近的地方，飞速生长，显示生机，就越发显得那些河岸两边的土地裸露贫瘠。百姓心里滋生出来的东西我们看不到，却能够透过寻求的眼神从我们背后传到我们的身上，这让我不安。

我告诉寺里的喇嘛："春天的风该来了，天上的雨水该落了，喇嘛们该做一些事情了。"

宫嘎活佛说已经准备了。

祈雨法事从月圆之夜开始。同其他法事不同，喇嘛们没有将法事道场放在王府前的广场上，而是设在锡伯河畔上。宫嘎活佛说这里距离河里的龙王更近一些，天上和水里的神灵们会听得更清楚。我觉得活佛的理由有些好笑，就说："难道神灵还需要提醒吗？无论如何，让春风和雨水快点来吧。"

每天河畔都会有喇嘛和百姓们舞蹈诵经，人们不断在香烟的缭绕中进出道场，焚香、跪拜、祈祷，松柏燃烧的香气传到很远的地方，呛得我的眼睛直流泪。人们在焦急中，又开始陆续拥进寺庙，表示对神灵用心的虔诚。萨满们也行动起来，占卜、观天象、测缘由，所有人都加入祈雨中。各个寺庙和村庄都组成了祈雨的队伍，由喇嘛带领着人群走街串巷，从一处敖包到另一处敖包，从一个嘎查到另一个村庄。人们将木桶里的水洒向天空和大地，说是为了唤醒神灵，以便将天上的雨水和大地连接起来，这样就能够将云里的雨水引到地上，孩子们则跳到已经很浅的河水里嬉戏，祈求河神。

雨水还是没有落下来，大萨满阿宝说我们的土地受到了诅咒。我记得每次遇到灾害时他都是这句话，我说："如果你只会说这句话，就不要再开口了，作为萨满，你应该祈求神灵降下雨水。"

雨水依然没有来，我担心的事情却真的来了。事情又是从东边开始，就同许多年以前一样。

后来我无数次去想，终究没有探出缘由，为何这世界上许多事情总是如此相似。

仿佛天上的雨水一样，一夜间整个东边的大地上到处都是红枪会的影子，我们东边的邻居的土地上又热闹起来。

据说东边敖汉旗百姓在祈雨的时候，看到了天上有一只飞龙在云层中穿行，飞龙越过孟克河，向着老哈河的方向飞去。人们开始在地上循着龙云追逐，越来越多沿途的客民百姓加入追逐飞龙的队伍。到了老河河畔，飞龙隐身钻入了河水里，人们停下了追逐的脚步，却看到一个道士模样的人从河水里走出来，身上斜挎着一个红布带，头上裹着红头巾。这人说自己是飞龙的化身，是带领百姓翻身的。于是人们尊称他为大法师。没过多久，大法师的名头就在人群中传开了。这样大法师的身边很快就集聚了成群的客民百姓，他们手持红缨枪，头裹红头巾，自称"红枪会"，会众弟兄披符学法，要斩妖除魔。

红枪会中传唱着这样的歌谣：

你也来，我也来，会众兄弟披红彩，

天也大，地也大，扫除妖魔无牵挂。

无论如何，绿色没有到来，红枪会却从东蒙古四面拥起，我派人给东边的包印送去消息，告诉他一定要将这片红色阻挡在老哈河畔。

包印回消息说请我放心，他绝不会让那些受到妖魔蛊惑的匪徒进入我们的边境。没多久，红枪会的队伍果然就向我们的领地拥来，包印用枪炮告诉那些人，任何时候施符咒法在强大的火力面前都没有一丁点儿意义。本来红枪会教众打算像风一样穿越老哈河，向更远的地方传唱他们的歌谣，却留下了遍地的尸体仓皇掉头逃去。在枪炮面前，护佑他们的神灵退缩了。

退缩不等于停止，受到魔鬼蛊惑的人群退回到老哈河右岸以后，他们的神灵重新将教众集中起来，并给他们的身上和灵魂涂抹上更为鲜艳的红色。他们的头领说："那些倒在地上的弟兄是因为心里感到畏惧，所以临阵时'卸法'，对护佑我们的神灵不够虔诚。"

当所有教众的目光又都集中在法师身上的时候，他们的头领改变了策略。他们学会了将整齐排列的队伍分散开来，学会避开火力强大的枪炮，悄悄地进入了茫茫的鸡冠山，那里正是遗满守陵使人居住的地方。

如此一来，成就了当年两个年轻人为英雄梦想而离家的英雄梦。

黑龙和白龙是一对热爱家乡的兄弟，自从跟随阿力玛斯来开守陵使村以后，他们无时不在思念家里的父母亲人。可是这两个年轻人为了自己能够干上一番事业，成就一个英雄的梦想，他们离家时甚至都没有回头。许多年过去了，两兄弟早已经长成结实勇敢的汉子，他们也早已经学会了在月光下，静默地朝着家乡的方向张望。在鸡冠山安稳下来以后，他们的心在乡土气息的召唤下，离家更近了。有几次他们带领队伍靠近鸡冠山南麓时，他们曾经借着夜色，悄悄回到村里，在家门前停留。阿力玛斯劝他们回家看望一下父母，但他们拒绝了。弟兄俩清楚，家族就像一株粗壮的老树，虽然头顶上不再有早先大清朝的护佑，但这些年来依旧努力维持枝繁叶茂，每到春天树上依旧会长出绿叶，绽放花朵，结下果实。可是如果树干上结出的果实成为土匪，家族在守陵使村里的十大户里就再也无法立足了。所以两兄弟无法同父母相见，除非有一天，他们不是以土匪的身份回到村里，而是以一个英雄的英姿推开家门。

春天的干旱无雨，给同样在山里讨生活的人带来了困顿，阿力玛斯的队伍现在不缺枪，不缺银子，缺少的是粮食。看着肚子变得干瘪的手下，阿力玛斯对黑龙白龙兄弟说：“我的好兄弟，你们带人下山一趟吧，我们需要粮食。”

兄弟两人带着一队兄弟向山下走去，可是他们脑袋里并没有明确的方向，因为无论哪里都没有雨水落下，无论哪里都缺少粮食。最终还是思乡之情不知不觉地引领着他们的脚步朝着鸡冠山南麓的方向走去。当他们爬上一个垭口，望着远处山下河谷里的守陵使村时，兄弟俩不约而同地用眼睛告诉对方，“到家了，家里粮仓里一定堆满了粮食”。

“可是，这里是我们的家乡啊？”

“但是，山里的弟兄们还都饿着肚子呢？”

“让我们到其他地方寻找吧，有谁打劫过自己的家乡呢？”

“可是，大地上除了难民和死一般的沉寂，哪里还会有我们要找的粮食呢？”

兄弟两人一会说服对方，一会又反驳自己，就这样他们的脚步在山上垭口的地方徘徊起来。几天以后，他们的肚子更加干瘪了，可是他们还是没有带领人马冲下河谷的勇气。

整整一天，兄弟两人都躺在石头上一句话不说，手下的弟兄们知道他们心里面想什么，都躲得远远的。头顶上是几片云彩，飘过来，又飘走了。黑龙说：“哥哥啊，云彩刚才在我们头顶，现在到我们后面去了，云彩就像山下家门前的小河，蜿蜒流淌。”

白龙说：“是啊，弟弟，云彩就像河水一样游走了。”

弟弟忽然翻身爬起来，大声说：“哥哥你看，云彩停在村子上面不动了。”

哥哥也一骨碌爬起来，说道：“是啊，看来，是要有事情发生了呢？”哥哥是要告诉弟弟，如果我们冲下河谷，村子就会有事情发生，天上的云彩就是来预言这些的。

正踌躇间，忽然山下密林里传来了呐喊声，一股红色的浪潮从树林里拥出来，向村里扑去。刹那间就要淹没了村庄一样。

兄弟俩呆住了，然后忽然明白过来，是红枪会来了，他们是冲着守陵使村去的，他们的目的是要消灭这些曾经作威作福的满人。一个口哨，树林里的弟兄们就聚拢起来，跃上马背，就像一阵风一样向山下冲去。

红枪会的头领正为他们的计策高兴，没有人知道他们会忽然从密林中出现。他们同样需要粮食。

但他们的神灵再一次失算了，怎么都没有想到会忽然从山上斜刺里冲出一队人马，嗷嗷叫嚷着就像一群从天而降的怪兽。更要命的是，怪兽手里还拿着喷射出子弹的快枪，枪声响起，红枪会的人马顷刻间乱作了一团："来的是哪路神灵？"

当那些人这样想着时，身体已经倒了下去。不知何时，天上停顿的云团落在了地上，人们就像在云雾中穿行一样来回奔跑厮杀，射击逃命。等到一切声音停止以后，云团也消散了。红枪会的队伍溃逃进密林中，进入密林追剿的兄弟兴奋地跑来告诉黑龙白龙，他们从林中空地上散落的车辆上找到了红枪会留下的的粮食和牛马。看到留下的粮食，还有那些被劫掠来的女人，黑龙对白龙说："哥哥你先回山，我再追剿一程。"

"好的，弟弟。让那些恶贼永远都不敢回头。"

黑龙去追红枪会匪去了，白龙并没有立即回山，而是在树林中住了下来，看着眼前的村庄，如果红枪会这帮恶人真要是进入了村庄，那自己就再也找不到回家的路了。

他对手下的弟兄们说："谁也不能走出树林一步，也不许开枪打猎，我要在这里清静地待上几天，大家没事做，就睡觉。"

有了粮食，谁还愿意到处乱跑。土匪们吃饱了以后没事做，真就躺在地上看天睡觉。没有人知道这些粗犷野蛮的家伙能够看到什么景象。但当这些家伙静下心看过几天天空以后，却都变得沉默了。仿佛天上的云将他们心上的山崖沟壑都抹平了一样。

又是几天过去了，白龙知道不会再有红枪会的恶贼来犯，弟弟早已经将他们赶出了大山。现在，弟弟或许已经凯旋回山了，他也应该带上粮食和牛羊回到山寨中去了。那些女人，带回山上会带来许多不便，就让这些可怜的人留在家乡的村庄吧，村里的长老们会安置她们的。

他告诉那些女人："到山下的村庄里寻活命去吧，村里的人会收留你们的，不要对他们说起我们。"这些惊慌害怕的女人们看着眼前这些强人，一个一个比先前抢劫他们的红枪会的人还要凶恶上百倍，听说放她们走，就像挣脱牢笼的惊鸟一样，四散逃去了。看着向四周逃散的女人，白龙知道一会儿她们就会聚拢在一起，到村里活命去。他忽然觉得自己比这些女人还要可怜，家门就在眼前，自己却连脚步都不敢靠近，更别说走近叩响自家的房门了。

女人们进入村里以后，村庄里的人才算松了一口气。几天以前村外密林里的枪声让村民们担惊受怕，当枪声响起的时候，村庄里的巡哨也响了起来。如今土匪遍地都是，村中十大户的长老商议每个家族都要出钱出人，购买枪支，组成了一支治安巡防队，负责保卫村庄。当巡防队朝着枪声大作的地方悄悄靠近时，他们看到了一队风一样的彪悍的家伙正同一大群手持红缨枪，头裹红丝带，身披红咒符的家伙厮杀。那些持着红缨枪的家伙村里人有见过的知道是红枪会众，而另一伙人马就不知道是哪一路的了。后来天上的云雾落下来笼罩了厮杀的人马，村里的巡防队就什么都看不见了，只听得迷雾中混乱一片，等到云雾退去的时候，所有厮杀的人马都消失了，就像一场梦一样。

长老们看着十几个逃难而来的女人，才相信几天前村外树林里真的发生过一场激烈的厮杀。他们认为，一定是神灵派来的天兵天将打跑了前来抢劫的红枪会匪徒，是神灵保佑了村庄的一切生灵。从那以后，村里的人们就传说是守护的端静公主显灵，护佑她的子孙免受杀戮，直到今天，这个传说还在村庄里流传。不久，守陵使村的长老们来河谷拜会我，我听到这个有趣的故事，我想我是应该到守陵使村去一趟了，去看一看我的亲戚们。

当我准备动身到我的亲戚们那里去时，雨水真的来了。

终于落下了雨水，大地张开怀抱迎接上天的恩赐。宫嘎活佛坐在窗前，望着迷茫的雨水。他心里说："佛祖啊，感谢您的悲悯之心恩泽这片土地；感谢您眷顾这里的一切生灵，让大地上一切生命都能存活下来，这里的诅咒该结束了！"

准备出发时，都楞仓点齐了人马，我说不用这么多人跟随。都楞仓提醒我说："听说红枪会匪个个异常！"

我点点头，算是同意了，不知从何时起，我开始害怕一些事情。当我觉察到自己的恐惧时，我却找不到内心恐惧的来源。我试着把这个疑问告诉给我的协理，他没有回答我，而是说："王爷比以前更像一个王爷了！"

我很困惑。

我们的队伍在雨水以后的大地上向东边行进，一路上青草越来越深，越来越茂盛。我并没有走得太快，现在每次出门，我更愿意让脚步迈开得慢一些，我愿意留恋一些东西。朝格问我走得慢是因为宫嘎活佛年纪大了吗。我看着身边的活佛，他似乎在马背上睡着了。朝格又说："让活佛坐进轿车里去吧。"我笑了，这个喇嘛还是愿意同我走在一起，所以他是不会同意坐进轿车中去的。活佛的身体随着马背均匀地起伏着，很享受的样子，我就甩开鞭子，朝着活佛的马抽了过去，马儿驮着活佛奔跑起来，宫嘎活佛立刻紧张地用手紧紧地抓住马鞍，大叫着佛祖啊。

我很久没有看到活佛狼狈的样子了。

或许是我们夜里烤肉的香气传得太远，远处黑暗里此起彼伏地不断传来狼嚎声。我的心情很好，一方面是因为雨水降下来了，还有另一方面那就是红枪会没有在我们的领土上卷起太大的浪潮，几股小的门道，都被我们的巡防兵解决了。我告诉手下，把肉考得再焦一些，让香气传得更远。

但是这烤肉的香气很快就招惹了是非，当我在睡梦里的时候，被潮水一样的声音吵醒了，睁开眼睛，朝格就坐在我身边，已经是拂晓了。

我问发生了什么事，朝格回答我们遭遇了红枪会的围攻。我有些害怕，将头缩进了毯子下面。朝格又说："主子放心，已经被我们的人打退了一次，现在那些人不敢再靠近了。"

我的慌乱消退了，我不明白我们的领地内陆怎么会有红枪会匪。但我立即对我们的对手产生了兴趣，我很想看看传说中的红枪会匪是否都长有三头六臂。

我来到阵前，立刻被眼前朦胧的红色惊住了。我拿过望远镜，清楚地看到对面一群人单腿跪在地上，人人头上裹着红头巾，一个法师模样的人站在这群人面前，手里拿着一根木杖，正在叨念着什么，然后跪在地上的人也开始叨念。我好奇地问身边的都楞仓他们在做什么，都楞仓回答："作法。"我问活佛："我们需要迎请神灵来回击他们吗？"活佛似乎有些疑惑，都楞仓就说先看看枪炮的法力吧。

对面的人似乎是又一次加持完了法力，嘴里大声叨念着又向我们阵前冲了过来。到了射程内，我们的机枪响了，天啊，我不忍心再看下去了，这一幕在许多年以前曾经发生过，那时我还是一个孩子，不像现在这样熟视无睹，但我还是闭上了眼睛。

我大声命令机枪手停止射击，告诉都楞仓喊话让对面那些愚蠢的家伙滚得远远的，可是都楞仓的话还没传到，对面似乎就消失了，我不忍心，然后我就回到毡包中去了。

太阳升起来时，都楞仓告诉我，红枪会匪被打散了，朝格带领一队人马前去追击。我立刻大骂都楞仓："赶快他妈的叫朝格给我滚回来。"许多年来，我还是第一次同都楞仓这样说话。

都楞仓知道我心里想什么，沉默着不说话。过了一会儿才说："无论如何，我们都得把红枪会匪赶出我们的土地。"

他说得对。这回该我沉默了。

手下将抓获的一个红枪会头领带到我的面前。我看着眼前这个家伙问他："冲锋前，你们跪在地上干什么？"

他没有回答我，我说："你回答，我不杀你，还给你烤肉。"

他闭着眼睛一句话也不说。

我说："看来我只有杀了你了。"

他还是不说话，都楞仓用枪顶着他的脑袋，这下他甚至闭上了眼睛。都楞仓又抽出短刀，在他的胳膊上划出了一道口子，鲜血刹那间渗出衣衫，可能是疼痛刺激了他，我看到那家伙的脸色变得苍白起来。然后他就开始右膝跪在地上，口中念念有词："赫赫洋洋，日出东方，元始天尊，四大金刚，二十八宿，托塔天王……快来附体，保我吉祥。吾奉太上老君急急如律令。"随后高喊，"奎木狼附体、刀枪不入、水火不侵。"

都楞仓一脚就踹翻了他。那家伙立刻起身依旧大喊："刀枪不入、水火不侵。"我被他认真的样子逗乐了，我说你们这些家伙真有意思，你在干什么，你疯了吗？他仍然无动于衷，都楞仓又在他的另一条胳膊上划出了一道血印，然后说："鲜血又流出来了，你不疼吗，刀枪不入吗？"

那人看到又是一条血印，一下瘫倒在地上，这回他崩溃了。大声说："饶命啊，老爷。"

我说："可以饶你的命，但你必须告诉我你刚才念叨的是什么？"

"老爷，我念的是请神咒，遇到强人'卸法'了，不是我的咒符不灵验，而是我犹豫走神了。"

我觉得他更加可爱，又问他："你还会什么法术？"

他骄傲地说他还会"避火咒、避水咒、驾云咒"，我问他你飞过吗？他回答还没有学精通。

天啊，这个愚蠢的家伙！我开玩笑地对宫嘎活佛说："让他见识一下我们的神灵吧。"活佛卑谦地回答："邪魔歪道，不足理会。"

我觉得活佛是在敷衍，就对都楞仓说："下次再遇到红枪会匪，就让喇嘛们同他们比试法力吧，把枪炮都撤下去。"活佛立刻就低下头去了。

眼前这个不知道珍惜生命的家伙给了我春天落雨以来最大的快乐，我告诉都楞仓给他一些银子，让他滚得远远的，不要再愚弄自己了。要是愿意就回到关内老家去吧。

需要改变

到了守陵使村以后，我再一次听到了关于瑞静公主显灵护佑她的子孙的故事。我发现每一大户的长老同我说起时，内容都不一样，都倾注了自己族群的英勇，作为最特殊的一部分融进故事中。我喜欢这样的讲述，这样才更有趣，虽然没有人知道故事的真假，但这不重要。

在宫嘎活佛的主持下，我到公主陵寝前进行了拜祭仪式，然后喇嘛们作了一场法会，祈求公主的护佑和感恩雨水的到来。守陵使村还有另一个传说，那就是前朝的康熙皇帝曾经赐封这片土地风调雨顺，每年都会有七十二场浇陵雨，这个数字很夸张，却也同样蕴含着一种期盼和骄傲。

当我站在公主陵寝的牌楼前，仰头看着许多年以前康熙皇帝题写的“克昌厥后”几个大字时，我的心头不禁涌起一股悲伤，我看着身后那些旗人遗老，我不知道该说些什么才好。此时，大清朝已经消亡十几年了，有些东西再也看不见了。我对着远方的高山说：“草原上越来越多的是那些来来往往的军队和过客，春天没有雨水，那些客民可以朝着有雨水落下的地方迁移，而我们不能，即使脚下的土地寸草不生，即使山坡的野花不再烂漫，即使天上的云朵不再化为霓裳，我们也还得守在这里，因为我们的根系深植这片土地，我们的身体属于这里。”

我告诉那些长老：“过去的已经过去了，神灵可以护佑你们的村落，但生活就得靠你们自己。世界每一天都在变化，就像山谷里的风，没日没夜地吹拂，没有一个准确的方向。”

长老们惶恐地说：“感谢王爷惦记着我们！”腔调里显示着他们对往事的留恋和不舍，还有对于未来的迷茫与困顿。

活佛说：“记着吧，一切都是轮回的。”

是啊，春来夏去、秋丰冬荒，一切都是那么自然地在行进中轮回，没有谁能够阻止。

我的话说得够多了，作为主子，我本来不应该说那么多话，这些话应该让协理、梅林或者喇嘛来说。可是我的亲戚们一副副委屈迷茫的样子，让我的嘴巴停不下来。

那天夜里，我做了一个奇怪的梦，梦里两条溪水朝着一个方向流去，然后在一处峡谷汇合，化作一匹桀骜的烈马向前方奔涌而去，我不知被什么东西推着，在浪涛上面颠簸，就要沉下去的样子，然后我被自己惊醒了。

醒来以后，天上的星星还很稠密，夜色被黑暗吞噬着，我再也无法睡去，索性起身抄起一本书来读，那是早年间父亲写的诗词，后来我把它们整理成一本诗集，经常翻阅。每当我孤寂的时候，那些诗句会带我回到从前。

宫嘎活佛被喇嘛们迎请到福吉寺祈福诵经去了。我想起了那时在端静公主的祭祀法会上，漫山开遍的达子香花，大清朝消亡以后，这样的盛事就再也没有了，各家长老也就没有了攀比的辉煌舞台。

我不知道同亲戚们应该再说些什么，这次来我其实是代表母亲的，我觉得我在这里要做的都做完了。我没有等活佛回来就先行上路返回河谷，春天已经过去了大半，有些事情我们必须在春天做完，种子必须赶快播撒进耕地里。

短暂的夏季过后，到了秋天，春日的灾害开始显露出来。地里的庄稼歉收，草场的牛羊没有繁育足够的幼崽，百姓的脸上挂着明显的失落，荒野里经常会看见三五成群的女人孩子捡拾收割后遗落的零星谷物。收上来的租赋也没有装满我们的粮仓。协理说："我们必须提振百姓的精神，就像锡伯河里的水，枯水的时候就必须要保证上游有新的水源注入，否则，等到断流以后再形成丰沛的河流可就难了。"

我问该怎么做。协理同其他几位章京、梅林商议过后，提议实行减免赋税的政策，我同意了。接着协理又提出一个让我更吃惊的办法，那就是减少到寺庙出家的喇嘛的数量。他说："即使王爷不愿意听，我还是要说，现在，天上的神灵似乎同我们越来越疏远了，不是因为我们不够虔诚，而是新的时代出现了许许多多的新鲜的东西和事物。有时候，神灵也不是对于所有的新事物都能够理解，很多事物神灵也很难控制。所以，寺庙里有太多的喇嘛诵经侍佛，我们的劳力、兵丁就减少了，土地没有足够的人去耕种，巡防部队没有足够的兵员。寺庙里的喇嘛不负担任何租赋徭役，百姓的负担就太重了。如果哪一天百姓们无法承受时，被迫扔下压在肩上的挑担，到那时，我们就需要面对更多的事情。"

协理说得很对。其实，这些年来，这个问题一直困扰着我。许多年以来我们蒙古地区一直有一个习俗，那就是家里只要有两个男丁以上，大多只会留下一个延续香火，其余的都会送到庙里当喇嘛。喇嘛会免除许多徭役租赋，如此一来寺庙里的喇嘛太多了，耕种放牧、当兵服役的人就太少了，我曾经下令禁止太多的人成为喇嘛，可是连年的战乱，多数穷苦人家养不起那么多孩子，只能送进寺庙才能活下来。我实在无奈。

协理又说："我们可以定下规矩，只要不进入寺庙当喇嘛，就可以赏赐一块土地和一些牛羊，让那些人自食其力。这样几年下来我们的粮食就会多起来，我们的人口、牛羊也会多起来，我们的兵丁也会多起来。对于那些不去当喇嘛的年轻壮丁，我们可以照样减免他们三年的租赋。到衙门当差，到部队当兵我们多发两倍的响钱。"

这是一个好办法。但这个办法很快就招致了其他官员和贵族的反对。我让那些人闭嘴。我说："协理，你去执行吧。"

几个寺庙的主事喇嘛来找我了，他们更是反对我的这个方法，还问我是谁帮助王爷出的坏主意，这是想要神灵远离我们的土地。我告诉他们，我们的土地上也需要新鲜的东西，除了神灵以外，还有一种叫作科学的东西对我们也很有用，我们必须改变那些过时而又愚钝的制度和习俗。我说："就连寺庙都用上了现代新鲜的东西，看看你们身上哪一个没有一块记录时间的怀表。"

他们又说："这样一来，喇嘛少了，谁来伺候菩萨神灵，谁来在佛前点灯诵经，谁来向佛菩萨祈求护佑我们的土地？"

他们用神灵向我施压，我最不喜欢别人借用神灵的名誉同我说话。我可以，但别人不可以。我的脸色变得难看起来，我说："那你们就勤快勤快，多诵经祈福吧。"几个大喇嘛见我主意已决，嘟囔着回寺庙了。

宫嘎活佛没有因为这件事来找我，我知道，这个老喇嘛在内心是理解我的用意的。但作为佛的代言人，他同样也不愿意看到自己的信徒减少，他不来见我，是让我知道，他理解但不同意。

宫嘎活佛不来见我，我却要见到他。我告诉协理同我到寺庙里去一趟。

我半开玩笑地问宫嘎活佛："作为智慧的喇嘛，你能知道我为何而来吗？"

活佛微笑着说："我不想臆断王爷的想法，但我已经准备好了该如何回答王爷的问题。"

我们来到经堂后面的客室，不紧不慢地喝茶。

宫嘎活佛说："佛祖护佑一切，但是我知道我们的土地上需要更多的劳力和兵丁，我不愿意失去信徒，但我不会反对，我会诵经祈福，告诉佛祖缘由，祈求佛祖的宽恕。"

丁协理说："作为一个喇嘛，你首先是扎萨克衙门的一个护佑者，作为佛的代言人，你才是个信徒膜拜的活佛。"

"我的沉默表明了我的立场。"活佛回答。

"沉默还远远不够，活佛需要站出来，告诉那些寺庙里的大喇嘛，世界每一天都在变化，寺庙也必须要改变。"协理接着说。

我喝着茶，一句话都没有说，协理都替我说了，我自己反倒不知道该说些什么好。让一个德高望重的活佛告诉自己的信徒，不要进入寺庙当喇嘛，这简直是不可能，是对活佛的羞辱，甚至是在让活佛出卖自己的信仰。

还是让协理同活佛交谈吧。

活佛放下茶杯，开始跏趺打坐，他真的沉默了。我能够感受到他内心的痛苦和无奈。我对协理说："活佛累了，我们走吧。"

出门以后，我又返回身对着静默的活佛说："不要为难自己了！"

几天以后，活佛请几个大寺庙的主事喇嘛到福荟寺谈禅喝茶，然后打发一个贴身的小喇嘛来告诉我："请王爷放心地去做要做的事情吧。"

小喇嘛转身离开时，我让他转告活佛，"就说我一直以来都做同样一个梦，我在一处湍急波涛上面漂浮不定，今夜，我不会再做这个梦了。"

夜里，我果然没有再做那个梦，早上醒来时，一身轻松。

丁协理的办法推行得很快，许多穷苦人家的父母听说不去寺庙里当喇嘛，可以得到土地或者牛羊，可以免去租赋，而且家里还增添了劳力，也就不再将孩子送到寺庙里去了。寺庙里则说是为了更好地侍奉佛祖，从而提高了进入寺庙的门槛。喇嘛们是在自圆其说，我推测这是宫嘎活佛同那些大喇嘛一起喝茶的结果。

我们的新政策很快就收到了成效，我们的领地上有了更多的蒙古人和客民在劳作、放牧、生育、当兵。没过多久，我们的办法就在东蒙古草原上推行开了，不但是我们，其他蒙旗也都陆续开始推行这个办法。当然，来自寺庙的阻力很大。

可是，春天来时，天气转暖，河里的冰凌如何抵抗，也终究无法阻止蓬勃的春水汹涌畅流。又是几年以后，寺庙里的喇嘛少了许多，牧场上和田地里的劳力却明显多了起来，东蒙古总是在不经意间改变着。

我骑马到河边去，太阳懒洋洋地挂在天上，几个在河滩上放牧的百姓看到我时笑着跪了下去。我问他们："我们歉收了，牛羊群没有那么多幼崽，你们为何还要笑。"他们回答："尊贵的主子啊，我们得到了土地，减少了租赋啊。"

我们的土地又生长出了一种看不见的生机，是在这秋天，是在百姓的心里面破土出芽，而不是生机勃勃的春天，不是在我们耕种的土地上。

我看着天上的太阳，被白云轻快地托着，我决定到草场上去，我想我的琪琪格了。在草场上我收到了东边包印送来的消息，他说东边的红枪会基本被我们的巡防军清剿干净，只剩下小股的乱匪正在清剿，已经不成气候。他顺便提醒我提防那些小股逃窜的红枪会匪打劫沿途路过的村庄和牧场。我想包印多虑了，我见过被妖魔蛊惑的那些家伙，实在傻得可怜。

我在溪边骑马时，琪琪格张开弓箭射中了一只野兔，我想要让她见识一下我的枪法，就从侍卫手里拿过枪，纵马奔向草丛，但十几枪过后，我才射中一只，琪琪格嘲笑我是主子做得太舒服了，我有一些惊讶。她从未说过这样的话。这倒让我警醒。

看着像云朵一样轻盈的琪琪格，草场上丰沛的雨露，将她滋润得丰满而充满活力，我想我应该在这明朗的秋天做些什么。这秋天很适于孕育生命。如果有一天琪琪格愿意同我住进河谷王府里，那我们孕育的也就只是温顺的小鹿，而不是桀骜的雏鹰。

是啊，秋天的溪水是如此地鼓胀，流溢得到处都是，就像我无处不在的激情。我们在草丛中、在树林间、在溪水旁嬉戏温存，我不断地播撒着我的爱的种子，那段时间白天和黑夜在我们面前消失了。

夜晚有些寒意时，我们才停下来。我坐在月光下，看着远处隐约的山峦，琪琪格偎依在我的怀抱里，我说如果我不是一个王，我会永远在这里守着你。她说："你不是以一个王的身份进入我的生活的，以后也永远不是，我更愿意一个现在的你在我身旁。"

她对于另一种生活，许多人做梦都不敢想的生活毫无兴趣，她就是如此简单纯粹，让我无法放下，就像当初我看到的那朵花儿一样，美丽自然、清新脱俗。

秋夜里的草原安静得让人的脑袋无法变得复杂起来，更无法想象草原以外的东西。我不愿意去想，不愿意让我的脑袋因为填充另一些琐碎的东西而变大，但此刻我比以往任何时候都明白，有些东西正因为在你怀里，正因为完全属于你，你才会在不经意间显露出无所谓的样子。这种无所谓让人容易不去珍惜。

我小时候在王府总是玩一种游戏，游戏的名称叫作"攻城"。我同王府里下人的孩子们在后花园的空地上用木棍画出一座四方城池，中间用一道横线隔开，变成两座城池，然后每座城池各开一道城门，我们分成两伙集中在各自的城池里。游戏开始后，双方各自留下一名士兵守城，其他人则用单腿蹦跳着出击到城外战斗，互相推搡，撞击，双脚落地就算失败。战斗的形式可以是双方各自派出一员将军单挑，也可以集体出城互相攻击。其中一方认为在城外无法战胜时，就会退缩回城池开始守城，另一方则去攻城，直到攻城的士兵进入守城一方的城池以后，就是胜利了。获胜一方还要选出一名国王来巡视城池，失败的士兵则要双手叠加在一起，抬着获胜一方的国王巡游领地。我们乐此不疲，攻入对方城池时会兴奋地尖叫。不用说，如果我们胜利了，做国王的一定是我，所以那时我总认为我会是永远的胜利者，我会永远拥有攻陷的城池，可是当巡游的高潮结束后，我们的游戏又得从头开始。

岁月让我慢慢学会，有些东西完全拥有时，也就意味着会慢慢失去。

这样想着，我说："唱一首歌吧，唱天上的月亮。"

琪琪格就轻声地哼唱起来：

天上落单的鸿雁啊，
夜晚还在追寻着雁群；
头顶上明亮的月光啊，
将它的翅膀引向远方。
地上的小伙子呼斯楞啊，
夜晚怎么也睡不安稳；
头顶上明亮的月光啊，
让他牵挂着远嫁他乡的姑娘。

歌声牵引着天上的月亮离我们越来越近，不知何时，飘过来一片轻盈的云彩，里面有许多幸福，也有许多忧伤。

管家是清晨到草场上来的，我才刚刚被一泡尿憋醒。管家告诉我老福晋让管家传话说想他的儿子了。

我问管家是老福晋病了吗。

管家回答老福晋身体好着呢。

我说，衙门里有什么事情吗？

管家说协理、梅林他们让所有的事情都有序稳妥。

我想不出王府里还有什么事情让我担心，我的叔叔已经远走藏地很久了。我想不出老福晋让我回去的理由。

我又问管家，老福晋还说了些什么，管家回答没有，管家不会在我面前撒谎。

这时琪琪格说："阿妈想念自己的儿子还需要一个理由吗？"

"不需要！"这是我对自己的回答。

阿妈老了，她想我了，希望她的儿子每天清晨时会在自己的身边出现，就是这么简单。想想昨夜的歌声和月光，我还不想离去，琪琪格已经为我准备好了马鞍，她催促我赶快上路。我同管家很快离开了草场。

另一种情感也同样要相守。

我没有欣赏一路上的秋日风光，回到王府见到阿妈时，她正同我的妻子说着话。见我回来，我的妻子转身离开了。这两年，她总是这样，尽量避免着同我碰面。鸦片烟早已经毁了她的身体，使她丧失了成为母亲的可能。在大宅门里，一个不能生育的女人就不再是女人了，即使是下人也都会瞧不起她，更别说一个尊贵的福晋面对自己了。我倒没有因为这件事而有意冷落她，但我曾经多次明令禁止我的子民吸食鸦片，我枕边的人却反复无常。我很难过。

阿妈早已经习惯了这个样子，她叹一声气，说她想我了。然后就拉着我的手问起我留在草场上的姑娘。我们的话题变得轻松起来，母亲听我说到琪琪格的歌声时，说哪天也要到草场上去听一听那个拴住自己儿子心灵的姑娘的歌声有多好听，人长得有多漂亮。

然后，我还在说着琪琪格时，我发现阿妈已经斜靠在躺椅上睡着了。看着她满头的银丝，凌乱地遮挡在脸上，我的心里很不是滋味，我走过去轻轻地吻了她的额头，我看见泪水从母亲眼里悄然滑落，当我准备抽回手离开时，母亲突然轻声说："去看看她吧。"

她指的是我的妻子。如此相似的一幕以前曾经发生过，我的心里立刻被岁月这东西搅乱了，一阵疼痛袭来，好久才慢慢消散。

夜深了，我看到妻子的窗前还亮着灯，我悄悄走到窗外，几次想要推门进去，但我还是没有，屋里面寂静无声，唯有灯光的闪烁表现出细如发丝般的声息。这种声息其实我是听不到的，只是颤动在我的心里罢了。我讨厌这样的黑夜，我转身离开时，屋内传来一串轻声的哭泣声和长长的叹息声。

我想要找个人说说话，我来到前面朝格住的地方，却发现朝格屋里的油灯已经吹熄了。

第二天，我找来丁协理，我告诉他在河谷里开办一个戒烟的组织，想办法戒除那些害人的鸦片烟。

丁协理朝着我的妻子的房间看去，他明白我的意思。

在协理的筹办下，很快河谷里成立了戒烟社。协理说这个组织就算是民间的，这样操作起来会容易一些。我理解协理的用心，如果是算作衙门的部门，戒除鸦片这个魔鬼一样的东西会遇到多数贵族的反对，因为很多贵族都在吸食。让清泉一点点地流淌吧。到了第二年的秋天，领地上许多地方都成立了戒烟分社。

困　顿

河谷里青了又黄、黄了又青，也不知道变换了多少季节。日子过得真快，又是许多许多的日子过去了。

白萨满巫师阿宝最近两年的日子明显不如以前，手头再不像从前那样阔绰。他好像已经很老了。作为萨满巫师，忠诚地信奉“蒙哥腾格里——长生天”。不知为何？困顿让他害怕。似乎一切正被一种未知的东西所缠绕，越缠越紧，透不过气来。那天夜里，带着疑惑他终于到了寺里，找到宫嘎活佛，问道：“活佛啊，我总觉得会有一些不好的事情会发生？”

宫嘎活佛说：“或许是吧！”

“我有些怕，因为我什么都看不到，什么都不知道。”阿宝说。

宫嘎活佛没有言语，沉默了一会儿，转过身去。片刻之后，阿宝听见灯影里的活佛一声叹息！

他就悄悄退到殿堂外面去了。

自从听到活佛的一声叹息后，阿宝的不安变得真实起来。

“连活佛都叹息了！”阿宝经常自语。

长久以来，每当有事情困扰阿宝时，他都会到寺里请教宫嘎活佛。

这天早上，做过早课后，宫嘎活佛就早早地来到了王府的议事厅内。我刚刚起来，正在寝室外屋洗漱，下人告诉我活佛来了。

“这么早，什么事？”我接过丫鬟递过的毛巾，在空中停了一下，问道。

“没说，活佛急匆匆的样子。”下人回答。

“让活佛进来吧！”我擦拭着脸颊。

宫嘎活佛急匆匆地奔进我的寝室堂屋，跨门槛时被绊了一下，差一点儿摔倒。

这些年来，修为已经使活佛的眼神与表情永远深邃、慈悲、平淡；岁月的洗礼已经让这个老喇嘛永远安静从容、宠辱不惊。

活佛整理了一下僧袍，顾不得体面，下人们知趣地退了出去。

“我的活佛啊，今天是怎么了？这么着急。”我很纳闷。

“王爷啊，我看到天上的云朵飘走了！”

这是一个极其平常的现象！可是这个喇嘛要说一件事情时总是爱拐弯抹角，让人感到神秘！

“是瘟疫还是风灾雪灾？”

“不，远不止这些，是魔鬼！”

“活佛可不能随便乱说的！”

“千真万确！”

对于宫嘎活佛，我一直都很信任，我知道悲悯的活佛不会胡乱说话、无端生事。

过了一会儿，我说：“活佛啊，还记得许多年前的风灾吗？一切都会过去的！”

“忘了天上的星星，我也忘不了那些往事。这次不同，王爷。”

这就是这个早上我同活佛的对话，有时候连我自己都感到诧异。世界进步很快，有许多东西似乎正在离我们渐行渐远，我们经历了太多的事情，很多事情都无法把控。所以现在我能够接受寺庙和萨满为了护佑一方而作的法事道场，但真正决定一些事情时，我还是让现实来决断，而不是通过喇嘛和萨满的占卜。这一点，我始终很清醒。

听到宫嘎活佛的说法，我已经知道活佛指的是日本人了。这些年，草原上的日本人越来越多，经商的、流浪的、考察的，甚至还有传教的喇嘛和神父，各种各样，缤纷复杂。

果然，几个月以后，奉军的张大帅被日本人炸死了，一下搅乱了整个东北的局势。然后，我们这里的日本人一夜间就多了起来。然后几个很有身份的日本人来到河谷里，拜访我。他们说早就听说王爷的威名，早就想要拜会王爷，最后，他们同我说：要我从民国政府中独立出来。我知道，这才是他们见我的真正原因。这些日本人说话时总是拐上许多道弯，才会绕到正题，就像我们宰羊时的羊肠一样，需要捯饬很长时间，才会将羊肠捋清楚。既然他们说话弯弯曲曲，那我就让我的协理同他们交谈吧。我告诉丁协理：“我要到寺庙里去了，太阳才刚到头顶上，你有的是时间同客人说话。”

我走了，协理告诉下人，不用再上茶了，然后他就同日本人开始在羊肠里一点一点挪移。到了傍晚，日本人走了，我回到王府里，协理看见我，咧嘴笑了，我看到他的嘴角因缺水裂开了一道口子。我知道这个聪明的家伙一定让不怀好意的日本人受够了干渴的煎熬。

我让下人多端上来一个人的饭菜，我对协理说："你渴了，我请你喝酒。"

几杯酒落肚，协理的嘴角又现出了红润，他认真地对我说："王爷，来者不善啊。"

我心里很清楚，时局真的变了，或许活佛说的魔鬼就要来了。

我说："该来的总归会来。"

我告诉都楞仓，加紧训练我们的士兵。

萨满阿宝也跑来对我说："大地上如果没有神灵的眷顾，对于几百年以来习惯了凡事都由神灵来帮助做出决断的百姓来说，就像是从树上落下来的树叶，在毫无依托的空中飞舞，就像是牧人头顶的蓝天上，没有了一块可以遮阳和遐想的云彩，没有神灵的日子是不可想象的。"

他的话有些莫名其妙，我问他："老萨满，你到底要说明什么啊？"

他说应该想办法让护佑我们的神灵回来。

管家说，在枪炮面前，神灵也很无助。

关于日本人的事情，我找来武学堂里的两位日本教官询问。

桥本说："日本军队就像一只饥饿的雄鹰在空中寻找猎物，它之所以还在空中盘旋，那是因为它在寻找一击致命的机会。"

对于他的回答，我很不以为然。我说关东军的行径就像一伙到别人家抢劫的盗匪，他们不配比为雄鹰。我又说："雄鹰是不会乘人之危的，我们蒙古人绝不会在别人背后下手。"

桥本笑了，他说："王爷，不要误会，我代表的是我自己，东北的事情或许只是一个偶然。"这个家伙平素虽然有些傲慢，但很直接，这些年来遇到关于日本人的事情，我都问他的意见。他在我们这里已经生活了许多年，平时总是穿着蒙古长袍，不仔细观察，很难看出他不是蒙古人。他给自己的孩子起了一个蒙古名字叫作巴特尔，他说他希望自己的孩子将来成为一个英雄。现在他的大儿子已经长大回国去了。闲暇时，我们俩会在一起下棋，老实说，他的棋艺很好。

另一个教官吉原次郎又是没有说话，他一向不喜多言，但总是整齐利索，一身戎装，处处表现出一个军人的样子。学生们不太喜欢他这个教官，说他不近人情，要求刻薄，背地里还给他起了一个绰号，叫作冷面鬼。他听说后，竟然表现出很高兴的样子，要求学生们以后上课时都这样称呼他。这个人很怪，要不是他教学认真负责，我早就不聘用他了。

我问了他同样的问题，他的回答很简单："我不知道，我只负责教好学生，但从来都不会有偶然的事情发生。"

桥本和吉原次郎的意见正好相反，我的问题等于没说。

关于日本人，我接触得很多。早年间，我在京城时曾经结识过许多形形色色的人，他们的性格很难捉摸。我有一个叫作川岛的朋友，他是一个浪人，就像我们这里草原上的流浪的游侠，整天无所事事，后来大清朝覆灭兵变时，是他找到日本使馆帮助朝格他们离开了京城。那时他身上忽然显现出了一股强大的力量，从他的背后涌来，我知道，那力量来自他们的政府。后来他给我介绍了许多日本人，我发现他们都有一个共同的地方，那就是他们的眼睛里都含有一种看不见的东西。但我能够感觉得到，是一种在适当的时候释放出来的渴求，就像我们在围猎时，有时候会在树丛后面看到一双动物的眼睛，眼神深邃晦暗，瞬间就消失了，然后会出现在我们的梦里，让我们无法忘记。

从那以后，再同日本人打交道时，我总是给自己留出余地。所以，这么多年下来，我同桥本并没有成为朋友，我们的关系永远都止步于雇佣，这和我同我的协理之间完全不一样。丁协理也不喜欢日本人，他总忘不了中日之间的那场海战，谈到日本时，他就会在我面前提起这段历史，我们都很悲愤难过。桥本同吉原次郎之间，他反倒更喜欢后者，他说吉原次郎是一个做事认真负责的人，身上没有阴翳之气。

桥本离开时说的一句话让我记下了。他说："请王爷放心吧，即使有一天日本军队来了，也不会伤害到王爷的，王爷还是这里的主人。"

他的语气里带着一种肯定，不是一句宽慰的话。这让我多看了他一眼。我告诉朝格，仔细观察桥本都在做什么。

对于神灵是否真的正在离去这个问题，我问过了宫嘎活佛。活佛的回答很难懂，他说："河谷的风自然地吹拂，天上的云朵自然地飘浮，河里的水自然地流动，一切都是注定的。"

我懒得去琢磨这个老喇嘛的话，无论是自然的风、云朵，还是流水，都不会无端涌动。我们不但需要坚毅的信仰，更需要强大的卫队军火。我很清楚，无论神灵存在与否，无论神灵护佑抑或离去，最终依靠的还是我们自己的百姓和土地。

所以，当活佛还要尝试同我解释关于神灵的事情时，我用手势制止了他，我说：“活佛啊，回去诵经吧。”

活佛并没有因为我的粗鲁而生气，相反，他出门后对身旁的协理说：“王爷真是一个果敢聪明的主子。”

我找来都楞仓他们，宣布说：“从现在起，我们的巡防兵人数要增加一倍，落后的武器要全部更新。”

那天夜里，我一个人来到父亲的牌位前，我在心里将想要说的话同父亲说了。明灭的灯火闪现着往事，我的心里清楚了许多。新的东西来了，更新的东西出现了，许多的人走了，更多的人来了，就像一座集市，人流穿梭、热闹非凡，中间有仇恨与喜悦，平庸与凌厉，甚至是魔鬼都要来凑凑热闹，既然魔鬼要来，那就来吧，总比一片土地上冷清死寂要好，哪怕是炮火血腥的战争。

是啊，我很清楚我必须眼神坚定。那样领地上火塘的火苗就不会熄灭。火塘里的火苗熄灭了，寒冷就会袭来。

可是，世界变化得太快，很多事情我们还不知道该如何面对。

果然，没过多久，我们这里又来了一支匆匆忙忙的军队，是驻守热河的奉军，他们听说他们的大帅被日本人炸死了，就从热河调防东北，意图复仇。当他们的部队路过我们的领地时，我邀请他们的头领到我的王府歇息喝酒。头领姓郭，军职旅长，自称草莽出身，酒过三巡，身上果然就涌出了豪爽之气。他说：“世事混乱，久闻大名，难得王爷盛情款待，行伍粗人，没有什么东西可以相赠，军队不缺的就是枪支弹药。”

这正是我们想要的，我很感谢这个草莽出身的军官，部队离开时，我给了他许多银子，他拒绝了。他告诉我，他回去一旦发生战事，是准备去战死的，银子对他来说没有任何用处。我很敬佩这个家伙，我说：“从现在起，我们就是朋友了。”又说，“你不要银子，我没什么可回敬的。”他说：“你的酒，就是最好的回赠。”

我让管家装满了几大车酒，送到他们的队伍上，管家说：“替我们多杀几个日本兵。”

这些回乡复仇的士兵在我们的领地上燃起了火一般的激情，就像有人向火堆里泼了煤油一样，忽的一下，火光升腾起来。我的士兵们都表现出激昂亢奋的样子。丁协理说：“国恨家仇同样是我们的。”我想了一会儿，协理说得对。丁协理又说：“我们需要提振军威。”我点点头，协理同都楞仓商议，让我们的士兵同奉军的弟兄们搞一个联欢活动。活动是在广场上进行的，篝火直冲夜空，我们的人同他们的人在一起喝酒唱歌，篝火暗下去时，所有的人都醉了。

郭将军走了，留下了他的儿子，请求我替他抚养，他说我是一个信得过的人。他可以去死，但他的儿子得活着、长大，将来要为他报仇。这让我很感动，他将家人托付于我。

关于仇恨，我忽然想起我东边的邻居来。郭旅长的部队似乎才是真正的为仇恨而回到家乡，士兵中间弥漫着一股激荡，那种激荡弄得天空和大地都被一股勇敢的气流所缠绕，散发出无边无际的豪气。

丁协理说："空气中激荡的是一股精神之气！"

而我们的仇恨在它面前变得很小很小。

打　虎

宫嘎活佛说风带走护佑我们梦境的云彩，那么同样风也会带走天空的迷雾。因为云彩永远与迷雾搅混在一起，同样会远离我们，就像一盘月亮，看天上皎洁如镜，清辉相映的云朵，若是投在秽浊的水中，就是一片混沌了。所以，我相信所有的事情都会有两种结果。

在纷乱的岁月里，支撑人们身体的不但是粮食和盐巴，还有希望。

我是不会轻易让我的土地上的希望离开的。

在同奉军郭旅长的部队联欢之后，一股无形的东西于无声中注入了我的士兵身体里，都楞仓说那是军人的英武之气和热爱家乡之情。我告诉都楞仓:“这是一种好东西，不要让这种东西消失，现在我的士兵有了，我的百姓也同样需要它，一定要让它永远地存活在我们的身体里。”

宫嘎活佛说这是佛的眷顾和恩泽，佛祖并没有抛弃我们，他只是以另一种方式显示存在而已。

我笑着问活佛:“这东西也是一种神灵吗?如果是就应该是协理说的‘精神’吧。”

活佛认真肯定地说这个叫作“精神”的神灵的法力大得无边无际。

又是一个湛蓝的秋天，大地上的万物肥壮圆润起来，百姓身上的力气因为收获增长了很多。但我觉得还远远不够，我想起了一件我们已经很久没有做的盛事——秋天围猎。

我说过秋天围猎是我们这里一件传统的盛事，我们称这个地方为“阿巴拉乎”。我们管猎手叫作“阿巴沁”。

秋天围猎已经成为我们的习俗。我们蒙古人围猎，一般会选择在青草和黄草两个季节进行，有大猎和小猎之分，大猎一般会由盟下几个旗共同组织，由各旗派出围猎分队联合出围。小猎则在各旗内组织，在几个苏木或嘎查村庄内进行，是为春天、秋天祭天神腾格里，围猎以示雄风永存。大型围猎能够会集猎手阿巴沁上千人，同时出动，方圆数十里的猎场上则会喊声震天、地上卷起的尘土飞扬万里，就连魔鬼也会感到害怕，躲得远远的。大地上惊起的动物四处奔逃，阿巴沁们嗷嗷叫嚷着，纵马驱犬、持枪拉弓，在头顶上抡圆布鲁（围猎工具），向猎物投掷，争先恐后地向猎物扑去。小型阿巴，规定最先扑到者，会用缰绳套住猎物的脖子，然后后面赶到的猎手则按到达先后顺序依次把住猎物的四足、胸肋、脊尾，这样就获得了名次，进行宰杀以后，遵循惯例将各自所有的部位一一分割。大型阿巴则不同，猎物归猎获者本人所有，并不分割。猎犬捕获的猎物则归主人所有。

我们的围猎有狐狼围、野猪围、黄羊围、熊猎、虎猎等，狐狼围很少进行，野猪围较为复杂。野猪性情凶猛，多生长在地势险要的森林中，猎人们根据野猪的类型分成几种猎法。那些喜欢在松树上蹭身、在泥土上打滚的野猪，日子久了，猪皮上就会穿上一层厚厚的铠甲，猎人们管这叫“穿甲猪”，这层铠甲据说是神灵赐给护佑松林的猪精的，最难猎杀；牙齿锋利、鬃毛如针的猪叫作“獠牙猪”，其凶悍无比；把较老的母猪叫作“笼头猪”，这种野猪凶猛狡猾。猎野猪时猎人最忌讳站在野猪前面，那等于送死。猎手们捕获“穿甲猪”时会骑到猪背上，抓住鬃毛，任其奔跑，等到力气用尽时，则会用刀刺其脖颈柔软处，然后纵身而去，待其血尽气竭以后，倒地毙命。

我最喜欢的就是黄羊围了。我们围住羊群后，老猎手会分辨出羊群中的头羊，然后由几个猎人带领两到三只猎犬为一组，分成若干组，分段站好位置，一组接一组地开始追逐头羊。头羊跑向哪里，其他羊就会跟到哪里，所以如果乱追羊群，就会一只都猎不到。等到头羊力竭时，猎犬就会扑上去咬死头羊，这时候其他羊就会很容易地捕获。我还记得许多年以前，我们在草地上追逐黄羊时兴奋叫嚷的样子，那时候，我没有烦恼。

禽猎的讲究也很多，我们主要猎杀那些飞得不高，总是活动在水边草丛里的野鸡、大鸨等，对于能够飞上高空的天鹅、鸿雁、野鹤我们是从来不捕猎的，我们敬畏它们升腾的翅膀，那是吉祥的化身。天上的鸿雁，在我们的民族里是瑞祥恋乡的灵物，每当春风吹来、冰雪融化时，鸿雁就会排着长队飞回蒙古高原。我们蒙古民族年轻美丽的媳妇们此时会穿上节日的盛装，手捧哈达，站在高岗上仰首迎接，鸿雁看到大地上飞舞的哈达时，就会鸣唱思乡之歌，它们就会知道，到家了。

还是说说我们围猎的事情吧。

这个秋天正好围猎。

我在衙门的议事厅里，召集了各处官员，让各个地方的佐领、头人都回去准备这场围猎盛事，每个苏木、嘎查村庄都要选择青壮有力的男丁参加扎萨克衙门的围猎活动。这样，我相信我们就会让那个叫作“精神”的神灵在所有人心间都生长起来。

我们选择了两处围猎地点，一处在东边广阔的草场上，另一处则选在南边围场的密林间。消息传出去以后，草场上的大小牧主和领地南边茅荆坝山脉的各处猎户村就开始准备了，训练队伍、准备猎具，搜寻猎物。

喇嘛们作完围猎的法事以后，我们向东边第一个围猎场出发了。此时，我们都是猎手，所有的猎手都是兴奋而紧张的。到东边围猎，我还有另一个目的。

我们到了东边开阔草地以后，进行了三天的围猎活动。当猎手将捕获的最后一只黄羊宰杀分割后，东边的围猎活动就算是结束了。我准备在东边休息几天，包印看到主子，舍不得我走。我问他东边的情况，叮嘱他要小心。

他还是那副毫无畏惧的样子说：“主子放心吧，谁也别想打我们的主意，山里的土匪，一个也不敢来，谁敢招惹我们，我就宰了他。”

他没有明白我的意思，我指的不是东边的邻居，也不是山里的土匪，我指的是盘踞在东北的日本人。

当包印终于明白我的意思时，他显得很激动，他说：“主子，好久没有仗打了，手痒痒，日本人来了，我宰了他们。”

他又问我：“主子，你说日本人会来吗？”

我回答他：“是狼，就没有不吃荤腥的，小心吧。”

这时南边围场的猎户们传来了消息，森林里发现了虎迹。

这个消息令我振奋，我还从来没有围猎过猛虎，父亲在的时候曾经猎杀过一只。

我们骑上马背，我要马上回到领地的南边。

临走时，我叮嘱包印要谨慎行事，保护好我们的百姓和牛羊。

我们一路疾驰，马蹄搅乱了秋天的阳光，但我还是觉得太慢。当我们终于到达南边的美林山谷时，猎户们早已经准备好了。

只有围猎的时候，我们才会想起那些住在山里的猎户人家。这次围猎之后，我决定奖赏山里的猎户。

说说我们的猎户吧。由于地处木兰围场东缘，很多年以前这里就建有虎枪营，专门猎杀猛虎。后来，为了炫耀武功，我的祖上专门从我们的领地上抽调了四十户兄弟齐全的青壮旗民，迁至美林山谷。他们平时为王府打猎，虎围时，专猎猛虎，所以这个村落被称为打虎营。汉人有一句话叫作打虎亲兄弟，我不知道他们是不是玩笑之语，我们这里却真是如此。一个打虎队至少五人，多是至亲骨肉，由亲父子亲兄弟组成，也有同姓同宗，或结拜兄弟，结拜兄弟必须由衙门验证情谊，方准许组队。原因是猎杀猛虎，必遭猛兽反扑，容易致伤人命，亲生骨肉危难时刻能够互相救护照应，若非至亲骨肉往往被猛虎排山倒海之势吓倒，私自奔逃，所以我们这里必须是打虎亲兄弟。许多年以来，打虎村依然保留着每户人家必须生养几个男丁的习俗，这里的女人也如同茂盛的森林一样，能养好生，生子养儿皆壮硕高大，性情凶猛。

五人一组的打虎队配置精妙，一个打虎队左右翼各有叉手一名，称为“贴叉子”，各持长柄两股叉一只。猎虎时，虎必然反扑，当猛虎反扑时，“贴叉子”急上，将叉柄端戳地，蹲身踏地，双手握住叉柄将反扑猛虎支住，不使虎扑倒人。“贴叉子”必须要是敢死之人，胆小者不能担此任。这时一枪手持长柄扎枪蹿上，直刺猛虎心窝，这个人要胆大、手准、力壮，如一枪不死，二枪手随即又递上一支枪给一枪手，一枪手再刺，若还不死，这时三枪手再递上枪，由一枪手再刺。三枪过后，多数虎会毙命，若再不死，则此虎必为此山虎神，这时一枪手就要从小腿上拔出单叉子，即匕首，上前刺瞎虎眼，使其不能视人，否则被看之人必死于非命。刺虎眼是最危险的，多被虎伤。虎叉杆多用色木做成，外用牛皮板筋缠绕，坚固柔韧不折，虎枪多用白蜡木所做，外缠牛皮鹿皮。

后来虽有火枪、步枪，但我们依然多用扎枪刺虎，表示我们武功长存。

我曾经问过一个老打虎队的一枪手，为何总是你刺？他的回答很有意思，他骄傲地说：“别人刺不死。”我一直不相信，以为他在吹牛。

我又问二枪手你为何不刺，他回答：“我哥哥刺。”

我说你的哥哥被虎伤了以后呢，他又回答：“我会刺死它。”

看来，这是一个很有意思的问题。

我告诉都楞仓，一切都按照祖宗留下的规矩围猎。

都楞仓明白我的意思。他很快就同打虎营的头人布置好一切。

都楞仓按照惯例，召集了200名虎围兵力。由于是围猎山中大王，须由我亲自担任虎枪营事务长。我们在打虎营村口建好营房，每天派人进山寻虎。十天以后，我们绑缚在山林中的两只羊都被猛虎吃掉了，这样就可以确定，半月以内这只猛虎都不会走远。正式围猎的日子终于到了，萨满阿宝带领萨满巫师们敬过天神以后，然后喇嘛们对打虎武器进行了法力加持，这些武器平时都是作为神器供奉在佛前的，每逢年节烧香祭酒，其间只有一枪手才能有资格取下擦拭磨砺。

都楞仓将几只打虎队都带到我的面前，让我挑选，我最喜欢其中一个名字为五虎兄弟的小队，他们看上去真就像五只猛虎。我告诉都楞仓，让五虎兄弟打头阵，其他几个小队阵前呼应。

五虎兄弟兴奋地将我抱了起来，在他们眼里，此时我不是扎萨克王爷，而是一个猎手。当我被他们抛向空中时，一股豪情从空中倏地一下传到我的身体里，当我落在地上时，我决定同队伍一起进山猎虎。

打虎队出发时，村子举行了盛大的仪式，所有人集合在村前的广场上，村民们给壮士们牵着马，猎手们披红挂彩，老人们端着上马酒，人们高声齐唱祝福歌。等到女人们跪拜完杀虎枪后，队伍向山里出发了。这时，我忽然觉得，村民们如此热闹，仿佛我并不存在一样，这里许多年的坚守与威仪是属于打虎英雄的。

我们的队伍来到深山以后，选了一个开阔处，五虎兄弟的父亲，老猎手五十五将一只肥狗拴在了树上，然后我们就悄悄退开了。见主人走了，狗开始不断地叫起来，过了约两个时辰，忽然狗吠声变成了断续的哀嚎。五十五悄声说可能是虎来了，不一会儿果然传来一声低沉的虎啸。我们分成五队，立刻从四面向虎啸处包围，等到我们悄悄来到近前，围拢后，我看到一只身形巨大的猛虎正在撕扯地上的肥狗。

我给出了可以猎杀的手势。

这时五十五拿出炮仗点燃，燃爆声立刻惊动了猛虎，老虎受惊后张开大口，四处张望，这时四面锣起，老虎不知哪方强弱，发出怒吼，震颤山林。五十五带领五虎兄弟缓慢来到猛虎身前，五十五用一长枪挑逗虎头，猛虎暴怒，张开大嘴就向五十五扑来，这时“贴叉子”急忙将叉柄端戳地，蹲身踏地，猛虎扑落后，只有一支长叉插入虎身，眨眼间老虎一下跃起，一爪就扑倒了刚退到叉手身后的五十五。然后让我永远也无法忘记的一幕出现了，老虎忽然向我们这边扑来，就在我惊呆在那儿的时候，一阵风从我的头顶上掠过，老虎高高跃起，闪电一样从我的头顶飞过去了。都楞仓反应过来，拔出枪时，老虎已经不见，隐匿在密林里。

地上的五十五身上被虎抓下了一块肉，他大声嚷着:“快去追虎。”我命人赶紧给他包扎，队伍循着血迹开始追赶。

走出几道山梁以后，我们终于又在一处林中沟边截住了猛虎，或许是流血太多，它正趴在一块青石板上喘息。我们围拢后，没有立即靠近，这时五十五也赶到了，这个老家伙竟然没有倒下。他告诉我这是一只雄虎，力大易怒，比之雌虎易捉。他又让人拿出鞭炮燃放，这下老虎又被激怒了，它蹬住后身，又向挑逗它的猎手扑去。这时，虎家弟兄又将叉柄端戳地，蹲身踏地，这一回老虎结实地扑到了叉子上，一枪手大虎持枪便刺，一枪下去，鲜血喷涌，老虎一声呼啸，骇气瘆人；二枪手二虎又递上一支枪，又一枪下去，红光四溅，老虎挣扎咆哮，神鬼胆寒；这时一枪手大虎竟然不顾后面递上来的第三杆枪，忽然拔出匕首，直奔老虎眼睛刺去，父亲五十五在后面连喊着递枪，恍惚间老虎的一只眼睛已经被刺中，暴怒的老虎张开大嘴撕咬，一片血肉模糊中，老虎的另一只眼睛也已是鲜血直流。这时大虎已经被甩在地上，他从地上爬起，顺手抓过三枪手递到二枪手手里的扎枪，一下刺进张开大嘴的老虎喉咙，不一会儿，老虎抽搐了一阵，歪在那里不动了，地上两个“贴叉子”就像两座蹲塔，依然纹丝不动、毫无畏惧之色。

整个过程都发生在瞬间，就像一场奔涌的梦境，我的身上已经被汗水沁透了。

五十五捂着伤口上前验看，大声喊：“山大王睡着了，山大王睡着了。”

这是猎手猎杀老虎后的规矩，告诉四周围猎手，可以散围了。

此时一枪手大虎上前用手抚摩虎头，然后跪在地上对着老虎磕头。然后是所有的猎手都跪在地上，我看见大虎的胸前满是血迹，那一定是被猛虎爪抓伤的。包扎以后，按照规矩，都楞仓下令将虎家五兄弟捆绑起来，然后抬着虎，我们下山而去。

队伍一路敲锣打鼓，向河谷王府走去，几天的路程走得风生水起，沿途的百姓给捆绑的五兄弟高声叫好。而我已经按规矩事先坐在衙门的大堂上，准备审问打虎之人。这是祖上传下来的规矩，因为老虎是山中之王，平民打王就是以下犯上，冲了忌讳，犯了刑法。所以，扎萨克王爷必须亲自审问打虎英雄，我让朝格用老猎手五十五早已准备好的填满棉花的布袋鞭子，抽打五虎兄弟，五兄弟嘿嘿笑着。鞭子抽完，大堂算是过完了。然后我将他们身上的绳子解开，大家进入二堂，等到五兄弟披红挂彩之后，就开始设宴庆功。

我将虎皮留下，张挂在大堂之上，其余的均赐给了五兄弟和其他猎手，然后我问大虎：“你不害怕吗？”

他回答没来得及去想，我又问他为何不等第三枪，他说他看见老虎眼睛怒视他，他就想要立刻刺了这双眼睛。

我给了五十五许多银子，我让五虎兄弟留在都楞仓的队伍里，我说，这才是草原上真正的英雄，我们的巴特尔。

我让协理和管家将猎虎的事情传递到我们领地上所有的地方，要让所有的人知道我们不用一颗子弹而猎杀了一只猛虎。我相信，叫作“精神”的神灵一定会更加丰润壮硕。

我告诉宫嘎活佛和萨满阿宝，我要祭祀广场前面的十三敖包，我要将虎皮放在敖包前的祭台上，献给长生天。

祭祀十三敖包是我们这里的一件大事，四方的百姓早早地就聚拢在河畔，等待祭祀。按照规矩，首先是“咒祭”，咒祭用血，即是牲祭宰杀一牛五羊一马祭献。由萨满领祭。萨满们准备了祭台，大萨满阿宝带领巫师们跳起迎神舞蹈，法器手鼓敲击声，配着巫师们所穿花裙上的金属饰佩叮咚声，和着赞歌颂词传得很远很远，从河面飘过去，飘到跪拜的百姓们心里去了。

然后是“经祭”，由喇嘛领祭，喇嘛们又献祭了牛奶、酒、果品，吹响了长筒铜号，念颂《甘珠尔经》。

最后，是王公祭，该我出场了。九声礼炮响过后，广场前、河畔上所有声音都沉寂下来，我大声说：“神灵护佑我民。”然后梅林念诵了祭文，喇嘛分赐祭品，分洒圣水，最后就是百姓那达慕活动娱乐了。

无论大人小孩都轮番拜祭献给长生天的虎皮，希望带来好福气，希望地里的庄稼丰收富足，希望草场上的牛羊兴旺肥壮。看看啊，看看那些虔诚的百姓，想法是多么的简单而淳朴，我尽量让自己处在不显眼的地方，我想这个时候站在神灵与百姓中间的应该是喇嘛和萨满巫师，尽管我还是不确定神灵是否真的存在。但如果有，此刻应该就在我们的头顶云端上。天上飘来了云朵，我们这里的百姓相信，向神灵祈祷时，头顶上要是飘来云朵，那神灵就一定在云朵里，那心里的愿望就会灵验。无论如何，这份虔诚我相信神灵无法拒绝。

到了夜里，河岸边到处都是篝火，百姓们喝酒唱歌、游戏追逐，相识的同不相识的都像老朋友一样跳起舞蹈。我像从前一样坐在百姓中间，和他们一起喝酒唱歌，要不是朝格提醒，我都忘了我的身份，我甚至忘了我自己是谁。起风了，朝格催促我该回去了，我踉跄地起身，走出很远，身后的歌声笑声不断传过来，我忽然觉得自己很孤单。又一阵风吹来，我清醒了许多，转回身，看着远处明灭的篝火，那个叫作“精神”的神灵此刻应该茁壮地住进了每一个人的心里。可是我不知道那些篝火还会燃多久。

猎虎、祭祀都只是为了一种存在的慰藉，就像我们在黑夜里独自前行时总喜欢在心里同自己说话，那是因为我们害怕黑暗。

我终于又说到害怕了。这个东西一直隐藏在我心里，已经很久。

有些东西，总会浮现。

神　鸟

经过参悟，宫嘎活佛解释说：“‘精神’这个神灵的显现就是让我们头顶云端上的云彩更加飘逸，让大地上的歌声更加生动，让万物的身上充满力量，让人们的眼神坚毅生动，让世间的一切悲苦像春天的冰雪一样融化。”

这个老喇嘛的解释充满了诗意，但他说这话时内心却是认真而虔诚的。后来，他又说：“如果说‘精神’神灵的法力能够使一些东西发生改变，但是将悲苦的消融完全让‘精神’之神来承担，那这个神灵会因为重负而不堪。很多时候，神灵将启示呈现给我们就已经足够了，所以，很多事情还得靠人自己来完成。”

起初我觉得这个老喇嘛自相矛盾，后来有一次我站在后山凉亭上看云时，我忽然觉得这个老喇嘛是如此的智慧。

可以肯定，我们相信一些东西，我们期许一些东西，我们祈求神灵给我们带来我们所期盼的，可是如果大地上的许多人都向神灵发出同样的诉求，那么神灵将好运送给谁更合适一些呢？这是一个疑问，是关于厚此薄彼的议论。所以说，宫嘎活佛说得没错，神灵会在适当的时候给我们启示，剩下的就得靠我们自己去完成了，那样期盼才有可能会实现，也才更具有意义。

最近几年，我们的天空上不但有着飘逸的云彩和自由的飞鸟，还多了一种轰鸣的巨鸟。这种东西飞过时，躲在屋子里的人也会被它巨大的鸣叫嘶吼声吓到，它尾部冒着白烟，在空中拖出长长的一串云朵。喇嘛们说它是地狱里被施了法术的巨兽，现在被魔鬼释放出来，它只要一张嘴就能生吞掉成群的牛羊，更不要说人了。

起初宫嘎活佛也对从未见过的这种大家伙充满惊奇，他纳闷地说：“这种东西到底是从哪里来的呢？”

但活佛在信徒面前仍然是镇静的。为了区别于其他喇嘛的见解，他还给空中新添的巨兽起了一个名字叫作神鸟。这个名字很中庸，因为现在还不能够确定它是站在佛菩萨一边，还是站在罗刹魔鬼一边，所以当别人向他求证时，他回答："出现只表明存在"。

但神鸟的出现似乎超越了神灵法力的范围，萨满阿宝甚至固执地认为就是这个巨大的家伙驱走了神灵。他说这个恶魔如此轻易地就穿破了高空的云朵，它的法力巨大。然后他给出了作为大萨满才有的独特的解释，他说："云朵被穿漏了，神灵都是住在云端，就像我们住的房屋、毡包一样。现在房屋破了，云朵漏了，神灵没法住下去了，所以，他们离开了我们。"以致这个东西的轰鸣声只要从空中传过来，我们的白萨满巫师阿宝就会吓得躲在桌子底下，将所有能够找到的经符都披在身上，法器拿在手上，他说这样或许还能抵挡一阵。

种种猜测并没有消除人们对于天空中巨兽的恐惧。活佛的中庸见解更增添了它的神秘，以往平静的日子被这个来往穿梭于空中的巨大家伙打破了。寺庙给出的破解驱邪方式是让人们纷纷在自家门前燃起松枝和艾草，说缭绕的烟雾既能驱邪，又能够让空中的巨兽看不清地上的人和牲畜，才能够确保不会被捉到天上去。

最终这个疑问还是由河谷下游的驼山湾教堂给出了答案。下游的雷诺神父到河谷上游采集标本时，临时借住在福荟寺里，正好这个巨大的东西从远处飞过来，喇嘛们听到轰鸣声，知道是神鸟来了，就赶紧跪在大殿外齐声诵经。雷诺神父被主事喇嘛要求跪拜时，却朝着空中的神鸟挥起了手。这一举动无疑增加了所有喇嘛的惊恐。主事喇嘛很不高兴，他说洋僧人的无知会给我们带来灾难，当即决定将雷诺神父驱赶出寺。

无辜的雷诺神父怎样解释都没有用，最后还是由宫嘎活佛出来做评判。雷诺神父是一个神父兼科学家，在这件事情上，他没有选择上帝，而是选择了科学。他耐心地告诉吵闹的喇嘛们："天上的神鸟叫作飞机，是一个新式的发明，在西方，第一次世界大战时就已经用上了，现在，这项飞行技术已经很成熟。"

一个聪明人在一群傻子里面一定会变成最傻的一个。所以，没有人相信雷诺神父的话，尤其是这种解释还是出自一个异教徒之口。

宫嘎活佛说："雷诺神父所说的话就像从风中穿行的空气，摸不着看不见，无从理解。但雷诺神父最好住在寺庙里，他的言论不适于在寺外的教众中传播。"

一个喇嘛甚至说他亲眼看见这个巨鸟从地上抓起了三头牛，吞进了肚子里面。

雷诺神父坚持说："落后可以学习，但是说亲眼看见巨鸟从地上抓起牛吞进肚子里则是无知的言论。"

喇嘛认为洋神父是在侮辱他们。

争论当然没有停止，最后，固执的喇嘛和好胜的神父来到了扎萨克衙门。这件事由我来裁决。我想告诉喇嘛们雷诺神父说的是事实，可是我不能开口，如果我说出来，有一些很纯粹的东西会变得不那么纯粹，会让人产生疑惑，所以我照例还是那句话："现在有些东西发展得太快了，神灵也需要学习并掌握。"

后来，许多人都明白天上的神鸟究竟是怎么回事时，再有飞机飞过，喇嘛们也会像雷诺神父一样挥手。很多事情，说教不如去理解，信仰也是需要不断更新的。

又到了青五月时，西藏一位大活佛抵达经棚，在庆宁寺诵经沐浴，然后到巴林右翼旗荟福寺传经。宫嘎活佛激动地对我说："我说过诸佛菩萨是不会离开我们的，神灵会以不同的方式显现，现在，大活佛来了，我要去拜谒活佛，将宏大的佛法传送到我们的土地上。"

如同许多年以前一样，我同样告诉宫嘎活佛那就将护佑和福分带回来吧。

宫嘎活佛带领其他寺庙的大喇嘛们去拜谒大活佛了。我为他们送行，喇嘛们都穿着崭新的僧袍，透过僧袍我看到了信仰的狂热，我相信喇嘛们会为我们带回好运。

这个夏天多雨，老萨满阿宝说到了秋天就会有事情发生。果然九月东北发生了兵乱，日本人侵占了沈阳。那个张将军在锦州成立了临时省政府，他给我捎来了口信，让我们切勿烦躁，还要再给我加一个头衔，我没有接受。我回信说请他放心，我不需要这些虚无，现在我们有了一种叫作"精神"的东西，我们有准备。驻守赤峰的那个奉军崔旅长听说后嘲笑说"精神"这东西连个屁都不如。我觉得这个人不但粗俗，而且还很愚蠢。两年前，正是他的部队追剿哲里木盟达尔罕旗嘎达梅林那达木德，他手下姓李的团长枪杀嘎达梅林于川丁高勒河中。包印曾经告诉我，在东边驻守时，他到过开鲁，曾经同嘎达梅林那达木德喝过酒，那个家伙是一个像都楞仓一样的人，我想他应该是一个英雄。我没有给崔旅长的部队送去慰劳军队的牛羊和粮食。

然后临时省政府让我必须接受一个头衔，我便让都楞仓接受，成为骑兵教导总队长，在赤峰一代收编训练蒙古骑兵。

都楞仓告诉东北军部，既然让我们训练备战，就要给我们武器，于是我们很轻易地就得到了大批的枪支弹药，甚至还有几门火炮。我让马彪、包印和朝格他们四处活动，招募收编。没过多久，我们就收编了活动在北边和西边的几股惯匪，还有科尔沁沙地中的名匪"东霸天"达力扎布，我们的队伍越来越壮大了。丁协理说王爷真是一个聪明人，将惯匪收在队伍里，壮大了队伍，还为百姓除了祸害。

只是要改造好那些当惯了劫匪的家伙有些难。我说那是都楞仓的事情。我就同协理去喝茶了。

说实话，我没有想太多，我只是觉得我们应该有所准备，有一天总会用上的，而且似乎越来越近了。

这时候，来了一个人，那就是曾经经过我们这里，回乡复仇的郭旅长。现在他的队伍又从东北撤退到赤峰来了，他的到来让我很高兴。刚刚得到消息，我就急切地想要见到我这个朋友。

在酒席上，郭旅长同我讲起了东北的战事，讲起了日本人如何凶残，讲起了他们还没有同日本军队交火就得到了撤离的命令。我替他感到难过，我越发相信活佛说得很对，日本军就是一群恶魔。

我们都喝醉了，都楞仓和朝格都嚷嚷着要杀日本人，郭旅长却哭了。他说对不住家乡的父老乡亲，一个军人应该战死沙场，而不是离开家乡，不能保护故土，他不配做军人。

我们都很动情，这时我身后的大虎却忽然拔出刀来，对郭旅长说："让我杀了你吧。"

我一脚将大虎踹到一旁去，这个家伙和弟弟二虎现在是我的贴身护卫，鲁莽而忠诚。

郭旅长被这个呆子的举动吓到了。都楞仓向他介绍说大虎是我们的打虎英雄，他从不畏惧。

郭旅长将酒碗斟满，亲自端给大虎，动情地说："我憋屈，先留着我的命，我要真刀真枪地同日本人干上一场，我要是退缩，就请你杀了我。"

这或许是一句玩笑，大虎却认真地说："到时候我不会告诉主子的。"

大虎接连干了三碗烈酒。郭旅长借着酒劲问大虎："你什么都不怕吗？"

大虎回答："不，我怕两个人，阿爸和主子。"

大虎是一个很可爱的家伙，有点像包印。

后来我问大虎为何要杀了郭旅长，他告诉我一个军人丢弃了家乡父老，还值得活吗？

大虎的这句话，我思索了很久，洗退消除了我心头残存的一点儿自私胆小的东西，改变了后来的许多事情。我感谢大虎。

第二天，我告诉我的朋友他的孩子在我的府里像一匹小马驹，他的儿子总是同我的儿子在一起，他们都是我的儿子，请他放心，然后我们就告辞了。

我理解郭旅长的痛苦，就像我们天上的鸿雁冬天不得不飞到南方，飞跃长空时，总是留下阵阵哀鸣。

从郭旅长的驻地回到河谷以后，我的府里来了两个人。一个是早年间学堂里我的一个学生，后来他留在了京城做事，另一个自称是刚从北方的苏俄回来。我的那个学生告诉我他们正为信仰的事业而努力。

关于他们的信仰，这些年我一直听说过，但我不太了解。我说："听上去同寺庙信奉的佛菩萨差不多，都是为了护佑众生。"

他很着急，立刻就同我解释起来，末了请求我支持他们叫作事业的东西。他告诉我这次回来就是要对付日本人的。听了这话，我很高兴，我告诉他我没有在他身上白花银子，我支持他们。临走时，我问他们的队伍在哪里，有多少人马。他回答目前还很少，我有些失望。我让管家给了他们一些大洋，我说需要时就回来取。

他们是夜里来的，也在夜色中消失了，很神秘。

天气转冷时，郭旅长到河谷来了，他是来看望儿子的，顺道拜会我的老母亲。见到郭旅长的那一刻，我很惊讶，站在他身后的那个人，不是别人，竟是鸡冠山里的匪首阿力玛斯。我已经有些年没有见过他了，但是瞬间我还是认出了他。他虽然已经鬓角现出白霜，但还是那样高大强壮，身上依然透着一股英武之气。

片刻沉默后，我冷冷地说："看来有人走错地方了。"

阿力玛斯笑起来，说："尊敬的王爷，我没有走错，我是来看望你的。"

我很久没有听过如此爽朗的笑声，只有心胸坦荡的人才能够这样笑。看来，我不能让我的客人站在寒风里了。

郭旅长告诉我，他部队的一支小队侦察行军时遭遇到了土匪的拦截。不打不相识，山里的弟兄们个个都是好汉，有胆量拦截正规军。所以，见到阿力玛斯的那一刻起，他就看出这个头领是条汉子，现在正是用人的时候，他就进山说服阿力玛斯带领山上的弟兄参加部队，将来一起打鬼子。郭旅长本人也是胡子出身，穷苦人家的孩子，为了生活，早年间没办法才上山为匪的，两人一聊，一样的穷苦出身，一样的豪爽义气。就这样，阿力玛斯的队伍接受了收编，他现在是郭旅长手下的新编团团长。

我问阿力玛斯："你不是最恨当兵的吗？"

这个家伙回答说郭旅长的部队同毅军不同，他们从不祸害百姓，他敬佩郭旅长是一条汉子，这样的队伍他愿意加入。

他这样说是让我知道他是一条响当当的汉子，他也不愿意做缩在山里的土匪，他要活得像天上的雄鹰一样，自由桀骜。看来，这些年很多事情都改变了，一个土匪也改变了想法。

这些年，阿力玛斯一直居住在鸡冠山里，其实我早就知道。他曾经打劫过我们土地上的一些贵族大户，可是那都是一些欺压百姓的家伙，就是山上的土匪不动手，我也会找个机会除掉给我带来坏名声的那些人。还有就是阿力玛斯的存在，始终让我东边的邻居的睡梦不能安稳，当年毅军清剿阿力玛斯时，我曾派驻扎东边边界的包印悄悄给他送去弹药，这些，阿力玛斯是永远不会忘掉的，我更不会忘掉。但是同当年一样，我并不想见到这个人。

现在，他的话让我有点感动，这么多年以来，我同他打过许多交道，他从未低头屈服过，他的确称得上是一条好汉。

我说："该喝酒了。"

窗外的冷风很紧，我到外面撒尿，我并未感到丝毫寒冷，我想有些事情不是一两个人在做，而是很多人，那我们就不觉得寒冷了。

这些日子，越来越多的飞机在我们的头顶上飞舞盘旋，起初会快速地划过长空，后来速度越来越慢，甚至会在远处打个旋，又飞回来。郭旅长说那是日本人的飞机，他们是在侦察。都楞仓问，那么高能看清楚吗？

郭旅长说他们在高空中就能知道大地上的一切。他还说，鬼子不久就会进攻热河。

果然，从天上的飞机里撒出了大量的传单，传单上写明中日亲善，望百姓勿惊，安心居家生息云云。

朝格说："这些王八蛋，倒会说话，我看这些传单用来擦屁股挺好，比石头柔软舒服。"

他的话引来大家的笑声。

我却听在耳里，记在心上，这是日本人在蛊惑我们的百姓。我告诉丁协理，吩咐下去，就说日本人给我们撒下来的纸片，是让大家用来擦屁股的，大家将用过的擦屁股的纸都留起来，谁用的多，衙门有赏，五张纸换一小碗粮食。

果然，再有纸片从天上飘落下来时，百姓们都会收集在自家的粪坑前，擦过屁股后，拿着纸片到衙门前领赏。我知道，在人群中的某一个地方，一定会有一双或者几双眼睛看着，就让他们将这个消息带给他们的日本主子吧。

这样的景象，郭旅长觉得好笑。好笑的其实还在后面，一天一个百姓拿着几张干净的传单前来领赏，正好管家在场，管家问他纸为何是干净的，那个百姓认为用干净的纸领赏更好一些，其他人跟着附和。管家看着这些乱哄哄的百姓，再次重申："有多少擦过屁股的飞机纸，就给多少碗粮食，干净的纸一粒粮食都没有。"然后，管家竟然鼓励那个家伙如果有胆量当场拉屎，当场用传单擦屁股，就给他双倍的粮食。最终粮食的诱惑抵住了卑微人的羞涩和所谓的干净，那个家伙在众目睽睽下完成了私密的难堪之事，然后他真的得到了双倍的粮食。这无疑鼓舞了缺少粮食的穷苦百姓，几天以后，陆续有人踊跃报名，管家觉得这样下去有碍大雅，就命人在旁边建造了一个大的茅房，以后人们就开始拿着传单到现场的茅房拉屎，我们虽然付出了双倍的粮食，但效果明显。而且，粮食给了我们自己的百姓。后来，日本人的飞机很少到我们的空中撒传单了。这成为一个笑话，流传了很久。

日本人也来找我了，带领日本代表见我的人竟然是我的教官桥本，我很吃惊。桥本非常直接地对我说不用多久，大日本的关东军就会占领热河，希望我识时务，不要给日本军队设置麻烦，到时候我还会是兀良哈部族的王爷，待遇会比以前更好。

我打量了这个家伙很久，我问桥本："你这么多年一直在蒙古，思念家乡吗？"

桥本回答："我无时不刻不思念家乡。"

我指着墙上的一幅山水画说："这是一位汉人画家送给我的，描绘的是东蒙古草原，我最喜欢这幅画，因为我爱我的家乡，所以，我不会容许任何人侵占我的土地。"

桥本身边的那个短腿代表傲慢地说："以王爷的那一点实力，用你们中国人的话说，在大日本军队面前，简直就是螳臂当车，自不量力。"

我告诉他："即使是树上的黄鹂，为了幼崽，也敢同老鹰争斗，我不需要考虑后果。"

桥本还想要同我说些什么，我用手势制止了他，我厌恶听到这个人的任何声音。

我说："你现在可以回家了，从现在起，你不再是我的武学堂的教官了。"

桥本终究还是日本人，我没有想到，我开始对另一个人也怀疑起来。

我让都楞仓找来了吉原次郎，我问他是不是日本军队的奸细。

吉原次郎回答说不是。我实在找不出疑点，我就让都楞仓、朝格也仔细思考，他们都没有找出疑点来。我就告诉了吉原次郎关于桥本的事情，我想要观察吉原次郎的反应。吉原次郎告诉我，前一段时间桥本经常找他谈话，告诉他关东军就要占领热河了，他们应该为国效力，他希望吉原次郎同他一起说服我。

他说，他相信桥本也不是日本军队的奸细，只是现在他开始为国效力了。

我问吉原次郎有何打算，他诚实地说他曾经是日本军人，现在已经把自己当成一名蒙古人了，所以，现在战争就要来了，他很痛苦，他不会站到任何一边。

我很无奈，我说："既然如此，你就住到草场上去，做一个牧民吧。"

吉原次郎走后，一整天我都把自己关在屋子里，将影子扔在了外面的阳光下，我只想一个人静静地待着。

第五篇

黄草季节

悲悯会让人变得隐忍与执着，可是再执着的人也无法留住光阴，留住的只能是对光阴的回望。黄草季节来临后，鸿雁就已开始南飞了。似乎它们也嗅出了战争的味道，急于躲避，不断长鸣。牧民们还是像往年一样开镰打草，从地势高的草甸开始，逐坡而下。一片一片的青黄草躺倒在地上，亲切地伏下身去，回到大地的怀抱里，结束了一年风雨中的飘摇，任由秋日阳光抚照、晾晒，挤干身体里的水分后，堆成一座座小山，形同敖包，供养落雪季节里草原上的牲畜。

塞外北方的秋天是如此透明。不远处的森林色彩分明、层林尽染，一片淡绿，一片金黄，一片火红，层次分明，从草甸向山坡上延展。最具神采的是秋天的白桦林，望过去满眼的金色，摇曳在天地之间，浸染光芒。一阵风过，秋叶和着阳光散落大地，一层层铺开，一直到极目之处，美得让人不忍合眼。高岗下的开阔地上，半人高的蒿草随风而舞、起伏不定。这景象好像是神灵手里的画笔，一挥，就将整个东蒙古高原推向五彩斑斓的梦境。远处的牛羊是如此的悠闲放松，地上的食物太多了，漫不经心地左啃一下、右食一嘴，就将肚子撑得鼓鼓的，然后剩下大把的时间互相追逐嬉戏。在牧民们眼里，这个季节是最美的。天高云淡，牛羊肥壮，喝酒唱歌，谈情说爱，将一年里的辛劳统统丢到脑后。打草的姿势是舒展的、缓慢的，男人们经常干着活就喝起酒来，唱起歌来，跳起舞来，悠扬的马头琴将女人们也勾了过来，和着琴声、打着拍子、迎风起舞。唱着跳着，就都变成了快乐的傻子。那些拉车的牛啊、马啊，也都跑到远处牛马群里调情快活去了。这时寺庙里仁慈的宫嘎活佛正在虔诚地向佛祖祈祷："大慈悲的佛啊，请您用无边的佛法驱赶魔鬼吧，让它远离这片土地，给人们苦难的日子再加持些快乐吧。"在活佛眼里，无论是草场上放牧的蒙古人，还是山地间耕种田地的汉人，还有那些整天牢骚愤懑的满人，甚至少数异教徒，都是无辜的，都不应该受到魔鬼的诅咒，承受本不属于他们的苦难。这片土地上人们的灵魂早就交给神灵了，各路神灵都护佑着自己的信徒，甚至那些最低级别的小仙、小神们都护佑一方，而最终，佛祖护佑一切。准确地说是佛菩萨站在云层上的最顶端。

多年以来，宫嘎活佛一直都以宽容悲悯一切。正是这种执着，让他拥有无比坚韧的信仰。在仔细研读了河谷下游驼山湾教堂南布神父送给他的经书后，他对弟子们说："每个灵魂都有自己的路要走，让人们自己去选择吧，不要纠缠，更不需要辩论，光阴会纠正他们的错误，当他们找不到出路时，他们会来的。那时不要坐视不管，引领他们找到正途，我佛慈悲，敞开法门，容纳一切。"

所以他的信徒们，包括其他寺庙的喇嘛们若遇到驼山湾河畔天主教堂的教徒时，总是谦卑地站到一边，而那些天主教徒亦学会了礼尚往来。这时，宫嘎活佛会说："他们已经不那么愚钝了。"

然而，现在，宫嘎活佛困顿了。

宫嘎活佛困顿的这些日子里，福荟寺里的的事情明显有些散乱。杂事平日都由主事喇嘛来打理，但一些关于佛菩萨的事情，还得请教活佛。然而，当心灵停顿在困顿的层面里时，我们智慧的宫嘎活佛也会发出一些莫名奇妙的指令。

主事喇嘛找到活佛说："活佛啊，你还记得夏季里的那场冰雹吧，虽然我们用法力驱散了它们，但我们这里终究落了一些，造成今年寺院的耕地收成不好，佃农们希望减免田租，请教活佛的意见？"

活佛说："问一下佛祖吧！"

几天后，住持回来对活佛说："我问过佛祖了，可他什么都没说啊。"

"那就什么都别做。"住持听到活佛说。

住持愣在了那里，过了片刻，他希望自己听错了，就又问道："活佛啊，请你再说一遍吧？"

"什么都别做！"

"活佛的意思就是全部免租。"住持这回无法听错了。

住持喇嘛站在原地小声嘟囔着："天降雹灾、年景歉收，佃农们的地租理应少收，但怎么也不能一点也不收啊，否则寺里的僧众吃什么啊，光靠衙门拨付的可远远不够啊。"

然而，活佛的话清晰明白。于是，这一年佃农们的地租全免。

佃农们高兴了，朝着寺庙的方向双手合十："活佛就是活佛，可怜我们，慈悲啊。”

听说这件事后，我也很纳闷，“我们的活佛这是怎么了，难道他以后要饿着肚子诵经吗？”

这句话也只有我才能说。

寺院里的喇嘛们也都议论纷纷，因为免租绝非小事，关系寺里几百口人的生计口粮，“就算我们的法力深厚，也没有修炼到不用吃饭了”。

福荟寺的喇嘛们明显感觉到宫嘎活佛的变化，似乎整天忧心忡忡，话语越来越少。有些喇嘛甚至偷偷议论，“活佛老了，已经变得糊涂了”。

尽管背后议论纷纷，宫嘎活佛仍然沉浸在自己和自己的对话当中。活佛很清楚自己迷路了，他无数次试图点亮心灵之灯，可怎样努力，似乎也是徒劳，都无法找到出口，四周一片黑暗。

果然，到了最寒冷的季节时，日本关东军沿通辽、鲁北一线向赤峰进犯，就像久布在空中的阴云，终于轰的一声炸开，雨雪急剧地落下来了。所有人都不想再等下去，等待更像是一种煎熬。日军进攻的速度奇快，很快就同驻守赤峰的部队交火激战。

驻守部队同日军激战了一整天，暂时阻止住了日军的进攻。第二天太阳还没有升起时，战斗更加惨烈，阵地侧翼的制高点牵制住了敌人的主要火力。后来日军调来增援部队，用火炮攻占了高地，解除了侧翼最大的威胁，终于，突破了正面防线。驻守部队退至红山脚下，日军持续进攻，守军死伤惨重，又退入城区抵抗，到了傍晚，日军占领赤峰城区。驻守部队全部撤退到我的领地上来了。我的队伍事先已经准备好。

几天后日军像潮水一样朝我们的阵地拥来。我让都楞仓将所有的部队都调到防线上，马彪和朝格的卫队作为预备队在两翼策应。由于日军极度疲劳，我们已经准备多时，第一天我们打退了日军的几次进攻，我的士兵们终于可以像围猎一样痛快地宰杀那些畜生。太阳落山后，日军停止了进攻，向后退去。都楞仓想要乘胜追击，我没有允许，听敌人的枪声，是有秩序的撤退，如果贸然出击，离开了有利于我们的阵地，敌人的火力比我们要强大很多，我们会吃亏。到了夜晚，士兵们围着篝火欢庆初战胜利，我让管家给他们拿酒来。管家说：“主子，现在可不是喝酒的时候，梅林已经下了禁酒的命令。”按照规矩，为防袭营，夜里是不能喝酒的。可是，我们面对的是一群嗜血的魔鬼，到了明天，我不知道这些年轻人当中会有谁永远也不能像现在这样毫无顾忌地欢笑了。管家派人拿来了酒，打开酒坛，酒香瞬间就传遍了整个阵地军营，可是所有人却都忽然沉默下来，一点声音都没有，就连寒冷的夜风都知趣地退开。达力扎布走过来对我说：“王爷，给弟兄们留着，等打走了鬼子，喝他个烂醉。”

管家说：“王爷赏赐给弟兄们的，大家放心地喝吧。”可是没有一个人伸手去拿。

看着寒冷中的士兵，忽然，一股很久都没有的东西湿润了我。从我们的祖先开始，酒就是我们蒙古人离不开的好友，就像我们的马鞍、弯刀和弓箭一样。我让管家派人将酒拿走，一阵强风吹得老管家的身体有些踉跄，但他并没有摔倒。

第二天的太阳很好，要不是战争，一定会是一个好天气。鬼子的部队在坦克的带领下又开始进攻了，这一次他们推进的速度明显比昨天缓慢，到了距离我们的射程之外的地方，队伍停止前进。我从望远镜里看到一个指挥官挥动着手中的军刀，一股股火舌就从那些穿着铠甲的怪物的鼻子里喷射出来，呼啸着在我们的阵地上炸开。我看到我的士兵从战壕里跳起来，就什么都没有了。我厉声问都楞仓我们的炮手呢？赶快把敌人的怪物坦克干掉，几炮过去，我们总算炸毁了一辆坦克，可是他们的火炮却更猛烈了。终于等到敌人的进攻部队进入我们的射程之后，我让都楞仓下命令将所有的子弹都打出去。

第三天，我们已经退守到河谷，如果再抵挡不住，我们的土地就不再是我们的了。队伍伤亡很大，我让管家将库里的银子拿到战壕前，分发给士兵们。宫嘎活佛带着几个寺庙的喇嘛们也来了，护寺的喇嘛都拿着棍棒。宫嘎活佛说：“所有的寺庙都在诵经，都布置了道场，佛菩萨会保佑我们的。”大萨满阿宝带领巫师们站在喇嘛旁边，几个女巫师穿上了最艳丽的衣裙。

我告诉喇嘛和萨满们：“回去吧，我们的神灵此刻是无法抵挡敌人的炮火的，不要做无谓的牺牲。”

喇嘛的祈祷和萨满们的舞蹈并没有阻止我们的失败。敌人进攻到河谷以后，我知道不能再打下去了，否则，我们所有的士兵都会死去，我们要保留一些种子，等到春天时再耕种到土地里。

我命令都楞仓和朝格带上剩下的士兵向深山森林转移。他们死也不走，丁协理告诉他们：“如果不走，日本人攻进来以后，我们就再也没有反抗的队伍了。”

我拿起枪，对着都楞仓和朝格说：“谁不走我就毙了他。”可是这两个家伙动都没动。我只能把枪口对准自己骂道：“滚，否则我就开枪。”

都楞仓瞪着眼睛说：“主子，我们走了，你呢，谁来保护你？王府呢？”

“你们走了，我们还有希望。”

“主子我们一同离开。”

“我走了，日军就不会停下，还有，衙门不能空，百姓不能没有主事。”我厉声说。

“滚吧，我没事。”我实在不应该这样同都楞仓说话。

都楞仓和朝格带上队伍在夜里悄悄离开，一阵风将他们带走了。我下了死命令，不许他们派任何人回来告诉我他们到了哪里。有些事情我不想知道，我不知道，就没有人知道。

看着都楞仓和朝格离去的背影，我想这就是诀别。许多年以来，都楞仓就像一只雄鹰一样站在我的身旁，其实他已经老了，可是我却从未感觉。我忽然叫住他们，我对朝格说：“照顾好梅林！”

我又告诉身边的所有人：“大家各自离开逃命去吧，管家将库里剩下的银子都拿出来，大家想拿多少就拿多少。”

没有一个人去拿桌上的银子，丁协理说：“我不会走的，王爷身边还需要一个下棋喝茶的人。”

管家说：“王府就是我的家。”

马彪说他已经是一个蒙古人了，他要待在我身边，保护我。

我想凶残的日本人是不会让我们活下来的，现在，我身边所有的人都是傻子。

我的家庙在这里，还有我的百姓，所以我不能够离开。我让手下去草场上接回了琪琪格，这个时候，她应该待在我身边。

日本人的膏药旗飘进河谷了，我告诉协理，就像以前一样，我们还照旧例处理扎萨克衙门的事情。

日军的一支部队停在我的王府外面，他们的指挥官傲慢地走进衙门，他问我，我的士兵都去了哪里？我没有理睬他。他又让翻译告诉我他很喜欢我的王府，然后他又说：“听说你是一个很好的王爷，我不为难你，但是从现在起你只能在你的王府里活动。”然后他们就离开了，我身后的大虎、二虎几次都想要上前拼命，被我制止了。

很显然，这个日本军官在等待他的上司。

我告诉虎家兄弟，“回去同你们的父亲在一起吧，不必保护我了”。很明显，日本人要杀我时，大虎、二虎一定会同他们拼命，他们会因为我而死去，不应该再发生这种无谓的死亡。

大虎说："阿爸告诉我一步都不能离开王爷，我们不会离开。"

几天以后，桥本来了，带来了一个军衔更大的日本军官，那个军官对我竟然很友好，他说他很想见到我。

桥本还称呼我为王爷。他说日军对于我的抵抗既往不咎，请我放心，只要我同他们合作，我的一切都不会改变。他们是想要利用我控制我的百姓，桥本让我考虑。

几天以后，桥本再来时，我明确地拒绝了他。这个家伙的脸拉得很长，我还是第一次见到。他给我的母亲送来了礼物，母亲没有接受。桥本临走时对我说："我等王爷的好消息。"

丁协理却坚持要我答应日本人，我说我坚决不能做日本人的走狗。我不能对不起祖宗。

丁协理说："你不做，就会有其他人来做，到那时，百姓就会更遭殃，王府就不再是现在这个样子。"

这时我们得到消息，东边包印的队伍被打散，包印不知下落，一定是战死了。郭旅长的部队同日军打得很苦，死伤大半，不知道撤退到哪里去了。

思考很久后，我听从了丁协理的意见，我会见了又一次前来的日本代表。日本人又说以前的事情不予追究，我依旧做我的旗长。后来，他们破除旧制，扎萨克衙门遂改成公署。那些日子，每天我都喝醉，夜里我没有梦境，有的只是死寂一般的睡眠。天亮时，我却还在黑暗里走不出来。母亲前来看我，她走进我的房间，看到满屋的酒气包裹着我，我依旧躺在床上，母亲哭了，她紧紧地搂着她的儿子，对自己说："菩萨啊，这是怎么了，这是怎么了？"

带领我走出屋子的还是琪琪格，她将我从床上拖起来，然后将我的脸浸泡在水盆里，我睁开眼睛，看到水中一双眼睛也在看着我，那是一双惊恐无助的眼睛，就像被魔鬼诅咒了一样。我被吓到了，憋闷的胸口使我猛然从水里抬起头来，我大口地呼吸，进入嘴里的是屋子外面清新的空气。

寺庙的喇嘛们不再出门，而是整天待在寺院里为我们战死的勇士诵经，超度亡灵。宫嘎活佛前来看望我，他见我穿着零乱的衣服，茫然地对我说："我不知道明天我该做些什么？"

我说："接着诵经吧，总有一天，神灵会回到云朵里。"

活佛黯然地说："恐怕，我看不到那一天了。"

一段时间以后，河谷里留下了一小队日本兵，其余的都离开向北边和南边去了。那个守卫在北边曾经嘲笑我的崔旅长投降了日军，成为日军侵占东蒙古的先头部队。又到了秋天，整个东蒙古都被日军侵占。

现在，桥本成了日军留在河谷里的日军代表，他经常到我的府里来。我让丁协理给他一杯茶，他客气地坐在那里喝茶，我们一句话都不说。他总是慢慢地喝着，直到杯里的茶水没有了，他会说："我明天再来。"第二天，还是如此，终于有一天，他对我说："王爷啊，我知道这些年你的府库里有很多银子，我没有告诉日本军方，我为王爷着想。"

我说："你是在为自己着想吧。"

他笑了："王爷是个聪明人，我现在是日本政府的代表，凭我同王爷多年的交情，我不会为难王爷，我们应该休戚与共。"

喝了许多次茶，这个家伙最终谈到了银子，这让我一直紧张的心里一下轻松了许多，同喜欢银子的人打交道最容易。于是，我的脸上立刻换上一副吝啬的神情，我说："你应该知道，现在我的府库里早就空了。"

他又笑了："王爷，我有的是时间。"看来我的表情起了作用，他第一次以一个胜利者的姿态迈步离开了。

桥本离开后，我让下人重新换上好茶，热茶让我的身体发热冒汗，然后我舒服地睡着了。

时间对于桥本和我来说是一样的，那就让时间来帮助我把一切没有解决的事情一一化解吧。

鼠疫与罂粟

战火身后总会跟随着灾害，果然是这样。日本人来了以后，东蒙古东北部蒙旗就发生了鼠疫，并迅速向四周蔓延，我们东边和北边的邻居的土地上死了很多人。不知道是风还是逃荒的人群的缘故，鼠疫很快就从北面进入我们的土地上，边境上的百姓立刻陷入恐慌。

管家说不能让东边和北边边境上的百姓进入河谷，否则我们就无法控制了。

说起边境，管家这么说，其实很勉强，现在已经不再是原来意义上的边境了，整个东蒙古都被侵占。我虽然还是旗长，但已经不是主子了。我们这些蒙古王公，现在更像是皮影戏里的影人，被那些黑暗里的手操纵着在灯影下舞蹈。我们是如此可怜。

我的卫队消失时，带走了许多银子，我将剩下的银子都分发给了王府里遣散的下人。跟着我这么多年，到头来还要让他们自谋生路，我很愧疚，我告诉他们跟着我可能会死掉。

现在，留在我身边的人，多是一些老弱病残，这样也好，这些人出去生活会更艰难。我将他们编入衙门差役，让这些人有一份职业。日本人成立了新的警察署，苏达那木的儿子乌贵当上了警察署长，看来，他身上流的血还不如他的父亲。他到王府里向我报到，他傲慢地说虽然表面上归我管理，实际上他只听日本人的，以后请我不要给他下达任何命令，王府已经没有任何权力再将鞭子抽到别人身上，他指的是我曾经让人用鞭子抽打他的父亲。

我没有说话，因为苏达那木的儿子不配同我讲话。大虎说："滚！"这个家伙马上就消失了。

桥本又来喝茶，我说起领地边境东边和北边发生鼠疫的事情，已经死了很多人。桥本没有回答我，就离开了。这次他对于银子只字未提。

我告诉管家，问一下寺庙的门巴喇嘛有什么救人的办法，管家说北边的寺庙已经开始实施救治了，可是喇嘛们也没有太好的法子，寺庙配制的药似乎不太灵验。

协理私下告诉我，听说这次鼠疫是日本人制造出来的，他们将一种叫作细菌的东西散布在抵抗的村庄里，消灭抵抗者的同时，还用我们的百姓做一种实验。

在我们的传说中，有一种生活在沼泽中的怪物会将身上的毒喷洒进浓雾中，然后将浓雾在早上吹进熟睡者的鼻孔里，吸入毒雾者就会七窍流血而死，样子会很可怕。我们的百姓经常用这个故事吓唬那些晚上不睡觉的小孩子。以前我们知道老鼠会让人得病，会让人死去，但我们不知道人还能制造出老鼠一样的瘟疫。现在我相信了，因为桥本就有一双同老鼠一样的眼睛。协理说的话，让我觉得日本人比沼泽中的怪物还要可怕。

我惊讶地问协理："细菌是一个什么样的东西？"

协理摇摇头说道："听说是一种看不见的东西，播撒在空气中。"这个说法让人害怕，一种东西明明存在，你的眼睛却看不见，而你很清楚它就在你身边。所以，你永远处于包围之中，伴随着恐惧。看来，有越来越多我们不知道的东西给我们带来了不吉祥。鼠疫已经在我们的领地上散播开来，寺庙里的喇嘛们还在努力地作着法事，驱赶带来鼠疫灾害的魔鬼，可是似乎愈演愈烈，就连寺庙里的门巴也染上了。协理说必须将患上鼠疫的人从人群中分离出来，独自住在远离人群的地方，并且必须将死去的人用火烧掉，这样我们才能控制住病魔。我让管家和协理马上告诉各处的头人们立刻行动。我叫来新任警察署署长，告诉他现在他应该负起责任来，告诉各处治安巡警，对百姓隔离救治。乌贵很不情愿地推脱，我用眼睛瞪着他，他的眼神再也找不到躲藏的地方时，说："主子，我这就去办。"在他的眼里也同样有一条看不见的鞭子永远存在，有一种东西不是想要摆脱就能够摆脱的。

在河谷的入口处，按照管家的办法，我们在几个方向都设立关卡，不让那些看上去患有病痛的人进入。这样，河谷里渐渐地不再有人因为鼠疫死去。季风吹来，带来了东边焚烧尸体的气味，焦臭刺鼻。就连天上的太阳都躲得很远，生怕染上那种可怕的瘟疫，以致那些日子，从未有过温暖的阳光从头顶上直射下来。终于，在几场雨水过后，不再有人死去了。宫嘎活佛说那些肮脏的东西被风吹走了，管家说我们可以将河谷边缘的卡子拆掉了。事实上，无论季风是否带走了可怕的鼠疫，我都不想让河谷入口的关卡再阻拦那些逃难的百姓。我们拦截日军的时候，我希望关卡结实牢固，现在，我要马上把关卡拆掉，因为只要闭上眼睛，我就会看到那些死在关卡以外的人被焚烧的情景。

我对桥本说鼠疫终于过去了。这个家伙说一定死了很多人。我告诉他有些村子的人全都死光了。我又说："在瘟疫中，你们什么都没有做。"他很清楚我指的是他们这些日本人，鼠疫横行的日子里，他们都躲在屋子里，从不出门。那时候，好像大地上又恢复了原来的样子，没有一个入侵者。现在，他们又出来走动了，又到我这里喝茶了，外面荷枪实弹的日本兵又横冲直撞了。桥本告诉我，有些事情他也很无奈。这是一句鬼话。

也是这一年，前朝皇帝又在东北当上了皇帝，改年号为康德。起初我并不相信这个消息，没多久，皇帝的信使便来到了河谷，给我带来了一封长长的书信，信中内容多是回忆前朝那些往事。许多事情我早已经忘记了，那时候，皇帝还是一个孩子，所以许多往事同他并没有什么关系。最后，康德皇帝希望我联合东蒙古王公贵族，辅佐他维系这个新的国家，他还给了我一个很大的官职。可是我看着信使身旁的日本随从，我知道，康德皇帝就同我们一样，只不过也是灯影下的影人罢了。我的新头衔立刻给我带来了变化。桥本恭敬地前来拜会我，那股嚣张之气从他身上消失了。苏达那木的儿子乌贵甚至跪在地上称呼我为王爷。我告诉他："永远不要忘了，你是一个蒙古人，你的父亲虽然贪图财物，可他没忘了祖宗。"

协理的眉头却皱得更紧了，我问他为何不高兴，他说："王爷现在才是真正站在风口浪尖上，以后想退下来都很难了。"

那天夜里，我做了一个梦，很多藤蔓缠绕在我的身体上，我越是挣脱，缠绕得越紧。藤蔓上结出了许多果实，鲜艳而饱满，咬在嘴里却苦涩难咽。我没有请教活佛，我给自己占卜这是神灵给我的一个预兆。而这个预兆正在现实中显现。

也是这时，一个人回来了。那天我的轿车刚从府门出来，就被一个流浪汉拦下，车夫刚要上前打骂，我喝住了，然后我让管家给流浪汉几个散钱，他看都不看，他说只要王爷身上的一件东西。我很好奇，走下轿车，我问他要什么，他说他要我身上的半块铜钱。我的身上的确有三块铜钱，那是许多年以前，我还是一个孩子的时候，我同包印、朝格、花代约好，我们将三个铜钱砸碎，给他们每人一小块，另外三个半块我放在身上。我说有一天要是我们失散了，就用铜钱表明我们的身份。那是童年时的游戏，但我一直带着。我告诉他我身上的铜钱是我的几个故人留下的，我不能给他。这时流浪汉忽然抬起头来，跪在地上，称呼我主子。这个人竟然是包印。

我立刻被地上的声音弄得颤抖起来。我说："你不是已经死了吗？"

包印说："主子在，我不能死。"

眼前的情景很真实。包印告诉我，他们在东边阻击日军的进攻，可是他的士兵被打光了，一颗炮弹在他身边爆炸，他昏死过去，等到深夜时他才醒过来，他发现自己没有死。他想要回到河谷来，可是他怕给主子带来麻烦，现在他听说主子的身份又回来了，他才敢回来，但现在是日本人的天下，听百姓说，现在的衙门都是日本人的，他不知道主子是否还像从前那样，是否已经忘记了从前。

我告诉包印，更像是告诉我自己，"我永远都不会忘了自己是一个蒙古人。"

包印回来就好。我的身边正需要一个像他这样的家伙，大虎、二虎勇猛却鲁莽。

乌贵果然继承了他老子的贪癖，利用他警察署署长的身份帮助日本人搜刮掠夺。他随意闯进百姓家的房门，拿走值钱的东西，糟蹋那些花儿一样的姑娘。每次作孽抢劫，他都说是日本人要的，不给就杀头。现在，他是桥本忠实的走狗，百姓们对他恨之入骨。我告诉包印，我的衙门里绝对不能有这样的狗东西 。

这句话被我身后的二虎听到了，他说他愿意替主子完成这件事。

一天夜里，乌贵死了，死得很难看，他的身体被鞭子抽打成了碎片，尸体被挂在一棵大树上，不知道是谁干的，这是在警告那些像狗一样跟在日本人身后的家伙。

桥本到我的衙门里咆哮，用一种命令的口气说："乌贵先生是我的好助手，我们就像朋友一样，我要为他报仇，作为旗长，你必须严惩凶手，这是在同帮助你们的日本人作对。"

我说："桥本，今天我很高兴，我让下人给我们沏一壶好茶，我们喝茶吧。"

桥本无奈地坐下来，一会儿，汗水就从他的额头冒出来，我想，这时候他应该已经忘了乌贵的事情了。可怜的乌贵，连一杯茶都还不如。

我想要让包印当警察署署长，我还需要一个理由。桥本作为日方的代表坚决不同意，他了解包印，他们彼此都很熟悉。他知道，包印当上警察署署长，警署就只会听从一个人的，那就是我。

这个时候，该银子出面了。我拿出了存留的银圆，让包印悄悄给桥本送去，我装作不知道。包印不愿意向桥本低头，我说现在是日本人侵占我们的土地，我们就像是在枯水期中的锡伯河水，水流没有了，河里鱼一样的百姓谁来保护？我学着协理的口气说："种子只有学会在严冬的冻土下忍耐，春天来时才会将绿色铺满整个草原。"

几天以后，桥本来找我，说他同包印是朋友，作为日方代表，他愿意推荐包印做警察署署长。我故意说："包印这个家伙难以约束。"桥本说你们蒙古人不是有一句话叫作烈性的马儿才会驰骋千里。

这样包印顺利地当上了警察署署长，从此百姓的房门安稳了许多。

包印说，现在他是警察署署长，他想成立一个锄奸队，杀掉那些替日本人卖命的走狗。他说虎家兄弟是最好的人选。

我把这个想法同大虎、二虎说了以后，这两家伙兴奋得就像孩子一样。大虎说他们会让那些走狗死得很难看。虎家兄弟很快就同包印商量好了一切。

锄奸队秘密成立起来，由二虎带队，一共有十几个人，都是干净利索的好汉，而且忠诚勇敢。后来，马彪也非要加入进来，我劝说他你的年纪也不小了，还是让那些年轻人去做吧，他很生气，几天没有说话。最终我还是同意他加入，他永远都是一只猛虎。

夜里，人们都睡熟的时候，锄奸队的好汉们就像猛虎一样扑向那些我们要清除的败类走狗。

有一天锄奸队的目标盯在我的一个同宗贵族身上，包印来问我要不要动手，我想一想那个家伙那副嘴脸，给我的家族丢尽了脸，说了三个字："宰了他！"

日本人进攻河谷时，他跑了，后来他又跟在日本人身后一起回来，欺压百姓。我讨厌这样的家伙。

我决定同二虎他们一起去走动一趟。二虎他们动手的时候，我等在月下的荒野里。那个家伙被弄来以后，我狠狠地抽了那家伙十几鞭子，他跪下来向我求饶，我转身离开了。二虎结果了他的性命。

几次得手以后，日本人不断加强了警戒。但是，另一些走狗一定看到了死神就在身边，他们老实多了。

驻扎在河谷的日军，每天都会出操训练。我告诉管家，给他们多送去牛羊和烈酒。管家不愿意，我说饿狼只有在吃饱的时候才会睡觉。果然，那些家伙除了训练以外，整天就是喝酒，昏昏沉沉的。

在河谷以外的赤峰城街上，连续开了几家日本和朝鲜的妓院，里面的姑娘脸上都涂抹着像盐巴一样的厚厚脂粉，根本看不出本来的面目。她们的主要客人都是日本人和朝鲜人，还有我们的蒙古贵族。有一次桥本嘿嘿笑着对我说："我们的日本姑娘，比你们的姑娘温柔多了，那些姑娘们为我们大日本帝国做出了贡献。"

我轻蔑地说："你们的姑娘们贡献身体，也是为了你们的国家？"

桥本回答：“姑娘们都是好样的，她们的脸上涂抹着芳香的脂粉，代表我们日本民族的文化，一方面辛勤慰劳勇敢的日本士兵，另一方面还要努力消磨你们中国人的意志力。”

他是在侮辱中国人。这时旁边的管家却说：“到了春天，母狗趴在地上，公狗会过来消遣一下，牧羊人一个口哨，公狗就回到主人身边牧羊了，公狗很快就会忘了这回事，因为它根本没有看到母狗的脸。”

管家这个老家伙。

我们都笑了，只有桥本没有笑。

我告诉领地上的那些贵族，出河谷走到赤峰城街上，谁要是敢走进日本人朝鲜人开的妓院里去，我就割了他的家伙喂狗。果然没有人敢去，他们知道我说到做到。可是我知道，那些原来不是贵族，现在跟在日本人身后的家伙一定会去的，他们身上都带着搜刮抢夺我们百姓的钱财，所以我告诉二虎，你的锄奸队可以派人在赤峰城街上等着，进去三次妓院的走狗，直接割了。

鼠疫被风吹散以后，河谷渐渐恢复了平静。生活还得继续。福荟寺和善通寺决定一起作一场洪大的法事，为百姓祈福。宫嘎活佛说：“佛祖护佑我们赶跑了恐怖的瘟疫，我们要在佛前虔诚地诵经。”

经历了战火和瘟疫的洗礼，劫后余生的百姓们从四面八方赶来河谷参加法会。这次人们走来时是如此的悄无声息，如此的沉默不语，全然不像喜欢热闹的蒙古民族。就连那些早已经融入当地的客民都来了，希望带回去一点好福气，将佛菩萨恩赐给众生的祝福从喇嘛手中承接过来，小心地藏在身上，虔诚地将福气留在村庄里，房屋中，毡包内。甚至圈里的牛羊身上也被挂上幡符，耕地陇头也堆起敖包。百姓们朝着任何可以跪拜的地方跪了下去，口里咏诵着祝福箴言，企求神灵的护佑，心里期盼着将来的好光景。

这片土地上的人们，长久以来都生活在神灵世界和尘世之间，生活在神灵的寄托和现实的困苦之中。现在，魔鬼来了，即使是用贫穷和欺辱换取的安宁，也被驱散。幸好他们还有对神灵的信仰和敬畏，把困苦的由头归为因果，为活着找到一个理由。即便无用，即便愚昧，也能够在最黑暗的日子里慰藉灵魂。就让人们在佛龛前、敖包下长跪祈祷吧，为自己，为亲人，为一切生灵，为这片土地。这样，总还有一点希望。

日本人占领东蒙古以后，很多事情都发生了变化。我们的学堂被迫关闭，以往那些热闹的场景都成了荒废，再也听不到孩子们的读书声。就连我们的土地上种植什么农作物都在春天来临之前被预先规定好了。专卖署公布了许可种植罂粟的区域面积，热河省的朝阳、建平、凌源、平泉、宁城、承德、围场、赤峰等地区都被要求种植，我们的土地上就有十万亩之多。

这样我们的河谷里又多了一个季节——烟季。宫嘎活佛说这些魔鬼把季节都改变了。丁协理说这就叫作殖民，这是日本人的殖民政策。我还是第一次听到这个词。协理解释说："我们的土地上大面积种植罂粟，到了收获时，烟膏统一由专卖署收购，日本人将鸦片分散贩卖到各地，尤其是卖到关内，让更多的中国人吸食，这样抵抗的力量就从我们的身上消失了。人们就会像失去了水源的枯木一样，只需要一阵风就会倒塌在大地上。所以，这个东西比残暴的日军更可怕。"

我想起我妻子曾经的样子，真的就像枯木一样，见不得温暖的阳光。我觉得可怕。可是即使我暗中下达了禁止种植罂粟的命令，到了春天，田野上还是开满了一望无际的罂粟花，就像魔鬼幻化成美人儿一样，在风里无所顾忌地摇曳。

桥本让几个走狗一般的贵族管事散布消息说专卖署秋天会以一个较高的价格收购罂粟膏，这能够获得几倍于粮食的收获。这是一个简单的推论，百姓们不会再听信过去作威作福的扎萨克王爷。

我同丁协理骑马来到田野上，很多事情我都无法再控制了。我很难过，不为失去那些所谓的权势，而是由于我的眼前经常出现魔鬼恣意蹂躏我们土地的景象。我随手摘过一朵美丽的罂粟花朵，放在鼻子前，除了淡淡的味道，没有什么特殊的芳香。我说："这些花朵就像是黑夜里闪灼在黑暗中的恶狼的眼睛，没有狼嚎，还以为是天上的星星，花落以后，就该逐渐显现出它本来的样子。"

更多的罂粟花开在我的视线中，我终于忍不住问协理："难道我不是一个好主子吗？为什么我的百姓不再相信我？为什么我的命令他们毫不在意？"

协理望着远处的山脉，他说："你看远处的山峦，起伏不定，高低错落，追随季节改变颜色。你再看天上的云朵，飘忽不定、变幻无常。这个世界，没有什么东西是永远不会改变的。即便是看似永远不变的山脉，许多年以后也都一定不会是现在这个样子，你我都如此。我们伸出手掌，向手掌上吹气，一股清凉会驱走灼热，可是我们不可能一直向手掌吹送凉气，我们可没有那么多气息，所以，我们需要别的办法。"

我问有什么办法，协理说等到烟季收割烟膏以后办法就会来的。

我想起了那时我们组建起来的戒烟社，现在早已经解散了。

我们在煎熬中迎来了烟季。割开罂粟壳，就像女人膨胀的乳房一样流溢出白色的乳汁，这些乳汁却能将婴儿很快毒死。专卖署收购了所有的罂粟膏，百姓们得到了厚厚一摞“满洲国”老头票。桥本将烟膏储存在我们以前的仓库里，他将仓库锁好，门口站着一队“满洲国”士兵和几个日本士兵。

现在，我的仓库是日本人的了。

秋收以后，桥本又将外面的粮食运进了河谷。需要粮食的百姓排队用出售罂粟得到的老头票购买粮食，粮食的价格却陡增几倍，高得离谱。桥本的理由是今年的粮食歉收，再不买，就没有了。看着手里的老头票只能换取很少的粮食时，百姓们才知道受骗了。最后，桥本对那些呆呆地看着粮食，手里的老头票已经光了的百姓说：“天气快要冷了，为了帮助困难的百姓，可以先将剩下的粮食赊欠给你们，等到明年罂粟收割完以后，用罂粟膏来抵粮食。记住，只有罂粟膏才能换粮食。”为了冬天不被饿死，百姓们只能眼睁睁地走进桥本设下的圈套。这样，百姓就同罂粟和粮食一起被捆绑在永劫轮回的魔咒里了。罂粟和粮食的价格都是日本人说了算。

我找来桥本，告诉他这是在剥百姓的皮。桥本嘻嘻笑着说：“王爷不要替那些贱民难过，这些穷百姓很多不都是你以前的奴隶吗？”

我说：“与人不善，必遭报应。”

“王爷还相信那些虚无的东西。”

桥本越发嚣张了。他走后，丁协理告诉我，现在，包印已经同看守仓库的卫兵成为朋友。我终于明白，为何整个春夏两季，包印都经常同那些守卫仓库的士兵喝酒，为此我还责怪过他。

那天夜里，包印又同守备士兵们去喝酒了。大虎、二虎带上几个锄奸队员，悄悄地从仓库旁的密道里溜进去，他们将供奉给佛菩萨的灯油泼洒在了堆积如山的烟膏上。我从未见过如此旺盛的火焰，混合着黑色的烟雾，向天空伸展，比起许多年以前我们在东边孟克河畔放的火焰不止愤怒多少倍。混乱中，我看见桥本瞪着通红的眼睛，怒视着火焰，却一步也无法靠近。看守仓库的守卫全部喝醉了，就是将冷水浇在他们头上，也无法唤醒他们。第二天早上，大火终于熄灭了，我的仓库没有了，那里曾经装满了银子，装满了富足与收获。可是，现在它宁可化为灰烬，也不愿意装载罪恶的东西。如果它有魂魄，一定是被神灵收集到天上去了。

我对丁协理说：“这真是个好办法。”

桥本白白忙碌了一年。从春天开始，他就不断地引诱百姓。为了让百姓相信他的话，不相信我的话，他还将从朝鲜运送来的胰子、小袋饼干、清酒等免费送到百姓的家里去。许多老实的百姓将给他们送来东西的桥本看作真诚的朋友。

我安慰桥本，不要难过，天干物燥容易引起火灾。桥本说一定是有人故意放的。我说如果有人故意纵火，一定要严惩。他又说，一定是知情人干的。

我说，你认为会是谁?

桥本看着我。

所有的一切都清楚地表明与我无关，起火的可是我的仓库，况且起火的时候，我正同桥本喝晚茶，包印带着几个弟兄同仓库守卫喝酒，他们已经喝了快一年了，如果有放火之心，早就起火了。

我也看着桥本，桥本的眼睛转向墙上的字画里去了。

晚　钟

河谷下游的驼山湾教堂给我送来消息，老迈的南布神父病得很重。弥留之际，他希望我去探视他，他还想见到他的老朋友宫嘎活佛。

世道变了，我的心也因为沧桑柔软了许多。我不想拒绝这个老神父，他将一生都留在了东蒙古。他在荒凉的河谷下游开垦耕地，那些土地养活了许多百姓。虽然他是异教徒，可是他的宗教同样让困苦的人在他们的神灵那里得到慰藉，这就足够了。

我们向河谷下游出发的队伍远不像从前那样庞大了。那时候我的身边有士兵的保护、队伍中间有诵经的喇嘛，后面还有王府的乐队准备随时为劳累的主子演奏，到了月光如水的夜晚，我们甚至还要唱颂吟诗。那时候我们前面的马队已经走出很远了，后面的队伍还没有背起行囊，那时候队伍荡起的烟尘像一条看不见头尾的长蛇，弄得河谷满满的涤荡。可是现在，我的身边除了几名保镖，只有一个老喇嘛带领着几个小喇嘛，再也没有浩荡的烟尘了。

月亮升起来，我们燃起了篝火，大虎还要再去找些柴火，将篝火弄得大一些，我说足够了，刚好我们围坐一圈。我有些失落，就说："再也不会有从前的火焰了。"

宫嘎活佛听出了我的意思，说："魔鬼总会被降伏的，耐心等待吧。你看，天上的月亮正在升起，用不了多久，就会升起在头顶上，王爷啊。"

我用一根木棍拨弄着篝火，火焰一下蹿出很高，绚烂多彩，光芒四射，可是火焰过后，火光又暗淡下来了，我们的脸又回到黑暗里。我说："这里只有一个活佛，已经没有王爷了。"

活佛听我这么说，不再说话，沉默许久，不一会儿这个老喇嘛竟叹息起来，这下，我反倒不知如何是好了。夜很深时，我昏昏沉沉地睡去，睡梦里传来了河水淙淙流淌的声音，一直流到我的心里。

又看见教堂高耸的塔尖了。见到我时，南布神父从床上勉强坐了起来，他同我们谈了很多往事。他对他的老朋友宫嘎活佛说："信仰使他的生命变得坚强，同样也是信仰让他的一生处于煎熬困顿之中。他不知道在这片他耕耘了几十年的土地上，同他一样执着的人还能走多远。"不知道他指的是宫嘎活佛，还是指雷诺神父。

宫嘎活佛虽然比南布神父年纪小，可是此刻他更像一个兄长坐在弟弟的身边，给他温暖和关怀。一个人在弥留之际是如此的虚弱，就连天上的太阳都无法让他的身体感到温暖。宫嘎活佛俯身说："我的老朋友，即使是在这最黑暗的时候，我依然满怀信心，现在，无论是哪一个神灵的信徒都在经受最严峻的考验。我相信，有信仰的人，心灵之光是永远不会熄灭的。"

南布神父委托雷诺神父为他做最后的"终敷"，他说他就要回到家乡去了，如果幸运，这将是他到天国之前的最后一件事。

我们并没有回避。南布神父请求我们留在身边，他说他希望在离开时有朋友在身边陪伴。雷诺神父仔细地为南布神父敷抹"圣油"，在教众们的圣歌祝祷中，南布神父的灵魂进入了通往他的宗教天国的大门。然后雷诺神父宣布南布神父的罪孽赦免，获得善终。宫嘎活佛说："一个人走得如此安详，是活着时修来的福分。"他说得不无道理。

当南布神父第二次踏上东蒙古这片土地的时候，当他踏着夕阳走进落日余晖的草原的时候，当他进入锡伯河谷欣赏沿岸风土人情的时候，或许他不会想到，许多年以后，当他离开人世进入他的神灵的天国时，陪在他身边的竟是他在这片土地上最大的对手。对于一个坚忍执着的僧侣来说，这或许真的是修来的福分，但是对于南布神父本身，却是不体面的，至少没有取得对于另一个宗教的胜利。这么多年的努力，苦心经营，使得一座教堂端庄威严地耸立在河谷下游，但是教堂的晚钟却只能将福音传送到附近不远的几座小村庄。再向远处，就是喇嘛的寺庙和诵经声了。

在为南布神父唱颂歌的教众中，有一双眼睛引起了我的注意，那是一双似曾相识的眼睛。当我不经意间同那双眼睛相遇时，那双眼睛很快就不见了，隐没在人群中。等到我注视神父时，那双眼睛又会停留在我的身上，在这个庄严悲伤的时候，容不得我多想。等到雷诺神父完成了宗教仪式之后，我走进人群中时，那双眼睛又消失了。

那天夜里，当白天的一切都结束以后，我一个人在客房的灯下时，那双眼睛又到我的心上来了，比喧闹的白天还要清晰。我忽然想起一个人来，那是一个我不会想起又永远无法忘记的人。可是那又怎么可能呢？我想这只是幻觉。

南布神父的治丧结束之后，我进行了简单的巡视，雷诺神父带领我们参观了教堂周边。由于经费紧张，教堂的育婴院只能勉强维持着，主要靠教徒义务帮扶。当初从大山深处迁徙而来的土匪村，这些年已经形成了一个和谐自然的村落。看早晚炊烟，就知道再也没有人出去为匪打劫了，村民们自力更生在河边开垦耕地，种植谷物，饲养牲畜，他们的灵魂在教堂找到了归宿。

雷诺神父说如果不是日本人来了，他相信那些很纯粹的东西会一直继续下去，现在，他也说不好。雷诺神父还送给我一本书，他说这是这些年来他的心血之作，经过多年的努力，他终于写就了一本记述东蒙古地区的风情之书，这本书在欧洲一定会引起轰动。他还向我提出了一个请求，他说目前王爷还是这片领地上的主人，所以，如果有一天日本人不让教堂继续存在时，他希望将他这么多年来收集的关于我们东蒙古的古文化遗迹资料标本转交给我。他说这不但是东蒙古的文化，也是整个人类的文化。看来在雷诺神父的内心，对于未来比我们还要悲观。我知道他将自己收集的东西看得很重，但我不知道那些东西到底有何用途。很久以前，有一对叫作鸟居的日本夫妇曾经在我们的领地上考古考察，收集了许多古代的遗物，后来，鸟居夫妇走了，那些东西也随他们一起消失了。

雷诺神父说这话时，眼睛认真地看着我。我想要告诉他我已经不是王爷了，神灵将原本属于我的力量拿走了。可是雷诺神父的眼神让我无法拒绝，我只得答应了雷诺神父，我说如果真有那一天，我是不会让那些东西消失的。

我觉得这个热衷科学历史文化的神父距离他的上帝很远，距离我们蒙古人却很近。

在教堂的育婴院，几个修女正在照看教友的孩子。当雷诺神父带领我走进去时，修女们低头向我问候，其中一个人怀里抱着一个婴儿，见我进来，将头转向一边去了。我走过去想要看一眼修女怀中的婴儿，当我走近时，修女本能地回过头来。

这一回头，我的心立刻被一只飞鸟给衔到天上去了。

天啊，这不是那天在教堂颂歌声中传来的眼神吗？这不是许多年来我一直藏在心底的眼神吗？这不是那双曾经让我心碎的眼神吗？没错，站在我眼前的就是许多年前离开我的阿圆，我的那个小花旦。如今岁月蹉跎、物是人非。我整个人都僵硬在那里。世上的事情真是无法预判，就连佛菩萨都一定没有想到。

恍惚间，我怔怔地站在阿圆面前，不知如何是好。岁月也留在她的脸上了。一个修女抱走了阿圆手中的孩子，然后所有人都退出去。雷诺神父说如果是故人相逢，上帝也无法拒绝王爷眼中的悲伤。

我将阿圆紧紧地抱在怀中，她的泪水很快就浸湿了我的衣服，我不知道说什么好，甚至都不知道怎么开口。当一切稍稍平静下来的时候，阿圆却推开了我，她说："王爷认错人了！"

即使时间过得再久，有一种东西也不会遗忘。

我说："你到底是怎么了？你不认识我了吗？你怎么可能不认识我？你怎么会在这里？"我有太多的疑问。

她又说："在你面前的是一个修女，不是一个你认识的人。"

世上有一种眼神永远都不会改变，如果不是她怎么会有那样幽怨的眼神。修女哭泣地跑开了，我的身份和她的身份让我无法去追她。

雷诺神父告诉我，修女的名字叫苏珊，来到这里已经有几个年头了。她很少说话，她已经发了终身愿，从她的眼神里每个人都知道她身上有许多往事。只是没想到与王爷有关。

我说我该怎么办？雷诺神父想了想说："现在，她是苏珊修女，过去的就让它过去吧。"

可是我放不下。

第二天，雷诺神父安排苏珊修女与我见面，我知道这是雷诺神父要我了断一些事情。

我们走出教堂，来到原野上，天上没有一丝云彩，天空蓝得单调沉寂。

我提出了我的疑问。阿圆的回答很简单，她说雷家班辗转了很多地方，他们去了关内，又来到塞外，她把自己会的戏统统在台上唱了许多许多遍，到后来，有一种牵挂终于快要落地时，她忽然厌倦了舞台，厌倦了无休止的迁徙飘零。她累了。

我说："那时候你快要将我忘掉了吗？"

她说："是的，只要不看天上的月亮，内心就会很平静。"

我说："你没有再爱上一个人吗？"

她说："天上落下的每一滴雨水都只会落在一片树叶上一次。"

有一天，雷家班路过驼山湾教堂时，看着教堂高耸的塔尖，晚祷的钟声从塔尖上传过来，她忽然想停下来，不走了。

我说，你为何要在这里停留？

她说河谷上游的流水会流到这里，有一个人总喜欢骑马到河边，然后坐在河岸边看河面的水鸟。

那个人是我。

我说同我回去吧。

她说内心已经是一片平静的水面，脚步已经在这里留下了深深的印痕，往事尘封了。

“你一个人会很苦闷。”

她说上帝同她在一起，就不会孤单。

我不知道还要说些什么。我看着她，那双眼睛此刻真就像一湾水一样平静。

远处天边升起了几片云朵，此刻，我的心里也升起好多云朵一样的东西，一团一团地塞在我的心里头，我不知道究竟是怎样的感受？我们沉默了，并排返回教堂，拐过河湾时，我又一次将阿圆紧紧地抱在怀里，她没有拒绝，也没有依偎，更没有一股暖流传到我的身上来。我知道有一些东西在那一刻彻底断了，就像断了线的风筝，脱离牵引，消失在空中。

接下来的几天，我的心带着我的身体在教堂周围不停地走动，我的鼻子像狗一样努力搜寻，我希望能够捕捉到更多的关于另一个人的气味。我希望每踏出一步，脚下的土地都会升腾一点力量，那是给我说服自己的勇气，我不停地告诉自己，有一种东西既然曾经属于我，就应该永远是我的。可是几天下来，我身上的力气却越来越少。我躺在草丛里，看着天空，在我的眼前有一条通往天空的通道，向上很远时，却被一团迷雾一样的东西阻塞了，强行穿越，恐怕迷失。我闭上眼睛，太阳灼热的光芒让我的眼睛里变得红黄混浊，那是无法看清的荒原。

一天夜里，我在一个头人的家里喝醉了。头人和妻子没有像从前一样殷勤地伺候他们的主子，他们只是给我的身上盖了一条毯子，打来一桶热水放在地上，然后就匆忙地向宫嘎活佛祈福问卜去了。我觉得孤单，忽然想要回到河谷上游，在这里，我是多余的。半夜醒来，身上单薄的毛毯无法抵御寒冷，我努力蜷缩着身体，这让我明白我已经不再那么重要。

我没有再遇到修女苏珊。我也没有再去找阿圆。我心里明白，我的寻找只是我向水中投去的一粒小石子，我的期许仅仅表示一种留恋而已。石子投出以后水面会有细微的震荡，然后就会理所当然地平静下来。曾经汹涌的激情不再涌动了。而我，已经不能够再给她任何东西。

几天以后，我离开了教堂。我告诉雷诺神父保重，我说这个世界改变了，有太多未知的东西。最后雷诺神父对我说："有上帝的庇护，这里所有的人会平静地生活下去。"我听得懂他话里的意思。我说："现在，这里只有你一个洋神父了。"

宫嘎活佛到南布神父的墓前同他的老朋友道别，我们站在远处，将空间留给两个僧侣。如今他们一个在尘土里，一个在尘土上，但谁也没有离开这片土地。我还记得许多年以前他们辩论的情景，那时候这两个执着的人，为了表明自己宗教的纯粹与高贵，互不相让，但悲悯与智慧还是让他们成为朋友。看着他们争得面红耳赤的样子，父亲告诫我，"在我们面前，他们没有谁是对的，也没有谁是错的，对错取决于对扎萨克衙门的忠诚。"

这些话我还记得。

天上的云在夕阳浸染里挪移着，向着遥远的天边漂泊。我忽然决定继续向东边行进，我想要到东边的领地上去看一看。

如今的东部边境上，设立了一个行政公所和一个警所。这些都是日本人来了以后新设立的单位。公所所长是以前的一个皮匠。村庄的头人告诉我，因为皮匠帮助日本人搜查出了回到村庄里养伤的抗联战士，所以当上了所长。看到我时，皮匠所长的膝盖还是弯曲了下去。我说我从来没有见过你。他低着头说："以前我是一个下等人，王爷是不会看见我的。"我说现在你却连一条狗都不如，他就真的趴在地上了。

我又说你永远都是一个下等人。

皮匠羞愧地将自己的脑袋使劲地向地上的尘土里钻。

我说我真想宰了你，替我的百姓出气。

大虎是急性子的家伙，又掏出了腰间刀子。每次我说到什么人该死时，大虎总是会先将刀子握在手里，或许他以为接下来我就会让他动手，他的脑子忠诚得不会转弯。

我忽然闻到了一股刺鼻的臭味，地上的家伙已经吓得拉在了裤裆里。

我说："你不配死在我的刀下，你的胆量太小了，你不如回去继续做你的皮匠，那样或许你会活得长久一些。"我懒得看地上狗一样的家伙，赶忙走出了满是臭气的公所。

我出门时，听见大虎在身后对皮匠说："你靠出卖乡亲和英雄换取名利，夜里能睡安稳吗？"

那天夜里，睡不安稳的人却是我。虽然被我羞辱，皮匠所长还是协助头人为我安排了酒宴，他特意邀请了几个闲赋在家的老佐领和头人，我想看看他们，便参加了宴会。席间一个漂亮的姑娘像蝴蝶一样总是在我的面前飞舞，身上散发出迷人的香气。我喝多了，我的心思不知何时被香味带到她身上去了。我喝得太多了，我一定说了让人脸红的话，姑娘红着脸跑开了。然后我就被人送回到房中去了，我等待着姑娘的到来。可是，我都快要睡着了，皮匠所长还没有把人送来。我终于沉不住气了，就大骂起来。管家赶忙叫来了皮匠，皮匠并没有慌乱，沉稳地说："我在等着主子的封赏哪！"

"可是，我已经不是王爷了。"我眯斜着眼睛看着皮匠，"我什么都给不了你。"

"在奴才眼里，主子永远都是王爷，我希望主子赐给我一个贵族的名号。"皮匠跪在地上说。

我没有理会他，我说："你现在不是所长吗？"

"可是我还是一个贱民，只有王爷给的才算是真正的名号。"这个家伙近乎乞求了。我有些心软，可是这个走狗一样的家伙不配我给予任何东西。我不耐烦地挥挥手："我现在不想看到你，出去。"我心里刚刚燃起的火焰，正灼烈地燃烧着，此刻我只想要快一点见到那个姑娘。

美丽的姑娘终于滚到我的怀里来了，她的身上春意盎然，让我的呼吸一下变得困难起来，我急促地说："为我跳一支舞吧。"

然后就是蝴蝶一般的舞蹈，我呆住了，眼睛跌进了旋转的云朵中。拨开一层迷雾，我清楚地看到燕贻堂舞台中央一只美丽的蝴蝶正在翩翩起舞，旋转的身形在月光下搅动满目的流光溢彩。可是当我伸出手去抚摩时，却两手空空，我恍然明白，那已经是许多年以前的往事了。

我又想起了教堂里的那双眼睛，我对舞蹈的姑娘说："我困了，你出去吧。"

她的眼神一下黯淡了下来。她不明白我的意思，我又摆摆手，示意她可以走了。

她说："我不漂亮吗？"

"不，你很漂亮。"

"那你为何让我离开？"

"因为我的心里装不下纷飞舞蹈的蝴蝶了。"

"我以为你是一个英雄，你不是。"她恨恨地看着我，我低下头去，然后我听见了她的哭泣声。

酒精的麻醉真的让我快要睡着了，迷迷糊糊中好像是皮匠跑进来跪在地上说粗鄙的姑娘让主子生气了，他会马上再换一个进来。

我恍惚记得自己说："不要用美色迷惑折磨一个能决定你命运的人，一旦他脑子变清醒，你手里的牌将一无是处。"

喝了这么多酒，我的脑子怎么会清醒呢？然后我真的睡着了。

第二天早上，我的头很痛，头人跑来告诉我，皮匠死了，是在夜里用自己熟的皮子将自己吊死了。他的老婆说皮匠写下了字迹说自己对不起乡亲，给祖宗丢脸。皮匠是因为羞愧而死。

这个家伙还有一点良心，我告诉头人将皮匠葬了吧。头人却说村庄里没有一个人愿意帮忙。我的百姓看上去是那样愚钝老实，每个人的心里却都明亮鲜活。宫嘎活佛说："王爷的子民像泥土一样坚韧柔软，孕育生机，你说佛祖赐予的一切会消亡吗？"

我说："这个问题应该是你去问你的神灵。"

活佛说："不用，看看这些百姓就知道了。"

最后，头人同公所的几个职员完成了皮匠的丧事。皮匠的老婆在皮匠埋葬以后就离开了，她说没法在村里住下去，乡亲们的眼神会让她像皮匠一样死掉。

我让头人找来几个过去有威望的人，我说你们替我管理好这个地方吧，现在，我还是旗长。

越过边境的人传来了东边的消息，木图王爷疯了。这是一个让我吃惊的消息。

日本人同样占领我们邻居的土地以后，日军将指挥部设在了木图的王府里。木图卫队的士兵们同样用生命捍卫了尊严。这让狮子一样的木图又一次用仇恨填塞胸膛。已经步履蹒跚的老木图依然固执地坐在扎萨克衙门的座椅上不肯起来，看着那些无视他，随意进出王府的仇人，他轻蔑地对日军的指挥官说："你们这些个猪狗一样矮小的东西，只配从我的裤裆下面钻过去。"

当翻译将木图的话翻译给日本人时，日军指挥官的脸立刻被愤怒弄得扭曲不堪。他命令士兵将木图扔进了马厩，并将马粪强塞进木图的嘴里。骄傲一生的木图从未受到如此大的侮辱，即使是那些仇人也从未侮辱过他。几天以后，木图的儿子将木图从马厩里弄出来以后，这只骄傲的狮子被马粪灌疯了，从此他的嘴里只说"裤裆下的东西"这几个字。

一个人疯了，也就没有痛了。不再疼痛的木图是幸福的，骄傲在他身上铸成了永远的姿势，他总是昂起头，看着天上，嘴里说着那几个字。

同样，一个人没有梦了，也就没有痛了。没有痛的生命就像一尊雕像，也是永远只有一种表情，生硬地刻在皮囊以外，不再和灵魂往来。这一点，我不如木图，我只能苟延残喘地活着。

我很想去看望一下我的这个老对手。我骑上马来到老哈河畔，河水清澈明亮，充满野性，沿岸还都是原来的样子，没有任何改变。当我打马准备越河时，在水边我又勒住了缰绳，一个疯子不会再想起故人，在木图面前，我也是多余的。

我似乎再也找不到在东边待下去的理由，我应该离开这里回到南边去了。我无聊地站在高地上向四周眺望，远处是茫茫的鸡冠山。山里的金矿开采早已经停产，日本人来了以后，我就派人炸毁填埋了矿井，掩盖了矿脉。如今，守陵使村的百姓们守着那里。

我们东边的官邸现在还有几个用人看护，从前的热闹没有了，以前这里的一个老厨师做的饭菜我很喜欢。现在他老了，他的儿子替他给我做了同样的饭菜。我并不知道，我吃得很香。当我准备赏赐老厨师的时候，他道出了原委。我还是赏了他，我说："你的儿子的手艺同样出色，这说明你希望自己的主子还能吃到原来美味的菜肴，我感谢你。"

第二天，饭菜的味道开始有了细微的差别。我明白，这是因为我已经知道这些菜不是老厨师做的了。事情的差别往往就在这里，不是因为事情本身，而是因为人的不同。

天气变热了，我面前的菜盘里飞进了一只苍蝇，在上面停留片刻以后，飞走了，打个旋又飞了回来，继续停留在菜肴上面。下人赶忙驱赶，我说这只苍蝇一定不知道我是谁！下人小心地说："主子真会说笑。"我说："一定是的，这个小东西怎么有胆量在一个主子的碗里争食。"下人怔怔地看着我，不知道我是什么意思。他不会知道的，否则他就不是一个下人。有些感受，只有我自己知道。

我忽然发现，这世上很多东西，甚至是所有的东西，都没有因为某个人而做出改变，即便是一种顺应，也都只是短暂的假象。比如我自己，我的身份让我对于很多东西都能够指指点点，很多东西看似按照我的想法而改变了轨迹，可是用不了多久，它就又回到它自然的样子。我吃的饭菜，因为对于老厨师的印象让它成为我想要的味道，可是第二天就又回到他儿子做出的味道了。就像我眼前的苍蝇，它不会因为我的身份而远离美味，它不需要知道我是谁。就像老哈河蜿蜒的流水，流淌了许多年，洪水汹涌过它，堤坝阻挠过它，耕田吸引过它，干旱摧搡过它，它曾经激情，也曾经颓废，可是当它容纳了一切之后，它还是按照自己的样子流淌。

贩 盐

我记得许多年以前，丁先生，我现在的协理曾经对我讲过聪明要会用、善用，则自利利人；不善用，则自误误人。

到了现在，我依然不知道自己算不算是一个聪明的人，可是我一定要做正确的事。

深夜里，丁协理敲开了我的房门，当我打开时，我看到的是朝格，我惊讶地呆在那里，然后我紧紧地拥抱了他。山里的生活让他变得粗糙沧桑。请过安后，我们来到了后堂，朝格给我讲了他们在山里的故事。进入山里之后，辗转了许多地方，后来他们同东北军的抗联部队联系上了。同日军交了几次手。现在，他们的弹药快要没有了，还有就是他们需要药品和布匹衣服。他这次回来，是要补充这些东西，还有他说都楞仓很想念我，他的身体很不好。朝格说得简单轻松，谁都知道他们在山里的日子怎样艰难。我告诉朝格尽管放心，我会想办法的。然后我问起了都楞仓，我说："让都楞仓回来吧，他老了。"朝格说："主子，都楞仓让我告诉你，他不回来了，他说他要在前面杀掉那些日本人，有主子惦记着就足够了，还有，请主子保重。"我心里难过，都楞仓是我们的英雄，这样的人是不会向敌人低头的。

后半夜，朝格走了。他给我留下了难题，但我必须解决。

我告诉管家到赤峰城街上买下足够的布匹，就说是救济灾民用。还有让包印去药店里购买药品，他是警察署署长，没有任何药店老板敢问他买药做什么用。剩下的就是武器弹药了，我们还得想想办法。

我想到了日本人在河谷里的军火库。

我让包印利用他的署长身份，探明了日军守备军火库的兵力和他们换岗的时间。每到后半夜，守备军火库的士兵就会减少一大半，因为从未有人敢打军火库的主意。

又是一个深夜，朝格带着十几个弟兄悄悄地从后山溜进了王府里，管家早已经为他们在后院准备了食物。包印已经带人提前盯紧了军火库，到了后半夜，朝格他们在虎家弟兄的带领下，悄悄同包印会合。军火库前只有两个岗哨，还都在打盹，其余的都到营房中睡觉去了。大虎、二虎用小弓箭射出两支细箭，就像他们在森林里麻醉那些猎物一样，很快那两个哨兵就毫无声息地倒在了地上。包印利索地从一个家伙身上摸出了钥匙，快速无声地搬运出想要的东西。他们就像在我们自己的仓库一样。只用了半个时辰，仓库的门又锁好了，钥匙回到了哨兵的身上，一切如初。

大虎和二虎回到王府的时候，东边的天际刚好发白。我让他们去睡觉。我又静静地坐了一个时辰，没有听到一点儿动静，这下我放心了，朝格他们一定已经走得很远。

包印时刻观察着日军军火库守备的情况，日军还没有觉察到，我希望他们永远不会知道。半个月以后，包印告诉我，日军点验库房，发现少了武器弹药，将守备的哨兵禁闭查询，最后也没有得出一个结果。我笑着说："他们应该去寺庙里让喇嘛占卜一下，一定是神灵干的。"

现在，我越来越感到银子是个好东西，对于我们越发重要。以前我身上从来不带银子，身边的人会替我带着。我需要时只要说一声，甚至动一动手指，银子马上就能够变出来。管家说这是神灵让兀良哈家族永远高贵富足，我相信管家说的是对的，所以，我从来也不考虑如何打理钱财，况且，我的王府内还有一个精明的老管家，河谷外还有一个善于经营的兄弟。

这些年，东蒙古的商号就像雨后草地上的蘑菇一样，不断冒出来。有关内山东商号、山西商号、西洋商号、俄罗斯商号、朝鲜商号，还有日本商号。尤其是那些日本商号，他们从粮食到皮货无所不营，就像草场上一群群讨厌的蚱蜢，蜂拥地扑到利益上去，那些矮小的家伙精于算计，银子都流到他们的库房里去了。记得那时霍斯说："我经常同这些家伙打交道，他们的来头似乎都很大，身后似乎总是有一股看不见的力量在支撑，所以，他们的资本雄厚，人员整齐，获利最丰。总有一天，东蒙古的生意都得让他们抢去。"

这些年，我们需要更多的银子，我们的衙门需要开支，我们的学堂需要经费，我们的灾民需要救治，关内的客民需要安顿，我们的巡防队需要弹药枪支，寺庙里的喇嘛需要供奉，需要银子的地方太多了。仅凭土地的租赋远远不够，况且，随着流民的增多，土地的开垦，这几年天上的神灵也似乎因为草场的过度垦荒而愤怒。神灵或许也弄不明白，为什么往日那些丰茂的草甸、河畔的绿荫、浓密的森林都不见了，都变成了阡陌纵横的耕田呢？那些平坦地势草地上欢快的牛羊都被赶到更高的草场上去了，牛羊不高兴了，牧人的歌声就没有了，听不到大地上牧歌的神灵就生气起来，他说："我不会将雨水降落在这片没有绿色的土地上。"寺庙里的喇嘛和萨满同神灵进行了对话，可是结果却是神灵更生气了，就将干旱连同瘟疫一同降落下来。

神灵哪里知道，我们的土地现在需要养活更多的人，我不能看着那些关内流亡的客民在我眼前饿死，肚子里灌满河水。

记得在外面巡视时，我对丁协理说："将更多的土地开垦出来吧。"

管家说："那些人为何总是生那么多孩子。"

协理回答："我们期望多子多孙的幸福。"

这是多么美好的期望啊。

"那就请喇嘛们将希望给这些可怜的客民吧。"我指着眼前一大群流民说。卫兵告诉我，眼前这群人都是从关内同一个村子里走出来的。

我告诉协理："那就让他们住在一起吧，编丁入甲。"

没过多久，我发现几乎所有客民帐篷或简陋的土房里都有了一尊佛龛，我知道这些人能够活下去了，无论神灵是否存在，它都给跪拜的人希望和勇气。

我将这件事告诉了宫嘎活佛，他说："黑暗的时候，人们需要信仰。只有这样才能有一点光亮照在心头，给在黑夜里的人一些希望，活下去需要勇气。佛菩萨与众生同在。"

这个喇嘛倒也不谦虚。

土地的过度开垦引起了另一个人的警觉，那就是河谷下游驼山湾教堂的雷诺神父，他跑来告诉我说："我几乎走遍了整个东蒙古高原，到处都是过度开垦的土地，如此下去，几十年，上百年以后，东蒙古草原将变成盐碱沙滩，丰茂的草场将沙化退变。"他紧张的神情给我展现了一幅几十年以后的场景，看上去荒凉而寂寞。在这幅画面里，我没有看到青草和流水，没有听到牧歌和鸟鸣。我有些难过，可是我不知道眼下该如何取舍，我问雷诺神父："看看大地上成群结队的流民，你有更好的主意吗？"

雷诺神父没有说话，拿出了一些他进行考察时所拍摄的照片，有美丽的草原风光，有我们的风土人情，还有面色饥荒的灾民和流民。我拿起其中一张一个孩子恐慌的眼神的照片，我说："你要表达什么，是我们这个国家的贫穷吗？"

"不，是战乱。战乱让人们失去家园，一个天真的心灵无所依托，现在很多流民都需要信仰。"雷诺神父的口气很像南布神父。

"你难道不知道我们有悲悯的佛菩萨，天上还有护佑我们的长生天吗？"我反问他。

"不，我尊贵的王爷，他的父母亲应该成为上帝的子民。"他接着说，"无论如何，他的家庭都应该有一种信仰，你们的佛祖或是我们的上帝。"

雷诺神父的后半句话倒是我第一次听到，他没有完全站在他的宗教立场上，我喜欢他的这种包容。

以前，几乎每次在王府里相遇，喇嘛们同神父关于宗教的辩论都会进行，每次都不能说服对方，最后都会用彼此的宽容结束。我总是做一个旁听者，我愿意看到这些僧侣们在我面前唾沫四溅。

说得太远了，我们最需要的是银圆。现在比以往的任何时候都需要。

这些年，霍斯在赤峰城陆续开了几家磨坊，均使用"佐竹式"电动碾米机，机器的轰鸣声，将磨坊里的那些骡马都送到牧场上去了。可是现在，"满洲国"对粮食实行统管制，没有那么多的粮食，磨坊里的机器用不上了，送到牧场上的骡马又回来了，拉着老碾磨转圈，碾压着零星的粮食。

我让霍斯回到河谷，我明确地告诉我的义兄：我们需要银子。

霍斯对我说："日本人来了以后，皮货和药材生意已经挣不到太多的银子了。毛纺业衰败不堪，磨坊和酿酒都缺少原料。我们这里不产盐，大青盐需要外运原盐，如果贩盐，我们就会得到丰厚的利润。"

这些年，我们这里的人口越来越多，需要盐，草场上的牲口也需要盐，盐甚至成了一家富贵或贫穷的标志。许多人家的盐罐都会藏起来，每天数着颗粒舔舐一下。而日本人为了控制百姓的力气，由"满洲国"专卖署统一管制，很少售盐。没有盐，百姓身上的力气没有了，就不再有动听的歌声了，牲畜就不再追逐了，成群地到河边啃食泥土。

"可是贩私盐是被禁止的。"我说。

"那就不能让别人知道。"

霍斯说的别人是日本人和专卖署。

对于经营上的事情我不懂，霍斯说经营什么，就应该按照他说的去做。我相信我的这个哥哥，就像当年我的父亲相信他的父亲一样，我说："放手去干吧。"

霍斯提醒我，现在桥本是日本驻赤峰一带的实业公司总经理。这个新头衔好像他同日军一点关系都没有。可是谁都知道桥本是在代替日本政府进行掠夺。

霍斯又说桥本的实业公司无所不营，包括开垦拓荒、酿造烧酒、开采矿苗、经营畜牧、收买畜产、趸批杂货，甚至还发行钱贴。我很惊讶桥本的手掌伸得如此之长，范围如此之广。

我厌恶桥本，但是，现在不同了，我们的仓库真的快要空了。我的身后还有许多地方需要银子。

我想起了桥本每次到我的府上喝茶时的情景，他总是将眼神转向墙上的字画。我对霍斯说："我来说服桥本，他会同意我们要做的事情。"

一个晴朗的日子，我请桥本来喝茶，这是一个例外，以前从未有过。桥本显得很激动，他说："我同王爷一起喝了无数次茶，王爷还是头一次邀请我。"

我说："世道变了，你现在是一个说了算的人，就像原来的我一样。"

桥本竖起拇指说："王爷真是一个聪明人，我喜欢你的直率。"

当汗水从桥本锃亮的脑门沁出时，桥本的眼睛又转移到了墙上的一幅字画上。在以前，此刻我都会让下人给他斟茶，让他清醒一点。这次我顺着他的眼神说："这是许多年以前我成亲的时候，皇太后送给我的一幅《金鱼戏荷图》，这幅画是皇太后亲自画的，对我来说是无价之宝。"

桥本不无羡慕地说："大清朝最有权势的皇后的手笔，实属绝品。"

我咬着牙命人将字画取下，又故意咬着牙递给桥本说："我知道你是一个懂得的人，这幅画送给你了，我只有一个条件，善待它。"

桥本立刻显得诚惶诚恐起来，说："王爷是我在东蒙古最好的朋友。"

我真想立刻宰了这个家伙。其实，我并不喜欢这幅画，挂在墙壁上，是因为母亲。

桥本就像怀里抱着婴儿一样，小心地将画轴卷起收好。我们重新坐回到座位上，我端起茶杯，又放下，然后我用眼睛使劲盯着桥本，桥本发觉我的眼神后，又将眼睛转到墙壁上去，可是那里什么都没有了。

"墙壁上没有了画卷，就显得冷清，"我大声说，"这幅画放得越久，会越有价值。"

"不，王爷送给我的，我会永远保存。"桥本认真地说。

"有了钱，就能买更多的画。"我继续说。

桥本点点头。

“我知道你现在是实业公司的总经理，有很多钱。”我压低了声音，表现出羡慕的样子。

“那都是大日本帝国的钱，不属于私人所有。”桥本的语调略显遗憾。

“哦，那很可惜，你应该知道，我曾经很富有。”我故意说，“我的仓库里面装满银子。”

“这我比谁都清楚。”桥本放下茶杯，眼睛立刻放出光彩。

“现在，我的仓库空了。”我说得很缓慢，“我还有办法让它装满银圆。”

桥本说：“王爷有什么办法？”

然后我告诉桥本贩盐可以获得无数的银圆。桥本使劲摇着头说：“‘满洲国’政府不允许私自经营盐业。”

我说你什么都不用做，只要你点头，就可以，这个地方没有人能够搜查你的实业公司的货物。

我看到桥本的眼睛睁得更大的时候，我说：“你会得到两成的红利。”我故意将给桥本的部分降低。我在等待他的讨价，我继续说：“总有一天你会回到家乡，想一想回去的时候两手空空，你会后悔的。”

不知道是我的诚恳还是银圆的魅力打动了桥本，沉默了一会儿，他果然开口了，说：“我什么都不做，给我四成红利。”

我也故意沉默了一会儿，表现出犹豫与不舍，然后伸出了手，握在他的手上。这件事就这样敲定了。几天以后，霍斯从桥本的实业公司拿来了几面旗子、印章，还到桥本那里进行了注册。现在，霍斯的驼队变成了赤峰日本实业的驼队。霍斯放出消息说，现在他的驼队为实业公司贩运货物。他在赤峰街上摆了两桌酒席，请来赤峰警署、专卖署、商界的朋友们，告知大家，希望大家以后多多关照。

霍斯的驼队上路了。这次“出拨子”[①]的路线选在了北方的乌珠穆沁。

我在太阳底下等待消息，太阳很热，仿佛一直在头顶上徘徊。一个月以后，我开始烦躁起来，管家请来宫嘎活佛进行占卜。活佛说：“吉祥的云彩会在午后飘过来，王爷安心喝茶吧。”

我将手里的茶杯拿起来，又放下。午后，果然清脆的驼铃声响彻在河谷里了。

霍斯和马彪并驾走在队伍前面，他们的身后是看不到边际的烟尘，这让我依稀想起了许多年以前的事情。

我将下马酒递到霍斯手里，我的心也安静下来。

---

① “出拨子”即经营贩运货物。

进到王府的侧院，驼工卸下货物，招呼远途的骆驼喝水吃料。霍斯打开卸下的口袋，里面是白花花的，银子一样的大青盐块。霍斯说很快就会变成银子的。

晶莹的盐粒在太阳底下闪烁着耀眼的光芒。我拿起一粒放在嘴里，咸咸的味道一直渗入我的骨髓里，深深地刺激着我的神经。我告诉身边的人："这些东西不但会变成银子，还会化成力气，变成牛羊，变成喇嘛口中祈福的经文。"

现在，王府的侧院装了两座碾房，整夜都灯火通明。外面没有人知道这里摆放在地上的晶莹青盐会比天上的星星还要闪亮，走在满院青色上，就像进入银色王国的梦境一样无暇。工人们将大青盐碾碎成小颗粒，没过多久，我们的颗粒青盐就悄悄分散到各地的商号分号、店铺中去了。接着就像天上的雪花一样，飘落在许多人家的火塘上，飘落在牧场上牧民牲畜草料槽中，飘落在寺庙喇嘛的经书上，飘落在百姓淡白无味已经卷缩的舌头上。有了盐，就有了力量，没过多久，许多地方的云端下面，又飘出了动人的歌声。

管家说："有了这些颗粒，日子才有滋味。"

我派人给山里的朝格也送去了青盐，我希望他们在山里的日子有滋味。我对协理说："这些滋味会让都楞仓做梦的，他会梦到河谷。"

桥本用了很长时间才数完我让下人摆放在他面前的银圆，仿佛数钱是一件很费力的事情。他的手指不时放在嘴边抹上一把唾沫，飞快地投入计数中去。我说："喝茶吧。"

他停顿了一下，似乎是忘了数目，然后又低头重新数起来。我觉得好笑，更觉得悲哀。

这个猪一样的东西在我面前丑态百出，我却不能笑出声来。要是从前，我一挥手，护卫就会让他愚蠢的脑袋顷刻离开臃肿的身体。

我说："我不会给你老头票，那个纸票子将来你带回日本没有任何用处，况且这些朝鲜银行发行的老头票能用多久？早晚有一天会变成废纸的。银子永远是硬通货。"

这一点，我不需要隐晦，桥本是一个聪明人，他是一个蒙古通。从他作为实业公司的经理却还要住在河谷里就知道，他明白任何东西都不会长久地存在，更别说在别人的土地上。这个道理他懂。

我又告诉桥本说这只是一个开始，以后会更多。桥本对着霍斯竖起大拇指，说霍斯真是一个了不起的人。

在一个喜欢银子的人的眼里，能够赚取银子的人一定比佛菩萨还要法力深厚，神通广大。所以，喝酒的时候，桥本频频举杯，向霍斯敬酒，忘了我的存在。

霍斯端着酒杯说："以后，我们'出拔子'会去更多的地方，走更多的路线。可是，北边的沿途土匪猖獗，还需要卫队的支持保护，如果被土匪打劫了，我们就会损失很多的银圆，损失十块银圆，就有桥本君四块。"

桥本当然明白这笔账怎么算。在银子面前，他是不会犹豫的。霍斯再"出拔子"时，身边多了十几个"满洲国"卫兵的守卫。这样，晶莹的盐粒外面又多了一层保护。卫队统一归马彪指挥，这家伙又找回了当年的一些风采。

霍斯"出拔子"队伍的规模不断扩大，勒勒车和骆驼队将夕阳拖得很长很长。每一个车把式赶五辆勒勒车，每一个驼工赶十峰骆驼，前后是护盐卫队和我们自己的镖局护卫。霍斯的队伍就像一条河流，流经到无数的地方，城镇到达通辽、开鲁、锦州、义县，牧区到达克什克腾、翁牛特、巴林、科尔沁、扎鲁特等旗部，满载着四方支流积聚的财富汇集在一起，流向锡伯河河谷，流进我们的仓库里。管家又能够隔着很远就闻到银子的味道了。

现在，我也喜欢这种味道。

管家看着银子也不断地流进桥本的身上，这个同样喜欢银子的人担心地问："那么多银子，都被这个日本狗拿走了，可惜。"

"放心吧，你去看看，那些银子不还都在我们的仓库里吗？"我说。

"可是，已经是桥本的仓库了。"

"是的，是桥本的，可是还在我们的土地上啊，"我笑着说，"桥本一个人怎么搬得动一座仓库呢？"

那是在同桥本商定贩盐的时候，我将我们的另一个仓库送给了桥本。我给桥本仓库的时候，就是想要他把这座仓库当作自己的所有，这样，他的心就被收在仓库里面了。一个贪婪的人是永远也不能让他的财富离开视线的，所以仓库里的银子就永远都是我们的。所以，有一天，当桥本真要离开时，他是无法带走银子的。一个人怎么能够拿得动那么多银子。银子越多，越不会被带走。

坚　守

河谷里的时光并没有因为我们的坚守而停滞。尽管日本人的占领使得空气变得混浊不堪，可是我们的日子还得继续。每一天，每一个瞬间都依旧如同锡伯河河水一样川流不息、清晰可见。

早上醒来，下人告诉我，琪琪格到河边去了。

河边风景宜人，很适合作诗。

这是一个很好的早晨，微风轻抚大地，温和的天气适于做任何事情。可是一看见飘扬在河谷的膏药旗，我的心情立刻被另一种灰黑的颜色压抑起来。

管家又跑来提醒我，这天是我参禅的日子。我忽然想起，好像很久也没有参禅了。作诗与否，不大要紧，对于参禅我倒是有一点儿愧疚。这愧疚不是源自对佛菩萨的敬畏，而是寺庙里的喇嘛们，主子不去寺庙里参禅，他们会觉得受到了冷落。

参禅让我的心灵变得更加平静舒顺。就像清晨站在草场毡包前，呼出沉积一夜的混浊，深深吸入大地青草芳香，眼前是地平线上升起的朝阳和炊烟般散去的朝雾，沁润肺腑，反复吐纳，心遂平和。

参禅无疑给我带来了许多好处。从许多年以前开始，我走路的姿势就逐渐变得平稳缓慢，我说话的腔调变得有力简短，我的面孔表现出严肃内敛，我的目光深远深邃，我越发像一个王者。所有这些都是一个王必备的功课。记得那时候，当我看出自己与身边的年轻人不一样时，我开始觉得很别扭，甚至要笑出来。可是后来，我就忘了这些不同了，再后来，一切都成了自然。相反，我偶尔表现出一个青年人应有的欢快活泼时，别人反倒觉得别扭起来。这样许多年就过去了。

就如同祖宗留下的许多规矩习俗，没有人会觉得有何不妥，甚至都没有人问一句为什么要这样，为什么总是这样。如此一来，生活中一切似乎还都在老样子的轨迹上延续。

可是这些年，东蒙古发生的许多事情都超乎我们的想象，就连我们的河谷里都因为时光而不断变迁。而我们的脚步却还走在过往时光轨迹上。

这句话我好像说了好多遍，可还是想要说。

对于变化，管家说，就连寺庙里的喇嘛都说不准确，更别说我们这些世俗世界中的人了。这倒是一个很好的借口，让人们可以心安理得。可是我不同，我是主子。

这世界变化快得让我们无法看清。丁协理曾经进言应该放弃那些过时守旧的东西，比如使用的工具、繁冗的礼节、宽大的服饰，还有习俗、饮食、语言交流等，甚至就连放牧的方式都应该改变。他说："现在，人口越来越多，开垦耕地的面积越来越广，可以将牧场上的牲畜集中在一处草场上，以圈养为主，将草料送进围栏，这样，牛羊就不用散养在牧场上，就能够节省出许多土地来，减少沙化。将土地开垦成良田，种上粮食，秋天就会有更多的收获，衙门也会得到更多的赋税。我们仓库中的粮食和银子会变得更多。

协理说得很好，会让我们得到更多的利益，可是我还是拒绝了。

我告诉协理："如果为了取悦于便利和财富而舍弃我们的文化那才是真正的丢失，而且一旦丢失了，就再也别想找回来，永远都别想。所以，不要再说了，我不是固执，而是坚守。"说这些话时我是认真的。

从远古时候起，我们的民族就在这块土地上自由地放牧、狩猎、耕种，从未改变，那是我们民族的特性。如果牛羊不能自由地在草场上奔跑嬉戏，如果人们不能在蓝天下尽情歌唱舞蹈，如果情侣不能在青草间忘情地相拥，那我们的灵魂就会无处安放。所以，一件东西好与坏，不能仅用便利和获取来衡量，往往需要很长的时间才能定论，有时候我想佛菩萨也无法做出解答。

我到后院看望我的老母亲，她正认真地翻找出许多旧东西抚弄欣赏。我走到她身边，她说："这些东西都是我年轻时留下来的，我很喜欢。"母亲的眼睛已经看不清了，她仍然看得很仔细。

很多旧的东西，不一定有用，但我们舍不得丢掉，因为这些东西早已经是我们生活中的一部分。

我同宫嘎活佛登上了寺庙的后山，老活佛歇了好多次，才在小喇嘛的搀扶下登上一处山顶。

我站在山岗上，向远处眺望。我还记得许多年以前，我也是同宫嘎活佛站在这里看远处的风景。那时我还作过一首诗，诗的内容我早已经忘记了。但我记得那时我清楚地看到了未来，让我在以后许多年的岁月里，做了很多事情。现在想来，我没有虚度许多光阴。

我们就像许多年以前一样，向远方眺望。

我问活佛：“现在，看到了什么样的风景？”

活佛说：“同许多年以前一样，只是物是人非。”

活佛的回答很消沉，他说得对，对于我们自己，除了沧桑，没有什么改变。我也早已经没有了许多年以前的激情，那时我还年轻。

可是我还是希望听到活佛的另一种回答，至少有一点关于希望的东西在里面。

看来，这些年的世事变迁，日本人更是像魔鬼一样到处布满污秽，随着年岁的增加，使这个老喇嘛变得消沉木讷了。

“多么美丽的河谷啊，恐怕世上再也没有比这里更漂亮的地方了。整个河谷只有一处丑陋的地方，就是飘在仓库旁边的日本旗，就像一块肮脏的狗皮膏药一样，粘连在那里。让整个画卷丑陋粗鄙，”我说，“总有一天，这块膏药会被揭去的。”

这时，身边的活佛忽然说：“膏药迟早会揭去，但伤疤不一定会痊愈，未来总是未知的。”活佛这句话似乎距离他的宗教教义甚远，却同我许多年以前的想法很近。

这些年我们做了很多事情。我改制官衙、建起学堂、经营实业、开办商号、开埠通邮、创建报刊等，还有好多好多，我都数不过来了。可是岁月好像瞬间就过去了，比天上的云朵还要飘逸，比锡伯河里的流水还要无痕，让我觉得自己什么都没有做。闭上眼睛，我依稀还看到些许美好的前景从我脑海里掠过去。

前面说了，我不是一个固执的人。

我愿意接受新鲜的东西。

霍斯的商队不断地运回青盐，就像细碎晶莹的种子一样，撒在哪里的土地上，哪里就有了活力。我们因战争撕断了的商业经营也逐渐恢复了生气。饭庄、药铺、皮货店、五金杂货、铁匠炉、木匠铺、剃头挑子，很多幌子招牌又重新悬挂张贴起来，河谷内外开始呈现出往日繁华的些许轮廓。时间总也是在向前行进，即使是在日本人的控制之下，另一种气象也不可逆转地显现出来。

见多识广的霍斯同赤峰商会的吴会长在赤峰街上合开了一座落子园，霍斯说园里白天唱落子戏，到了晚上就放映一种叫作电影的东西。电影这个东西我以前在京城看过，让我惊讶无比，活生生的人在一块幕布上活灵活现，真实得就同在眼前一样，很有意思。后来我同宫嘎活佛讲起这种东西，活佛觉得不可思议。在他的思想里，怎么也无法将有棱有角的活人安置在一块布上，还舞蹈动作，骑马冲杀。活佛拿来一幅宗喀巴大师的画像，他说："我还从未见过高深的法力能让画中的大师活动起来。"他想了很久，最后还是摇着头说不可能。本来他想反驳我，可是他不好对我张口。我说："总有一天你会亲眼看到。现在，电影在我们这里还属于很新鲜的东西。"

落子园开张的时候，霍斯邀请我参加典礼，本来我不想去，因为我知道会照例有一些"满洲国"行省的地方政府官员、各类行署局长专员、地方的名流、日本军方和商会代表。这些所谓的头脑人物，都是一些无聊又无趣的家伙，和他们在一起，会让我很不舒服。可是我还是答应了霍斯，一方面是因为这是霍斯经营的新鲜的东西，是我们自己的事情，另一方面我很想见一见几个老朋友，同我一样的一些曾经的王爷、贝勒等没落的贵族。我想看一看他们有什么变化，过着怎样的日子，因为从他们身上能够看到我自己。

桥本也来了，作为日本商会代表，他热情地发言，照例是日蒙亲如一家，互相融合，造福百姓云云。这些个殖民的话，我早就听厌了，每当这些字眼进入我的耳朵时，我都会想起山里的都楞仓、朝格他们，我祈祷佛菩萨护佑他们多杀掉那些侵占我们土地的魔鬼。

吴会长请我致辞，我拒绝了。他说："这个地方如果王爷不说话，没有人敢开口，还是请王爷讲一讲吧。"我用眼睛看着霍斯，霍斯点点头，他也希望我讲话。可是我真的没有准备，但如果一个人想说真话时是不需要准备的。我清清嗓子，开始了我的致辞："诸位，庄周云人生如白驹过隙，忽然而已，事事皆如此，人生在世，当做一番事业，且不以成败论。今日吴会长及我之义兄开此小园，用于娱乐一方，文明家乡，滋养地方百姓，实为地方幸事。我商业诸士皆应以此为楷模，创新经营、接纳新生事物，繁荣一方经济文化。现如今，奸佞当道、魔鬼横行，我辈更应团结一致，奋发图强，以求国家自救繁盛……"

一片震耳的掌声和呐喊瞬间淹没了我，我还没有说完，还有许多话堆积在了我的嗓子里面，可是这掌声和呐喊声也感动了我，让我打了一个嗝。等到周围终于静下来以后，人们都在等待着我讲话的继续，可是嗝声让那些正在爬出嗓子的话语都纷纷坠落在肚子面，我不知道该说什么了，看着一双双期盼的眼睛，我无奈地低下头来琢磨，好像过了很久我还是没有梳理清楚，于是我做了一个多年养成的王的手势，一挥手："没了！"

沉默片刻，周围的掌声呐喊声更大了，波浪由湖泊汹涌成海洋，这一次我完全被淹没在浪涛中。桥本气愤地甩袖离开了，他挤过人群的身影就像一条夹着尾巴的丧家狗。

霍斯在万香楼安排了酒宴，许多人都过来向我敬酒，向我表达敬意，我一一接过喝掉。我的几个贵族老朋友过来同我坐在一起，他们同我说起一些前朝的事情，打算同我一起回忆一些过往的辉煌。或许只有这种时候，才会让他们兴奋起来。我不喜欢听这些陈年的旧事，我想起协理同我说的一些话，我说："不要再说了，过去的东西永远也不会再回来了。有些东西我们可以坚守，但有些东西必须丢弃。"他们似乎很不甘心，还要同我讨论，有的人甚至还流下了眼泪。可是我已经喝醉了，我的呼吸驱赶着我的脚步到外面清凉的地方去。许多年以来我都是这样，当我喝醉酒的时候，我总要在清凉的空气里使劲呼吸。

霍斯跟在我身后出来了，他说："兄弟啊，今天你说出了我们许多人都想说出来的东西，真是一吐为快。"他刚说完，我真的就吐了，吐得满地都是。然后我就清醒了。我不想回去再同那些贵族们继续讨论说话，我觉得他们身上的很多东西，都同我身上的不一样，这让我庆幸。

夜里，园子里果然就放起了电影，观众在不可思议的幕布前发出阵阵惊奇啧啧之声，就同许多年以前的我一样。

我决定邀请宫嘎活佛前来看一场电影，我希望这东西能够证明我曾经说的话是真实的，我更希望活佛改变一些装在脑子里固有的东西。

活佛来了，他是坐着我的汽车来的，这辆汽车是霍斯从锦州专门给我弄来的，还带回来一个车把式。霍斯说："这辆汽车花费了我们许多骆驼驮回的青盐，很贵重。"我想象着那么大堆的青盐均匀地平铺在大地上，就像一片晶莹的雪地，那该是很美丽的样子。我觉得有些不值得，就说："那么多的盐会养活许多百姓，会让山里的弟兄们长出许多力气。"

霍斯回答："有时候一个主子需要骑在最高大威武的马背上才更像是一个主子，他的百姓也才会更尊重他，如今威风的是汽车。"

宫嘎活佛坐在汽车里很快就到了，当他颤颤巍巍地从汽车上下来时，已经不会走路了。他惊讶地说："佛祖啊，这是什么怪物，屁股后面冒着烟，不用马拉就向前飞驰，比我们草原上最快的马还要快，比力气最大的野牛还要有力。它的食量一定大得吓人。"霍斯解释说："活佛啊，它从来不吃东西，只要给它的肚子里面灌进一种像灯油一样的东西就可以了。"

活佛仔细地打量着眼前的这个大家伙，半信半疑。

吃过晚饭，霍斯让工人将机器架好，宫嘎活佛同我坐在一块喝着茶，霍斯告诉他我们即将会看到真的人在幕布上灵活地表演。当放映机将影像投放到我们前面时，一个人骑着马出现在画面里，我看到活佛惊讶地端着茶杯的手停在了空中，然后银幕上骑马的人开始奔跑起来，后面陆续有几个骑手跟着出现，然后他们开始追逐起来。速度越来越快，眼看就要从幕布里面冲刺出来，这时活佛吓得从椅子上面忽然跌坐在地上，手里的茶杯打碎了。我赶忙起身扶起活佛，隐约看见活佛脑门上全是汗水。

我们来到侧室里休息，活佛打坐，过了好久才平静下来。他说："王爷说的都是真的，可是我不明白那些人是怎么进去的，一块布上怎么伸展身体，制作这个东西的人法力深厚。"

我和霍斯都笑了，这个老喇嘛很有意思。

我决定将这个电影带回到河谷里去放映，让我的母亲和琪琪格她们都欣赏一下这种新鲜好玩的东西。母亲同活佛一样感到惊讶，倒是琪琪格不以为然，她说："新鲜的东西每天都会出现，只是我们在河谷里待得太久，不知道而已。"

我没有想到琪琪格会说出这样一番话，她说这些都是从书房里霍斯运回的那些新式书籍里知道的道理。琪琪格住到王府以后，我怕她烦闷，就让她也识字读书、学习文化。

这么多年，管家还是改不了用银子衡量一个事物的好坏的习惯。他问霍斯电影这个东西是从哪里弄来的？霍斯告诉他是从锦州买回的放映机器，从锦州租来的影片，管家问多少钱？霍斯回答："用几驼青盐的钱就可以租到，放映以后会回收相当于十几驼青盐的银圆。"这下管家混浊的眼睛才放出了光彩，说道："好生意！"

霍斯又陆续带回了许多新鲜的东西，都在河谷里引起了不小的惊奇。没多久，当霍斯的商队准备出发时，桥本却要撤回商队的护卫，霍斯前去交涉，被挡了回来。霍斯告诉了我，我知道桥本是因为什么。我坐上我的汽车来到桥本的实业公司，通报后，我没有立刻走进去，而是围绕着高高的围墙打量起来。这么久了，我还是头一次到桥本的公司来，这里气派森严，门口有警卫把守，身上挎着枪，显得威严可怕，高高的围墙上面布满了铁丝网，生怕外面的人越墙而过。我知道这是里面的主人觉得不安全才会如此，以前我怕我的百姓，怕土匪打劫，现在，桥本怕我的百姓，怕抗日的队伍，怕那些看见他时斜瞪着眼睛的人。

桥本到门口相迎，我知道我不进去他就一定会出来。桥本是一个狡猾的家伙，他不会因为傲慢而得罪一个曾经的王，现在的旗长。毕竟这是在我的土地上。

聪明人在一起说话一点都不费事。我缓慢地喝着热茶，说："你知道我为何而来？"他说："我不喜欢王爷前些日子讲的话，是在煽动蛊惑人心，这样不利于团结。"

我说："你不喜欢听是因为我说的都是事实。"

他说："我决定不再派人保护王爷的商队了。"

"不，你说错了，是我们的，你应该说不再派人保护我们的商队了。"我说，"那我们的银子就不会像天上的雪花一样落下来了。"说完这些，我放下茶杯，离开了桥本的公司。

桥本没有送我，我也没有回头，直到坐进汽车里，才回头瞅了一眼，门口的几个守卫没有一点表情，还在那儿站着。刚才我还为自己前日的言论担心，现在我不担心了，桥本一定在屋里想着银子的事情，所以他的态度很直白，不会虚伪温和地送我。他要是出来送我，我就不会那么有信心了。

几天以后的一个早上，霍斯的商队出发时，商队护卫准时出现在马彪身旁。马彪说还是王爷厉害。现在，这些护卫早就成为马彪的好弟兄了。

我很清楚是什么东西厉害，这种东西在某些人身上比神灵的法力可要厉害得多。

山间的队伍

如果河谷里的日子让我们难挨，那么山间的人连像样的日子都没有。

雨停了，树林里弥漫着层层雾气，就像天上的云朵一样铺在树林中间，如果不是传来的阵阵鸟鸣，还以为是到了神灵居住的仙境。都楞仓走出帐篷，使劲伸着懒腰，这几年，山间的生活使他壮实的身体开始变得虚弱起来，加之岁月年轮的不断冲刷，他已经变成了一个满头白发的老人。由于居住的环境恶劣简陋，每天早上起来以后，他就会开始不停地咳嗽，有时一直到夕阳落山以后，才会逐渐平息下来。这个时候他会说："一天又过去了。"从他的语调里可以感受到他对生活的热爱和对于时光的留恋。这个疾恶如仇的英雄从未对山间严酷的环境妥协过。朝格几次劝说他下山，返回河谷去过舒服的日子，可是他总是拒绝。他说："那一年的夜里离开王府时，我曾经在王爷面前立下誓言，不杀光鬼子，我绝不回去。"

"可是，到处都是日本鬼子，我们什么时候才能消灭干净，况且，光凭我们，实力太悬殊了。"朝格说这话时不免让人有些伤感。

都楞仓却豪迈地说："不光是我们，还有许许多多同我们一样抗击日匪的人，我听说在朝阳、围场那边都有几支人马，其中朝阳那边就是郭旅长的抗联队伍。"

都楞仓和朝格带领我们的卫队，这几年一直辗转于深山老林里，有茅荆坝险峻的山梁密林阻挡，赤峰驻地的日军几次对他们进行清剿都没有取得任何效果。相反，我们的队伍还逐渐壮大了起来。活动不仅局限于河谷以外的山间，甚至宁城、朝阳、建平、围场、松州、平泉等地都有他们打击偷袭日军据点的身影。有他们在，就像在日军的身后总有一支拉满弦的弓箭瞄准着，时时刻刻地搅动着日本鬼子的神经，让那些地狱里来的魔鬼即使是在睡觉的时候，也要在梦境的门前安插岗哨。

桥本曾经多次询问我都楞仓和朝格的下落。我的回答都是他们在那年的战乱中战死了，他们的坟墓就在王府外的锡伯河边，不信可以自己去看。他们的墓碑很清晰地刻印着他们的名字。

我这么说，桥本即使不相信，也不好再说什么了。况且，他到锡伯河畔亲自看过，墓碑上的字迹再清楚不过。他是一个聪明人，他知道对于一些说不清楚的事情，即便是咬住不放，最终也还是说不清楚，到那时很多人都会厌烦他，甚至仇视他。他最清楚我处理事情的方式，我不会让一个人在我面前总是喋喋不休。

当桥本入股同霍斯一起经营商队、贩运青盐以后，他坐在那里开始数银子的时候，他就再也没有提起过。同银子相比，很多事情都变得不那么重要了。我们定期会将布匹、药品、青盐、粮食，甚至弹药在夜间由包印、大虎兄弟们运送到茅荆坝下面，包印他们离开以后，山上自然会有人来取走。我不担心会有人告密，因为曾经有一个家伙试图将这个消息透露给日军，当他的舌头还没有吐出字迹时，他的脑袋就已经被包印的快刀给削掉了。那天夜里，他的家人全都被削去脑袋，挂在木杆上，很长时间都没有人将他们的尸体埋葬，因为每一个人都仇恨这样的家伙。这家人的下场就是最好的例子，所以，在我的河谷里，我相信没有人有胆量在日本人面前伸出舌头的。即使那些人为虎作伥，也绝不会胡乱说话。我责怪包印下手太狠，不应该连带那人的家人。包印说："这叫杀一儆百！"

我不知道朝格是何时同我曾经的学生云翔接上头的。一天夜里，当管家将云翔带到我的书房时，我已经很困了。对我他并没有隐瞒，告诉了我一些关于他们的红色组织正在抗击日军的事情，然后云翔同我说起了朝格的队伍。他说他已经见过朝格了，他们谈得很投机。我没有说话，因为我不知道我的这名学生现在到底是在干什么，他既不经营商业，也不从事一门手艺。看出我的疑问后，他告诉我他现在在平泉的一所小学里当教员。我说这是一个教书育人的好职业，不要忘了当年我们学堂的学风。他说请我放心，他们做的事情很大很大。我问他有多大，他说是一件能够改变天地的事情。我知道他所说的是红色的主义。现在在西北他们搞得很有声色，还建立了自己的红色政权。

这太遥远了。所以我告诉他："先赶走日本人再说吧。"他笑了，说："校长，我这次来主要还是需要你的支持。"

他叫我校长，而不是称呼我王爷、主子，或者旗长。我觉得校长这个称呼也很好，说明很多过往的事情他都还记得。另外，有些过往的事情确实不存在了，对于我也早已不那么重要。我说过，我不是一个固执的人，我不会守住一堆虚无的名衔不放，那没有任何意义。

我早就知道他来找我的目的，管家告诉他会把他需要的东西都准备好，放在府外的一处民宅里，供他择日夜里来取。我喜欢我的这个学生，我曾经希望他去日本学习，可是后来，他拿着我的银子辗转去了苏俄。

山里的苦日子不难想象，都楞仓他们就像聪明的狼群一样同日军周旋。当日军进山围剿时，他们会隐藏得毫无踪迹，当日军败兴返回时，又会受到暗处的袭击。山里的队伍居无定所，经常更换营地，有时一个晚上都要迁移几个地方。队伍整天在山间穿梭，到处游荡、无所依靠。唯一能够慰藉他们的可能只有天上的月亮和林间的鸟鸣。

我不知道他们如此坚守究竟是因为当初对我的许诺，还是对于入侵者的仇恨，如果是前者，我会告诉他们丢下诺言，回到河谷里，回到亲人身边。

天气暖和以来，日本人的据点和炮楼被抵抗武装接连偷袭了几次，我相信这里面也有我们山上的队伍干的。在东边老哈河畔日军为了对付偷袭，在沿河岸平原地带建造了几十个炮楼。日军的头领说："用火力网将这些炮楼连接起来，就形成了一道道连鬼神都无法逾越的阻隔，这些死亡线是抵抗者永远也不能穿越的，如果需要，这里连鸟儿也飞不过去。"

或许是为了炫耀，日本军方专门组织我们几个旗县的要员进行了实地参观。到了夜晚，我们被安排站在远处的山丘上，日军指挥官下达了开火的命令以后，不一会儿传令兵就用电话告诉了每一个碉堡炮楼里的驻军。电话这个东西真是神奇，这边很小声地说话，那边就能清晰地听到，我想要是我们也有一部电话连接到山里去，那么我就能同都楞仓和朝格他们说话了。可是，这种东西我们都没见过几次，更别说拥有了。我正想着，日军炮楼里的火焰射出来了，密集的枪声就像开戏前震天的锣鼓点一样，刹那间一道道火舌清晰地呈现在眼前，就像闪电组成的蜘蛛网一样密密麻麻、层层叠叠。我心里一惊，果然是鬼神也无法穿越的死亡织网。回去以后，我焦急地找到协理，我告诉他在老哈河畔日军部署死亡之网的事情，我说得尽快把这个消息告诉山上的人。协理听说是日本军方邀请许多人一起参观的，沉思着说："不对，这里面有文章，日军应该知道这么多人一定会走漏消息的，所以，他们一定希望这个消息传播得越远越好。"我不明白协理的意思，但我告诉包印要留心老哈河畔日军的动向。

没过多久，老哈河畔又修建了许多像蘑菇一样高大的堡垒，然后就是一条条宽阔的水泥混凝土道路在阳光下面闪烁。到了秋天，道路上开始停满了飞机。这时我们才明白，日军是在这里修建一座军用机场，进可以进攻华北，退可以扼守东北。他们之所以带领我们参观那些炮楼碉堡，就是让我们把这个消息散布出去，让那些抵抗武装不敢靠近，这样日军就能安心地修建机场了。那些高大的蘑菇一样的建筑是用来装载飞机的机库，坚固结实可以防止炸弹袭击。直到许多年以后，这些遗留的飞机包还是百姓们储藏粮食草料的仓库，后来想要拆掉它们时，可是费了一番力气。

日军的机场很快建起来，但他们在别处的据点却被抵抗武装破坏得更为严重。我得到好消息，我们的队伍袭击了赤峰通往锦州铁路的一处铁路货运站，截获了一批物资和弹药。听到这个消息，我当即叫来管家和协理喝酒，还让包印找来几个琴师弹奏，喝醉以后，马头琴的悠扬声让我更加惦记山里的人。

又有消息传来，这次却是坏消息，都楞仓的身体已经不允许他爬越那些山头了。走不上多远，他就会拼命地喘息，不停地咳嗽，这时只有平躺在地上休息很长时间，才能恢复。消息中朝格请求我一定要都楞仓下山，再这样下去他会死掉的。朝格不会说谎话。

我问协理怎么办。协理说："看来，只有王爷亲自见到都楞仓才可以。"

"怎样见到他们？"我焦急地问，"他们居无定所，我们根本不知道他们在哪里。"

"青盐会让我们找到他们的。"协理沉稳地回答，"只要到了放青盐的地方，就能见到他们。"

我忽然明白，我们找不到他们，但他们可以找到我们。看来，一个人不聪明不要紧，身边只要有足够聪明的人就好。

我命令管家立刻准备青盐，然后派出最忠心的健脚，将消息送到以往交接青盐时约定的秘密地点。

现在，我还有三个隐身健脚。他们同整天出现在衙门里的健脚不同，是那种我身边的健脚。一个已经很老，我很久都没有见到他了，我说："你为我走了一辈子远路，该走的路都让你走完了，你应该休息了。"然后我给了他许多银子和一处宅院养老。但是当年他并没有将我的虎符还给我，所以，他还算是我的健脚。那时他虔诚地说："要是有一天主子需要我，我的两只脚还是可以飞起来的。"现在，尽管虎符不再具有原来的魔力，但在我们主仆之间仍然很有意义。另外两个一直住在王府外面，他们的面孔从来都没有因为健脚的身份而出现在别人面前，需要他们时，管家会在夜里将他们分别领到我的面前。所以，健脚之间并不认识，除了我和管家也没有人认识他们，甚至他们的家人也都以为他们是走远路经商贩货而已。在卑微的百姓中，一个人只要能够带回银子，家人很少有人问银子从何而来。尽管他的家人会因为银子而惴惴不安，也绝不会开口，因为没有任何人的耳朵愿意听到银子是因为偷盗打劫所得。

每隔半月，健脚就会到密会的地点放上消息，再取回消息。有时因为山里的队伍走远了，那些消息没有人来取，健脚就会拿回来，亲自交给我。为了保险起见，我又开辟了另一处联络地点，那就是山里打虎营村的五十五家里。这个主意是大虎想出来的，这个憨人倒也有细微之处。打虎营地处深山，偏僻肃静、人烟稀少，周围森林覆盖。五虎兄弟们回家探亲再正当不过。这样我们的消息就很顺利地留在打虎营五十五那里，然后等待山里的人取走又留下。

每次我们都将同样的消息放到两个地方，我们同山里的人都只有拿到两个消息之后，才会确定消息是真实的。这样很费周折，有时我们会不能同时拿到两个消息，但山里的人很安全，我们也很安全。

我的健脚将消息放好了，上面写道“见到青雪，还会见到货主”。青雪就是我们的青盐，它的货主当然就是我了。在我们中间除了我没有任何人敢用这个称谓。然后，二虎带着同样的消息回山探望他的父母去了。二虎带走的消息，从不写下来，永远都是口授，那样他的家人才安全。

二虎照例将消息告诉他的父亲五十五，再由五十五亲口告诉山里前来接头的弟兄，这些消息绝不能外泄。我相信五十五父子，从他们的眼神里我就知道，就像他们当年打虎一样毫无间隙。

十几天以后，我得到了回应的消息。

我说我要到山里去围猎。我还邀请桥本同我一起去，这个家伙想都没想就拒绝了。现在，桥本还增加了一个新头衔，是我旗公署的参事官，我知道他是日本人安插到我身边的耳目。

他的理由很简单，他说：“山里的蚊虫让他受不了。”他回答时眼睛一直盯着仓库的方向，很显然他要在河谷里看着他的银子。其实我真的希望桥本同我一起去山里围猎，那样我们会更安全，无边无际的森林里想要不让一个人看到另一些人太容易了。

我笑着大声说：“你这个守财奴，仔细守着你的银子吧。”

桥本也笑了，他说：“太阳这么好，我正要晒晒银子呢。”桥本并不因此而感到羞愧，现在，在他眼里，我们都一样是爱财如命的人。他这样想，我就安全了。

自从霍斯贩运青盐以后，我们的商业随之振兴起来，作为合伙人，桥本负责将那些不能用银子支付，只能用老头票支付得来的钱兑换成银圆，我们都知道，这些纸币不定哪一天就会变成废纸的。兑换钱币对于桥本来说很便利。霍斯笑话他说："这样一来，你的帝国的利益不是受到损害了吗？"桥本笑着从不做回答。而那些用青盐换取来的牛羊、皮货、药材、粮食就更好了，可以在桥本的实业公司里直接兑换。银子多了，桥本从不将它们存放在公司或银行里，而是将银子存放在我送给他的仓库里面。经过那次大火以后，装满罂粟的那个仓库毁掉了。桥本找来工匠，将我送给他的这个仓库修整加固，现在，银子放在里面更让他放心了。可是他永远也想不到，地下的一条通道很轻易地就能进入仓库里面，上面再怎么修整，底下的通道他都不会发现。

他还说："王爷啊，我永远都忘不了许多年以前，每次我经过这座仓库的时候，都能够闻到一股发霉的味道。后来我才明白，是里面的银子发出的味道，这种味道让我着迷。那时我就发誓，一定要有一座自己的仓库，里面装满银子，很远就能够闻到里面银子发出的霉味。"说这话时，他的眼睛眯细起来，一副陶醉的样子，就像一条吃饱的狗一样，躺在太阳底下，表现出对于眼前一切的满足。

让桥本像狗一样看着他的银子吧，那样他的眼睛就不会乱转，盯着别的事情。

第一天，我们一整天打猎，夜里在篝火旁唱歌喝酒，吃着烤架上烤熟的猎物。第二天，我们一整天打猎，夜里在篝火旁唱歌喝酒，吃着烤架上烤熟的猎物。第三天，又是一天下来，大家追逐了一天猎物都很累了，但我们还是在篝火旁唱歌喝酒，吃着烤架上烤熟的猎物。终于，我熬不住了，我让大虎搀扶着回到帐篷里歇息去了，那些人还在外面兴奋地闹着。都楞仓已经在我的帐篷里面，我的毡包很厚，外面看不到里面的一丝光线。看到我进来，都楞仓跪了下去，我赶忙将他扶起来。几年的山间岁月，让都楞仓完全变了一个人，头顶上是一片白雪，脸膛粗糙深褐，眼神里装满了常年在山间奔走的疲惫。他的腰身不再挺拔，他的臂膀不再宽阔，甚至是他的声音都不再洪亮了。我们紧紧地拥抱在一起，他老了，就像一棵同风雨搏击了一辈子的老松树，即使掏空了身躯，也仍然不愿意倒下去，依然傲视着一切。我们开始喝酒，几碗烈酒喝下去以后，他的脸色逐渐红润，咳嗽声也被酒力压了下去，他说话的声音也变得洪亮起来。他豪壮地说："光有盐可不够，下次，给我们多弄点酒，有了酒，身上什么毛病都没了。"

我们喝了一夜的酒，我没有提及任何让他下山返回河谷的事情，天快亮时，他说："主子，我得走了，以后或许我都不会再见到你了。"

我说：“你不用走了，你的手下都已经回山去了。”

“不，我在你面前说过，不打走日本魔鬼，我是不会回来的。”他坚定地说。

“你已经兑现了你的诺言，现在，你必须同我回去，老福晋很想念你。”我用母亲来当说辞。

果然有效，听我这么说，都楞仓没有再坚持，我的父亲母亲是都楞仓最敬重的人。

都楞仓同我返回河谷以后，就悄悄住进了福荟寺。宫嘎活佛让寺里的老门巴喇嘛精心配置了草药，每天让都楞仓服用。一段时间以后，都楞仓的咳嗽好了很多，身体也恢复得很好，但仍然不能走得太远。老门巴惭愧地摇着头说：“天上的雄鹰总会有一天不能振翅冲天，即便是一个英雄也有老去的时候。”

都楞仓坐在那里骂着自己：“我现在成了废人，还有什么用！”

宫嘎活佛平和地说：“再汹涌的波涛也终究会平静下来，人到了岁数，就应该顺应岁月，同我一起诵经祈福吧。”

我隔上几天就会到寺庙里去做早课，诵完经后，就会到寺庙的后院去看望都楞仓，现在他住在当年持棒喇嘛住过的房间里。

在宫嘎活佛的指导下，都楞仓开始学着喇嘛的样子诵经作课。渐渐地，他内心的波涛终于慢慢地平静下来，我们到寺庙的后山观赏风景时，他已经学会了平静地眺望远方。终于有一天，他对我说：“我不打算再脱去身上的袈裟，要将这身僧袍一直穿下去。”

我很惊讶，几个月以前，都楞仓住进寺庙里，为了遮人耳目，活佛让都楞仓穿上了僧袍。但现在，他却想成为一名真正的喇嘛。我看着活佛，不知道如何是好，还是听听活佛的意见吧。

谁知道宫嘎活佛却说：“我早就知道，有一天你会皈依佛门的，现在，是时候了。”

从此以后，福荟寺里又多了一名高大的老喇嘛，平时他喜欢独自居住在寺庙的后院里，还喜欢舞弄一下枪棒。他很和善，那些年轻的喇嘛都愿意同他学习几手枪棒。我本来打算等到都楞仓恢复以后将他在锡伯河畔的墓碑去掉，当他以一个喇嘛的身份来到自己墓碑前的时候，都楞仓对着自己的坟茔跪了下去，他给自己磕了三个头，说：“老伙计，睡觉吧，你的一切都已经结束，我的才刚刚开始。”

时间在意料之外

那些年，有太多的事情出乎我们的意料。

那一天，我正在同琪琪格和我的儿子说话。现在，就连我的小儿子都已经能够规矩地坐在那里同我交谈了。我问他功课的事情，他站起来，在我面前背诵了一首诗："问渠哪得清如许，为有源头活水来……"听着儿子稚嫩的声音，看着窗外嫩绿的新柳和早开的迎春，我的心里忽然感动起来。是啊，又是春天了，这春天里的一切都该是那么的美丽，那么的生机盎然。琪琪格在旁边抚弄着儿子的衣衫，眼神里满是骄傲。那一刻我真的希望时光能够停止，将这一幅春天里温情的一幕镌刻在时光中。要不是福荟寺里小喇嘛的出现，我真的以为这一刻已然凝固。经常跟在宫嘎活佛身后的小喇嘛慌张地跑来告诉我，"福荟寺快被坏人占领了。"我不明白，什么坏人？什么占领？我沉着脸说："难道你的活佛就这样教你说话的吗？还是你念经念得糊涂了？"

"真的，王爷，快去看看吧。"小喇嘛紧张得快要哭出来了。

这个小喇嘛平时在宫嘎活佛身后总是一声不吭，沉默得就像是一个影子，在我面前，他没有胆量胡乱说话。一定有什么事情发生了，我叫上管家，带着几个侍卫来到了福荟寺。几个日本宪兵傲慢地站在寺庙门口，歪斜着身子，没有一点儿对神灵的敬畏。这让我很反感。我径直走上前去，其中一个家伙拦在了我的面前。管家骂道："滚开，还没有人敢挡住王爷的路。"那个家伙用生硬的蒙古语傲慢地说："什么王爷，闲杂人员不能进去。"这句话激怒了我，没有人能够阻止蒙古人自由地进出供奉着神灵的寺庙。我挥手就是一鞭子，结结实实地抽在那个家伙的身上，给他的脸上留下了一条血印。其余几个家伙稀里哗啦一阵拉动枪栓，我身后的侍卫也都端起了枪支。那个家伙一定被抽疼了，哇里哇啦地说起外语来，我听得出这个家伙说的不是日本话，是一口朝鲜语。我更生气了，随即骂道：“×××。”或许是这几个宪兵被突如其来的阵势给弄蒙了，或许是有一种人天生就让人生畏，我不知道我是不是这样的人，反正这几个家伙迟疑着开始向后退却。这时管家又说：“你们几个家伙难道不知道站在你们面前的是旗长大人吗？”管家的声音很大，其实他的胆子一向很小，只有在我身边时他才显得毫无怯意。终于那几个家伙互相嘟囔着退到一边去了。对于旗长这个头衔，我想他们应该明白，至于王爷这个称谓，对他们不会有什么作用。无论如何，我很快来到了寺庙大殿上。

大殿上两个家伙正大声叫嚷着，从他们的装束上可以看出是两个外邦喇嘛。他们的蒙古语还算流利，大意是让宫嘎活佛等几名大喇嘛立即离开寺庙，从现在起，他们将接管寺庙，成为喇嘛们新的住持。如果活佛不愿意离开，也可以，那以后就不要再坐在大殿的中央了。宫嘎活佛坐在佛龛前，正静默地对着佛祖诵经，喇嘛们站在四周愤怒地瞪着这两个自不量力的家伙。看着宫嘎活佛沉静的样子，我知道这个喇嘛自有办法，我悄悄地站在旁边没有说话，寺庙的事情还是让僧人自己解决吧。

我们这里的寺庙的坐床喇嘛大多都是通过传承而来的。或者到西藏、青海的圣地寺庙邀请德行深厚、学识渊博的高僧喇嘛前来担任，还从未有过强行进入寺庙掌教主持的喇嘛。这就像世俗世界里的土匪打劫一样，这两个异邦喇嘛显得粗鄙而野蛮，我恍惚记得许多年前南布神父来到河谷时全然不是这样无理。

原来，这两个游僧一个来自日本，一个来自朝鲜，他们跟在日军的身后进入中国。这样的僧人有很多，他们会进入每一处寺庙，会在每一尊佛祖的金身塑像面前指手画脚、吆五喝六，会将每一座安静庄严的寺庙搅动起风潮漩涡，会让每一座寺庙里的住持喇嘛离开大殿、离开僧众、离开侍奉的佛菩萨。但这些家伙却从不在佛菩萨面前虔诚地焚香诵经。

当他们进入锡伯河河谷后，他们像狗一样循着钟声和飘入云端的松香气息，来到了福荟寺，他们看中了这一处香火旺盛的宝刹。于是，他们来到大殿上，妄图带给菩萨心肠的喇嘛们一顿风暴，再加上寺庙门口几个罗刹一样的家伙手里的枪，就将寺庙的喇嘛们驯得服帖起来。

地上的活佛终于打坐结束了，他缓慢地站起身子，起身向我这边招手，然后转向两个吵闹的东洋游僧说：“这已经是你们第二次在寺庙的大殿上吵闹了，你们远道而来，跋涉山水，一路辛苦，一定是累了，所以我不同你们计较。”

其中的日本游僧傲慢地说：“没错，我们游四方地、通万般法。”

“一个有德行修养的僧人从不会将佛法的深厚用高低来区分炫耀。”活佛接着说，“乌鸦总是在冬天的枯枝上聒噪，百灵歌唱时会将身形隐匿于枝叶间。”

两个东洋游僧并未展现出高深的修养与法力，却依然喋喋不休。活佛不愿再理会两个聒噪的家伙，说道：“如果你们渴了，寺庙里有甘甜的清水，如果你们的嘴唇不能合拢，那就到外面风里面去灌满嘴巴吧。”说罢，活佛做了一个请的手势，就招呼我到后堂喝茶休息去了。朝鲜游僧上前扯住了活佛的僧袍不肯松开，这时巨雷一样的声音在喇嘛中响起，轰的一下炸开在大殿上，声音后面一个高大的喇嘛从僧人中大步走出来，上前一把就将纠缠着活佛的朝鲜僧人给提了起来。那个家伙还没看清来人，就已经在空中使劲蹬踹着双脚，身子扭曲着，努力想要挣脱铁钳一样的大手，嘴里嗷嗷叫嚷着什么。另一个家伙还想要理论，被大喇嘛飞起一脚，就扑倒在地上了，然后大喇嘛将空中的家伙向地上一蹾，那个家伙嘴巴就安静了下来，瘫倒在地上急促地喘气了。过了一会儿，两个家伙从地上爬起来，大喇嘛又是一声怒吼：“滚！”两个家伙就像被风吹走了一样，瞬间消失了。大喇嘛立刻被僧众们围拢起来，勇猛的气氛就像春风一样注满了大殿。

都楞仓喝退两个东洋游僧时或许他并不清楚，这是这个大喇嘛这一生得到的最后的一次荣耀。以前，无数的荣耀伴随着他，现在，僧袍加身，许多世俗的东西也就自然地消失隐匿了。事情过去许多年，福荟寺的喇嘛们还在传述着当年那个大喇嘛吓退东洋游僧的故事。

整个事情结束以后，我仍然一句话也没有说，我相信喇嘛们会处理好这件事情。如果一个寺庙的活佛不能阻止外来粗鄙喇嘛的纠缠，那不要这样的活佛也罢；如果喇嘛们不能保证宏伟的措钦大殿庄严肃静，那么佛祖也一定不愿意再听见喇嘛们祈福的诵经声。

我没有同都楞仓说话，直到到了寺庙的后院我才说：“你的声音还是像从前一样巨如洪钟，你并没有老。”

活佛说的话就更简单了：“你驱赶了到佛殿里偷油吃的老鼠，你是一个好喇嘛。”

都楞仓笑了，他笑的样子一点都不像一个喇嘛。

这时活佛却认真地说：“这些魔鬼不但要侵占我们的土地，还要控制我们的灵魂。”

活佛毕竟是活佛，看问题比普通人要更深刻。我记得丁协理曾经说过类似的话：“殖民的方式有很多种，战争只是各种掠夺的开始。”或许以后还会有更多的游僧、浪人，甚至许许多多莫名其妙的人来到我们的寺庙、游走在我们的土地上，所有这些，仅仅凭借都楞仓一样的几声怒吼是没有用的，我们还需要更多的声音和力量。

果然，没过多久，河谷下游的驼山湾教堂的雷诺神父送来消息：他的教堂现在已经有日本神父住进来了，是赤峰教区强行派来的，或许用不了多久，他就会被迫离开，到时候，他希望我不要忘了许下的诺言，还有，请我协助照顾好他的教众。

太阳向西边倾斜了，用不了多久，就会流入群山中，那时候，夜晚就会来临。我说过什么，我不会忘记，我只是希望有些东西不要出现，至少不要来得太快。

东洋游僧的吵闹捣乱，对于年迈的宫嘎活佛来说是一个新的考验，许多年来安静的寺庙可能不会再安静了。东洋喇嘛同西洋喇嘛不同，宫嘎活佛从他们的眼神里看到了阴翳之气。按说这种阴暗的东西不应该出现在一个悲悯的僧人的眼里，所以说，这些东洋游僧一定是魔鬼的化身，他们为了达到目的，会不择手段，这让人害怕。这种害怕不是因为胆怯，而是感觉不到佛菩萨慈悲的普照，就像在黑夜里，一点声音也没有，就连风声都传不到耳朵里，四处都是死一般的寂静。这些年，活佛明显感觉自己老了，疲倦了，他想要躺下来休息一下，好好地睡上一觉，这一睡，活佛知道就再也不会醒来了。如今，世事沧桑、生灵不宁，他经常想，这没完没了的纷乱世界怎么会这么漫长？可他又不敢想象佛前的油灯会长明到何时？喇嘛们是否会像以前那样每天平静地给油灯添油诵经？万事还是要早作打算。

如前面所说，我们这里的寺庙一直延续着这样的惯例，当一个寺庙里的坐床喇嘛或主事喇嘛快要圆寂时，会在人群中寻找自己的传世，这样，某一个体系里的活佛就会传承下去。多年来，福荟寺的历代活佛都是这样进行传承的。也有的寺庙会向青海和西藏的寺庙发出邀请，请求圣地寺庙派出德行深厚、学识渊博的高僧喇嘛前来主持。我们这里发出邀请的寺庙需要给迎请来的大喇嘛开支可观的俸禄。管家曾说："一个喇嘛要那么多银子做什么，"宫嘎活佛却说："那是献给佛祖的。"如此一来，那些庙产薄、耕地少的寺庙就会背上很重的负担。所以，后来宫嘎活佛在给哲蚌寺的信中写明："敝寺鄙陋，望我佛圣寺派驻高僧喇嘛，但供奉微薄。"我不解地问活佛写这样的信做什么？活佛没有回答我，我也没有在意。

我觉得活佛很小气，就说："活佛留着银子是要再生银子吗？"

活佛回答："我不喜欢银子，可是有些喇嘛喜欢银子。"

活佛这样说是想要让圣地的喇嘛们明确知道，遥远的蒙古的福荟寺不会拿出那么多银子作为俸禄。银子多了，可以为佛祖塑造金身，剩下的，还可以给佛祖的金身前添加灯油，还有就是施舍给寺庙外面的穷苦人。这样，那些喜欢银子的喇嘛就不会远足蒙古了。

没错，如果寺庙里的大喇嘛是一个喜欢银子的家伙，那整个寺庙，甚至一方信众都无法在神灵居住的云端下自由空灵地向佛，而云端上面的神灵也不会再护佑那些向佛的人。这让我想起了我的叔叔。

活佛身边的小喇嘛悄悄告诉我，最近活佛脸上的神情越发凝重了，尤其是东洋的游僧几次的纠缠之后。有一次，小喇嘛甚至在活佛身后听见活佛嘴里叨念诅咒那些东洋来的魔鬼，早下阿鼻地狱，永世不得超生。按说悲悯的喇嘛不该如此，可见在这个老喇嘛的内心深处已经积下了叫作怨恨的东西。作为一个世俗世界的人，我理解这种怨恨。它更为直接，更为了然，更加直抒胸臆、酣畅淋漓，这才是我们蒙古人纯粹简单的性情。有些事情，不需要那么复杂与委婉。

与此同时，我收到一封信，是从遥远的西藏传递过来的。写信的人是我的叔叔，他说他已经很老，就要追随佛菩萨去了，往事尘封，他不会再回到家乡。他整日思念河谷，希望我在锡伯河畔为他修一座坟茔，他说即使是有幸进入天国，他也不愿意离开家乡，离开我们蒙古人世代居住的地方。读完叔叔的信，我拿给了母亲，她已经看不清楚了，我念给她听。她说别忘了叔叔是我的亲人。然后我就知道我应该怎样去做了。我给西藏的叔叔回信说："我会为叔叔修一座坟茔的，就像我们的敖包一样，但旅途遥远，我不会去西藏迎接他了。"

我将信交给了信使，我不知道能不能传到叔叔的手中。

时间这个东西似乎越来越快，寺里的喇嘛们却还是那样缓慢地诵经焚香。好像喇嘛们总是故意跟在时间身后，用一根无形的绳索套在时间身上，向后用力拉扯，想要减慢它行进的速度。可是无论怎样努力，寺庙对于现实的跟进显得越来越慢，现实对于寺庙的距离还是越拉越大。就像春天里的锡伯河，无论冷风和寒流怎样执着努力，也无法阻止柔和的春风消融河面的冰雪，终于，那些蛰伏了整个冬天的冷水汩汩升腾，化为春泉，覆盖河面的冰层出现裂缝、变得薄弱，冰块在挤压碰撞下化为激荡的河水，向远方奔流。

可是在我们眼里，飞奔的时间所呈现出的景象远不止这些。从我们祖先的时候起就陪伴我们的勒勒车、骆驼队、当作脚力的骏马、身上的弯刀、厚重的毡包、宽大的袍子，许多许多的东西都似乎落在了时间的后面。我从王府出发，到另一个地方去，只需要坐进我的汽车里，闭上眼睛，睡一会就到了。我都喝过好几壶滚烫的奶茶了，我的手下还在半路上使劲奔波。我们运输的货物，以前要放在骆驼背上，排成一长串的驼队，形成一条蜿蜒的巨蛇。现在，放在汽车或者轰轰叫嚷的火车身体里，一股烟尘，货物就轻快地上路了。霍斯感慨地说："旋转的轮子要比奔驰的蹄子快得多。"

而宫嘎活佛的解释是："因为时间这个东西被越来越清楚地看到了，所以它增加了自身的速度，而神灵为了能够更好地控制它，赐予了我们更多驾驭时间的东西。"说这话时，活佛的语气平和，底气十足，仿佛神灵真的控制着一切似的。

但是，现实是，越来越多的事情都不受神灵的控制了。

早在几年以前，我们这里商会的杨副会长开始发展一种叫作电力的东西。这个东西眼睛无法看到，却能够发出耀眼的光亮，让屋里的黑暗一下退到外面很远去了。有人说，这个东西会隐身法术。有人不相信，就用手去抓住线头，结果身体抽搐着倒在地上，死掉了。这在百姓中引起了很大的恐慌，人们说电是魔鬼的化身。喇嘛们则认为，隐身法术是密宗里的一种修炼，不明白怎么会传到这个东西身上。我也不明白，霍斯说现在许多大的城市都用着这种东西了，当年他的碾米机，接上这种东西就能够飞速地运转起来。

所以，杨副会长的发电厂断断续续地建设了很多年，才勉强运营起来，就像角落里刚刚冒出头的小草，在委屈里生长着。喇嘛们甚至看见用电灯的人家都不会进去化缘，这样，灯光就将喇嘛的福音挡在了屋门外面。

我清楚地记得，那时杨副会长的发电厂就在赤峰福音堂的旁边。到了晚上，天上的月亮上升起来了，城里人家的油灯亮了，电灯也亮起来了。站在高处，就能清楚地看到许多人家窗口映照出来的光芒，亮的是电灯，昏暗闪烁的是油灯。所以，很自然地用电灯的人家要比用油灯的人家富足。电灯给富裕的人家带来了光明，却也招惹来了麻烦。土匪们只需要在黑夜里站在高处，就能够轻易地确定打劫的目标，他们很快就敲开那些富裕人家的家门，然后很快地离去。

也是很快，坊间就传开了这样的消息，正是那些明亮的电灯招惹来了土匪，给地方带来了灾害。于是许多人家夜里不敢再用电灯取得光亮了。没过多久，杨副会长的发电厂就面临倒闭。工人们无事可做，问杨会长干什么工作。杨会长烦闷地随便指着墙外的教堂说："到隔壁听道去吧。"

隔壁就是福音堂，于是，无事可做的工人们就聚在福音堂听牧师布道。日子久了，就像我们河谷下游一样，很多工人都成了基督的信徒。如此一来，发电厂很自然地就同福音堂联系在一起，本来就仇视福音堂和讨厌发电厂的喇嘛们，终于找到了足够的理由声讨发电厂，几个喇嘛变成了几十个喇嘛，直到聚拢了几百名喇嘛。老喇嘛们说："高耸的电厂烟囱直插空中，穿过了平稳吉祥的云彩，那是神灵居住的地方，云层上面铺着神灵准备赐给大地生灵的祝福，现在装满福气的大缸被捅漏了，福气没有了。"

嘈嘈杂杂中，发电厂的大门被推倒，发电机器被砸碎，电线被扯断。工人们跑进福音堂避难。直到大批警察来了之后，喇嘛们才回到寺庙里。福荟寺里的几个喇嘛也跑去参与了喇嘛们砸电厂的聚会。赤峰警署的警察来调查时，宫嘎活佛让喇嘛们坐在寺庙的门外诵经，不让警察进入寺庙。赤峰城来的警察找到包印，他们说当地的警察应该负起责任，包印在活佛面前一点儿办法都没有，他也是活佛看着长大的家伙。包印来求我，我说："去找管家吧，他有办法。"

夜里管家安排了宴席，几个县城来的警察喝得酩酊大醉，早上醒来，发现每人的怀里都有一包银圆，都笑着感谢包印的招待，然后高兴地离开了。福荟寺里几个喇嘛的事情也就再没了下文。

管家老了，脑子里装不下太多新的东西了，所以管家每一次都用同一个办法。他也只有这一个办法，酒和银子。以前还会有女人，现在很少用了，但是前两样似乎已经足够。我还从未见到管家的这一招失灵过，我很纳闷，甚至希望某一次管家的办法失去作用，可是每次我都失望。

宫嘎活佛并没有因此而感谢管家。他说："喇嘛们做得没错，他们只是捣毁了那个魔鬼一样的电厂，没有伤害无辜。他们做了一名喇嘛应该做的事情。"

我觉得眼前的宫嘎活佛忽然很陌生，我不知道这个老喇嘛到底在想什么。一直以来，喇嘛主要的事情都应该是诵经和占卜。

从康德三年起，我们这里就设立了测候所，用来观测天气。观测天气对于我们来说可是一件大事，我们要征战时、祭祀时、耕种时、出门时、庆祝时都要先占卜天气，这些事只能请寺里的喇嘛们和我们的萨满巫师来做。喇嘛们说，天气晴朗、无雨无雪、无风无尘时我们才会实施我们的计划，才会出门。

你想啊，一个贵族出门时被风刮了、被雨淋了、被雪袭了、被尘土浊了，我们自己或是百姓们都会认为这是不吉利的，说明我们做得不够好，或者有什么地方得罪了神灵，是没有好福气。再说了，这也是一件很丢人的事情，会让那些怨恨我们的百姓在身后吐唾沫。所以，气象的占卜一定要准确，这件重要的事情只有那些法力深厚的喇嘛、萨满才能胜任，这也成了我们倚重寺庙、巫师的一个重要的原因。要是占卜者将结果弄错了，一定会受到责罚，那些修养高深的僧人会因此而离开。

他们没有脸面再待在原来的地方，他们会变成游僧，或去到圣地学习，然后会在许多年后的某一天回来，找回脸面。

现在，测候所里的机器比喇嘛们占卜的天气更为准确，甚至未来一段时间的天气都能预测出来。要是哪个喇嘛占卜了一下，有好事的人会说："听说测候所可不是这么说的。"这时候，喇嘛往往会红着脸赶紧走开。以往这根本是不可能的事情。测候所的设立对于喇嘛们的触动很大。有些喇嘛甚至说测候所里的那些机器里面一定藏着法力高深的大喇嘛，被人囚禁在里面，专门用来占卜天象。里面的喇嘛是被坏人从圣地西藏抓来的，所以，比我们占卜得更加准确。于是，有些寺庙的喇嘛们拿着棍棒包围了测候所，就像包围发电厂一样，声称要解救机器里被囚禁的大喇嘛。最后，我费了很大劲，才同包印警署的警察合力将他们劝说回寺庙。这件事，我觉得很好笑。霍斯说很荒谬。

时间带来的改变还有很多，现在，我们甚至学会了飞翔。满洲新京航空司令部在赤峰成立了航空株式会社，开始通航。有钱人钻进巨大的飞机肚子里，从我们这里到新京几个时辰就到了。以前，这遥远的路途至少要走上半个月。我们这个民族一直就延续着飞翔的梦想，每一个蒙古人都梦想能够像雄鹰一样在天空自由地飞翔。雄鹰自古以来就是我们崇拜的飞翔之神。我们形容英雄时称他为雄鹰，我们奖励那达慕上的胜利者会给他神鹰的图章。很多人，从很小的时候起，就站在草原上仰望天上的神鹰，祈求神灵能够赐予一双飞翔的翅膀。我记得那时日本人的飞机在我们的头顶上散发传单时，很多人以为是天上来了神鸟，害怕地跪在地上祈祷。如今，不同了，有钱人可以获得飞翔的法力。喇嘛的解释是因为有钱人给了寺庙更多的布施，积攒了更多的功德。我讨厌这样说的喇嘛，宫嘎活佛从来也不说这样的话。

回到河谷的旅行者

生命本身是一种旅行，总是从一个地方到另一个地方，从一个季节到另一个季节，从一处风景到另一处风景，从一段时光到另一段时光。蒙古高原空中飞过的候鸟，草原上迁徙在不同牧场上的羊群，森林里不断变换的颜色，天上流淌的云朵，都是这样，在不知不觉中流动，在悄无声息地旅行。

阿木的生命就是在旅途中度过的。一匹瘦马，一副行囊，一把琴弦，一把弯刀，就是他全部的家当了。他的足迹走过蒙古高原的每一个地方，从西蒙古到东蒙古，从阴山到兴安岭，从库伦到赤峰。几乎所有蒙古人的部落都知道说唱者阿木的名字，都听过他说唱的民歌《云青马》，都听过他说的数来宝。他走到哪里，哪里就会响起琴声，他停在哪里，哪里就会聚集起人群。甚至他的歌声唱到哪里，哪里的姑娘小伙儿就会在他的歌声中走到一起，跑到草丛里、溪水旁倾诉深情。人们说他走过的路，能够绕着蒙古高原转上许多圈，几乎每一个夜晚，他都会住在不同地方。有时他会住在简陋的旅店里，有时是住在牧人的毡房内，有时会是王公贵族的座上客，有时栖身在荒野中，有时和众人围坐在燃烧的篝火旁，有时孤独得像一只独狼。即使这样，他的身旁总不缺少爱情，有时草场上的姑娘在听了他传唱的美丽的传说、成吉思汗的骏马、英雄的传奇说唱以后，久久不愿离开，托着腮，用眼睛看着他，让他带着自己离开，去流浪四方。

曾经有一个村庄里漂亮的寡妇，被他口中诙谐的故事和口无遮拦的轻佻挑逗所吸引，于是想方设法将阿木留在了自己的房内。寡妇丰腴的身体、火热的情欲，让阿木忘了屋子外面还有月亮，月亮下去了还会升起太阳。直到有一天他听见了外面响起的瘦马的嘶鸣，才猛然记起自己的靴子就放在房檐下面。他这才想要走出屋子，可是房门被反锁了，是寡妇到集市上去为他买酒买肉时锁下的。当寡妇回来的时候，阿木已经从门缝里看了很久外面的阳光，那天晚上，阿木同寡妇喝了很多酒，然后他骑在寡妇身上，就像骑上一匹烈马一样飞越了许多座山峰才停下来，寡妇满足地睡着了。阿木悄悄从寡妇的衣服里找到钥匙，打开房门，打开被锁在柜子里的弦子和衣服，然后穿上靴子，骑在瘦马上，伴着天上的月光，逃离而去。从此以后，无论被窝里的女人怎样美丽，怎样柔情，他都会在她睡熟以后，悄然离开。有一个温柔的姑娘曾经将泪水淌在他的胸膛上问他："为何不能留下来？"等到姑娘的泪水从阿木的身体滑落后，阿木平静地说："我是一个说唱旅行者，我的足迹就是我对生活的热爱，如果让我停下脚步，那我就再也唱不出动听的歌声，说不出神往的传奇了。那时，你还会躺在我身边吗？"就这样，阿木一直走在路上。

许多年以前，阿木第一次进入河谷的时候，他还是一个流浪的少年。一只狗嗅出了他身上穷酸的味道，将他的一只破靴子咬了下来，惊慌的阿木顾不上鞋子，落荒而逃。恰巧地上的一块石头将他绊倒在地，而我的轿子刚好出现在他面前。管家对着地上的乞丐说："滚开，小心撕了你的皮。"那一天我刚好从远方归来，地上的小乞丐也是一脸的风尘。我告诉管家，给地上的小乞丐一些钱，让他体面一点，洗一洗身上的尘土和彷徨。管家将一把散钱扔在了地上，嘴里轻蔑地叨念："主子高兴，赏你的，还不快谢恩，然后滚得远远的。"

地上的小乞丐连看都没有看一眼散落在尘土里的铜板，他拾起泥土里的琴，朝着我的轿子看了一眼，眼神清澈而执着，然后转身离去。

这是一个骄傲的乞丐，在他眼里一把木琴远比银子更重要。

可以断定，他是一个有梦想的少年，每一个有梦想的人都值得尊敬。我走出轿子，对着他的背影说："小兄弟，喜欢弹琴吗？"乞丐迟疑地转过身来，我接着说，"跟我走吧，我能够让你的琴声传到每个人的耳朵里，或许你的琴能够奏出最美妙的声音。"

就这样，阿木走进了我的王府。那一年，阿木才十三岁。

管家将阿木安排在王府乐队里，我让技艺最娴熟的老琴师教他拉琴。

可是，当阿木拉起琴弦时，唱起歌谣时，我的王府里几个老琴师都笑了起来。他们说："这也叫琴声，这也叫歌声，就像是一个破碎的木桶。"

说实话，阿木的琴声甚至连破碎的木桶都不如。

阿木仰着头，满不在乎地继续拉琴唱歌，仿佛整个世界只有他一个人。

我问阿木："他们嘲笑你，你不难过吗？"

阿木回答："难过，可是我喜欢弹琴唱歌，我要走遍草原，让我的歌声响彻每一个角落。”

那个时候我正年轻。我对阿木，又好像是对自己说：“你不要难过，有的时候就是这样，你做一件事情，很多人嘲笑你，说你不行，说你做得毫不通顺，毫无章法，其他人跟着附和，挑出许多毛病，你执着于自己的梦想，人们说你脑子有问题。可是有一天，你做得比谁都好，你的梦想成为现实时，那些曾经嘲笑过你的人，就都成为你过往生活中的笑话了。”

然后，我和他一起看着天上的云彩。

阿木笑着说：“云彩飘远了。”

几年以后，阿木真的就像一朵云彩飘走了，临行时他对我说的还是那句话：“我要走过蒙古高原的每一个地方，我要用手里的琴弦弹奏出最动人的忧伤。”

我相信这个骄傲的家伙。

从此以后，我再也没有见过他。现在，这块云彩又飘回来了。

阿木回到河谷以后，已经是一个游遍四方的“胡尔沁”[①]歌手、技艺娴熟的琴师。

同云彩一起飘过来的身后还有一个疯癫喇嘛。

这一年冬天，寺庙里来了一个疯癫喇嘛。他蹒跚地蜷缩在寺庙外，宫嘎活佛说：“留下来吧，快要下雪了，你会冻死的。”

疯喇嘛似乎并不领情，他说：“钦措大殿上供奉的都是一样的佛菩萨，诵经的都是穿袈裟的喇嘛，这是佛祖的殿堂，每一个佛子都能够进来。”身子暖和过来以后，疯喇嘛就说唱起来：

啊呀哟，我来唱啊，你来听，天上的鸟儿呀有飞翔的翅膀，地上的骏马啊有奔驰的四蹄，庙里的喇嘛们还在诵经，外面的百姓却在冷风中。

啊呀哟，我来说啊，你来听，喇嘛身上穿着厚实的袈裟，穷苦的百姓却光着脚丫，寺庙里的狗肥胖得挪不动脚步，百姓家的狗却饿得没有力气追逐猎物。

疯喇嘛是在讥讽寺庙那些只会打坐诵经、侍奉佛祖的喇嘛。几百年以来，喇嘛们似乎从来也不用劳动，寺庙的寺产、田地，会带来大量的收入，官府的俸禄和百姓的布施供奉也够喇嘛们受用。宫嘎活佛听到疯喇嘛的说唱，低着头转身离开了。

---

① “胡尔沁”是蒙古语对说书艺人的称谓。“胡尔沁”分两种：一种以唱为主，手持四弦胡，自拉自唱，一人唱，众人听，以道白抒情为辅；另一种以讲故事为主，类似评书。

几个大喇嘛商量着将疯喇嘛轰出寺庙，宫嘎活佛又转回身说：“他说的没有一句是错的，该羞愧的是我们。”

就这样，疯癫喇嘛就在寺庙的后山下矮房里住了下来，这里还有一个人，就是我曾经的梅林——都楞仓。如今，这个老喇嘛也住在这里，他说这里清静，易于修行。

那天我去看望都楞仓，这时疯癫喇嘛正好汲水回来，看了我一眼就唱道：

阿啦嗦，穿长袍的老爷站得直，只因为他身后跟着几只狗，他的靴子没有沾满泥土，是因为他的双脚没有踏上过远方的路途……

我笑着对都楞仓说：“你不怕疯喇嘛每天不停地讥讽说唱吗？”

都楞仓说：“我听到了真实而动人的说唱歌声。”

我也笑了，我早就听说巴林右旗有一个疯子喇嘛沙格德尔，专门用好来宝[①]讥讽作威作福的王公贵族。前些年，听说这个喇嘛已经死了，眼前这个疯子到底是谁引起了我的好奇。我问道：“你同疯子沙格德尔有什么关系吗？”

疯子却回答：“看到一匹骏马，就想到另一匹，看到一个疯子，就想到另一个疯子，这是老爷们的通病，病根就是害怕揭起身上的伤疤。”

这个疯子喇嘛很有意思，我不打算为难他。我告诉包印：“让疯喇嘛在我们的土地上随便走动吧，让他的嘴巴自由地张开吧。”

就这样，阿木在篝火旁歌唱的时候，身后也响起了疯喇嘛的说唱。

阿木唱道：

我心中的姑娘你去了哪里，我走烂了双脚也没有找到你，我问天上远去的鸿雁，它也在寻找他的伙伴……

疯子唱和道：

可怜的人啊你不要抬头，天上飞过的是一行行忧愁，痴情的人啊你不要闭上双眼，梦里面全是草原上被雨水打落的花瓣……

---

① “好来宝”是蒙古族一种传统的曲艺形式，以唱为主，演员一人唱，也可数人唱。一般手持方巾，自问自答，或一问一答，不用其他道具。唱词富有音韵，诗情画意，类似对诗。

两个人的声音一唱一和、一高一低，此起彼伏，让听到的人停下脚步。他们很快就成了搭档。

从此以后，福荟寺的后山就经常传来阿木和疯子的歌声说唱，寺里的喇嘛们诵经时都竖起一只耳朵去聆听。有人说："这两个家伙一定是在许多年以前把自己走丢了，只有忘却了自己的人才会有如此动听的歌声和说唱。"

宫嘎活佛说："让他们去唱吧，没准佛菩萨也爱听呢！"

那一天，阿木和疯子的唱和又回荡在寺庙后山脚下，无数的鸟儿都循着歌声落在阿木和疯子的周围的树枝上鸣叫，都楞仓坐在他们身旁成了唯一的观众。鸟儿的鸣叫声终于惊动了寺里的喇嘛，后者急忙跑去告诉宫嘎活佛，活佛来到山上，也被眼前的景象惊呆了，天啊，阿木和疯子周围的树枝上、岩石上、草丛里落满了各种各样的鸟儿，和人一起歌唱。

宫嘎活佛跪下来，"佛祖显灵了，我还不知道是何预示，但一定是大吉祥。"

午后，福荟寺作了一场法事，附近的百姓都来了，他们听说百鸟齐鸣，被日本人长久压抑的心灵仿佛洒落了一场新鲜的雨水，滋润在心田里，歌声像一颗种子，种下来，埋在希望的泥土里，等待着春天的到来。我也从王府里赶来了。

我到来时，百姓们还在向福荟寺聚拢，阿木和疯子已经停止歌唱，同都楞仓在喝茶说笑，好像刚才的事情同他们一点儿关系都没有。无数的鸟儿还聚在枝头上，继续着歌声。

我问阿木和疯子是他们引来百鸟的吗？他们回答："不是！"都楞仓回答："是的！"我也被这景象惊讶了，我真的从未见过。

我发愣的时候，我的百姓已经聚拢在我的周围，他们把我包围了。我忽然想起来，我是他们的主子，这个时候，一个主子应该说些什么。我走上一处山坡的岩石上，在这里每一个人都在我的脚下。我说："子民们，说唱者阿木回来了，疯子喇嘛来了，百鸟儿也来了，带来了动听的歌声，歌声后面是神灵赐给我们的吉祥，我们的土地已经很多年没有吉祥了，现在，吉祥来了，你们的福分也来了。"

人群欢呼起来，许多人跪在地上朝着叽叽喳喳的百鸟磕头。不知道是谁喊了一声："吉祥来了，要留住它。"

这是一个百姓的声音，紧接着变成了所有百姓的声音。有一个声音传进我的耳朵里："赶走那些东洋魔鬼。"

这个声音很真切，我循着那个声音看过去，但我没有看到发出声音的人。

很多时候都是这样，我站在高处，人们都在我脚下，所有的人都在我的视线里，可是，这时却总是别人看得见我，我看不到任何人，因为，在我眼里，眼前的人都是一个样子，都是尘土一样的百姓。以前我不明白，后来我知道，之所以这样，是因为我是主子。

事情很快传开了，人们又一次拥进了久违的寺庙，佛祖身前的油灯又填满了油，焚香缭绕着措钦大殿升腾起来。

女人们甚至把婴儿也带来了，她们说要让孩子听到阿木和疯子的歌声，会消灾祛病的。信徒们在寺庙里上香磕头后，就赶紧奔向后山，他们是去聆听歌声传递的福音。喇嘛们有些着急，就说："流浪汉和疯子的歌声盖过了寺庙的诵经祈福声，佛菩萨会听不见喇嘛的诵经声的。"

宫嘎活佛说："佛菩萨由我们来供奉，歌声让信徒们去听吧，或许歌声里有他们寻找的东西。"

我知道百姓们在寻找什么，可是我已经给不了他们了，我看着天上自由飞翔的鸟儿，我的心却被束缚在围栏里。

天山的鸟儿自由地飞翔，有的人却只能东躲西藏。也是这时，另一个人来了。

阿力玛斯进入河谷的时候，让自己变成了一个老皮匠。这个家伙见到我的时候将身上的褡裢使劲地甩在了地上，大大咧咧地说："到家了。"

我很诧异，无论岁月怎样雕琢，我也不会忘记他那张棱角分明的脸。他的背弯下来了，眼神却还是那样明亮。

他忙不迭地从身后推出了一个消瘦的少年，还没等我开口，他就说道："我给你带回一个人来，这孩子没有地方去了。"

"谁家的少年？"我有些不解。

"郭旅长的孩子，他妈妈死了。"

"要是你没有忘记朋友，"阿力玛斯接着说，"你就不会忘记自己说过的话。"

我说过什么，我的确忘记了，但我从没有忘记朋友。我没有问为什么？孩子的变化最快，我循着往事，依稀认出了眼前的这个少年，他的乳名叫国强，那是他父亲希望国家富强安康的寓意，我将他搂在怀里，然后我让管家将他领到后院去，他应该和我的儿子在一起。现在，我明白为什么阿力玛斯一开口就说到家了。以后，河谷就是这个孩子的家。

阿力玛斯告诉我，那一年，郭旅长的队伍抵抗日军失败后，郭旅长派他将夫人和儿子安置在朝阳城里，郭旅长自己带着零散的队伍奔进了山水间打游击。阿力玛斯安顿好郭旅长妻儿后，辗转找到队伍，可是他也老了，就像一匹老马，身体已经不能重负奔驰。于是郭旅长又让他回到朝阳城里，保护家人，阿力玛斯则以老仆人的身份待在了郭夫人母子身边。今年夏天时，叛徒告发给日本人，说抗日联军里的一个军官的老婆、儿子藏匿在朝阳城里，结果日本宪兵最终找到了他们，那天碰巧阿力玛斯接国强下学回家，在家门外他们目睹了母亲被宪兵抓走，阿力玛斯死死地捂住了国强的嘴，将他藏起来。几天以后，他们知道了郭夫人被折磨致死的消息，阿力玛斯无法联系上郭旅长，况且根本就不知道郭旅长的死活，于是，他装扮成老皮匠，偷偷带着国强出了朝阳城，投奔锡伯河河谷而来。

夜里给阿力玛斯摆酒压惊，我把都楞仓也叫来了，他们是一样耿直的人。阿力玛斯很快就喝醉了，他说："我一辈子都在路上，从年轻时候起就东躲西藏，我累了，我的靴子磨出了窟窿，我不想再走了，现在，我想有一个安心睡觉的地方。"

我说："你是一个英雄，是一个同都楞仓一样的英雄，只是你们的命运不同，但你们身上都有一样的豪情，累了，就住下来吧，我有的，你一样都不会少。"

一个常年走在路上的人说累了的时候，就一定是真的累了，走不动了，况且，这个人还要背负一生一世的爱情。这时候，他不会有很多需要，他的所求都已经在路上得到过了，他只需要有一个地方回想往事就足够。所以，我相信阿力玛斯同都楞仓的归宿是一样的。

这种人就像天上的飞鹰，只要还有力气，就一定会努力飞向下一个目标。他飞不动的时候，就会停在一个地方，永远地停在那儿。

果然，没过多久，阿力玛斯也走进寺庙，剃度成了一名穿袈裟的喇嘛，他同都楞仓住到福荟寺的后院，在那里，经常能够听到动听的琴声和说唱。

种种事情的发生，让我也开始思考关于命运这个东西，它让许多人殊途同归。

现在，桥本很少找我喝茶了，不是因为我的茶不香，而是仓库里的银子的味道比茶香诱人。桥本说："茶香只会让我平静舒缓，而银子的味道更能让我的血液沸腾、兴奋不已。"

我用鼻子嗅了嗅，说："你身上就有一股很浓的银子味道，这种味道让我头痛。"

"我让王爷难受了，那是因为这种味道不是从王爷身上发出来的，以前，王爷身上的味道也让我难受。"桥本有些幸灾乐祸。

我懒得理会这个讨厌的家伙，就说："到广场上去吧。"

广场上很热闹，阿木和疯喇嘛正被百姓围在中间说唱，悠扬的琴声从缝隙中传出来。我看着身边的桥本，忽然想到了疯喇嘛。我穿着便服，就让身边的随从退开，然后领着桥本挤进人群中。我和桥本站到疯喇嘛的眼前，等到桥本听得入神时，我将身体向后退了一点，站在了别人的身后。这个时候，是没有人注意我的。果然，桥本的装束很快就引起了疯喇嘛的注意，在阿木停下嗓子后，疯喇嘛开始拨弄起手里的弦子来：

啊啦嗦，百鸟鸣唱，是因为泉水清澈甘甜；彩云飘荡，那是微风熏染；要是癞蛤蟆跳进我的视线，百灵会噤了歌喉，溪水会混浊不堪。

啊啦嗦，看看你身上的衣服，就知道你压榨了百姓的血汗，闻一闻你身上的味道，就知道你每夜都睡在银子上面。

围观的百姓都顺着疯子的眼神将目光定在桥本的身上，然后人们开始议论，开始起哄，开始说笑，有人还凑上前故意用鼻子闻桥本身上的味道，然后假装头晕恶心，接着就有人推搡起来。桥本在人群中就像一枝毫无依靠的柳枝，任凭被风来去吹拂，然后，他惊惶地逃走了，身后留下了百姓们快意的笑声。第二天，桥本见到我时，还未等他开口，我马上就堵住了他的嘴巴：“昨天广场上的人太多了，你到哪里去了？让我的手下好找。”

桥本将嘴巴张了几下，说：“我累了，回去了。”

我故意讥笑他说：“担心银子了，回去看护银子了吧。”

我眼前又浮现出昨日广场上的情形，这回，我真的笑了。

如果魔鬼控制了云层，那么云层下地上人们的笑声也是短暂的。没过多久，一个百姓因为顶撞了日本宪兵，被一个日本宪兵用刺刀刺死了。百姓们将他的尸体停放在广场上，要求日军偿命。日军代表和桥本找到我，希望我出面调停此事，并且告诉我，日本军队是不会作出任何让步的，也就是说日本军方将与这件事不再有任何关系。

这个时候，对于那些手里拿着枪的魔鬼我们没有任何办法，我要求日军惩办凶手，桥本代替凶手给死者的家属认罪。桥本说：“我不会去见那些讨厌的穷苦百姓，帝国军人没有错，错就错在那个可怜的家伙不该招惹勇敢的军人。”看看，这是怎样的强盗逻辑。我预先就已经知道了这样的结果，而实际上也不会有任何结果。

我说：“既然你是代表，就必须承担责任。”

桥本恼怒地说：“那些个穷百姓，实在可恨。”他说的是前几天广场上的事情。

管家同他谈论赔偿事宜，通常钱的事情都由管家来出面。

桥本的脑袋摇得像街上货郎的拨浪鼓一样。“不要和我说银子，我一个子也不出，一个子都不会出。”

我不愿意同这样的家伙废话，我告诉管家：“给霍斯发出消息，让他磕掉靴子上的尘土，回河谷休息吧。”

桥本离开了，不知道他是否明白我的意思。

第二天，我带上随从到死者家里去，丁协理和管家劝阻我不用亲自去慰问。我说：“我不能够给百姓一个交代，至少我可以带去温暖。”我让包印给死人的人家送去银圆，然后我找到阿木，对阿木说同我一起给那家人送去一点温暖吧。

桥本已经在半路上等候我了，我没有理他。我不说话，我的随从也不会随便开口，二虎一直用凶狠的眼神看着他，他孤独地跟在后面，在我们身后的尘土里。

阿木在那家人的屋檐下拨弄起琴弦，让歌喉驱走缠绕在屋檐下的悲伤。或许是阿木的歌声感染了桥本，他对着那家人深深地鞠躬，请求原谅，然后从身上取出一摞钱，放下。

有些事情不是原谅就可以过去的。我拉过那家人的儿子大声说：“我能给予的，就是告诉你，记住这仇恨吧。”然后我们就离开了。路上，我没有问桥本为何来，因为我已经知道了原因，他不是出于承担与悲悯，而是因为银子。我在他身上又增加了一层仇恨。我羡慕山里的弟兄们。

庙　会

这年春天，雨水来得特别早，气候刚刚回暖，空气中就已经弥漫了湿润。草场上的青草在向阳的坡地上连成一片一片，就像谁在大地上泼洒了嫩绿色的颜料，弄得人心里痒痒的。百姓们拜祭了各自的守护神灵之后，攒足了力气，准备在这春天里使劲挥洒，农夫将耕牛喂饱，将耕具翻新修整，将存储了整个冬天的种子拿出来放在眼前。牧民将牲畜打烙印迹，将不安分的牲畜去势，将围栏打开，让委屈了整个冬天的牛羊尽情地在草场上奔跑撒欢。湿润青草的味道很快就传遍了整个河谷，我对寺庙里的喇嘛说："该作几场春天的法事了。"

到了春天，我们这里是一定要作几场关于迎春祈雨、招福除灾、驱邪祛病、放牧播种的法事的，为了一年的风调雨顺、平安吉祥。许多年以来早已经形成了习惯，到了该作某一场法事的时候，扎萨克衙门会代表百姓拜会寺庙，迎请神灵。这种场合很庄严，倒不是我们这些权贵出于对寺庙的尊重和对佛菩萨的敬畏，而是因为百姓都在期盼着，只有这样百姓看在眼里才会放心，才会让心里有一个声音对自己说："衙门老爷已经正式迎请神灵了，法事隆重灵验，放心吧。"

也只有衙门老爷到寺庙拜会后，才能够表现出世俗世界的虔诚，喇嘛们才会在接下来的法事里认真卖力。

放牧播种法事结束以后，温暖的气候就被一场突如其来的寒流凝固在云层下面。刚刚换下的厚衣服又得重新穿上，百姓们望着天空纳闷地议论着："神灵拜祭了，寺里的法事也作了，不应该如此啊。"

可是，事情往往就在人们认为不应该的时候发生。热河日本宪兵司令部颁布了新的指令，提出"国境地带无人区化"来消灭抵抗组织游击队。在东蒙古许多地方实行"集家并村"管理。宪兵队将百姓们从原本居住的嘎查、村庄里赶出来，把那些百姓世代居住的房屋拆毁、烧掉，将牧场上的毡包拔起，那些本来分散在草场上的牧民也被驱赶集中起来，然后，将所有人都集中安置于平川地带修筑的土围子里面，不许随便出入。宪兵队管事说："这样是为了防止匪患，为了百姓的安全，同时方便管理。"百姓们则愤怒地回应："被圈在了人圈里。"

很明显，这个指令是日本人命令"满洲国"发布的，那个皇帝只是一个傀儡。因为我们这里反抗日军的队伍声势越来越大，那些分散的毡包和村庄成了抗日队伍的休整地、联络点和补给保障的地方。山里回来的消息说：抗联的队伍将这些地方叫作抗日游击区。

牧场上的草地泛青时，耕地里的土壤松软春虫破土时，真就到了该播种的时候了。松软的土地在脚下不断膨胀，就像牧场上的姑娘和村庄里客民女人的肚子，随时能够孕育出旺盛的生命，任何种子随便撒下去，都会开花结果。可是看看枝头上的海棠花，绚烂华丽，一阵风雨，就凋谢零落，这个时节短促匆忙。所以，百姓们常说："什么时节做什么事，什么天气穿什么衣。"

老管家说这件事情只能由我去做。我找到日本人专属地政科长，我说百姓必须回到土地上去耕种，回到牧场上去将牲畜赶到草场上去放牧。

我的声音很大，那个科长给我倒茶的时候，手抖了。

科长以前是一个普通贵族，有些东西虽然已经过去，可是影子还是会留在人们的心里面。况且，我是旗长。

他说这是日本人下的指令，他也不敢违抗。我说："我知道你做不了主，你同我一起去吧。"

他跟在我身后走进了宪兵队。

那个叫作森田的队长对我很热情，我说："百姓们必须回到土地上耕种，否则，时节过去了，种下的种子就不能够在秋天霜冻之前成熟。"地政科长接着说："到了冬天和明春，百姓们没有粮食吃，会饿死的，百姓的肚子空了，就得到处寻找吃的，地面上就不会太平。"

森田没有回答我，他说他会请示上级的。我就转身出来了，我不想在里面多待一刻。科长跑出来，在我身后说："王爷，我说得对吗？"我说："我已经不是王爷了，我回去等消息。"我没有回答他的问题，我不会回答的。我不回答，他就会一直思忖，好或坏？满意或不满？会成为他心里一条湍急的河流上的小船，我不让风停下来，小船就没法靠岸，就只能在激流里飘摇不定。他就会努力让我满意。

几天以后，那个科长来看望我，他带来了我满意的消息。这回我平静地说：

“你做得很好。”该是让他心中的小船靠岸的时候了。我看见他的眼神不再那么游移。我告诉管家给他一些礼物，实际是我的赏赐，这个环节我从未忽略过。

这样，日本人准许我们的百姓回去一部分耕种和放牧，其余的还是要住在土围子里面，而且必须登记在册，发放证件。也只能如此了，毕竟是在同强盗打交道。

到了冬天，本来并不丰裕的收获又被宪兵队强买征粮，征走大半，又因为百姓们不能在自己的家里点燃火塘，被迫在土围子里猫冬过活。所以百姓的日子也如同天空的云层，阴沉灰暗，毫无生气。

我们这里，到了冬天，天气寒冷，大雪下来以后，甚至整个冬天都不会融化。人们无事可做，就躲在暖和的屋子里面喝酒、弹琴、唱歌，那样的自然、安详。可是现在，大家被聚拢在土围子里面，人们感觉这里不是家，是监狱。所以，尽管泥屋子里面的火塘也燃着火焰，心里却还是寒冷的。有些百姓因为失去自由，想念家园，从土围子里面悄悄回到原来居住的地方，有的被宪兵队当作抗联分子杀掉了。

包印说：“如果这样下去，那我们的百姓就真的熄灭心头的火焰了。”

是呀，即使是在黑暗的时候，每个人的心中都应该有一盏油灯，哪怕灯火昏暗，也没有失了希望。所以，必须让我的百姓心头的那盏灯亮着，保持着那一丁点儿光明。我要给百姓并不快乐的日子增加一些快乐。

进入腊月，我吩咐管家，过年时我们应该举办一场大型庙会。这种庙会我们这里已经许多年看不到了。这个时候，我的百姓很需要。管家脸上露出了难色，我知道他是在向我要银子，我说：“银子的事情，你不用担心。”

管家的脸上立刻露出了笑容，只要有银子，任何事情管家都能够办得妥帖周到。

很快，四方百姓们就在广场旁边的空地上集聚了起来。玩一种叫作“跑黄河”的游戏。相传，这种游戏起源于远古，人们按照九曲黄河阵法，画成阵图，结构玄妙，有 9 城、12 城、24 城之分。阵法前围满了游戏者，跃跃欲试。组织者进行布阵，用秫秸和竹棍编制好跑道格，道宽五尺，占地有 3 亩之多，阵法布满了整个广场。阵内界障密布，曲径回转，甬道迷离。游戏开始后，跑阵者由阵法入口进入，次第连接，直至出口方算跑完。跑完全程者预兆一年万事如意，误入甬道不能跑出者，亦可钻界障出阵，被围观者戏弄为做狗洞，不大吉利，围观者要对着他的影子吐唾沫，意寓帮助他驱除灾祸、逢凶化吉。包印撺掇我说：“主子也去跑上一趟。”我倒真想试一试，可是我没有，我不能在百姓面前太过随便，这是做主子的忌讳。

节日的喜庆随着天上的落雪四处飘散，善通寺的喇嘛们表演了寺庙特有的舞蹈《娜诺·卡吉德玛》，不久就在百姓中传播开来，整个河谷快乐的气氛愈加浓烈。

筹备庙会的时候，管家还准备了蒙古戏《好德格沁》。《好德格沁》唱歌、念白、舞蹈并重，主要人物由白音查干、曹门代、鹏斯克、花日、孙悟空、猪八戒组成，六个演员各自戴上面具进行表演。前一天演出的面具已经送到庙内诵经供奉过，各面具神灵已经复位，扮演者都已经净身沐浴，其间不得尘染。

管家告诉我准备好了，我一挥手，管家冲着广场的人群喊一声："开戏！"

王府前的广场上锣鼓声震天响起，戏开始了。只见孙悟空、猪八戒在前面开路，白老头持杖随后，其他人依次跟进，边歌边舞，依序进行表演。然后锣鼓队开道，演出开始进入走村串户形式，百姓们早早地就在村口迎接表演，人们用红毡铺在地上，焚香供果，热情迎送。《好德格沁》会从腊月里一直演到正月十六，持续不断，我告诉管家，为那些住在土围子里的百姓多演几天，管家明白我的意思。

广场旁的"跑黄河"只是整个过年庆典的序幕，都是百姓们自愿玩的游戏，那会让人们为自己点亮油灯。蒙古戏《好德格沁》是百姓间传递喜庆的演出，会将福气送到每户人家。这些远远不够，庆典的高潮是正月里的庙会，我要求持续 15 天。管家说这得花费很多银子，我又说不用为银子操心，这已经是我第二次告诉他了，或许他老得已经糊涂了，他让我担心起来。但我还是让管家去做，许多年以来这些事都由他操持，他把这些视为荣耀。

管家为庙会准备很久，从各地请来了表演队伍。我问管家庙会准备的情况，管家向我详尽地汇报：表演人员全部到位，有黄龙旗 12 面，报马 100 匹，三烟枪 24 杆，小车会 16 辆，挎鼓 32 面，狮子 10 对，龙灯 4 条，旱船 6 只，中幡 20 架，马叉 20 人，高跷队 200 人，八大怪 8 人，地秧歌 300 人，背阁 16 人，抬阁 16 台，少林会 40 人，文王百子车 2 辆，黄箱会 4 只，杠子会 1 副，逛花园 1 台，坛子会 20 个，十不闲 1 架，对子马 50 匹，提炉 16 只，提灯 8 盏，香亭 1 台，寿星会 8 人，雅乐会 25 人，满朝銮驾 40 人，马童 100 人，老爷驾 1 台，还有对台戏 2 台，共有演员千余人。

年初一进庙上香祈福以后，庙会就正式开始了。百姓们从各地赶来，那些被集中在土围子里的百姓也聚拢而来，这让我恍惚回到了以前云层轻柔缭绕的岁月。

管家邀请我到街上去逛庙会。会首是管家花大钱从赤峰街上请来的老掌舵，经验丰富、指挥干练，为人豪爽。见到我时，躬身下拜，说："王爷吉祥，百姓安康。"我站在搭建好的高台上，敲响了象征着庙会开始的铜锣，锣声一响，广场上人群叫嚷起来，声音能穿破云层。

我带着随从走进沿街庙会中去，每到一处，表演的队伍都会格外地卖弄力气，引来观众的阵阵喝彩声。我的兴致很高，希望看到所有的面孔都喜庆快乐。戏台前两边正在唱着对台大戏，一边是京剧，一边是梆子戏，我停下来向戏台上张望，左边台上一个俏花旦正在台上舞动着霓裳，柔美的唱腔传过来，我不由得看得痴了，许多年以前，我也是这样痴痴地站在燕贻堂下。

歌手阿木和疯子喇嘛也来凑热闹，这样盛大的庙会上，他们的身边自然就冷清了许多。我在街道的拐角处看到了他们，除了几个懒散的百姓，就只有十多个好事的孩子围在他们周围，但这并不影响两人的兴趣，照例是阿木的琴声一停，疯子手里的弦子马上就拨弄起来，然后就引来人们的哄笑和孩子之间的推搡打闹。很多时候，人们看的是热闹，不是聆听。在红红火火的喜庆节日里，我更愿意我的百姓走马观花一样不停地穿梭走动。当他们扶老携幼不停走动的时候，说明他们的心里跟随着欢快的节奏在运行，这是一种对于日子的享受，对于明天的期盼和信心。总有一天，天上的阴云会被风吹散，那些罗圈腿的鬼子会从我们的大地上消失。

阿木和疯子陶醉的样子让我羡慕，好像除了他们，再没有其他人了。是啊，快乐是自己的，可以传给别人，忧伤却只能独自承受。在快乐面前，人们可以恣意欢笑，让轻松围拢在你的身边。在忧伤面前，只能听到扼腕叹息，然后人们会四散而去。

我有些累了，告诉管家我要返回，却没有听到管家的回答。我转身没有看到他站在我的身后，就独自走近一直跟随在我身后的轿车旁，随从为我打开车门，管家已经在车里睡着了。我悄声坐进车里，示意大虎不要吵醒管家，一路上，管家都没有醒，直到车子停在王府里时，管家才睁开眼睛，然后惶恐地说："主子，奴才睡着了，真该死。"我说："你累了，这些日子真是辛苦你了。"

我下了车，管家还在我身后嘟囔着，我看到他脸颊流下细密的汗珠。看来这些年过去了，他还是那样小心翼翼。可是，他真的太老了。我不禁可怜起他来，就动情地说："这么多年，你一直辛苦奔劳，以后，做不来的事情就让别人去做，别太苦着自己了。"

我的话刚一出口，老管家就扑通跪在地上，哭着脸说："主子啊，我是老了，可是我的心就像天上的星星对着月亮，永远都围绕在主子的身边啊。难道主子怀疑我的忠心勤恳吗？"

他误解我的意思了。我没有回头，说："快去准备吧，我要喝酒。"有些人就是这样。

回到卧房，我很快就睡着了。到了傍晚，我醒来时，管家还在外厅候着，见我醒来了，就说："主子，饿了吧，我已经把酒温过几次了。"

我真的饿了，就点点头，管家转身催促酒宴了。他蹒跚地走出去，让自己脚步尽量很快，很利索。他真是一个好管家。

我让管家坐下来陪我喝酒，我喝一杯，管家也喝一杯，我本来想劝他少喝些，可是我怕白天的场景会重演，坏了我的兴致。我喝醉了，管家也喝醉了。他问我庙会办得怎么样，我说很好，非常好，我希望以后每一年都有这样隆重欢庆的庙会。

管家忽然张嘴说："那要花费许多银子啊！很多！"然后他将杯子碰到了地上。

杯子粉碎的声音我没有听见，管家惶恐的表情我也没有看见，我好像醉倒了。

到了正月十六这天晚上，《好德格沁》的演出进入高潮，也就到了该结束的时候。入夜以后，广场上点起了篝火，村庄和牧场上也都燃起火堆。人们簇拥在广场上，演员完全进入了神灵表演的癫狂状态，围火堆舞蹈。天上的星斗出全以后，演员一边跳舞，一边取下脸上的面具投进火堆，这称为"送面具"。然后，百姓们就簇拥着演员下去休息。百姓们开始纷纷从火堆上跑过，或者拿起地上燃烧的炭火棍棒，预示着新的一年红红火火、旺盛平安。

我告诉母亲，外面很热闹，很多人很多灯火很多表演。母亲跪在佛龛前，正在佛灯前诵读经文。其实我是想要告诉母亲，我在外面也点亮了一盏灯，那是一盏希望的灯火，我不知道是否会照亮百姓的心里面。我还想要告诉母亲，光诵经拜佛是没有用的，富贵和吉祥要去寻找才能获得。我还想要告诉母亲，在她身上我看到了我的老祖母，仿佛时光还都是从前的模样，我还想说戏台上舞动的霓裳让我痴了很久。可是我什么都没有说出来，母亲已经很老了，耳朵聋了，我即使说话，她也未必能够听见，但我还是愿意在母亲身边，把要说出来的话在心里说给她听。

我正看着灯影发呆时，母亲忽然开口了，她说："人多的地方，不一定就很热闹；心里的灯不一定照亮才会看到希望；诵经拜佛和富贵吉祥本来就不是一回事，记住吧，时光并不是一味前行的，很多时候它都会倒转过来。"

我惶恐起来，继而心里满是柔和，是啊，这世上只有母亲最懂得我。我还想要说些什么，可是我说："母亲，早点休息吧。"这句话我是说出口的，不知母亲听到没有。

霍斯的商队回来了，这一次，没有了往日的尘土飞扬。

商队进入河谷以后，我们的守望者并没有听到驼队清脆的驼铃声，直到一长串骆驼出现在官道的大路上时，才引起了守望者的注意。几声铳子响过之后，双方呼应，确定是自己的队伍。守望者从岩石后面走出来，给归来的商队送上奶酒，告诉那些远足的人到家了。

没有清脆的驼铃声，就意味着商队的商旅之途并不平坦，并不如意，一定是队伍里有人客死他乡。守望者知道规矩，不问为什么，只负责准备好食物和水，等到商队休息过后，再次踏上路途时，前方会有几匹快马沿途开路报信，官道的尽头会泼洒清水，王府的广场上会有喇嘛准备好迎接亡灵归来。

得到消息之后，我很早就站在广场上等着霍斯的归来。商队弥漫着一股深沉的悲伤，我看到霍斯骑在马上，却没有看到老镖师马彪。我给霍斯端过下马酒后，扶着装有马彪尸首的棺材，我说到家了，我的朋友。

喇嘛的超度灵魂法事开始了，商队带回的悲伤很快就弥漫在广场旁的河畔那边。夜里，我和霍斯照例到河畔散步，霍斯告诉我："商队到达通辽时，遭遇了土匪，是一伙官商通吃的亡命徒。马彪报号之后，给土匪留下了一点过路银圆，土匪自然放路归山，我们上路以后，约莫过了两个时辰，土匪又追上来，赶上来的是两个头领，你猜是谁，就是以前阿力玛斯的手下黑龙白龙两兄弟。原来，土匪回山报告说是王爷的商队时，两个兄弟就追了上来，一定要款待商队的弟兄们。盛情难却，再说大家伙也累了，就随土匪走进了附近的一处村庄，那个村庄一户大户人家本来就是这伙土匪的哨点。大家在大户人家里吃喝休息，到了早上，土匪撤了，我们继续赶路，却在河边遇到了宪兵队，是宪兵队安插在村里的耳目悄悄给日本人送去了消息。这样商队即被宪兵队以通匪之罪扣押，还打死了我们的一个弟兄，宪兵队将我们的货物全部收走，我们说是赤峰实业公司的货物，谁想到，那些日本人也一样是黑吃黑，宪兵队的头目说根本不认识叫作桥本的家伙。三天以后，我们被放行，马彪气不过，让我们先行，到了夜里，他带上十几个弟兄去寻仇。我们在很远的西拉木伦河岸另一边一直听着清脆的枪声。到了后半夜，马彪回来了，只带回了几个兄弟，天亮时，马彪也死了，他身上中了几枪，流了很多血。死前，马彪要我一定把他的尸首带回河谷。我们在河畔旁的树林里隐藏了三天，陆续又找回了几具抛到荒野的弟兄们的尸首，我能带回来的，就这些了。"

我说："你已经尽力了。"

在马彪的心里，他早已经是一个蒙古人，我还记得当初他第一次来蒙古时，就兴奋地说："这应该是我的家乡，上辈子，我一定就是蒙古人。"

站在马彪的墓碑前，我斟满酒，说："你是一个真正的蒙古汉子，你永远都是蒙古人！"

抗　争

霍斯回来后就再也没有离开河谷。“满洲国”政府对于实施的“物资统治法”“主要谷物统治法”执行得近似残酷，成立了专门的督察队进行查办。各处官道纷纷设卡，食盐、火柴、煤油、面粉等生活物资都由专卖局直控，其他棉花、皮毛、布匹、粮食等生活用品均加以统制，有贩运“统治物资”者，一律视为“经济犯”，没收物资，拘押监禁，更有甚者，以通抗日联军罪名论处，甚至被处以死刑。

霍斯说：“马彪打死了几个日本宪兵，我们通往北边的路走不通了。”

然后霍斯又给我列举其他几个方向的商旅路途，往西边、南边、东边都不如北边的商旅利润丰厚。霍斯说他想往南边去。南边过承德，入古北口通往关内。我说：“你想好往关内走什么货了吗？”霍斯说：“贩盐肯定不成，除了运出皮毛、药材，贩运回布匹、煤油、棉花之外，别的无利可图。”

我算了一下，霍斯说的所有这些都在专卖局的统制之内。霍斯的鬓角已经显出霜白了，我不想再让他冒险。我说：“银子很有用，可是我们兄弟在一起喝酒更重要，不走了。”

桥本来了，打听这次商队在通辽被宪兵截货的事情，并且，他已经得到了通知，缉拿袭击驻通辽宪兵大队的疑犯。

我问桥本：“有没有听到消息，是什么样的人袭击宪兵队？”

桥本摇着头说：“谁知道呢？”

桥本又突然说：“马彪死得很可惜，他是个勇敢的老镖师。”

我警觉地看着桥本，用眼睛盯着他，没有说话。

桥本一定看到了我的眼神，他接着说：“我只关心银子，其他的和我没关系，马彪也是我的朋友。”

我说："如果有人管不住自己的舌头，那他一两银子都不会有。"

我第一次对桥本说得如此直白。紧要关头，我必须让桥本明白。

桥本是个聪明人，他笑着说："现在，我只是一个商人，我不会让王爷担心的。"

我也笑了，我们开始坐下来喝茶。桥本不知道，刚才我只要一挥手，大虎的弯刀就会让他的脑袋离开肥胖臃肿的身体。我示意大虎可以离开了。霍斯向桥本说明了这次货物被劫的经过，当然他省略了马彪回去寻仇段落。

桥本显得很着急，他说："什么路都可以断，财路不能断。"我说："专卖局的督察队可都是宪兵队的人，你有什么好的办法吗？"

桥本使劲抓着头发，他的表情告诉我们他没有什么好的办法。

霍斯又说了向南边"出拨子"的路线的想法，桥本的眼睛立刻闪现出光芒来，他说："如果真的走南边，那就不如贩运烟土，关里的人需要上等的鸦片烟。"

霍斯瞅着我，我立刻回绝了，我早就定下了规矩，任何时候都不得贩运鸦片，那是天底下最恶毒的东西，比魔鬼带来的灾难还要可怕。

我将茶杯放下，然后转身进入内堂，将桥本一个人扔在了客厅里。

几天以后，桥本又来了，他又向我提出了贩运烟土的事情。我回答得很干脆："今后，任何时候都不要再同我提起这件事情。"我吩咐包印，派机灵的弟兄盯着桥本，我怕他的舌头胡乱地转动。如果发现有什么不对劲的地方，就让他的舌头永远停下来。包印说："干脆让我杀了他。"

我说："现在还不是时候，桥本还有很大的用处，毕竟，他是我们的熟人。"

现在，经常有队伍袭击日本人的驻地，那些神秘的队伍总是深夜来临，然后又神秘地消失了，弄得日本人咬牙切齿，可是他们却找不到对手。为此，他们从东北军本部调来了许多士兵，可是无济于事，只得像乌龟一样躲在碉堡、营区里面，出动时，也总是成堆的人马拥挤不堪，弄得鸡犬不宁。丁协理说："不知道王爷是否嗅出了什么味道？"我说没有，协理神秘地说："日本人越是虚张声势，越是说明我们的抵抗有了效果。"

这让我想起了山里的队伍，又是很久没有他们的消息了。

很快，朝格化作商贩回到河谷，和他一起回来的还有云翔和另外一个人。当朝格他们将货物卸在王府后院时，管家将他们几个人带进后院的客房里，酒席已经准备好了。朝格跪在地上叫我主子，云翔还是向我行学生之礼。云翔向我介绍那个陌生人，此人姓罗，云翔说是他们的政委，是他的同志。这是一个很陌生的称呼。我从云翔那严肃庄重的语气里，感觉到这两个字蕴藏着很深的意味。

云翔说："现在，朝格的队伍已经同他们的队伍在一起联合袭击了几次鬼子，两支队伍相互呼应，互相支援，取得了非常好的战绩。这次回来，就是想要同校长说明一下情况。"我点点头说："打日本人，就得把拳头攥紧了，才有力。"

我知道他们肯定还有其他的事情，不会是物资、药品的事情，否则他不会同朝格在一起出现。果然，等到我们的脸色涨红以后，云翔说话了，他放下酒杯说："这次还有另一件重要的事情，向校长请教。"

我点点头，他说："正如校长刚才说的，我们要攥紧拳头才有力，所以，如果朝格的队伍同我们的队伍合在一起，组成一个大拳头，一定会给日本人沉重的打击。"

云翔的话很隐晦，意思却很明白，他是要将两支队伍合成一支。我说："好啊，这样我们的人马又壮大了很多。我会重用你的同志的。"

云翔急忙说："校长理解错了，我的意思是将朝格的队伍合并到我们的队伍里，合成一个独立大队，朝格可以担任副大队长。"

"你的意思是让我的队伍加入你们的队伍里，也变成你们的颜色？"

"是的，我们的队伍是人民的队伍。"

我一挥手，几个随从就进来了，我说："我的朋友来了，有酒有肉，我管够；只要是打鬼子，需要帮助，我竭尽所能；要是想从我的羊圈里赶走我的羊，我会宰了他。"

朝格始终一句话没有说，我用眼睛看着他，他站起来对我说："我永远都听主子的。"

没有人再提合并队伍的事情，酒宴散了，客人都去休息，我让二虎叫来朝格，我要问清楚。

我和朝格走在月光里，身后不远的地方跟着几个随从，我能够感觉到大虎腰间的弯刀在嗡嗡作响，我不愿意发生的事情似乎正从黑暗里走过来。

朝格说："到了夜里，山里面会很冷，很多时候，我都梦见自己返回河谷了，在河边同包印几个兄弟喝酒唱歌。"

我说："很多时候，我都梦见你回来了，我们在河边喝酒唱歌。"

朝格说："我没有忘记离开河谷的时候，我对主子说过的话。"

我说："今晚的月亮很圆，河谷里的月光永远都是那样明亮。"我提醒他不要忘了河谷家乡。

朝格说："每次望着头顶的月亮，我都会想到河谷。"

我们停下了脚步，坐在凉亭的石凳上，我说："为何带着他们一起回来，不怕我杀了你吗？"

朝格回答："我们在山里互相照应，云翔给我讲他们的主义，我不在乎，但他们很义气，为朋友不顾自己的生命，云翔的同志高参谋长救了我的命，我敬佩他们，他们同我说了很多次合并队伍的事情，我告诉他们，队伍是王爷的，所以我回来就是想听一听主子的意思。"

我明白朝格的用心了，如果投靠云翔，他不必回来告诉我，因为我根本不知道他们在哪里。队伍虽然属于我，但实际是朝格的。

我说："我刚才差点儿杀了你。"

"我回来就是想让你知道我的想法，死在主子的枪下，我不抱怨。"

我让随从找来包印，只有我、朝格三个人在月亮下喝酒，喝酒的时候，我想起了花代。我们一直喝到天明。

接下来的几天里，云翔再也没有提及合并的事情。我同他的罗同志喝酒，谈论时局。我发现文人一样的他们很能喝酒，喝醉了也会同我们一样唱歌舞蹈，罗政委还唱了我们蒙古的歌曲，我喜欢这样的人，比我的丁协理爽快许多。

云翔他们要走了，送别时，我同罗政委已经成了朋友，我告诉他朋友的事情就是我的事情。

罗政委是一个聪明人，自始至终，都没有再同我说过一句合并队伍的事情。他只是同我谈论时局、谈论战事、谈论他们的队伍如何抗日，谈论他们的信仰，甚至同我谈论诗词。但我知道，他才是最厉害的角色，他也是最希望合并我的队伍的人。

朝格也要离开了，我紧紧地拥抱着他，说："你要是死了，让我知道你在哪里，队伍的事情，你自己决定吧。"

朝格低着头，我不知道他是否听懂我的意思，这个决定是包印我们仨在月下喝酒的时候生成的。朝格说某天夜里山中很冷的时候，正好有一只苍鹰从头顶掠过，隐到云层中去了。我忽然想到如果苍鹰扶摇直上，有什么能够阻止它吗？许多年以前，在一次打猎时父亲对我说："没有一颗骄傲的心，就不会有高贵的生命；没有穿破凌云的信念，就不可能飞越青天。"

名义上队伍是我的，可是这些年来，我连士兵们的模样都没有看到过几个，都楞仓曾经告诉我队伍上的许多人都是他们招募的贫困子弟。所以，这支队伍实际上是朝格的，既然这样，由他来做出决定更合理一些，因为我没有一次在冷夜深山看天上的月亮。

朝格又消失在山间了。我送他到河畔，直到他隐身进入树林里，我才收回目光。我并没有着急离开河岸，我弯下腰捡起地上的石子，扔进湍流中，一下就没入水中了。我问身边的包印：“你说，石子为何不能像羽毛一样漂浮在水面上？”包印说：“主子在想什么啊？”

“你还没有回答我。”

“这个，因为羽毛比石头轻吗？”包印很不解。

我说：“不是，因为石头宁愿沉入水底，也不愿意随波逐流。”

这样说时，我的心里隐隐作痛，羽毛和石头，一个是我，一个是朝格。

包印也沉默了，怔怔地看着河水向下游流去。

下游驼山弯教堂的雷诺神父走了，永远地离开了教堂。太平洋战争爆发以后，雷诺神父就曾告诉我他离开教堂的日子不远了。紧接着，日军以雷诺神父刺探军情为由，逮捕了他。雷诺神父告诉日军他是在进行科学考察，关进监狱几个月以后，日军放了雷诺神父，但明确告诉他：“永远离开教堂！”

雷诺神父给我留下了一封信，他将信放在了修女苏珊那里，信是这样写的：

尊敬的王爷，在无奈中，我离开了教堂，正如我曾同你说的那样，或许，我永远地离开了。许多年以前，我来到这里，来到东蒙古草原，从那时起，我的心就如同一粒种子，在这里生根发芽，在我的内心，我早已经将东蒙古当作了我的家乡。如今，战争的烽火连绵了整个亚洲、欧洲，甚至非洲大陆，将许多个国家都卷在一起，而我却因此被迫离开，离开我的第二个家乡，我的心情难以形容。我无法回到欧洲去，我又将成为漂泊的游子，我计划去往美洲，继续我的研究。临行前，我到南布神父的墓地进行了告别，从漂泊与固守的角度来说，他是幸运的，他永远地留在了他为之奋斗一生的地方。南布神父是我的精神导师，我希望他安息。

另外，请王爷代我向宫嘎活佛问好，他和南布神父是我见过的最坚忍执着的人，他们对于信仰是如此的相似。还有，请王爷不要忘记了曾经说过的话，替我保管好那些资料和化石标本，那不但对于蒙古，或许对于整个人类社会都有着极为重要的历史价值。交给王爷，我放心。

我将这封信交给了丁协理，我问他：“雷诺神父说的那些东西真的那么重要吗？”管家插话说：“比银子还贵重？”

协理说：“我不太明白，但王爷不会忘了许多年以前的鸟龙藏居夫妇吧，他们回到日本以后，听说他们带回去的东西震惊了日本，所以，我感觉雷诺神父说的并非虚言。”

我让包印立刻带人赶往驼山湾，找到了苏珊修女，将雷诺神父留下的东西统统带了回来。包印他们是在夜里返回河谷的，然后，我们将那些东西藏在了一处隐秘的地方，既然我们弄不明白，就留给后面的人来弄明白吧。我让在场的人都发了毒誓，谁也不能透漏给日本人。几个心腹有些不高兴，说主子怎么信不过手下了？这是我第一次这样让别人发誓，我也不明白我为何这样做。

我没有问起苏珊修女的事情，包印说她神情安详。

日本人占领河谷以后，我们的许多文物古迹都被日本人以科学考察的名义进行了盗掘。我们的百姓从来都不会去触碰那些前人留下的遗址坟墓，路过时会静默地祈祷或者是燃上一段松枝，更没有人到那些遗迹上去放牧、种植和打猎。萨满们说：“挖坟掘墓、断子绝孙。”这是一个很恶毒的诅咒，可是那些侵略者毫无顾忌，一点敬畏之心都没有。老萨满阿宝说：“这真是一群魔鬼！”

卷起风潮

太平洋战争爆发以后，日本宪兵在更多的地方搞“集家并村”。在无人区里，百姓啼饥号寒，遭受着非人的折磨。日本人为了彻底切断抗日组织的补给来源，成立了所谓的“兴农合作社”，一切生活物资均由兴农合作社配给，禁止私人买卖。土围子里的百姓每人每天最多只能吃到五两糙粮，有时甚至是牛马的豆饼草料。发霉的粮食没法吃，只能掺和着树叶、树皮弄成团子或者稀粥下咽，很多老人和孩子都浮肿而死。春天时，许多地方的树叶刚刚吐出嫩芽，就被百姓们撸下来，吃掉了。到了应该是满枝绿叶时节，有的地方树林成片的都是光秃秃的树干枝条，还以为是在冬天。所有小动物，甚至蝗虫这时都成了难得的美味，变成补充着百姓身体所需要的唯一营养。

我看着饥饿的百姓，又看着那些醉醺醺肥胖矮小的日本宪兵，还有桥本贪婪地盯着仓库里银子的样子，我使劲地咬着牙。

坊间出现了这样的民谣：

日本鬼瞎胡闹，进了山口就开炮，找又找不着、追又追不到，气得鬼子嗷嗷叫。

我忽然想起歌手阿木和疯喇嘛说唱时百鸟的共鸣和四方走来聚集的百姓。

有一股力量，被我们忽视了。其实它一直存在，只是在等待爆发的那一刻。而火药的爆炸只需要一个引信。

现在，如果有一场爆炸，或许会让百姓们的日子好过一些。

我找来丁协理和包印他们。我问他们是否听到了坊间的民谣。我说好像是每当坊间有歌谣传唱时，都会有事情发生。

丁协理说没有没来由的事情。

我脑子里忽然闪现许多年以前领地上闹红枪会的事情来。

我说你们还记得红枪会吧。百姓们在法师的撺掇下，风一样地聚集起来，搅动起满地的风潮。

包印没有明白我的用意。倒是丁协理看着我，若有所思地说，王爷的意思是让百姓们起来造反？

我说："不是造反，百姓们没有武器，那样只会死掉很多人。我是让百姓们起来反抗。一直以来，我们忽视了我们百姓的力量。看看他们在土围子里面受的罪，神灵也会难过的。"

让百姓们用最原始、最有效的办法："枪会练法"。这是最能够鼓动起百姓们的野性的。

包印拍着脑门说："我记得那时候主子赦免的那个红枪会的头领，后来，他没有离开，他用主子给的银子置办了土地。我怕他再生事，一直指派人盯了他很长时间，他活得很好。"

我眼前一亮，我说快去把他找来，我要见到他。

很快我就见到了那个家伙，集家并村以后，他的安稳的日子也消失了。我同他谈话，他小心地应付着，我讲一些日本人的暴行，他也恨恨地咬着牙。然后协理就同他讲了我们的打算。他听到我们的计划时，用警觉的眼光看着我，然后不再说话。看来，他同样没有忘掉许多年以前的事情。

我必须让他相信我。

接下来的几天里，我同他喝酒，丁协理同他聊了许多关内的事情。到现在，我才知道他的名字叫作宋瑞喜，一个吉祥的名字。

我们继续喝酒，直到有一天，酒后他直率地说还有几位法师在那时的举义失败后，也隐匿住在我们的领地上，他们现在还有联系。看来事情比我们预想的还要好，还有几位活着的红枪会法师。

我立刻让老管家找来了我们的老萨满阿宝。我说："我的老萨满，一直以来，你不是总想要为我们的部族做一点事情吗？现在，机会来了，为我们的百姓做点事情吧。"我让包印他们带上银子，跟随宋瑞喜很快就找到了另外几个法师。

丁协理让他们明白了我们要做的事情是为了百姓，我让他们相信我们。

当所有人都来到我的面前时，我对老萨满和几个法师说："现在，你们练法去吧。”

我又对老萨满说:“让法师们见识一下你的法力吧,如果你真的有法力的话。现在,正是该用上的时候。”

没过多久,法会就组建起来了。我不断提醒几个法师:百姓们经常会看到红色、白色、黑色、黄色。你们的神枪法会可以有不同的颜色。

于是,经过协商,由老萨满掌舵组建枪会总堂,法师们重新组堂,组建了红枪会、黑枪会、黄枪会、白枪会,并充当各个堂会堂主,担任大法师。

我告诉丁协理,这里面要有我们的人,否则,当百姓们真的卷起风潮时,我们将无法控制。

这样,萨满阿宝的徒弟们担任各个枪会的二法师、五虎兄弟分别担任各个枪会的武将。

然后,在日本人看不见的地方,法师们开始设坛传法。很快,每个枪会的旗下都秘密聚集了众多的会众。一股风潮正在酝酿席卷整个大地。

冷冬时节后,终于在一个夜晚,我们的老萨满将各个堂会的堂主召集在一起,以神灵的名义宣布了起事的日期。到了那一天,红、白、黑、黄几种颜色从四面八方涌来,几股洪水很快就汇集到一处,整个大地战栗了,轰鸣声震颤着天上的神灵和地上的万物。大法师奔走在前面,带领着队伍向警察所、日本商会、妓院、专卖局、行署、兴农合作社奔袭,不断有人加入进来。甚至有一支队伍直接攻打日军的警备队。

大地战栗了整整一天,一些商会、合作社都被捣毁砸烂。陈占江带领的黑枪会清洗了兴农合作社社长的家,将那个社长和他的老婆押解到土围子里进行审判,在百姓们愤怒的声讨声中,用铡刀铡下了社长的头颅,他的老婆被生生吓死了。

攻打日军警备队的是宋瑞喜法师带领的红枪会的弟兄。本来我们计划好不要同日本军队正面碰撞,那样只能是徒伤性命。然而,压抑在心头已久的仇恨让这些朴实的百姓不再顾及性命。不管怎样,几百人聚集在日军警备队的大门前,要求日军打破土围子,还百姓自由。终于在日军的枪声中,人们冲进了警备队。用木棍、石头、叉子和血肉之躯同日军拼命。当所有人都被制伏在地的时候,日军已经被打死了两个,而我们也有十几条汉子倒在了血泊之中。

日军紧急调配军力。第二天,除了被制伏的会众,潮水已经风一样散去了。我代表旗公署同百姓谈话,百姓的条件是减少集家并村地,增加粮食、盐等物品供给。然后我又代表百姓同日军警备队会谈。

日军在河谷里进行戒严，搜寻带头法师。可是几个带头闹事的法师早已经逃匿，不知去向。

宋瑞喜法师没有走，他将我给的银子分给了手下弟兄。他让武将二虎告诉我，由他出头顶替担责，否则日军不会罢手，还会有更多的人死去。

日军将宋瑞喜绑在了我们的广场上。我和许多百姓现在只能成为站在一旁的麻木看客。日军在抽打了宋法师一顿鞭子后，将他身上的衣服全部剥下。宋法师的身上已经血肉模糊。然后，日军行刑人拿来冰冷的凉水开始从宋法师的身上浇下，宋法师身体不断地抽搐着，嘴里谩骂着，一会儿工夫，宋法师的身上就结出一层冰。冷水还在不断地浇下，宋瑞喜忽然大声地笑起来，这时他真的就像一名水火不侵的法师。大约过了一个时辰，宋法师的身体不再扭动了，他的身体此时已经变成了一尊厚厚的冰雕。围观的百姓们哀号着、哭泣着。我的眼睛使劲闭上不敢睁开。我身旁的桥本说这就叫作杀一儆百。

我真想立刻杀了他。

宋法师的死使事情平定了下来。最后，面对着一个声音的百姓，日方只能息事宁人，满足了百姓的部分要求。百姓的日子稍稍好过了一点。然而，我们的百姓也付出了很多生命为代价。这是我们计划的失败。看来，很多时候百姓的洪水涌起时，我们是很难控制的。这笔仇恨，先记下来吧。

在以前，没有任何孩童敢唱这样的童谣。现在歌声已经悄悄从春天唱到秋天，从村庄唱到牧场上。可能是歌谣飘荡的缘故，枪会起事两个月之内，赤峰地区十多个警察署同警察分住所被攻克占领。日军第五军管区调遣宪兵、守备队、讨伐队一千多人对抗日队伍进行围剿，结果无论是抗联的队伍，还是抗日匪帮都巧妙躲闪、灵活作战，袭击了日军的围剿队，然后消失得无影无踪。我听说，朝格的队伍也参与了作战。包印找到我，要求摘掉头上警察署署长的帽子，进山找朝格打鬼子。我告诉他："你的位置，比去山里更重要。"

日军像疯狗一样，到处搜索、围剿。这一年快到雨季时，日本人从河谷抓了许多劳工修筑赤峰—宁城—平泉一带军事防御工事。可是雨季来到时，天上却一滴雨水都没有落下来，地里的庄稼很快就枯萎下去，牧场上的青草也变成了枯黄色。眼看着一场干旱又将席卷整个河谷。寺里的喇嘛作了祈雨法事，却没有任何落雨的征兆。管家说："这年头，喇嘛的法力没有用了。"

人们焦急地苦熬着日子，这个秋天几乎没有收获。到了入冬的时候，日军的工事完工，很多劳工却去向不明。有人说他们被活埋了，有人说被拉去做实验了，还有人说被一艘大轮船押送到日本做苦力去了。总之，那些人消失了，再也听不到他们的任何音信。我派包印前去打探，包印回来愤怒地告诉我："身体强壮的被送去日本做劳工，其余的全被活埋了。"一个没有吃食的绝望母亲领着孩子到河谷外丈夫修筑工事的地方去寻找，结果被据点里的日本宪兵活活地剥了皮示众。消息传来，百姓们震惊了。我让大虎骑上快马，到那个宪兵的据点里，将那个可怜的孩子接回来，我告诉大虎，就说旗长让他来接回自己的百姓。大虎回来时，带回了受到惊吓的孩子，小家伙躲在大虎的身后，像一只受伤的小鸟，不肯出来。大虎做了孩子的义父，我想以后都不会有人欺负他了。一个月以后，活剥孩子母亲的日军据点被一支马队打掉了，十多名日军全被杀死。出事的那天夜里我没有看见大虎、二虎，也没有看见包印。第二天，大虎、二虎兄弟俩嘴上挂着笑站在我的身后。我问他们什么事这么高兴，二虎神秘地说："主子就等好消息吧。"到了傍晚，日军据点被端掉的消息就传来了，我知道谁干的。我对大虎说："为何不事先告诉我？"大虎说："要是给主子说了，怕是就去不成了。"

那天夜里，我让管家摆了酒席。我让大虎、二虎和包印坐在我身边，我将羊腿分别递给这三个家伙，说："那些短腿丑陋的怪物连一丁点儿人性都没有，该杀，该杀！"那晚我又喝醉了。

我们接到消息，朝格同云翔的部队让包印里应外合，准备打掉三座店的鸦片组合点。一听到鸦片这个害人的东西，我马上让包印安排。包印命令三座店的警察分所长做好内应，那个所长是包印一手提拔起来的，也是我们的人。朝格的队伍几乎没有遇到抵抗，就将看守鸦片的守卫干掉了，然后缴获了3000多斤烟膏。临走时，顺道歼灭了沿途的一个日军的警备小队。经过激战，打死日军20余人，缴获步枪30支，手枪3支，机枪2挺，弹药若干，还击毙了日军警备队长东山岛。

丁协理说，现在，我们的队伍对日军的袭扰越来越多，越来越有效，也是最困难的时期，过了这个时期，我们的日子就一定会好过起来。

这些年，我经常喝醉，只要将面前的酒杯倒满，我就能将自己灌醉。心情好的时候，我喝酒，我唱着歌就倒下睡着了；不高兴的时候，我喝酒，一样唱着歌就倒下睡着了。

我爬起床，想一想前一天发生的事情，我的心情就躲到云层中去了。要是宫嘎活佛来了，我就会同他喝茶。一边喝茶一边谈论，活佛总是把话题扯到谈禅上，一会儿工夫，我又扯回来，世界让我无法平静，怎么谈禅？后来活佛也就不再坚持了，和我胡乱说话，我们说的最多的还是往事。现在，喝茶的人多了一个，是霍斯。桥本后来又来了几次，希望霍斯走南边的商路，当然他的目的还是向关内贩运烟土。以前是我们来求他，现在反过来了，我忽然觉得桥本在我面前闪烁着乞求的眼神很有意思。虽然我在心里早已经拒绝了他，但还是说："风险太大，霍斯也老了，马彪死了，没有好的镖师，容我再思。"

诱惑是一件很折磨人的事。让一个人看到希望，又模糊不清，好像就在眼前，却又无从抓到。就像冬天的雪地里，小时候我们总是清扫出一块空地，用一根木棍支起一个柳条抬筐，木棍上拴一根细长绳，拉到屋内，抬筐下面撒上一小点儿粮食，外面雪地上也撒上细细的一层，指引到筐下。一会儿，饥饿的鸟雀就会飞来，几只试探着飞下来啄食，我们耐着性子在屋内等待，再一会儿，就会飞下来一大群，啄食着走到抬筐的下面，我们只需要一拉绳子，可怜的鸟雀就被罩在筐下，成为我们的猎物。我们乐此不疲，每逢雪天都玩此游戏。

现在，桥本也是我的猎物。

桥本给我开出的价码渐渐向我倾斜，由四六分成到三七分成，最后是二八，当然我占多数。我却还在犹豫着，桥本的眼珠都快要掉到地上了。最后，我却说："不行。"

霍斯也参与到我的游戏中，故意在旁边怂恿："王爷，南边的路好走，有桥本先生的安排，不会出事。"

我的拒绝让桥本不解，最后他得出结论："王爷保守了，颓废了，糊涂了，胆子小了。"

又到了春天时，饥荒又一次覆盖了整个河谷。饥饿如同一张巨大的网，将刚露出头的一切能吃的东西统统吞吃下去，可是就像无底的洞穴一样，刚刚吞下，随即消失。大地上到处弥漫着饥饿带来的恐慌。

许多地方颗粒无收，百姓无以为食。我们的领地上一些嘎查、村庄里所有的人都离开了原来居住的地方，整个村子都没有一个人了，大家都走上了逃荒之旅，原来的栖息家园充满死寂。流民栖息的地方甚至出现了吃死人肉的现象。有些地方人们饿得无法，就将马粪里的谷草秆炒后轧面充饥。我听说领地以外的西拉木伦河北岸颗粒无收，林西县冻死饿死多达 5000 多人，真是骇人听闻，惨不忍睹。

我命令管家和协理拿出府里所有的存粮赈灾，可是没过多久，我们的粮食也没有了，寺庙里的粮食也没有了。

我找到专卖局，要求给百姓提供更多的粮食，我说："没有粮食，就没有河谷了。”

可是专卖局已经拿不出多余的粮食了。我给附近其他几个旗县的旗长、县长写信，协商筹措粮食的事情。我们又联名向兴安西省政府写信要求省政府拿出粮食，赈济灾民。为此，我还专门给“满洲国”国务院递述陈条，结果也是石沉大海。

霍斯说：“求人不如求己，我们还是自己想办法。”然后，他就去了赤峰城，找到了商会吴老会长。我不知道他们是怎样协商出办法的，反正，霍斯回来后，在河谷里成立了赈灾委员会，我担任委员长，霍斯担任会长，我的头衔只是一个炫目的光环，实际的事情还要由霍斯来操作。

老管家以我的名义请来了东蒙古许多有头有脸的官僚、贵族，霍斯请来了各地方的富商们，募捐大会就在王府前的广场上召开。吴老会长在商界德高望重，他第一个站出来将事先准备好的一小斛粮食倒进大木箱里，朗声说道：“老天无情，人间有义，土地灾荒、有难同当，我父老乡亲兄弟姐妹同根相生，大家伸出援手，捐钱捐粮，共渡饥荒。”

台下一片拍手叫好声，大家依次踊跃地上台书写捐帖，将自己捐献的内容数目写在事先备好的大红纸上。几个嗓门大的青年则在写捐帖的人写下后，当众大声念出来，投进木箱里，等待台下的掌声。霍斯吩咐大虎他们，凡有大捐献者，必放排枪助威。

募捐会共进行了三天，然后，原先霍斯商队里的伙计、保镖们就备好大胶车，带上锣鼓队向不同的方向走去，走到书写捐帖人家里，拿出红纸当面兑现，如有不兑现者，则锣鼓队放下锣鼓，坐在那家门户前面，一声不吭，路人都会知道这人食言，羞臊他的门户。这人撑不下去时，自然就将许下的东西兑现。

一段时间下来，商队的弟兄们从各地赶着满载粮食的胶车回来了，商队空置的仓库里堆满了粮食，看着这些救命的粮食，我对霍斯说：“我要替百姓感谢你。”

霍斯笑着说：“那些老爷、贵族、富商，要的是脸面，只要将他们的脸露出来，就不怕没有粮食和银子。”

是啊，很多人的脸露出来了，就无法再缩回去，就像戏台上的脸谱，只要从幕后露出来，就不再是戏，是真的。

宫嘎活佛也被搀扶着颤颤巍巍地来了，他说霍斯是菩萨转世，是来救苦救难的。

粮食有了，赈灾委员会按照各个嘎查、村庄的人口分配粮食。能够自取的一律到赈灾公所来领取，不能来的，由乡约带领着商队的伙计送去。日本人怕粮食送到抗日队伍手中，就派出了督察队监视，我们的人当他们不存在。现在，驼队中那些走远脚的伙计们成了赈灾委员会的办事员，他们欢快利索地分配着粮食。霍斯说："饥荒面前，一定要防止偷取投机，确保人人有粮活命。"霍斯是一个细心的人。我告诉包印："要是发现有乡约、甲长等私自囤积，拉到广场上，鞭刑。"

霍斯和吴老会长还建议在我们所有的村庄内设立"义仓"。每年秋天收获时，每亩地征收义仓积谷五合，折市斤半斤，谷子易于储藏保存，其他谷物不收。数量不多，耕者能够接受，年年累计则数量可观。灾荒之年救济灾民，积德造福。霍斯想到了灾荒的前面。

我们的百姓有活口了，可是那些流浪的人却每天都有人饿死，霍斯专门准备了两辆牛车用来拉运死人。看着那些站得远远的，肚子里灌满水的骨瘦如柴的百姓，霍斯说："不能再死人了。"霍斯又说："我要办起一个舍粥厂。"

在福荟寺的东面，舍粥厂很快就办起来，粥棚前支起来了几口大海锅，每日固定时辰舍粥，每日舍粥一餐。

熬粥的海锅太大了，一次能够放进去几百斤米，熬出的粥却不煳不焦。

香甜的粥香飘得很远，每天都会有几百人排着长队等待着。我站在旁边看着霍斯忙碌不停。饥民们在等待舍粥的时候，我也在等待。等待着天上的乌云散开，我等了许多年了。

破 雾

天上的云层堆积得太厚时，也就该落雨了，雨水落下来以后，云层就会消散，阳光就会照射在大地上。

宫嘎活佛很久没有走出寺庙了。他太老了，走路的样子就像一只水虾，向前弓着身子才能够挪动脚步。年轻的小喇嘛在身旁小心地搀扶着他，弄得小喇嘛自己也都蹒跚起来，我说："小喇嘛，别让活佛摔倒了，你的脚怎么也好像不听使唤了？"

宫嘎活佛坐在王府后花园里的凉亭上，微闭着眼睛休息，我等待着活佛身上的疲惫被风吹散。

很长时间过去了，我才看见活佛慢慢地睁开眼睛，看来，人老了，疲倦也不愿意轻易离开老弱的身体。

我好奇地问："活佛啊，你有多老了？"

活佛却又闭上了眼睛，缓慢地说："谁知道呢？"

我说："你真是一个长寿的喇嘛啊。"

"生命缓慢地走动，我经历了太多的世事凡尘，对于一个喇嘛来说，我不知道是长还是短。"活佛是在自言自语，"佛祖赐予了我很多的时间，但同时也赋予我纤细的心灵，像蜘蛛网布满在时光里，让我无法不感受更丰富更漫长的人间悲苦。"

然后，活佛又说："天气暖和了，雨水落下来以后，空气真是清新。"

我说："很久没有这样清新的空气了。"

赈灾委员会周全细致的工作，使得河谷里出现了灾荒之年少有的安稳。在霍斯的带动下，惊惶和不安逐渐平息下来，百姓们身上表现出了很久未见的活力，牧场上甚至还出现了悠扬的歌声。记得许多年前那场灾荒过后，牧场上出现歌声的时候灾害就只剩一个尾巴了。我想现在也是。自救互助的氛围愈加浓烈，舍粥厂前的流浪人群没有再出现哄抢挤压，即使饥肠辘辘，也会安静地等待。那些嗷嗷待哺的孩子和母亲受到额外的照顾，霍斯命令手下给他们食物时，会多加上一点儿肉星。牧场上的许多牛羊都被日军征用宰杀了，所以，丁点儿肉星也是少有的补品。

我说："空气好，这里面有霍斯的功劳，不再死人，就没有焚烧尸体的臭味了。"

然后，活佛去看望了我的老母亲。他叮嘱母亲保重身体，天气暖和了应该多到屋子外面的阳光里，不要总待在佛龛前。母亲当然听不清，只是点着头。

走出母亲的房间，我很纳闷，这个老喇嘛没有在母亲面前叨念佛事，而是让母亲多到阳光下走动。

我问活佛为何这样说，活佛笑着说："阳光也是天上的神灵赐予的，一样通往法门之路。"

老喇嘛又累了，坐在院子里的石凳上休息，他使劲呼吸着空气。缓慢地说："河谷要变天了！"然后，他就离开了。

那天夜里，宫嘎活佛圆寂了。

服侍活佛的小喇嘛说："回到寺庙后，活佛给大殿的油灯填满了灯油，然后就回到卧房里去了。夜里没有任何动静，早上我推开活佛的房间，发现活佛还没有醒来，等到我打来清水以后，想要唤醒活佛，才知道活佛已经圆寂。"

圆寂后的宫嘎活佛肉身依然柔软，面色温和，脸上是一个浅浅的微笑。

可是，这太平常了。

按说，一个悲悯的活佛圆寂时，是应该有奇异的景象发生的。比如说天上出现炫目的彩云，百鸟儿飞舞齐鸣在寺庙周围，哪一家门前的老树上会开满花朵，寺庙的佛祖塑身会出现佛光，等等。可是，宫嘎活佛的归去竟是如此的平淡。喇嘛们在忙着准备着法事道场，每个人的脸上都挂满悲伤，四处的信徒百姓不断拥来拜祭。我问住持大喇嘛和几位老高僧，活佛可留下什么预言指示？

我指的是活佛的转世传承，这是留在宫嘎活佛身后最重要的事情。宫嘎活佛的传承已经经历了几世，这个传承是不能隔断的。

所有人都摇头，看着我。

然后几位喇嘛却开口问了我同样的问题。

他们说，老活佛圆寂那个白天只同我一个人见过面。他们请求我仔细回忆，那天活佛可有什么异兆？可是我真的没有听到活佛同我说起什么神秘的事情。活佛的所有举止都只是显出一个苍老年迈的老喇嘛的缓慢迟钝。

我将那天我同活佛的对话及细节仔细回忆，一切都是那么的平淡无奇。我说活佛让母亲多到阳光下走走，最后同我说河谷要变天了。他们几个喇嘛认定活佛同我说的最后的话里一定藏着什么玄机，所有人坚信一个德行高深的活佛不会不留下什么。

但没有人能够参悟出活佛这句话的所谓隐义。

从福荟寺回到王府已经很晚，我去看望母亲，她已经睡下了。我没有敲门，站在院子里回想着活佛说的那句话。天上的月亮弯弯地挂在苍穹里，周围虽然繁星闪烁，却很孤独。现在我明白，那天活佛是来同我和母亲道别的。他已经准确推断出自己的时限，但面对一切却为何还是那样自然平淡，合理的解释就是活佛的修为深厚。那句话究竟有何含义，有还是没有？

活佛没有留下传承的交代和预兆，福荟寺同我商量打算到青海或者西藏去请回一位坐床喇嘛。

我没有意见，寺庙的事情，我总是让寺庙自己决定，况且，我还在悲伤里。

小喇嘛从宫嘎活佛的卧榻下面找到了活佛几年以前写就的给哲蚌寺的一封信的草稿，那封信我曾经看到过，记得当时我还嘲讽过活佛。看来，宫嘎活佛很久以前就看到了很久以后的事情。

还有另一张纸条，没有日期，上面写道："所有的事都离我而去，所有的人都在我身边。"字迹很新，应该是不久前写的。

寺里的主事喇嘛给圣地的哲蚌寺送去了消息，希望选派一名喇嘛前来坐床侍佛。消息送出去以后，日本喇嘛又出现在寺庙的附近，这次来的喇嘛没有要求留下，但希望能够同寺庙共同选任坐床喇嘛。

寺里的主事喇嘛说："既然都是佛祖的信徒，就由圣地的寺庙作出决定吧。"

几个月以后，哲蚌寺才派出喇嘛。你想，在这个山河破碎的时候，有谁愿意到遥远的漠南蒙古的一个偏僻的河谷里来，即使悲悯的喇嘛也不愿甘冒危险。

雪域圣地的喇嘛来了。刚一进寺庙，就立刻引起了轰动。回来的喇嘛不是别人，正是当年伴随叔叔去西藏的持棒喇嘛哈斯。现在，他有了一个新的名字，叫东沁喇嘛，并且，他已经被评级为"堪布"。

我去寺庙拜会了这位堪布喇嘛。他双手合十，称呼我为王爷。我说那已经是过去的称呼了。我觉得我们很远，距离不是来自他的称呼，而是他的眼神，他的眼神告诉我，他是一名从圣地来的喇嘛。

第二天，东沁喇嘛回访来了。他身边跟着几名大喇嘛，这表示他走进王府的身份是一名有大德的高僧。既然这样，我就以主子的身份接见他。

我让管家按照规矩准备，管家嘟囔说世道变了，自己人还讲究那么多。我说：“来的是堪布喇嘛，不可怠慢。”

东沁喇嘛在厅堂坐了片刻，然后就去后院了。我陪着东沁喇嘛到后院去看望母亲。东沁喇嘛一见到母亲，眼泪就流下来了。

他说，这些年最想念的人就是母亲，那时候，老福晋从不将他当作一个穷苦的小喇嘛，而是像对待自己的孩子一样疼爱。这让我想起很多年以前，哈斯喇嘛经常到王府里来陪同我学习武艺，他很能吃，母亲总让下人给他准备两个人的食物。他曾经对我说过，福晋就像他的母亲一样。我的母亲喜欢叫他喇嘛儿子。

母亲很快就认出了这个喇嘛儿子，将他搂在怀里，这让站在旁边的我很嫉妒。

那天，东沁喇嘛待到很晚才回到寺庙，包印和霍斯也回来了。我们说了很多话，很多话还没有说。东沁喇嘛又告诉包印和霍斯，现在他是东沁喇嘛。包印笑着说：“放心吧，河谷里所有的人都知道福荟寺里新来了一名堪布喇嘛。”

看来，头衔不但对我们这些贵族重要，对所有的人都很重要。

到了七月，天上落下了一场大雨，很多年不见的大雨。泛滥的洪水汇聚于锡伯河中，变成了滔天的巨浪，河水巨大的轰鸣声响彻整个河谷，就像两军对垒厮杀，震天的枪炮呐喊声不绝于耳。到了夜晚，寂静将轰鸣声衬托得更加剧烈，单调而执着，让人无法入睡。

这河水的轰鸣声的确将人心搅乱了。桥本连续几天都来找我。他打算将他的银子运走，我问他搬运到哪里去，他说他已经疏通了赤峰宪兵队的关系，弄上火车，先运抵朝鲜，再换上轮船，就会到达日本了。他的话让我警觉，我说：“你不是说过永远不会离开蒙古吗？现在怎么想要回日本了。”

他的回答很有说服力。他说：“他在日本的哥哥来信说家里老母亲病情很重，他要返回家乡照顾母亲。”

我说：“你是一个孝子，儿子应该回到母亲身边。”

然后，桥本提出请我帮忙，将银子送到叶柏寿，从那里装车。我说你可以用你公司里的汽车来运输，桥本说不能让实业公司里的任何人知道。

我说：“我知道啊！”

“你是我的朋友！”

他说我们是朋友，这让我极其厌恶。他侮辱我，用银子甚至是更低级的层面衡量。我们古老的故事里，就有狐狸同猎人说是朋友的说法，那些故事里，猎人总是在最后将狐狸杀死。

有谁愿意同狐狸成为朋友呢?

我知道该怎么办，看来，到时候了。

我决定到宪兵队去一趟，拜会他们的森田队长。当我走进宪兵队时，所有的士兵都匆匆忙忙的，正在搬运东西。在森田的办公室外面，有几个士兵正在焚烧文件，纸灰飘浮得到处都是。森田很客气，招呼我喝茶，可是我看他的眼神总是盯着窗外焚烧燃起的火焰。

我离开时，森田忽然说："能够结识王爷这样的人，是我的荣幸。"

我点点头，没有说话。我心中的疑问打消了。

回到王府，我找来包印、丁协理、霍斯，我告诉霍斯将驼队准备好，随时出发，汽车一辆都不用。我让包印将可靠的弟兄们集结起来，明晚就会行动，还有协理，负责打探任何消息。

晚上，桥本又来了，这次他给我带来了一件东西，是一幅画。打开画卷之后，竟然是那幅《金鱼戏荷图》，我不会忘记那时桥本的眼睛总是盯着挂在我墙上的这幅画。

我说："送给你的东西，我不会要回来。"

"不，王爷，这是我送给你的。"桥本认真地说。

我环视了四面的墙壁，桥本赶紧说："还是挂在原来的地方最合适。"

这幅画曾经是我的东西，现在，它回来了，又挂在了原来的地方，在大厅中很醒目。

将要回来的东西远不止一幅画。

桥本向我提出了同样的请求，我当然答应了下来。我问桥本何时动身，桥本说他已经联系好了叶柏寿火车站那边的朋友，并在官道上预备了汽车，我只需要用驼队帮助他悄然绕过宪兵队的关卡，越快越好。我说你们日本人的宪兵队还用提防吗?他说我们的军队现在对我们日本人彻查尤其严厉，不容许任何人侵吞帝国的财富。

我叫来管家立刻到寺庙里去一趟，请东沁喇嘛占卜一下出行的日期。我同桥本喝着茶等待。很快管家就回来了，他说："东沁喇嘛说明晚月明星稀，天气晴朗，适于出行。"

我对桥本说："明晚上路。"我又说："夜晚先用骆驼将银子运出河谷，这样能够遮人耳目，因为没有谁知道暗处会有什么样的眼睛盯着，等到绕过你们宪兵队的关卡之后，上了官道，换装在汽车上，很快就会到达叶柏寿。”

桥本很高兴，他又叮嘱说绝对不能让他们的宪兵队知道，那样他许多年的辛苦就会成为帝国的财物了。

桥本早就将银子在仓库里装好箱，很快就装上驼背，除了头驼外，其他驼铃都被解去，霍斯对桥本说：“这样动静会更小。”

大虎小声对我说：“主子，这个家伙攒的银子可不少啊。”

月光下，长长的驼队排出很远，负重的骆驼等待着驼工们出发的号令。

桥本同我作别，他说：“以后，我会回来看望老朋友的。”

我又是一阵厌恶，挥挥手，他们上路了。但是没走多远，黑暗里出现了两辆汽车，桥本安排两辆车分布在驼队的前后。这样，驼队的前后各有一辆汽车押运，都是桥本在警备队里搜罗的士兵。

丁协理说：“这些个日本人真的很狡猾，很多珍贵的文物都是晚上悄悄运走的。许多年以后他们怕我们的子孙向他们索要，所以，他们尽量不让中国人知道他们将重要的文物偷运回国。”

看来，桥本对我们也早有防备，他的确很狡猾。

可是，霍斯远比桥本聪明。

到了后半夜，驼队走到开阔地之后，头驼忽然变得焦躁起来。霍斯告诉桥本：“这匹老骆驼，很有灵性，它能够感知到前边有情况。”

桥本问什么情况，霍斯说：“不知道，我们小心些吧。”

果然，前面开路的汽车遇到了障碍，几个士兵下车推开路面的横木时，枪声响起来了。两名士兵当场倒地，其余的赶紧下车埋伏在路边，双方互相在月下射击。桥本不知道对方到底有多少人马，大约过去了半个时辰，树林里的枪声消失了，几名保安队进入树林侦察，结果什么都没有。

霍斯对桥本说：“怎么办？现在，我们不知道对方是什么来历，听枪声，像是零散的土匪，我们得赶快走到下一个哨卡站，那里有宪兵队的炮楼。如果土匪知道我们的货物可就麻烦了，他们会召集更多的人马拦截，到时候我们很难应付。”

桥本问到达下一个关卡还有多远的路程，霍斯告诉他大约三十里，走这条路至少需要三个时辰。

领头的老驼工说：“穿过树林，有一条近路，如果抄近路两个时辰就能够抵达哨卡站，然后可以从哨卡旁边悄悄绕过去。”

桥本问霍斯：“你觉得走哪条路更安全？”

霍斯回答："走官道，虽然慢些，可是我们有汽车护送，近路，汽车不好走。"

桥本沉吟了一会儿，说："走近路，我看驼队累了。"

走近路，霍斯的驼队得在前面带路。

近路是一条荒废的古道。许多年以前因为现在的官道上开了几家客栈、铁匠铺等，所以商贩们都走那条可以休息，还能避开土匪的大路，小路自然就废弃了。汽车跟在驼队后面缓慢地颠簸着，被路障拉开了距离，忽然一声巨响在驼队后炸开了，火焰冲向夜空，第一辆汽车上的士兵在睡梦中就飞上了天。后面一辆上的士兵赶紧从车篷里向下跳，两旁的枪声已经像锣鼓点一样密集了。不大工夫，车里的士兵要么被炸死在车篷里，要么就在跳下的时候被打死了，驼队后面剩下的保安队员早就吓得蹲在了地上，霍斯拔出枪，却反身对准了惊魂失措的桥本。包印的队伍从道路两旁的灌木丛里走出来，快速下了保安队的枪。

等到枪声停止的时候，我走出树林，霍斯将桥本押到我面前时，我忽然笑了。这笑声我积攒了十几年，今天我终于可以笑出来了。

桥本惊恐地说："王爷，误会了，误会了。"

我告诉他："很多年前我就说过，你拿不走一分银子。"

他说："王爷不是一个不讲信用的人。"

我厉声说："我不会同一个强盗讲信用！"

桥本吓得跪下了，他说他不想死，我想起他对我说过家中病重的老母亲，我不想让一个想要回到家乡的人看不到母亲，我说："我不杀你，滚回日本去吧。"

包印着急地说："主子，不能留活口。"

我看着桥本从地上爬起来，就像一只狗一样，我又想起了许多年以前的事情，那时桥本在我的武学堂里做教官，他在我面前，整天都像一条狗一样。

这时候，桥本却说了这辈子最不应该说的话。他说："我本来把王爷当作朋友……"

他话音刚落，我就从大虎手中拿过枪，对准他扣动了扳机。天啊，他又说这句话，这个家伙不应该在这个时候同我称呼朋友，他又一次侮辱我。

本来他可以活命，可是他逼我第一次杀人。桥本倒地的那一刻，我忽然轻松了许多，一种积压在心头很久的东西立刻消失了。

霍斯他们将银子送到了另一个安全的地方，这个时候，强盗是最凶残的。

秋风起来了，闷热的天气变得干爽起来，吹走了河谷里焚烧的气味，慌乱不断蔓延。终于，几乎是一夜之间，苏联的第五十三军团和第十七军团、近卫军坦克第六集团军进入了东蒙古。很快就像乍起的秋风一样席卷了整个赤峰地区，日本军队稍作抵抗就全线溃败。

我对包印说："我们的锄奸队终于可以在白天射杀猎物了，我们应该有一支自己的队伍。"

包印马上将所有的警察和保安队都集中在广场上，我开始训话，我告诉他们现在苏联红军来了，日本人已经溃败，我们都是有血性的汉子，现在大家不要再做亡国奴，不要再做走狗了。

呼啦啦的怒吼声响彻在广场上，我们很快就结果了几个沾满血腥的走狗。队伍变成了我们的。

我们马上集结队伍，加上部分反正的兴安军，开始追剿逃离的日军。

队伍在官道上很快就截住了森田的那股部队。此时的日军就像秋天的残叶一样，不堪一击。很快，日军被我们追赶进一座败破的小庙里，所有的日军都被击毙，森田射杀了他的妻子和孩子，然后自杀。我们截获了许多的枪支、烟土、布匹、白糖、粮食。大虎说日本人的东西可真不少，包印却说这些都是我们的东西。是啊，这些东西本来就是我们的。现在，我们只是拿回来而已。

森田死掉的那天夜里，我做了一个梦。梦境中锡伯河水在飓风的带动下，又卷起了山洪暴发时的浪涛，将水面上漂浮的肮脏恶臭的污物都带走了。这时候，我就站在河岸边。

我的仓库又回来了，里面曾经被桥本修缮一新，虽然现在空荡荡的，但我们可以一点一点地在里面存放东西。老管家是最兴奋的，如同一个快乐的孩子，他换了新的钥匙，挂在腰间，走起路来会发出哗啦哗啦的声响，这种声音令人着迷。

苏军的第十七集团军步兵第八旅中的一个军官前来探望我，管家说可能又是到王府中游历的家伙。自从日本人被赶跑之后，一些苏蒙军向南开拔，另一些则停下了脚步修整。经常会有一些军官到我的王府来，同我寒暄过后，照例想要游历一下我的府邸，他们对于东方的蒙古文化充满了向往与好奇。在他们眼里，我们是神秘的。这就像我们看待他们那些黄毛大鼻子一样。这些苏军帮助我们赶走了魔鬼，这个请求我不会拒绝，我让管家好好招呼他们，管家会给他们讲许多过去的事情。管家对着军官们絮絮叨叨时，我也经常沉浸在往事中。

我会让管家准备好烤乳猪和烤全羊宴，每次我都会热情招待这些帮助我们的军人。他们很能喝酒，喝醉了会在任何地方跳舞睡觉，仿佛他们身上从来都没有过忧伤，可是，当我们的琴师阿木拉起马头琴的时候，他们欢快的样子一下就消失了，然后就痛哭起来。我问翻译他们又为何忽然变得如此悲伤，翻译说他们可能是怀念着死去的战友，也或许是思念久别的家乡和心爱的姑娘，谁知道呢？

是的，有时候什么样的悲伤并不重要。

对于很多人，无论悲伤或者快乐，在他们身上留下的痕迹都不明显。在我的身边管家是这样的人，丁协理也是这样的人，对于所有的事情他们都并不极端，处处表现出中庸和气。我忽然觉得他们可怜，一个人，活在天地之间，爱与恨的纹理应该是清晰的，就像刀刻斧凿一样，模糊易致麻木，麻木的身体怎么会感到疼痛呢？

说远了。

前来探望我的军官在我面前行了一个标准的军礼，称呼我王爷。他的细眉和高颧骨很容易被辨认出他是一个蒙古人，他的眼神似曾相识，我迟疑了片刻，军官迫不及待地告诉我："王爷，我是花代啊！"

天啊，真是花代！许多年过去了，他的模样变化得太大了，我从未想到过他会成为一名如此端正威武的军官。看来，时光对于不同身份的人的改变差别是如此之大。

我很动情，也很纳闷！

晚上，我给花代接风，他告诉我现在他是一名苏联红军。那时候，离开河谷以后，他辗转去了苏联，终于成为一名军人。他说他参加了 1939 年的"诺门罕战役"。那次战役结束后，他就坚信，我们一定能把日寇赶出去。

现在，他带着部队打回来了。

我想想那些回到河谷里的人，是什么在操纵着他们的脚步？到头来，叶落归根！

看　云

我喜欢看云，喜欢躺在大地上仰望云端；看了许多年，仍是两不相厌。风涌动着云层来了，鸟儿衔着云朵来了，鸿雁牵引着长长的练霞从天边夕阳里飘过，神灵踩踏着洁白莲花悠闲自如。没有一片云是一样的，所有的云都自由轻盈地流淌在蒙古高原的苍穹之上，就像是梦，从未有固定的模式，总是出乎意料之外。

现在，真正的秋天来了。我躺在河畔的草丛里，秋虫在我身边鸣唱着，如同乐队鸣奏。我的眼睛在头顶上方搜索，身旁的蒿草正好挡住阳光，让我能更清楚地观察。云层很高，不同高度的云层在气流的带动下，缓慢移动，然后互相叠加，再然后又逐渐分离，各自沿着自己的轨迹远去了。如同世人，相遇相识相离，更多的只是擦肩而过。秋天的云很纯粹，同我们的哈达一样洁白。这样看着，耳边的虫鸣就消失了，身外的世界也一同消失了，时光停止，世界是如此的安静。

可是，河谷里的时光那样漫长，却又走得太过匆匆。有几次我独自一人站在王府的后山上，像从前一样眺望，却看不到任何未来的风景。我很痛苦，让大虎他们滚得远远的，可是当我再次收回目光时，眼里留下的只有空旷。

苏蒙红军的队伍像洪水一样涌来，又像洪水一样快速地退去，除了留下布防的部队，大部分都开走了。花代因为对于河谷家乡熟悉的原因，他的部队留下布防，现在，他是苏军驻河谷地区防务分区长官。这样，我们便每天都能够在一起喝酒。

没过多久，山里红色的队伍就像另一股潮水般涌来。他们在村庄里驻扎下来，整日唱着歌、表演节目、训练队伍。我的学生云翔来了，他告诉我，日本人投降以后，他们打算成立自己的政府，是红色的政权。我没有听清他说什么，我问他朝格怎么没有回来，他说朝格带领队伍去了朝阳更东北的地方。

这回我确定了朝格他们真的将队伍合在了一处。我这才说："既然朝格同你们是同生共死的弟兄，我相信你们的政权也应该很好。"

果然，云翔的那个同志罗政委也来了，这次他是身穿军装，从我的王府正门走进来的。我热情地接待了他，他说他一直惦记着我。

我告诉他："我就知道有一天你会来的，因为你是一个聪明的人，总有一天会在最适当的时候出现，就像月亮，不会总躲在云层背后。"

罗政委笑了，还是一样的豪爽。

他告诉我，要成立一个新政权的过渡委员会，他希望我能够站出来，带领群众接受新鲜的事物。

他说这是因为我在百姓心中的威望。云翔又说："我们的队伍会一直住下来，直到新政府完全建立起来。"

我认真地说："你们的这支队伍，有一部分，曾经是我的。"

云翔愣神的工夫，罗政委又笑了，说我说的没错。

我不是卖弄，我说的是实话，如果我不同意，朝格是永远也不会加入他们的。

其实，罗政委找我有另一个目的，那就是他希望我能够利用同花代的关系，顺利建立起他们的政府组织。

找我的人可不止是红色的罗政委。

国民党的飞机和火车将部队很快就运抵了东北，士兵们不用跋山涉水，直接就从天上落到地面上。到了12月份，国民党的军队已经占据了锦州，然后他们的部队也如同潮水一样涌向我们的河谷。一觉醒来，许多村庄、嘎查的外围都布满了兵营。百姓们说："那些家伙走的时候快，回来的时候更快。"也几乎是一夜之间，东蒙古的许多地方都闹起了匪患。各地的土匪队伍重新竖起旗号，就像秋天地里的庄稼收割以后，空旷的田地上会忽然长出许多莫名的杂草，趁乱占有一块地盘。红枪会又出现了，甚至还有黄枪会。现在，这些法会同我们没有任何关系。

河谷忽然变得拥挤不堪。在国民党军队进入河谷之前，罗政委带领着他的队伍离开了，他们走之前在广场上给百姓们表演了一场节目。我被邀请坐在广场的主台前观赏，那些年轻的战士和百姓们在一起表演，就像家人一样，不分你我，而大虎的保安队则远远地集合在广场的另一侧，显得紧张而孤独。我对罗政委说："你的队伍和穷人混在一起。"他却笑着说："我们本来就是穷人。"我侧目看着云翔，我想要找到一些答案，云翔正拍着手笑。第二天早上，一个士兵也不见了，兵营驻扎过的地方，一切都安放得整齐有序，好像从来未有那么多人住过一样，看得出，他们是在夜里悄悄离开的。老协理对我说："秋毫无犯，是一支好队伍。"

日本人败退以后，苏军让我继续担任旗长，包印的警察署依然维持地方的治安。

我给了包印一个很重要的任务，那就是抓紧收编散乱的原来"满洲国"的地方保安队，这些队伍以前总是冲在日本宪兵队的前面，在河谷里横行。

包印告诉保安队的头目："是王爷给你们一条生路。"那些家伙眼里立即有了生机，加入了我新成立的旗保安大队，归大虎指挥。

大虎对手下的弟兄们说："谁要是敢对王爷不忠，我一刀劈了他。"那些家伙都惧怕这个打虎英雄。

包印告诉我："荒野之地的土匪只是为了占地盘，不会到河谷里来骚扰，可是河谷里那些国军手里的武器比我们手里的要好得多。"

我告诉包印："见到那些正规军，你们就躲得远远的，不，现在就躲得远远的。"

以后，包印的手下再看见穿黄色军装的国民党士兵都会躲开。我又告诉包印："告诉你的手下，等那些士兵看见你们以后，再走到一边站下，恭敬地目送那些士兵过去。"

果然，穿着整齐黄色军装的国军士兵的脑袋都抬得更高了，看他们走路的样子，就像是要往天上走一样。许多年以前，我曾经这样走路，结果我摔了一跤，弄得满手牛粪。河谷太狭窄了，我们的百姓站在道路两旁，路中间就没有那么宽阔了，士兵们的脑袋抬高以后，就很难低下头来。结果，我的百姓被他们打伤了几个，大虎手下一些烈性的家伙同那些士兵发生了几次冲突。

国民党的刘团长很不高兴，要求我管好手下。

刘团长说："不要忘了，王爷可是在'满洲国'的治下当过旗长的。"他的意思是让我别忘了我在日本人的傀儡朝廷里做过的事。我说："我不做，河谷里会死很多人，百姓会遭受更大的灾祸。"

最后，我只得告诉他："我虽然还是旗长，可是贵方的军队手里的家伙可不听我使唤，保安队看到士兵，都吓得躲开了，怎么治安？"

刘团长向我提到了花代的苏军，苏军才是他们真正不敢得罪的。

我让管家摆了一桌酒宴，宴请刘团长的酒宴在王府里举行。

在花代的主持下，我同国民党的刘团长第一次坐在一起。花代让卫兵把河谷的地图摊开在桌面上，上面放上三枚石子。我悄悄捡起一枚扔掉了。花代捡起一枚石子放在了地图河谷南岸，剩下的就是北岸的了，刘团长捡起来，在手里掂量几下，说："也不错。"我看着两边的石子都被拿了起来，心里涌起一股疼痛，可是，我只能让疼痛在心底慢慢滑行。

我对花代说："我没有石子了。"

花代看到我扔掉了那枚石子，回答："王爷不用石子，两边都是。"

刘团长说："这么说，王爷是两只脚踏在河两边。"

我明白他们的意思，那是一句谚语。

我说："将脚印踏在河岸两边，洪水来了，不知道朝哪边躲闪。我看，还是在河水上修起一座桥吧，那样，两边的人都方便。"

所有人都同意我的建议。

我们喝酒。喝酒的时候，不会有人说起不愉快的的事情。大家互相敬酒，却各怀心事，刘团长举杯是因为他拿到了石子，花代举杯是因为不会再有人挑起是非，我举杯是因为我只能举杯。

是啊，我没有拿到石子，是因为我不能拿。我无所谓的样子，让老管家很着急，几次他都偷偷拽我的衣角。管家终究只是一个管家。

所以，修桥是我最好的选择。河岸上架起一座桥，两边的人就能够走动，就不会断了来往。皮匠铺、铁匠铺、酒馆、药铺、客栈、走卒商贩还都是原来的样子，就还是我们原来的河谷。刘团长终究有一天会离开的，因为我知道，越是凶猛的洪水，越不会长久地存在。

修桥的事情定下来以后，花代和刘团长都表现出了极高的热情，他们都有自己的算盘。我找来他们共同商量具体的事情，两个人都表示愿意鼎力协助，但是没有谁提到资金的落实，我说："银子，我来筹集。"他们两人立刻表示同意。花代愿意给家乡留下一点东西。

霍斯紧接着告诉花代和刘团长："王爷果断出手，设计抢回了日本实业公司经理桥本打算偷运到日本去的银子，为此，我们损失了不少弟兄。"刘团长又立刻对我表示出了敬佩和羡慕。

有些事情一个时间内不能让任何人知道，到了另一个时间就要让所有人知道。

最后，我决定由霍斯担任修桥总管事，刘团长当即表示愿意派出劳力。

我告诉他，我还有一个条件，那就是他所有士兵劳动力都必须穿着军装。

他问我为什么，我回答："我怕你的士兵和我们的保安队、百姓们混在一起闹出事端，我可是担待不起。"

他笑了，说王爷多虑了，尽管放心。

在他眼里我是多么胆小怕事啊！

桥本留下的银子很快就派上了用场。霍斯不但是一个聪明的商人，还是一个出色的组织者，这一点在灾荒年筹粮办舍粥厂就已经体现得淋漓尽致。

天气暖和以后，我们在河岸上点燃了喜庆的鞭炮，接着一排震耳的小山炮响彻整个河谷，修桥工程正式开始。

刘团长的士兵们每天早上列队前来，河边工地上热闹非凡，到了傍晚收工，他的队伍会使劲喊着口号列队离开。百姓们从四处送来了食物和水，过了一段时间，大虎的保安队也开始学会了喊口号，呐喊声就响彻在了一处。

疯喇嘛和琴师阿木在工地上又说唱起来，这次疯喇嘛没有讥讽任何人，阿木的琴声也不再忧伤。夜晚更是热闹，篝火照得夜空通明，火光映照得河水璀璨流波，人们围着篝火唱歌跳舞，尽情欢乐。

东沁喇嘛却来到河边说："桥快修完了。"

东沁喇嘛有时候很讨厌。

大桥修完了以后，霍斯又让工匠在桥头立起了一座石碑，用于纪念大桥的落成，让后人知晓。霍斯说："建造大桥是一件恩泽民生的事情。"

在东沁喇嘛的主持下，寺庙准备在新桥上作一场法事，这场法事引起了争议。

新成立的商会中几个外来的年轻会员找到了我，说这是在宣传封建迷信，愚弄大众，让我出面制止那些喇嘛。而刘团长队伍里的一个叫作李常贵的营长则要求喇嘛在作法事之前，要把他和手下弟兄们的名字刻在桥头的石碑上。

我告诉那几个外来的年轻会员："我们这里每当有重大的事情时，都会让寺庙里的喇嘛招福纳祥，不作法事，百姓们心里会不踏实，这不是什么迷信、愚弄，这是习俗和信仰。"我又告诉那个飞扬跋扈的营长："石碑上的刻字是用来记述建桥善举，不是用来刻记名字的。"然后，我让大虎赶走了他们。我听见他们在门外又互相争吵起来。

让他们去争吵吧，那是他们的事情。

我让下人关上房门，却将困顿留在屋子中央。

几天以后，刘团长亲自找到了我，要求我必须把他的名字和修桥善举刻在石碑上。然后，他抖抖身上的尘土，转身离开了。

我想到了已故的宫嘎活佛，以前，他会告诉我如何驱除困顿。现在，我只能去问我的那个曾经的朋友，现在的东沁喇嘛了，毕竟，他是从圣地来的高僧。

我还没有说话，东沁喇嘛先开口了。东沁喇嘛说：“春天之所以短暂，是因为人们非要将万种生机全部掺进短促柔和的春风里，怎么可能会有那么多和煦？冬天之所以漫长，是因为人们的心被秋天的失望和寒烈的冬雪压在身躯下面无法伸展。剔除心中的寒冷，冬天就会消失，春生冬消，风吹水流，永远都是自然的事情。”

东沁喇嘛说：“天上的云从头顶飘过去，即使再被风吹回来，它也早已经不是原来的那片云，所以，不可能将所有的东西都攥在手心里，抓不住的，倒不如放开手。”

我不需要说话了，东沁喇嘛是在告诉我：诸多烦恼实在是自己强加给自己的，狭窄的河谷也一样，再不会回到从前了。

东沁喇嘛又说：“乌雀永远也飞不上天际，是因为在展翅之前，它已经选好了落脚点。”

喇嘛是让我明白：不必因为那些尘土一样的人的闹腾而苦恼，有一些人，看似灵巧无比，实际上只会钻营投机、胸如草木。

我的困顿没有了，这个喇嘛却让我看不清楚了。即使是在庄严的寺庙措钦大殿上，我有时也还是把他当作那个威武的持棒喇嘛，有时甚至会错误地以为他身后还跟着两只狼。现在，他俨然是一个悲悯智慧的得道高僧，全然没了从前的暴戾之气。

可是，这股暴戾气息还不是别人强加在他身上的吗？或许从来就没有过。

苏军准备撤离回国了。花代也要带领着他的队伍离开河谷，他是一名军人，我知道他不会留下来，他将要回到北方更北的地方去。在送别他的酒宴上，我让琴师阿木弄起曲调，悠扬的马头琴声伴着酒香飘荡。花代久久无语，然后忽然问我是否愿意同他一起走。

这让我很惊讶，非常非常惊讶！我还从未有过离开河谷的想法。花代对我说：“过去的日子不会再回来了，当一切都停止的时候，人们就会记起过往的仇恨。”

花代说得不无道理，即便我真是一个仁厚的主子，或许那些百姓也还是嫉恨我，因为我们永远生活在两个世界里。

花代没有说有一天认识我的人都离开了，再来的不认识我的人或许会给我带来灾难。我想起了那几个满脸愤怒的商会会员和嚣张跋扈的营长，他们不会飞上天际，却可以想尽办法啄食地上的一切。

我说让我想一想。几天以后，花代的队伍在广场上集结，我递给了花代一只装有河谷泥土的小木盒，我说：“别忘了河谷。”

花代明白我的意思，我永远都不会离开河谷。花代同我，同包印拥抱了很久。

在苏军刚离开之后的不长时间里，刘团长对我说要搬到我的王府里住上些日子，我对刘团长说了同样的话，我说：“我愿意在锡伯河上再修一座桥。”

他很恼怒地看着我，又看着王府。霍斯拿着银子去了刘团长的行营，刘团长对我又恢复了笑脸，这个法子，我们已经很久不用了。

花代说的话来得真快，我开始在夜里难以入睡，即便睡去，总有一些模糊的东西缠绕着我的身体。

云翔终于在距离河谷两百里以西的地方建立起了他们的政权。红色共产党的县政府成立了。

又到了青五月，隆隆的炮声开始不断地响起来，震颤着大地。刘团长的国军开拔驻扎在距离王府五十里外的龙山头一带布防。他们是在白天离开的，强行拉走了许多牛羊和粮食，他要求我将队伍集合起来做好战斗准备。

然后，大虎将所有的保安队弟兄们都集中在广场，包印也带着手下集结在王府周围，他们做好了战斗的准备。

我告诉他们：“回去吧，不要弄得这么紧张。”

大虎说：“弟兄们不怕死！”

我问他：“我们的敌人是谁？”

“谁来攻打我们谁就是我们的敌人！”

我说：“你只要将枪口对着一个方向，那个方向的人就会成为你的敌人。”

他没有明白我的意思。

我又说：“是谁抢走了我们的牛羊和粮食？”

我让包印和大虎将枪都收起来，我说：“我要等一个人。”

终于，朝格回来了，带着一支望不到头的队伍。他已经是一名团长，身后总跟着两个卫兵，他们身穿整齐的军装，派头比我当年还要威风。朝格给我讲起了东北的局势。他说：“上级派我回来就是因为同王爷的关系，希望这次王爷一定要站出来，让我们蒙古族的百姓知道红色队伍是为全天下的百姓打天下的。”他接着说，“其实，即使是上级不派我，我也会自己回来的。”

我终于等到这个人了，我很想同他说一些话。几场战役下来，河谷里的国民党军队溃败撤退了。没过多久，他们的飞机就从锦州城飞到河谷的上空，盘旋徘徊，然后投下了巨大的炸弹。炸弹在大地上爆裂开来，像一团团空中的云朵。地上的蘑菇团不断炸开，我的脑子里也不断闪现出许多年前无法抹去的场景。

我心中腾起愤怒，我厉声告诉包印和大虎："现在，你们知道谁是我们的敌人了。"

包印和大虎将队伍集结在一处，跟随朝格向我们领地的南方去了。他们转身之后，我看到一些凌乱的灰白头发飘起来，我希望他们能够活着回来。

或许古老的河谷真的需要一场浴火重生的洗礼。

他们都走了，那我呢？我还是看云吧。

我的眼睛向天上望去，向更高的天空望去，再更高的远空，哪里才是尽头啊！只有头顶飘过来云朵时，才算是看到了天空。

躺在草地上，我忽然明白，我所以如此疲惫，是因为我总是将自己放在世事里面，每一件事中都有一个我。所以，只有看云时，我才会忘了我自己。那么就让我从我的身体中走出来吧，像看云一样，看人世不一样的风景。

这让我想起了琴师阿木，他的琴声告诉我，这些年，他一直生活在对于往事的回忆中。白天，他沉默无语，到了夜晚，周围都安静下来以后，月亮上来了，星光闪烁了，他的生命才会开始。他会坐在那里仰望苍穹，头顶上无尽的空旷才是他生命的全部。然后，琴声会从幽暗里传出来，琴师的身边一定还围坐着几个人，可能是三个喇嘛，其中两个苍老枯朽，一个疯癫呓语，他们听着琴声，仰望星光。

如同那个流传已久的说法，有些事情就应该在春天来到，在冬天结束。

远处暮霭的山峦渐渐隐去，月亮从初冬河谷东边的山顶上升起来。我骑上我的青马，在月光下，向河畔驰去。奔腾的锡伯河水大度地展示出了它迷人的原始风情。然后我穿过树丛，向牧场的方向奔驰。许多年以前，父亲骑着马，一样地在月光下穿梭。风从我耳畔掠过，云端下的蒙古高原在暗色中延展，那样自然，充满野性。

图书在版编目（CIP）数据

为王 / 侯怡文著. —北京：中国工人出版社，2018.10
ISBN 978-7-5008-7087-6

Ⅰ.①为… Ⅱ.①侯… Ⅲ.①长篇小说—中国—当代 Ⅳ.①I247.5

中国版本图书馆CIP数据核字（2018）第248700号

为 王

出 版 人	王娇萍
责任编辑	宋 杨
责任校对	董春娜
责任印制	黄 丽
出版发行	中国工人出版社
地 址	北京市东城区鼓楼外大街45号 邮编：100120
网 址	http://www.wp-china.com
电 话	（010）62005043（总编室） （010）62005039（出版物流部） （010）62379038（社科文艺分社）
发行热线	（010）62005049 （010）62005042（传真）
经 销	各地书店
印 刷	三河市东方印刷有限公司
开 本	710毫米×1000毫米 1/16
印 张	32.5
字 数	500千字
版 次	2019年2月第1版 2019年2月第1次印刷
定 价	56.00元